HORROR & THRILLER
BAND 138

RICHARD LAYMON

DER VERRÜCKTE STAN

Aus dem Amerikanischen von Doris Attwood

FESTA

Originalausgabe

1. Auflage Dezember 2018

Titelbild: Arndt Drechsler

ISBN 978-3-86552-705-9
eBook 978-3-86552-706-6

Inhalt

Die Seejungfrau

»Ich weiß nicht so recht«, sagte ich.

»Was gibt's da nicht zu wissen?«, fragte Cody. Er saß am Steuer seines Jeep Cherokee, den Allradantrieb eingeschaltet. Wir holperten schon seit einer halben Stunde auf einer Schotterstraße durch den Wald. Draußen war es stockfinster, abgesehen von den Scheinwerfern, und ich hatte keine Ahnung, wie weit es bis zu unserem Ziel, dem Lost Lake, noch war.

»Was, wenn wir liegen bleiben?«, fragte ich.

»Wir werden schon nicht liegen bleiben«, gab Cody zurück.

»Es klingt aber, als würde der Wagen demnächst auseinanderfallen.«

»Sei nicht so ein Jammerlappen«, stöhnte Rudy auf dem Beifahrersitz.

Rudy war Codys bester Kumpel. Sie waren beide ziemlich coole Typen. Ein Teil von mir fühlte sich richtig geehrt, dass sie mich gefragt hatten, ob ich mitkommen wollte. Aber es machte mich auch nervös. Es war zwar nicht ausgeschlossen, dass sie mich gefragt hatten, weil ich der Neue in der Schule war und sie einfach nur nett zu mir sein und mich besser kennenlernen wollten. Allerdings konnten sie auch genauso gut vorhaben, mich zu ficken.

Ich meine »ficken« natürlich nicht im wörtlichen Sinne.

Weder Cody noch Rudy hatten in dieser Hinsicht irgendwelche komischen Neigungen. Außerdem hatten sie beide eine Freundin.

Rudys Kleine war nichts Besonderes. Ihr Name war Alice. Sie sah aus, als hätte sie jemand am Kopf und an den Füßen gepackt und so weit auseinandergedehnt, bis sie viel zu lang und dürr war.

Codys Freundin hieß Lois Garrett. Alles an Lois war perfekt. Abgesehen von einer Sache: Sie *wusste,* dass sie perfekt war. Mit anderen Worten: Sie war total hochnäsig.

Trotzdem war ich wahnsinnig in Lois verknallt. Wie konnte ich das auch *nicht* sein? Man musste sie nur ansehen und sie machte einen schon völlig verrückt. Letzte Woche hatte ich allerdings einen Fehler gemacht und mich dabei erwischen lassen. In Chemie war ihr der Bleistift auf den Boden gefallen. Sie hatte sich nach unten gebeugt, um ihn wieder aufzuheben – und mir damit freie Sicht in den Ausschnitt ihrer Bluse geboten. Obwohl sie einen BH trug, war der Anblick ziemlich phänomenal. Das Problem war nur, dass sie im selben Moment den Blick hob und sah, wohin ich starrte. »Was gibt's da zu glotzen, Arschloch?«, zischte sie.

»Titten«, antwortete ich. Manchmal kann ich echt ein klugscheißender Vollidiot sein.

Ein Glück, dass Blicke nicht töten können.

Eifersüchtige Freunde aber schon. Was einer der Gründe dafür war, dass ich ein bisschen nervös war, als ich mitten in der Nacht mit Cody und Rudy in den Wald fuhr.

Es hatte jedoch keiner der beiden den Vorfall erwähnt.

Bis jetzt.

Vielleicht hatte Lois Cody ja auch gar nichts davon erzählt und ich machte mir völlig unnötig Sorgen.

Andererseits …

Ich beschloss trotzdem, dass es das Risiko wert war. Ich meine, was konnte schlimmstenfalls schon passieren? Es war ja nicht so, dass sie tatsächlich versuchen würden, mich umzubringen, nur weil ich einen Blick in Lois' Bluse gewagt hatte.

Außerdem hatten sie behauptet, dass sie irgendein Mädchen für mich klarmachen wollten.

Es war früher Nachmittag und ich aß gerade mein Mittagessen auf dem Schulhof, als Cody und Rudy zu mir kamen und sich mit mir unterhielten.

»Hast du heute Abend schon was vor?«, wollte Cody wissen.

»Wieso fragst du?«

»Er fragt«, antwortete Rudy, »weil wir diese Kleine kennen, die dich ziemlich heiß findet. Sie will sich mit dir *treffen,* wenn du verstehst, was ich meine. Heute Nacht.«

»Heute Nacht? Mit mir?«

»Um Mitternacht«, bestätigte Cody.

»Seid ihr sicher, dass ihr den Richtigen habt?«

»Klar sind wir sicher.«

»Elmo Baine?«

»Hältst du uns für Volltrottel?«, fragte Rudy und klang ziemlich genervt. »Wir *wissen,* wie du heißt. *Alle* wissen, wie du heißt.«

»Du bist derjenige, den sie will«, versicherte Cody. »Also, was sagst du?«

»Gott, ich weiß auch nicht.«

»Was gibt's da nicht zu wissen?«, fragte Rudy.

»Na ja … Wer ist sie denn überhaupt?«

»Wieso interessiert dich das?«, fragte Rudy zurück. »Sie

will dich, Mann. Wie viele Weiber *wollen* dich denn sonst noch?«

»Na ja ... Ich würde schon gerne wissen, wer sie ist, bevor ich mich entscheide.«

»Sie hat uns aber gebeten, es dir nicht zu sagen«, erklärte Cody.

»Es soll eine Überraschung sein«, fügte Rudy hinzu.

»Ja, aber ich meine ... woher soll ich denn wissen, dass sie keine totale ... ihr wisst schon ...«

»Gesichtsbaracke ist?«, beendete Rudy den Satz.

»Na ja ... ja.«

Cody und Rudy tauschten einen Blick und schüttelten den Kopf. Dann versicherte Cody mir: »Sie ist total heiß, das kannst du mir glauben. Das könnte das beste Angebot sein, das du jemals kriegst, Elmo. Ehrlich, das willst du nicht versauen.«

»Na ja ... Könnt ihr mir nicht trotzdem sagen, wer sie ist?«

»Nein.«

»Kenne ich sie?«

»Sie kennt dich«, erwiderte Rudy. »Und sie will dich noch viel *besser* kennenlernen.«

»Versau es nicht«, warnte Cody mich erneut.

»Na gut«, lenkte ich schließlich ein. »Von mir aus ... okay.«

Wir verabredeten, wo und wann sie mich mit ihrem Auto abholen würden.

Ich fragte sie nicht, ob »sonst noch jemand« mit uns kommen würde, vermutete aber, dass die Chancen ganz gut standen, dass Alice und Lois uns begleiten würden. Allein bei der Aussicht wurde ich ganz aufgeregt. Je weiter der Tag voranschritt, desto sicherer war ich mir, dass Lois mit uns kommen würde. Das geheimnisvolle Mädchen vergaß ich dabei völlig.

Ich zog mich um und schlich mich viel zu früh für die verabredete Zeit aus dem Haus. Als der Wagen schließlich auftauchte, saß außer Cody und Rudy niemand drin. Ich schätze, mir stand die Enttäuschung ins Gesicht geschrieben.

»Stimmt irgendwas nicht?«, wollte Cody wissen.

»Nein, alles klar. Ich bin nur ein bisschen nervös.«

Rudy grinste mich über die Schulter hinweg an. »Auf jeden Fall riechst du gut.«

»Ist nur ein bisschen Old Spice.«

»Sie wird dich regelrecht abschlecken.«

»Halt die Klappe«, blaffte Cody ihn an.

»Okay«, fragte ich, »und wo fahren wir jetzt hin? Ich meine, ich weiß ja, dass ihr mir nicht sagen dürft, *wer* sie ist. Aber ich bin schon neugierig, *wo* ihr mich hinbringt.«

»Sollen wir's ihm sagen?«, fragte Rudy.

»Schätze, schon. Warst du schon mal draußen am Lost Lake, Elmo?«

»Lost Lake? Nie davon gehört.«

»Jetzt hast du davon gehört«, erwiderte Rudy.

»Wohnt sie dort?«, wollte ich wissen.

»Dort will sie dich treffen«, antwortete Cody.

»Sie ist eine Art ›Naturalistin‹«, erklärte Rudy.

»Außerdem«, fügte Cody hinzu, »ist es der perfekte Ort, um ein bisschen Spaß zu haben. Tief im Wald, ein hübscher kleiner See und jede Menge Privatsphäre.«

Die lausige Schotterpiste schien überhaupt kein Ende zu nehmen. Der Jeep wackelte und schepperte. Zweige oder anderes Zeug streiften quietschend an den Seiten entlang und draußen war es dunkler als dunkel.

Nirgendwo ist die Dunkelheit finsterer als in einem Wald. Vielleicht liegt das daran, dass die Bäume das Mondlicht abhalten. Es war, als würden wir durch einen Tunnel fahren. Die Scheinwerfer erleuchteten nur, was sich direkt vor uns befand, während die Rücklichter die Heckscheibe in roten Glanz tauchten. Ansonsten war alles schwarz.

Eine Zeit lang ging es mir ganz gut, aber dann wurde ich immer nervöser. Je tiefer wir in den Wald eindrangen, desto schlechter fühlte ich mich. Sie hatten mir zwar versichert, dass der Wagen nicht liegen bleiben würde, und Rudy hatte mich schon mal als Jammerlappen bezeichnet, weil ich überhaupt danach gefragt hatte, aber nach einer Weile hakte ich trotzdem nach: »Seid ihr sicher, dass wir uns nicht verfahren haben?«

»Ich verfahre mich nicht«, antwortete Cody.

»Und wie sieht's mit Benzin aus?«

»Das reicht ewig.«

»Was für ein Weichei«, spuckte Rudy aus.

Was für ein Arschloch, dachte ich, sagte es jedoch nicht. Ich sagte gar nichts mehr. Ich meine, wir waren irgendwo mitten im Nirgendwo und niemand wusste, dass ich mit diesen Typen unterwegs war. Wenn ich sie wütend machte, konnte die ganze Sache eine ziemlich dramatische Wendung nehmen.

Natürlich war mir bewusst, dass diese Geschichte ohnehin sehr unschön enden konnte. Das Ganze konnte schließlich auch eine Falle sein. Ich hoffte es zwar nicht, aber man konnte schließlich nie wissen.

Das Problem ist nun mal, dass man nie Freunde findet, wenn man nicht auch mal ein Risiko eingeht. Auch wenn ich keine Ahnung hatte, ob eine Freundschaft mit Cody und Rudy ein so großes Risiko tatsächlich wert war – ich hatte allerdings ernsthafte Zweifel daran –, hätte sie zumindest bedeutet, dass ich Lois näherkam.

Ich konnte es direkt vor mir sehen. Vielleicht würden wir bald als Pärchen zusammen ausgehen: Cody und Lois, Rudy und Alice, Elmo und die große Unbekannte. Wir würden uns gemeinsam in den Jeep quetschen. Wir würden zusammen ins Kino gehen. Wir würden gemeinsam picknicken, baden gehen und vielleicht sogar Campingausflüge unternehmen. Und rummachen natürlich. Auch wenn ich mit der großen Unbekannten zusammen war, wäre Lois ganz in meiner Nähe, wo ich sie sehen und hören konnte – und vielleicht sogar noch mehr. Vielleicht würden wir manchmal die Partner wechseln. Vielleicht würden wir sogar Orgien feiern.

Wer wusste schon, was passieren würde, falls sie mich wirklich akzeptierten?

Ich schätze, ich hätte so gut wie alles auf mich genommen, um es herauszufinden – selbst eine Fahrt mitten ins Nirgendwo mit diesen Typen, die möglicherweise vorhatten, mich dort zurückzulassen oder mir die Seele aus dem Leib zu prügeln. Oder noch Schlimmeres.

Jedenfalls hatte ich ziemlich die Hosen voll. Je tiefer wir in den Wald eindrangen, desto sicherer war ich mir, dass die beiden es auf mich abgesehen hatten. Aber ich hielt die Klappe, nachdem Rudy mich sowieso schon als Weichei bezeichnet hatte. Ich saß einfach nur auf dem Rücksitz, machte mir Sorgen und redete mir selbst gut zu. Schließlich hatten sie bei Licht betrachtet wirklich keinen guten Grund, mich *fertigzumachen*. Alles, was sie mir vorwerfen konnten, war der flüchtige Blick in Lois' Ausschnitt.

»Da wären wir«, verkündete Cody.

Wir hatten das Ende der Straße erreicht.

Vor uns, erhellt von den weißen Strahlen der Scheinwerfer, erstreckte sich ein Parkplatz, der Platz genug für ein halbes Dutzend Autos bot. Auf dem Boden lagen Baumstämme, die anzeigten: bis hierhin und nicht weiter. Hinter dem Parkplatz erkannte ich eine Mülltonne, ein paar Picknicktische und eine Grillstelle aus Ziegelsteinen.

Unser Auto war das einzige.

Wir waren auch die einzigen Besucher.

»Ich schätze, sie ist noch nicht hier«, bemerkte ich.

»Man kann nie wissen«, erwiderte Cody.

»Aber hier stehen keine anderen Autos.«

»Wer sagt denn, dass sie mit dem Auto gekommen ist?«, entgegnete Rudy.

Cody steuerte auf einen der Baumstämme zu, hielt den Wagen an und stellte den Motor ab.

Ich konnte nirgendwo einen See erkennen. Beinahe hätte ich einen Witz darüber gemacht, dass der Lost Lake wohl tatsächlich verloren gegangen war, aber irgendwie war mir in dem Moment nicht nach Scherzen zumute.

Cody schaltete die Scheinwerfer aus. Schwärze brach über uns herein, aber nur für eine Sekunde. Dann öffneten die beiden die Vordertüren und das Innenlicht ging an.

»Komm schon«, forderte Cody mich auf.

Sie stiegen aus dem Wagen. Ich folgte ihnen.

Als sie die Türen zuknallten, erlosch das Licht im Inneren des Jeeps wieder. Wir standen im Freien. Über uns erstreckte sich der Himmel. Der Mond war beinahe voll und die Sterne funkelten hell.

Abgesehen von den schwarzen Schatten war alles erleuchtet. Es sah beinahe aus, als hätte jemand ringsum schmutzig weißes Pulver gestreut.

Der Mond war wirklich wahnsinnig hell.

»Hier entlang«, sagte Cody.

Wir gingen an den Picknicktischen vorbei. Ich muss gestehen: Meine Beine zitterten dabei wie verrückt.

Gleich hinter den Tischen fiel das Gelände zu einer weißen Fläche ab, die mich an Schnee bei Nacht erinnerte. Nur dass sie trüber wirkte als Schnee. Ein Sandstrand? Das musste es sein.

Hinter dem gebogenen Strand lag der schwarze See. Es sah wunderschön aus, wie das Mondlicht einen silbernen Pfad aufs Wasser malte. Der Silberstreifen erstreckte sich von der anderen Seite des Sees an einer kleinen bewaldeten Insel vorbei bis zum Strand.

Cody hatte nicht zu viel versprochen: Hier hatte man tatsächlich »jede Menge Privatsphäre«. Abgesehen vom Mond und den Sternen waren nirgendwo Lichter zu sehen. Keine Boote auf dem Wasser oder an den Docks am Ufer und keine Hütten im Wald rund um den See. Es sah beinahe aus, als wären wir in meilenweitem Umkreis die drei einzigen Menschen.

Ich wünschte mir, ich wäre nicht so nervös. Das hier war wirklich ein wunderschöner Ort, wenn man nicht gerade mit zwei Typen hier war, die einen möglicherweise fertigmachen wollten. Ein wunderschöner Ort, um allein mit einer richtig heißen Braut zu sein zum Beispiel.

»Ich glaube nicht, dass sie hier ist«, sagte ich.

»Sei dir da mal nicht so sicher«, widersprach mir Rudy.

»Vielleicht hat sie es sich ja anders überlegt. Ich meine, morgen ist schließlich Schule und so.«

»Es geht aber nur, wenn Schule ist«, erklärte Cody. »Am Wochenende ist hier viel zu viel los. Schau dich doch mal um – wir haben den ganzen See für uns allein.«

»Aber wo ist sie dann?«

»Gott«, stöhnte Rudy, »hörst du vielleicht endlich mal auf zu jammern?«

»Ja«, stimmte Cody ihm zu, »entspann dich mal.«

Wir traten auf den Sand. Nach ein paar Schritten blieben die beiden stehen und zogen ihre Schuhe und Socken aus. Ich tat dasselbe. Obwohl die Nacht warm war, fühlte sich der Sand kühl unter meinen nackten Füßen an.

Dann streiften sie auch ihre Hemden ab. Daran war nichts Eigenartiges: Sie waren schließlich Kerle, die Nacht war warm und es wehte eine sanfte Brise. Aber es machte mich trotzdem nervös. Ich hatte das Gefühl, eine eiskalte Faust würde sich in meinen Magen krallen. Cody und Rudy waren ziemlich durchtrainiert und selbst im *Mondlicht* konnte man erkennen, dass sie richtig braun gebrannt waren.

Ich zog mein Hemd aus der Hose und knöpfte es auf.

Sie ließen ihre Hemden zusammen mit den Schuhen und Socken am Strand liegen. Ich behielt mein Hemd an. Keiner von beiden machte deswegen eine Bemerkung. Als wir uns über den Sand dem Wasser näherten, spielte ich mit dem Gedanken, es doch noch auszuziehen. Ich wollte schließlich so sein wie die beiden. Außerdem fühlte sich die leichte Brise wirklich gut an. Aber ich konnte es einfach nicht.

Am Rand des Sees blieben wir stehen.

»Das ist super«, sagte Cody. Er hob die Arme und streckte sich. »Spürt ihr den Wind?«

Rudy streckte sich, spannte die Muskeln an und stöhnte. »Mann«, erwiderte er, »ich wünschte wirklich, die Mädels wären hier.«

»Vielleicht könnten wir am Freitag noch mal mit ihnen herkommen. Du bist natürlich auch dabei, Elmo. Du kannst deine neue Flamme mitbringen, dann feiern wir hier 'ne nette Party.«

»Ehrlich?«

»Klar.«

»Wow! Das wäre … echt cool.«

Genau *das* hatte ich hören wollen! Meine Sorgen waren total unbegründet und dämlich gewesen. Diese beiden waren die besten Kumpels, die man sich nur wünschen konnte. Schon in ein paar Nächten würde ich wieder an diesem Strand sein, zusammen mit Lois.

Mit einem Mal fühlte ich mich fantastisch!

»Vielleicht sollten wir bis dahin einfach alles abblasen, ihr wisst schon«, schlug ich vor. »Meine … äh … Verabredung … ist ja sowieso nicht hier. Vielleicht sollten wir einfach wieder abziehen und alle zusammen am Freitagabend hierherkommen. Es macht mir nichts aus, noch zu warten, bis ich sie kennenlerne.«

»Ich hätte nichts dagegen«, erwiderte Cody.

»Ich auch nicht«, stimmte Rudy ihm zu.

»Cool!«

Lächelnd neigte Cody den Kopf zur Seite. »Aber *sie* hätte was dagegen. Sie will dich heute Nacht.«

»Du glücklicher Mistkerl«, fügte Rudy hinzu und boxte mich freundschaftlich.

Ich rieb mir den Arm und wiederholte: »Aber sie ist nicht hier.«

Cody nickte. »Du hast recht. Sie ist nicht hier. Sie ist *da*.« Er deutete auf den See.

»Was?«, fragte ich.

»Auf der Insel.«

»Auf der *Insel?*« Ich bin zwar nicht besonders gut darin, Entfernungen abzuschätzen, aber die Insel sah ziemlich weit entfernt aus. Ein paar Hundert Meter, mindestens. »Was macht sie denn *da?*«

»Sie wartet auf dich, du geiler Hengst.« Rudy schlug mir erneut auf den Arm.

»Lass das.«

»Tut mir leid.« Er boxte mich noch einmal.

»Hör auf damit«, wies Cody ihn zurecht. An mich gewandt fügte er hinzu: »Dort will sie dich treffen.«

»Da draußen?«

»Es ist perfekt. Dort müsst ihr euch keine Sorgen machen, dass euch irgendjemand stört.«

»Sie ist auf der *Insel?*« Ich konnte es einfach nicht glauben.

»Korrekt.«

»Und wie ist sie da hingekommen?«

»Sie ist geschwommen.«

»Sie ist eine Art ›Naturalistin‹«, erklärte Rudy nicht zum ersten Mal.

»Und wie soll *ich* da hinkommen?«

»Genauso wie sie«, antwortete Cody.

»Schwimmen?«

»Du kannst doch schwimmen, oder?«

»Ja, mehr oder weniger.«

»Mehr oder weniger?«

»Ich meine nur, ich bin nicht unbedingt der beste Schwimmer der Welt.«

»Schaffst du es bis dort rüber?«

»Ich weiß es nicht.«

»Scheiße«, fluchte Rudy. »Ich hab doch gesagt, dass er ein Weichei ist.«

Fick dich, dachte ich. Am liebsten hätte ich ihm die Fresse poliert, aber ich blieb, wo ich war.

»Nicht dass er uns noch ertrinkt«, sagte Cody.

»Er ertrinkt schon nicht. Scheiße, sein *Fett* wird ihn schon oben halten.«

Ein Teil von mir hätte Cody deswegen am liebsten verprügelt, der andere Teil wollte nur noch losheulen.

»Ich kann bis zu der Insel schwimmen, wenn ich will«, platzte ich heraus. »Aber ich will vielleicht gar nicht, das ist alles. Ich wette, da wartet sowieso kein Mädchen auf mich.«

»Was meinst du denn damit?«, fragte Cody.

»Das Ganze ist nur ein Trick«, erwiderte ich. »Es gibt gar kein Mädchen, und das wisst ihr ganz genau. Es ist nur ein Trick, damit ich versuche, zu der Insel zu schwimmen. Und dann fahrt ihr wahrscheinlich weg und lasst mich hier zurück.«

Cody starrte mich an. »Kein Wunder, dass du keine Freunde hast.«

Rudy stieß ihn mit dem Ellenbogen an. »Unser guter Elmo hält uns für zwei richtige *Arschlöcher.*«

»Das hab ich nicht gesagt.«

»Ja, genau«, stimmte Cody ihm zu. »Wir versuchen, dir einen Gefallen zu tun, und du glaubst, wir wollten dich verarschen. Fick dich. Wir verschwinden wieder.«

»Was?«, fragte ich.

»Komm schon.«

Die beiden drehten dem See den Rücken zu und begannen, den Strand wieder hinaufzustapfen, zu der Stelle, an der sie ihre Sachen zurückgelassen hatten.

»Wir gehen wieder?«, fragte ich.

Cody schaute sich zu mir um. »Das willst du doch, oder? Komm jetzt, wir fahren dich nach Hause.«

»Zu deiner Mommy«, fügte Rudy hinzu.

Ich blieb, wo ich war. »Wartet!«, rief ich. »Bleibt stehen, okay? Nur eine Sekunde. Lasst uns noch mal darüber reden, okay?«

»Vergiss es«, erwiderte Cody. »Du bist ein Loser.«

»Bin ich nicht!«

Sie gingen in die Hocke und schnappten sich ihre Hemden.

»Hey, kommt schon. Es tut mir leid. Ich mache es ja, okay? Ich glaube euch. Ich schwimme zu der Insel.« Cody und Rudy wechselten einen Blick. Cody schüttelte den Kopf.

»Bitte!«, brüllte ich. »Gebt mir noch eine Chance!«

»Du hältst uns für zwei miese Lügner.«

»Nein, tue ich nicht. Ehrlich. Ich war nur verwirrt, das ist alles. Das Ganze ist einfach nur total seltsam. Es ist noch nie passiert, dass mich ein Mädchen ... *treffen* wollte. Okay? Ich gehe. Ich mache es.«

»Ja, sicher«, grunzte Cody. Aber er klang unentschlossen.

Sie ließen die Hemden fallen und kamen wieder auf mich zu, schauten sich dabei jedoch immer wieder an und schüttelten die Köpfe.

»Wir wollen nicht die ganze Nacht hier rumhängen«, begann Cody. Er sah auf seine Armbanduhr. »Wir geben dir eine Stunde Zeit, verstanden?«

»Und dann fahrt ihr ohne mich wieder weg?«

»Hab ich das gesagt? Wir fahren nicht ohne dich weg.«

»Er hält uns doch für Arschlöcher«, brummte Rudy.

»Tue ich nicht.«

»Wenn du bis dahin nicht zurück bist«, fuhr Rudy fort, »dann rufen wir oder drücken auf die Hupe oder so. Denk einfach dran, dass du ungefähr eine Stunde mit ihr hast.«

»Lass uns nicht warten, klar?«, warnte Rudy mich. »Wenn du sie bis zum Morgengrauen durchvögeln willst, dann mach es gefälligst, wenn wir nicht deine Chauffeure sind.«

Sie bis zum Morgengrauen durchvögeln?

»Okay«, erwiderte ich. Ich drehte mich zum Wasser um und holte tief Luft. »Dann mal los. Gibt's sonst noch was, das ich wissen müsste?«

»Willst du deine Jeans anlassen?«, fragte Cody.

»Ja.«

»Das würde ich nicht tun.«

»Die zieht dich nur runter«, erklärte Rudy.

»Du lässt sie besser hier.«

Der Gedanke gefiel mir nicht. Ganz und gar nicht.

»Ich weiß nicht recht«, sagte ich.

Cody schüttelte den Kopf. »Wir klauen sie schon nicht.«

»Wer will die schon *anfassen?*«

»Die Sache ist nur«, fuhr Cody fort, »dass diese Jeans eine Menge Wasser aufsaugen wird. Sie wird ziemlich schwer werden.«

»Damit schaffst du es nie bis zur Insel«, fügte Rudy hinzu.

»Sie *wird* dich runterziehen.«

»Oder *sie* tut es.«

»*Was?*«

»Hör nicht auf Rudy. Der verzapft nur Scheiße.«

»Die Seejungfrau«, sagte Rudy. »Sie wird dich holen, wenn du nicht schnell genug schwimmst. Du musst die Jeans hierlassen.«

»Er versucht nur, dir Angst einzujagen.«

»Die *Seejungfrau?* Hier gibt's eine *Jungfrau,* die mich *holen* oder mich ertränken will oder so?«

»Nein, nein, nein«, versicherte Cody und warf Rudy einen finsteren Blick zu. »Musstest du sie unbedingt erwähnen? Blöder Idiot.«

»Hey, Mann. Er will seine Jeans nicht ausziehen. Und wenn er sie anlässt, hat er *nie* eine Chance, ihr davonzuschwimmen. Sie wird ihn erwischen, so viel ist sicher.«

»Die Seejungfrau *gibt's* überhaupt nicht.«

»Doch.«

»Wovon *redet* ihr beiden denn da?«

Cody drehte sich zu mir um und schüttelte mit dem Kopf. »Die Jungfrau vom Lost Lake. Irgend so eine bescheuerte Legende.«

»Letzten Sommer hat sie Willy Glitten erwischt«, behauptete Rudy.

»Willy hat einen Krampf gekriegt, das war alles.«

»Das glaubst *du*.«

»Das *weiß* ich. Er hat diese verdammte Peperoni-Pizza gegessen, bevor er ins Wasser gegangen ist. Das hat ihn umgebracht, nicht irgendein dämlicher Geist.«

»Die Jungfrau ist kein *Geist*. Da sieht man ja, wie viel du wirklich weißt. Geister können einen nicht packen und …«

»Genauso wenig wie irgendwelche Mädchen, die seit 40 Jahren tot sind.«

»*Sie* kann es aber.«

»Schwachsinn.«

»*Wovon redet ihr beiden da?*«, platzte es erneut aus mir heraus.

Sie starrten mich an.

»Willst du es ihm sagen?«, fragte Cody Rudy.

»Nein, mach ruhig.«

»Du hast schließlich davon angefangen«, sagte Cody.

»Und du glaubst, dass ich nur Scheiße verzapfe, also erzähl ihm ruhig deine Version. Ich sag kein einziges Wort mehr über sie.«

»Würde es mir bitte *irgend*jemand erzählen?«

»Schon gut, schon gut«, erwiderte Cody. »Also, hör zu. Es gibt da diese Geschichte von der Jungfrau vom Lost Lake. Teilweise ist sie wahr, teilweise ist sie nur Schwachsinn.«

Rudy schnaubte verächtlich.

»Der wahre Teil ist, dass vor 40 Jahren hier nachts ein Mädchen ertrunken ist.«

»In der Nacht ihres Abschlussballs«, fügte Rudy hinzu. Er hatte es nicht sehr lange ausgehalten, nichts mehr zu sagen, aber Cody ließ die Sache auf sich beruhen.

»Ja«, fuhr Cody fort. »Es war die Nacht des Abschlussballs an der High School. Nach dem Tanz ist ihr Begleiter mit ihr hier rausgefahren. Sie wollten hier ein bisschen rummachen, du weißt schon. Sie haben da hinten auf dem Parkplatz geparkt und losgelegt. Alles lief ziemlich gut. Zu gut, fand jedenfalls die Kleine.«

»Sie war noch Jungfrau«, erklärte Rudy. »Daher auch der Name.«

»Ja. Wie dem auch sei, ihr geht das Ganze entschieden zu weit. Sie will es ein bisschen langsamer angehen lassen und schlägt vor, im See zu baden. Der Typ glaubt, sie meint ›nackt baden‹, und ist natürlich sofort dabei.«

»Außer den beiden war niemand da«, ergänzte Rudy.

»Zumindest dachte sie das«, fuhr Cody fort. »Sie steigen also aus dem Wagen und beginnen, sich auszuziehen. Der Typ macht sich komplett nackt. Aber sie nicht. Sie besteht darauf, ihre Unterwäsche anzubehalten.«

»Ihr Höschen und den BH«, führte Rudy aus.

»Sie werfen die Klamotten ins Auto, rennen runter zum Strand und stürzen sich in den See. Sie schwimmen für eine Weile, albern herum und spritzen sich gegenseitig nass, solche Sachen eben. Dann umarmen sie sich irgendwann und … du weißt schon … plötzlich wird es wieder ziemlich heiß.«

»Sie waren immer noch im Wasser?«

»Ja. Aber es war nicht besonders tief.«

Ich fragte mich, woher er das alles wusste.

»Es dauert nicht lange und sie lässt zu, dass er ihren BH öffnet. Es ist das erste Mal, dass er bei ihr so weit kommt.«

»Er durfte endlich mal ihre Titten anfassen«, ergänzte Rudy.

»Er hat das Gefühl, er sei gestorben und direkt in den Himmel gewandert. Und er ist sich sicher, dass er diesmal endlich zum Zug kommt. Also versucht er, ihr Höschen runterzuziehen.«

»Er wollte es ihr richtig besorgen, mitten im See«, geiferte Rudy.

»Ja. Aber dann bittet sie ihn, aufzuhören. Aber er hört nicht zu. Er macht einfach weiter und versucht, ihr das Höschen runterzureißen. Sie fängt an, sich zu wehren. Ich meine, der Typ ist splitterfasernackt und hat obendrein wahrscheinlich noch einen mächtigen Ständer, deshalb *weiß* sie, was passiert, wenn er ihr das Höschen wirklich auszieht. Und das will sie auf keinen Fall zulassen. Sie schlägt auf ihn ein, kratzt ihn und tritt zu, bis es ihr schließlich gelingt, sich loszureißen und Richtung Ufer zu schwimmen. Aber dann, als sie gerade aus dem Wasser watet, ruft ihr Freund: ›Jungs! Schnell! Sie entkommt!‹ Und plötzlich rennen diese fünf anderen Typen über den Strand auf sie zu.«

»Das waren seine Kumpels«, erläuterte Rudy.

»Ein Haufen Loser, die noch nicht mal beim Abschlussball *waren*. Der Typ, also der Begleiter der Jungfrau, hatte jedem von ihnen fünf Mücken abgeknöpft. Es war ein abgekartetes Spiel. Sie waren früher am Abend zum See gefahren, hatten ihre Autos im Wald versteckt und dann abgewartet und Bier getrunken. Als der Kerl mit der Jungfrau aufgetaucht ist, waren sie längst sturzbesoffen ...«

»Und so notgeil«, fügte Rudy hinzu, »dass sie bis zum Morgengrauen hätten durchvögeln können.«

»Die Jungfrau hatte nicht den Hauch einer Chance«, sagte Cody. »Die Typen haben sie erwischt, als sie den Strand raufgerannt ist, und sie festgehalten, während ihr Abschlussballbegleiter sie gebumst hat. Es war Teil ihrer Abmachung, dass er zuerst randurfte.«

»Er wollte nicht nur den kläglichen Rest«, merkte Rudy an.

»Anschließend kamen die anderen nacheinander zum Zug.«

»Jeder zwei oder *drei* Mal«, sagte Rudy. »Ein paar von ihnen haben sie auch in den Arsch gefickt.«

»Das ist ... furchtbar«, stammelte ich. Es war grausam und schrecklich – darum hatte ich auch ein umso schlechteres Gewissen, weil mich die Geschichte ziemlich steif gemacht hatte.

»Sie war richtig übel zugerichtet, nachdem sie mit ihr fertig waren«, erzählte Cody weiter. »Aber sie haben sie nicht geschlagen. Vier oder fünf von ihnen haben sie die ganze Zeit über festgehalten, deshalb mussten sie sie auch nicht k. o. schlagen oder so. Sie dachten, die Kleine würde schon wieder okay aussehen, sobald sie sich gewaschen und angezogen hatte. Ihr Freund sollte sie wieder nach Hause fahren, als wäre überhaupt nichts passiert. Sie waren sich sicher, dass sie es nicht wagen würde, jemandem davon zu erzählen. Damals galt man sofort als Stadthure, wenn man gruppenvergewaltigt wurde. Ihr Ruf wäre ruiniert gewesen, wenn sie versucht hätte, etwas gegen die Typen zu unternehmen.

Sie sagen ihr also, dass sie sich im See waschen soll. Und während sie sich freuen, dass alles bestens gelaufen ist, watet die Kleine immer weiter und weiter in den See hinaus. Als sie das nächste Mal nach ihr sehen, schwimmt sie geradewegs auf die Insel zu. Sie haben keine Ahnung, ob sie zu entkommen versucht oder sich ertränken will. So oder so, das können sie nicht zulassen. Also schwimmen sie ihr hinterher.«

»Alle bis auf einen«, ergänzte Rudy.

»Einer der Typen konnte nicht schwimmen«, erklärte Cody. »Deshalb ist er am Strand geblieben und hat nur zugesehen. Allerdings hat die Jungfrau die Insel nie erreicht.«

»Sie hätte es *fast* geschafft«, sagte Rudy.

»Sie hatte vielleicht noch 50 Meter vor sich, aber dann ist sie untergegangen.«

»Gott«, murmelte ich.

»Dann sind auch die *Typen* untergegangen«, fuhr Cody fort. »Ein paar von ihnen waren schnellere Schwimmer als die anderen, deshalb waren sie alle ziemlich weit auseinander. Der Typ am Ufer konnte sie im Mondlicht erkennen. Einer nach dem anderen stießen sie einen kurzen Schrei aus, platschten ein paar Sekunden im Wasser und verschwanden dann unter der Oberfläche. Der Abschlussballbegleiter der Kleinen ging als Letzter unter. Als er gesehen hat, wie seine Kumpels rundum ertrinken, ist er umgekehrt und wieder Richtung Strand geschwommen.

Er hat ungefähr die halbe Strecke geschafft. Dann hat er gebrüllt: ›Nein! Nein! Lass mich *los!* Bitte! Es tut mir leid! Bitte!‹ Und im nächsten Moment war er weg.«

»Wow«, stieß ich aus.

»Der Typ, der alles mit angesehen hat, ist in eins der Autos gestiegen und in die Stadt gerast. Er war so betrunken und durcheinander, dass er auf der Hauptstraße seinen Wagen zerlegt hat. Er dachte, er würde sterben, deshalb hat er noch im Krankenwagen alles gestanden. Alles.

Es hat ein paar Stunden gedauert, bis die Suchmannschaft hier am See eingetroffen ist. Und weißt du, was sie gefunden haben?«

Ich schüttelte den Kopf.

»Die Typen. Den Freund und seine vier Kumpels. Sie lagen Seite an Seite ausgestreckt hier am Strand, alle vollkommen nackt. Sie lagen auf dem Rücken, die Augen geöffnet, und starrten in den Himmel.«

»Tot?«, fragte ich.

»Mausetot«, antwortete Rudy.

»Ertrunken«, ergänzte Cody.

»Mein Gott«, sagte ich. »Und das soll die Jungfrau gewesen sein? Sie soll die Kerle *alle* ertränkt haben?«

»Man konnte sie nicht mehr wirklich als Kerle bezeichnen«, erwiderte Cody.

Rudy grinste und klapperte ein paarmal mit den Zähnen.

»Sie hat sie *abgebissen?* Ihre …« Ich brachte es nicht fertig, es auszusprechen.

»Niemand weiß mit Sicherheit, wer es getan hat«, antwortete Cody. »Aber irgendjemand oder irgend*etwas* hat es getan. Und ich würde sagen, sie ist die plausibelste Kandidatin, findest du nicht auch?«

»Ich denke, schon.«

»Wie dem auch sei, sie haben die Jungfrau nie gefunden.«

»Oder die verschwundenen Pimmel«, fügte Rudy hinzu.

»Man erzählt sich, sie sei auf dem Weg zu dieser Insel ertrunken – und dass es ihr Geist war, der sich an den Typen gerächt hat.«

»Es ist nicht ihr *Geist*«, widersprach Rudy. »Geister können einen Scheiß anrichten. Es ist *sie*. Sie ist so was wie eine ›lebende Tote‹. Ein Zombie.«

»Schwachsinn«, sagte Cody.

»Sie tummelt sich da draußen im Wasser und wartet, bis der nächste Kerl versucht, an ihr vorbeizuschwimmen. Und dann schnappt sie ihn sich. Genau wie Willy Glitten und all die anderen. Sie packt mit den Zähnen ihren Schwanz und ...«

Cody stieß ihm den Ellenbogen in die Seite. »Tut sie nicht.«

»Tut sie wohl! Und dann zieht sie sie mit sich in die Tiefe.«

Plötzlich musste ich lachen. Ich konnte nichts dagegen tun. Die Geschichte hatte mich völlig in ihren Bann gezogen und das meiste hatte ich sogar *geglaubt* – bis Rudy davon angefangen hatte, dass sich die Jungfrau in eine Art penishungrigen Zombie verwandelt hatte. Ich bin vielleicht manchmal ein bisschen leichtgläubig, aber ich bin kein kompletter Idiot.

»Findest du das lustig?«, fragte Rudy.

Ich hörte auf zu lachen.

»Du würdest es sicher nicht mehr so komisch finden, wenn du wüsstest, wie viele Typen bei dem Versuch, zu dieser Insel rauszuschwimmen, schon *ertrunken* sind.«

»Wenn sie ertrunken sind«, erwiderte ich, »dann bestimmt nicht, weil sie die Jungfrau zwischen die Zähne gekriegt hat.«

»Genau *das* denke ich auch«, sagte Cody. »Wie schon gesagt, nur ein Teil der Geschichte ist wahr. Ich meine, ich glaube gerne, dass dieses Mädchen vergewaltigt wurde und anschließend ertrunken ist. Aber den ganzen Rest hat sich irgendjemand ausgedacht. Ich glaube nicht, dass sie sich die Typen wirklich *geschnappt* hat, als sie ihr hinterhergeschwommen sind. Und erst recht nicht, dass sie ihnen die Schwänze abgebissen hat. Ich meine, das ist doch völliger Schwachsinn. Da wollte nur jemand seine Version von ausgleichender Gerechtigkeit präsentieren, wenn ihr wisst, was ich meine.«

»Ihr könnt von mir aus glauben, was ihr wollt«, entgegnete Rudy. »Mein Großvater war bei der Truppe dabei, die sie in jener Nacht gefunden hat. Er hat es meinem Dad erzählt und mein Dad hat es mir erzählt.«

»Ich weiß, ich weiß«, stöhnte Cody.

»Und er hat mir das *nicht* nur erzählt, um mir Angst einzujagen.«

»Natürlich hat er das. Weil er genau weiß, dass du genauso ein Idiot bist wie diese Dreckskerle und vielleicht das Gleiche abziehen würdest.«

»Ich hab noch nie jemanden vergewaltigt.«

»Aber nur, weil du Angst hast, dass man dir dein bestes Stück abbeißt.«

»Da *drin* gehe ich jedenfalls sicher nicht schwimmen«, sagte Rudy. Er zeigte mit ausgestrecktem Arm auf den See. »Nie und nimmer. Glaubt ihr ruhig, was ihr wollt, aber die Jungfrau ist da drin und wartet.«

Cody blickte mich kopfschüttelnd an.

»Sie *ist* da draußen, schätze ich. Ich meine, ich glaube schon, dass sie in jener Nacht ertrunken ist. Aber das ist 40 Jahre her. Mittlerweile ist wahrscheinlich nicht mehr viel von ihr übrig. Und sie hat auch nichts mit den anderen Ertrunkenen hier zu tun. Manchmal ertrinken Leute eben. Das passiert andauernd. Zum Beispiel weil sie Muskelkrämpfe kriegen ...« Er zuckte mit den Schultern. »Aber ich nehme es dir auf keinen Fall übel, wenn du es dir anders überlegt hast und doch nicht mehr zu der Insel schwimmen willst.«

»Ich weiß nicht.« Ich blickte zu ihr hinüber. Zwischen mir und dem bewaldeten Stückchen Land lag eine Menge schwarzes Wasser. »Wenn hier wirklich schon so viele Leute ertrunken sind ...«

»So viele auch wieder nicht. Letztes Jahr nur einer. Und er hatte kurz vorher eine Peperoni-Pizza verschlungen.«

»Die Jungfrau hat ihn erwischt«, murmelte Rudy.

»Haben sie seine Leiche gefunden?«, wollte ich wissen.

»Nein«, antwortete Cody.

»Dann weiß man also nicht, ob er ... gebissen wurde?«

»Darauf würde ich wetten«, sagte Rudy.

Ich sah Cody direkt in die Augen, die jedoch im Schatten lagen, deshalb konnte ich sie nicht wirklich erkennen. »Aber *du* glaubst das ganze Gerede über die Jungfrau nicht? Du weißt schon, dass sie im See lauert und ... äh ... den Kerlen *das* antut, wenn sie an ihr vorbeischwimmen?«

»Ist das dein Ernst? Nur Vollidioten wie Rudy glauben so 'nen Scheiß.«

»Danke, Kumpel«, grummelte Rudy.

Ich holte tief Luft und seufzte, schaute erneut zu der Insel hinaus und ließ den Blick auf der weiten Schwärze ruhen, die sich davor ausbreitete. »Ich glaube, ich lass es lieber sein«, beschloss ich dann.

Cody knuffte Rudy in die Seite. »Siehst du, was du angerichtet hast? Warum konntest du bloß deine verfluchte Klappe nicht halten?«

»*Du* hast ihm doch die Geschichte erzählt!«

»Weil *du* davon angefangen hast.«

»Er hatte ein Recht darauf, es zu erfahren. Du kannst niemanden ohne Vorwarnung einfach da rausschicken! Außerdem wollte er seine *Jeans* anlassen! Man hat nur eine Chance, wenn man schneller schwimmt als sie. Und wenn man seine *Jeans* anhat, kann man das vergessen.«

»Schon gut, schon gut«, lenkte Cody ein. »Wie dem auch sei, es spielt keine Rolle. Er macht es ja sowieso nicht.«

»Wir hätten ihn überhaupt nicht dazu überreden sollen«, fand Rudy. »Die ganze Idee war totaler Schwachsinn. Ich meine, Du-weißt-schon-wer ist zwar echt total heiß, aber sie ist es nicht wert, für sie zu *sterben*.«

»Na ja«, erwiderte Cody, »genau das wollte sie schließlich herausfinden.« Er drehte sich zu mir um. »Das ist der Hauptgrund, warum sie die Insel ausgewählt hat. Ich schätze, das Ganze war eine Art Test. Sie meinte, wenn du nicht Manns genug bist, da rüberzuschwimmen, dann bist du auch nicht Manns genug für sie und hast sie sowieso nicht verdient. Die Sache ist nur, dass sie nicht damit gerechnet hat, dass dieser Volltrottel sein Maul wegen der Jungfrau nicht halten kann.«

»Das ist es nicht«, versicherte ich. »Du denkst doch nicht, dass ich diesen Unsinn wirklich glaube, oder? Aber du weißt schon … ich bin wirklich kein so guter Schwimmer.«

»Schon okay«, erwiderte Cody. »Du musst mir nichts erklären.«

»Dann verschwinden wir jetzt einfach wieder?«, fragte Rudy.

»Schätze, schon.« Cody drehte sich zum See um, legte die Hände wie einen Trichter um den Mund und brüllte: »Ashley!«

»Scheiße!«, platzte Rudy heraus. »Du hast ihren Namen verraten.«

»Ups.«

Ashley?

Ich kannte nur eine Ashley.

»Ashley Brooks?«, fragte ich.

Cody nickte und zuckte mit den Schultern. »Das sollte eine Überraschung werden. Und eigentlich solltest du es gar nicht erfahren, wenn du dich nicht zu schwimmen traust.«

Mein Herz hämmerte wie wild.

Nicht dass ich auch nur ein einziges Wort davon glaubte. Ashley Brooks konnte unmöglich auf mich stehen und auf dieser Insel auf mich warten. Sie war wahrscheinlich das einzige Mädchen in der Schule, das genauso atemberaubend war wie Lois. Wunderschönes goldenes Haar, Augen wie der Himmel an einem Sommermorgen, ein Gesicht zum Träumen und ein Körper ... einen Körper zum Dahinschmelzen. Ich sage nur: *Kurven!*

Aber ihr Charakter war ganz anders als Lois'. Sie strahlte eine gewisse Unschuld und Liebenswürdigkeit aus, durch die sie wirkte, als wäre sie nicht von dieser Welt – fast zu gut, um wahr zu sein.

Ich konnte noch nicht einmal annähernd glauben, dass Ashley überhaupt wusste, dass es mich gab.

Sie war mehr, als ich zu hoffen gewagt hätte.

»Es kann nicht Ashley Brooks sein«, sagte ich.

»Sie wusste, dass das ein ziemlicher Schock für dich sein würde«, erwiderte Cody. »Das ist einer der Gründe, warum sie wollte, dass wir es geheim halten. Sie wollte die Überraschung auf deinem Gesicht sehen.«

»Ja, sicher.«

Cody drehte sich wieder Richtung Insel und rief: »ASHLEY! Du kannst dich genauso gut zeigen! Elmo ist nicht interessiert!«

»Das hab ich nicht gesagt!«, stieß ich erschrocken aus.

»ASHLEY!«, schrie Cody erneut.

Dann warteten wir.

Etwa eine halbe Minute später tauchte ein weißer Schein zwischen den Bäumen und Büschen nahe der Spitze der Insel auf. Er schien sich zu bewegen. Und er war sehr grell. Wahrscheinlich eine dieser Propangaslampen, wie man sie bei Campingausflügen benutzt.

»Sie wird schrecklich enttäuscht sein«, murmelte Cody.

Mehrere Sekunden verstrichen. Dann trat sie auf den felsigen Strand, die Lampe zur Seite ausgestreckt, wahrscheinlich um sich nicht zu verbrennen.

»Und du hast uns für Lügner gehalten«, sagte Rudy vorwurfsvoll.

»Mein Gott«, stammelte ich und konnte sie nur anstarren. Sie war furchtbar weit weg. Ich konnte nur ein paar vage Details erkennen. Ihr goldenes Haar. Und ihre Figur. Ihre Figur fiel mir *sofort* ins Auge. Zuerst dachte ich, sie hätte irgendetwas Hautenges an – eine Strumpfhose oder einen Gymnastikanzug vielleicht. Doch wenn das wirklich der Fall gewesen wäre, dann hätten sie exakt die gleiche Farbe gehabt wie ihr Gesicht. Und zwei dunkle Punkte an den Stellen, an denen sich ihre Nippel befanden. Und eine goldene Pfeilspitze, die nach unten zeigte, auf …

»Heilige Scheiße!«, entfuhr es Rudy. »Sie ist splitternackt.«

»Nein«, sagte Cody, »ich glaube kaum …«

»Sicher ist sie das!«

Sie hob die Laterne über den Kopf. Dann schwebte ihre Stimme über den See zu uns. »Elll-moo? Willst du nicht herkommen?«

»Doch!«, brüllte ich.

»Ich warte«, rief sie. Dann wandte sie sich ab und ging Richtung Wald davon.

»Sie *ist* nackt«, bemerkte Cody. »Ich fass es nicht, Mann.«

»Ich *schon*«, erwiderte ich. Sie war schon nicht mehr zu sehen, als ich die Jeans ausgezogen hatte. Meine Boxershorts ließ ich an. Das Gummi war bereits ein wenig ausgeleiert und ich machte einen Knoten hinein, als ich zum Wasser eilte. Ich blickte mich noch einmal zu den beiden um. »Bis später!«

»Ja«, murmelte Cody, aber er wirkte abwesend. Vielleicht wäre er ja selbst gern zu der Insel geschwommen.

»Schwimm schnell!«, riet Rudy mir. »Lass dich nicht von der Jungfrau erwischen.«

»Geht klar«, rief ich zurück.

Ich watete in den See und konnte noch immer den spärlichen Schein von Ashleys Laterne erkennen. Ich wusste, dass sie dort im Wald auf mich wartete, nackt, auch wenn ich sie nicht sehen konnte.

Die Nacht schimmerte blass im Licht des Monds und der Sterne. Eine warme Brise strich über meine Haut. Das Wasser um meine Knöchel fühlte sich noch wärmer an als der leichte Wind. Mit leise schwappenden Geräuschen stieg es an meinen Beinen empor. In meinen lockeren Boxershorts kam ich mir beinahe nackt vor.

Ich zitterte, als würde ich frieren, aber mir war überhaupt nicht kalt.

Es war die pure Aufregung.

Das hier kann nicht wirklich passieren, dachte ich. *So was passiert Typen wie mir einfach nicht. Das ist zu fantastisch.*

Aber es passiert trotzdem!

Ich hatte sie mit eigenen Augen gesehen.

Während das warme Wasser meine Oberschenkel umschloss, stellte ich mir vor, wie sie *aus der Nähe* aussah. Ich spürte, wie er steif wurde und aus dem Eingriff meiner Boxershorts herausragte.

Niemand kann es sehen, beruhigte ich mich. *Es ist zu dunkel und außerdem hab ich den Jungs den Rücken zugedreht.*

Nach einigen weiteren Schritten umspülte mich das Seewasser komplett, mit wunderbar weicher, fließender Wärme. Ich erschauderte vor Vergnügen.

»Du *beeilst* dich besser«, schrie Rudy. »Die Jungfrau hat dich schon im Visier!«

Ich warf ihm einen finsteren Blick über die Schulter zu, wütend, weil er mit seinem Geschrei die Stimmung zerstört hatte. Er und Cody standen immer noch nebeneinander am Strand.

»Du kannst es dir sparen, mir Angst einzujagen«, rief ich zurück. »Du willst doch nur, dass ich einen Rückzieher mache.«

»Sie ist zu gut für dich, Sackgesicht.«

»Ha! Ich wette, sie sieht das anders.«

Das Wasser reichte mir inzwischen bis zu den Schultern. Ich drückte mich vom Boden ab und begann zu schwimmen. Wie bereits erwähnt, bin ich nicht unbedingt der beste Schwimmer der Welt. Meine Kraultechnik kann man vergessen. Aber Brustschwimmen beherrsche ich ganz gut. Man ist zwar nicht so schnell wie beim Kraulen, aber man kommt trotzdem ans Ziel. Außerdem laugt es einen nicht so aus und man sieht, wohin man schwimmt, wenn man den Kopf oben hält.

Außerdem gefällt mir der Name: Brustschwimmen. Aber am allermeisten mag ich das Gefühl, dabei sanft durchs Wasser zu gleiten. Man wird am ganzen Körper vom warm dahinströmenden Nass gestreichelt.

Zumindest wenn man überhaupt keine Kleidung trägt.

Wie Boxershorts zum Beispiel. Sie hingen tief auf meinen Hüften, klammerten sich an mich, hielten mich gefangen. Sie ließen noch nicht einmal zu, dass ich die Beine weit genug für einen vernünftigen Beinschlag spreizte.

Ich spielte mit dem Gedanken, sie auszuziehen, wagte es jedoch nicht.

Sie hielten mich ja auch nicht *völlig* gefangen. Mein Ding ragte immer noch aus dem Eingriff heraus und liebte das Gefühl, vom Wasser liebkost zu werden.

Und die Jungfrau machte das Ganze nur umso aufregender.

Das Risiko.

Ihr einen Köder anzubieten.

Sie damit zu necken.

Nicht dass ich diesen ganzen Mist von der Männer ertränkenden und Pimmel verschlingenden Jungfrau auch nur eine Sekunde lang glaubte. Es war genau, wie Cody gesagt hatte: kompletter Schwachsinn. Aber die *Vorstellung* törnte mich an.

Versteht ihr, was ich meine?

Ich glaubte nicht an sie, aber ich konnte sie trotzdem vor mir sehen. In meiner Fantasie schwebte sie ein kleines

Stück unter mir in der Dunkelheit, ihr Kopf auf einer Höhe mit meiner Taille. Sie war nackt und wunderschön. Ehrlich gesagt sah sie ein bisschen so aus wie Ashley oder Lois. Sie war irgendwo dort unten, trieb auf dem Rücken und folgte meinem Tempo, ohne sich groß anstrengen zu müssen.

Die Dunkelheit spielte keine Rolle, wir konnten einander trotzdem sehen. Ihre Haut war so blass, dass sie zu leuchten schien. Sie lächelte zu mir herauf.

Langsam begann sie aufzusteigen.

Sie steigt zum Köder auf.

Ich konnte sehen, wie sie immer näher glitt. Gleichzeitig wusste ich, dass sie nicht zubeißen würde. Die Jungs hatten keine Ahnung. Nein, sie würde saugen.

Ich schwamm weiter und stellte mir vor, wie die Jungfrau zu mir kam und sich an mich hängte. Die beiden hatten mir die Geschichte erzählt, um mir Angst einzujagen. Und sie *hatte* mir Angst eingejagt. Aber der Verstand ist ein fantastisches Instrument. Er kann Dinge umkehren. Mit ein wenig geistigem Geschick hatte ich Rudys und Codys Penis mampfenden Zombie in eine verführerische Wassernymphe verwandelt.

Aber dann ermahnte ich mich selbst, nicht mehr an sie zu denken. Die heiße Abschlussballgeschichte, Ashley nackt zu sehen, das Gefühl des warmen Wassers – das alles erregte mich schon genug, ohne dass ich mir vorstellte, wie die nackte Jungfrau unter mir an mir zu lutschen begann.

Ich musste an irgendetwas anderes denken.

Was soll ich zu Ashley sagen?

Der Gedanke erschreckte mich kurz, bevor mir bewusst wurde, dass große Worte gar nicht nötig sein würden. Jedenfalls nicht am Anfang. Wenn man für eine Verabredung mit einem nackten Mädchen zu einer Insel schwimmt, ist Small Talk das Letzte, was einem in den Sinn kommt.

Ich hob den Kopf ein Stück höher und sah den Schein der Lampe. Sie leuchtete noch immer zwischen den Bäumen, nur wenige Meter vom Ufer entfernt.

Ich kam gut voran und hatte bereits über die Hälfte der Strecke zurückgelegt.

Ich dringe auf Jungfrauengebiet vor.

Ja, sicher.

Komm und hol's dir, Schätzchen.

»Du solltest lieber nicht so trödeln und dir Feuer unterm Hintern machen«, brüllte Rudy.

Ja, sicher.

»Sie wird dich schnappen! Ich mein's ernst!«

»Du solltest besser schneller schwimmen«, schrie auch Cody.

Cody?

Aber er glaubt doch gar nicht an die Jungfrau. Warum sagt er *mir, dass ich schneller schwimmen soll?*

»Beweg dich!«, brüllte Cody. »Los!«

Sie versuchen nur, mir Angst zu machen, beruhigte ich mich selbst.

Und es funktionierte.

Plötzlich fühlte sich das Wasser nicht mehr wie ein warmes Streicheln an. Es jagte mir einen eiskalten Schauer über den Rücken. Ich schwamm ganz allein in einem schwarzen See, in dem zahlreiche Menschen ertrunken waren, verrottende Leichen auf dem Grund lagen und seit 40 Jahren eine möglicherweise untote Jungfrau ihr Unwesen trieb – eine verwesende Jägerin mit scharfen Zähnen, blutiger Rache im Sinn und einer Vorliebe für Penisse.

Meiner schrumpfte zusammen, als wollte er sich verstecken.

Obwohl ich *wusste,* dass mich keine Jungfrau verfolgte.

Ich beschleunigte das Tempo. Kein Brustschwimmen mehr. Ich trat wie ein Irrer mit den Beinen, ruderte windmühlenartig mit den Armen und prügelte beinahe auf das Wasser ein. Hinter mir hörte ich jemanden schreien, aber ich konnte die Worte durch mein wildes Platschen nicht verstehen.

Ich hob den Kopf und blinzelte das Wasser aus meinen Augen.

Es war nicht mehr weit.

Ich schaffe es! Ich werde es schaffen!

Dann berührte sie mich.

Ich glaube, ich stieß einen Schrei aus.

Ich versuchte, mich aus ihrem Griff zu winden, aber ihre Hände huschten mit kratzenden Fingernägeln von meinen Schultern über meine Brust und den Bauch. Sie tat mir nicht weh, aber ich empfand ein unangenehmes Kribbeln. Ich hörte auf zu schwimmen und fasste nach unten, um die Hände von mir zu lösen, war jedoch nicht schnell genug. Sie rissen meine Haut auf und krallten sich am Gummiband meiner Boxershorts fest. Ich spürte einen unsanften Ruck. Mein Kopf sank unter Wasser. Ich bekam keine Luft mehr und gab es auf, nach den Händen der Jungfrau zu grapschen. Ich streckte die Arme nach oben aus, als wollte ich die Sprossen einer Leiter zu fassen bekommen, die mich zurück an die Oberfläche führte, zurück an die Luft. Meine Lunge brannte.

Die Jungfrau zerrte mich immer weiter in die Tiefe.

Zog mich an den Boxershorts hinab.

Sie rutschten zu meinen Knien hinunter, dann zu meinen Knöcheln. Schließlich waren sie verschwunden.

Einen Moment lang war ich frei.

Ich strampelte Richtung Oberfläche. Und erreichte sie. Keuchend saugte ich die Nachtluft ein. Trat verzweifelt Wasser, fuchtelte wie wild mit den Armen und drehte mich herum. Ich sah Cody und Rudy im Mondlicht am Strand stehen. »Hilfe!«, brüllte ich. »Hilfe! Es ist die Jungfrau!«

»Hab's dir doch gesagt!«, rief Rudy zurück.

»Pech gehabt!«, rief Cody.

»Bitte! *Tut* doch was!«

Sie taten tatsächlich etwas. Wie es aussah, hoben sie beide eine Hand ins Mondlicht und zeigten mir den Stinkefinger.

Dann packten die Hände unter Wasser meine Fußgelenke. Ich wollte schreien, holte stattdessen jedoch tief Luft. Im nächsten Moment rissen sie mich nach unten.

Das war's! Sie hat mich erwischt! O Gott!

Ich umklammerte meine Genitalien.

Jede Sekunde würden sich ihre Zähne …

Blasen stiegen auf.

Ich hörte ihr gurgelndes Blubbern und spürte ein Kitzeln, als einige von ihnen über meine Haut strichen.

Eine Sekunde lang dachte ich, die Blasen wären Gas, das aus dem verwesenden Kadaver der Jungfrau aufstieg. Andererseits war sie bereits seit 40 Jahren tot. Der Verwesungsprozess sollte längst abgeschlossen sein.

Mein nächster Gedanke war: *Sauerstoffflaschen! Taucherausrüstung!*

Ich hörte auf zu strampeln. Ich zog die Beine an, griff zwischen meinen Füßen hindurch, grapschte verzweifelt mit den Händen und bekam einen Teil der Ausrüstung zu fassen, der sich später als ihr Mundstück herausstellte, wenn ich mich recht erinnere. Ich riss mit aller Kraft daran.

Sie musste dabei Wasser geschluckt haben, denn der Rest war ziemlich einfach. Sie wehrte sich kaum noch.

Es fühlte sich an, als wäre sie bis auf die Gesichtsmaske, die Sauerstoffflasche und den Bleigurt nackt. Und sie war auch kein verwesender Kadaver. Ihre Haut war glatt und kühl und sie hatte prächtige Brüste mit großen, gummiartigen Nippeln.

Ich war alles andere als sanft zu ihr, obwohl wir uns immer noch im tiefen Wasser befanden.

Dann schleppte ich sie ans seitliche Ufer der Insel, damit die Jungs uns nicht sehen konnten. Von dort zerrte ich sie ein paar Meter weiter zu der Lichtung, auf der sie ihre Lampe zurückgelassen hatte.

Im Laternenlicht konnte ich erkennen, wer sie war.

Aber das hatte ich ohnehin bereits vermutet.

Nachdem sie mich als Ashley-Double zur Insel gelockt hatte, musste Lois sofort ihre Taucherausrüstung angelegt und sich in den See geschlichen haben, um die Jungfrau zu spielen.

Im Licht der Laterne sah sie fantastisch aus. Glänzend und blass ragten ihre Brüste zwischen den Riemen hervor. Die Gesichtsmaske hatte sie unterwegs verloren. Ich nahm ihr auch die Sauerstoffflasche und den Gürtel ab. Nun war sie vollkommen nackt.

Sie lag ausgestreckt auf dem Rücken, hustend und würgend und von Krämpfen geschüttelt, die ihren ganzen Körper zucken und beben ließen – ein ziemlich netter Anblick.

Für eine Weile genoss ich die Show. Dann näherte ich mich ihr.

Das hier war einfach *unglaublich.*

Anfangs war sie zu sehr außer Atem, um viel Lärm zu machen. Doch nach einer Weile begann sie zu schreien.

Ich wusste, dass Cody und Rudy zu ihrer Rettung eilen würden, sobald sie ihre Schreie hörten, deshalb ließ ich den Bleigürtel auf sie niederschwingen. Er schlug ihr sauber den Kopf ein und gab ihr den Rest.

Dann eilte ich zur Spitze der Insel. Cody und Rudy waren bereits im See und schwammen mit schnellen Zügen.

Eigentlich wollte ich sie überraschen und ihnen auch die Schädel einschlagen, aber wisst ihr was? Die Mühe blieb mir erspart. Sie schafften etwa die halbe Strecke bis zur Insel. Dann stießen sie einer nach dem anderen kreischende Schreie aus und sanken in die Tiefe.

Ich konnte es nicht glauben.

Das kann ich noch immer nicht.

Aber sie sind nie wieder aufgetaucht.

Ich schätze, die Jungfrau hat sie erwischt.

Warum sie und nicht mich?

Vielleicht hatte die Jungfrau Mitleid mit mir, weil mich meine angeblichen »Freunde« so mies behandelt hatten. Schließlich wurden wir beide von Typen betrogen, denen wir vertrauten.

Wer weiß. Verdammt, vielleicht bekamen Cody und Rudy auch einfach nur urplötzlich einen Krampf und die Jungfrau hatte gar nichts damit zu tun.

Wie dem auch sei, unser kleiner Ausflug zum Lost Lake war am Ende viel besser, als ich es mir je hätte träumen lassen.

Lois war atemberaubend.

Kein Wunder, dass die Leute so auf Sex stehen.

Wie auch immer, letztlich habe ich Lois mitsamt ihrer Ausrüstung im See versenkt. Ich habe das Kanu gefunden, mit dem sie zur Insel gelangt sein musste, bin hineingestiegen und zurück zum Strand gepaddelt. Dann bin ich mit Codys Cherokee fast bis nach Hause gefahren.

Meine Fingerabdrücke habe ich abgewischt und den Wagen zu guter Letzt in Brand gesteckt. Ich bin gesund und munter wieder zu Hause angekommen, kurz vor Sonnenaufgang.

Blarney

»Was ist das?«

Deke folgte Vals Finger und blickte nach rechts. Eine Meile entfernt an der Küste, auf einem Felsvorsprung hoch über der Brandung, standen die grauen Steinmauern einer Burgruine. »Eine Burg, schätze ich«, antwortete er.

»In Kalifornien?«

»Wahrscheinlich hat sie irgendein Irrer gebaut. Irgendein Typ, der nicht wusste, was er mit seinem Geld machen soll.«

Sie zog ihn am Arm. »Können wir da hin?«

»Lass meinen Arm los.«

Sie ließ ihn los. »Können wir?«

»Mal sehen«, brummte Deke. Er zog eine 32er Automatik aus seinem Gürtel.

»Hey, was machst du denn?«

»Ich nehme Abschied.«

»Du wirst sie doch nicht wegwerfen!«

»O doch, das werde ich.«

»Deke!«

Eigentlich hatte er an Val nichts auszusetzen. Schließlich sah sie für eine Braut in ihrem Alter gar nicht so übel aus. Sie hatte das Haar in einem auffälligen Rotbraun gefärbt. Ihr Gesicht war zwar nicht mehr das straffste, genauso wenig wie ihr Körper, aber was wollte man schon erwarten?

Bei den Weibern ging ab 18 schließlich alles bergab und Val marschierte stramm auf die 50 zu. Nein, er hatte überhaupt nichts an ihrem Aussehen auszusetzen. Das Problem mit ihr war nur, dass sie keinen gesunden Menschenverstand hatte. »Ich muss sie loswerden«, erklärte er ihr.

»Aber vielleicht brauchen wir sie noch.«

»Wir können uns eine neue besorgen. Wenn sie uns mit dem Ding erwischen, können sie uns mit den Schüssen auf diesen bescheuerten Kassierer in Verbindung bringen, und dann heißt es *adiós*. Für uns beide.«

Val riss vor Schreck die Augen auf. »*Ich* hab ihn doch nicht erschossen!«

»Bist du wirklich so dämlich? Das spielt keine Rolle. Du warst dabei. Du steckst mit drin. Genau so, als hättest du selbst auf den Abzug gedrückt.«

»Ernsthaft?« Sie wirkte zutiefst verzweifelt und um zehn Jahre gealtert.

Deke grinste. »Schon okay. Zerbrich dir deswegen nicht den Kopf. Ich versenke das Ding hier einfach ...« Er schleuderte die Automatik mit aller Kraft von sich. Sie wirbelte Saltos schlagend durch die Luft, der brünierte Stahl dunkel vor dem bedeckten Himmel, bevor sie wie ein angeschossener Rabe ins Wasser stürzte. In der tosenden Brandung, tief unter ihnen, konnte er nicht sehen, wie es aufspritzte.

»Jetzt sind wir aus dem Schneider. Keine stichhaltigen Beweise, keine Zeugen ...«

»*Ich* werde niemals ein einziges Wort darüber verlieren«, versicherte Val.

»O Mann«, brummte er. Er kannte sie nun schon seit zwei Monaten, aber er vertraute ihr immer noch nicht völlig. Und jetzt machte sie auch noch so eine Bemerkung.

Wenn sie schon so ausführlich übers Verpfeifen nachdachte, dass sie sogar schwor, es niemals zu tun, dann …

»Was ist denn los?«, fragte sie.

»Gar nichts«, knurrte Deke.

Vielleicht hatte er die Knarre doch zu überstürzt entsorgt.

Er blickte wieder zu der steinernen Festung in der Ferne. Der Turm, hoch über dem Ozean, sah wie der perfekte Ort für einen Unfall aus. »Willst du dir immer noch die Burg anschauen?«, fragte er.

Val strahlte.

Sie liefen zurück zum Wagen.

Während sie an dem schroffen Riff entlangwanderten, warf Deke einen ausführlichen Blick auf die Burg. Sie stand auf einem Felsvorsprung und war komplett von der Klippe abgeschnitten. Eine wacklige Fußgängerbrücke, etwa zehn Meter lang, führte hinüber.

Er konnte Val mit Leichtigkeit von der Brücke stoßen. Aber was, wenn sie unter dem Gewicht zweier Personen nachgab und er mit ihr in die Tiefe stürzte?

Die Burg an sich schien aus nicht viel mehr als vier Steinmauern zu bestehen, mit dem mächtigen Turm in der Südwestecke. *Vergiss die Brücke.* Der Turm war der passendere Ort dafür.

»Ist das nicht toll?«, jauchzte Val. »Sie ist so … ich weiß auch nicht … *majestätisch!* Man sollte meinen, dass sie in jedem Reiseführer steht.«

»Vielleicht tut sie das ja auch.«

»Nein, tut sie nicht. Ich hab sie alle gelesen. Ich kenne Kalifornien wie meine Westentasche und von so einer Burg wie dieser hab ich noch nie was gehört. Es gibt natürlich noch Hearst Castle, aber das ist was völlig anderes. Ich war schon zweimal da, weißt du? Einmal mit meinem zweiten Mann und ... Was glaubst du, wo der Ticketschalter ist?«

»Ich glaube kaum, dass es einen gibt.«

»Oh, aber es *muss* einen geben.«

»Vielleicht drinnen«, erwiderte Deke. Er war sich sicher, dass es keinen Ticketschalter gab. Der Ort sah einsam und verlassen aus. Aber er hatte keine Lust, ihr das zu erklären. Val würde es schon noch früh genug erkennen.

Sie erreichten die Fußgängerbrücke. Tief unter ihnen toste rauschend die Brandung.

»Das ist echt tief!«

»Ich gehe zuerst«, sagte Deke. »Du bleibst hier, bis ich drüben bin.«

Val nickte.

Deke lief über die schaukelnde Brücke und seufzte erleichtert, als er das andere Ende erreichte. Er zitterte richtig. Während er noch versuchte, sich wieder zu beruhigen, tauchte Val neben ihm auf.

»Oh, schau mal!«, rief sie und zeigte auf ein Schild über dem Burgtor. »Herlihy's Castle«, las sie vor. »Möge dein Antlitz mit den Jahren niemals verwittern.«

»Nett«, grummelte Deke.

Sie traten durch den Torbogen. Abgesehen von einem Dutzend Möwen, die Schutz vor dem Wind suchten, war der Innenhof vollkommen verlassen. »Ich schätze, wir müssen wohl doch keine Eintrittskarte kaufen.«

Val schob die Hände in die Jackentaschen. »Mir gefällt's hier nicht, Deke. Ich finde es unheimlich.«

»Vor einer Minute fandest du es noch majestätisch.«

»Ja, aber ...«

»Ja, aber. Ja, aber«, äffte Deke sie nach.

»Sie sollte nicht hier sein, wenn du weißt, was ich meine.«

»Nein, weiß ich nicht.«

»Ich meine: eine *Burg?* In *Kalifornien?*«

Er ignorierte sie und durchquerte den Innenhof. Die Möwen in seinem Weg flatterten auf, umkreisten ihn und landeten wieder.

Val eilte zu ihm. Sie packte ihn am Ellenbogen, aber er ging unbeirrt weiter. »Ich hab ein ganz komisches, unheimliches Gefühl, Deke. So als wären wir in einem Albtraum. Wir sollten von hier verschwinden. Etwas Furchtbares wird passieren, das spüre ich, bis in die Knochen.«

»Ist bestimmt nur Arthritis.«

»Sehr witzig. Bitte, lass uns zum Auto zurückgehen.«

»Du wolltest diese Burg doch unbedingt sehen. ›Können wir da hin? Können wir?‹ Na, jetzt sind wir doch hier. Und ich gehe nicht, bevor ich oben auf dem Turm war. Du kannst ja hier unten auf mich warten, wenn du willst, aber ich steige rauf.« Er riss seinen Arm los und ging auf den dunklen Eingang zu.

»Lass mich hier nicht allein.«

»Warte hier oder komm mit. Die Entscheidung liegt ganz bei dir.«

»Deke, bitte! Wir sollten nicht hier sein. Das kann ich spüren.«

»Sicher. Bis später. Es wird nicht länger als eine halbe Stunde dauern.«

Er trat durch den Eingang und begann, die Wendeltreppe hinaufzusteigen. Seine Schuhe schlurften laut über den Beton. Auf dem dritten Treppenabsatz fiel ihm auf, dass es kein Geländer gab.

»Warte!«, schrie Val. »Lass mich nicht allein!«

»Dann beeil dich.« Er wartete, bis sie die Stufe unter ihm erreicht hatte. »Bleib dicht hinter mir«, sagte er und setzte seinen Aufstieg fort.

Die Stufen waren wie Keile geformt: Einen Fuß breit an der Außenmauer, verliefen sie zu Dekes Rechter im Nichts. Er hielt sich dicht an der Wand und ließ die linke Hand über den kühlen, feuchten Stein gleiten.

Nach einer vollen Umdrehung der Treppe war das Licht von unten verschwunden. Abgesehen von einem dünnen Lichtstreifen aus einem Fensterschlitz befanden sie sich in völliger Finsternis.

»Lass uns wieder zurückgehen, Deke.«

»Vergiss es.«

»Ich hab Angst, dass ich abstürze.«

Du musst ja hellsehen können, dachte er grinsend. »Lass einfach immer eine Hand an der Wand«, riet er ihr. Während er das sagte, fand sein Fuß nur genügend Stufe für seine Zehen. Er rutschte ab und knallte mit dem Knie gegen den Beton. »Verdammt!«, fluchte er.

»Ich hab dir doch *gesagt* ...«

»Halt die Klappe.«

Sie stiegen weiter hinauf. Nur das spärliche Licht aus den Fensterschlitzen wies ihnen den Weg. Schließlich verschwand es völlig und Deke konnte nicht das Geringste mehr sehen. Desorientiert und schwindelig blieb er stehen. Er zuckte zusammen, als Val seinen Rücken berührte.

»Es macht dir auch zu schaffen, stimmt's?«, fragte sie.

»Mir macht gar nichts zu schaffen, nur die Dunkelheit. In einer Minute bin ich wieder okay.«

»Lass uns wieder runtergehen, Deke.«

»Wir sind doch schon fast oben.«

»Woher willst du das wissen?«

»Zerbrich dir darüber nicht den Kopf. Ich weiß es eben.«

Er begann, weiter nach oben zu steigen, aber seine Beine fühlten sich ganz zittrig an.

»Und wie kommen wir wieder runter?«, fragte Val.

»Zu Fuß«, knurrte er.

»Draußen ist es bestimmt schon dunkel. Wir werden überhaupt nichts sehen können.«

»Dann bleiben wir eben über Nacht hier.«

»Ich will nicht noch weiter rauf. Nicht mehr. Das ist mir alles viel zu unheimlich.«

»Wie du meinst.«

Plötzlich sah er Licht von oben. »Ha! Wir haben's geschafft!« Er eilte die letzten Stufen hinauf und trat durch die Tür. Direkt vor ihm, mit dem Rücken an der Turmwand, saß ein Mann.

»Sie sind wohl hier, um den Stein zu küssen, was?«, fragte er mit melodischem Akzent, den Deke als Irisch interpretierte. Er trug eine alte graue Jacke und eine weite Hose mit ledernen Aufnähern an den Knien. Er hatte einen listigen Ausdruck in den Augen.

»Was für einen Stein?«

Val stellte sich neben Deke. Sie lächelte, als sie den Fremden sah.

»Na, den Herlihy Stone. Haben Sie denn noch nie davon gehört?«

Deke schüttelte den Kopf.

Der Mann erhob sich und stützte sich dabei auf einen Gehstock aus Schwarzdorn. Er war jung und kräftig gebaut und schien den Stock eigentlich nicht zu brauchen. »Aber den Blarney Stone kennen Sie doch bestimmt, oder?«, fragte er. »Ein Marmorklumpen an einer Burgmauer in Cork. Das liegt in Irland.«

»Wenn man ihn küsst«, warf Val ein, »bringt es Glück.«

»Da sind Sie wie die meisten nicht ganz richtig informiert, Ma'am. Der Blarney Stone bringt kein Glück, er schenkt Eloquenz. Sie werden mit Ihrer flinken Zunge jeden einlullen, der Ihnen zuhört, auch wenn keiner auch nur ein Wort davon verstehen wird. Das ist das Geschenk des Blarney Stone. Aber mit dem Herlihy Stone sieht die Sache ganz anders aus. Wer ihn einmal küsst, bleibt für immer jung.«

»Vom Herlihy Stone hab ich noch nie was gehört«, gestand Val.

»Das haben die wenigsten. Wir hängen es nicht an die große Glocke, Sie verstehen schon. Diese Burg ist nun schon seit 100 Jahren im Besitz der Herlihys. Wir fristen hier ein bescheidenes Dasein und schätzen die Ruhe und Einsamkeit. Außerdem mögen wir die Abgeschiedenheit, das ist wie Balsam für die Seele. Menschenmassen sind der Fluch Gottes – und wir würden hier ganz sicher von Menschenmassen überrannt werden, wenn sich das Geschenk des Steins herumspräche. Hin und wieder verirren sich ein paar Wanderer hierher, und davon können wir ganz gut leben. Wir sind keine gierigen Menschen.«

»Wie viel kostet es denn, den Stein zu küssen?«, wollte Deke wissen und versuchte, den Zorn und die Frustration in seiner Stimme zu verbergen. All die harte Arbeit, der ganze beschwerliche Aufstieg – für das hier! Er hätte wissen müssen, dass die Burg nicht verlassen war.

»Wären 2,50 pro Kopf zu viel verlangt?«, erwiderte der Mann.

»2,50 Dollar?«, fragte Val.

»Mehr kostet es nicht, den Herlihy Stone zu küssen – und dafür verlieren Sie nie Ihre Jugend.«

Val lächelte. »Ich wünschte, ich wäre schon vor 30 Jahren hierhergekommen.«

»Machen Sie sich keine Sorgen – Sie sind immer noch ganz bezaubernd.«

Sie bedachte Deke mit einem überheblichen, anklagenden Lächeln, so als wäre er zu ignorant gewesen, dies zu erkennen, obwohl es für diesen Fremden völlig offensichtlich schien.

»Mach ruhig, küss das verdammte Ding«, sagte Deke. »Was hast du schon zu verlieren?«

»Bevor Sie sich entscheiden, werfen Sie lieber erst einen Blick auf den Stein.« Der Mann deutete mit seinem Stock auf einen Spalt zwischen dem Steinboden und dem Geländer. »Gehen Sie näher ran und schauen Sie ihn sich an.«

Deke und Val schoben sich vorsichtig auf den Spalt zu.

»Mein Gott!«, stieß Val aus.

Der Mann kniete sich neben den Spalt, steckte seinen Stock hindurch und klopfte gegen die Mauer. »Das ist der Herlihy Stone, das Stück Marmor dort unten.«

60 Meter unterhalb der Marmorplatte zerschellten die Wellen an den Felsen der Klippe.

»Es ist gar nicht so gefährlich, wie es aussieht«, versicherte ihnen der Mann. »Sie müssen sich nur hier an die Kante setzen und sich nach hinten lehnen, genau so, als würden Sie den Blarney Stone küssen. Ich halte natürlich Ihre Beine fest.«

»Wie viele haben Sie denn schon fallen lassen?«, fragte Deke mit einem Grinsen.

Der Mann grinste zurück. »Kaum der Rede wert.«

»Na ja«, sagte Val, »ich glaube nicht, dass ich das schaffe. Ehrlich nicht.«

»Das denken viele am Anfang. Aber ich kann Ihnen aus tiefstem Herzen versichern: Ein Kuss, und der Herlihy Stone hält Sie auf ewig jung. Was schätzen Sie, wie alt ich bin?«

»30?«, vermutete Val.

»Und Sie, Sir?«, fragte er Deke.

»35?«

»Im Oktober werde ich 83.«

Deke lachte.

»Es ist 60 Jahre her, seit ich den Herlihy Stone geküsst habe.«

»Sicher«, grunzte Deke.

»Wollen Sie mich etwa einen Lügner nennen?«

Deke zog die Größe des Mannes und den Gehstock in Betracht. »Nein, niemals. Mach schon, Val, küss den Stein. Schau dir doch nur mal an, was er mit ihm gemacht hat.«

Sie schüttelte den Kopf.

»Ich werde Ihre Beine gut festhalten, Ma'am. Meine Hände haben noch niemals versagt.«

»Na ja …«

Deke konnte sehen, dass sie es trotz ihres Zögerns tun wollte. Glaubte sie wirklich an diesen Unfug von der ewigen Jugend? So dämlich konnte sie doch gar nicht sein. Wahrscheinlich sehnte sie sich nur danach, diese großen, kraftvollen Hände um ihre Beine zu spüren.

»Okay«, willigte sie schließlich ein. »Ich bin dabei. Deke?«

Vielleicht bot sich ja die Gelegenheit, sie durch das Loch fallen zu lassen. Grinsend zog er seine Brieftasche heraus und reichte dem Mann drei Dollar.

»Für Sie und die Dame kostet es fünf Dollar.«

»Na, dann schulden Sie mir 50 Cent.«

»Wollen Sie den Stein denn nicht auch küssen, Sir?«

»Machen Sie Witze?«

»Komm schon, Deke, du musst.«

»Ich *muss* gar nichts. Habt ihr zwei ruhig euren Spaß. Ich schaue zu.«

»Deke, bitte! Willst du denn nicht für immer jung bleiben?«

»Glaubst du diesen Mist wirklich?« Deke zeigte auf die kleine Marmorplatte. »›Humbug Stone‹ wäre wohl der bessere Name dafür.«

»Also, ich mache es trotzdem.«

»Tu dir keinen Zwang an. Ich versuche sicher nicht, dich davon abzuhalten.«

»Na gut, dann los«, sagte Val.

Der Mann fasste in seine Hosentasche und holte zwei Vierteldollarmünzen heraus. »Ihr Wechselgeld, Sir.«

Deke steckte es ein und schloss den Reißverschluss seiner Jacke gegen die Kälte.

Der Mann klopfte mit seinem Stock auf eine Steinplatte neben dem Spalt. »Falls Sie irgendwelche Wertsachen in den Taschen haben, legen Sie sie hier ab, Ma'am, sonst stürzen sie in die Tiefe.«

Val legte ihren Geldbeutel auf die Steinplatte, zog die Handschuhe aus der Jackentasche und nahm zuletzt auch die Brille ab. Der Mann stützte ihren Arm, als sie sich auf den Boden niederließ, mit dem Rücken zu den Zinnen.

Deke grinste. »Soll *ich* vielleicht deine Beine halten?«

»Nein«, antwortete Val. »Schon okay.«

»Komm schon, warum denn nicht?«

»Das kann ich nicht gestatten«, ging der Mann dazwischen. »*Ich* muss derjenige sein, der sie festhält.«

»Und warum?«

»So sind die Vorschriften, Sir.«

»Wessen Vorschriften?«

»Wenn Sie wollen, dass die Dame den Stein küsst, dann bin ich derjenige, der sie festhält. Und darüber lasse ich nicht mit mir diskutieren.«

Deke zuckte mit den Schultern. »Wenn Sie meinen«, gab er nach.

Während sich der Mann neben Val kniete, warf Deke einen Blick auf den Schwarzdorn-Stock. Der knorrige Griff sah tödlich aus. Ein kräftiger Schlag zum richtigen Zeitpunkt, und er konnte sie beide erledigen. Unglücklicherweise lehnte der Stock jedoch in Reichweite des Mannes am Geländer.

»Bereit?«

Val nickte.

Der Mann packte sie an beiden Oberschenkeln. »Und jetzt legen Sie sich vorsichtig nach hinten ab. Sehr gut. Keine Angst.«

Deke sah zu, wie Vals Kopf tiefer in den Spalt hinabsank. Er blickte wieder zu dem Schwarzdorn-Stock.

Was, wenn er den Typen nicht schnell genug erwischte? Gegen einen kräftigen jungen Mann wie ihn hatte er wohl kaum eine Chance.

Val dehnte sich weit nach hinten, wie ein Bogen. Die Schultern und der Kopf waren nicht mehr zu sehen.

Jetzt oder nie!

Nie, beschloss Deke. Nicht hier oben. Nicht wenn er auch diesen Typen erledigen musste. Er würde auf eine bessere Gelegenheit warten. Vielleicht beim Abstieg in der Dunkelheit des Treppenhauses. Oder auf der Brücke.

»Haben Sie den Herlihy Stone schon geküsst?«, rief der Mann nach unten.

»Ja«, war Vals angespannte Stimme zu hören.

Er riss ihre Beine nach oben und ließ sie los. Deke sah voller Entsetzen zu, wie auch Vals Füße durch den Spalt verschwanden.

Sie schrie für sehr lange Zeit.

Der Mann griff nach seinem Schwarzdorn-Stock und erhob sich.

Deke wich vor ihm zurück. »Was tun Sie denn da?«, stammelte er. »Sie haben sie absichtlich fallen lassen.«

»Das habe ich, und ich kann es nicht leugnen. Und nun sind Sie an der Reihe, Sir. Küssen Sie den Stein.« Er hob den Stock auf Schulterhöhe und ging auf Deke zu.

»Nein! Bleiben Sie weg von mir!«

Der Stock sauste durch die Luft und schlug auf Dekes Schulter nieder. Sein Arm wurde ganz taub. Der nächste Schlag knallte auf seinen Kopf. Benommen fiel er auf die Knie.

»Runter mit Ihnen«, befahl der Mann und zerrte ihn zu dem Spalt hinüber.

Dekes Rücken bog sich schmerzhaft durch, als er mit dem Kopf voraus durch den Spalt gezwungen wurde. Der glatte Marmor war nur wenige Zentimeter von seinem Gesicht entfernt.

»Haben Sie ihn schon geküsst?«

»Nein!«

»Das spielt keine Rolle.«

»Ziehen Sie mich wieder rauf!«

»Das kann ich nicht tun. Ich muss meine Aufgabe erfüllen. Das hier ist das Familiengeschäft, wenn Sie so wollen. Wir bringen den Menschen das Geschenk des Herlihy Stone.« Als er Dekes Beine losließ, rief er: »Nun werden Sie nicht altern, mein Freund, niemals!«

Dracusons Chauffeurin

Die Nachtschicht im Wanderer's Rest Motel passte Pete bestens. Sie dauerte von Mitternacht bis acht Uhr morgens. In dieser Zeit gab es nicht viel zu tun, außer ans Telefon zu gehen – das jedoch nur selten klingelte – und hin und wieder einen Gast bei der Anmeldung einzutragen, der ungewöhnlich spät eintraf. Sein Job bestand hauptsächlich darin, alles im Auge zu behalten.

Und Pete behielt gerne alles im Auge.

Vor allem die jüngeren und attraktiveren weiblichen Gäste des Motels.

Nur wenige von ihnen kamen während Petes langer Nachtschicht an die Rezeption, aber er glich ihre Abwesenheit dadurch aus, dass er ihnen von sich aus einen Besuch abstattete.

Sämtliche Zimmer im Erdgeschoss verfügten über ein Fenster zum Innenhof. An keinem dieser Hoffenster ließen sich die Vorhänge richtig zuziehen – dafür hatte Pete gesorgt. Durch die Lücken zwischen den Vorhängen boten sich Pete wundervolle Einblicke. Ebenso wie durch die Badezimmerfenster. Da sich in den Badezimmern keine Ventilatoren befanden und die Rückseite des Motels von einem steilen Felshang geschützt war, standen die Fenster häufig offen. Dank dieser Tatsache hatte Pete schon zahlreiche süße Dinger beim Ausziehen und Duschen beobachtet oder wie sie in die Kabine hinein- und wieder hinausgestiegen waren und sich anschließend ihre glänzende, glitschige Haut mit abgenutzten Handtüchern trocken gerubbelt hatten.

»Hey, Boydy-Boy«, rief Pete, als er die Motelrezeption betrat, um Boyd Marmon abzulösen. »Wie läuft's?«

Boyd wich gerade noch schnell genug von der Rezeptionstheke zurück, um sich keinen freundlichen Klaps auf die Schulter oder den Rücken einzufangen.

Als er allein war, ging Pete die Anmeldekarten durch. Bis auf drei Zimmer im Erdgeschoss waren in dieser Nacht offensichtlich alle Zimmer belegt. Er wartete bis halb eins und brach dann zu seiner »Fensterrunde« auf, wie er es nannte. Die nächsten folgten um ein Uhr, 1:15 Uhr, 1:30 Uhr, 1:45 Uhr und zwei Uhr nachts.

Petes Anstrengungen wurden mit dem ungehinderten Blick auf zwei plumpe Damen, ein niedliches Mäuschen im Teenageralter – das bereits in sein Garfield-Nachthemd geschlüpft war und es in näherer Zukunft vermutlich auch nicht wieder ausziehen würde – und ein mit dem Rücken zum Fenster in einem Sessel sitzendes Mädchen nicht gerade üppig belohnt. Die Kleine hatte zwar dichtes blondes Haar und nackte Schultern, erhob sich aber leider nicht aus dem Sessel. Von hinten sah sie wundervoll aus. Aber ob sie auch hübsch war? Und was hatte sie an, wenn ihre Schultern nackt waren? Ein trägerloses Top? Oder vielleicht ein Handtuch? Oder gar nichts?

Sie war Petes Hauptgrund, seine Fensterrunden in dieser Nacht fortzusetzen. Nachdem er sie bei seiner Ein-Uhr-Runde zum ersten Mal erspäht hatte, ignorierte er die anderen Fenster mehr oder weniger völlig und verbrachte seine wenigen Minuten damit, die Kleine sehnsuchtsvoll anzustarren und sie innerlich anzuflehen, endlich aus dem Sessel aufzustehen und sich umzudrehen. Aber das tat sie nicht. Jedenfalls nicht, solange er sie beobachtete. Als er auf seiner Zwei-Uhr-Runde zurückkehrte, war ihr Fenster dunkel.

Er lugte trotzdem hinein, konnte jedoch nichts erkennen.

Sie musste ins Bett gegangen sein.

Er hatte sie verpasst.

Scheiße!, dachte er.

Das ist verdammt noch mal nicht fair!

Auf dem Weg zurück zur Rezeption stolperte er beinahe über eine schwarze Katze, die sich in letzter Zeit öfter auf dem Motelgelände herumtrieb. Er versuchte, ihr einen Tritt zu verpassen, doch sie machte rechtzeitig einen Satz und sein Schuh erwischte nur ihren Hintern. Er warf einen Stein nach ihr, verfehlte sie jedoch.

Wütend trat er die Glastür der Rezeption auf und dann auch noch gegen die Vorderwand der Anmeldetheke.

Wenn du auch nur ein bisschen Mumm hättest, würdest du die Tür dieser Kleinen eintreten und sie dir nehmen, dachte er.

Vielleicht würde es ihr ja sogar gefallen. In einer so wunderbar milden Nacht wie dieser *musste* sie schließlich geil sein.

Auf der Karte stand allerdings, dass sie mit ihrem Mann im Motel abstieg.

Na und? Du schlägst ihm den Schädel ein und *dann* vögelst du sie.

Er setzte sich hinter die Theke und hing seinen Fantasien nach. Wie sie nackt aussah. Wie sie sich anfühlte. Was er mit ihr tun würde. Wozu er sie zwingen würde.

Pete war bislang nur einmal mit einem nackten Mädchen zusammen gewesen. Beth Wiggins. Im vergangenen Juni im Auto seines Vaters, nach dem Abschlussball. Sie war das unattraktivste Mädchen der Schule – und damit die Einzige, bei der er den Mut gehabt hatte, sie zum Ball einzuladen.

Sie hatte wie ein eifriges Schoßhündchen nach Zuneigung gelechzt.

Im Wagen, nach dem Ball, hatte sie sich förmlich auf ihn gestürzt.

Ihr Atem roch nach Zwiebeln, ihre Titten hingen herab wie rohe Brotlaibe, ihr Bauch schwabbelte und ihr Arsch war mehrere Meilen breit. Sie war richtig notgeil gewesen. Pete hatte sich selbst immer für notgeil gehalten, doch als sich die lüsterne, unbekleidete Beth auf ihn stürzte, wäre er am liebsten davongerannt. Er war noch nicht einmal steif geworden, als sie ihm einen geblasen hatte. Deshalb hatte sie auch noch angefangen zu heulen.

Also hatte er sie geohrfeigt.

Und nachdem er sie geohrfeigt hatte, *war* er steif geworden. Also tat er es noch einmal, diesmal härter. Sie kreischte und verpasste ihm einen Schlag auf die Nase – und damit war alles vorbei. Sie zogen sich beide wieder an und sie schluchzte den ganzen Weg zurück nach Hause.

Nie wieder, schwor er sich in jener Nacht.

Keine fetten Säue mehr.

Unglücklicherweise jagte ihm die Vorstellung, mit einem weiblichen Wesen zu sprechen, das er auch nur annähernd attraktiv fand, jedoch eine Heidenangst ein – ganz davon zu schweigen, sie um ein Date zu bitten.

Aber immerhin konnte er sie *betrachten.*

Sie durch die Fenster beobachten.

Davon träumen, wie er sich in ihr Zimmer schlich, sie überwältigte, sie nackt auszog und sie dazu zwang, ihm jeden seiner Wünsche zu erfüllen.

Es verging kaum eine Nacht, in der er nicht diesen Fantasien über einen der weiblichen Motelgäste nachhing.

Er *verzehrte* sich danach, diese Träume Wirklichkeit werden zu lassen.

Wenn er doch nur unsichtbar wäre …

Oder wenn ihm doch nur eine Möglichkeit einfiele, eine von ihnen zu hypnotisieren oder unter Drogen zu setzen, ohne dass sie Verdacht schöpfte …

Eine Möglichkeit, seinen Spaß mit einem Mädchen zu haben und damit davonzukommen – genau das wollte er. Er grübelte viel darüber nach, spielte es in Gedanken immer wieder durch und suchte nach durchführbaren Lösungen. Aber er wusste, dass es keine Lösung *gab*. Keine Chance, seine Fantasien auszuleben und sich absolut und hundertprozentig sicher zu sein, dass kein Verdacht auf ihn fiel.

Trotzdem machten ihm diese Gedankenspiele Spaß.

Während der langen, stillen Stunden nach seiner letzten nächtlichen Fensterrunde verbrachte Pete eine Menge Zeit damit, sich vorzustellen, was er mit der jungen Frau mit den nackten Schultern tun würde. Und er verbrachte sogar noch mehr Zeit damit, verschiedene Pläne zu ersinnen, um damit davonzukommen.

Manchmal kam ihm das Ganze richtig real vor.

Dann konnte er sie tatsächlich vor sich sehen. Ihren rauen Atem, ihr Keuchen und Kreischen hören. Ekstatische und schmerzerfüllte Schreie klangen oft so ähnlich.

Doch wenn er sie unter Drogen setzte, würde sie weder das eine noch das andere spüren.

Vielleicht würde er sie mit einem Schlag auf den Kopf ausknocken. Sie ans Bett fesseln. Warten, bis sie wieder zu sich kam, bevor er mit ihr loslegte. Ja, genau.

Glänzend vor Schweiß. Überzogen von roten Bändern aus Blut.

Sich windend, rekelnd, kreischend …

Kurz nach vier wurde Pete aus seinen Tagträumen gerissen, als ein Leichenwagen unter dem Vordach des Motels hielt. Er sah tatsächlich echt aus: ein langes, schwarz glänzendes Fahrzeug, die hinteren Fenster mit Vorhängen verdeckt.

Der Anblick jagte Pete einen eiskalten Schauer über den Rücken. Ihm stellten sich die Nackenhaare auf und seine ganze Kopfhaut kribbelte.

»O Scheiße«, stieß er aus.

Ein Leichenwagen!

Warum fährt hier ein *Leichenwagen* vor?

Eine Sekunde lang spielte er mit dem Gedanken, sich hinter dem Tresen zu verstecken und so zu tun, als wäre er gar nicht da.

Aber vielleicht hatte ihn der Fahrer ja ohnehin längst gesehen. So oder so, er wusste, dass es ziemlich feige gewesen wäre, sich zu verstecken.

Es gab nichts, wovor er sich fürchten musste.

Anstatt sich zu verstecken, senkte Pete nur den Kopf und blickte auf den Stapel mit den Anmeldekarten hinunter. Dann hörte er, wie eine Autotür mit einem dumpfen Knall zuschlug.

Am Motel war noch nie zuvor ein Leichenwagen vorgefahren.

Pete hatte auch noch nie davon gehört, dass ein Leichenwagen an *irgendeinem* Hotel vorfuhr.

Seltsam. Scheißseltsam, verdammt.

Die Glocken über der Tür läuteten.

Schweiß rann an Petes Seiten hinunter. Sein Blick bohrte sich in den Kartenstapel. Er hatte zu viel Angst, den Kopf zu heben.

Schritte näherten sich.

Mach, dass er wieder weggeht! Bitte! Das gefällt mir ganz und gar nicht!

»Hi.«

Der Klang der Stimme erschreckte ihn. Sie klang so fröhlich. Fröhlich, jung und weiblich.

Er hob den Blick.

Die junge Frau auf der anderen Seite der Theke trug eine schwarze Uniform: Eine schwarze Schildmütze saß schräg nach oben zeigend keck auf ihrem sehr kurzen, blassblonden Haarschopf. Unter dem schwarzen Jackett mit zwei Reihen aus Messingknöpfen schmiegte sich die schwarze Stoffhose eng an ihre Beine, während die glänzenden schwarzen Lederstiefel bis zu ihren Knien reichten.

An jedem anderen hätte die Uniform womöglich düster und streng gewirkt. An diesem lächelnden schlanken Mädchen wirkte sie jedoch verspielt. Die Kleine sah aus wie eine verkleidete Elfe.

Pete starrte sie an und hatte das Gefühl, sein Herz würde jeden Moment stehen bleiben.

Er hatte noch nie jemand so … Zartes gesehen.

Der stufig geschnittene Pony, der ihre rechte Augenbraue komplett verdeckte, die riesigen blauen Augen, die warme, weiche, cremeweiße Haut, die feinen Kurven ihrer Wangenknochen, Nase, Lippen und ihres Kinns sowie der lange, geschmeidige Schwanenhals raubten Pete beinahe die Sinne.

»Geht es Ihnen nicht gut?«, fragte sie.

»Mir? Doch. Bestens.« Er neigte den Kopf zur Seite. »Sie ... Sie erinnern mich nur an jemanden, das ist alles. Möchten Sie ein Zimmer?«

»Liebend gerne. Es war eine verflucht lange Nacht.« Sie hob den Zeigefinger. »Ein Einzelzimmer genügt völlig. Mein Begleiter benötigt kein Bett.«

»Ihr Begleiter?«

Sie zeigte mit dem Daumen über ihre Schulter. »Mein steifer Freund da draußen im Knochenmobil.«

»Was? Sie haben da eine ... eine Leiche drin?«

»Keine Sorge. Ich lasse ihn nicht aus dem Sarg.«

Pete blickte zu dem Leichenwagen hinaus. »Mein Gott«, murmelte er. »Da ist wirklich ein Toter ...?«

»O ja, allerdings. Gibt's damit ein Problem?«

»Keine Ahnung.«

»Wir müssen ihn schließlich nicht anmelden, richtig?« Sie bedachte Pete mit einem flüchtigen schelmischen Grinsen.

»Ich schätze, das geht schon in Ordnung«, sagte er.

»Prima.«

»Wie lange wollen Sie denn bleiben?«

»Ah, genau das ist das Problem.« Sie seufzte. »Sehen Sie, ich sitze schon seit Sonnenaufgang am Steuer.«

»Seit Sonnenaufgang *gestern?*«

»Wenn ich noch ein paar Stunden wach bleibe, sind es glatte 24. Mit anderen Worten: Ich bin total erledigt. Am liebsten würde ich mich deshalb ins Bett legen und den ganzen Tag durchschlafen.«

»Hmmm.«

»Aber so läuft das normalerweise nicht, stimmt's?«

»Da haben Sie recht. Check-out ist spätestens um zwölf.«

Sie zuckte mit den Schultern. »Ich müsste mindestens bis zum Abend bleiben. Vielleicht sogar bis neun Uhr.«

»Das könnte ein Problem werden.«

»Ich weiß. Ich war schon ein paarmal in dieser Situation. Als Nächstes werden Sie mir erklären, dass ich für zwei volle Nächte bezahlen muss.«

Ich kann sie nicht verlieren.

»Nein. Das wäre nicht fair. Ich sage Ihnen was: Ich regle das schon. Sie müssen nur für eine Nacht bezahlen.«

»Das können Sie tun?«

»Sicher. Der Laden hier gehört meinen Eltern.« Das war gelogen, aber das konnte die Kleine ja nicht wissen. »Ich gebe Ihnen ein schönes Zimmer im Erdgeschoss, am Ende des Gangs. Würden Sie das hier bitte ausfüllen?« Er nahm eine Anmeldekarte vom Stapel, schob sie über den Tresen zu ihr und legte einen Stift darauf.

Pete war ziemlich gut im Verkehrt-herum-Lesen.

Der Name der Kleinen war Tess Hunter.

Sie arbeitete für das Greenfields-Bestattungsunternehmen in Clayton, New York.

»Sie sind ja ganz schön weit von zu Hause weg«, bemerkte er.

»Er auch.« Sie zeigte erneut mit dem Daumen. »Der arme Kerl hat sich bei einem Feuer auf einer Jacht auf dem St. Lawrence selbst verbrannt. Seine Familie will zu Ende bringen, was das Feuer begonnen hat, und seine Asche an ihrem Privatstrand in Malibu verstreuen.«

Pete rümpfte unwillkürlich die Nase. »Er ist *verbrannt?*«

»Nicht ganz. Außen verkohlt, aber ich vermute, dass er innen noch ziemlich roh ist.«

Sie schob die Karte zu Pete zurück.

»Und wie bezahlen Sie?«

»Bar.« Er berechnete ihr eine Nacht für das Zimmer. Nachdem er das Geld erhalten hatte, reichte er ihr den Schlüssel für Zimmer 10. »Gleich hier neben der Rezeption ist eine Eismaschine und ...«

Sie schüttelte den Kopf. »Die brauche ich nicht. Ich dusche nur kurz, falls ich mich lange genug wach halten kann, und dann geht's ab ins Bett.«

Sie will duschen!

»Kann ich Ihnen vielleicht mit Ihrem Gepäck helfen?«, bot Pete ihr an. Er wusste, dass sein Gesicht knallrot anlief.

»Gilt das Angebot auch für den Sarg?«

»Hä?«

»Oh, ich fürchte, ich kann Mr. Dracuson nicht im Leichenwagen lassen. Es könnte schließlich jemand mit ihm davonfahren.«

»Ich bin mir sicher, dass niemand ...«

»Es ist eine große Verantwortung, die Toten zu chauffieren.«

»Aber ...«

»Man würde mich todsicher feuern, wenn ich ihn verliere.«

»Und wo soll er Ihrer Meinung nach hin?«, fragte Pete.

»In mein Zimmer natürlich.«

»In Ihr *Zimmer?*«

»Das widerspricht doch hoffentlich nicht Ihren Vorschriften, oder?«

»Nicht dass ich wüsste. Aber ... machen Sie das *öfter?* Die Toten mit zu sich aufs *Zimmer* nehmen?«

»Oh, natürlich. Und es macht mir nicht das Geringste aus, ehrlich. Außer wenn sie schnarchen.«

Pete war selbst überrascht, als er lachen musste.

»Wie heißen Sie?«, wollte Tess wissen.

»Pete.«

»Gut, Pete. Würden Sie mir kurz mit der Kiste helfen?«

Er nickte, eilte hinter der Rezeptionstheke hervor und öffnete die Tür für Tess. Sie lief zum Leichenwagen und hielt Pete die Beifahrertür auf.

Sie will, dass ich mit ihr fahre!

Beim Gedanken daran, neben Tess im Auto zu sitzen, hämmerte Petes Herz wie wild. Ihr so nah zu sein! In der Dunkelheit!

Aber nicht in einem Leichenwagen.

Auf keinen Fall.

»Nein danke«, lehnte er ab.

»Steigen Sie ein. Sie können mit mir zum Zimmer fahren.«

»Schon okay. Ich gehe zu Fuß.«

»Es ist der Leichenwagen, stimmt's?«

Pete war bereits auf dem Weg, blickte sich zu Tess um und antwortete: »Nein, nein. Es lohnt sich nur überhaupt nicht. Das Zimmer ist gleich da drüben.«

»Diese Chance kriegen Sie vielleicht nie wieder, wissen Sie? Mal auf dem Vordersitz mitzufahren.«

»Schon okay.«

Sie stieg selbst auf der Beifahrerseite ein, zog die Tür hinter sich zu und rutschte über den Sitz. Sie hatte kaum hinter dem Steuer Platz genommen, als der Motor auch schon dröhnend zum Leben erwachte. Dann gingen die Scheinwerfer an.

Pete hatte den Parkplatz bereits zur Hälfte überquert, als sich der Leichenwagen in Bewegung setzte. Er wendete langsam und die Lichtstrahlen krochen über den Asphalt, bis sie ihn fanden. Umrahmt von ihrem grellen Schein folgte er seinem eigenen langen Schatten zu Zimmer 10.

Er drehte sich zum Wagen um und kniff die Augen zusammen, bis die Scheinwerfer erloschen. Der Motor erstarb. Die Tür schwang auf und Tess stieg aus dem Auto. Sie kam mit schnellen Schritten auf ihn zu, eine Reisetasche in der Hand.

»Ich helfe Ihnen mit der Tür«, sagte er.

»Danke.« Sie reichte ihm den Schlüssel.

Er schloss die Tür auf, streckte einen Arm ins Zimmer und legte den Lichtschalter um. Der Kronleuchter ging an. Obwohl er über dem Tisch im vorderen Bereich des Zimmers hing, erhellten die sechs kleinen Glühbirnen den kompletten Raum, bis auf den hinteren Teil. Jenseits der Schatten dort erkannte Pete das Fenster. *Sein* Fenster.

Bei dem Anblick blieb ihm fast die Luft weg.

O wenn ich doch nur schon auf der anderen Seite stehen und Tess zusehen könnte!

Das wird unglaublich.

Unglaublich.

Und sie will sogar duschen!

Nur noch ein paar Minuten …

Tess ging an ihm vorbei, warf die Reisetasche aufs Bett und drehte sich lächelnd wieder zu ihm um. »Schickes Zimmer«, sagte sie.

Pete nickte. »Ist das Ihr ganzes Gepäck?«, fragte er.

»Es ist alles, was ich brauche.«

Er wich rückwärts aus der Tür, als sie auf ihn zukam, und folgte ihr dann zum Wagen. Ihre Hose saß hinten ziemlich stramm. Sie schmiegte sich an ihren Po und spannte sich bei jedem ihrer Schritte.

Auch als sie am Heck des Leichenwagens standen, gaffte er Tess weiter an, saugte ihren Anblick förmlich in sich auf und wurde bei dem Gedanken daran, sie schon bald heimlich zu beobachten, immer erregter. Was er lieber nicht sehen wollte, blendete er aus.

Er schaute nur auf Tess, nicht auf den Leichenwagen, als sie die hintere Tür öffnete. Er schaute nur auf Tess, nicht auf den Sarg, als sie die Kiste herauszog.

»Der arme Mr. Dracuson ist nicht besonders schwer«, bemerkte sie. »Aber wenn Sie vielleicht vorne anpacken könnten?«

Pete wurde bewusst, dass sie reglos dastand und auf seine Hilfe wartete. Ein Ende des Sargs stützte sie mit der Brust, das andere ruhte noch an der Kante des Leichenwagens.

Der Sarg war nicht einmal annähernd so schwer, wie er es erwartet hatte. Trotz Tess' Bemerkung über das Gewicht des Toten hatte Pete angenommen, dass er viel schwerer zu tragen sein würde. Er vermutete, dass ein Großteil von Dracusons Körper auf dem Boot oder im Fluss zurückgeblieben war. Als Asche.

Tess schob sich dicht an das Heck des Leichenwagens heran und schubste die Tür mit dem Hintern zu. »Okay«, sagte sie dann.

»Haben Sie ihn?«

»Ja, alles bestens. Und bei Ihnen?«

»Kein Problem«, versicherte Pete.

Er ging mit dem Sarg rückwärts und sah förmlich vor sich, wie er ihn fallen ließ. Er stellte sich vor, wie er auf den Boden knallte, der Deckel aufsprang und eine verkohlte, schwarze menschliche Hülse herausrollte. Ein verwelktes Etwas, gesichtslos und zusammengekrümmt wie ein Fötus. Schwarzer Staub stieg von der verbrannten Haut auf. Flocken rieselten herab. Mehrere Körperteile – die Nase, ein Finger – brachen lautlos ab.

Aber nichts dergleichen passierte.

Gemeinsam trugen sie den Sarg ins Zimmer.

Direkt hinter der Tür sagte Tess: »Gleich hier ist bestens.«

Sie stellten ihn auf dem Boden ab.

»Haben Sie ihn denn mal gesehen?«, wollte Pete wissen.

»O ja. Ich habe geholfen, ihn reinzulegen, wissen Sie?«

»Und wie sieht er aus?«

»Ziemlich grauenvoll.« Sie stieß die Kiste mit der Stiefelspitze an. »Ich würde ihn ja mal aufmachen und es Ihnen zeigen, aber der Geruch könnte ziemlich widerlich sein.«

Er versuchte zu lachen. »Ich will ihn auch gar nicht sehen, vielen Dank.«

»Na dann ... danke für Ihre Hilfe. Alleine ist er etwas schwieriger zu handhaben.«

Pete gab ihr den Zimmerschlüssel zurück.

Sie legte ihn auf den Tisch und zog ihren Geldbeutel aus der Gesäßtasche. Pete hob die Hände.

»Nein, es war mir ein Vergnügen.«

»Ein Vergnügen, ja? Eine Leiche zu schleppen?«

»Na ja ...« Er zuckte mit den Schultern. »Sie wissen schon.«

Er ging um den Sarg herum und Tess steckte den Geldbeutel wieder ein. Sie machte Pete Platz und streckte ihm die Hand hin. »Vielen Dank noch mal«, sagte sie.

»Keine Ursache.« Er schüttelte ihre Hand.

Hitze schoss seinen Arm hinauf, breitete sich in ihm aus und erfüllte seinen ganzen Körper.

Die Hitze blieb, selbst nachdem sie seine Hand wieder losgelassen hatte.

Pete schluckte. Seine Stimme zitterte ein wenig, als er sagte: »Wenn Sie noch irgendwas brauchen, wissen Sie ja, wo Sie mich finden.«

»Gute Nacht dann«, erwiderte Tess.

Er verließ das Zimmer und sie schloss die Tür hinter ihm.

Er lief direkt zur Rezeption zurück. Schnell. Es wäre natürlich noch schneller gewesen, direkt neben Tess' Zimmer um die Ecke zu biegen, aber er wollte wenigstens den *Anschein* erwecken, dass er an seinen Arbeitsplatz zurückkehrte. Nur für den Fall.

Er betrat die Rezeption. Blickte sich um. Sah, dass niemand dort war. Hörte kein Telefon klingeln. Drehte sich wieder um, ging hinaus und eilte zur Rückseite des Motels.

Kein Licht ergoss sich aus *irgendeinem* der Fenster in die Dunkelheit.

Nicht einmal aus Tess' Fenster ganz am Ende des Gebäudes.

Das kann nicht sein!

Wenn ich bei ihr jetzt leer ausgehe ...!

Es ist schon okay, dass das Licht im Bad nicht an ist, beruhigte er sich selbst. Das bedeutet nur, dass sie noch nicht unter der Dusche steht. Gut. Dann hab ich auch noch nichts verpasst.

Aber auch das Fenster ihres *Zimmers* sah dunkel aus.

Das Licht *muss* an sein, redete er sich gut zu. Ich kann es von hier aus nur nicht sehen.

Der Spalt zwischen den beiden Vorhängen war höchstens fünf Zentimeter breit. Es konnte also ohnehin nicht mehr als ein schmaler Lichtstreifen zu sehen sein.

Vielleicht hat sie den Spalt ja mit Nadeln zusammengesteckt oder so.

Pete schlich sich an Tess' Fenster heran.

Noch nicht einmal das müde Flackern eines Fernsehers war in einem der Räume zu erkennen, an denen er vorbeikam.

Vor Tess' Badezimmerfenster blieb er stehen. Das Milchglas wirkte grau in der Dunkelheit. Einer der Flügel stand weit offen.

Fantastisch, freute sich Pete. *Unglaublich.*

Wenn sie jetzt duscht ...

Falls *sie jetzt duscht.*

In der Hocke huschte er zum Hauptfenster hinüber und lugte hindurch.

Lugte in eine schwarze Leere.

Sie ist doch eben erst angekommen! Ich war doch höchstens eine Minute lang weg! Was zur Hölle ist hier los?

Beruhig dich, ermahnte er sich selbst. Du hast nichts verpasst. Sie hatte noch gar nicht genügend Zeit, sich fürs Bett umzuziehen, geschweige denn für eine Dusche. Sie ist wahrscheinlich nur mal kurz aus dem Zimmer gegangen.

Was, wenn sie auf dem Weg zur Rezeption ist?

Vielleicht brauchte sie ja etwas. Vielleicht fehlte im Zimmer ja ein Handtuch oder irgendetwas in der Art. Vielleicht hatte sie an der Rezeption angerufen. *Und jetzt sucht sie mich.*

Scheiße! Was, wenn sie mich hier findet?

So schnell er konnte, ohne zu viel Lärm zu machen, rannte Pete zum anderen Ende des Gebäudes und an der fensterlosen Hauswand entlang. Dann lehnte er sich um die Vorderecke.

Der Leichenwagen parkte noch immer vor dem Zimmer, genau dort, wo Tess ihn abgestellt hatte.

Der beleuchtete Gehweg, der zur Rezeption führte, wirkte verlassen. Abgesehen von den Autos, die sich vor den Zimmern im Erdgeschoss aneinanderreihten, war der Parkplatz leer. Selbst die Straße dahinter wirkte verlassen und trostlos.

Pete betrachtete die Windschutzscheibe des Leichenwagens. Er öffnete die Fahrertür. Das Innenlicht ging an.

Tess war nicht im Wagen.

Er ging zurück zur Rezeption. Dort war sie auch nicht.

Sie muss noch in ihrem Zimmer sein, dachte er. Vielleicht hatte sie einfach das Licht ausgemacht, sich auf eines der Betten fallen lassen und war eingenickt.

Zu erschöpft, um noch zu duschen.

So müde, dass sie wahrscheinlich mit ihren Klamotten eingeschlafen war.

Vollkommen erledigt.

Was, wenn sie so erledigt ist, dass sie gar nicht mehr wach zu kriegen ist?

Niemand wird es je erfahren, sagte sich Pete, als er den Zweitschlüssel ins Schloss von Zimmer 10 steckte.

Er wünschte sich, er wäre schon früher zur Tat geschritten.

Aber er hatte eine Weile gebraucht, um den nötigen Mut aufzubringen. Als er die Rezeption schließlich verlassen hatte, kroch von Osten bereits die Morgensonne über den Himmel.

Beinahe hätte er doch noch einen Rückzieher gemacht.

Aber sämtliche Fenster an der Frontseite des Motels waren nach wie vor dunkel.

Selbst wenn mich jemand sieht, spielt es keine Rolle, dachte er. *Ich bin der Nachtportier. Ich habe jedes Recht, eins der Zimmer zu betreten.* Außerdem blieb keiner der Gäste länger als eine Nacht. Spätestens um zwölf Uhr würden sie alle wieder abreisen.

Es wird alles gut gehen.

Solange Tess nicht aufwacht.

Das wird sie nicht. Solange ich ganz leise bin … und ihr nicht mit der Taschenlampe ins Gesicht leuchte.

Trotzdem wusste Pete, dass durchaus die Möglichkeit bestand, dass er ihr Zimmer gar nicht würde betreten können. Die meisten Gäste schoben den Türriegel vor, bevor sie ins Bett gingen. Wenn Tess dies ebenfalls getan hatte, war das Spiel sofort zu Ende. Pete konnte auf keinen Fall riskieren, einzubrechen. Entweder drang er lautlos per Schlüssel ein – oder gar nicht.

Aber wenn sie wirklich todmüde gewesen war, hatte sie den Riegel vielleicht vergessen.

Vielleicht.

Pete drehte erst den Schlüssel, dann den Türknauf und drückte sich vorsichtig gegen die Tür. Sie schwang nach innen auf.

O mein Gott! Fantastisch!

Die Türangeln quietschten leise. Pete zuckte zusammen, ließ sich davon jedoch nicht abschrecken. Er schob die Tür langsam weiter auf, schlüpfte ins Zimmer und zog sie vorsichtig wieder hinter sich zu.

Im Raum war es stockdunkel. Zwischen den Vorhängen vor dem großen vorderen Fenster und dem kleinen Fenster hinten zeigten sich blassgraue Streifen. Das spärliche Licht war jedoch nutzlos. Pete konnte keine Details im Inneren des Zimmers erkennen. Weder die Möbel noch den Sarg oder Tess.

Außer seinem eigenen rasenden Herzschlag konnte er auch nicht das Geringste hören.

Dann vernahm er das leise Reiben seiner Hand auf dem Stoff, als er den Schlüssel zurück in die Vordertasche seiner Jeans steckte, und dasselbe Geräusch, als er die Hand wieder herauszog.

Er wechselte die schwere Taschenlampe mit dem Stahlgehäuse in die rechte Hand und legte die Finger der linken Hand über die Linse. Er richtete sie auf sein Gesicht und knipste sie mit dem Daumen an. Seine Finger leuchteten rosa, beinahe so transparent, dass er ihre schattigen Knochen sehen konnte.

Auch wenn er die Betten in der Dunkelheit nicht erkennen konnte, wusste er genau, wo sie standen. Er richtete die Taschenlampe darauf, spreizte die beiden mittleren Finger ein wenig und sah zu, wie der helle Lichtkegel über das Fußende des ihm am nächsten stehenden Bettes kroch.

Keine Füße oder Beine. Nicht der Hauch einer Wölbung unter der Bettdecke.

Er ließ das Licht weiter nach oben wandern.

Das Bett war ordentlich gemacht und bis auf Tess' Reisetasche vollkommen leer. Der lange Reißverschluss war offen. Sie musste etwas herausgeholt haben.

Pete leuchtete auf das andere Bett und schnappte erschrocken nach Luft.

Einen Moment lang dachte er, Tess läge darauf, zerstückelt und geköpft. Dann erkannte er jedoch, dass es nur ihre verstreuten Klamotten waren. Mütze, Jackett und Hose wirkten auf der glatt gestrichenen hellen Tagesdecke nur umso schwärzer. Die hohen Stiefel standen aufrecht auf dem Boden neben dem Bett.

Aber er sah keine Bluse. Keinen BH, kein Höschen, noch nicht einmal Socken.

Hatte sie unter ihrer schwarzen Uniform etwa gar nichts angehabt?

Pete konnte förmlich hören, wie sein Herzschlag beschleunigte. Sein Mund fühlte sich mit einem Mal furchtbar trocken an und er konnte nicht mehr richtig atmen. Er rang keuchend nach Luft und spürte, wie er steif wurde.

Sie muss es im Dunkeln getan haben, dachte er.

Sie musste das Licht sofort ausgeschaltet haben, noch bevor sie sich ausgezogen hatte.

Ob sie etwas geahnt hat?

Ob sie jetzt nackt ist?

Oder ihren BH und ihr Höschen anhat?

Einen Hauch von nichts ...

Schwarz, genau wie der Rest ...

Wo zur Hölle ist sie?

Versteckt sie sich? Vielleicht hat sie gehört, wie ich die Tür aufgeschlossen habe.

O mein Gott.

Fall sie wach ist und weiß, dass ich hier bin, dachte Pete, *dann stecke ich echt in Schwierigkeiten.* In mächtigen Schwierigkeiten. Das wäre eine Katastrophe.

Gefeuert zu werden, wäre dann das geringste seiner Probleme, so viel war ihm klar.

Konnte er dafür im Gefängnis landen?

Ich wollte sie doch nur ansehen!

Er nahm die Hand von der Linse der Taschenlampe und der volle Strahl leuchtete grell auf. Pete richtete ihn auf den Sarg direkt vor seinen Füßen. Er schob sich um die Kiste herum, kniete sich zwischen die beiden Betten und hob die herabhängenden Tagesdecken hoch, um sich zu vergewissern, dass Tess nicht darunter lag. Dann stand er wieder auf und überprüfte die Nische auf der anderen Seite des hinteren Bettes. Anschließend drehte er sich einmal im Kreis und leuchtete in jede Ecke des Raumes, bevor er das Badezimmer betrat.

Es gab darin keine Badewanne, nur eine Dusche.

Er schob den Plastikvorhang zur Seite und leuchtete mit der Taschenlampe hinein, in der Hoffnung, Tess zusammengekauert auf dem Fliesenboden zu entdecken.

Sie war nicht da.

Wo ist sie?

Sie war nicht abgereist. Der Leichenwagen stand immer noch draußen. Ihre Kleidung war noch hier.

Pete verließ das Badezimmer wieder und leuchtete mit der Taschenlampe über die verstreuten Kleidungsstücke.

Sie war die Beste, die Schönste. Er hatte noch nie in seinem Leben so ein Mädchen gesehen. Alle anderen waren … Dreck … im Vergleich zu Tess.

Das ist nicht fair! Wo bist du?

In seiner Verzweiflung ließ sich Pete auf die Ecke des Bettes sinken.

Ich warte auf sie, dachte er. *Sie muss schließlich irgendwann wieder auftauchen.*

Was, wenn Wechselklamotten in der Reisetasche waren, sie sich umgezogen hat und einfach abgehauen ist? Vielleicht hatte sie die Schnauze voll davon, Leichen durch die Gegend zu chauffieren.

Vielleicht war es das.

Aber wenn es so ist, dann kommt sie nie mehr zurück.

Nein. Nein, sie hatte von Verantwortung gesprochen. Sie wollte den Sarg ja noch nicht einmal unbeaufsichtigt im Leichenwagen lassen, deshalb würde sie das Ding ganz sicher nicht einfach so zurücklassen.

Sie hatte gewirkt, als wäre es ihre *Pflicht,* für den sicheren Transport dieses Dracuson zu sorgen …

*Dracu*son?

Pete richtete die Taschenlampe auf den Sarg.

War das wirklich der Name des Toten – Dracuson?

Vielleicht hatte Tess ja nur Spaß gemacht.

Vielleicht fand sie es komisch, dem armen Trottel einen Namen zu verpassen, der wie Dracula klang.

Als würde ich jemals glauben, dass da ein Vampir drin liegt.

Klar, Tess ist die Chauffeurin irgendeines verfluchten Vampirs, den sie die ganze Nacht durch die Gegend kutschiert. Wahrscheinlich hält sie ab und zu mal irgendwo an, damit er davonfliegen und ein paar Leute aussaugen kann, und dann igeln sie sich den ganzen Tag in irgendeinem schäbigen Motelzimmer ein, weil sich Drac in seinem Sarg erholen muss, bis es wieder dunkel wird, und weil Tess ihren Schönheitsschlaf braucht.

Bescheuert, dachte Pete.

Verrückt.

Vampire existierten schließlich nicht.

Aber *falls* es sie gäbe, würde plötzlich alles einen Sinn ergeben. Alles, abgesehen von Tess' Verschwinden.

Verdammt, dachte Pete, *die Lösung liegt doch auf der Hand.*

Sie war nicht nur Dracusons Chauffeurin, sondern auch seine Geliebte. Sie lag mit ihm in diesem Sarg.

Ja, sicher. Das kannst du deiner Großmutter erzählen.

Pete wusste, dass diese Idee vollkommen albern war. Verrückt, lächerlich. Aber er *musste* einfach einen Blick in diesen Sarg werfen.

Er stand auf. Seine Beine zitterten, als er sich wieder an dem Sarg vorbeischob. Ihm drehte sich beinahe der Magen um.

Sie wird nicht da drin liegen, beruhigte er sich.

Wenn du ihn öffnest, findest du nur den schwarz verkohlten Mr. Dracuson.

Ja? Aber wo ist dann Tess?

Pete ging am Fußende des Sargs in die Hocke. Er leuchtete mit der Taschenlampe auf den Deckel. Das Holz sah aus wie Mahagoni, rotbraun und glänzend.

Er horchte.

Aus der Kiste war kein schweres Atmen zu hören. Kein Keuchen, kein Stoßen.

Wenn sie da drin ist, dachte er, *dann vögelt sie jedenfalls mit keinem Vampir. Sie liegt nur still und leise da.*

Vielleicht hat sie mich ja gehört und weiß, dass ich hier bin. Was, wenn sie versucht, sich auf mich zu stürzen, sobald ich das Ding hier öffne?

Ha, dachte er.

Beinahe hätte er laut gelacht.

Falls sich Tess wirklich mit ihrem Vampir-Liebhaber in diesem Sarg befand – was höchst unwahrscheinlich war –, dann lag sie vermutlich mit dem Gesicht nach unten auf ihm. Aus dieser Position konnte sie Pete wohl kaum anspringen.

Er schloss die rechte Hand fest um die Taschenlampe.

Dann schob er die Fingerspitzen der linken Hand unter die Kante des Sargdeckels.

Wirf ihn schnell runter. Gib ihr keine Chance, sich herumzurollen.

Doch dann stellte er sich vor, wie der schwere Sargdeckel mit einem dumpfen Schlag auf dem Boden landete.

Auf keinen Fall.

Ich muss heimlich, still und leise vorgehen, dachte er.

Anstatt den Deckel auf den Boden zu werfen, hob er ihn vorsichtig ein paar Zentimeter an. Dann senkte er den Kopf und leuchtete hinein.

Er erhaschte einen Blick auf das Bein einer Pyjamahose. Hellblauer Stoff, so glänzend wie Seide.

Hitze jagte durch seinen Körper.

Er hob den Deckel noch höher und ließ das Licht über den Körper wandern.

Es war nur einer.

Er lag auf dem Rücken, gepolstert vom weißen Satin der Innenverkleidung des Sargs.

Es war ein schlanker Körper in einem weiten, seidigen Pyjama, der sich elegant an die Kurven schmiegte, die er bedeckte. Das Oberteil reichte ein gutes Stück über die Taille der Hose. Es war mit vier großen weißen Knöpfen versehen. Der Stoff legte sich sanft über die Wölbungen der Brüste und ragte spitz über den Nippeln hervor. Über dem ersten Knopf klaffte das Oberteil weit auf und enthüllte eine Ahnung der nackten Brust und der Halsgrube.

Pete betrachtete die Unterseite des Kinns. Obwohl er von seinem Blickwinkel aus das Gesicht nicht sehen konnte, wusste er, dass es Tess war.

Wer konnte es auch *sonst* sein?

Aber wo ist Dracuson?

Wer zur Hölle soll das wissen?

Wen zur Hölle interessiert's?

Das Einzige, was im Moment eine Rolle spielte, war, dass er Tess gefunden hatte und dass sie immer noch zu schlafen schien.

Pete legte die Taschenlampe beiseite, um die rechte Hand frei zu haben. Dann ließ er sie zur Seite des Sargs wandern und hob langsam und vorsichtig den Deckel herunter. Er drehte sich um und legte ihn auf dem Bett ab.

Kniend griff er wieder nach der Taschenlampe. Er hielt sie gesenkt und wechselte sie von der rechten in die linke Hand.

Leuchte ihr nicht in die Augen, warnte er sich selbst. Das würde sie ganz sicher aufwecken.

Warum zur Hölle schläft sie im Sarg? Hier stehen doch zwei schöne große Betten.

Sie muss verrückt sein. Total durchgeknallt.

Na und? Was soll's?

Er hob die Taschenlampe, leuchtete damit auf Tess' Busen und hielt sie so dicht über ihren Körper, dass die helle Lichtscheibe klein und weit genug von ihrem Gesicht entfernt blieb.

Er starrte auf ihre Brüste.

Er wollte sie berühren.

Er wollte die großen weißen Knöpfe öffnen, das Pyjamaoberteil zur Seite streifen, ihren nackten Busen ansehen und ihn berühren, streicheln, drücken und mit seinem Mund kosten.

Das ist es. Das ist meine große Chance. Sie ist total weggetreten. Wie tot.

Aber sie wird aufwachen, wenn ich versuche, die Knöpfe zu öffnen. Sie wird ganz sicher aufwachen, sobald ich sie berühre.

Aufwachen und schreien.

Es sei denn …

Er leuchtete mit der Taschenlampe auf ihr Gesicht – und sah, dass ihre Augen geöffnet waren. Er schnappte vor Schreck nach Luft und sein Herz machte einen Satz. Dann holte er reflexartig zum Schwung aus und hämmerte mit der Taschenlampe auf ihre Stirn ein. Schon beim ersten Schlag zertrümmerte er die Linse und das Licht erlosch. Danach schlug er wie wild in der Dunkelheit weiter.

Irgendwann verließ ihn die Kraft im Arm und die Taschenlampe fiel zu Boden.

Pete erhob sich, taumelte zur Wand und legte den Lichtschalter um. Der Kerzenleuchter erwachte zum Leben.

Er starrte auf Tess hinunter.

Ihr Gesicht war eine einzige blutige Ruine.

Der Rest von ihr war jedoch unverletzt.

Pete schnappte sich ein Kopfkissen von einem der Betten. Er bedeckte Tess' Gesicht damit, um den grauenvollen Anblick zu verstecken, und presste es dann fest darauf, um ganz sicherzugehen, dass sie nicht doch noch aufwachen und ihm Schwierigkeiten machen würde.

Er drückte das Kissen sehr lange Zeit sehr fest auf ihr Gesicht.

Anschließend ließ er es liegen, wo es war, und öffnete die großen weißen Knöpfe ihres Pyjamas. Das Oberteil war von Blutspritzern überzogen. Er breitete es weit auseinander. Teilweise war das Blut durchgesickert und malte rosa Flecken auf ihre Haut.

»O Tess«, flüsterte er. »O Tess.«

Ihre Brüste waren wundervoll. Mehr als wundervoll. Sanft und prall. Er verweilte auf ihnen, sog ihre Fülle, ihre Weichheit, ihren Geschmack in sich auf.

Anschließend riss er den Druckknopf an ihrer Pyjamahose auf, zog das Höschen über ihre Beine hinunter und warf es aufs Bett. Er hob ihre Beine an und spreizte sie weit, mit den Knien über den Kanten des Sargs.

Dann zog er sich aus und kletterte selbst hinein.

Er küsste und streichelte Tess, drückte sie, leckte sie, knabberte an ihr, erforschte sie – aber das Beste, besser als alles andere, war der Moment, als er in ihre feuchte Wärme eindrang.

In jenem Moment wusste er, dass es die Sache wert gewesen war. Wert, sie umzubringen.

Genau das hatte er sich immer gewünscht – und es war besser, als er es sich jemals hätte erträumen lassen.

Das anschließende Großreinemachen ging problemlos vonstatten.

Obwohl die Sonne bereits hell über den Maisfeldern im Osten schien, als er den Sarg aus Zimmer 10 schleppte, schien noch keiner der Gäste unterwegs zu sein. Pete war sich ziemlich sicher, dass ihn niemand beobachtete.

Er hievte den Sarg auf die Ladefläche des Leichenwagens.

Dann fuhr er eine ganze Weile damit durch die Gegend, bevor er auf einen Feldweg abbog und den Wagen in einer baufälligen verlassenen Scheune parkte.

Er ließ den Sarg im Leichenwagen. Tess lag darin, mit all ihren Kleidungsstücken und der Reisetasche. Nur das Kopfkissen fehlte. Er hatte Angst, man könnte es zum Motel zurückverfolgen.

Für den gut zwei Meilen langen Fußweg zurück zum Motel brauchte er eine halbe Stunde.

Er schaute noch ein letztes Mal in Zimmer 10 vorbei, um das Kopfkissen und seine zerbrochene Taschenlampe zu holen, die er im Kofferraum seines Wagens versteckte.

Zurück in der Rezeption, hängte er beide Zimmerschlüssel wieder an ihren Haken und zerstörte die Anmeldekarte. Das Bargeld steckte er selbst ein.

Außer Pete würde niemals jemand erfahren, dass Tess Hunter überhaupt im Wanderer's Rest Motel eingecheckt hatte.

Um acht Uhr wurde Pete von Claire Simmons abgelöst. Er frühstückte in Joe's Pancake Emporium, bevor er zu der

Scheune hinausfuhr, in der er den Leichenwagen geparkt hatte.

Er verbrachte den gesamten heißen Sommermorgen mit Tess. Und einen Großteil des Nachmittags.

Am Spätnachmittag war er zu Tode erschöpft und fuhr zu dem kleinen Häuschen am Stadtrand, in dem er zur Miete wohnte. Er stellte den Wecker auf 23 Uhr, zog sich aus und legte sich ins Bett.

Er schloss die Augen und lächelte.

Das Leben konnte fantastisch sein, wenn man nur den Mut hatte, sich zu nehmen, was man wollte.

Wow!

Er fragte sich, wie lange sich Tess wohl halten würde.

In der Scheune war es ziemlich heiß, aber …

Es war nicht das Klingeln des Weckers, das Pete weckte. Stattdessen wurde er durch ein helles Licht, das ihm direkt in die Augen leuchtete, aus dem Schlaf gerissen.

Er blinzelte gegen den grellen Schein seiner Nachttischlampe an.

Mit zusammengekniffenen Augen schaute er auf die Uhr. Es war erst 22:03 Uhr.

Was zur Hölle …?

»Du schleimiger Widerling.«

Er kannte diese Stimme.

Jung und weiblich, mit leichtem britischen Einschlag.

Pete schoss kerzengerade hoch.

Tess stand – nackt – am Fußende seines Bettes, die Fäuste in die Hüften gestemmt, die Beine gespreizt. Sie blickte ihn kopfschüttelnd an. Ihr Gesicht war strahlend sauber. Nichts geschwollen, nichts gebrochen. So als hätte Pete es niemals mit der Taschenlampe zu Brei geschlagen.

Ihr kurzes Haar klebte an ihrem Kopf. Es war dunkel. Nass. Ihre Haut schimmerte rosig. Sie sah aus, als käme sie gerade aus der Dusche.

Doch ihr Anblick erregte Pete ganz und gar nicht.

Er wurde kein bisschen steif. Ganz im Gegenteil: Er schrumpfte zusammen.

Er pisste sich ein.

Er begann zu wimmern.

»Ich wollte mich nur ein bisschen ausruhen, weißt du?«, sagte Tess.

»Du … du bist *tot!*«

Ihr Mundwinkel zuckte nach oben. »Nicht ganz, wie du siehst – trotz deiner idiotischen Bemühungen, du schniefender Perversling. Wenn du auch nur ein bisschen Grips im Schädel hättest, hättest du mir einen Pflock durchs Herz gebohrt. Gott, du *musstest* doch wissen, was ich bin.«

Sie stieg aufs Bett.

»Nicht … Tu mir nicht weh. Bitte.«

»Oh, ich habe sehr wohl die Absicht, dir wehzutun. Ich werde dir sogar sehr wehtun, Ehrenwort. Hand aufs Herz.« Sie fuhr mit einem Fingernagel über die cremeweiße Haut zwischen ihren Brüsten und zeichnete ein flüchtiges unsichtbares Kreuz darauf. »Ich werde dir schlimmere Schmerzen zufügen, als du dir in deinen wildesten Träumen ausmalen könntest.«

Tess fletschte die Zähne, stieß ein Bellen aus und stürzte sich auf Pete.

Sie hielt Wort.

Pannenhelfer

Als das Klavier verstummte, war die Stimme zu hören. Sie klang leise und freundlich wie die Musik und lenkte Colleens Gedanken von der leeren Straße ab. »Das war Michel Legrand«, sagte sie, beinahe flüsternd, »und ich bin Jerry Bonner. Ich bringe euch Musik und Unterhaltung, von Mitternacht bis zum Morgengrauen, hier auf eurem freundlichen Sender KS …« Sie drehte den Knopf des Radios und die Stimme erstarb mit einem Klicken.

Es wäre nicht klug, weiter zuzuhören. Ganz und gar nicht klug. Schließlich konnte sie unmöglich voraussagen, wie lange sie hier noch sitzen würde. Vielleicht die ganze Nacht. Man konnte das Radio nicht die ganze Nacht laufen lassen, ohne dass irgendwann die Batterie leer war. Oder doch? Sie würden morgen diesen Mechaniker danach fragen. Jason. Er verstand es so gut, ihr diese Dinge zu erklären.

Sie seufzte ermattet und drückte die Fingerspitzen gegen die Augenlider. Wenn doch nur endlich jemand vorbeikommen, anhalten und ihr Hilfe anbieten würde.

Genau so, wie man Maggie geholfen hatte?

Sie spürte, wie sich ihre Haut zusammenzog.

Nein! Nicht wie bei Maggie!

Colleen rieb ihre nackten Arme und erinnerte sich wieder … an das Telefon, das in ihrem Traum geklingelt hatte, bis sie durch das Läuten des echten Telefons geweckt worden war. An den rauen Schlafzimmerteppich unter ihren Füßen. An das kalte, klebrige Linoleum in der Küche. Und an den dicken Kloß der Angst, den sie die ganze Zeit im Magen gespürt hatte, weil um drei Uhr morgens *nie* das Telefon klingelte, es sei denn …

»Hör auf damit!«, ermahnte sie sich selbst. »Reiß dich zusammen, klar? Denk zur Abwechslung mal an was Angenehmes.«

Was Angenehmes, sicher.

Sonst würde sie sich nur wieder an die Stimme des Polizisten am Telefon erinnern. An die Fahrt zum Leichenschauhaus. Daran, wie ihre Schwester ausgesehen hatte, als sie dort lag …

»Shine on, shine on, harvest moon«, begann sie zu singen. Sie sang das Lied zu Ende und stimmte anschließend *Sentimental Journey* an.

Als Kinder hatten sie diese Lieder immer auf langen Autofahrten gesungen. Mutter und Vater saßen vorne, sie und Maggie auf der Rückbank. Vier Schatten, die gemeinsam mit schönen, wenn auch nur halb erinnerten Liedern gegen die Einsamkeit der Nacht ankämpften.

Maggie hatte immer am meisten Schwierigkeiten gehabt, sich an die Texte zu erinnern. Jedes Mal wenn sie nicht mehr weiterwusste, hörte sie den anderen zu und sang die richtigen Worte erst einen Sekundenbruchteil später nach, wie ein fröhliches Echo.

In der Nacht, in der ihr Wagen liegen geblieben war, war niemand da gewesen, um ihr die richtigen Worte vorzusingen.

Colleen hielt den Atem an. Ein Licht! Ein kleiner Lichtfleck, nicht größer als einer der Sterne hoch über den

Maisfeldern, bewegte sich in ihrem Außenspiegel. Ein Auto näherte sich.

Würde es anhalten? Drei waren bislang an ihr vorbeigerauscht, ohne auch nur abzubremsen. Drei in fast genauso vielen Stunden.

Aber vielleicht hatte ja doch eines von ihnen angehalten, ein Stück entfernt, und die Polizei gerufen.

Die Scheinwerfer des sich nähernden Wagens saßen tief und dicht beieinander. Nicht wie bei einem Streifenwagen, eher wie bei einem Sportwagen.

Sie schaltete ihre eigenen Scheinwerfer an und aus, an und aus.

»Halt an«, flüsterte sie. »Bitte, halt an.«

Als das Auto sie fast erreicht hatte, kniff Colleen die Augen aufgrund des blendenden Scheins im Spiegel zusammen. Es tat richtig weh, aber sie wandte den Blick nicht ab. Noch nicht einmal, als das Scheinwerferlicht mit einem letzten grellen Blitz im Spiegel explodierte.

Nach dem schmerzlichen Blenden fühlte sich der sanfte Glanz der Rücklichter beinahe wohltuend in ihren Augen an.

Dann leuchteten die Bremslichter auf und Colleens Magen verkrampfte sich. Sie krümmte sich gegen die Schmerzen zusammen und sah, wie die kalten weißen Rückfahrlichter angingen.

Mit zitternder Hand kurbelte sie das Fenster hoch. Sie blickte über ihre Schulter. Das Knöpfchen war unten. Ihr Blick huschte zur Beifahrertür. Sie war ebenfalls verriegelt.

Das Auto blieb wenige Zentimeter von ihrer Stoßstange entfernt stehen.

Colleen holte tief Luft und ließ sie langsam wieder entweichen.

Es war tatsächlich ein Sportwagen. Ein kleiner, glänzender Wagen mit dem Stoffdach eines Cabrios.

Die Fahrertür schwang auf.

Colleens Atem keuchte und ihr Herzschlag hämmerte in ihrer Kehle. Ihr Mund war völlig ausgetrocknet. Hatte sich Maggie genauso gefühlt in der Nacht, als sie gestorben war? Das musste sie. Genauso, nur noch viel schlimmer.

Ein großer, schlanker Mann stieg aus dem Auto. Er sah aus wie Ende 20, etwa in Colleens Alter. Sein Haar war modisch lang, das karierte Hemd am Hals aufgeknöpft, die Hose mit ausgestellten Beinen und Aufschlag.

Sie konnte sein schmales, dunkles Gesicht erst sehen, als er sich nach unten beugte und sie anlächelte. Nervös erwiderte sie sein Lächeln. Dann hob der Fremde die Hand vors Fenster und machte eine kurbelnde Bewegung.

Colleen nickte und öffnete das Fenster einen Zentimeter weit.

»Was ist denn los?«, fragte er und sprach direkt in den Schlitz. Sein Atem, so nah, roch süß und schwer nach Alkohol.

»Es ist … Ich bin mir nicht sicher.«

»Stimmt irgendwas mit dem Wagen nicht? Sind Sie liegen geblieben?«

Sein Atem stieg ihr in die Nasenlöcher. Sie griff nach der Fensterkurbel und befahl sich, es wieder zu schließen – es *sofort* wieder hochzukurbeln, weil er getrunken hatte … und weil sie das verprügelte Gesicht ihrer toten Schwester vor sich sah.

»Geht's Ihnen nicht gut?«, erkundigte sich der Mann.

Sie rieb sich das Gesicht. »Mir ist nur etwas schwindelig.«

»Sie sollten das Fenster runterkurbeln, damit Sie ein bisschen frische Luft bekommen.«

»Nein danke.«

»Die frische Luft wird Ihnen guttun.»

»Mir *geht* es gut, danke.«

»Wenn Sie meinen. Also, was ist mit dem Wagen?«

»Er ist überhitzt.«

»Was?«

»Überhitzt«, wiederholte sie durch den Fensterspalt. »Vor einer Weile hat während der Fahrt plötzlich ein rotes Lämpchen am Armaturenbrett aufgeleuchtet und dann hat der Motor furchtbar zu heulen angefangen, deshalb bin ich lieber rechts rangefahren.«

»Ich sehe mir das wohl besser mal an.«

Er ging zur Vorderseite des Wagens und legte vorsichtig die Hände auf die Motorhaube, so als hätte er Angst, sie könnte noch heiß sein. Dann schob er die Finger darunter, konnte sie jedoch nicht öffnen. Schließlich ging er in die Hocke, fand die Klammer und klappte die Motorhaube auf.

Er verbrachte ein paar Minuten unter der Haube, bevor er wieder zu Colleen ans Fenster trat. »Sie haben ein Problem«, verkündete er.

»Was ist denn los?«

»Was? Ich kann Sie kaum verstehen. Wenn Sie das Fenster noch ein kleines Stückchen runterkurbeln würden ...«

»Runterkurbeln?«

»Ja, genau.«

»Nein, lieber nicht.«

»Hey, ich beiße schon nicht«, erwiderte er grinsend und schüttelte den Kopf.

Colleen lächelte ihn an. »Sicher?«

»Ich beiße nur bei Vollmond. Und heute Nacht ist Halbmond.«

»Dreiviertelmond«, korrigierte sie ihn.

Der Mann lachte. »Wie auch immer.«

Colleen öffnete das Fenster und atmete tief ein. Die sanfte Brise schmeckte nass, nach der Frische der Maisfelder. Ein Zug, weit entfernt, rumpelte durch die Nacht. Irgendwo verkündete ein krähender Hahn die Morgendämmerung, drei Stunden zu früh.

Es ist eine wunderschöne Nacht, dachte sie. Einen Moment lang fragte sie sich, ob der Fremde wohl auch über die friedlichen Geräusche und Gerüche sinnierte. Sie blickte ihn an. »Also, was stimmt nicht mit meinem Wagen?«

»Der Keilriemen.«

»Der Keilriemen? Und was bedeutet das?«

Er schob sein Gesicht noch näher zu ihr. »Es bedeutet, junge Dame, dass es gut war, dass Sie angehalten haben.«

»Und warum das?«, fragte sie und wandte sich von seinem alkoholschwangeren Atem ab.

»Wenn Sie ohne Keilriemen zu weit fahren, brennt Ihnen der Motor durch. *Au revoir.* Dann können Sie sich von ihm verabschieden.«

»Ist das Ihr Ernst?«

»Mein voller Ernst.«

»Und was ist mit dem Keilriemen passiert?«

»Wahrscheinlich ist er nur gerissen. Das kommt schon mal vor. Ich tausche meinen alle zwei Jahre aus, nur zur Sicherheit.«

»Ich wünschte, *ich* hätte das auch getan.«

»Ich bin froh, dass Sie das nicht getan haben«, sagte er und setzte ein charmantes, jungenhaftes Grinsen auf, das Colleen Angst einjagte. »Ich habe schließlich nicht jede Nacht das Glück«, fuhr er fort, »einer holden Maid in Not zu begegnen. Schon gar keiner, die so hübsch ist wie Sie.«

Sie rieb die schwitzenden Handflächen an ihrem Rock trocken. »Können Sie … können Sie es reparieren?«

»Ihr Auto? Keine Chance. Es sei denn, Sie haben einen neuen Keilriemen in der Tasche.«

»Und was soll ich jetzt machen?«

»Sie lassen sich von mir zur nächsten Werkstatt mitnehmen. Oder woandershin, wie Sie wollen. Wo möchten Sie denn hin?«

»Na ja, ich glaube nicht, dass ich …«

»Hier können Sie nicht bleiben.«

»Na ja …«

»Es wäre leichtsinnig, hierzubleiben – eine so hübsche junge Dame wie Sie. Ich will Ihnen ja keine Angst machen, aber auf diesem Straßenabschnitt hat es schon mehrere Überfälle gegeben.«

»Ich weiß«, erwiderte sie.

»Von dem halben Dutzend Morden ganz zu schweigen. Männer und Frauen.«

»Jetzt haben Sie mir doch Angst gemacht.« Sie lächelte nervös. »Ich komme mit Ihnen.«

»Das wollte ich hören.« Er streckte eine Hand in den Wagen, entriegelte die Tür und öffnete sie für Colleen. Sie stieg aus. Er gab der Tür einen Schubs und sie knallte mit einem dumpfen Schlag zu, der sich sehr endgültig anhörte.

»Wohnen Sie weit von hier?«, wollte er wissen, packte Colleen mit kalten, entschlossenen Fingern am Ellenbogen und führte sie zu seinem Auto.

»50 Kilometer vielleicht.«

»So nah? Warum bringe ich Sie dann nicht einfach nach Hause?«

»Das wäre furchtbar nett. Aber ich kann nicht von Ihnen verlangen, dass Sie sich solche Mühe machen. Wenn

Sie mich einfach an der nächsten Tankstelle absetzen würden …«

»Das macht mir doch keine Mühe. 50 Kilometer sind gar nichts.« Er blieb stehen. Seine Finger schlossen sich noch fester um ihren Arm. »Ich glaube, eine Frau wie Sie würde ich überallhin fahren.«

Sie sah, wie er sie anlächelte, und wusste, dass es passieren würde.

»Lassen Sie mich los«, sagte sie und versuchte, ruhig zu bleiben.

Aber er ließ sie nicht los. Er riss sie am Arm.

»Bitte!«

Er presste grob seinen Mund auf ihren.

Colleen schloss die Augen. Sie begann, sich wieder zu erinnern – an das Läuten des Telefons, das sie aus dem Schlaf gerissen hatte, an den langen Weg zur Küche, an die raue, sich entschuldigende Stimme des Polizisten.

Ich fürchte, Ihre Schwester wurde überfallen.

Ist sie …?

Sie ist nicht mehr unter uns.

Nicht mehr unter uns. Eine seltsame Art für einen Polizisten, es auszudrücken.

Sie biss dem Fremden in die Lippe. Knallte ihm ihre Stirn auf die Nase. Rammte ihre Fingerknöchel in seinen Kehlkopf und spürte, wie seine Luftröhre brach. Dann rannte sie zurück zu ihrem Wagen.

Als Colleen zu dem Mann zurückkehrte, lag er reglos auf der Straße. Sie kniete sich neben ihn, hob seine Hand und fühlte nach einem Puls. Sie fand keinen.

Sie ließ die Hand wieder fallen, stand auf und holte ganz tief Luft. Die von den Maisfeldern herüberwehende Brise duftete frisch und süß. So friedlich. Aber der Duft hatte auch etwas Trauriges an sich, so als vermissten die Maisfelder Maggie genauso sehr wie sie.

Colleen unterdrückte ein Schluchzen. Sie blickte auf das leuchtende Zifferblatt ihrer Armbanduhr. Dann beugte sie sich mit dem Schraubenschlüssel und dem Keilriemen unter die Motorhaube und machte sich an die Arbeit.

Sie benötigte weniger als sechs Minuten, dann war alles erledigt.

Nicht übel.

Schneller als jemals zuvor.

Stickman

Wir rauschten auf dem gut 60 Kilometer langen Asphaltstreifen durch die Maisfelder zurück, nachdem wir uns drüben in Darnell, der Hauptstadt des Countys, eine blutige Doppelvorstellung im Autokino angeschaut hatten. Wir fuhren zu viert in Joes altem Cabrio.

Am Steuer saß, natürlich, Joe Yokum. Neben ihm auf dem Beifahrersitz hockte Windy Sue Miller, ein kühles Bier in der Hand, die Füße auf dem Armaturenbrett abgestützt, während ihr Haar wild im warmen Wind flatterte.

Ich saß mit Jennifer Styles auf der Rückbank.

Sie war Windy Sues Cousine aus Los Angeles. Sie hatte in ein paar Werbespots im Fernsehen mitgewirkt und hielt sich selbst für ziemlich heiß. Zu heiß für Typen wie mich. Ich hatte noch nicht mal zwei Minuten neben ihr im Wagen gesessen und wünschte mir schon, ich wäre zu Hause geblieben. Nachdem wir endlich im Autokino angekommen waren und Joe die Lautsprecherbox ins Fenster gehängt hatte, hatte sie mich mit zusammengekniffenen Augen angefunkelt und gesagt: »Bleib du schön auf deiner Seite vom Rücksitz, Spud, dann kriegen wir auch keinen Ärger.«

Zunächst mal heiße ich Dwayne, nicht Spud. Davon abgesehen brauchte ich ihre Warnung wirklich nicht.

Die Doppelvorstellung erwies sich als besonders lang und zäh: Joe und Windy Sue vergnügten sich auf dem

Vordersitz, während ich mit Jennifer der Großen auf der Rückbank festsaß.

Nicht mal die Filme konnte ich wirklich genießen. Das Treiben auf dem Vordersitz störte mich nicht sonderlich, abgesehen davon, dass es mich daran erinnerte, was ich versäumte. Was mich hingegen ganz erheblich störte, war die Tatsache, dass ich neben diesem wunderschönen Mädchen saß, das mich für ein Stück Dreck hielt. Und jedes Mal wenn es mir gerade gelungen war, nicht mehr an sie zu denken und mich auf das Geschehen auf der Leinwand zu konzentrieren, stieß sie ein langes, mattes Seufzen aus.

Allem Anschein nach starb sie vor Langeweile und wollte, dass wir es alle mitbekamen. Nicht dass die beiden Turteltäubchen auch nur irgendwas mitbekommen hätten. Aber ich bekam es definitiv mit.

Nur ein einziges Mal, gegen Ende des zweiten Films, blickte ich zu ihr hinüber, als sie wieder einen ihrer Seufzer losließ.

»Was willst du?«, blaffte sie mich an.

Ich schnupperte ein paarmal in die Luft. »Ist das *Obsession,* Süße? Oder hast du einen fahren lassen?«

»Fick dich, Bauerntölpel.«

Danach beschloss ich, die Klappe zu halten. Kurz darauf war der Film zu Ende. Auf die lange Fahrt zurück nach Hause freute ich mich ganz sicher nicht, aber dann fuhr Joe kurz nach dem Ortsausgangsschild an den Straßenrand. Er ging zum Heck des Wagens, öffnete den Kofferraum und kehrte mit einem kalten Sixpack Bier wieder zurück.

»Du willst doch wohl nicht trinken, während *ich* im Wagen sitze?«, protestierte Jennifer.

»Ist ein langer Weg bis nach Hause, Schätzchen«, erwiderte Joe.

»Nenn mich nicht ›Schätzchen‹.«

»Entspann dich mal, ja?«, sagte Windy Sue.

»Du musst ja keins trinken«, fügte ich hinzu.

»Gott«, stöhnte Jennifer, als wir anderen unsere Dosen öffneten.

Ich wünschte mir, Joe hätte das Bier schon im Autokino rausgeholt. Dann wäre alles ein bisschen einfacher gewesen.

Aber da wir erst 16 und noch dazu in einem Cabrio unterwegs waren, war er wahrscheinlich der Ansicht gewesen, dass es das Risiko nicht wert war. Wie dem auch sei: gut, dass er es jetzt ausgepackt hatte.

Jennifer verlegte sich wieder aufs Seufzen, verlieh dem Ganzen jedoch einen anderen Unterton: Sie klang nicht mehr gelangweilt, sondern stinksauer.

Sie war wirklich ein hartes Stück Arbeit.

Aber wenigstens unterhielt sie sich mit ihren Seufzern selbst, während wir anderen uns das Bier schmecken ließen und Joe den Wagen wieder auf die 60 Kilometer lange Asphaltstrecke lenkte. Das erste Bier schmeckte großartig. Das zweite sogar noch besser. Als die Dose halb leer war, stellte ich sie auf meinem Knie ab und lehnte mich im Sitz zurück.

Ich spürte, wie mir der heiße Wind entgegenblies. Roch die frische, süße Luft der Maisfelder. Der weite Himmel war von funkelnden Sternen übersät. Dank des Vollmonds war die Nacht so hell, dass ich das Etikett meiner Bierdose lesen konnte.

Ich schaute zu Jennifer hinüber. Sie saß zusammengekauert, die Knie gegen die Tür gelehnt, einen Arm im offenen Fenster, den anderen auf dem Schoß. Vielleicht saß sie so da, um den Blick auf den Mais besser genießen zu können, auch wenn ich eher vermutete, dass sie mir einfach nur den Rücken zukehren wollte.

Sie sah toll aus. Ihr Haar ergoss sich im Mondlicht über ihren Rücken und ihr Arm sah in der weißen Bluse noch braun gebrannter aus. Die Bluse war ärmellos, deshalb konnte ich den kompletten Arm sehen, von der Schulter bis zur Hand, die in ihrem Schoß ruhte. Auch ihre Shorts waren weiß und ich konnte gar nicht genau erkennen, wo die Bluse endete und die knappe Hose begann. Das Bein, das ich sehen konnte, war genauso dunkel und schön wie ihr Arm.

»Von hier drüben siehst du echt gut aus«, sagte ich. »Echt ein Jammer, dass du so 'ne eingebildete Ziege bist.«

Vor mir lachte Joe.

Windy Sue drehte sich um, fasste über die Rückenlehne des Vordersitzes und verpasste mir einen Klaps aufs Knie. »Sei brav, Dwayne.«

»Ist aber gar nicht so einfach.«

Sie drückte mein Knie, nahm die Hand dann wieder weg und wuschelte damit durch Joes Haar.

Vor uns gabelte sich die Straße in einem Y. Joe steuerte den Wagen auf die rechte Abzweigung zu und schaltete die Scheinwerfer aus. Der Asphalt verschwand mehr oder weniger komplett.

Damit war ihm Jennifers Aufmerksamkeit sicher. Sie nahm die Knie von der Tür und drehte sich nach vorne. »Was zur *Hölle* tust du da? Mach das Licht sofort wieder an! Bist du verrückt? Wir werden irgendwo gegenknallen!«

»Wir werden nirgendwo gegenknallen«, erwiderte Joe.

»Schalt es *sofort* wieder an!«

Windy Sue drehte sich zu ihr um. »Geht noch nicht. Sonst kriegt uns vielleicht der Stickman.«

»Was?«

»Um diese Uhrzeit müssen wir hier mehr oder weniger durch*schleichen,* Jen.«

Ich boxte gegen Joes Rückenlehne. »Hey. Halt den Wagen an. Jennifer hat keine Ahnung, wer der Stickman ist.«

Ich grinste, als Joe auf die Bremse trat und rechts ranfuhr.

Er parkte zwischen dem Straßenrand und dem Graben und schaltete den Motor ab.

»Was tust du denn?«, fragte Jennifer. Sie klang kein bisschen neugierig, nur genervt.

Niemand antwortete ihr. Stattdessen setzten wir uns auf die Rückenlehnen unserer Sitze und wandten den Blick nach rechts.

»Da«, sagte Windy Sue schließlich und zeigte in die Richtung.

Eine Sekunde später entdeckte auch ich seinen Kopf und den Hut aus Stroh. Der Rest versteckte sich hinter den Maisstauden, die bis zu seinen Schultern reichten.

»Er scheint sich nicht zu bewegen«, sagte Joe.

»Hör auf«, erwiderte Windy Sue. »Du machst mir Angst.«

»Hocken wir jetzt einfach hier rum oder was wird das?«, fragte Jennifer.

»Du wolltest ihn doch sehen, oder?«, fragte Windy Sue zurück.

»Wen sehen?«

»Stickman«, antwortete ich.

»Kletter rauf und schau ihn dir an«, forderte Windy Sue sie auf. »Komm schon. Er ist hier in der Gegend eine echte Berühmtheit.«

Jennifer stieß ein lang gezogenes, lautes Seufzen aus.

Dann stieß sie sich vom Sitz ab und setzte sich ebenfalls auf die Rückenlehne. »Und, wo *ist* jetzt dieser fabelhafte Stickman?«

Windy Sue zeigte auf ihn.

»Da drüben«, sagte ich. »Da ist sein Kopf.«

»Siehst du ihn?«, wollte Joe wissen.

»Mit dem Strohhut?«

»Das ist er.«

»Aber das ist doch nur eine alte Vogelscheuche.«

»Stickman«, erklärte ich ihr, »ist nicht nur *irgendeine* alte Vogelscheuche. Die Legende besagt, dass er einmal im Jahr – in der sogenannten Stickman-Nacht – zum Leben erwacht, über die Felder wandert und sich jemanden sucht, den er töten kann.«

»Wirklich wahnsinnig originell«, gähnte Jennifer. »Können wir jetzt wieder weiterfahren?«

»Welches Datum ist heute?«, fragte ich Joe.

»Der 25. Juli.«

»Nein, nicht mehr«, entgegnete Windy Sue. »Es ist schon nach Mitternacht.«

»O mein Gott«, stieß ich aus. »Dann *ist* heute Stickman-Nacht!«

»Ich weiß«, erwiderte Joe. »Was glaubst du wohl, warum ich die Scheinwerfer ausgeschaltet hab?«

»Ihr seid wirklich wahnsinnig komisch.«

»Erzähl ihr die Geschichte, Dwayne«, forderte Windy Sue mich auf.

»Ach, das interessiert sie doch gar nicht.«

»Korrekt.«

»Erzähl's ihr trotzdem«, beharrte Joe.

»*Ich* will sie aber noch mal hören.« Windy Sue drehte sich zur Seite und schaute mich an. Sie schwang ein Bein über die Rückenlehne und ließ es hin und her baumeln. »Mach schon. Joe, du behältst Stickman im Auge.«

»Na schön«, begann ich. »Das Ganze hat vor ungefähr 100 Jahren angefangen.«

»*Muss* das wirklich sein?«

»Schhh! Lass ihn erzählen.«

»Gott.«

»Wie ich schon sagte, es hat alles vor rund 100 Jahren angefangen. Darnell – das ist die Stadt, durch die wir eben gefahren sind – bekam einen neuen Bestatter. Er hieß Jethro Seer.«

»Jethro? Ist das dein Ernst?«

»Das war sein Name.«

»Wenn du ihn weiter ständig unterbrichst«, warf Windy Sue ein, »dann hocken wir die ganze Nacht hier.«

»Und Stickman wird wahrscheinlich kommen und uns holen, wenn wir zu lange hierbleiben«, fügte Joe hinzu.

»Sicher.« Jennifer drehte sich zu mir um und verschränkte die Arme vor der Brust. Es sah aus, als würde sie ihren Busen wiegen. Er war so riesig, dass er den zusätzlichen Halt sicher gut gebrauchen konnte. »Dann mach schon«, sagte sie. »Bringen wir's hinter uns.«

Ich brauchte einen Moment, um mich daran zu erinnern, wo ich stehen geblieben war. »Ach ja. Jethro. Er war gut 1,90 Meter groß und dürr wie eine Bohnenstange.«

»Dürr wie ein Skelett«, verbesserte mich Windy Sue.

»Und er war weiß. Komplett weiß. Ein Albino. Mit roten Augen. Er trug stets einen schwarzen Gehrock und einen Zylinder.«

»Das sah mir aber nicht wie ein Zylinder aus«, bemerkte Jennifer und deutete mit dem Daumen über ihre Schulter in Richtung der Vogelscheuche.

»Das ist nicht Seer«, erwiderte Joe.

»Das ist Stickman«, ergänzte Windy Sue.

Jennifer seufzte.

»Einen Zylinder und einen schwarzen Gehrock«, wiederholte ich. »Und er ging nie vor Sonnenuntergang aus dem Haus. Ein echter Bogeyman. *Alle* hatten Angst vor ihm. Ich meine, er sah nicht nur seltsam aus, er war auch noch der *Bestatter.* Es gab Gerüchte, dass er gefeuert werden sollte, nur um ihn wieder loszuwerden. Aber kein Mitglied des Stadtrats hatte den Mumm, es wirklich zu tun. Also blieb er. Und dann verschwanden plötzlich immer wieder Leute.«

»Mädchen«, ergänzte Joe.

»Ja. Nur Frauen. Junge Frauen. Ein paar von ihnen kamen aus der Stadt, aber die meisten Mädchen wohnten auf den Farmen rund um Darnell. Sie verschwanden in der Nacht. Spurlos.«

»Lass mich raten«, sagte Jennifer. »Es war Jethro. Können wir *jetzt* vielleicht weiterfahren?«

»Würdest du *endlich* mal die Klappe halten?«, blaffte Windy Sue sie an.

Jennifer seufzte. »Schon gut, schon gut. Tut mir leid.«

»Wie dem auch sei, eines Nachts haben sie ihn erwischt, nachdem ihm das Mädchen entkommen war, Mary Beth Hyde. Ihre Eltern hatten ihr zum 16. Geburtstag ein Hengstfohlen geschenkt und sie schlich sich in jener Nacht allein nach draußen, um bei ihm zu sein. Da hat er sich auf sie gestürzt. Noch bevor sie um Hilfe rufen konnte, hat er sie mit Chloroform oder irgendetwas Ähnlichem betäubt.

Unten in seinem Einbalsamierungszimmer ist sie dann wieder aufgewacht. Sie lag auf dem Tisch, splitterfasernackt. Jethro war auch auf dem Tisch. Er kniete über ihr.«

»Ich vermute, *er* war auch splitterfasernackt?«

»Korrekt. Abgesehen von seinem Zylinder. Er hatte ein Skalpell in der Hand und wollte ihr gerade die Kehle aufschlitzen. Aber Mary Beth konnte ihn abwehren, indem sie ihm die Finger in die Augen bohrte. Sie rammte sie ganz tief rein. Der Glibber triefte nur so heraus und …«

»Erspar mir die Details, ja?«

»Wie auch immer, so konnte sie ihm entkommen. Sie stieß ihn von sich und rannte schreiend auf die Straße hinaus. Allerdings war niemand unterwegs, weil es schon so spät war. Nur in Clancy's Bar war noch einiges los. Dort rannte sie hin. Nachdem sie ihre Geschichte gehört hatten, rannten sämtliche Typen aus der Bar zum Leichenhaus. Sie stürzten sich auf Jethro und brachten ihn zum Reden. Er gestand alles. Er hatte all die vermissten Mädchen überfallen, sie in sein Einbalsamierungszimmer verschleppt und getötet. Und nachdem sie tot waren, hat er … du weißt schon.«

»Das denkst du dir doch alles nur aus.«

»Nein, das ist die reine Wahrheit«, versicherte ich.

»Sicher.«

»Ist es«, bestätigte Windy Sue. »Jedes Wort.«

»Wie dem auch sei«, fuhr ich fort, »er brachte sie zuerst um und machte *dann* mit ihnen rum. Er hatte einfach kein Interesse an etwas, wenn es nicht tot war. Und er hat sich nur ein Mädchen geschnappt, wenn am folgenden Tag eine Beerdigung anstand. Sobald er mit ihr fertig war, hat er ihre Überreste zum Friedhof geschleppt und sie unten in dem Grab verscharrt, das bereits ausgehoben war.

Niemand hat je etwas bemerkt. Wenn dann am nächsten Tag die Beerdigung stattfand, ließen sie den Sarg darauf nieder und bedeckten die Leiche.«

»Zwei Beerdigungen für den Preis von einer«, warf Joe ein.

»Sie mussten 14 Särge wieder ausgraben«, fuhr ich fort, »um die Überreste aller Opfer zu bergen. Aber das passierte erst später. In der Nacht, in der die Typen aus Clancy's Bar Jethro in die Finger kriegten, brachten sie ihn erst zum Reden und lynchten ihn dann. Sie trieben ihn die Lincoln Street bis zum Marktplatz hinunter. Er jammerte und brüllte die ganze Zeit. Blut und Glibber rannen aus seinen Augenhöhlen über sein ganzes Gesicht.«

»Du bist echt widerlich.«

»Er erzählt nur, wie es war«, sagte Windy Sue.

»Wie auch immer, sie haben ein schönes dickes Seil organisiert und einen Schiebeknoten reingemacht.«

»Damit er schön langsam erstickt«, fügte Joe hinzu.

»Korrekt«, sagte ich. »Mit einem richtigen Henkersknoten bricht man dem Gehängten das Genick. Einfach so.« Ich schnipste mit den Fingern. »Aber sie wollten Jethro für seine Verbrechen leiden lassen, deshalb haben sie den Schiebeknoten gewählt, um ihn langsam zu erdrosseln.

Sie fesselten ihn nicht, sondern legten ihm nur die Schlinge um den Hals, zogen sie zu und schlangen das andere Ende des Seils über den Ast einer Eiche an der Ecke des Marktplatzes. Dann zogen sie ihn hoch. Nachdem seine Beine in der Luft baumelten, banden sie das Seil am Baumstamm fest und schauten ihm zu. Eine Weile lang tanzte und zappelte er hin und her. Er trat um sich, schaukelte und zerrte am Seil. Er pisste *und* schiss sich ein.«

»Entzückend«, murmelte Jennifer.

»Und irgendwann machte er gar nichts mehr. Er baumelte nur noch schlaff hin und her. Da wussten sie, dass er tot war. Aber dann begannen sie, sich zu streiten. Einige wollten ihn hängen lassen, damit am Morgen die ganze Stadt den Anblick genießen konnte. Andere fanden, sie sollten ihn mit Rücksicht auf die zartbesaiteten Damen des Ortes herunterholen, schließlich hatte er überhaupt nichts an.

Sie hatten sich immer noch nicht geeinigt, als Jethro plötzlich ein lautes Brüllen ausstieß. Seine Arme flogen in die Luft. Er schnappte sich das Seil über seinem Kopf und kletterte, immer eine Hand vor die andere setzend, zu dem Ast hinauf, an dem sie ihn aufgehängt hatten. Ein paar von den Typen sind total durchgedreht, als sie ihn gesehen haben. Aber einer von ihnen, Daniel Guthrie, der seine Tochter an den Irren verloren hatte, rannte rachelüstern auf Jethro zu, machte einen Satz und bekam seine Beine zu fassen. Das zusätzliche Gewicht war zu viel. Jethro verlor den Halt um das Seil und sie stürzten gemeinsam ab. Als Jethro von dem Seil ausgebremst wurde, riss es ihm glatt den Kopf ab. Die beiden Männer landeten auf dem Boden. Guthrie krabbelte von der Leiche herunter und noch bevor ihn irgendjemand aufhalten konnte, schnappte er sich den Kopf und rannte damit davon.

Den Rest von Jethro schafften sie ins Leichenhaus. Als die Sonne am Morgen aufging, fehlte der Eiche auf dem Marktplatz der Henkersast. Jemand hatte ihn noch in der Nacht abgesägt. Guthrie natürlich. Kurz darauf stand eine neue Vogelscheuche auf seinem Maisfeld. Auf *diesem* Maisfeld«, endete ich.

Jennifer blickte über ihre Schulter. »Auf dem da?«

Ich nickte. »Ja. Sie sah genauso aus wie jede andere Vogelscheuche auch, mit Latzhose und einem alten Hemd, dick mit Stroh ausgestopft und einen Strohhut auf dem Kopf. Aber ihre Knochen stammten von dem Ast des Henkersbaums. Und ihr Kopf war der Kopf von Jethro Seer.«

Jennifer verzog die Oberlippe und entblößte ihre Zähne. »Sie haben ihm doch nicht erlaubt, ihn zu behalten, oder?«

»Machst du Witze? Niemand wollte sich mit Guthrie anlegen. Die Vogelscheuche blieb, wo sie war, genau wie Jethros Kopf.«

»Ist er immer noch …?«

»Es ist nur noch ein alter Schädel übrig«, antwortete ich. »Die Farm gehört immer noch Guthries Familie. Sie kümmern sich um die Vogelscheuche und sorgen dafür, dass sie immer gut ausgestopft und angezogen ist. Keine Ahnung, wem der Name Stickman eingefallen ist, aber er ist hängen geblieben.«

»Nettes Wortspiel«, warf Joe ein.

»Einmal im Jahr – das besagt die Legende –, in der Nacht auf den 26. Juli, den Jahrestag der Hinrichtung, zieht Stickman durch die Gegend. Er wandert über die Felder und sucht nach hübschen jungen Frauen, die er töten kann.«

»Aha.« Jennifer drehte sich um und blickte hinter sich. »Und das soll also Jethros *Schädel* sein?«

»Es *ist* sein Schädel.«

»Klar, sicher.«

»Jennifer lässt sich nicht so leicht verarschen«, sagte Joe.

»Ich bin nicht *blind*. Der Kopf ist viel zu groß für einen echten Schädel.«

»Du siehst ja auch nur den Jutesack«, erklärte ich ihr.

»Es haben sich zu viele Leute beschwert, weil man den Schädel von der Straße aus sehen konnte«, erklärte Windy Sue.

»Jethros Schädel ist *in* dem Sack«, fuhr ich fort. »Genau da, wo er immer war, aufgespießt auf einem Zweig des Henkersasts.«

»Wenn du meinst.«

»Geh doch hin und schau's dir an«, forderte ich sie heraus.

»Klar. Wofür hältst du mich? Für eine Idiotin?«

»Schiss?«, neckte Windy Sue sie.

»Wovor? Vor einer alten Vogelscheuche?«

»Vor Stickman«, erwiderte ich. »Du hast Angst, dass die Geschichte doch wahr ist und er kommt und dich holt.«

»Ich *muss* da nicht hingehen und es mir ansehen. Ich *weiß*, dass das alles eine fette Lüge ist.«

»Du weißt gar nichts. Ich sag dir was.« Ich zog meine Brieftasche aus der Jeanstasche, klappte sie auf, holte einen 20-Dollar-Schein heraus und hielt ihn ihr vor die Nase. »Ich wette um diese 20 Dollar mit dir, dass du nicht den Mumm hast, da rüberzugehen und *nachzuschauen*, ob unter dem Jutesack nicht doch ein Schädel ist.«

»Mach es!«, drängte Joe sie.

»Hey, kommt schon, Jungs«, sagte Windy Sue. »Wenn ihr irgendwas passiert ...«

»Keine Angst«, erwiderte ich. »Sie macht es sowieso nicht. Sie hat 'ne große Klappe, wenn's darum geht, uns runterzumachen und als Lügner zu bezeichnen, aber sie hat überhaupt keinen Mumm.«

»Mit Mumm hat das nicht das Geringste zu tun«, wehrte sich Jennifer. »Das Ganze ist mir einfach nur zu albern.«

Ich wedelte mit dem Geldschein. »Was ist daran denn albern? Ich weiß natürlich, dass das für einen großen Fernsehstar wie dich nicht besonders viel ist. Aber 20 Mücken sind 20 Mücken. Nicht schlecht für einen kleinen Spaziergang durchs Maisfeld.«

»Ich will deine 20 Dollar aber nicht.«

»Und was ist, wenn wir mit dir gehen?«, fragte Joe.

»*Ich* steige *nicht* aus diesem Auto«, erklärte Windy Sue. Sie funkelte Joe wütend an. »Und *du* lässt mich auch nicht alleine hier.«

»Ich gehe mit dir«, bot ich an.

»Sicher, klar. Nur wir beide? Das würde dir gefallen, was?«

»Nicht besonders.«

»Klar.« Sie schüttelte den Kopf. »Das Ganze ist wahrscheinlich nur ein fauler Trick, damit ich am Ende allein mit dir bin.«

»Nein. Ich bleibe auch gerne hier, wenn dir das lieber ist.«

»Für deine mickrigen 20 Dollar mache ich es sicher nicht.«

»Was für eine Überraschung«, erwiderte ich.

»Aber ich *mache* es.«

Das überraschte mich dann doch.

»Nicht«, warnte Windy Sue sie.

»Ich mache es, unter einer Bedingung.«

»Schieß los«, sagte ich.

»Ich gehe alleine da rüber und schaue nach, ob wirklich ein Schädel drunter ist – obwohl ich jetzt schon weiß, dass außer Stroh nichts in diesem Sack ist. Aber ich schaue trotzdem nach. Weil ich weiß, dass deine Geschichte gelogen ist, und ich keine Angst habe. Wenn ich dann wieder zum Auto zurückkomme, kannst du deine 20 Dollar gerne behalten. Aber du steigst aus und wir lassen dich hier – und dann musst du den Rest des Weges zu Fuß nach Hause gehen.«

»Haha!«, lachte Joe.

Ich schätzte, dass wir uns ungefähr auf halber Strecke zwischen Darnell und Sackett befanden, was eine 30 Kilometer lange Wanderung bedeutet hätte.

Falls ich verlor.

Aber Jennifer würde sicher schon einen Rückzieher machen, bevor sie überhaupt in Stickmans Nähe kam.

»Und was kriege ich, falls du 'nen Rückzieher machst?«, wollte ich wissen.

»Das werde ich nicht.«

»Hey, komm schon. Eine Wette muss sich für beide Seiten lohnen.«

»Er hat recht«, stimmte Joe mir zu.

»Vergessen wir das Ganze einfach wieder«, ging Windy Sue dazwischen, »und verschwinden von hier.«

Jennifers Mundwinkel wanderten nach oben. »Ich schnappe mir den Hut der Vogelscheuche. Wenn ich damit zurückkomme, dann gehst du zu Fuß nach Hause, Spud. Wenn ich ohne ihn zurückkomme, dann darfst du morgen Abend mit mir ausgehen, ins Autokino. Nur du und ich.«

Ich lachte, aber mein Herz klopfte unwillkürlich ein wenig schneller. »Klingt, als würde ich so oder so verlieren.«

»Ich werde so tun, als ob ich dich mag.«

»Das will ich sehen«, erwiderte ich.

Sie hob die rechte Hand. »Ich schwöre es. Das wird die beste Nacht deines Lebens.« Sie ließ die Hand wieder sinken und grinste spöttisch. »Aber du wirst sie nie erleben, weil ich mit dem Hut wieder zurückkommen werde.«

»Aber wenn du 'nen Rückzieher machst, sind wir für morgen Abend verabredet?«

»Die beiden sind meine Zeugen.«

Joe schürzte die Lippen und stieß ein tiefes Pfeifen aus.

»Das ist doch verrückt«, sagte Windy Sue.

»Also, steht die Wette?«, fragte Jennifer.

»Die Wette steht.«

Wir gaben uns die Hand darauf und ein heißer Schwall schoss durch meinen Körper. Ich konnte Jennifer immer noch spüren, nachdem sie mich längst wieder losgelassen hatte, von der Rückenlehne rutschte und die Beine aus dem Auto schwang.

»Du solltest das lieber nicht machen«, warnte Windy Sue sie, als sie aus dem Wagen hüpfte.

»Klar. Stickman wird mich sonst holen. Du spinnst doch.«

Windy Sue spannte sich sichtbar an. »Ist *deine* Beerdigung, Süße.«

»Eben.«

Windy Sue drehte sich um und wir saßen alle drei auf unseren Rückenlehnen und schauten zu, wie Jennifer in den Graben hüpfte und auf der anderen Seite wieder herauskletterte. Sie blickte sich noch einmal zu uns um und schüttelte den Kopf, so als hielte sie uns für totale Loser. Dann trat sie zwischen zwei Pflanzenreihen auf das Maisfeld.

Auch wenn die Stauden Stickman nur bis zu den Schultern reichten, ragten sie ein gutes Stück über Jennifers Kopf hinaus. Schon nach zwei Schritten war sie völlig im Mais verschwunden.

Wir konnten jedoch immer noch hören, wie sie knirschend und raschelnd durch die Erde stapfte.

Joe grinste mich an. »Ich hoffe, du hast deine Wanderschuhe an, Kumpel.«

»Sie kommt wieder. Ohne den Hut.«

»Glaubst du, ja?«

»Ja.« Ehrlich gesagt glaubte ich das nicht. Dieses Mädchen hätte vermutlich so gut wie alles getan, um die Wette zu gewinnen. Sie war eine echte Nervensäge, so viel war sicher, aber es bestand auch nicht der geringste Zweifel daran, dass sie mutiger war, als ich ihr zugetraut hatte. »So oder so«, fügte ich hinzu, »zumindest sind wir sie für eine Weile los.«

»Ich hoffe nur, ihr passiert nichts«, sagte Windy Sue.

»Was soll ihr schon passieren?«, fragte ich. »Die Stickman-Nacht ist schließlich erst in zwei Wochen.«

»Das weiß ich«, murmelte sie. »Trotzdem ...«

»In zwei Wochen!«, rief Joe. »Hey, jetzt kommt schon. Es *gibt* überhaupt keine Stickman-Nacht.«

»Das musst du *mir* nicht sagen«, erwiderte ich. »*Ich* hab mir das schließlich ausgedacht. Aber *wenn,* dann wäre sie am 10. August. Das war der Tag, an dem sie Seer gelyncht haben. Deshalb müsste das auch die Nacht sein, in der Stickman auf die Jagd geht.«

»Aber er *geht* nicht auf die Jagd.«

»Ich weiß, ich weiß.«

»Schön, das zu hören. Ich hab mir schon Sorgen um dich gemacht. Um euch beide.«

»Es gefällt mir trotzdem nicht, dass sie allein da draußen ist«, sagte Windy Sue.

Eine Zeit lang schwiegen wir alle und betrachteten das Maisfeld. Ich konnte keine wackelnden Stauden erkennen, die mir gezeigt hätten, wo sich Jennifer befand. Sie musste allerdings schon ein gutes Stück entfernt sein, denn ich konnte sie auch nicht mehr hören.

Ohne guten Grund breitete sich ein kaltes, ungutes Gefühl in meiner Magengegend aus. »Ihr passiert schon nichts«, sagte ich. »Das Schlimmste, was passieren könnte, ist, dass sie es tatsächlich bis zu Stickman schafft und den Schädel sieht.«

»Ja.« Joe lachte. »Sie war sich so *sicher,* dass er nicht da ist.«

»Ich würde wirklich zu gerne ihr Gesicht sehen, wenn sie den Sack hochhebt und der alte Seer sie anglotzt.«

»Hoffentlich macht sie sich nicht in die Hose«, scherzte Joe.

»Hast du vielleicht ein Handtuch dabei, das wir auf ihren Sitz legen können?«

»Hört auf damit, Jungs. Ich mach mir echt Sorgen.«

Wir verstummten wieder und blickten auf das Maisfeld hinaus. Noch immer keine Spur von Jennifer. Ich konnte nur sehen, dass Stickman in der Ferne seinen Strohhut nach wie vor auf dem Kopf hatte.

»Sie müsste fast da sein«, vermutete ich.

»Ich glaube, ihr ist was passiert.«

»Ihr ist nichts passiert«, entgegnete Joe.

»Wir haben schließlich keine Ahnung, wer sich da draußen auf den Feldern rumtreibt«, beharrte Windy Sue. »Vielleicht irgendein Perverser oder Mörder oder so … Thelma Henderson ist letzten Monat spurlos verschwunden. Niemand weiß, was …«

»Gott, Schatz, jetzt mach dich doch nicht so verrückt.«

»Aber wo *ist* sie dann?«

»Ich schätze, sie könnte sich verirrt haben«, gab ich zu.

Windy Sue begann, Jennifers Namen zu rufen. Sie rief fünf- oder sechsmal nach ihr, erhielt jedoch keine Antwort. Sie blickte Joe stirnrunzelnd an. »Glaubst du *immer noch,* dass ihr nichts passiert ist?«

»Wahrscheinlich erlaubt sie sich nur einen Scherz mit uns.«

»Sie versucht nur, uns Angst einzujagen«, versicherte ich ihr.

»Wir müssen sie finden«, sagte Windy Sue. »Kommt mit.« Sie stellte sich auf den Sitz, setzte einen Fuß auf die Tür und hüpfte aus dem Wagen. Dann drehte sie sich zu uns um und stemmte die Fäuste in die Hüften. »Also?«

»Scheiße«, brummte Joe.

Uns blieb keine andere Wahl. Wir standen beide ebenfalls auf und sprangen aus dem Wagen. Joe übernahm die Führung, ich bildete die Nachhut. Wir hüpften in den Straßengraben und Windy Sue rutschte ab, als sie auf der anderen Seite wieder hinaufklettern wollte. Ich musste sie auffangen und ihrem Hintern einen Schubs geben, was so ungefähr das einzig Gute war, das mir dieser Abend bisher beschert hatte. Sie hatte wirklich einen prächtigen Po.

Ich dachte darüber nach, wie der morgige Abend im Autokino wohl ablaufen würde. Wenn Jennifer ihre Wettschuld tatsächlich einlöste …

»Wer gewinnt eigentlich, wenn wir sie finden, bevor sie Stickman erreicht hat?«, fragte ich, während Windy Sue zwischen den Maisstauden verschwand.

»Vergiss eure dämliche Wette«, antwortete sie.

»Die Schlampe hätte dich doch sowieso nicht rangelassen«, vermutete Joe.

»Vielleicht nicht, aber …«

»Mit der solltest du am besten gar nichts zu tun haben«, fügte Windy Sue hinzu. »Was *willst* du überhaupt von ihr?«

Joe lachte. »Ist aber nicht sehr nett, *so* über seine Cousine zu sprechen.«

»Dwayne ist zu *nett* für sie.«

»Ja?«, fragte ich.

»Ja, bist du.«

Es fühlte sich gut an, das aus Windy Sues Mund zu hören. Natürlich wusste ich, dass sie Joes Mädchen war. Aber es war trotzdem schön, es zu hören. Mein Abend schien immer besser zu laufen und es störte mich nicht mehr im Geringsten, dass wir uns einen Weg durch diesen Wald aus Maisstauden bahnen mussten. Ich war mit meinen besten Freunden unterwegs. Wir erlebten unser eigenes kleines Abenteuer und ich war mir sicher, dass wir Jennifer früher oder später finden und alles gut ausgehen würde.

Irgendwann war mir sogar die Wette egal. Verdammt, es sah zwar nicht so aus, als ob ich in dieser Nacht zu Fuß würde nach Hause gehen müssen, aber wie es schien, konnte ich mir auch den Abend mit Jennifer im Autokino abschminken.

Falls sie überhaupt Wort hielt, würden wir wahrscheinlich höchstens ein bisschen rummachen, mehr aber auch nicht. Ich hatte schon ein paarmal mit Mädchen rumgemacht, die ich nicht besonders mochte, und auch wenn es irgendwie aufregend gewesen war, wünschte ich mir hinterher jedes Mal, ich hätte es nicht getan.

Also zur Hölle mit der Wette. Und zur Hölle mit Jennifer.

Doch dann schrie sie.

Oder zumindest schrie irgendjemand, und es war keiner von uns dreien.

Windy Sue schnappte vor Schreck nach Luft. »O mein Gott«, kreischte sie. »Jennifer!«

Keine Antwort.

»Ich schätze, sie hat den Schädel gefunden«, vermutete Joe.

»Geh schon!«, fauchte Windy Sue ihn an.

»Schubs mich nicht!«

»Beweg dich!«

Ich konnte nicht sehen, was Joe tat, aber er musste die Beine in die Hand genommen haben, denn auch Windy Sue rannte los. Ich eilte den beiden hinterher, behielt ihren Rücken im Auge, blieb jedoch weit genug zurück, um nicht über sie zu stolpern. Eine Weile lang rannten wir weiter – dann hörte ich Joe aufjaulen. Windy Sue stolperte und stürzte auf ihn. Ich konnte nicht mehr rechtzeitig anhalten und knallte gegen ihren Rücken. Sie fühlte sich ganz heiß unter mir an und wand sich keuchend hin und her. Ich konnte das Ganze allerdings kaum genießen, weil ich Angst hatte, ich hätte ihr wehgetan. »Ist alles okay?«

»Ja.«

Ich kroch von ihr herunter, während Joe ausstieß: »Gott, du hast mir den Knöchel gebrochen.«

»Hab ich nicht«, fauchte Windy Sue ihn an.

»Aber du hast ihn auch nicht unbedingt *geschont.*«

»Warum bremst du auch so plötzlich?«

»Hab ich doch gar nicht.«

Sie entwirrten sich voneinander und rappelten sich wieder auf. Windy Sue beugte sich vornüber, stützte sich mit den Händen auf den Knien ab und versuchte, wieder zu Atem zu kommen. Joe legte eine Hand auf ihre Schulter, um das Gleichgewicht zu halten, und testete seinen rechten Fuß. »Ich denke, er ist okay. Pass nächstes Mal einfach besser auf, wo du hinrennst.«

»Ich bin ja nicht absichtlich in dich reingeknallt. Komm jetzt, wir müssen weiter.« Sie gab Joe einen Schubs.

Wir rannten wieder los. Schon kurz darauf kam es uns jedoch vor, als wären wir bereits zu weit gelaufen. Wir hatten vom Auto aus eine Gasse zwischen den Maisstauden gewählt, die uns direkt zu Stickman hätte führen müssen, und soweit ich wusste, waren wir nirgendwo abgebogen. Wir hätten ihn inzwischen längst erreichen müssen. Aber vielleicht waren wir vor lauter Aufregung auch einfach an ihm vorbeigerauscht. Er wäre leicht zu verfehlen gewesen, auch wenn er nur ein, zwei Reihen weiter stand.

»Hey!«, rief ich. »Wartet mal!«

Die beiden blieben stehen.

»Wir müssen vom Kurs abgekommen sein.«

»Nein«, rief Joe zurück.

»Doch. Vielleicht nach unserem Sturz. Er war auf keinen Fall so weit weg.«

Nickend und außer Atem packte Windy Sue Joe am Arm. »Runter. Runter mit dir.« Er ging in die Hocke. Sie stellte sich hinter ihn und schwang ein Bein über seine Schulter.

»Das soll wohl ein Witz sein«, stöhnte er.

»Hast du vielleicht 'ne bessere Idee?«

»Ja. Wir geben auf und gehen zurück zum Auto.«

»Nicht ohne Jennifer.« Windy Sue schwang ihr anderes Bein über Joes andere Schulter. Sie klemmte seinen Kopf zwischen ihre Schenkel und krallte die Finger in seinem Haar fest. »Okay, ich bin bereit.«

Joe seufzte, richtete sich auf und hob Windy Sue über die Wipfel der Maisstauden.

Ich fand, dass sie aussah wie ein kleines Kind, das auf den Schultern seines Vaters hockte, um sich die vorbeiziehende Parade anzuschauen. Ein großes Kind, das aber nur so über die anderen Köpfe in der Menschenmenge hinwegsehen konnte. Die Maisstauden waren die Menschenmenge, die sich so eng um uns drängte, dass wir nichts erkennen konnten. Ich dachte, wie viel Glück sie doch hatte, dass sie den Ausblick von dort oben genießen durfte.

Richtiges Glück.

Zuerst standen sie und Joe mit dem Rücken zu mir, während Windy Sue sich umschaute.

Joe hielt sie an den Oberschenkeln fest und drehte sich langsam im Kreis.

Ich konnte sie von der Seite sehen, als es passierte.

Hoch oben im Mondlicht blickte Windy Sue von links nach rechts.

Sie schüttelte den Kopf. »Seltsam«, sagte sie. »Ich kann keinen von ihnen entdecken.«

»Du *müsstest* doch … wenigstens … Stickman sehen«, keuchte Joe unter ihrem Gewicht.

»Das *müsste* ich vielleicht, *tue* ich aber nicht.«

»Oh, verflucht noch mal. Dann mach die Augen auf.«

»Er ist nicht …« Windy Sue verstummte. Ihr Oberkörper spannte sich an und ihr klappte die Kinnlade herunter.

Weil sie es hörte. Wir hörten es alle. Das Rascheln, als jemand direkt vor Windy Sue und Joe durch die Maisstauden rannte.

»Jennifer?«, fragte sie.

Jennifers Arm schoss aus der Blätterwand des Maisfelds hervor. Ich konnte einen spitzen Stab erkennen – sie schien ihn in der Hand zu halten –, nur eine Sekunde bevor sie ihn tief in Windy Sues Bauch rammte, wenige Zentimeter über Joes Kopf. Windy Sue grunzte, als hätte man ihr einen Schlag verpasst.

»Nein!«, brüllte ich.

Im ersten Schockmoment glaubte ich, Jennifer sei wahnsinnig geworden.

Dann riss sie den Stab wieder aus Windy Sue heraus und ich erkannte, dass er gar nicht in ihrer Hand lag – er befand sich an der Stelle, an der ihre Hand hätte *sein sollen.* Er ragte aus dem Stumpf an ihrem Handgelenk hervor.

Joe winselte keuchend und geriet ins Taumeln, als Windy Sue nach vorne kippte und sich in seinem Gesicht festkrallte.

Ich warf mich wie bei einem Bodycheck auf ihn. Er fiel zur Seite, aber nun befand ich mich selbst in der Ziellinie von Jennifers nächstem Hieb.

Der Stab riss jedoch nur mein Hemd auf und durchbohrte meinen Arm. Ich fiel auf Joe und während ich schon auf ihm landete, hörte ich, wie Jennifer durch die Maisstauden pflügte.

Aber wahrscheinlich konnte man sie zu diesem Zeitpunkt schon gar nicht mehr als Jennifer bezeichnen, schätze ich.

Trotzdem *war* sie für mich immer noch Jennifer, bis ich mich herumrollte und das Ding sah, das auf uns zustürmte.

Teilweise sah es noch immer so aus wie sie. Aber größtenteils war es Stickman.

Ich konnte ihn klar und deutlich im Mondlicht erkennen, wie er mit langen Schritten auf uns zukam.

Joe musste ihn ebenfalls gesehen haben, so wie er kreischte.

Der Kopf der Vogelscheuche war nicht mehr von einem Jutesack bedeckt. Der augenlose Schädel von Jethro Seer schwankte zwischen ihren Schultern. Auch das Hemd und die Latzhose waren verschwunden, ebenso wie die Strohfüllung.

Stickman trug nichts am Leib, außer Jennifer.

Oder zumindest Teile von ihr.

Er trug ihre Arme und Beine, so als hätte er sie einfach aus ihrem Körper gerissen, die Hände und Füße abgebrochen und den Rest an sich aufgespießt.

Er trug auch ihren Oberkörper.

Er war splitternackt.

Der mittlere Ast der Vogelscheuche ragte aus dem Stumpf von Jennifers Hals heraus, nur ein Stück unterhalb von Seers Schädel. Unten ragte er auch aus ihrer Möse heraus. Noch ein wenig tiefer gabelte sich der Ast zu ihren aufgespießten Beinen.

Bei dem Anblick konnte einem nur übel werden. Man musste glauben, man hätte den Verstand verloren.

Joe und ich brüllten wie zwei Irre, als sich Stickman auf uns stürzte.

Ich wollte verdammt noch mal nur noch wegrennen.

Aber stattdessen sprang ich auf und warf mich auf ihn. Seine Balance war nicht die beste, da er praktisch auf Stelzen ging. Ich versuchte, so tief zu tauchen, dass ich Jennifer verfehlte und ihn von den Stecken riss, aber meine Schultern knallten trotzdem gegen ihre Schienbeine. Ich packte die Zweige unter ihren Knöchelstummeln und warf Stickman auf den Rücken.

Dann krabbelte ich, so schnell ich konnte, von ihm weg. Joe und ich hievten Windy Sue hoch und schoben uns seitwärts ein paar Staudenreihen weiter, um Stickman abzuschütteln. Joe trug sie an den Schultern, ich an den Beinen. Wir rannten, so schnell wir konnten, zur Straße zurück.

Wir blickten uns erst wieder um, als wir das Auto erreicht hatten.

Keine Spur von Stickman.

Wir legten Windy Sue auf die Rückbank. Ich setzte mich zu ihr, ihr Kopf auf meinem Schoß, und drückte die Hand flach auf ihre Wunde, um die Blutung zu stoppen, während Joe mit Vollgas in die Notaufnahme des Sackett General Hospital raste.

Natürlich glaubte Joe und mir niemand. Ich kann es ihnen noch nicht mal übel nehmen. Ich konnte ja selbst kaum glauben, was passiert war, obwohl ich es mit eigenen Augen gesehen hatte.

Wahrscheinlich hätte man uns wegen Mordes verurteilt, aber Windy Sue kam durch. Sie hatte nicht viel gesehen, aber immerhin genug, um die Bullen davon zu überzeugen, dass keiner von uns auf sie eingestochen hatte.

Sie nahmen daher an, dass Jennifer von einem Fremden ermordet worden war.

Bei ihrer Suche fanden sie jedoch keinen Fremden. Sie fanden nur Stickmans Latzhose und Hemd, den Strohhut, den Jutesack mit dem aufgemalten Gesicht und die überall verstreut liegenden Klumpen seiner Strohfüllung. Außerdem entdeckten sie Jennifers Kleidung. Und ihre Hände und Füße. Und den Kopf. Sonst nichts.

Alles lag genau an der Stelle, an der die Vogelscheuche immer gestanden hatte. Trotzdem glaubte niemand unsere Geschichte.

Die Lokalzeitungen veröffentlichten Artikel über den »Maisfeld-Metzger« und hielten ihn für einen Serienkiller auf der Durchreise.

Wir gaben es schon bald danach auf, alle von der Wahrheit überzeugen zu wollen. Es nützte uns schließlich auch nichts, wenn wir wie Verrückte dastanden.

In jenem Sommer fuhren wir nicht mehr ins Autokino, nicht mal nachdem sich Windy Sue wieder erholt hatte. Es gab nun mal keinen anderen Weg dorthin, nur den

60 Kilometer langen Asphaltstreifen, der durch die Maisfelder der Familie Guthrie führte.

Die Suchmannschaft hatte Stickman vielleicht nicht gefunden, aber wir wussten, dass er immer noch dort draußen sein musste. Irgendwo. Mit Jennifers Überresten, aufgespießt auf seinen Astknochen, während Jethro Seers Schädel im Mondlicht grinste.

Der verrückte Stan

Der Fernseher wurde schwarz.

Billy saß vor dem Apparat auf dem Boden und spürte, wie ihm die Kinnlade herunterklappte. Er drehte den Kopf zur Seite. Agnes bedachte ihn von der Couch aus mit einem fiesen Grinsen. Sie hielt die Fernbedienung in der Hand und zielte damit wie mit einer Pistole auf den Fernseher. »Hey, das ist nicht fair«, beschwerte er sich. »Die Sendung war noch gar nicht zu Ende.«

»Jetzt schon«, erwiderte Agnes. »Zeit fürs Bettchen, Kinder.«

Billy blickte Hilfe suchend zu Rich hinüber.

Dieser hatte die Arme über seinem karierten Bademantel verschränkt und die Stirn in Falten gelegt. »Samstagabends dürfen wir bis elf Uhr aufbleiben«, informierte er sie. »Und jetzt ist es noch nicht mal zehn.«

Billy nickte. Er war stolz auf seinen großen Bruder.

»Kinder in eurem Alter gehören zu einer anständigen Zeit ins Bett«, sagte Agnes.

»Wenn ich offen sprechen darf«, erwiderte Rich, »das ist echt Mist.«

Agnes lächelte ihn an. »Na, du bist ja ein echtes Herzchen.«

»Ist doch wahr. Mom und Dad werden das erfahren. *Sie* lassen uns immer länger aufbleiben. Und Linda auch.«

»Linda ist aber nicht hier«, erwiderte Agnes mit süßlich-hässlicher Stimme. »Und um ehrlich zu sein, habe ich es mehr als satt, mir ständig irgendwas über diese blöde Ziege anhören zu müssen.«

»Linda ist keine blöde Ziege«, rief Billy, der sich nun ebenfalls mutiger fühlte, weil sich sein Bruder von dieser widerlichen alten Kuh nichts gefallen ließ. »Sie ist viel netter als Sie. Und außerdem kennen Sie sie ja gar nicht.«

Agnes warf einen Blick auf ihre Armbanduhr. »Mir reißt allmählich der Geduldsfaden, Kinder. Ab ins Bett mit euch, sofort.«

»Sie sind eine echt miese Babysitterin«, sagte Rich.

»Na vielen Dank auch. Und du, mein Lieber, bist ein echt mieses Kind.«

Richs Gesicht lief knallrot an. Er stand auf. »Komm, Billy. Wir verschwinden von hier.«

»Ja.« Er erhob sich ebenfalls.

»Aber man soll doch niemals im Streit auseinandergehen«, sagte Agnes glucksend.

Die beiden liefen zur anderen Seite des Wohnzimmers und tauschten einen Blick. Rich kochte vor Wut.

»Ich habe das ernst gemeint«, rief Agnes ihnen nach. »Kommt wieder her. Ich habe eine kleine Überraschung für euch. Das wird euch bestimmt aufheitern.«

Sie wandten sich zu ihr um. »Was denn?«, wollte Rich wissen.

Das Licht der Lampe glänzte auf Agnes' Brille. Auf ihrem dicklichen Gesicht breitete sich ein Grinsen aus. »Eine Gutenachtgeschichte. Eine *gruselige!*«

Billy spürte ein Flattern in der Magengrube.

Er schaute Rich an. Rich schaute ihn an.

»Ich wette, eure heiß geliebte Linda erzählt euch nie Gruselgeschichten.«

»Doch, tut sie wohl!«, erwiderte Rich und Billy nickte zustimmend.

»Aber meine sind garantiert gruseliger.«

Das war auch nicht besonders schwer, dachte Billy. Linda war wirklich toll, ihre Geschichten waren allerdings höchstens ganz okay. Billy war sich sicher, dass selbst *er* unheimlichere Geschichten erzählen konnte als Linda.

»Ihr wollt sie hören, hab ich recht?«

»Klar!«, platzte Billy heraus.

Rich zuckte mit den Schultern. »Ja, von mir aus.«

»Soll ich …?« Billy biss sich auf die Zunge.

»Sollst du was?«, fragte Agnes.

»Gar nichts«, murmelte er.

Beinahe hätte er gesagt »das Licht ausschalten«. Das taten sie immer, wenn Linda ihnen Geschichten erzählte. Sie machten das Wohnzimmer ganz dunkel und setzten sich auf die Couch, Linda in der Mitte. Auch wenn ihre Geschichten vielleicht nicht die besten waren, war es trotzdem toll. Sie legte immer ihre Arme um die beiden und schien sogar im Winter stets nach Sonnenmilch zu riechen.

»Warum schalten wir nicht das Licht aus?«, schlug Agnes vor.

Rich schüttelte den Kopf. »Billy hat Angst im Dunkeln.«

Du verlogener Mistkerl, dachte Billy, nickte jedoch und versuchte, verängstigt auszusehen.

Er hatte keine Angst im Dunkeln. Jedenfalls nicht normalerweise. Allerdings wollte er ganz sicher nicht mit Agnes in einem dunklen Zimmer sitzen.

»Dann lassen wir das Licht eben an.« Sie klopfte auf die Polster links und rechts neben ihr.

Billy tat, als hätte er es nicht gesehen. Er setzte sich im Schneidersitz auf den Teppich, mit dem Gesicht zu ihr. Auch Rich ließ sich neben ihm auf dem Boden nieder.

Agnes lachte leise und schüttelte den Kopf. Ihre Wangen wabbelten dabei. »Du hast doch nicht auch Angst vor *mir,* oder?«, fragte sie.

»M-mm.« Und das war die reine Wahrheit. Er hatte keine Angst vor Agnes. Jedenfalls nicht sehr. Aber allein der Gedanke daran, so dicht neben ihr auf der Couch zu sitzen, war abstoßend. Die Frau war nicht nur fett und hässlich, sie roch auch seltsam säuerlich, wie ein Putzlappen, der schon zu lange feucht war.

Zum zillionsten Mal wünschte sich Billy, Linda hätte an diesem Abend keine Verabredung gehabt. Mit ihr saß er wirklich gerne dort oben auf der Couch.

»So sitzen wir immer«, log Rich.

»Mir hat die Vorstellung, dass ihr zwei Herzchen hier oben neben mir sitzt, sowieso nicht besonders gefallen«, erwiderte sie.

»Erzählen Sie uns jetzt die Geschichte, oder was?«, fragte Rich. Er klang genervt und ungeduldig.

»Seid ihr denn bereit? Vielleicht müsst ihr ja erst noch mal Pipi machen.«

»Wir urinieren später«, erklärte Rich ihr.

Billy musste beinahe lachen, unterdrückte es aber gerade noch. Er wollte Agnes nicht wütend machen, sonst überlegte sie sich die Sache mit der Geschichte vielleicht doch noch anders.

Sie rutschte auf der Couch nach hinten, grunzte leise, hob die Beine und verschränkte sie auf dem Polster. Billy war überrascht, dass sie sie überhaupt verschränken *konnte,* so dick, wie sie waren. Und er war ebenso überrascht, dass ihre rosa Jogginghose dabei nicht riss. Sie spannte sich so straff, dass man meinen könnte, sie würde jede Sekunde aufplatzen und Agnes' Fleisch auf das Sofa schwabbeln.

Dann überkreuzte sie die Arme vor der Brust und es sah aus, als hätte sie zwei Footballs darin versteckt und wollte sie an den Abwehrreihen vorbeischmuggeln.

Bei der Vorstellung musste Billy grinsen.

»Möchtest du uns vielleicht mitteilen, was du so amüsant findest, junger Mann?«

Er spürte, wie sein Gesicht zu glühen begann. »Gar nichts. M-mm. Ich hab nur so vor mich hin geträumt, das ist alles.«

»Während meiner Geschichte träumst du besser nicht vor dich hin.«

»Wir schlafen gleich ein, wenn Sie nicht endlich anfangen«, nölte Rich.

»Schon gut.« Agnes räusperte sich und wackelte ein paarmal hin und her, so als wollte sie versuchen, ihren fetten Hintern noch tiefer in den Polstern zu vergraben. »In dieser Geschichte erfahrt ihr, warum niemand nachts ins Bett gehen sollte, ohne sich zu vergewissern, dass das Haus auch wirklich abgeschlossen ist.«

»Das wissen wir schon«, unterbrach Rich sie. »Damit der Bogeyman nicht reinkann.«

»Spar dir deinen Sarkasmus für eure idiotische Linda auf. Und unterbrich mich nicht, sonst darfst du die Geschichte nicht hören.«

»Komm schon, Rich«, sagte Billy. »Unterbrich sie nicht.«

Rich schnaubte leise.

»In manchen Städten«, fuhr Agnes fort, »verriegeln die Menschen ihre Türen nachts nicht. Aber hier in Oakwood tun wir das immer. Und dafür gibt es auch einen sehr guten

Grund. Wir tun das wegen des Verrückten.« Agnes nickte mit ihrem runden Kopf. »Madman Stan«, erklärte sie mit leiser, beinahe flüsternder Stimme. »Niemand weiß, woher er kommt. Aber wie man hört, treibt er sich gerne auf dem Friedhof herum, vor allem in heißen Sommernächten. Dann zieht er sich am liebsten nackt aus und reibt sich an den Grabsteinen. Die sind schön kühl, wisst ihr? Sie fühlen sich gut an, wenn es selbst nachts noch so heiß ist, dass man nicht schlafen kann. Erinnert euch daran, wenn der Sommer kommt.«

Rich warf Billy einen Blick zu und verdrehte die Augen.

Agnes schien es nicht zu bemerken. Sie blickte starr geradeaus und schaukelte sanft vor und zurück.

»Ich selbst«, fuhr sie mit derselben leisen Stimme fort, »habe ihn noch nie zwischen den Gräbern gesehen. Aber andere haben mir von ihm erzählt. Sie haben mir erzählt, dass er sich dort seine Opfer holt. Niemand wagt auch nur davon zu flüstern, was er mit ihnen anstellt. Ich habe da allerdings so meine eigenen Vorstellungen.«

»Welche denn?«, hauchte Rich.

Agnes hörte auf, hin und her zu schaukeln, und starrte auf ihn hinunter. »Das willst du nicht wissen.«

»Sie denken sich das doch sowieso nur aus«, murmelte er.

Sie lächelte. »Der verrückte Stan holt sich Männer und Frauen. Kleine Mädchen mag er besonders gern. Aber mehr als alles andere auf der ganzen Welt mag er kleine Jungs. Die hat er am liebsten.«

»Sicher«, sagte Rich.

Billy knuffte ihn mit dem Ellenbogen in die Seite. Rich knuffte zurück, nur stärker.

»Wie ich schon sagte, ich weiß nicht, was dieser Verrückte mit ihnen anstellt. Aber niemand sieht sie jemals wieder. Niemals. Die Leute, die drüben am Friedhof wohnen, sagen, sie könnten manchmal ihre Schreie hören. Schreckliche Schreie. Und hin und wieder hören sie dort draußen auch ein grabendes Geräusch.«

»Sehr lustig«, gähnte Rich.

»Für die, die er sich schnappt, ist es gar nicht lustig«, erwiderte Agnes. »Überhaupt nicht lustig, würde ich vermuten. Darum verriegeln wir hier in Oakwood alle bei Nacht unsere Türen. Wie ich schon sagte, ich habe den verrückten Stan noch nie drüben auf dem Friedhof gesehen. Aber ich habe ihn schon an anderen Orten beobachtet. Schon sehr oft. Und immer spät in der Nacht. Manchmal schaue ich durch ein Fenster auf die Straße oder gehe abends nach Hause, nachdem ich auf Kinder wie euch aufgepasst habe, und dann sehe ich ihn. Hier in der Fifth Street habe ich ihn auch schon einmal beobachtet. Wollt ihr wissen, was er tut?«

Diesmal machte Rich keinen Witz. Billy bekam beinahe keine Luft mehr und ihm wurde ein bisschen übel.

»Der verrückte Stan geht von Block zu Block, von Haus zu Haus, zu jeder einzelnen Tür und drückt auf die Klinke. Er sucht nach einer Tür, die nicht verriegelt ist. Und wenn er sie findet, geht er hinein. Und das bedeutet immer jemandes Ende.« Agnes nickte grinsend. »Und jetzt ab ins Bett, Kinder.«

»Das ist alles?«, fragte Rich. »Das ist doch keine Geschichte.«

»Das ist *meine* Geschichte. Und jetzt ab ins Bett mit euch. Ich will, dass ihr euch sofort schlafen legt, Kinder.« Mit einem Mal war ihr Grinsen so breit, dass sich ihre Wangen gegen den unteren Rand ihrer Brille drückten und die runden Gläser nach oben schoben. »Wenn ich von einem von euch auch nur noch einen winzigen Pieps höre …« Sie faltete die Arme wieder auseinander und zeigte über das Ende der Couch hinaus zur Haustür. »Dann entriegele ich sie.«

»Rich?«

»Halt die Klappe«, flüsterte er.

Billy stützte sich auf den Ellenbogen ab und blickte mit zusammengekniffenen Augen durch die Dunkelheit. Das Bett seines Bruders auf der anderen Seite des Nachttischs erkannte er nur als dunklen verschwommenen Umriss. Er vermutete, dass der kleine blasse Fleck vor dem Kopfende Richs Gesicht war. »Das ist doch nicht wahr, oder?«

Im unteren Bereich des weißen Flecks bewegte sich ein dunkler Punkt, als Rich antwortete: »Sei doch kein Trottel.«

Es war also tatsächlich Richs Gesicht. Das war eine Erleichterung. »Es klang nur, als könnte es wahr sein, weißt du?«, sagte Billy.

»Sie wollte uns nur Angst einjagen.«

»Bist du sicher?«

»Es gibt keinen Verrückten, der alle Türklinken durchprobiert. Soll das ein Witz sein? Die Polizei hätte ihn längst geschnappt.«

»Ja, wahrscheinlich.«

»Und wir hätten schon mal was davon gehört, wenn hier in der Gegend ständig Leute verschwinden würden.«

»Ja, wahrscheinlich.«

»Also vergiss es einfach und …«

Die Kinderzimmertür flog auf und knallte gegen die Wand. Billy zuckte zusammen und streckte den Kopf ins Licht.

Agnes stand im Türrahmen, die Fäuste in den Hüften. »Was habe ich euch Kindern gesagt? Ihr sollt nicht miteinander quatschen!«

»Haben wir nicht«, log Rich.

»Ich bin nicht taub, Herzchen. Ich habe euch doch gesagt, was ich sonst mache, oder? Und ihr könnt darauf wetten, dass ich auch genau das tun werde.«

Sie zog die Tür wieder zu und das Licht verschwand.

Billy drückte sich sein Kopfkissen aufs Gesicht und biss sich auf die Unterlippe. Er versuchte, nicht zu weinen.

Er horchte.

Horchte nach dem leisen Klicken, wenn Agnes die Haustür entriegelte.

Er hörte es nicht. Allerdings war die Haustür auch sehr weit weg.

Nach einer Weile hörte er jedoch ein leises Schniefen und Keuchen. Es kam vom anderen Bett.

»Rich?«, flüsterte er.

»Halt die Klappe.«

»Weinst du?«

»Geht dich nichts an. Das ist alles deine Schuld, du kleiner Idiot!« Er schniefte schlürfend. »Warum musstest du auch unbedingt deine große Klappe aufreißen?«

»Tut mir leid.«

»Jetzt hat sie die Tür aufgeschlossen.«

»Aber du hast doch gesagt, dass du nicht an Madman Stan glaubst.«

»Tue ich auch nicht.«

»Und warum weinst du dann?«

»Tue ich nicht. Es ist nur ... sie ist so eine blöde Schlampe.« Ein weiteres lautes Schniefen. »Wie konnten Mom und Dad uns nur mit so einer Schlampe allein lassen?«

Billy zuckte mit den Schultern, obwohl er wusste, dass Rich es nicht sehen konnte. »Linda hatte eine Verabredung.«

»Hoffentlich lief sie richtig mies.«

»Sag das nicht, Rich.«

»Sie hätte bei uns sein sollen.«

»Das musst du mir nicht sagen.«

»Sei still, bevor *sie* wieder zurückkommt.«

»Okay.« Billy legte den Kopf auf dem Kissen ab und schloss die Augen.

Er hörte ein leises, gedämpftes Schluchzen.

Gott, dachte er. Rich hat sogar noch mehr Angst als ich, dabei glaubt er noch nicht mal an diesen Verrückten.

Ich wette, er glaubt *doch* an ihn.

»Mom und Dad werden bald wieder zu Hause sein«, flüsterte Billy.

»O sicher, ganz ›bald‹. In zwei oder drei Stunden vielleicht.«

»Ich wette, sie hat die Tür gar nicht aufgeschlossen.«

»Von wegen, natürlich hat sie das. Und jetzt halt die Klappe, klar?«

»Okay.«

Billy rollte sich auf den Rücken und starrte an die Decke. Er hörte zu, wie sein Bruder weinte.

Nach einer Weile erstarb das Weinen.

»Rich?«, flüsterte er.

Keine Antwort.

»Schläfst du?«

Das erschien ihm unmöglich. Wie konnte *irgendjemand* schlafen, solange die Haustür nicht verriegelt war?

Doch kurz darauf begann Rich tatsächlich zu schnarchen.

Billy fühlte sich völlig verlassen. Es war nicht fair. Rich sollte ihn nicht einfach so allein lassen.

Er wünschte sich, *er* könnte einschlafen. Aber er hatte das Gefühl, seine offen stehenden Augen seien erstarrt.

Mein Bett steht näher an der Tür, dachte er. Wenn der verrückte Stan kommt, schnappt er mich zuerst.

Er fand, er müsste die Tür im Auge behalten, hatte jedoch zu große Angst. Was, wenn er genau in dem Moment den Kopf drehte, in dem der verrückte Stan die Tür aufknallte und ins Zimmer platzte?

Also blickte er weiter an die Decke.

Er wünschte sich, Rich würde aufwachen.

Ich könnte ihn aufwecken, dachte er. Wir könnten uns zum Fenster rausschleichen und von hier verschwinden.

Aber wenn wir das tun, dann sind wir da draußen bei *ihm*.

Billy spielte mit dem Gedanken, sich unter dem Bett zu verstecken.

Das ist wahrscheinlich der erste Platz, an dem ein Verrückter nachschaut.

Und überhaupt: Was, wenn ich mich verstecke und er sich stattdessen Rich schnappt?

Eine Weile stellte er sich vor, wie es wäre, wenn sein Bruder nicht mehr da wäre. Rich ärgerte ihn ständig und fing Streitereien an. Aber manchmal war er auch ganz in Ordnung. Billy wollte jedenfalls ganz bestimmt nicht, dass der Verrückte ihn holte, ihn auf den Friedhof verschleppte und Dinge mit ihm anstellte, über die nicht mal eine fiese alte Kuh wie Agnes reden wollte.

Rich hatte sie eine Schlampe genannt.

Er würde richtig Ärger bekommen, wenn Mom oder Dad das herausfanden.

Na ja, aber sie *ist* eine Schlampe.

Plötzlich kam Billy ein Gedanke, der ihn zum Lächeln brachte.

Wenn Madman Stan zu unserem Haus schleicht, die Tür nicht abgeschlossen ist und er hereinkommt … wird er dann nicht zuerst Agnes erwischen?

Weiß sie das denn nicht? Ist sie eine Idiotin, oder was?

Und dann kam Billy noch ein schöner Gedanke.

Die Schlampe hatte die Tür gar nicht entriegelt.

Er war sich ziemlich sicher, dass Agnes gelogen und die Tür gar nicht aufgeschlossen hatte.

Er wünschte nur, er könnte sich ganz sicher sein.

Mit wild pochendem Herzen öffnete Billy vorsichtig die Kinderzimmertür, bis ein schmaler Lichtstreifen hereinfiel. Er lugte durch den Spalt. Die Luft war rein.

Er schlüpfte in den Flur hinaus. Auf allen vieren schlich er sich zum Esszimmer und krabbelte zwischen einen Stuhl und ein Tischbein.

Was soll ich machen, wenn sie mich sieht?, überlegte er.

Manchmal ertappten ihn seine Mom und sein Dad unter dem Tisch. Meistens jedoch nicht. Er und Rich waren schon oft damit davongekommen, spätnachts noch von dort unten fernzusehen, während ihre Eltern auf der Couch saßen und sie nicht entdeckten, weil der Türrahmen ihnen die Sicht versperrte.

Billy erstarrte, als er den Fernseher sah. Er war nicht an.

Was macht sie denn dann?, fragte er sich.

Vielleicht liest sie ja eine Zeitschrift oder so.

Falls sie tatsächlich las, konnte er sich vielleicht an ihr vorbei zur Haustür schleichen.

Er krabbelte langsam zum anderen Ende des Tisches, drehte den Kopf und blickte durch die Gitterstäbe aus Stuhl- und Tischbeinen. Schließlich kam das Ende der Couch in sein Blickfeld. Er richtete sich ein wenig auf, lehnte sich nach vorne und lugte hinter einer Stuhllehne hervor, die ihm die Sicht versperrte.

Agnes lag auf der Couch.

Ein großer rosa Haufen, die Hände auf dem dicken Bauch gefaltet.

Ihre Augen waren geschlossen. Die Brille saß nicht auf ihrer Nase.

Billy entdeckte sie auf dem Beistelltisch, der zwischen der Couch und der Haustür stand.

Gut, dachte er.

Er *fühlte* sich allerdings nicht gut. Er bekam kaum Luft, sein Herz hämmerte wie verrückt und er musste furchtbar dringend auf die Toilette.

Aber das hier war *seine* Chance.

Er kroch unter dem Tisch hervor, blieb auf allen vieren und hielt den Blick starr auf Agnes gerichtet, während er ins Wohnzimmer krabbelte.

Wenn ich das Rich erzähle, dachte er.

»Du hast *was?*«, würde Rich fragen.

»Ja, ich bin einfach zur Haustür gekrabbelt und hab mich vergewissert, dass sie abgeschlossen ist.«

»Und Agnes war da?«

»Ja, sie lag auf der Couch.«

»Wow, Billy. Ich wusste gar nicht, dass du so mutig bist.«

»War keine große Sache.«

»Und wie hast du dich an ihr vorbeigeschlichen, ohne dass sie dich gesehen hat?«

»Wie ein Indianer.«

»Hat sie geschlafen, oder was?«

»Keine Ahnung. Vielleicht hat sie sich auch nur schlafend gestellt.«

Billy erwachte aus seiner Fantasie. *Was, wenn sie sich wirklich nur schlafend stellt?*

Er blieb stehen und starrte Agnes an.

Ihre Augen waren immer noch geschlossen. Ihr Mund stand offen. Ihr Kinn sah aus, als hätte jemand einen Golfball in einen Klumpen rohen Teig gestopft, der sich an der Stelle aufhäufte, an der ihr Hals hätte sein sollen.

Ihr Sweatshirt hob und senkte sich ganz langsam.

Sie *schläft,* machte sich Billy selbst Mut.

Vollkommen sicher war er sich jedoch nicht. Genauso wenig, wie er sich vollkommen sicher war, dass sie gelogen und die Haustür gar nicht wirklich entriegelt hatte.

Wenn sie doch nur schnarchen würde.

Billy zwang sich weiterzukrabbeln. Er war bereits auf halber Strecke zur Tür, als unter seinem Knie ein Dielenbrett knarrte. Er zuckte zusammen. Eine Hand rutschte über die Wölbung von Agnes' Bauch. Sie fiel über die Sofakante, gefolgt von ihrem ganzen Arm. Billy kroch hastig weiter. Er wusste, dass sie jeden Moment aufwachen würde, betete jedoch, dass er es am Kopfende der Couch vorbei schaffte, bevor sie die Augen öffnete.

Seine Wirbelsäule erstarrte, als sie irgendetwas zu murmeln begann.

Ihre Augen blieben jedoch geschlossen.

Schließlich versperrte die gepolsterte Armlehne der Couch Billys Sicht auf ihren Kopf. Er wurde langsamer und kroch an dem Beistelltisch vorbei. Als er sich auf Höhe der Haustür befand, wandte er sich nach rechts und krabbelte darauf zu.

Er starrte auf das Schloss.

Es bestand aus einem länglichen Messingteil, das man zwischen Daumen und Zeigefinger drehte. Es stand senkrecht. Aber das tat es immer. Nur vom Hinsehen allein wusste man nicht, ob die Tür verschlossen war.

Billy würde am Türknauf drehen müssen.

Er stützte sich auf den linken Arm und hob die rechte Hand Richtung Türknauf.

Was, wenn der verrückte Stan direkt davorsteht?, dachte er.

Was, wenn er auch gerade nach dem Türknauf greift?

Billys Finger zitterten, als hätte er einen Krampfanfall. Er schloss sie um den Türknauf. Der Knauf klapperte. Er hörte, wie ein leises Wimmern aus seiner Kehle entwich.

Er hielt den Atem an und drehte den Knauf.

Er zog daran.

Die Tür bewegte sich nicht.

Die alte Drecksau hatte sie doch nicht entriegelt.

Hinter dem Esstisch kam Billy wieder auf die Beine.

Er legte eine Hand auf die Brust. Sein Herz raste wie wahnsinnig.

Ich hab's getan, dachte er.

Ich hab's getan und sie hat mich nicht erwischt.

Er starrte zu Agnes hinüber, die noch immer auf der Couch schlief.

Er spürte, wie sich ein Lächeln auf seinen Lippen ausbreitete.

Dann schlich er auf Zehenspitzen wieder Richtung Kinderzimmer und hoffte, dass Rich wach war und er ihm alles erzählen konnte.

Billy erwachte im Dunkeln, zu Tode erschrocken. Heißer Urin strömte an seinem Bein hinunter und irgendetwas donnerte wie verrückt ununterbrochen gegen die Kinderzimmertür.

»Aaaaaaaahhhhh!«, kreischte Rich.

Es donnerte noch lauter. Die Tür öffnete sich mit jedem Schlag ein Stückchen weiter und der unter den Türknauf geklemmte Stuhl rutschte langsam über den Teppich.

»Jungs!«, rief ihr Dad.

Billy hatte noch nie gehört, dass er so verängstigt klang.

»Jungs! Was ist hier los?«

Billy sprang aus dem Bett und rannte zur Tür. Die nasse Schlafanzughose klebte in seinem Schritt und an seinem linken Bein. Er zog den Stuhl unter dem Türknauf weg und wich zurück.

Ihr Dad stürzte förmlich ins Zimmer. Er schaltete das Licht an und wirkte vollkommen außer Atem. Seine weiten Augen huschten immer wieder von Billy zu Rich. »Es geht ihnen gut!«, rief er über seine Schulter hinweg.

»Oh, Gott sei Dank.« Ihre Mom stürmte durch die Tür. Sie weinte.

»Was war denn hier los?«, fragte ihr Dad. »Mein Gott! Wo ist der Babysitter? Warum war die Tür blockiert? Was ist passiert?«

Rich hatte schon vor ein paar Sekunden aufgehört zu schreien. Jetzt saß er kerzengerade im Bett, weinte und schüttelte den Kopf.

»Agnes war *schrecklich*«, platzte Billy heraus.

»Aber wo ist sie denn? Wie konnte sie einfach abhauen und euch hier alleine lassen? Was zur Hölle …?«

Billy bemerkte, dass ihre Mom Agnes' Brille in der Hand hielt.

»Wir kommen nach Hause«, fuhr ihr Dad fort, »der gottverdammte Babysitter ist verschwunden und die Haustür steht sperrangelweit offen! Was zur Hölle ist hier passiert?«

»Der verrückte Stan hat sie sich geholt!«, wimmerte Rich unter Schluchzen. »O Gott! Sie hat die Tür aufgesperrt, damit er *uns* holt, aber …« Dann begann er so heftig zu weinen, dass er nicht mehr weitersprechen konnte.

Billy blickte zu seinen Eltern hinauf und schüttelte nur mit dem Kopf. Er beschloss, ihnen nicht zu sagen, wer die Tür wirklich entriegelt hatte.

Der Verehrer

Am frühen Abend konnte Claudine die erdrückende Hitze in ihrer Wohnung nicht länger ertragen. Sie musste raus.

Die glühenden Straßen der Stadt waren das kleinere Übel. Vielleicht wehte dort wenigstens eine leichte Brise …

Sie trat in den Korridor hinaus und schloss leise und vorsichtig ihre Wohnungstür. Es war nur ein sanftes Klicken zu vernehmen, als der Türschnapper einrastete. Trotzdem musste Morey es gehört haben.

Der gute alte Morey.

Am Ende des Korridors öffnete sich seine Tür.

Fast so, als hätte er dahinter gelauert und wüsste nichts Besseres mit seinem erbärmlichen Leben anzufangen, als Claudine auszuspionieren – und sie zu verfolgen.

Obwohl sie hörte, wie sich seine Tür quietschend öffnete und dann leise wieder ins Schloss fiel, drehte sie sich nicht um. Kurz darauf ertönten Moreys Schritte hinter ihr. Sie folgten ihr bis zum Ende des Korridors und die Treppe hinunter ins Foyer.

Als sie die Eingangstür des Gebäudes erreichte, sagte Morey schließlich: »Hi, Claudine.« Seine Stimme klang leise und zögerlich. »Wo gehst du denn hin?«

»Aus«, antwortete sie und öffnete die Tür.

»Und wohin?«

»Spazieren.«

Morey nickte. »Kann ich mitkommen?«

»Wenn du willst«, erwiderte Claudine und ging nach draußen.

Sie musste die Augen gegen die grelle Frühabendsonne zusammenkneifen, die wie Gold auf den Fenstern der Läden und Autos schimmerte und in heißen Schwaden vom Gehweg zu ihr heraufströmte. Die Hitze roch – wie üblich in dieser Nachbarschaft – nach Autoabgasen und Hotdogs, Zigarrenrauch und schalem Bier.

Aber es war immer noch besser als die stickige Hitze in ihrer Wohnung, fand sie.

»Wird langsam spät«, bemerkte Morey und folgte Claudine den Gehweg hinunter.

»Wenn es schon so spät ist, warum gehst du dann nicht zurück in dein Zimmer?«

»O nein. Ich komme mit dir.«

»Wenn du meinst. Aber hör auf zu quatschen, ja? Ich will nicht, dass du mit mir redest.«

»Tut mir leid.«

Es tat ihm leid, natürlich. Morey tat immer alles leid. Was für ein Volltrottel.

Sie warf ihm einen stirnrunzelnden Blick über die Schulter hinweg zu. »Du bist zu nah.«

»Oh. Tut mir leid.«

»Bleib einfach zurück. Weit zurück. Wenn du keinen Abstand halten kannst, dann darfst du auch nicht mit mir kommen.«

»Aber ich liebe dich.«

»Das wissen wir inzwischen«, stöhnte sie. Sie hasste den weinerlichen Tonfall in seiner Stimme, vor allem wenn er über seine Liebe zu ihr sprach. Er klang wie ein kleiner Junge, nicht wie ein kräftig gebauter, 30-jähriger Mann.

»Ich hab dir doch gesagt: Du kannst mich aus der Ferne lieben.«

»Tue ich ja auch.«

»Ja, aber du versuchst andauernd, mir näherzukommen. Und du hast schon wieder angefangen zu reden. Das war nicht Teil unserer Abmachung. Du musst still sein und so weit von mir wegbleiben, wie ich es dir sage, sonst kannst du unsere Abmachung vergessen.«

»Okay. Tut mir leid.«

»Und hör mit diesem ständigen ›tut mir leid‹ auf.«

»Okay. Tut mir ...« Er klappte den Mund zu und fing das verbotene Wort darin ein. Er lächelte schüchtern.

Claudine setzte sich wieder in Bewegung.

Als auch Moreys Schritte wieder zu hören waren, klangen sie sehr leise und weit entfernt.

Gut.

Claudine spazierte lange Zeit einfach geradeaus und entfernte sich mit jedem Schritt weiter von der erdrückenden Enge ihrer Wohnung. Sie hatte kein bestimmtes Ziel, fand sich jedoch plötzlich vor einem alten Kino wieder. Auf dem Schild im Fenster des Kartenhäuschens stand: KÜHL DANK KLIMAANLAGE.

Eine Klimaanlage, dachte Claudine. Es klang wundervoll. Die Doppelvorstellung sah zwar furchtbar aus, aber das war ihr egal. Sie wollte einfach nur der Hitze des Abends entfliehen.

Leider befand sie sich hier jedoch nicht in der allerbesten Gegend. Da sie Angst davor hatte, ausgeraubt zu werden, hatte Claudine ihren Geldbeutel in der Wohnung gelassen. Sie hatte nur eine Handtasche dabei und wenigstens einen Fünf-Dollar-Schein eingesteckt, nur für den Fall, dass sie unterwegs einen Happen essen wollte.

Die Doppelvorstellung kostete sieben Dollar.

Mit einem Seufzen blickte sie den Gehweg hinunter. Er wimmelte nur so von Leuten – wahrscheinlich versuchten sie wie Claudine, der Hitze ihrer Häuser zu entkommen. Morey war unter ihnen leicht zu erkennen. Er war größer als alle anderen.

Sein Gesicht strahlte, als Claudine ihm zuwinkte.

Er eilte zu ihr.

»Hi«, sagte er und grinste wie ein Irrer.

»Hey, Morey, hast du vielleicht zwei Dollar für mich?«

»Oh, keine Ahnung.« Er steckte die Hand in die Gesäßtasche seiner Jeans und zog eine alte braune Brieftasche heraus. Er studierte den Inhalt ein paar Sekunden lang. Dann sagte er: »Tja …« Mit traurigem, entschuldigendem Lächeln schüttelte er den Kopf und reichte Claudine seinen einzigen Dollarschein.

»Ist das alles, was du hast? Ich brauche *zwei* Dollar.«

Schulterzuckend schob Morey eine Hand tief in eine seiner Vordertaschen. Er verzog das Gesicht, kaute auf seiner Unterlippe und fummelte in der Hosentasche herum. Schließlich holte er eine Handvoll Kleingeld hervor.

Er starrte auf die Münzen. Dann erhellte ein Lächeln sein Gesicht. Er pflückte zwei Vierteldollarmünzen aus seiner offenen Handfläche und gab sie Claudine.

»Das sind nur 50 Cent«, sagte sie.

»Hm.« Er blickte erneut auf seine offene Hand und fand drei Zehn-Cent-Stücke.

»80«, sagte Claudine.

Er fand noch ein weiteres Zehn-Cent-Stück, einen Fünfer und fünf Pennys. »Zwei Dollar!«, verkündete er. Mit einem glücklichen Lachen reichte er sie Claudine.

»Danke«, sagte sie.

Er errötete und wandte den Blick ab.

»Bis später«, fügte sie hinzu.

»Okay.«

Morey blieb stehen, wo er war, und warf Claudine verstohlene Blicke zu, während sie ihr Ticket kaufte.

Sie betrat die herrliche Kühle des Kinos.

Die Filme waren besser, als sie erwartet hatte – und viel zu schnell vorbei. Sie musste sofort wieder an ihre heiße Wohnung denken. Warum sollte sie sich beeilen, wieder nach Hause zu gehen? Je später sie zurückkehrte, desto kühler würden ihre Zimmer sein.

Sie blieb sitzen und schaute sich den ersten Film noch einmal an.

Als er zu Ende war, blickte sie auf ihre Armbanduhr. Fast ein Uhr morgens. Sie gähnte. Zeit, sich auf den Heimweg zu machen.

Sie ging den Gang hinunter, vorbei an den letzten drei Männern, die sich den nächsten Film anschauen wollten. In der Lobby war die Verkaufstheke inzwischen geschlossen. Claudine stieß die Glastür auf und trat in die milde Nacht der Stadt hinaus.

Morey saß an eine Wand gelehnt und lächelte zu ihr herauf.

»Morey? Was zur Hölle tust du denn noch hier?«

Er zuckte mit den Schultern. »Ich warte nur auf dich.«

»Warum? Nein, sag's mir nicht. Ich weiß, warum. Du liebst mich.« Sie grinste höhnisch. »Du bist verrückt, weißt du das?«

Er lächelte, als hätte sie ihm das schönste Kompliment gemacht, und rappelte sich auf. »Gehen wir wieder nach Hause?«, fragte er.

»Ich *schon.*«

»Dann bringe ich dich.«

»O nein, das wirst du nicht. Du bist nicht mein Freund und du wirst mich auch nicht nach Hause bringen. Auf keinen Fall.«

»Kann ich dann *hinter* dir gehen?«

»Das Ganze nervt mich langsam wirklich, Morey.«

»Tut mir leid.«

»Halt einfach Abstand. *Großen* Abstand. Ich will noch nicht mal deine Schritte hören.«

»Okay.«

»Du entwickelst dich zu einer echten Nervensäge.«

»Tut mir …«

»Sag es nicht!« Sie wirbelte herum und eilte den Gehweg hinunter. Als sie die Hausecke erreichte, schaute sie über ihre Schulter zurück. Morey stand immer noch unter dem Vordach des Kinos und beobachtete sie. Sie überquerte die Straße und blickte sich erneut um. Morey setzte sich in Bewegung.

»Bleib zurück!«, rief sie.

Er blieb stehen. Als sie sich dem Ende des Blocks näherte und wieder über ihre Schulter blickte, folgte Morey ihr in gebührendem Abstand.

»Idiot«, murmelte sie.

Dann schrie sie, als der Mann mit dem Messer aus einem Hauseingang vor ihr sprang. »Deine Tasche, deine Tasche! Schnell, schnell, schnell! Komm schon!« Er fuchtelte mit dem Messer vor ihrem Gesicht herum und sie hielt ihm die Tasche hin.

»Es ist nichts drin!«, platzte sie heraus.

Er schnappte sich ihre Tasche, riss sie auf, fasste hinein, kramte darin herum und setzte eine finstere Miene auf.

»Schlüssel! Nichts als Schlüssel!«

Claudine wollte fliehen, aber er packte sie sofort.

»Morey!«, brüllte sie.

»Halt die Klappe!« Der Mann hielt ihr das Messer vors Gesicht. »Wo ist dein Geld, du dreckige Schlampe? Sag's mir oder ich schlitz dich auf ...«

»Nicht!«, kreischte sie. »Nein! Bitte!«

Dann sah sie Morey. Er rannte auf dem einsamen Gehweg durch die nächtliche Stadt zu ihr, als würde sein Leben davon abhängen.

Nicht seins – meins.

Aber er war so weit weg.

Zu weit.

GUTENACHTGESCHICHTEN

»Zähne geputzt?«, fragte Harold.

Josh zog die Hose seines Spiderman-Schlafanzugs hoch, als er aus dem Flur hereinkam. Er zeigte seinem Vater die Zähne zur Inspektion.

»Heißt das ›ja‹?«

Der Junge nickte mit auseinandergezogenen Lippen. Dann wandte er sich ab und schaute zum Fernseher. »Was guckst du denn?«, wollte er wissen. »Darf ich auch mitschauen?«

»Nein, tut mir leid. Du solltest schon längst im Bett sein.«

Der vierjährige Flachskopf starrte weiter auf den Bildschirm. »Was ist das? Sieht gruselig aus.«

Harold drückte mit dem Daumen auf die Fernbedienung und schaltete den Fernseher aus. »Komm jetzt«, sagte er. »Zeit fürs Bett.«

»Nein, ist es nicht«, erwiderte Josh völlig ruhig und im Brustton der Überzeugung.

Mit schrecklich bebender, bedrohlicher Stimme dröhnte Harold: »Doch, weil *ich* es sage.«

»Hilfe!«, kreischte Josh. Kichernd und mit wild fuchtelnden Armen rannte er den hell erleuchteten Flur hinunter. Vor seiner Zimmertür blieb er stehen. Er drehte sich zu seinem Vater um und sah überhaupt nicht mehr glücklich aus.

»Ab in dein Zimmer«, forderte Harold ihn auf und folgte ihm.

»Das Licht ist nicht an!«

»Oh. Entschuldige.«

Der Junge blickte nervös in die Dunkelheit. Er wich einen Schritt zur Seite, um seinem Vater Platz zu machen. Erst als das Licht an war, hüpfte er ins Zimmer und kletterte über das abgesenkte Gitter seines Kinderbetts. Er schob seinen Plüsch-Scooby-Doo beiseite und setzte sich auf eines seiner Kinderbücher. Mit einem Stirnrunzeln zog er das Buch unter seinem Hintern hervor, betrachtete das Titelbild und warf es auf einen Haufen mit anderen Büchern und Stofftieren am Ende des Bettes. Dann verschränkte er die Beine und blickte seinen Vater durch die Holzstäbe an. »Ich will eine Geschichte«, bettelte er.

»Nicht heute Abend.«

Joshs Augen glänzten betrübt. Er verzog die Augenbrauen und sein Kinn begann zu zittern.

»Warum schaust du dir nicht selbst eins deiner Bücher an?«, schlug Harold vor.

»Ich will eine *Geschichte.*« In seinen Augen schimmerten Tränen. »Mommy erzählt mir immer eine Geschichte.«

»Dann soll Mommy dir eine erzählen.«

»Das kann sie nicht. Sie ist beim Jazzercise.«

»Tja, ich fürchte, dann …«

»Bitteeeeeee, Daddy!«

»Ich hab im Moment wirklich viel zu tun«, erklärte Harold und dachte an den Film im Kabelfernsehen, der eben angefangen hatte. Wenn er noch mehr vom Anfang verpasste … Andererseits ertrug er auch den Gedanken nicht, seinen Sohn in Tränen aufgelöst zurückzulassen. »Na schön, in Ordnung. Aber nur eine kurze.«

Josh wischte sich mit seinen winzigen Fäusten die Tränen aus den Augen. »Eine *lange*«, widersprach er.

»Von mir aus.«

Harold sah ein, dass er den Film ohnehin vergessen konnte. Vielleicht lief er ja demnächst noch mal in der Wiederholung.

»Okay«, sagte er und stellte sich vor das Bücherregal. »Welche soll's denn sein? *Die Katze mit Hut? Der kleine rote Dampfer …?*«

»Davon will ich keine.«

»Was willst du denn *dann?*«

»*Erzähl* mir eine Geschichte.«

»Ich kenne aber keine Geschichten. Lass mich mal sehen …« Er zog *Peter Pan* aus dem Regal.

»Nein! *Erzähl* mir eine Geschichte.«

»Du willst, dass ich mir eine *ausdenke?*«

»Ja«, antwortete Josh und nickte energisch mit dem Kopf.

Harold seufzte. Das würde nicht leicht werden. Gutenachtgeschichten zu erfinden war Marys Spezialgebiet, nicht seins. »Na schön«, lenkte er ein, »ich schätze, ich kann es ja mal probieren. Wie wär's mit *Wally, der Wurm?*«

»Nein. Das ist *Mommys* Geschichte.«

»Und was hast du dir *dann* vorgestellt?«

»Eine *gruselige* Geschichte.«

Harold lächelte. Er hatte Gruselgeschichten auch immer gemocht. »Bist du sicher?«, fragte er. »Was, wenn du davon Albträume kriegst?«

»Ich mag Albträume«, behauptete Josh.

»Natürlich, klar. Du *magst* sie. Du *magst* es, schreiend aufzuwachen.«

»Bring mich zum Schreien, Daddy.«

»Na gut. Warum nicht?« Harold zog den Schaukelstuhl ans Kinderbett heran, setzte sich und schlug die Beine übereinander.

»Es war einmal«, begann Josh und blickte ihn erwartungsvoll durch die Gitterstäbe an.

»Wenn du meinst. Okay, los geht's. Es war einmal ein schrecklicher, haariger Mann.«

»Wo hat er gewohnt?«

»Nebenan.«

»Nein, hat er nicht. Mike wohnt nebenan.«

»Okay, dann nicht. Er wohnte ein paar Straßen von hier entfernt in einem dunklen alten Spukhaus. Er war so schrecklich und haarig, dass ihn seine Mutter und sein Vater immer im Schrank einsperrten, selbst als er noch ein kleiner Junge war. Sie konnten seinen Anblick einfach nicht ertragen. Sie hassten ihn so sehr, dass sie ihm nie Limonade oder Erdnussflips oder andere leckere Sachen gaben. Er lebte allein von Wasser und roher Leber.«

»*Igiiiitt!*«

»Aber eines Tages wurde er groß …«

»Wie hieß er denn?«

»Enoch«, antwortete Harold, ohne zu zögern, fast so, als hätte er den Namen von Anfang an gekannt.

Hatte es *wirklich* einen Enoch gegeben, der …?

»Und was ist passiert, als Enoch groß wurde?«, wollte Josh wissen.

So als wüsste er die Antwort bereits, erwiderte Harold: »Weil er all die gute, gesunde Leber gegessen hatte, wurde er so groß und stark, dass er eines schönen Tages die Schranktür einschlug. Seine Mutter und sein Vater versuchten, vor ihm davonzulaufen, aber er packte sie beide mit seinen riesigen haarigen Händen und drehte ihnen die Hälse um!«

Josh klappte die Kinnlade herunter.

Na schön, dachte Harold, er ist voll bei der Sache.

»Und was ist dann passiert?«

»Na ja, Enoch hat die Köpfe seiner Eltern sicher in seinem Schrank verwahrt. Oh, und er hat ihre Lebern gegessen. Aber nach einer Weile bekam er wieder Hunger. Er hat das ganze finstere, gruselige Haus auf der Suche nach weiteren Lebern abgegrast, die er essen konnte. Er hat unter den Betten nachgeschaut und hinter sämtlichen Türen. Er hat in den Schubladen der Kommoden nachgeguckt und in der Badewanne gesucht – und sogar im *Klo!*«

Josh brach in schallendes Gelächter aus. Als er sich wieder beruhigt hatte, schüttelte er den Kopf und erklärte: »Im Klo findet man aber keine Lebern.«

»Normalerweise nicht«, bestätigte Harold. »Aber Enoch wusste das nicht.«

»Er war nicht besonders schlau, oder?«

»Na ja, er hatte sein ganzes Leben in einem Schrank verbracht, deshalb wusste er es nicht besser. Aber am Ende suchte er auch in der Küche. Er öffnete Schränke voller Suppendosen, Kräcker und Kekse. Im Kühlschrank entdeckte er Eier, Käse und Würstchen. Leider hatte der arme Enoch aber keine Ahnung, dass all diese Sachen essbar waren. Soweit er wusste, war Leber das *Einzige*, was man essen konnte – und er konnte nirgends welche *finden*.

Irgendwann warf er dann einen Blick in den Gefrierschrank. Darin lagen Eiscreme, gefrorene Maiskolben, Orangensaftdosen und alles mögliche in weißes Papier eingewickelte Zeug. Er wickelte eins der Päckchen aus, und rate mal, was er fand!«

»Leber?«

»Genau! Oder zumindest sah es wie Leber aus. Es war allerdings nicht schleimig und glitschig und stank wie Leber. Stattdessen war es hart wie ein Ziegelstein. Als er versuchte, davon abzubeißen, brach er sich beinahe einen Zahn ab. Also warf er es wieder zurück in den Gefrierschrank und knallte die Tür zu.«

»Er hätte es auftauen müssen«, bemerkte Josh.

»Aber Enoch wusste das nicht. Er wusste auch nicht, dass es Supermärkte gab. Er wusste nur, dass er in anderen *Leuten* noch mehr Leber finden konnte.«

»Und woher wusste er das?«, fragte Josh.

»Weil er die von seiner Mom und seinem Dad gegessen hatte.«

»Und woher wusste er, dass *sie* eine hatten?«

»Er wusste es einfach, Josh. Willst du die Geschichte nun hören oder nicht?«

Der Junge seufzte, faltete die Hände auf dem Schoß und wartete darauf, dass Harold fortfuhr.

»Es dauerte nicht lange und Enoch wurde sehr, sehr hungrig. So hungrig, dass er einfach etwas essen *musste*. Er schlich sich mitten in der Nacht aus dem Haus und die Straße hinunter. Die meisten Häuser in der Nachbarschaft hatten denselben Zaun wie unseres. Enoch hatte keine Ahnung, was er auf der anderen Seite finden würde – Leber vielleicht –, deshalb wählte er einen hübschen roten Redwood-Zaun und sprang hinüber. Er landete im Garten hinter einem Haus, das genauso aussah wie unseres.«

»*War* es unser Haus?«, fragte Josh.

»Nein, war es nicht. Es stand zwei Blocks von hier entfernt. Also, er war kaum gelandet, da entdeckte er Licht in einem der Fenster. Er humpelte darauf zu …«

»Wie Onkel Jim?«

Harold seufzte, genervt von den ständigen Unterbrechungen. »Onkel Jim hat gehumpelt, weil er sich beim Skifahren ein Bein gebrochen hat. Enoch hat gehumpelt, weil sein Rücken ganz krumm und missgebildet war. Außerdem war eins seiner Beine 20 Zentimeter kürzer als das andere.«

»Oh.«

»Er humpelte also zu dem erleuchteten Fenster, drückte sein schreckliches haariges Gesicht gegen die Scheibe und starrte mit seinem einen gelben Auge hinein.« Da er Joshs nächste Frage vorausahnte, fügte Harold schnell hinzu: »Sein anderes Auge war in seiner Zeit im Schrank an einem Kleiderbügel hängen geblieben und geplatzt.«

Josh nickte. Er klappte den Mund zu und schluckte schwer. Er wirkte ziemlich blass um die Nase.

»Im Inneren des Hauses, im spärlichen Schein eines Barney-Geröllheimer-Nachtlichts, sah Enoch einen kleinen Jungen, der in seinem Kinderbettchen schlief. Lange Zeit starrte er den kleinen Jungen nur an. Sein Magen knurrte und er wurde immer hungriger.

»Ich hab auch ein Barney-Geröllheimer-Nachtlicht!«, sagte Josh mit tiefen Stirnfalten.

»Stimmt, das hast du.«

Josh blickte nervös zu seinem eigenen Kinderzimmerfenster. Er wandte den Blick schnell wieder ab, doch seine Augen huschten sofort wieder zurück.

Harold spürte ein eisiges Kribbeln im Nacken. Er drehte sich zum Fenster um, sah das Gesicht in der Scheibe und schnappte erschrocken nach Luft, bevor ihm bewusst wurde, dass es sein eigenes Spiegelbild war. »Es ist niemand da draußen«, sagte er.

»Ich hab gesehen …«

»Das war nur … Okay, ich glaube, das waren genug Gruselgeschichten für eine Nacht. Was hältst du davon, wenn wir hier Schluss machen und …?«

»Nein! Geh nicht weg!«

»Aber …«

»Du musst die Geschichte noch zu Ende erzählen.«

»Na schön. Ich erzähle sie zu Ende. Also, wo war ich?«

»Enoch schaut durch das Fenster.«

»Richtig. Er sieht den kleinen Jungen und ist *furchtbar* hungrig, deshalb öffnet er ganz langsam das Fenster. Ohne einen Laut von sich zu geben, klettert er hinein, schleicht zu dem Bettchen hinüber und …«

»Und der *Junge* erschießt ihn!«

»Hey, das ist *meine* Geschichte. Und ich kann dir mitteilen, dass der Junge ihn *nicht* erschießt.«

»Warum denn nicht?«

»Keine Pistole.«

»Oh.«

»Enoch beugt sich über das Bettchen, und sein grauenvoller, faulig stinkender Atem weckt den Jungen auf. Der Junge sieht das verbeulte, grässlich haarige Gesicht über sich. Er sieht das einzelne gelbe Auge und die großen, sabbernden Reißzähne. Er sieht die riesigen, haarigen Hände, die nach ihm grapschen. Er versucht zu schreien, aber Enoch packt seinen Kopf und dreht ihm den Hals um. *Krack!* Enoch bricht ihm das Genick und lässt sich dann die Leber des Jungen schmecken.«

Josh starrte seinen Vater mit offenem Mund an. Er sah aus, als fühlte er sich verraten.

»Du *wolltest* doch eine Gruselgeschichte«, erinnerte Harold ihn.

»Aber das ist nicht gut. So ist sie nicht gut.«

»Hat dir das Ende nicht gefallen?«, fragte Harold und versuchte, ein Grinsen zu unterdrücken.

»Es ist nicht gut«, beharrte der Junge. Er wirkte den Tränen nahe.

Harold seufzte. Er wollte Josh ganz sicher nicht zum Weinen bringen. »Na schön, in Ordnung. So geht die Geschichte nicht zu Ende. Enoch wanderte daraufhin Nacht für Nacht durch die Straßen, schlich sich in Gärten, schlüpfte heimlich in die Zimmer schlafender Jungen und Mädchen und verschlang ihre Lebern.«

»Daddy!«

»Aber eines Nachts konnte ein tapferer kleiner Junge, der dir ziemlich ähnlich war, vor Enoch fliehen.«

Josh wirkte erleichtert.

»Er rannte durchs Haus und Enoch humpelte hinter ihm her. In der Küche schnappte er sich das elektrische Tranchiermesser und wirbelte herum. Enoch humpelte auf ihn zu, leckte sich sabbernd die Lippen und freute sich darauf, die Leber des Jungen zu kosten. Als er eine Hand nach ihm ausstreckte, zog der Junge das Messer hervor. *Zzzzzzzzzzzzz* – schnitt es Enochs rechte Hand ab. Die knubblige, haarige Hand landete mit einem dumpfen *Plumps* auf dem Küchenfußboden.«

»Und dann?«

»Enoch rannte davon und kreischte vor Schmerzen. Schließlich traf die Polizei am Haus des Jungen ein. Sie folgten Enochs Blutspur über den Rasen, über den Zaun und die Straßen hinunter zu dem dunklen, unheimlichen alten Haus, in dem Enoch wohnte.«

»Und dann haben sie ihn erschossen!«

»Genau! Sie fanden ihn zusammengekauert in seinem kleinen Schrank. Er wimmerte und leckte sich den Stumpf an seiner Hand. Sie haben ihm mit ihren Magnums das Licht ausgeblasen!«

Josh stieß ein lautes Seufzen aus. Er wirkte gleichzeitig erschöpft und erleichtert.

»Aber das ist noch nicht das Ende der Geschichte«, fuhr Harold fort. »Erinnerst du dich noch, wie die Hand mit einem *Plumps* auf dem Küchenfußboden gelandet ist? Nun, sie ist verschwunden.«

»Was?«

»Verschwunden, spurlos. Niemand konnte sie finden.«

Josh fragte stirnrunzelnd: »Und wo ist sie hin?«

»Das weiß niemand so genau«, antwortete Harold. »Aber man erzählt sich, dass man sie manchmal in mondhellen Nächten sehen kann, wenn sie wie eine fette, haarige Spinne durch die Fenster krabbelt und ...«

»Nur die Hand?«, fragte Josh.

»Nur die Hand. Den Rest von Enoch haben die Polizisten getötet, aber nicht die Hand. Sie lebt weiter. Sie kriecht durch die Nacht, sucht nach kleinen Jungen in ihren Bettchen und giert nach dem Geschmack ihrer frischen, saftigen jungen Lebern.«

Josh rümpfte die Nase.

»Ende der Geschichte.« Harold schaukelte nach vorne und stand aus dem Stuhl auf.

Josh sprang ebenfalls auf. Er klammerte sich an den Gitterstäben fest und starrte seinen Vater an. »Geh nicht weeeeeeeg!«

»Es ist schon längst Schlafenszeit, Kumpel. Gib mir ’nen Kuss.« Er umarmte Josh und der Junge schlang die Ärmchen ganz eng um seinen Hals und drückte ihn fest an sich. »Hey, ist schon gut«, sagte Harold und löste sich aus der Umarmung.

»Nein, ist es nicht.« Josh blickte zum Fenster. »Die haarige Hand wird mich holen.«

»Nein, wird sie nicht. Die gibt es nämlich gar nicht, Josh. Das hab ich mir alles nur ausgedacht. Und jetzt leg dich wieder hin.«

Der Junge legte sich auf die Matratze und Harold deckte ihn zu.

»Okay«, sagte er sanft. »Schlaf gut.«

Er trat einen Schritt von dem Bettchen weg, ging neben der Steckdose in die Hocke und schaltete das Barney-Geröllheimer-Nachtlicht an.

»Barney soll aus bleiben«, sagte Josh.

»Ist das dein Ernst?« Barney musste *immer* an sein. »Warum denn?«

»Er soll aus bleiben, damit mich die haarige Hand nicht sehen kann.«

»Josh, ganz ehrlich …«

»Bitte, Daddy.«

Harold schüttelte den Kopf. Er hatte dem Kleinen wirklich einen ganz schönen Schrecken eingejagt. Noch während er die Geschichte erzählt hatte, war ihm klar gewesen, dass sie außer Kontrolle geriet. Sie hätte viel simpler und harmloser verlaufen sollen, aber irgendwie schien sie eine Art Eigenleben zu entwickeln. Harold hatte plötzlich selbst wissen wollen, wohin sie noch führen würde, und hatte deshalb auch nicht die Zügel angezogen. Und jetzt war der arme Josh zu Tode erschrocken und Harold fühlte sich furchtbar schuldig.

»Okay«, versuchte er es, »ich sag dir was: Falls die haarige Hand wirklich kommt und dich holen will, musst du nur die magischen Worte sprechen.«

»Okay …«

»Du sagst dreimal nacheinander ›Geh weg, haarige Hand‹ – und schon verschwindet sie.«

Josh nickte ernst. Er flüsterte die Worte zur Übung, während Harold aus dem Zimmer ging.

»Lass die Tür offen!«

»Mach ich, Kumpel.«

»Geh weg, haarige Hand«, flüsterte der Junge. »Geh weg, haarige Hand.«

Harold ging den Flur hinunter ins Wohnzimmer, ließ sich auf seinem Sessel nieder und begann, mit der Fernbedienung auf der Suche nach irgendetwas Interessantem durch die Kanäle zu zappen.

Mary kam kurz nach elf nach Hause und erklärte mit ruhiger Stimme, dass sie die Scheidung einreichen werde.

»Was?«, fragte Harold entsetzt. Er fühlte sich, als hätte sie ihm einen Tritt in den Magen verpasst.

Sie teilte ihm mit, sie habe sich in einen Mann namens Bill aus ihrem Jazzercise-Kurs verliebt. Sie hatte den Kurs in den vergangenen drei Wochen geschwänzt, um sich mit ihm in seinem Haus in Brentwood zu treffen, und hatte vor, den Typen zu heiraten, sobald die Scheidung rechtskräftig war. »Gib dir selbst nicht die Schuld daran, Schatz«, sagte sie. »Es liegt nicht an dir, es liegt an mir. Ich habe mich einfach nur verliebt. Ich konnte nichts dagegen tun.«

»Und was ist mit Josh?«, bekam Harold schließlich heraus.

»Ich bekomme natürlich das Sorgerecht, aber ich bin mir sicher, dass wir ein angemessenes Besuchsrecht vereinbaren können …«

Auf Marys Wunsch hin schlief Harold in jener Nacht auf der Couch im Wohnzimmer. Er lag in der Dunkelheit, hellwach, und starrte an die Decke. Er fühlte sich innerlich ganz kalt und hohl. Verworrene, unzusammenhängende Gedanken spukten ihm endlos durch den Kopf und quälten ihn.

Dann hörte er plötzlich Josh kreischen.

Harold schoss von der Couch hoch. Er rannte den dunklen Flur hinunter und hörte, wie der Junge schrie: *»Geh weg, haarige Hand! Geh weg, haarige Hand! Geh weg haarige Hand geh weg haarige Hand geh weg …!«*

Harold stürmte ins Kinderzimmer und schaltete das Licht an.

Josh stand auf der Matratze, Todesangst im Gesicht, und starrte mit weit aufgerissenen Augen zum Fenster.

Harold drehte sich um.

Er nahm etwas aus dem Augenwinkel wahr.

Es huschte durch ein Loch in der Fensterscheibe und verschwand.

Er schüttelte den Kopf. Unmöglich. Das war nur ein … ein was?

Ein Schatten. Nur ein Schatten oder …

Mary taumelte durch die Tür. Sie trug das weiße Nachthemd, das Harold ihr zum letzten Valentinstag geschenkt hatte. Ihr Haar war völlig zerzaust.

Sie blinzelte gegen das grelle Licht an. »Was ist denn los?«, fragte sie.

»Sie war hier!«, platzte Josh heraus.

»Es ist alles unter Kontrolle«, versicherte Harold ihr. »Josh hatte nur einen Albtraum. Warum gehst du nicht wieder ins Bett? Du brauchst schließlich deinen Schönheitsschlaf, für Bill.«

Sie funkelte ihn wütend an und taumelte wieder aus dem Zimmer.

Harold stellte sich an das Kinderbett und hob Josh heraus. Der Junge klammerte sich ganz fest an ihn. »Sie ist wieder weg, Daddy, oder …?«

»Ja, natürlich. Ich hab dir doch gesagt, dass die magischen Worte funktionieren.« Er setzte sich auf den Stuhl und schaukelte sanft vor und zurück. »Das hast du wirklich gut gemacht«, flüsterte er. Während er weiterschaukelte und seinen Sohn tröstete, spürte er, wie die Anspannung aus Joshs Muskeln wich.

… ein angemessenes Besuchsrecht …

Der Junge wurde schlaff in Harolds Armen und atmete wieder ruhig und gleichmäßig. Harold schaukelte trotzdem weiter.

»Nachdem der tapfere kleine Junge die haarige Hand mithilfe der magischen Worte vertrieben hatte«, flüsterte er, »war die Hand furchtbar wütend. Sie gierte danach, Augen herauszuschneiden, Kehlen aufzuschlitzen oder einem gefolterten Körper die Leber zu entreißen. Sie kroch an der Wand des Hauses entlang, bis sie ein anderes Fenster erreichte. Dahinter schlief eine junge Frau in einem weißen Nachthemd – eine Frau, die deiner Mutter sehr ähnlich war, Josh. Heimlich, still und leise bohrte die haarige Hand mit ihren Krallen ein Loch in die Fensterscheibe …«

Dinker's Pond

Der Goldsucher erzählte gern Geschichten. Ich hielt den Mund und hörte ihm zu.

»Sie wollte von Anfang an nichts mit mir zu tun haben. Sie war Jims Kleine, von Kopf bis Fuß und überall dazwischen.

Ich hab ihn noch gewarnt: ›Wir wollen sie doch nicht wirklich mitnehmen, Jim.‹

›Ich schon‹, brummte er nur.

›Sie ist zu nichts gut. Sie macht nur Schwierigkeiten und treibt uns in den Ruin.‹

Jim meinte: ›Sie ist echt hübsch.‹

Klar, das wusste ich auch, aber das war nicht der Punkt. ›Sie will doch nur mit uns kommen, weil wir was gefunden haben. Sie ist hinter unserem Gold her, das ist alles. Ha, wahrscheinlich mag sie dich noch nicht mal.‹

Aber Jim hatte diesen benebelten Ausdruck in den Augen und da wusste ich, dass er in Gedanken wieder bei letzter Nacht war. Lucy hatte nicht mit ihren Reizen gegeizt und ihn ausführlich kosten lassen. Sie ist uns am Nachmittag zufällig über den Weg gelaufen, als wir gerade aus dem Büro des Goldprüfers kamen, deshalb war ich sofort misstrauisch. Ich schätze, sie hat sich da postiert und auf die nächstbesten Goldsucher gewartet, die mit einem fetten Grinsen auf dem Gesicht wieder aus der Tür kamen.

Sie hat sich sofort an Jim gehängt.

Er ist der Leichtgläubige von uns beiden, deshalb hat sie sich auch ihn gekrallt und nicht mich. Jim ist dumm wie Bohnenstroh, und das sieht man ihm sofort an.

Du denkst jetzt wahrscheinlich: Der ist doch nur eifersüchtig, weil sie nicht scharf auf *ihn* war, aber das stimmt nicht. Jim ist genauso alt wie ich, sieht kein bisschen sauberer aus und riecht auch nicht besser, und ich bin mindestens genauso ein Kerl wie er. Außerdem waren wir gleichberechtige Partner, auch wenn Lucy das am Anfang noch nicht wusste.

Nein. Jim ist einfach nur ein Volltrottel, während ich was im Hirn und eine ordentliche Portion gesunden Menschenverstand hab.

Ich lass mich nicht so leicht an der Nase rumführen. Von Jim kann man das allerdings nicht behaupten, und Lucy wusste das.

Ich konnte gar nicht so schnell gucken, da saß ich schon allein mit ihr im Saloon, während Jim sich in seinem schicken Zimmer im Jamestown Hotel einredete, er habe sich verliebt.

Was mich wieder zu dem benebelten Ausdruck in seinen Augen bringt, als wir am nächsten Morgen mit Steak und Eiern beim Frühstück saßen.

›Ich glaub, sie mag mich wirklich‹, sagte er. ›Auf dich ist sie allerdings nicht besonders gut zu sprechen, George.‹

›Na vielen Dank auch, das ist ja wirklich nett. Wie lange sind wir beide schon Partner?‹, hab ich ihn gefragt.

Er hat die Stirn in Falten gelegt, als würde er nachrechnen. ›Ich würde sagen, 'ne ganze Weile.‹

›Seit 'ner halben Ewigkeit. Und jetzt machst du uns alles kaputt. Eine Frau auf den Goldfeldern bringt nichts als Unglück, das weißt du genauso gut wie ich. Du hast doch wohl nicht vergessen, was mit Placer Bill und Mike Murphy drüben in Kern passiert ist, oder?‹

Jim glotzte nur verdutzt auf sein Essen, als würde er die Antwort auf den Zinken seiner Gabel finden.

›Dann lass mich deine Erinnerung mal wieder auffrischen. Bill und Mike sind durch dick und dünn gegangen. Sie waren seit Jahren Kumpel, mehr Jahre, als du Zähne im Mund hast.‹

›Ich hab noch fast alle meine Zähne‹, knurrte Jim.

›Eben, genau das mein ich ja. Seit Ewigkeiten. Bessere Kumpel als Bob und Mike findest du nirgendwo …‹

›Ich dachte, er heißt Bill.‹

›Robert William, das war sein Name. Für manche war er Bob, für andere Bill. Der Punkt ist: Bob und Mike waren wie Brüder – bis eines schwarzen Tages eine Frau in ihrem Lager auftauchte. Sie hat sich sofort auf Mike gestürzt und Bob so mies behandelt, als hätte er die Krätze. Der arme Bob stand auf einmal ganz alleine da. Aber hat er sich deswegen beschwert? Nein, Sir. Weil er ein echter Kerl war. Er hat seinen Kummer schweigend ertragen. Und weißt du noch, was dann passiert ist?‹

›Wie hieß denn die Kleine?‹, wollte Jim wissen.

›Greta.‹

›Wir hatten 'ne Greta Gurney in der Bibelstunde. 'ne kleine Rothaarige. War die Greta, die sich an Mike rangemacht hat, auch 'ne Rothaarige?‹

›Ich glaub, nicht – nein.‹

›Hast du sie denn nie gesehen?‹

›Kann ich meine Geschichte vielleicht zu Ende erzählen, ja? Bei dir reißt einem selbst der dickste Geduldsfaden.‹

›Na ja, ich wollte doch nur …‹

›Es war nicht deine Greta, okay? Es war irgendeine andere Greta. Wie dem auch sei, was ich damit sagen will, ist: Sie ist auf den Goldfeldern aufgetaucht und hat den beiden Unglücksraben nichts als Unheil gebracht. Sie hat Bill und Mike in eine Katastrophe gestürzt. Es war schon schlimm genug, dass sie den armen Bill so verschmäht und eine jahrelange Freundschaft zerstört hat. Aber anscheinend hat ihr das noch nicht gereicht. Nein, Sir.

Wie sich rausstellte, war sie ihrem Mann davongelaufen. Aber das hat sie natürlich keinem erzählt. O nein. Die Sache mit ihrem Mann hat sie schön für sich behalten. Sein Name war Lem Jaspers, ein einäugiger Schmuggler aus Frisco. Er hat sich auf die Suche nach ihr gemacht und sie draußen in Kern bei Bill und Mike gefunden – und sie alle drei massakriert.‹

›Er hat sie umgebracht?‹

›Er hat sie umgebracht, schön langsam und grauenvoll. Ich würd's dir ja genauer erzählen, aber ich will dir dein Frühstück nicht verderben. Sagen wir einfach, es war nicht besonders schön. Er hat Mike mit 'nem brennenden Stock die Augen rausgeholt, um sich dafür zu rächen, dass er Greta auch nur angeguckt hatte. Und er hat ihm das Herz mit 'nem Jagdmesser rausgeschnitten und es Greta in den Hintern gestopft. ‚Du wolltest es doch unbedingt. Bitte, da hast du's!'‹

Jim wirkte danach ein bisschen blass um die Lippen.

›Als sie tot waren‹, erzählte ich weiter, ›hat er Greta die Haut abgezogen. Komplett. Mit bloßen Händen. Ihr Gesicht hat er ins Lagerfeuer geworfen und den Rest ihrer Haut gegerbt. Von dem Tabakbeutel erzähl ich dir lieber nichts. Aber Lem hat sich aus einem Teil von Gretas Haut ein Paar neue Mokassins genäht. Er hat es genossen, die ganze Zeit auf ihr rumtreten zu können.‹

›Ziemlich mies von ihm‹, warf Jim ein.

›Und das war noch nicht das Mieseste. Lem hat es nicht gereicht, seine Rachegelüste nur an Greta und Mike auszuleben. Den armen Bill hat er wie ’ne Forelle ausgenommen. Bill war so unschuldig wie ’n Baby. Er hat Greta nie auch nur angefasst, aber Lem hat ihn trotzdem abgeschlachtet.‹

›Das war nicht richtig.‹

›Richtig oder nicht, Bill hat ein grausiges Ende genommen. Und das alles nur, weil sein Kumpel ihn verraten und sich mit einem Mädel eingelassen hat. Ich sag ja: Eine Frau auf den Goldfeldern bringt nichts als Unglück.‹

›Und was ist mit Lem passiert?‹

›Tja, keine Ahnung. Wer weiß, vielleicht hatte er das Witwerdasein ja satt und hat sich mit deiner Lucy eingelassen.‹

Jim musste ’ne ganze Weile darüber nachdenken. Er hat finster auf seinen Teller gestarrt und mit der Hand die letzten Reste Eigelb aufgewischt. Dann hat er sich die Hand abgeschleckt und mich angeschaut. Ich konnte sehen, dass er für die Warnung dankbar war. Aber dann meinte er nur: ›Wir halten einfach die Augen offen. Und falls dieser Lem auftaucht, erschießen wir ihn. Gemeinsam.‹

Wir haben in unserem Leben nicht endlos Zeit zur Verfügung, und ich hatte eine ordentliche Portion von meiner an Jim verschwendet. Ich hätte die Geschichte auch genauso gut einem Maultierhintern erzählen können.

Später an jenem Morgen, kurz bevor wir drei gemeinsam aufbrechen wollten, nahm mich Jim beiseite. ›Ich hab mit Lucy gesprochen‹, flüsterte er. ›Sie kennt keinen Lem Jaspers, aber sie kannte mal einen Jasper Wiggens. Aber sie sagt, dass sie nie mit ihm verheiratet war.‹

Ich nahm an, Lucy würde sich schon irgendwann für mich erwärmen, wenn sie mich erst besser kannte. Auf dem Weg zurück zum Stanislaus River, wo wir auf unsere Ader gestoßen waren, lernten wir uns zwar ein wenig näher kennen, wurden aber trotzdem nicht miteinander warm, wie ich es gehofft hatte.

So wie sie mich immer anschaute, hätte man meinen können, mir hinge irgendein widerliches Zeug aus der Nase.

Der Trip dauerte länger als nötig. Hin und wieder ließen mich Lucy und Jim unterwegs allein, damit ich den Maultieren Gesellschaft leisten konnte, während sie gemeinsam im Wald verschwanden. Lucy tat das vor allem, um mich zu quälen. Mehr als einmal kam sie nur halb angezogen wieder zurück, um mich mit einem Blick auf Körperregionen zu reizen, die sie mich nie und nimmer würde erkunden lassen.

Lucy war genauso grausam und kaltherzig wie all die anderen Frauen, denen ich in meinem Leben bisher begegnet war.

Trotzdem versuchte ich, mich mit ihr anzufreunden. Ich wollte, dass sie mich mochte, auch wenn ich ihr nicht an die Wäsche wollte. Und wer konnte schon sagen, ob Ersteres nicht doch irgendwann zu Letzterem führen würde?

Aber ganz egal, was ich auch versuchte, sie hasste mich.

Sie hasste sogar meine Geschichten. Jim hörte ihnen fast genauso gerne zu, wie ich sie erzählte. Am ersten Abend saß sie seufzend an der Kochstelle und verdrehte die Augen, während ich die erstklassige Geschichte von der Squaw mit dem zweiköpfigen Baby zum Besten gab. Einer der Köpfe stand total auf ihre *eine* Titte, der andere lechzte die ganze Zeit nach der *anderen*. Das Problem war nur, dass die Köpfe nicht auf der richtigen Seite für ihre bevorzugten Titten saßen, deshalb musste die Squaw das Kind beim Füttern kopfüber halten. Dem kleinen Balg machte das nichts aus. Die Sache war nur: Er stand so gern kopfüber, dass er nie lernte, seine Beine richtig zu benutzen. Stattdessen lernte er, auf den Händen zu gehen, die Füße in die Luft gestreckt. Eines Tages ist er dann ertrunken, als er versucht hat, durch einen Bach zu waten, der noch nicht mal hüfttief war.

Wie auch immer, Jim ist vor Lachen fast geplatzt, als ich die Geschichte erzählt hab. Aber Lucy saß nur da und guckte, als wünschte sie sich, ich würde entweder die Klappe halten oder tot umfallen.

Bevor ich mit der nächsten Geschichte anfangen konnte, meinte sie: ›George Sawyer, du bist so geschmacklos, wie der Tag lang ist. Ich würde mich lieber von ’ner Schlange beißen lassen, als mir noch eins von deinen widerlichen Märchen anzuhören.‹

›Wieso, die Geschichte war die reine Wahrheit‹, verteidigte Jim mich.

Sie funkelte ihn an. Ihre hübschen Augen glänzten im Feuerschein, aber in ihnen schimmerte kein bisschen Wärme. ›Wenn du wirklich glaubst, dass das wahr ist, Jimmy-Schätzchen, dann hast du wirklich nur Stroh im Hirn.‹

Jimmy-Schätzchen starrte mich an und verzerrte dabei das Gesicht, weil er so angestrengt nachdachte. ›Hast du mir etwa Lügengeschichten erzählt?‹

›Mir ist noch nie ein falsches Wort über die Lippen gekommen. Ich war schließlich dabei, als der Junge ertrunken ist – mit beiden Köpfen im Bach, während seine Beine wie bei einem Gehängten am Galgen baumelten.‹

Jim drehte sich wieder zu Lucy um, zog die Augenbrauen hoch und sagte: ›Siehst du?‹

›Alles, was ich sehe‹, zischte sie, ›sind ein verlogener Trottel und ein Vollidiot. Ich frage mich wirklich, warum ich mich überhaupt mit dir eingelassen habe, James Bixby.‹

Das nahm ihm die Luft aus den Segeln – und es war kein schöner Anblick. Er hockte da, zusammengesunken und sprachlos, während Lucy in den nächtlichen Schatten verschwand und sich unter ihrer Decke verkroch.

Ich hab versucht, ihn aufzuheitern. ›Soll ich dir erzählen, wie ich mal im Treibsand versunken bin und …?‹

›Das ist doch sowieso nie passiert‹, murmelte er und glotzte mich an, als hätte er mich mit ’nem fünften Ass in der Hand erwischt. ›Wenn du wirklich im Treibsand versunken wärst, dann wärst du jetzt tot, George.‹

›Na ja, ich wär ja auch fast tot gewesen, aber auf dem Grund lag ein riesiger Haufen Skelette, aus denen ich mir ’ne Leiter basteln konnte und …‹

Ich konnte in seinen Augen erkennen, dass er wieder anfing, mir zu glauben. Ich konnte richtig sehen, wie sich seine Zweifel in Luft auflösten. Aber dann rief Lucy plötzlich nach ihm.

›Komm von diesem verlogenen, widerwärtigen Nichtsnutz weg, sofort. Mir ist kalt. Komm her und wärm mich auf.‹

Jim war wie der Blitz auf den Beinen, als er das hörte.

Ich war mal wieder mit mir allein und lauschte dem lebendigen Knistern und Knacken des Feuers, dem Wind in den Bäumen und Lucys Stöhnen und Kreischen. Es klang, als würde jemand eine Sau mit einem heißen Schürhaken aufspießen.

Mein eigener Schürhaken wurde dabei auch ziemlich heiß. Die Kleine wollte offenbar gar nicht mehr aufhören.

Aber Lucy war natürlich keine Sau, auch wenn sie sich so anhörte.

Ich saß allein auf meinem Felsbrocken und fühlte mich wie der zweiköpfige Junge: Einem meiner Köpfe gefiel die Idee, sie auch mal aufzuspießen, während sich der andere lieber eine Kugel ins Hirn gejagt hätte.

Aber keiner meiner Köpfe unternahm irgendetwas.

Nach dieser ersten Nacht unseres Trecks erzählte ich keine Geschichten mehr. Ich bot es zwar noch ein paarmal an, aber Jim schüttelte jedes Mal nur traurig den Kopf und Lucy spuckte abfällig ins Feuer.

Schließlich erreichten wir unseren Claim am Stanislaus. Wir kamen kurz nach Einbruch der Dunkelheit an. Lucy schien von unserer Baracke nicht sonderlich angetan zu sein. Ich bot ihr an, sie könne auch gerne unter dem Sternenzelt schlafen. Aber sie blaffte mich nur an, ich solle die Klappe halten.

Sie hat sich die halbe Nacht darüber beschwert, dass sie auf so engem Raum nicht richtig atmen kann, dass eine Frau ihre Privatsphäre braucht und dass dies die erste und die letzte Nacht war, die sie unter einem Dach mit George Sawyer verbringen würde, einem verlogenen Mistkerl mit so widerwärtigen Angewohnheiten und ekelhaftem Charakter, dass er auch nicht besser war als eine Heuschreckenplage.

Lucy knirschte vor Wut mit den Zähnen und ließ kein gutes Haar an unserer ›Bruchbude‹. Und Jim ließ sie auch nicht ran. ›Ich bin eine anständige Frau‹, behauptete sie allen Ernstes. ›Nicht solange er uns dabei über die Schulter guckt.‹

Ich hielt ihre Bemerkung für einen schlechten Witz – von wegen anständige Frau. Aber weder Jim noch ich waren glücklich mit ihrer Entscheidung. Schließlich war sie für uns beide eine Enttäuschung. Auf dem Treck waren mir die Geräusche, die sie von sich gab, richtig ans Herz gewachsen und ich hatte mich schon darauf gefreut, dass wir zu dritt in unserer Hütte hausten. Was die Enge anging, hatte sie allerdings recht. Wenn sie und Jim es in der Baracke trieben, konnte ich ihr wildes Grunzen und Stöhnen gar nicht überhören und wahrscheinlich bekäme ich dann auch mehr zu sehen. Außerdem war ich der Ansicht, dass Lucy das nicht im Geringsten störte, im Gegenteil. Je mehr sie mich quälen konnte, desto besser würde es ihr gefallen.

Aber vielleicht befürchtete sie auch, ich könnte dann irgendwann nicht mehr an mich halten und würde mich zu ihnen gesellen.

Und vielleicht lag sie damit gar nicht so falsch.

Wie dem auch sei, sie riskierte es nicht. Sie zeigte Jim in jener Nacht die kalte Schulter.

Während ich einzuschlafen versuchte, ließ ich mir ein paar Dinge durch den Kopf gehen und dachte darüber nach, was sie mir und Jim alles angetan hatte.

Sie hatte mir meinen Kumpel gestohlen. Sie hatte Jim und mich um das Vergnügen betrogen, das meine Geschichten uns bereiteten. Und zu allem Überfluss hielt sie Jim jetzt auch noch auf Abstand und machte all seine Hoffnungen zunichte, obwohl dies der einzige Grund war, warum er sie überhaupt hierher mitgenommen hatte. Und gleichzeitig versagte sie *mir* die Freude, mit anzusehen, wie sie sich von ihm aufspießen ließ.

Wie schon gesagt: Ich habe noch nie eine grausamere, kaltherzigere Frau getroffen.

Am nächsten Morgen machte sich Jim mit einer Axt auf den Weg, um ein paar Bäume zu fällen und eine Villa für die feine Dame zu bauen. Ich beschloss, ihm das alleine zu überlassen. Ich war hier, um Gold zu schürfen. Wenn es nach mir ging, konnte seine feine Dame auch gerne im Dreck schlafen.

Ich schnappte mir meine Spitzhacke, machte mich zur Mine auf und ging an die Arbeit. Allerdings gelang es mir einfach nicht, dieses verdammte Weib aus dem Kopf zu kriegen. Ich musste ständig an sie denken und fragte mich, was sie wohl gerade trieb, jetzt, wo sie ganz alleine war. Nach einer Weile kam ich zu dem Schluss, dies sei der perfekte Moment, um ihr einen Besuch abzustatten. Wenn Jim mir nicht in die Quere kam, konnte ich die Dinge mit ihr vielleicht doch irgendwie ins Reine bringen. Oder ihr zumindest klarmachen, wie ich zu der ganzen Sache stand.

Also machte ich mich auf den Weg zu ihr. Lucy war jedoch weder in der Baracke noch am Fluss, aber nach einer kurzen Suche fand ich sie schließlich.

Die Kleine stand unten am Ufer des Dinker's Pond und zog sich gerade ihre Klamotten aus. Ich duckte mich hinter den großen alten Baum oben am Hang und weidete mich an ihrem Anblick. Schon auf dem Treck hatte ich hin und wieder einen Blick auf sie erhascht, aber jetzt sah ich die Frau in all ihrer Pracht. Es war kein Wunder, dass Jim sie unbedingt hatte mitnehmen wollen. Sie hätte selbst einem Toten den Atem verschlagen.

Ich war so fasziniert von ihrem Anblick, dass sie bereits bis zu den Knien im Teich stand, bevor ich endlich reagierte.

›Hey, komm da wieder raus!‹, brüllte ich.

Sie erschrak, als hätte ich ihr einen Stock in den Rücken gebohrt. Ich schätze, sie hatte vergessen, dass sie eine anständige Frau war, denn sie drehte sich zu mir um und stemmte die Fäuste in die Hüften, ohne auch nur zu versuchen, sich zu bedecken. ›George Sawyer!‹, keifte sie. ›Du verdammtes Arschloch! Du dreckiger, fauler, nichtsnutziger, aussätziger, Claim stehlender Hurensohn!‹

›Ich habe noch nie einen Claim gestohlen!‹, wehrte ich mich und stapfte den Hang hinunter.

Sie zeigte mit scheltend wackelndem Finger auf mich. Der Finger war allerdings nicht alles, was bei ihr wackelte. ›Komm ja nicht näher! Verschwinde, du Mistkerl! Wag es ja nicht, hier runterzukommen!‹

Ich ging unbeirrt weiter und sie begann, langsam zurückzuweichen, bis das Wasser ihre Taille umspielte. Ungefähr im selben Augenblick fiel ihr wohl wieder ein, dass sie eine anständige Frau war. Sie ging in die Hocke, bis ihr das Wasser bis zum Hals reichte.

›Das würde ich an deiner Stelle nicht tun‹, warnte ich sie und setzte mich auf einen Baumstumpf am Ufer. Ihre Kleider lagen vor mir auf einem Haufen und ich achtete darauf, nicht mit den Stiefeln daraufzutreten. ›Du solltest besser auf mich hören, Schätzchen, und so schnell wie möglich wieder aus dem Wasser kommen.‹

›Das werde ich ganz sicher nicht tun.‹

›Du hättest lieber drüben im Fluss baden sollen, anstatt hierherzukommen.‹

›Ich geh baden, wo's mir passt. Außerdem ist es im Fluss so kalt, dass ich mir alles abgefroren hätte.‹

›Das ist der Dinker's Pond‹, informierte ich sie.

›Na und, ist doch ein hübscher Teich. Zumindest war er das, bevor du aufgetaucht bist. Und jetzt verschwinde!‹

›Früher konnte man hier richtig gut angeln‹, erklärte ich ihr. ›Bis vor ungefähr einem Jahr. Kannst ja Jim fragen, wenn du mir nicht glaubst. Aber die Fische sind alle verschwunden, nachdem wir Clem Dinker aufgeknöpft haben.‹

Lucy starrte mich mit zusammengekniffenen Augen an. Dann tauchte ihre Hand mit einem Stein aus dem Wasser. Sie richtete sich blitzschnell auf und ließ den Stein fliegen. Ich war viel zu sehr von ihrem bewundernswerten Körper abgelenkt, sonst wäre ich ihm ausgewichen. Der Stein traf mich mit voller Wucht an der Schulter.

Ich sprang auf und rieb mir die schmerzende Stelle.

›Komm ja nicht rein!‹, schrie Lucy und schnappte sich den nächsten Stein.

›Ganz sicher nicht. Im Gegensatz zu anderen bin ich ja kein Idiot.‹

›Und ich bin ein Idiot, ja?‹ Sie warf den Stein, aber ich duckte mich darunter hinweg.

›Du bist definitiv ein Idiot, wenn du da nicht gleich wieder rauskommst.‹

›Jim wird dir 'ne Kugel in den Kopf jagen.‹

›Jim wird wahnsinnig dankbar sein, dass ich zufällig hier unten vorbeigekommen bin und dich warnen konnte.‹

›Du bist doch nur hier, weil du mich begrapschen wolltest.‹ Mit einem Mal verschwand ihr böses Funkeln und sie setzte ein Lächeln auf. ›Du hast wohl Angst vorm Wasser, was, George Sawyer? Ha!‹

›Ich hab Angst vor *dem* Wasser. Du hättest auch Angst davor, wenn du wüsstest, was ich weiß.‹

›O lieber Gott, ja. Ich hätte solche Angst, dass ich sofort wieder rausspringen würde und dir auf ewig dankbar wäre. O George, du bist wirklich bemitleidenswert.‹ Sie stieß sich nach hinten ab, ließ sich auf dem Wasser treiben – blass und glänzend und alle viere von sich gestreckt – und grinste dabei in den Himmel empor. ›Du bist wirklich erbärmlich.‹

›Ich hätte nicht übel Lust, dich deinem Schicksal zu überlassen‹, rief ich.

Sie hob den Kopf und der Rest von ihr versank wieder im Wasser und war nicht mehr zu sehen. ›Hast du was gesagt, armer kleiner George?‹

›Vielleicht verschwinde ich wirklich und lass dich in Ruhe.‹

›Du kannst nicht gehen, George.‹ Sie musste wieder auf Grund gestoßen sein, denn sie kam ein Stück aus dem Wasser, bis es nur noch ihre Schultern verdeckte. Es war so trüb, dass ich nicht wirklich etwas Erwähnenswertes erkennen konnte, von ihrem Lächeln einmal abgesehen, das ich jedoch kaum erwähnenswert fand. Es war viel zu höhnisch und gemein. ›Du hast mir immer noch keine Angst eingejagt‹, rief sie. ›Ich wette, wenn ich deine Horrorgeschichte erst gehört habe, renne ich schreiend aus dem Wasser und werfe mich zu Tode erschrocken in deine männlichen Arme.‹

Sie glaubte wirklich, ich könnte ihr nicht solche Angst machen, dass sie doch noch kreischend aus dem Teich floh.

Ich betrachtete es als Herausforderung.

Ich setzte mich wieder auf den Baumstumpf. ›Hast du schon mal von einem Kerl namens Clem Dinker gehört?‹

›Nein, George. Bitte erzähl mir von ihm.‹

›Clem war ein Wahnsinniger. Er lebte in einem Baum auf der anderen Flussseite. Er war so dünn, dass man meinen konnte, er würde nie etwas essen. Aber dem war nicht so. Clem aß alles, was er zwischen die Zähne bekam.

Wenn es ums Essen ging, war er der geduldigste und hinterhältigste Kerl, den man je gesehen hat. Er saß so mucksmäuschenstill auf seinem Baum, dass sich sogar die Vögel auf ihm niederließen.

Dann schnappte er blitzschnell zu und schob sie sich sofort in den Mund. Er mampfte die Piepmätze ganz genüsslich – Knochen, Schnäbel, Augen, ratzeputz. Wir haben oft aus der Ferne gehört, wie er die Federn wieder ausgehustet hat.‹

Lucy schüttelte den Kopf und verdrehte die Augen zum Himmel. ›Ehrlich, George‹, spottete sie, ›ich hab schon richtig Gänsehaut am ganzen Körper. Wenn du mir weiter solche Angst einjagst, falle ich am Ende noch tot um – oder wenigstens in Ohnmacht.‹

›Wenn du in Ohnmacht fällst, ist das dein Problem. Also, willst du dich weiter über mich lustig machen oder willst du Clems Geschichte hören?‹

›O verzeih mir. Bitte erzähl weiter.‹

›Clem hat alles gefressen. Er war nicht wählerisch. Wenn er es zwischen die Zähne bekam, hat er es auch runtergeschluckt. Hatte ich schon erwähnt, dass er ganz spitze Zähne hatte?‹

Lucy lachte.

›O doch, Ma'am. Du wirst mir das vielleicht nicht glauben, aber Clem hatte seine sämtlichen Vorderzähne spitz gefeilt. Sie waren so scharf, dass er kaum sprechen konnte, ohne sich die Lippen aufzuschlitzen. Wenn man sich mit dem Typen unterhielt, spritzte einem nach kürzester Zeit das Blut aus seinem Mund ins Gesicht. Er tat immer so, als würde er gar nicht bemerken, wie es auf sein Gegenüber regnete. Das konnte einen ganz schön aus dem Konzept bringen.‹

›Wenn deine Mama auch nur einen Funken Verstand gehabt hätte‹, sagte Lucy, ›dann hätte sie dich schon bei der Geburt erstickt.‹

›Ich erzähle dir nur, wie es war. Ich habe nichts davon erfunden. Wenn du mir nicht glaubst, dann frag Jim. Er wird dir dasselbe erzählen. Eines Nachmittags hab ich zum Beispiel gerade ein Nickerchen gemacht, nachdem ich mich mit dem Kerl unterhalten hatte. Nach einer Weile kam Jim vorbei – ich war so blutüberströmt, dass er mich für tot hielt und mein Grab schon halb ausgehoben hatte, bevor ich wieder aufgewacht bin.

Aber darum geht's hier jetzt gar nicht‹, fügte ich schnell hinzu, bevor Lucy wieder anfangen konnte. ›Der Punkt ist: Clem Dinker war ein Wahnsinniger, der alles gefressen hat, was er zwischen seine spitzen Zähne kriegte, nicht nur Vögel. Wir haben sogar mal gesehen, wie er einen ganzen Biber verschlungen hat. Und dann war da vor Ewigkeiten mal dieser Pelzjäger. Der hatte 'nen Hund – jedenfalls bevor Clem ihn erwischt hat. Außerdem hat er Eichhörnchen verspeist, Waschbären, Kojoten, Schmetterlinge, Spinnen, Schnecken und Würmer.‹

Lucys Lächeln war verschwunden. Sie blickte mich hasserfüllt an und ihre Oberlippe zog sich bis über das Zahnfleisch hoch. Ich konnte sehen, dass sie kurz davor war, mich anzubrüllen – und dann hätte ich meine Geschichte vielleicht nie zu Ende erzählen können. Also beeilte ich mich und kam zum Punkt.

›Irgendwann hat Clem eins von unseren Maultieren gefressen. Ihr Name war Jane. Wir haben Clem auf frischer Tat ertappt, mit dem Gesicht in ihren Eingeweiden. Also haben wir ihn aufgehängt.‹ Ich drehte mich um und zeigte den Hang hinauf auf denselben Baum, hinter dem ich mich versteckt hatte, um Lucy beim Ausziehen zu beobachten. ›Siehst du den Ast da? Den, der ein gutes Stück weit rausragt? Daran haben wir ihn aufgehängt.‹

›Ihr habt überhaupt niemanden aufgehängt‹, sagte Lucy, aber es klang längst nicht mehr so feurig. Vielleicht war ihr doch ein wenig mulmig zumute.

›Ich hab die Schlinge selbst um seinen dürren kleinen Hals gelegt. Wir haben Clem direkt am Rand des Abhangs aufgestellt, da oben unter dem Baum. Der Plan war, dass wir ihm 'nen Schubs geben und er durch die Luft schwingt und erstickt.

Aber es war das erste Mal, dass wir jemanden erhängt haben. Unser Fehler war, dass wir das Seil zwischen Clems Hals und dem Ast straffer hätten spannen sollen. Wie sich herausstellte, hatte es ein bisschen zu viel Spiel. Als wir ihm den Schubs gegeben haben, hat er weniger hin und her geschwungen. Er ist vielmehr abgestürzt. Es hat ihm den Schädel glatt von den Schultern gerissen.

Na ja, und dann haben wir Clems Leiche in den Wald geschafft und verbuddelt. Bis auf seinen Kopf. Rund, wie er war, ist er den Hügel runtergerollt und hier in den Teich gekullert. Wir haben ihn nie wiedergefunden. Darum heißt der Teich jetzt auch Dinker's Pond. Soweit wir wissen, ist sein Kopf immer noch da drin.‹

Lucy starrte mich nur schweigend an.

›Nach einer Weile wurden die Fische hier drin immer weniger. Es hat nicht lange gedauert, bis kein einziger mehr übrig war, den man hätte angeln können. Oh, es war aber nicht so, dass nichts mehr angebissen hätte. Sobald man den Köder ins Wasser warf, war er verschwunden. Man bekam nur nie einen Fisch für seine Mühen. Jim und ich haben 'ne ganze Schachtel Würmer verbraucht, bevor wir unseren alten Angelplatz endgültig abgeschrieben haben.‹

Lucy stand ganz still da und senkte den Blick aufs Wasser hinunter. Dann riss sie den Kopf blitzschnell wieder hoch und starrte mich an. Ich konnte sehen, dass sie wütend war, weil ich sie bei ihrem ängstlichen Blick ertappt hatte. ›Da ist doch nicht ein einziges Fünkchen Wahrheit dran, George Sawyer. Du hast mir nichts erzählt, das ich nicht sowieso schon wusste – nur dass du widerlicher Abschaum bist, der in der menschlichen Zivilisation nichts zu suchen hat.‹

›Ich hab dich nicht angelogen‹, versicherte ich ihr.

Ich sah, wie ihre Augen erneut das Wasser absuchten.

Und im nächsten Moment wären sie beinahe aus ihren Höhlen gesprungen. Lucy stieß einen Schrei aus, bei dem mir die Haare zu Berge standen. Sie begann, wie wild mit den Armen herumzufuchteln. Das Wasser um sie herum schlug heftige Wellen und blubberte knallrot.

Ich spielte kurz mit dem Gedanken, hineinzuspringen und sie zu retten. Das wäre schließlich ziemlich heldenhaft gewesen.

Wird ziemlich einsam da draußen, das muss ich zugeben. Ich schätze, für ein süßes Ding wie dich würde ich sogar ein bisschen Unglück in Kauf nehmen.«

»Du hast Jim erledigt, stimmt's?«

»Verdammt, der ist mit der Axt auf mich losgegangen, als er gesehen hat, was mit Lucy passiert ist. Ich konnte ihn einfach nicht zur Vernunft bringen. Er hatte die fixe Idee, ich hätte sie umgebracht und zerfleischt. Deshalb musste ich ihn leider erschießen.«

»Und, hast du sie so zugerichtet, George? Warst du das?«

»Ehrlich, Mabel, jetzt mach aber mal halblang. So ein Mann bin ich nicht. Genauso wenig, wie du so ein gemeines Biest bist wie Lucy. Die Kleine war pures Gift. Sie war so giftig, dass ich am nächsten Morgen Dinkers Kopf im Teich gefunden hab. Er schwamm mit dem Gesicht nach oben im Wasser und seine Lippen waren vollkommen schwarz.«

Schlechte Nachrichten

Es war ein sonniger, ruhiger Morgen. Paul ließ die Tür angelehnt und durchquerte den Vorgarten auf den Steinplatten zur Einfahrt. Er ging um seinen Granada herum und passte auf, dass er dabei nicht auf das taunasse Gras trat oder mit dem Morgenmantel den dreckigen Wagen streifte.

Als er die hintere Stoßstange erreichte, entdeckte er den *Messenger*.

Gut. Es war ihm noch niemand zuvorgekommen.

Hin und wieder, vor allem am Wochenende, schnappte sich jemand das gute Stück. Aber nicht an diesem Morgen. Es hatte sich ausgezahlt, früh aufzustehen. Die Zeitung, zu einem dicken Bündel zusammengerollt und mit einem Gummiband fixiert, lag auf dem Gras kurz hinter Pauls Einfahrt.

Auf Joe Applegates Rasen.

Paul ging in die Hocke, um sie aufzuheben, und ließ seinen Blick dabei über die Einfahrt, den Vorgarten und die Vordertreppe seines Nachbarn schweifen.

Applegates Zeitung war nirgends zu sehen.

Wahrscheinlich hat er sie schon reingeholt, dachte Paul. Es sei denn, jemand hat sie geklaut.

Hoffentlich denkt der verdammte Hinterwäldler nicht, das hier sei seine.

Paul richtete sich wieder auf, steckte die Zeitung unter den Arm und folgte dem schmalen Asphaltstreifen zwischen seinem Auto und dem Rasen.

Zurück im Haus, verriegelte er die Tür. Er warf die Zeitung auf den Couchtisch und wandte sich ab, bildete sich jedoch ein, gesehen zu haben, wie sie sich bewegte.

Er betrachtete sie einen Moment lang.

Der *Messenger* lag reglos auf der Glasplatte des Couchtischs.

Er war zu einer dicken, etwas schiefen Röhre zusammengerollt. Bei der Bewegung, die Paul aus dem Augenwinkel bemerkt hatte, musste es sich um einige aufgefächerte Seiten gehandelt haben, die sich nach dem Wurf wieder legten.

Plötzlich flatterte sie erneut.

Paul zuckte zusammen.

Ein Gesicht mit rattenartiger Schnauze lugte aus der Mitte der Rolle hervor. Ein haarloses Gesicht mit weißer, ölig aussehender Haut. Es blickte mit roten Augen zu ihm herauf und fletschte die Zähne.

»Gott!«, stieß Paul aus, als das Vieh aus der schaukelnden Zeitung heraushuschte und direkt auf ihn zurannte. Die Krallen klapperten über den Tisch und es schnappte mit den Zähnen in die Luft.

Paul taumelte rückwärts.

Was zum Teufel ist das?

Das Viech hinterließ eine Schleimspur auf der Glasplatte. Es blieb nicht an der Tischkante stehen, sondern purzelte hinunter, landete mit einem leisen, gedämpften Schlag auf dem Teppichboden und flitzte auf Pauls Füße zu.

Er sprang aus dem Weg. Das Ding änderte abrupt die Richtung und verfolgte ihn.

Paul warf sich zur Seite, humpelte ein paar Schritte zu seinem Sessel und sprang auf die Sitzfläche. Seine Füße sanken in dem weichen Polster ein. Er schwankte hin und her, hatte Mühe, das Gleichgewicht zu halten, als er sich umdrehte, und fiel mit einem Knie auf die gepolsterte Armlehne des Sessels.

Er sah zu, wie das Ding weiter auf ihn zuraste.

Es war gar keine Ratte. Es hatte zwar einen nagerähnlichen Kopf, aber unter dem dünnen Hals glich die Form des Körpers eher einer Pistolenkugel: Er sah einen fleischigen, glänzend weißen Zylinder, gut zwölf Zentimeter lang, mit runden Schultern, der direkt über den Hinterbeinen endete, ohne schmaler zu werden, so als wäre das Hinterteil flach wie eine Scheibe. Außerdem hatte das Ding keinen Schwanz.

Am Fuß des Sessels angelangt, grub es seine Klauen in den Stoff und begann, hinaufzuklettern.

Paul riss sich einen Pantoffel vom Fuß – eine ziemlich armselige Waffe, aber besser als gar nichts. Er schleuderte den Schuh auf das Viech hinunter. Die weiche Ledersohle klatschte gegen die Flanke des Dings, riss es jedoch nicht herunter. Es kletterte weiter an der Vorderseite des Sessels hinauf, die Augen starr auf Paul gerichtet. Seine kleinen Zähne klapperten.

Er schob die Hand in den Pantoffel und schlug nach dem Viech. Die Rattenschnauze bohrte sich mit einem Stück Leder zwischen den Zähnen durch den Pantoffel. Paul riss die Hand zurück, ließ den Schuh fallen und sprang vom Stuhl. Im Davonlaufen blickte er sich um und sah, wie das Ding und der Schuh zu Boden plumpsten.

Am Kamin schnappte er sich den gusseisernen Schürhaken und wirbelte wieder zu dem Biest herum, das gerade den Rest seines widerlichen Körpers durch das Loch in dem Slipper schob und wieder auf Paul zustürmte. Der erhob den Schürhaken.

Dann strich irgendetwas über seinen Knöchel. Ein pelziges, verschwommenes Etwas schoss an ihm vorbei.

Jack, der Kater.

Jack schlief in Timmys Zimmer, zusammengerollt auf seiner persönlichen Decke neben dem Bett des Jungen. Der Tumult im Wohnzimmer musste seine Neugier geweckt haben.

»Nicht!«, platzte Paul heraus.

Die Katze sprang wie ein Löwe im Miniaturformat ab und stürzte sich auf das Viech.

Dämliche Katze! Das ist keine Maus!

Jack versperrte Paul die Sicht. Er neigte sich zur Seite, um einen besseren Blickwinkel zu bekommen, und sah, wie das plumpe Hinterteil und die winzigen Beine des Dings aus Jacks Mundwinkeln baumelten.

»Mach das Mistvieh fertig!«, keuchte er.

Jack biss genüsslich zu und mahlte mit dem Kiefer. Sein Schwanz wedelte aufgeregt.

»Paul? Was ist denn da draußen los?«, hörte er Joans verschlafene Stimme.

Bevor er antworten konnte, kreischte der Kater wie am Spieß, machte einen Buckel und sprang in die Luft.

»PAUL!« Nun klang sie alarmiert.

Jack verstummte und landete mit allen Pfoten gleichzeitig auf dem Boden. Der Kater stand einen Moment lang reglos da und kippte dann zur Seite. Sein Hintern wölbte sich auf und der blutige Kopf des Viechs quetschte sich heraus.

Vor Schock wie betäubt, starrte Paul auf das Biest, das langsam aus Jacks Körper glitschte. Dann rannte es wieder auf ihn zu, während eine Schlange aus rotbraunem Brei aus seinem pelzigen Hinterteil glitt.

»Gott!«, entfuhr es ihm, während er rückwärtsstolperte. »Joan! Komm nicht hier rein! Hol Timmy und dann verschwindet sofort aus dem Haus!«

»Was ist denn …?« Das letzte Wort blieb Joan im Hals stecken, als sie um den Esstisch herumging. Sie sah Paul in seinem Morgenmantel in die Hocke gehen und mit dem Schürhaken auf den Boden einschlagen. Das gebogene Ende des Hakens erwischte nur beinahe irgendein ekelhaftes Ding, das Joan im ersten Moment für eine Ratte hielt. Es konnte gerade noch zur Seite huschen.

Allerdings sah es völlig anders aus als die Ratten, die Joan bisher gesehen hatte.

Dann entdeckte sie plötzlich den Kater. Der Teppich war rund um seinen Hintern ganz dunkel vor Blut.

»O lieber Gott«, stammelte sie.

Paul sprang heftig keuchend zur Seite, während das Viech auf seinen Fuß zuflitzte. Es jagte ihn über den Teppichboden.

Joan machte einen Schritt nach vorne, um ihm zu Hilfe zu eilen, blieb dann jedoch wie angewurzelt stehen. Sie hatte keine Waffe. Sie war barfuß und nur mit ihrem Nachthemd bekleidet.

»Scheiße!« Paul hüpfte aufs Sofa, drehte sich um und wich zurück, den Schürhaken über den Kopf erhoben. Das Ding krabbelte an den Polstern hinauf. »Tu, was ich dir sage! Bring Timmy von hier weg! Hol Hilfe, um Gottes willen! Ruf die Polizei!«

Plötzlich blieb das kleine Mistvieh stehen.

Es blickte sich nach Joan um.

Eiseskälte kroch über ihren Rücken.

Sie wirbelte herum und rannte los, direkt zu Timmys Kinderzimmer.

Der Junge erwachte, als Joan ihn aus dem Bett hob. »Mommy?« Er klang verängstigt.

»Es ist alles gut«, beruhigte sie ihn. Sie drückte ihren Sohn ganz fest an ihre Brust und eilte aus dem Zimmer. Während sie ihn auf einem Arm hielt, schnappte sie sich ihre Handtasche vom Esstisch. Sie rannte in die Küche, setzte Timmy ab, um die Hintertür zu öffnen, hob ihn dann wieder hoch und stürzte hinaus.

»Was ist denn los, Mommy?«, fragte er. »Wo ist Daddy?«

»Es ist alles in Ordnung«, erwiderte sie und stellte ihren Sohn neben dem Granada ab. »Es gibt nur ein kleines Problem im Haus. Aber Daddy kümmert sich darum.« Sie wühlte in ihrer Handtasche herum, fand den Autoschlüssel, schloss die Fahrertür auf und öffnete sie. »Du wartest einfach hier«, sagte sie zu Timmy und setzte ihn auf den Sitz. »Steig nicht aus. Ich bin gleich wieder da.« Sie knallte die Tür zu.

Und blieb am Rand der Einfahrt stehen.

Was soll ich denn …?

Wieder reingehen und ihm helfen?

Er hat den Schürhaken. Was soll ich denn machen? Mich mit dem Tranchiermesser auf das Ding stürzen?

Vielleicht könnte sie dem Viech mit dem Tranchiermesser den Schwanz abschneiden.

Aber das widerliche Ding war keine verfluchte Maus.

Er hat gesagt, ich soll die Polizei rufen. Klar, natürlich. Ich sage ihnen einfach, dass irgendein Ding meinen Mann durchs ganze Haus jagt. Und wenn sie dann in zehn oder 15 Minuten hier sind …

Joan blickte zu Applegates Haus hinüber.

Applegate, der waffenverrückte Hinterwäldler.

Sie beugte sich nach unten und schaute durchs Autofenster nach Timmy. Der Junge war nicht dumm. Er wusste, dass irgendwo im Haus die Kacke mächtig am Dampfen war.

Seine Augen sahen riesig aus, angsterfüllt und einsam. Joan spürte, wie sich ihr die Kehle zuschnürte.

Wenigstens bist du in Sicherheit, Schatz, dachte sie.

Sie brachte ein Lächeln für ihn zustande, richtete sich dann wieder auf und warf sich in die dichte Hecke neben der Einfahrt. Applegates Büsche zerkratzten ihre Haut und rissen ihr Nachthemd auf. Aber sie zwang sich hindurch und hastete durch seinen Vorgarten.

Mit einem Satz war sie auf der Veranda.

Auf dem Plastikschild auf Applegates Haustür stand: DIESES HAUS SICHERN SMITH & WESSON.

Was für ein Arschloch, dachte sie.

In der Hoffnung, dass er zu Hause war, drückte sie auf den Klingelknopf.

Von drinnen war ein entferntes Glockenläuten zu hören.

Joan blickte an sich hinunter und schüttelte den Kopf. Das Negligé hatte Paul ihr zum Valentinstag geschenkt. Es war ein Hauch von nichts – ein ziemlich transparentes Nichts.

Applegate wird begeistert sein, dachte sie. *Scheiße!*

Wo ist er?

»Komm schon, komm schon«, murmelte sie. Sie drückte noch ein paarmal auf die Klingel und hämmerte dann mit der Faust gegen die Tür. »Joe!«, brüllte sie.

Keine Antwort. Sie hörte auch keine Schritte im Inneren des Hauses.

»Verdammt noch mal«, fluchte sie. Sie passte auf, dass sie nicht abrutschte, und eilte zum Rand der Veranda. Sie stieg hinunter, huschte ein paar Schritte durch das taubedeckte Gras und trat ins Blumenbeet. Er musste zu Hause und auf sein, dachte sie. Die Vorhänge waren offen. Nachts oder wenn er ausging, zog er sie immer zu.

Joan schob sich zwischen zwei Kamelien, lehnte sich ganz dicht an das große Fenster und legte die Hände um die Augen.

Sie blickte in das sonnendurchflutete Wohnzimmer.

Applegate war tatsächlich zu Hause. Aber er war nicht auf. Er lag, alle viere von sich gestreckt, im Morgenmantel in einem Sumpf aus Blut.

Paul sprang von der Couch und landete neben der Haustür.

Mach verdammt noch mal, dass du hier rauskommst, dachte er.

Sicher, und dieses Biest lässt du einfach hier? Wenn du zurückkommst, findest du es doch nie wieder.

Ich muss dieses Mistvieh töten.

Er machte einen Satz zur Seite, als das Ding von der Armlehne der Couch sprang. Beinahe wäre er schnell genug gewesen. Aber als er plötzlich ein Ziehen an seinem Morgenmantel spürte, jaulte er auf. Das Viech hing mit den Krallen am Saum des Morgenmantels und begann, daran hinaufzuklettern. Paul riss den Gürtel auf. Er wirbelte herum, um die kleine Bestie abzuwerfen, schüttelte den Morgenmantel von seinen Schultern und er rutschte an seinen Armen hinunter.

Paul ließ den Schürhaken los, damit der Ärmel nicht daran hängen blieb. Die Waffe landete mit einem dumpfen Schlag auf dem Teppich. Mit einer Hand streifte er den

Morgenmantel ab, der als Häuflein zu Boden fiel und das Biest unter sich begrub.

Paul schnappte sich den Schürhaken wieder. Einen flüchtigen Moment lang spielte er mit dem Gedanken, mit der Eisenstange auf den Mantel einzuschlagen. Der Haken war jedoch so dünn, dass er das Viech nur mit viel Glück erwischt hätte.

»SCHEISSE!«, kreischte er, sprang mit beiden Füßen auf den Stoffhaufen und hüpfte immer wieder auf und ab. Eisige Schauer jagten an seinen Beinen hinauf. Er hatte das Gefühl, kalte Finger würden seine Hoden kitzeln, und bildete sich ein, er könnte spüren, wie sich seine Nackenhaare aufstellten. Aber er ließ nicht locker, führte weiter seinen Tanz auf dem Morgenmantel auf und bohrte die Fersen kräftig in den Boden.

Bis seine rechte Ferse auf eine Beule traf.

»Aaaaah!«, brüllte er und sprang zur Seite.

Er wirbelte herum, den Schürhaken erhoben, und beugte sich ganz vor, bereit zuzuschlagen.

Das Häuflein des Morgenmantels war jedoch zu dick und Paul konnte den Klumpen nicht entdecken, auf den er gerade getreten war.

Das Ding muss tot sein, dachte er. *Ich hab es zermalmt. Ein für alle Mal.*

Doch dann wurde ihm bewusst, dass er gar nicht gespürt hatte, wie es zerquetscht wurde.

Er schlug mit dem Schürhaken auf den Morgenmantel ein und starrte wie gebannt darauf. Die Eisenstange hinterließ eine lange, gerade Mulde quer über den Stoffhaufen. Nichts rührte sich. Er schlug noch einmal zu. Der zweite Hieb zerstörte die alte Mulde und schlug eine neue, dicht neben der ersten. Paul schlug noch mehrere Male zu, doch der Haken traf nie auf etwas anderes als den Mantel und den Boden.

Er wich ein paar Schritte zurück, beugte sich dann vorsichtig nach vorne und streckte den Arm aus. Langsam schob er die Spitze des Schürhakens unter ein Revers des Mantels, wackelte hin und her, bis sich eine Seite des schweren Kragens darin verhakte, und hob ihn dann langsam an.

Je höher er den Morgenmantel hob, desto besser konnte er den Teppichboden darunter erkennen.

Keine Bestie.

Schließlich baumelte der Mantel in der Luft und bedeckte keinen einzigen Zentimeter des Teppichs mehr.

Immer noch keine Bestie.

Bis sie urplötzlich über die dünne Stange des Schürhakens auf seine Hand zusauste.

Paul schrie auf.

Er schleuderte die Waffe weg und rannte los.

Joan rannte Applegates Einfahrt hinauf zur Rückseite des Hauses und fragte sich, ob sie es nicht doch lieber nebenan probieren sollte. Dort wohnte ein älteres Ehepaar. Allerdings kannte sie die beiden nicht wirklich. Außerdem waren sie womöglich ebenfalls bereits tot, genau wie Applegate.

Und überhaupt: Was, wenn sie keine Schusswaffen im Haus hatten?

Applegate hatte jede Menge, das wusste Joan. Sie und Paul waren erst ein Mal bei ihm zu Hause gewesen, aber das hatte ihnen gereicht, um zu wissen, dass er nicht ihre Art von Mensch war. *Er war Republikaner, verdammt noch mal.* Ein Bier saufender Reaktionär mit der typischen bornierten Engstirnigkeit seiner Gesinnungsgenossen. Diese Typen waren *gegen* Abtreibung und Frauenrechte und unerschütterlich *für* die Todesstrafe und nukleare Abschreckung. All das, was sie und Paul verabscheuten.

Aber er hatte Waffen. Sein Haus glich einem regelrechten Arsenal.

Joan rannte um die Hausecke und entdeckte eine Harke auf dem hinteren Rasen. Man hatte sie achtlos auf dem Gras liegen lassen, mit den Zinken nach oben.

Sie rannte in den Garten, schnappte sich das gute Stück, drehte dann wieder um und eilte über die Betonplatten der Terrasse.

Vor der gläsernen Schiebetür kam sie schlitternd zum Stehen. Mit dem Stiel der Harke zerschmetterte sie das Glas. Scherben flogen ins Haus, regneten klirrend zu Boden und hinterließen ein scharfkantiges, etwa faustgroßes Loch. Joan fasste hindurch und entriegelte die Tür. Als sie die Hand wieder herauszog, schlitzte ihr ein scharfer Glaszahn den Handrücken auf.

»Verflucht«, stieß sie aus.

Eigentlich war es nicht viel mehr als ein Kratzer, aber das Blut strömte nur so aus der Wunde.

Ich bringe mich noch selbst um, dachte sie. Aber dann erinnerte sie sich wieder daran, wie Applegate ausgesehen hatte – und an Paul, der über die Couch hüpfte, verfolgt von diesem kleinen Ungeheuer.

Er könnte genauso enden wie Joe, wenn ich mich nicht beeile, ermahnte sie sich selbst.

Warum verschwindet er nicht einfach aus dem Haus, verdammt noch mal?

Joan beschloss, die blutende Hand zu ignorieren. Sie riss schwungvoll die Tür auf, die in ihren Schienen rumpelte.

Joan schob sie ganz auf und betrat in sicherem Abstand zu den Glasscherben Applegates Haus.

Der Waffenschrank befand sich auf der anderen Seite des Raumes. Sie eilte hinüber, hob die Harke an und ließ den Blick über den Boden wandern.

Was, wenn Applegate gar nicht von einem dieser schrecklichen Dinger getötet wurde? Nur weil bei uns eins im Haus ist … Vielleicht wurde er ja ermordet und der Mörder ist immer noch …

Doch genau im selben Moment huschte eines dieser schrecklichen Dinger unter einem Stuhl hervor und steuerte direkt auf Joans Füße zu.

Sie ließ die Harke hinabsausen.

Erwischt!

Die Zinken bohrten sich zwar nicht in das schleimige Fleisch, aber das Ungeheuer schien zwischen zwei der Eisenzähne festzustecken.

Joan ließ die Harke fallen.

Sie rannte zum Waffenschrank. Es war ein grauenvolles Möbelstück. Allem Anschein nach ruhten die Gewehre auf den Hufen von Rehen oder Hirschen. Joan rümpfte die Nase und griff nach der untersten Waffe, einer doppelläufigen Flinte.

Sie wirbelte im selben Augenblick damit herum, in dem sich die kleine Bestie aus den Zinken der Harke befreite.

Joan klemmte den Gewehrkolben in ihre Seite, richtete den Lauf auf das Ding, spannte einen der Hähne und drückte auf den Abzug.

Der Knall dröhnte in ihren Ohren.

Es fühlte sich an, als würde ihr der Rückstoß der Flinte die Hände abreißen.

Der Griff der Harke explodierte.

Ebenso wie das Ungeheuer. Es zerbarst in einer roten Wolke in der Luft und spritzte über den Hartholzboden.

»Heiliger Herr im Himmel«, stammelte Joan.

Dann lächelte sie.

Paul knallte die Badezimmertür zu und verriegelte sie.

Er zuckte zusammen, als das Ding keine Sekunde später von außen gegen die Tür knallte.

Es soll ruhig versuchen, mich zu schnappen, dachte er.

Er hörte leises Knirschen und Splittern.

»Mistvieh!«, schrie er und trat gegen die Tür.

Er stellte sich das Biest auf der anderen Seite vor, wie seine winzigen Zähne Splitter aus dem Holz rissen.

Wenn er doch nur den Schürhaken nicht verloren hätte, dann hätte er ihm den Schädel einschlagen können, sobald es durch die Tür kam.

Er eilte zum Badezimmerschrank und suchte nach einer neuen Waffe. Sein Rasierer hatte Injektorklingen, die ihm rein gar nichts nützen würden. Er griff nach einer Nagelschere. Besser als nichts – auch wenn er schon jetzt wusste, dass er sich nicht dazu würde überwinden können, sich hinzuknien und das Ding aus dem Hinterhalt zu überfallen. Nicht mit einer zehn Zentimeter langen Schere.

Wenn er doch nur eine Pistole hätte.

Wenn doch nur endlich die Polizei auftauchen würde.

Er fragte sich, ob Joan sie bereits alarmiert hatte. Sie hatte genügend Zeit gehabt, das Telefon eines ihrer Nachbarn zu benutzen. Vielleicht würde gleich Applegate höchstpersönlich mit einem seiner Gewehre ins Haus stürmen, falls Joan bei ihm geklingelt hatte.

Die Tür klapperte leise im Rahmen, während sich das Viech weiter hindurcharbeitete.

Hier drinnen musste es doch irgendetwas Nützliches geben!

Der Mülleimer! Stülp ihn über das Ding und fang es ein!

Paul bückte sich danach. Er war aus Korb. *Scheiße!* Bis vor ein paar Wochen hatten sie noch einen schweren Kunststoffeimer gehabt, aber dann hatte Joan diesen hier im Laden entdeckt. Das Mistding hätte sich wahrscheinlich innerhalb einer Sekunde durch das Korbgeflecht genagt.

Paul riskierte einen Blick auf den unteren Bereich der Tür. Es waren bereits zwei kleine Schlitze zu sehen. Ein Stück Holz, so breit wie ein Eisstiel, wölbte sich heraus, brach auseinander und hob sich ganz langsam.

Er hörte einen entfernten Knall. Es klang wie die Fehlzündung eines Autos.

Das aufgeklappte Stück Holz brach ab und fiel zu Boden. Die Schnauze des Biests lugte aus dem Loch hervor.

Paul wirbelte herum, rannte zur Badewanne und kletterte hinein. Die Badematte hing über dem Rand. Er warf sie auf den Boden.

Der Duschvorhang befand sich am anderen Ende und hing in der Wanne.

Ohne die Matte oder den Duschvorhang konnte das Mistvieh nicht hereinklettern und ihn erreichen.

Hoffte er.

Mir ist egal, wie gut dieses Biest ist, dachte er. *Es kann nicht außen an der Badewanne hochklettern.*

»Versuch's ruhig«, murmelte er, als das Viech über den Fliesenboden flitzte. Es blieb auf der Badematte stehen und blickte zu ihm herauf. Es schien zu grinsen. Dann sprang es ab und Paul jaulte auf. Doch der Sprung war zu kurz. Das Biest knallte wenige Zentimeter unterhalb des Badewannenrands gegen die Wand. Seine Vorderbeine zappelten wie wild und die Krallen klickten einen Moment lang auf dem Emaille. Dann stürzte es ab und prallte mit dem Hintern auf die Matte. Es vollführte eine Rolle rückwärts und landete wieder auf den Beinen.

Paul steckte sich die Schere zwischen die Zähne. Er ging in die Hocke und drehte mit beiden Händen die Wasserhähne auf. Wasser schoss heraus. Es klatschte auf seine Füße und er steckte den Stöpsel in den Abfluss. Dann nahm er die Schere wieder aus dem Mund, richtete sich auf und blickte auf den Boden vor der Badewanne hinunter.

Das Biest war verschwunden.

Wo …?

Der Mülleimer kippte um und ergoss büschelweise rosa Kosmetiktücher. Dann rollte er Richtung Badewanne.

»Du hältst dich wohl für besonders schlau, was?«, fragte Paul. Er lachte laut, stampfte mit den Beinen und spritzte Wasser rund um seine Unterschenkel auf. »ABER KANNST DU AUCH SCHWIMMEN? WAS IST MIT RÜCKENSCHWIMMEN, DU KLEINER SCHEISSER?«

Der Mülleimer war keinen halben Meter mehr von der Wanne entfernt, als das Biest von der Seite zum Sprung ansetzte und auf dem rollenden Korb landete. Paul warf die Schere nach ihm, doch sie verfehlte ihr Ziel. Das Viech sprang ab.

Paul taumelte rückwärts, als es auf die Wanne zuflog. Es landete auf dem Rand, rutschte auf dem Bauch weiter und plumpste ins spritzende Wasser. Dann versank es.

»HAB ICH DICH!«, schrie Paul.

Er kletterte aus der Badewanne, beugte sich nach vorne und starrte auf das kleine Biest. Es befand sich immer noch auf dem Boden und krabbelte langsam durch das mehrere Zentimeter tiefe Wasser.

Paul zog den Duschvorhang über die Außenseite des Badewannenrands.

Das Viech kam an die Wasseroberfläche, blickte sich um, entdeckte Paul und schwamm auf ihn zu.

»Komm schon, jetzt ertrink endlich«, murmelte er.

Es erreichte die Badewannenwand und strampelte mit den Vorderpfoten über das Emaille. Obwohl es an der glatten Wand nicht hinaufklettern konnte, schien es auch weit davon entfernt zu sein zu ertrinken.

Paul wich von der Wanne zurück.

Auf der Ablage neben dem Waschbecken stand Timmys Schlümpfe-Zahnbürste in ihrem Plastikhalter. Hastig riss er sie dem Schlumpf aus der Hand.

Dann kniete er sich neben die Badewanne.

Das Biest versuchte immer noch, an der Wand hinaufzuklettern.

Paul stach mit der Zahnbürste danach. Das Ende bohrte sich in den Kopf des Viechs und drückte es unter Wasser. Das zappelnde Ding befreite sich jedoch und begann, wieder aufzutauchen. Bevor die Schnauze die Oberfläche durchbrach, stach Paul erneut zu.

Wie lange kannst du die Luft anhalten, Arschloch?

Es stieg wieder nach oben. Er drückte es erneut tiefer unter Wasser und lachte.

»Jetzt hab ich dich wirklich.«

Wieder befreite sich das Viech unter der Zahnbürste und stieg Richtung Oberfläche auf.

Paul stach noch einmal darauf ein. Seine Faust berührte dabei das Wasser und es spritzte ihm ins Gesicht. Er blinzelte, um wieder sehen zu können, und im selben Moment stach etwas in seine Fingerknöchel.

Er riss die Hand nach oben.

Und das Viech gleich mit.

Schreiend machte er einen Satz zur Seite und schüttelte kräftig den Arm, während das Biest bereits über sein Handgelenk krabbelte. Es hielt sich fest und grub die Krallen tief in sein Fleisch.

Paul schlug mit der anderen Hand danach. Es verlor den Halt, riss die Haut an seinem Unterarm auf und rannte an der anderen Hand hinauf.

Blitzschnell krabbelte es über seinen linken Arm und hinterließ eine Spur aus Nadelstichen.

Paul drehte sich wie wild hin und her und knallte seinen Arm gegen die Wand, aber das Biest huschte einfach auf die Unterseite. Kopfüber sauste es auf seine Achselhöhle zu.

»PAUL!«

Joan drehte am Türknauf. Die Badezimmertür war abgeschlossen. Dahinter hörte sie grauenvolle Schreie.

Sie zielte auf den Türknauf und drückte ab.

Der Knall hallte in ihren Ohren wider und riss ihr fast das Gewehr aus der Hand, aber neben dem Türknauf befand sich nun ein faustgroßes Loch. Sie riss die Tür auf.

Paul stand, nur in Unterhose, kreischend neben der Badewanne. Sein linker Arm triefte vor Blut. In seiner rechten Hand – oder dem, was noch davon übrig war – hielt er das Ungeheuer.

In seinen Augen stand ein wilder Ausdruck. Dann bemerkte er Joan.

»Erschieß es!«, brüllte er und riss die Faust Richtung Decke. Blut strömte seinen Arm hinunter.

»Deine Hand!«

»Ist mir egal!«

Sie spannte einen der beiden Hähne, zielte auf die erhobene blutende Hand ihres Mannes und drückte ab. Der Hahn klickte.

»Mein Gott! Jetzt schieß schon!«

Sie spannte den anderen Hahn, zielte und drückte auf den anderen Abzug. Der Hahn klickte, aber die Flinte feuerte nicht. »LADE NACH! UM HIMMELS WILLEN, LADE NACH!«

»Womit denn?«, kreischte sie verzweifelt.

»DÄMLICHE KUH!« Er stopfte sich das Ungeheuer in den Mund, biss zu, riss es wieder heraus und schleuderte den kopflosen Körper in ihre Richtung. Er malte eine Blutspur in die Luft, klatschte gegen Joans Schulter, prallte ab und hinterließ einen roten Fleck auf ihrer Haut.

Paul spuckte den Kopf des Viechs auf den Boden, sank auf die Knie und begrub ihn unter einem Schwall aus Erbrochenem.

Im Wohnzimmer zog er seinen Morgenmantel wieder an, dann eilten die beiden nach draußen.

Timmy saß noch immer im Auto, das Gesicht ans Beifahrerfenster gepresst, und starrte auf die Frau mit dem rosa Nachthemd und den Lockenwicklern, die zappelnd und schreiend auf dem Gehweg lag.

Aus der ganzen Nachbarschaft drangen gedämpftes Geschrei und Schüsse an seine Ohren. Paul hörte Sirenen. Viele Sirenen. Sie klangen sehr weit entfernt.

»Mein Gott«, stieß er aus.

Er ließ den Blick über den Boden schweifen, während Joan die Autotür öffnete und Timmy herausholte. Mit dem Knie stieß sie die Tür wieder zu. Dann trug sie den Jungen zum Heck des Wagens.

»Wo gehst du denn hin?«, fragte Paul.

»Zu Applegate. Komm schnell. Dort sind wir sicherer.«

»Ja«, erwiderte er, »vielleicht.« Dann folgte er ihr zum Haus seines Nachbarn.

Speisesaal

Jean hörte keine Schritte. Sie hörte nur das Rauschen des nahen Bachs. Ihr eigenes Stöhnen. Pauls heftiges Keuchen, wenn er in sie hineinstieß.

Das Erste, was sie von dem Mann hörte, war seine Stimme. »Das sieht mir aber sehr nach Unzucht in einer öffentlichen Parkanlage aus.«

Ihr Herz raste.

O Gott, nein.

Mit dem linken Auge konnte sie die vagen Umrisse des Mannes erkennen, der im Mondlicht neben ihr in die Hocke ging, keinen Meter von ihr entfernt. Sie blickte zu Paul hinauf. Er hatte die Augen vor Schreck weit aufgerissen.

Das darf einfach nicht passieren, ging es Jean durch den Kopf. Sie fühlte sich vollkommen hilflos und entblößt. Nicht dass der Typ irgendetwas hätte erkennen können – außer Pauls nacktem Hintern. Er konnte nicht sehen, dass Jeans Bluse offen war, ihr BH um ihren Hals hing und ihr Rock bis über die Taille hochgeschoben war.

»Wissen Sie denn nicht, dass das gesetzeswidrig ist?«, fragte der Mann.

Paul zog seine Zunge aus Jeans Mund und drehte den Kopf, um den Mann anzusehen.

Jean konnte spüren, wie sein Herz hämmerte und sein Penis in ihr zusammenschrumpfte.

»Davon dass es geschmacklos ist, mal ganz zu schweigen«, fügte der Mann hinzu.

»Wir wollten bestimmt niemandem zu nahe treten«, versicherte Paul.

Er machte Anstalten aufzustehen.

Jean bohrte ihm die Schuhe in den Hintern und schlang die Arme noch enger um seinen Rücken.

»Was, wenn hier Kinder vorbeigekommen wären?«, fragte der Mann.

»Es tut uns wirklich leid«, erwiderte Jean. Sie hielt den Kopf gerade, da sie es nicht wagte, den Mann anzuschauen. Stattdessen starrte sie weiter zu Paul hinauf. »Wir gehen.«

»Nur noch einen Abschiedskuss, na los.«

Eine eigenartige Aufforderung.

Aber Paul kam ihr nach. Er presste seinen Mund sanft auf Jeans Lippen, während sie sich fragte, wie sie sich gleich bedecken sollte. Es ließ sich nicht vermeiden, dass Paul nach dem Kuss von ihr herunterstieg. Und dann lag sie da.

Dass der Mann ein Gewehr hatte, wurde ihr erst später klar.

Sie hatte kein Gewehr gesehen, aber sie hatte dem Mann auch nur einen einzigen flüchtigen Blick zugeworfen.

Doch noch während Paul sie küsste und sie sich fragte, wie sie am besten vermeiden konnte, dass der Mann sie halb nackt sah, flog plötzlich die ganze Welt in die Luft und all das spielte mit einem Mal keine Rolle mehr. Pauls Augen explodierten, schossen aus ihren Höhlen und fielen auf Jeans Augen. Sie riss den Kopf zur Seite, um ihnen auszuweichen, aber sie entschied sich für die falsche Seite. An dem vom Mondlicht erhellten Stamm eines nahen Baumes sah sie etwas Nasses, Klebriges. Sie sah, wie Pauls Ohr für einen Moment an der Rinde hängen blieb, bevor es zu Boden fiel.

Dann knallte sein Kopf mit voller Wucht seitlich auf ihr Gesicht. Ein Strom aus Blut nahm ihr die Sicht.

Sie fing an zu schreien.

Pauls Körper rollte von ihr herunter. Der Mann versetzte ihr einen Tritt in den Bauch. Er hob sie hoch, schwang sie über seine Schulter und rannte los. Sie japste nach Luft und versuchte zu atmen. Sein Tritt hatte ihr die Luft aus der Lunge gepresst und nun rammte sich seine Schulter immer wieder in ihren Bauch. Sie hatte das Gefühl zu ertrinken. Nur eine kleine, düstere Nische ihres Verstandes schien noch zu funktionieren und Jean wünschte sich, auch sie würde erlöschen.

Lieber völlige Finsternis, lieber gar kein Bewusstsein.

Der Mann hörte auf zu rennen. Er beugte sich vornüber und Jean knallte rückwärts gegen irgendetwas Hartes. Neben ihr befand sich eine in Mondlicht getauchte Windschutzscheibe. Er hatte sie auf der Kühlerhaube eines Autos abgelegt. Ihre Beine baumelten vorne herunter.

Sie versuchte, den Kopf zu heben. Konnte es nicht. Sie lag einfach nur da und schnappte verzweifelt nach Luft.

Der Mann kehrte zurück.

Er war weg gewesen?

Jean hatte das Gefühl, eine Chance zur sicheren Flucht verpasst zu haben.

Er lehnte sich über sie, packte beide Seiten ihrer offenen Bluse und riss sie in eine sitzende Position. Er legte eine Handschelle um ihr rechtes Handgelenk, führte die andere unter ihrem Knie hindurch und ließ sie um das linke Handgelenk einrasten. Dann hob er Jean von der Kühlerhaube, warf sie auf den Beifahrersitz des Wagens und knallte die Tür zu.

Durch die Windschutzscheibe sah Jean, wie er vorne um das Auto herumlief. Sie zog hastig das Knie an. Es knallte gegen ihr Kinn, aber es gelang ihr, die Kette der Handschellen an ihrer Wade hinunterzuschieben und unter der Sohle ihres Laufschuhs vorbei. Sie grapschte nach dem Türgriff und zog daran, warf sich mit der Schulter gegen die Tür und fiel hinaus, doch dann wurde ihr Kopf unsanft wieder nach hinten gerissen. Der brennende Schmerz fühlte sich an, als würde ihr jemand den Skalp vom Kopf reißen. Ihr Kopf drehte sich. Sie knallte mit dem Wangenknochen gegen das Lenkrad. Eine Hand packte sie am Kopf, eine andere schloss sich um ihr Kinn. Dann rammte der Mann sie mit der Seite ihres Gesichts immer wieder gegen das Steuer.

Als sie die Augen öffnete, lag ihr Kopf im Schoß des Mannes. Sie spürte, wie seine Hand ihre Brust knetete. Das Auto bewegte sich schnell. Aufgrund des Motorengeräuschs und des Zischens der Reifen auf dem Asphalt vermutete sie, dass sie sich auf dem Interstate Highway befanden. Die Straßenlaternen tauchten das Gesicht des Mannes in schwachen silbernen Glanz. Er blickte auf sie herunter und lächelte.

Der Phantombildzeichner der Polizei hatte ihn nicht hundertprozentig eingefangen. Das kurz geschorene Haar stimmte, genauso wie die eigenartigen, wahnsinnigen Augen, aber seine Nase war etwas größer und die Lippen viel dicker.

Jean hob den Kopf.

»Bleib liegen«, warnte er sie. »Wenn du auch nur mit 'nem Muskel zuckst, blas ich dir das Gehirn weg.« Er lachte. »Wie das Hirn von deinem Freund. Hast du gesehen, wie's auf diesen Baum gespritzt ist?«

Jean antwortete nicht.

Er zwickte sie.

Sie biss die Zähne zusammen.

»Ich hab dich was gefragt.«

»Ich hab's gesehen«, antwortete sie.

»Cool, oder?«

»Nein.«

»Und was war bloß mit seinen Augen los? So was hab ich echt noch nie gesehen. Da sieht man mal, was ein Kaliber 12 so alles anrichten kann. Ich hab noch nie vorher 'nen Mann getötet. Nur süße junge Dinger wie dich.«

Wie mich.

Es war keine Überraschung, kein Schock. Sie hatte schließlich gesehen, wie er Paul getötet hatte, und jetzt hatte er vor, auch sie umzubringen – genauso wie er die anderen umgebracht hatte.

Vielleicht hat er sie ja gar nicht alle getötet. Bislang war nur eine Leiche gefunden worden. Alle redeten davon, der Schnitter habe auch die anderen sechs umgebracht, aber bisher galten sie nur als vermisst.

Vielleicht hatte er sie ja auch nur verschleppt und hielt sie irgendwo gefangen.

Aber gerade hat er doch gesagt, dass er süße junge Dinger tötet … Mehrzahl. Er hat sie also alle getötet. Oder doch nicht? Vielleicht will er mich ja nur gefangen halten, seinen Spaß mit mir haben und mich gar nicht umbringen. Vielleicht finde ich ja einen Weg zu fliehen.

»Wo bringen Sie mich hin?«, fragte sie.

»An einen hübschen, abgeschiedenen Ort in den Bergen, wo dich niemand schreien hören kann.«

Die Worte jagten ihr einen eisigen Schauer über den Rücken.

»Oooh, Gänsehaut. Gefällt mir.« Seine Hand glitt über ihre Haut wie eine kalte Brise. Jean war versucht, sie zu packen und ihn zu beißen.

Aber wenn sie das tat, würde er ihr wieder wehtun.

Bald wird meine Welt nur noch aus Schmerzen bestehen, dachte sie. *Er will mich zum Schreien bringen.*

Aber erst später. Vielleicht konnte sie ihm ja entfliehen, bevor es überhaupt dazu kam. Im Moment war es das Beste, ihm keine Schwierigkeiten zu machen. Sich nicht gegen ihn zu wehren. Gefügig zu sein. Dann wurde er vielleicht unachtsam.

»Weißt du, wer ich bin?«, fragte er.

»Ja.«

»Sag's mir.«

»Der Schnitter.«

»Sehr gut. Und ich weiß auch, wer du bist.«

Er kennt mich? Wie kann das sein? Vielleicht hat er mich auf dem Campus verfolgt und jemanden gefragt, wie ich heiße.

»Du bist Nummer acht«, sagte er. »Stell dir das doch nur mal vor. Du wirst berühmt werden. Alle Zeitungen werden über dich schreiben, man wird im Fernsehen über dich berichten und eines Tages wirst du sogar als Kapitel in einem Buch enden. Hast du schon mal so ein Buch gelesen? Sie werden eine nette kleine Biografie über dich schreiben, mit Zitaten von deinen Eltern und Freunden. Die bittersüße Geschichte deiner kurzen, aber leidenschaftlichen Beziehung mit diesem Typen. Wie war sein Name?«

»Paul«, flüsterte sie.

»Paul. Er wird auch ausführlich in den Geschichten vorkommen. Schließlich war er der erste Mann, der durch die Hand des Schnitters starb. Natürlich wird ihnen klar sein, dass das reiner Zufall war. *Du* warst das auserwählte Opfer. Paul war einfach nur ein unglücklicher Trottel, der mir im Weg stand. Erst hat er's dir besorgt und dann hab ich's ihm besorgt. Der war gut, oder? Vielleicht schreibe ich das Buch ja auch selbst. Er wurde erst flachgelegt und dann umgelegt. Oder doch nicht? Was kam zuerst? Hat er sich mit einem großen Bums aus dieser Welt verabschiedet?«

»Warum hältst du nicht einfach die Klappe?«

»Weil ich nicht will«, erwiderte er und kratzte mit einem Fingernagel langsam über ihren Bauch.

Jean zuckte zusammen. Luft zischte durch ihre zusammengebissenen Zähne.

»Du solltest nett zu mir sein«, sagte er. »Schließlich bin ich derjenige, der dich berühmt machen wird. Natürlich könnte die Sache wegen meines berüchtigten Rufs etwas peinlich für dich werden. In diesem Buch, von dem ich dir erzählt habe, wird eine Menge über dich stehen. Über deine letzten Stunden. Wer die letzte Person war, die dich lebend gesehen hat. Und natürlich wird auch von der Unzucht im Park die Rede sein. Wenn die Leute das lesen, werden viele von ihnen glauben, du hättest es regelrecht drauf angelegt. Und ich denke, ich müsste ihnen darin wohl zustimmen. Wusstest du es denn wirklich nicht besser?«

Sie hatte es besser gewusst. »Und was ist mit dem Schnitter?«, fragte sie, als der Film zu Ende war und Paul den Park vorschlug. »Er wird sich sein eigenes Mädchen suchen müssen.«

»Ich mein's ernst. Ich bin mir nicht sicher, ob das wirklich eine so gute Idee ist. Warum fahren wir nicht einfach zu mir nach Hause?«

»Klar. Damit deine durchgeknallte Mitbewohnerin uns wieder durch die Wand belauschen und mitstöhnen kann?«

»Ich hab ihr gesagt, dass sie das lassen soll.«

»Komm schon, lass uns in den Park gehen. Es ist so eine schöne Nacht. Wir könnten uns ein nettes Plätzchen am Bach suchen.«

»Ich weiß nicht.« Sie drückte seine Hand. »Ich möchte ja, Paul, aber …«

»Scheiße. Alle haben Angst vorm Schnitter. Dabei ist er in Portland, um Gottes willen.«

»Und das liegt nur eine halbe Stunde Fahrt von hier.«

»Okay. Vergiss es. Scheiße.«

Sie waren etwa einen halben Block weit geschlendert, Paul schweigend und schmollend, bevor Jean eine Hand in die Gesäßtasche seiner Hose steckte und sagte: »Hey, Schatz, wie wär's mit 'nem Spaziergang durch den Park?«

»Wusstest du es denn wirklich nicht besser?«

Seine Hand klatschte auf ihre nackte Haut.

»Doch!«

»Ignorier mich nicht. Wenn ich dich was frage, dann antwortest du. Verstanden?«

»Ja.«

Der Wagen wurde langsamer. Mit der linken Hand drehte der Schnitter langsam am Lenkrad und Jean spürte, wie sich das Auto leicht zur Seite neigte. Es fuhr bergauf und ihre Wange wurde auf seine Gürtelschnalle gedrückt.

Eine Ausfahrt, dachte sie.

Das Auto hielt kurz an und bog dann scharf ab.

Ein kalter Schauer jagte durch Jeans Körper.

Wir sind fast da, dachte sie. *Wo immer er mich auch hinbringt, wir sind fast da. O Gott.*

»Du hast geglaubt, es könnte dir nicht passieren«, sagte er. »Hab ich recht?«

»Nein.«

»Was dann? Warst du einfach nur so geil, dass es dir egal war?«

»Paul hätte sonst bloß weiterhin geschmollt.« Ihre Stimme klang hoch und zittrig.

»Ah, einer von denen. Ich hasse diese flennenden beleidigten Leberwürste. Nimm zum Beispiel mich. Ich bin nie beleidigt. Das ist was für Verlierer. Ich verliere nie, deshalb hab ich auch nie einen Grund, beleidigt zu sein. Ich mache andere Leute zu Verlierern.« Er bremste den Wagen ab und fuhr um die nächste Kurve.

»Ich hasse beleidigte Leberwürste auch«, sagte Jean und versuchte, ruhig zu bleiben. »Die sind das Letzte. Sie haben es nicht verdient zu leben.«

Er blickte auf sie hinunter. Sie konnte sein Gesicht nur verschwommen erkennen. Ihr wurde bewusst, dass am Straßenrand keine Laternen mehr standen. Es gab nur noch das Mondlicht, sonst nichts.

»Ich wette, wir beide haben einiges gemeinsam«, sagte sie.

»Glaubst du, ja?«

»Ich hab das noch nie jemandem erzählt, aber ... ich glaube, dir kann ich es sagen. Ich hab auch schon mal ein Mädchen getötet.«

»Ach ja?«

Er glaubt mir nicht.

»Ja. Es war erst vor zwei Jahren. Ich war mit diesem Typen zusammen, Jim Smith. Ich ... hab ihn wirklich geliebt. Wir waren verlobt. Und dann hat er plötzlich was mit dieser Schlampe angefangen, Mary Jones.«

»Smith und Jones, ja?« Er lachte.

»Was kann ich denn dafür, dass sie so bescheuerte Namen hatten?«, erwiderte sie und wünschte sich, sie hätte sich eine Sekunde mehr Zeit gelassen und sich Namen ausgedacht, die echt klangen. Verdammt. »Wie dem auch sei, er hat kaum noch Zeit mit mir verbracht. Ich wusste, dass er sich mit Mary traf. Eines Abends hab ich mich dann in ihr Zimmer im Verbindungswohnheim geschlichen und sie mit ihrem Kopfkissen erstickt. Ich hab sie umgebracht. Und ich habe es genossen. Ich hab gelacht, als sie gestorben ist.«

Er tätschelte Jeans Bauch. »Ich schätze, dann sind wir wohl wirklich aus dem gleichen Holz geschnitzt. Vielleicht willst du dich ja mit mir zusammentun. So ein Arrangement könnte durchaus einige Vorteile mit sich bringen. Du könntest die hübschen jungen Dinger in meinen Wagen locken und mir helfen, sie gefügig zu machen. Was meinst du?«

Sie hätte am liebsten losgeheult. Sein Angebot war genau das, was sie hatte hören wollen – und das wusste er. Er wusste es nur zu gut.

Aber sie spielte trotzdem mit, nur für den Fall. »Ich glaube, das würde mir gefallen.«

»Damit wären wir bei glatten 50 Prozent«, sagte er.

Der Wagen fuhr erneut leicht bergauf und Jeans Wange presste sich wieder auf seine Gürtelschnalle.

»Du bist die Vierte, die diese Taktik versucht. ›Hey, vergiss einfach, dass du mich umbringen wolltest. Ich bin genau dein Typ – wollen wir nicht Partner werden?‹ Vier von acht. Aber du bist erst die Zweite, die einen Mord gesteht. Die andere hat behauptet, sie hätte ihre kleine Schwester aus dem Baumhaus geschubst. Ich hab wirklich ein goldenes Händchen. Zwei Mörderinnen. Wie hoch ist wohl die Wahrscheinlichkeit, dass das passiert?«

»Solche Zufälle gibt's«, murmelte Jean.

»Netter Versuch.«

Mit der rechten Hand begrapschte er sie weiter, während er mit der linken das Lenkrad hin und her drehte und den Wagen den Hügel hinaufmanövrierte.

Jean spielte mit dem Gedanken, mit einer Hand ins Lenkrad zu greifen und vielleicht einen Unfall zu verursachen. Aber das Auto schien sich nicht besonders schnell fortzubewegen. Bei dieser Geschwindigkeit würde ihm ein Aufprall womöglich gar nichts ausmachen.

»Erzähl mir von deinem reichen Vater«, forderte er sie auf.

»Fahr zur Hölle.«

Er lachte. »Komm schon, ruinier mein schönes Ergebnis nicht. Ich stehe weiter bei glatten 100 Prozent, wenn du einen reichen Vater hast, der mich mit Geld zuschütten wird, wenn er dich unbeschadet zurückbekommt.«

Sie beschloss, es wirklich mit Geld zu versuchen.

Aber dann blieb der Wagen stehen. Der Schnitter drehte das Lenkrad ganz herum und gab dann langsam wieder Gas. Das Auto holperte und schaukelte. Die Reifen knirschten über Schotter. Blätter und Zweige raschelten und quietschten an den Seiten entlang.

»Wir sind fast da«, verkündete er.

Das wusste sie.

»Demnächst solltest du anfangen zu betteln. Die meisten haben's ungefähr an dieser Stelle probiert. Manchmal haben sie aber auch gewartet, bis wir ausgestiegen sind.«

Ich werde nicht betteln, dachte Jean. *Ich werde rennen.*

Er hielt den Wagen an und stellte den Motor ab. Den Schlüssel ließ er im Zündschloss stecken.

»Okay, Schätzchen. Setz dich hin und mach die Tür auf. Ich bin direkt hinter dir.«

Sie setzte sich auf und drehte sich zur Tür. Als sie am Griff zog, packte er den Kragen ihrer Bluse und hielt sie fest, während sie ausstieg. Dann stand er hinter ihr, den Kragen weiterhin gepackt, und drückte ihr die Fingerknöchel in den Nacken, um sie um die Tür herumzubugsieren. Die Tür knallte zu und sie gingen vorne um den Wagen herum und auf eine Lichtung im Wald zu.

Die Lichtung lag in milchiges Mondlicht getaucht. In der Mitte, ganz in der Nähe eines blassen, abgestorbenen Baumes, erkannte Jean einen Ring aus Steinen, den jemand um eine Feuerstelle gelegt hatte. Ein Haufen aus Zweigen und abgebrochenen Ästen türmte sich neben der Feuerstelle auf.

Der Schnitter steuerte Jean direkt auf den toten Baum zu.

Sie sah, dass auch im Inneren des Steinrings bereits Holz aufgeschichtet lag, bereit für ein Streichholz.

Für einen flüchtigen Moment keimte Hoffnung in ihr auf. Jemand hatte die Feuerstelle angelegt.

Ja. Wahrscheinlich war er *das. Er war schon vorher hier und hat alles vorbereitet.*

Am Fuß des Baumes stand eine rechteckige Kiste.

Eine Werkzeugkiste?

Sie begann zu wimmern. Sie wollte stehen bleiben, aber er stieß sie vorwärts.

»O bitte, bitte, nicht! Tu mir das nicht an! Ich mache alles, was du willst!«

»Fick dich«, zischte Jean.

Er lachte.

»Du hast Mumm in den Knochen. Gefällt mir«, sagte er. »In einer Weile schaue ich mir vielleicht mal aus der Nähe an, was noch so alles in dir steckt.«

Er drehte Jean um und stellte sie mit dem Rücken an den Baum.

»Ich muss dir jetzt eine der Handschellen abnehmen«, erklärte er, holte einen Schlüssel aus seiner Hosentasche und hielt ihn ihr vors Gesicht. »Du wirst doch nicht versuchen, diese Tatsache auszunutzen, oder?«

Jean schüttelte den Kopf.

»Nein, das hab ich auch nicht angenommen.« Er rammte ihr ein Knie in den Bauch, klemmte einen Unterarm unter ihr Kinn und zwang sie rückwärts. Sie krümmte sich zusammen. Ihre Beine gaben nach. Sie rutschte am Baumstamm nach unten und das rindenlose Holz riss ihre Bluse auf und zerkratzte ihr die Haut. Ein Wurzelknoten bohrte sich in ihren Hintern. Sie kippte nach vorne, aber er stand direkt vor ihren angezogenen Knien und stieß sie zurück. Sie knallte mit dem Rücken gegen den Stamm, keuchte pfeifend und spürte, wie sich die Handschelle von ihrem rechten Handgelenk löste. Jetzt oder nie, dachte sie. Dies war der große Moment, auf den sie gewartet hatte. Ihre einzige Chance auf eine Flucht.

Doch sie konnte sich nicht bewegen. Ihr tat alles weh, sie fühlte sich schwindelig und bekam keine Luft. Aber selbst wenn sie der Schlag nicht außer Gefecht gesetzt hätte, wäre es in ihrer Position ohnehin sinnlos gewesen, sich zu wehren. Sie saß zusammengesunken, mit dem Rücken dicht am Stamm des Baumes, die Beine gegen den Busen gedrückt, die Arme über den Knien ausgestreckt, während er ihre Zehen unter seinen Stiefeln in den Boden quetschte.

Sie wusste, dass sie verloren hatte.

Aber es war seltsam. Irgendwie schien es keine Rolle mehr zu spielen.

Jean hatte das Gefühl, sich außerhalb ihres Körpers zu befinden und alles zu beobachten. Es war jemand anders, der unter den Achseln gepackt wurde. Jemand anders, der hochgehoben wurde. Sie schaute sich nur einen Film an, in dem die Heldin gleich gefoltert werden würde. Die Arme der jungen Frau wurden hoch über ihren Kopf ausgestreckt. Die lose Handschelle wurde über einen Ast geführt und dann wieder an ihrem rechten Handgelenk befestigt. Der Mann hob sie hoch und trug sie ein Stück vom Baumstamm weg. Dann ließ er sie los. Der Ast hing immerhin so tief, dass sie nicht auf Zehenspitzen stehen musste.

Der Mann entfernte sich von seiner Gefangenen. Er ging auf der anderen Seite des Steinrings in die Hocke und entzündete ein Streichholz. Flammen züngelten an dem Zelt aus Zweigen empor. Sie schlossen sich um die dicken, abgebrochenen Äste. Blasser Rauch stieg auf. Der Mann richtete sich wieder auf und ging zu dem Mädchen zurück.

»Damit wir dich auch ins rechte Licht rücken«, sagte er. Seine Stimme klang ebenso weit entfernt wie das Knistern des Feuers hinter ihm.

Es ist okay, dachte Jean. *Das bin nicht ich. Es ist jemand anders – eine Fremde.*

Doch als sie das Messer in der Hand des Schnitters sah, war es plötzlich keine Fremde mehr.

Jean wurde stocksteif vor Schreck und starrte auf die dunkle Klinge. Sie versuchte den Atem anzuhalten, konnte jedoch nicht aufhören zu keuchen. Ihr Herz fühlte sich an wie ein Hammer, der versuchte, ihre Brust zu zertrümmern.

»Nein«, stieß sie aus. »Bitte.«

Er lächelte. »Ich wusste doch, dass du irgendwann betteln würdest.«

»Ich hab dir doch nie was getan.«

»Nein. Aber du wirst gleich etwas *für* mich tun.«

Das Messer bewegte sich auf sie zu. Sie spürte die kalte Klinge auf ihrer Haut, aber es tat nicht weh. Er schnitt sie nicht. Nicht sie. Er zerschnitt ihre Kleidung – die Träger ihres BHs, die Ärmel ihrer Bluse, den Bund ihres Rocks.

Dann trug er die Kleider zum Feuer.

»Nein! Nicht!«

Er lächelte und ließ sie in die Flammen fallen. »Die wirst du nicht mehr brauchen. Du bleibst hier. Hier am Buffet.« Irgendwo in der Ferne heulte ein Kojote.

»Das ist mein Freund. Wir haben eine Vereinbarung. Ich lasse ihm und seinen Gefährten im Wald was zu essen übrig und sie räumen für mich auf. Ganz ohne ›flaches Grab‹ oder ähnlichen Unsinn. Ich lasse dich einfach hier und morgen bist du verschwunden. Sie fallen mit ihrer ganzen hungrigen Truppe hier ein und hinterlassen die Lichtung schön sauber fürs nächste Mal. Kein Stress, keine Mühe. Und dir, mein süßes Ding, bleibt die Peinlichkeit erspart, splitternackt auf den Campus zurückkehren zu müssen.« Er hockte sich neben das Feuer, öffnete die Werkzeugkiste und holte eine Zange und einen Schraubenzieher heraus. Er legte die Zange auf einen flachen Stein und behielt den Schraubenzieher in der Hand. Die Klinge war schwarz, noch bevor er sie über das Feuer hielt. Jean sah, wie sich die Flammen darumschlängelten.

»Nein!«, schrie sie. »Bitte!«

»Nein! Bitte!«, äffte er sie nach. Lächelnd drehte er den Schraubenzieher in der Hand hin und her. »Glaubst du, er ist so weit?« Er schüttelte den Kopf. »Nein, geben wir ihm noch ein paar Minuten. Kein Grund zur Eile. Genießt du die Vorfreude?«

»Du Scheißkerl!«

»So was sagt man aber nicht.«

»HILFE!«, brüllte sie. »HILFE! BITTE, HILFE!«

»Niemand wird dich hören, außer den Kojoten.«

»Das kannst du nicht tun.«

»Sicher kann ich das. Das hab ich schon ganz oft getan.«

»Bitte! Ich tue alles!«

»Ich weiß genau, was du tun wirst. Schreien, zappeln, heulen, treten, flehen, sabbern ... bluten. Nicht notwendigerweise in dieser Reihenfolge natürlich.«

Er richtete sie wieder auf. Die Zange in der einen Hand, den Schraubenzieher in der anderen, ging er langsam auf Jean zu. Blasse Rauchschlieren stiegen von der Klinge des Schraubenziehers auf.

Er blieb vor ihr stehen. »Wo, ach, wo wollen wir denn anfangen? Uns stehen so viele Möglichkeiten zur Auswahl.« Er hob den Schraubenzieher vor ihr linkes Auge. Jean riss den Kopf zur Seite. Die Spitze bewegte sich immer näher. Sie machte das Auge zu. Spürte die Hitze auf dem Lid. Doch dann schwand die Hitze plötzlich wieder. »Nein. Das spare ich mir für später auf. Schließlich besteht der halbe Spaß darin, dass du zuschauen kannst.«

Sie kreischte und wurde ganz steif, als etwas ihren Bauch versengte.

Der Schnitter lachte.

Jean senkte den Blick. Er hatte sie nur mit dem Kopf der Zange berührt.

»Die Macht der Suggestion«, sagte er. »Gut, dann wollen wir mal sehen, wie dir echte Schmerzen gefallen.«

Langsam bewegte er den Schraubenzieher auf ihre linke Brust zu. Jean versuchte auszuweichen, aber die Handschellen hielten sie fest. Sie trat zu. Er drehte sich weg. Die Kante ihres Schuhs rutschte von seiner Hüfte ab und er streifte mit dem Schraubenzieher ihren Oberschenkel. Sie kreischte laut.

Er grinste. »Mach das nicht noch mal, Schätzchen, sonst muss ich womöglich gemein werden.«

Schluchzend sah sie zu, wie er den Schraubenzieher Zentimeter um Zentimeter wieder auf ihre Brust zubewegte.

»Nein. Nicht. Bitteee!«

Ein Stein knallte seitlich gegen den Schädel des Schnitters. Sein Kopf wurde zur Seite geschleudert, der Stein prallte ab, schürfte Jeans Achselhöhle auf und fiel zu Boden.

Einen Moment lang stand der Schnitter nur da, doch dann sank er auf die Knie, knickte nach vorne ein und presste das Gesicht in Jeans Schritt. Sie zappelte sich frei und er brach neben ihr zusammen.

Sie blickte auf ihn hinunter und konnte kaum glauben, dass er tatsächlich vor ihr lag. Vielleicht hatte sie ja das Bewusstsein verloren und das hier war nur eine wilde Fantasie. Vielleicht träumte sie nur, würde schon bald wieder unter höllischen Schmerzen zu sich kommen und ...

Nein, dachte sie. *Das kann kein Traum sein. Bitte.*

In einer finsteren Ecke flüsterte ihr Verstand: *Ich wusste, dass ich das hier überlebe.*

Sie schaute sich nach dem Steinewerfer um.

Und entdeckte eine dunkle Gestalt, die auf der anderen Seite der Lichtung neben einem Baum stand.

»Sie haben ihn erwischt!«, schrie sie. »Gott sei Dank! Sie haben ihn erwischt! Toller Wurf!«

Die Gestalt rührte sich nicht und antwortete ihr auch nicht.

Stattdessen wandte sie sich ab.

»Nein!«, kreischte Jean. »Gehen Sie nicht! Er wird wieder zu sich kommen und mich umbringen! Bitte! Ich bin mit Handschellen gefesselt! Er hat den Schlüssel in der Hosentasche. Sie müssen die Handschellen für mich aufschließen! Bitte!«

Die Gestalt war in der Dunkelheit ebenso undeutlich wie die Büsche und Bäume rundum. Sie drehte sich wieder um, machte einen Schritt vorwärts und humpelte auf den Schein des Feuers zu. Der Figur nach zu urteilen handelte es sich bei Jeans Retter um eine Frau.

Weitere Gestalten tauchten nach und nach auf der Lichtung auf.

Eine von ihnen trat hinter einem Baum hervor. Eine andere erhob sich hinter einem dichten Gebüsch. Jean nahm zu ihrer Rechten eine Bewegung wahr, folgte ihr mit den Augen und erkannte eine vierte Frau. Dann hörte sie hinter sich ein Knurren, blickte sich um und erschrak, als sie jemanden auf sich zukriechen sah. Oder auf den Schnitter, wie sie hoffte. Der schwarze, haarlose Kopf der Gestalt schimmerte im Feuerschein. Es sah aus, als wäre sie skalpiert worden. Man hatte ihr seitlich einen Hautstreifen aus dem Rücken gerissen und Jean erhaschte einen flüchtigen Blick auf die blasse Wölbung einiger Rippen, bevor sie sich schnell wieder abwandte.

Die fünf Gestalten vor ihr waren dem Feuer bereits so nahe, dass Jean sie deutlich erkennen konnte.

Sie starrte sie voller Entsetzen an.

Und löste sich wieder.

Sie verließ ihren Körper und wurde zur Beobachterin.

Die Steinewerferin hatte nur noch ein schwarzes Loch, wo ihr linkes Auge hätte sein sollen. Das an den Baum gefesselte Mädchen staunte darüber, dass eine Einäugige den Stein überhaupt so zielsicher hatte werfen können.

Und es war umso unglaublicher, da sie ganz offensichtlich tot war. Ihre Eingeweide hingen wie Seile aus ihrem Bauch und schaukelten zwischen ihren Beinen hin und her wie der Lendenschurz einer Indianerin. Von ihrem rechten Bein war unterhalb des Knies nicht mehr viel übrig – das Werk der wilden Freunde des Schnitters?

Wie kann sie so gehen?

Der war gut, dachte das Mädchen.

Wie kann überhaupt eine von ihnen gehen?

Einer von ihnen – sie musste schon sehr lange hier sein – gelang es tatsächlich, vorwärtszutorkeln, obwohl ihre Beine kaum noch mehr als bloße Knochen waren. Die Meute hatte sich wirklich an ihr gütlich getan. Ein Arm fehlte komplett. Der andere Arm bestand nur noch aus Knochen und existierte unterhalb des Ellenbogens nicht mehr. Das Fleisch, das noch übrig war, sah schwarz und klumpig aus. Ein Teil ihres Oberkörpers war noch intakt, aber das meiste war völlig ausgehöhlt. Die rechte Seite des Brustkorbs war aufgebrochen. Die Rippen links waren noch vorhanden und darunter konnte man einen zusammengeschrumpelten Lungenflügel erkennen. Ihrem Gesicht fehlten Augen, Nase und Lippen. Sie sah aus, als würde sie grinsen.

Das Mädchen unter dem Baum lächelte sie an, aber sie schien es nicht zu bemerken.

Natürlich nicht, du blöde Kuh. Wie soll sie denn irgendetwas sehen können?

Und wie kann sie gehen?

Eine der anderen hatte noch beide Augen. Sie waren weit aufgerissen und glasig und ihr Blick wirkte bizarr.

Keine Augenlider, das war das Problem. Der Schnitter musste sie abgeschnitten haben. Genau wie ihren Busen. Runde, breiige schwarze Scheiben befanden sich auf ihrer Brust, dort, wo er hätte sein sollen. Abgesehen von einem riesigen Loch in ihrer rechten Seite sah es jedoch nicht so aus, als hätte die Meute sie erwischt. Sie verfügte noch immer über den Großteil ihrer Haut, die glitschig unter einer Schicht aus weißem Schleim glänzte.

Die junge Frau neben ihr schien überhaupt keine Haut mehr zu haben. Hatte man sie ihr abgeschält? Sie war am ganzen Körper schwarz, abgesehen von dem Weiß ihrer Augen und Zähne – und Hunderten weißen Dingern, die aussahen, als hätte man sie mit Reis überschüttet. Nur dass sich die Reiskörner bewegten. Die Reiskörner waren lebendig. Maden.

Das letzte der fünf Mädchen, das sich ihr von vorne näherte, war ebenfalls schwarz. Es sah jedoch nicht gehäutet aus, sondern verbrannt. Sein Körper war von einer Kohleschicht überzogen. Er war furchtbar rissig und überall triefte Flüssigkeit heraus, die im Feuerschein schimmerte. Die junge Frau hatte kaum noch Ähnlichkeit mit einem menschlichen Wesen. Sie hätte auch ebenso gut von einem unfähigen Kind aus Lehm erschaffen worden sein können, das ihr weder Finger noch Zehen oder Brüste gegeben hatte, keine Nase oder Ohren hatte formen können und mit den Fingern Augen in den Lehm gebohrt hatte. Ihre Hülle gab ein papiernes Knistern von sich, als sie am Feuer vorbeikroch, und blätterte an mehreren Stellen ab.

Ein ziemlich bunter Haufen, dachte das an den Baum gefesselte Mädchen.

Und fragte sich, ob eine von ihnen wohl noch genügend Verstand hatte, um den Schlüssel zu finden und die Handschellen aufzuschließen.

Sie bezweifelte es.

Tatsächlich schienen sie ihre Anwesenheit gar nicht zu bemerken. Sie humpelten und krabbelten geradewegs auf den Schnitter zu.

Dann zerstörte sein durchdringender Schrei die zerbrechliche Kraft, die es Jean erlaubt hatte, den Körper der gefesselten Fremden zu verlassen. Sie versuchte, sich weiter von ihr fernzuhalten. Es gelang ihr nicht. Sie wurde zurück in das nackte, am Baum hängende Mädchen gesaugt. Spürte, wie eine mächtige Welle des Entsetzens und der Abscheu über sie hereinbrach ... und der Hoffnung.

Was immer diese Gestalten jetzt auch sein mochten, sie waren die Opfer des Schnitters.

Und dies war ihre Stunde der Vergeltung.

Der Schnitter brüllte noch immer, als Jean auf ihn hinabschaute. Er stand auf allen vieren. Die Skalpierte, ebenfalls auf Knien, befand sich ihm gegenüber, seinen Kopf zwischen den Händen. Sie biss ihn in den Kopf. Jean hörte ein nasses Reißen, als die Frau ihm einen Fetzen Haar und Haut herausriss.

Er kippte um und die Steinewerferin und das Mädchen mit der schleimigen Haut zerrten ihn fort. Jede hatte einen seiner Füße gepackt. Die Skalpierte kroch ihm hinterher, stieß ein Grunzen aus, hielt inne und versuchte, die Zange zu greifen. Ihrer rechten Hand fehlten die Finger. Sie grapschte nach der Zange, wimmerte frustriert und seufzte erschöpft, als es ihr endlich gelang, das Werkzeug mit dem

Daumen und den beiden verbliebenen Fingern ihrer anderen Hand aufzuheben. Dann kroch sie hastig weiter und versuchte, ihre Beute wieder einzuholen. Sie schob sich an Jean vorbei. Eine ihrer Pobacken war verschwunden und bis auf den Knochen abgefressen.

Sie kam dem schreienden Schnitter immer näher, streckte einen Arm aus, klemmte sein Ohr mit der Zange ein und riss ein Stück davon heraus.

Auf halber Strecke zwischen Jean und dem Feuer ließen die beiden anderen Mädchen seine Füße los.

Dann stürzten sich alle gleichzeitig auf ihn.

Er bäumte sich auf, drehte und wand sich, aber sie rollten ihn auf den Rücken. Ein paar von ihnen hielten ihn unten, während andere seine Kleider zerfetzten – und der Rest von ihnen ihn zerfetzte. Die Skalpierte setzte die Zange an seinem rechten Augenlid an und riss es ab. Die Verbrannte schnappte sich eine seiner Hände, öffnete ihren lippenlosen schwarzen Mund und begann, seine Finger abzunagen. Die Frau ohne Arme sprang die ganze Zeit wie ein verrückt gewordenes Skelett um das Feuer herum und ihre Lunge hüpfte dabei in ihrem Brustkorb auf und ab.

Kurz darauf war das Hemd des Schnitters völlig zerrissen. Seine Hose und die Boxershorts hingen um seine Cowboystiefel. Die Skalpierte hatte ihm auch das andere Augenlid ausgerissen und zerrte nun an seiner Oberlippe. Er quietschte wie am Spieß. Die Steinewerferin kniete neben ihm und krallte sich in seinen Bauch, als wollte sie versuchen, ihm die Eingeweide herauszureißen. »Schleimhaut« biss ihm eine Brustwarze ab, zerkaute sie und schluckte sie hinunter. Das Mädchen, das bei lebendigem Leib gehäutet worden sein musste, kniete sich neben seinen Kopf, schabte sich die Maden vom Bauch und stopfte ihm eine Handvoll nach der anderen in den Mund. Sein Kreischen verstummte, als er keuchend würgen musste.

Das tanzende Skelett fiel auf seine bloßen Kniescheiben, beugte sich über den Schnitter und klemmte dessen Penis zwischen seine Zähne.

Es zog ihn in die Länge und nagte darauf herum. Der Schnitter hörte auf zu würgen und stieß einen schrillen Schrei aus, der sich anfühlte, als würden sich Eispickel in Jeans Ohren bohren.

Die Skalpierte riss ihm schwungvoll die Lippe ab, öffnete die Zange und sah zu, wie die Lippe durch die Luft flog.

Jean folgte ihr ebenfalls mit den Augen – und spürte dann ein leises Klatschen auf ihrem Schenkel. Die Lippe klebte an ihr wie ein Blutegel. Sie musste würgen, stampfte mit dem Fuß auf den Boden und versuchte, sie abzuschütteln. Ohne Erfolg.

Es ist nur eine Lippe, dachte sie.

Und dann übergab sie sich. Sie beugte sich, so weit sie konnte, nach vorne und versuchte, sich nicht selbst anzukotzen. Ein kleiner Teil von ihr fand das Ganze sogar amüsant. Sie hatte diesen widerlichen, verstümmelten Leichen dabei zugesehen, wie sie dem Schnitter unaussprechliche Dinge antaten – und ein grauenvollerer Anblick hatte sich ihr noch nie geboten, noch nicht einmal in ihren Albträumen. Aber trotzdem hatte sie ihr Abendessen bei sich behalten.

Aber wenn mir eine Lippe am Bein klebt, kotze ich mir die Seele aus dem Leib.

Wenigstens hatte sie sich selbst nicht erwischt. Das meiste hatte sich auf den Boden vor ihren Schuhen ergossen. Nur ein kleines bisschen war auf ihre Schienbeine gespritzt.

Als ihr Würgereiz endlich abebbte, schnappte sie nach Luft und blinzelte sich die Tränen aus den Augen.

Und sah, wie die Skalpierte sie anstarrte.

Die anderen machten sich noch immer am Schnitter zu schaffen. Er schrie nicht mehr, sondern japste und wimmerte nur noch.

Die Skalpierte stach mit der Zange zu. Sie zertrümmerte die obere Zahnreihe des Schnitters. Sie rammte sie tief in seinen Mund, bis hinunter in seine Kehle. Dort ließ sie die Zange stecken und krabbelte dann auf Jean zu.

»Schnapp ihn dir!«, flüsterte sie. »Er ist der, den du willst.«

Dann dachte Jean: *Vielleicht will sie mir ja helfen.*

»Kannst du die Schlüssel holen? Für die Handschellen? Sie sind in seiner Hosentasche.«

Die Frau schien sie nicht zu verstehen. Sie hielt vor der Pfütze aus Erbrochenem an und tauchte das Gesicht hinein. Jean hörte ein Schlabbern und würgte erneut. Die Skalpierte hob den Kopf, glotzte zu Jean herauf, leckte sich über die triefenden Lippen und kroch dann weiter.

»Nein! Komm her!«

Die Skalpierte riss den Mund weit auf.

Gott!

Jean rammte ihr Knie gegen die Stirn der Frau. Ihr Kopf flog nach hinten und sie kippte um.

Ein eiskalter Schauer jagte über Jeans Rücken. Sie bekam Gänsehaut und ihr Herz begann zu rasen.

Sie werden sich nicht mit ihm begnügen.

Ich bin die Nächste!

Die Skalpierte, deren Oberkörper nur noch eine leere Hülse war, rollte sich zur Seite und versuchte, sich hochzudrücken.

Jean sprang in die Luft.

Sie bekam den Ast mit beiden Händen zu fassen und strampelte nach dem Stamm, konnte ihn jedoch nicht erreichen. Sie baumelte hin und her. Als sie wieder nach vorne schwang, zog sie die Knie an.

Sie holte Schwung.

Sie trat und schwang und verwandelte sich in ein Pendel, das mit jedem Schwung höher ausschlug.

Schließlich schlangen sich ihre Beine um den rindenlosen, toten Ast.

Sie zog sich hoch und klammerte sich daran fest.

Als sie den Kopf zur Seite drehte, sah sie, dass die Skalpierte wieder auf sie zukrabbelte.

Bisher hatte Jean sie noch nicht aufrecht stehen sehen.

Wenn sie sich nicht aufrichten kann, ist alles okay.

Aber die anderen konnten stehen.

Sie waren noch immer mit dem Schnitter beschäftigt. Gruben sich in ihn. Bissen ihn. Rissen sein Fleisch mit den Zähnen aus. Er würgte, die Zange im Hals, und gab ein hohes Quietschen von sich. Jean beobachtete, wie sich die Verkohlte über das Feuer hockte und beide Arme in die Flammen streckte. Als sie sich wieder erhob, klemmte ein brennender Zweig zwischen den fingerlosen Stümpfen ihrer Hände. Sie stapfte zu den anderen zurück, ging in die Hocke und steckte die Hose des Schnitters in Brand.

Die Hose war bis zu den Schäften seiner Stiefel heruntergezogen und hing kurz unter den Knien.

Innerhalb von Sekunden stand sie in lodernden Flammen.

Der Schnitter begann wieder zu schreien. Er zappelte und trat um sich. Jean war überrascht, dass er überhaupt noch die Kraft dazu hatte.

Der Schlüssel, dachte sie.

Ich muss die Asche durchsuchen.

Falls ich so lange überlebe.

Jean kletterte weiter an dem Ast hinauf. Er schürfte ihre Schenkel und Arme auf, aber sie gab nicht nach und schob sich Zentimeter für Zentimeter vorwärts. Der Ast bog sich ein wenig durch. Ächzte. Sie rutschte unbeirrt weiter.

Dann hörte sie ein schwaches Knistern.

Und hielt an einem knochenweißen Zweig inne, der ihren linken Arm blockierte.

»Nein!«, stieß sie aus.

Sie schob sich vorwärts und rammte ihren Arm gegen den Ast, der durch den Schlag ein wenig ins Wackeln geriet. Einige Zweige am äußersten Ende knickten ab und fielen zu Boden.

Dort, wo er aus dem Hauptarm wuchs, war der Ast knapp zehn Zentimeter dick. Ein wenig höher schien er jedoch so dünn zu sein, dass sie ihn ohne große Mühe würde abbrechen können. Dazu musste sie ihn nur noch erreichen. Doch das war aussichtslos, solange ihre Handgelenke durch die kurze Kette der Handschellen aneinandergebunden waren. Der Ast versperrte ihr den Weg. Er erinnerte Jean beinahe an ein weiteres Skelett, das eine Hand ausstreckte und sie so lange im Baum festhielt, bis seine Begleiterinnen mit dem Schnitter fertig waren und sich auf sie stürzen konnten.

Jean packte den Ast mit den Zähnen, biss fest auf das trockene Holz und nagte daran, schien jedoch kaum Bissspuren zu hinterlassen.

Sie senkte den Blick. Spuckte Dreck und Blut aus. Drehte den Kopf.

Der Schnitter rührte sich nicht mehr und gab auch keinen Laut mehr von sich. Blasser Rauch stieg von der schwarzen Stelle auf, an der seine Hose gebrannt hatte. Die Verkohlte, die sie in Brand gesteckt hatte, hielt seinen abgetrennten Arm über das Lagerfeuer. Die schleimige Busenlose schlüpfte in einen seiner Stiefel. Die Gehäutete kniete neben dem Kopf des Schnitters und zog die Zange aus seinem Mund. Zuerst dachte Jean, sie würde sich selbst damit zwicken, aber das tat sie nicht. Eine nach der anderen zerquetschte sie die Maden, die auf ihrem Bauch wuselten. Der Kopf der Steinewerferin war tief im offenen Bauch des Schnitters vergraben. Sie richtete sich auf und die Schlangen seiner Eingeweide trieften aus ihrem Mund. Die verrottete Armlose lag zwischen den schwarzen Überresten der Beine des Schnitters und machte sich über die Aushöhlung her, an der einst seine Genitalien gewesen waren.

Obwohl er offensichtlich tot war, schienen sich seine Opfer mit ihm zu begnügen.

Für den Moment.

Jean reckte den Hals, um über ihre Schulter zu schauen, und sah die Skalpierte direkt unter sich. Sie stand auf den Knien, streckte die Arme aus und grapschte mit den Überresten ihrer Hände in die Luft.

Sie kann mich nicht erreichen, beruhigte Jean sich selbst.

Aber die anderen.

Sobald sie mit dem Schnitter fertig sind, bemerken sie erst die Schlampe da unten und dann mich.

Wenn sie doch nur verschwinden würde!

HAU AB!

Jean hätte sie am liebsten laut angebrüllt, aber sie wagte es nicht. Sie konnte förmlich vor sich sehen, wie die anderen ihre Köpfe in Richtung ihrer Stimme drehten.

Wenn ich sie doch nur umbringen könnte!

Viel Glück damit.

Ich muss irgendwas unternehmen.

Jean krallte die Hände fest um den Ast und biss die Zähne zusammen.

Versuch es gar nicht erst, dachte sie. *Du wirst ihr noch nicht mal wehtun. Du fällst nur runter, und dann erwischt sie dich doch noch.*

Aber ein ordentlicher Tritt gegen den Kopf würde sie vielleicht entmutigen.

Wohl kaum.

Jean nahm die Beine vom Ast. Sie spürte, wie eine Brise über ihre verschwitzte Haut strich, als sie die Beine baumeln ließ. Sie zappelte mit den Füßen wie eine Ertrinkende, die hoffte, wieder an die Oberfläche zu gelangen.

Die Ferse ihres Schuhs traf etwas und sie betete, dass es das Gesicht der widerlichen Schlampe war.

Als sie wieder nach oben schwang, sah Jean sie. Die Skalpierte drehte sich auf den Knien um, streckte die Arme aus und grinste.

Im Herabschwingen trat Jean mit aller Kraft zu.

Ihre Schuhspitze erwischte die Schlampe an der Kehle, hob sie von den Knien und warf sie auf den Rücken.

Hab ich dich.

Jean baumelte langsam vor und zurück. Sie drückte den Rücken durch und versuchte, die Beine nach oben zu schwingen und um den Ast zu schlingen. Sie verfehlte ihn. Verlor den Halt und schrie auf, als sich die Stahlkanten der Handschellen in ihre Handgelenke bohrten. Ihre Füße berührten den Boden.

Die Skalpierte rollte sich herum und krabbelte auf sie zu.

Jean sprang ab. Sie erwischte den Ast, zog sich nach oben und riss die Knie hoch – aber sie war nicht schnell genug.

Die Arme der Frau schlangen sich um ihre Knöchel und klammerten sich daran fest. Sie zerrte an Jean, zerriss sie beinahe, zog sie nach unten, grapschte noch höher und kletterte an ihr hinauf. Jean drehte und wand sich verzweifelt, aber sie konnte die Frau nicht abschütteln. Ihre Arme taten weh. Ihr Griff um den Ast löste sich langsam. Sie kreischte, als Zähne ihren Oberschenkel zerfetzten.

Mit einem *Krrrrach!* brach der Ast zwischen Jean und dem Stamm ab.

Sie stürzte zu Boden.

Im Fallen versuchte sie, sich von dem Ast zu lösen. Er knallte auf ihre Schulter, als sie mit den Knien voraus auf der Frau landete. Sein Gewicht schob Jean vorwärts und drückte sie nach unten. Obwohl die Skalpierte sich nicht mehr an ihre Beine klammerte, spürte Jean deren Kopf unter ihrem Oberschenkel hin und her wackeln. Sie drehte und wand sich und bäumte sich unter dem Ast auf, doch die Zähne der Schlampe bohrten sich weiter unerbittlich in ihr Fleisch.

Dann rissen sie einen Brocken heraus und ließen endlich los.

Jean packte den Ast und holte Schwung, mit ihrer Schulter als Angelpunkt. Sie spürte, wie sich das Holz von ihrem Rücken und Hintern hob. Das zersplitterte Ende grub sich gut einen Meter vor ihrem Kopf in die Erde. Sie stützte sich auf den Ast, zog sich vorwärts und trommelte mit den Knien auf die wütend unter ihr knurrende Frau ein. Hände packten Jeans Waden, dank der fehlenden Finger jedoch nicht sehr fest. Zähne schnappten nach ihr und kratzten die Haut über ihrem rechten Knie auf. Jean riss das Bein zurück und ließ es blitzschnell wieder nach vorne sausen. Die Zähne der Skalpierten lösten sich krachend. Jean zog sich von ihr herunter und richtete sich mithilfe des als Krücke dienenden abgebrochenen Astes auf.

Als sie aufrecht stand, klammerte sie sich fest an ihre Stütze und taumelte ein paar Schritte vorwärts, bis sie außer Reichweite der Skalpierten war.

Dann sah sie die anderen kommen. Alle bis auf die verrottete Skelett-Frau, die keine Arme mehr hatte und immer noch zwischen den Beinen des Schnitters lag.

»Nein!«, brüllte Jean. »Lasst mich in Ruhe!«

Sie torkelten unbeirrt auf sie zu.

Die Verkohlte erhob den abgetrennten Arm des Schnitters wie einen Knüppel. Die Busenlose mit der schleimigen Haut trug inzwischen beide Stiefel ihres Peinigers. Sie streckte die Arme bereits nach Jean aus, obwohl sie noch mehrere Meter von ihr entfernt war. Die Steinewerferin fand einen Stein. Die von Maden übersäte Gehäutete pflückte eine nach der anderen mit der Zange ab und humpelte ebenfalls langsam näher.

»NEIN!«, schrie Jean erneut.

Sie duckte sich, packte den Ast weiter unten, drückte ihn fest an ihre Seite, wirbelte herum und ließ das Ende mit den Blättern herabsausen.

Der Ast schnitt in einer Seitwärtsbewegung durch die Luft und seine knochigen Holzfinger zersplitterten krachend in einzelne Zweige, als er durch die Kadaver fuhr. Drei von ihnen wurden von den Füßen gerissen. Die Vierte, die Verkohlte, taumelte rückwärts, um dem Schlag auszuweichen, trat jedoch auf den Oberkörper des Schnitters und geriet ins Stolpern. Jean konnte nicht sehen, ob sie zu Boden ging, da sie sich mit dem Schwung des Astes einmal komplett im Kreis drehte. Einer der Zweige traf die auf sie zukrabbelnde Skalpierte im Gesicht, brach ab und flog durch die Luft. Nach Jeans Umdrehung war die Skalpierte wieder hinter ihr und auch die anderen lagen auf dem Boden. Alle, bis auf die Steinewerferin. Der Schlag hatte sie verfehlt. Sie befand sich außerhalb von Jeans Reichweite und holte mit einem kleinen Steinbrocken aus, bereit, ihn auf sie zu schleudern.

Jean wirbelte erneut herum und ließ den Ast los.

Sein rindenloses Holz zerkratzte ihre Seite und den Bauch.

Der Ast flog wie eine gigantische gezackte Lanze durch die Luft.

Von seinem Gewicht befreit, wich Jean zur Seite. Der Stein streifte ihr Ohr. Sie fiel auf die Knie, mit dem Gesicht zu der Skalpierten, die weiter auf sie zukrabbelte und dabei stöhnte, als wüsste sie bereits, dass sie verloren hatte.

Jean stemmte beide Fäuste in die Erde und drückte sich hoch. Sie machte zwei schnelle Schritte auf die Kriechende zu und versetzte ihr einen Tritt ins Gesicht. Sie taumelte rückwärts und drehte sich um.

Die Steinewerferin lag auf dem Boden und fuchtelte mit den Armen in dem Gewirr aus toten Zweigen herum.

Die anderen rappelten sich langsam wieder auf.

Jean rannte mitten hindurch, die gefesselten Hände hoch erhoben, schlug Haken und wich ihnen aus, als sie nach ihr grapschten, schnappten, bissen.

Ich muss die Handschellen loswerden, dachte sie.

Doch während sie weiterrannte, wurde ihr bewusst, dass die Handschellen keine Rolle spielten. Sie würden sie beim Fahren nicht stören. Der Schlüssel steckte noch im Zündschloss. Sie machte einen großen Satz über den Schnitter hinweg.

Und kam auf der anderen Seite seiner Leiche schwankend zum Stehen.

Keuchend beugte sie sich nach unten und nahm einen der Steine, die einen Ring um das Feuer bildeten. Obwohl er so heiß war, dass er ihre Hand versengte, hob sie ihn über den Kopf. Dann drehte sie sich um.

Die Leichen kamen kriechend und humpelnd immer näher.

Aber noch waren sie weit genug entfernt.

»DER HIER IST FÜR NUMMER ACHT!«, schrie sie und ließ den Stein auf die Gesichtsruine des Schnitters hinabsausen. Er landete mit einem nassen Krachen, rollte jedoch nicht von ihm herunter, sondern blieb auf seinem Gesicht liegen, als hätte er sich dort ein Nest bereitet.

Jean trat mit aller Kraft darauf und trieb ihn noch tiefer hinein.

Dann drehte sie sich wieder um, sprang über das Lagerfeuer und rannte über die Lichtung zum wartenden Auto.

Schnitt!

Kapitel 1

Probleme am Set

Die Schlafzimmertür flog auf und krachte mit einem lauten Knall gegen die Wand, was die junge Frau jedoch nicht zu überraschen schien. Sie blickte weiter aus dem Fenster und wandte der auf sie zueilenden grauhaarigen Frau den Rücken zu.

»Melissa!«

Die junge Frau drehte sich langsam um und streichelte die schwarze Katze auf ihrem Arm. »Ja, Mutter?«

Die hastende Frau blieb abrupt stehen, als hätte sie Angst, sich ihr weiter zu nähern. »Der Higgins-Junge«, sagte sie mit wütender Stimme.

Melissa lächelte, als sie die Worte hörte, und streichelte weiter ihre Katze. »Higgins? Meinst du Paul Higgins, der einen Stein nach meiner süßen Midnight geworfen hat?«

»Du weißt sehr gut, wen ich meine. Er ist tot.«

»Oh, das ist wirklich ein Jammer«, schnurrte Melissa. »Ist das nicht ein Jammer, Midnight?«

Die Katze rieb ihren Kopf schnurrend an Melissas Hals.

»Du hast ihn umgebracht!«

»Wie kannst du nur so etwas sagen! Der arme Paul. Wie ist er denn überhaupt gestorben?«, fragte Melissa.

»Als ob du das nicht wüsstest. Er ist mit dem Motorrad gegen einen Baum gerast. Es heißt, eine Katze sei vor ihm auf die Straße gerannt und er musste scharf ausweichen, um sie nicht zu überfahren.«

»Und wann ist dieser grauenvolle Unfall passiert?« Melissa blickte ihre Mutter durchdringend an.

»Gestern Abend. Gegen neun Uhr.«

»Tja, dann kannst du mir nicht die Schuld daran geben, Mutter. Um neun Uhr war ich schließlich mit dir im Wohnzimmer, nicht wahr?«

Die ältere Frau schüttelte den Kopf. »Das kannst du dir sparen. Damit kannst du vielleicht andere hinters Licht führen, aber mich nicht! Ich kenne dich. Du hast diesen Jungen verhext, genau wie all die anderen.«

Melissa setzte erneut ein Lächeln auf und schaute auf Midnight hinunter. »Mutter glaubt, ich sei böse«, sagte sie.

»Ich weiß, dass du es bist! Du *bist* böse! Wenn es nach mir ginge, würde ich …«

»Würdest du was?«

Die Ältere der beiden schüttelte den Kopf. Sie wich zurück, als Melissa einen Schritt auf sie zumachte.

»So solltest du nicht mit mir sprechen, Mutter«, warnte Melissa mit fremd klingender Stimme.

Mit einem plötzlichen Fauchen krallte die Katze eine Pfote in Melissas Gesicht. Melissa schrie auf und versuchte, das Tier von sich zu schleudern, aber die Katze ließ sich nicht abschütteln und kratzte, biss und fauchte wie ein schwarzer Wirbelwind.

»Stopp! Aufhören! Schnitt! Schnitt!«, rief der Regisseur und sprang von seinem Stuhl auf. »Jemand soll ihr helfen! Was ist denn mit dieser Katze los?«

Mehrere Kulissenarbeiter eilten zum Set, aber Neal erreichte die Frau vor allen anderen. Er schnappte sich die Katze und riss sie los, aber das Tier ließ nicht locker. Es drehte sich keifend zu ihm um und zerkratzte ihm den Handrücken. Neal warf die Katze in die Luft. Sie drehte sich, landete auf allen vieren und rannte quer durch die Kulisse.

Neal wandte sich der jungen Frau zu. Ihre Augen waren weit aufgerissen und sie atmete schwer. Blut tropfte aus den Kratzern an ihrer Wange. Auch ihre Arme und Hände bluteten.

Neal wusste nicht, was er tun sollte. »Geht's dir gut?«, fragte er und dachte sofort: Was für eine *dämliche* Frage!

»Ich bin …« Die junge Frau schüttelte den Kopf. »Danke.«

Der Regisseur eilte zu ihr und schob sich vor Neal. »Lynda? Was ist denn passiert?«

Die junge Frau schüttelte erneut den Kopf.

»Ich kann dir sagen, was passiert ist«, antwortete die Frau, die Melissas Mutter spielte. »Dieses Katzenvieh ist mit einem Mal völlig durchgedreht.«

»So hab ich ihn noch nie gesehen«, sagte ein dunkelhaariger Mann namens Bill. Neal wusste, dass er der Trainer der Katze war. »Duncan ist normalerweise sehr sanft.«

Der Regisseur seufzte. »Tja, wir müssen uns wohl eine andere Katze besorgen. Und heute können wir nicht mehr weiterdrehen. Komm mit, Lynda. Ich bringe dich zu unserem Notfallteam.« Er seufzte noch einmal. »Warum passiert so was immer *mir?*«

Neal sah Lynda nach, als sie durch die Kulisse verschwand. Dann drehte er sich um und verließ ebenfalls den Set.

»Warte!« Es war Lyndas Stimme.

Neal drehte sich um.

»Er ist auch verletzt, Hal«, sagte sie zu dem Regisseur und zeigte auf Neal.

»Na schön. Dann komm mit, junger Mann. Ich sorge dafür, dass der Arzt …« Hal legte die Stirn in Falten. »Wer bist du denn überhaupt?«

»Neal Portis«, antwortete Neal und versuchte, dabei zu lächeln.

»Soll mir der Name irgendwas sagen? Wer bist du? Und was machst du hier?«

Neal spürte, wie er errötete. »Ich bin nur zufällig vorbeigekommen.«

»*Vorbeigekommen?* Du gehörst nicht zum Studio?«, brüllte der Regisseur ihn an.

»Nein, Sir.«

»Und wie bist du dann durchs Tor gekommen?«

»Ich glaube … na ja, der Pförtner scheint anzunehmen, dass ich hier arbeite.«

»Ach, tut er das, ja? Also, dem werde ich sofort ein Ende …«

»Hör auf, Hal«, ging Lynda dazwischen. »Bitte. Er hat doch niemandem geschadet. Er hat mir sogar geholfen. Er hat sich die Katze geschnappt. Kannst du ihn nicht einfach in Ruhe lassen?«

»Ich sollte ihn rausschmeißen lassen.« Hal wedelte mit dem Finger vor Neals Gesicht herum. »Du hast hier nichts verloren, junger Mann.«

»Hal!«

»Schon gut, Lynda, schon gut. Aber ich will, dass du von hier verschwindest, *Mr.* Portis.«

Neal konnte gerade noch hören, wie Lynda »Danke noch mal, Neal« rief, als Hal sie durch die Tür zerrte.

Kapitel 2

Der Anruf

Neal las ein Buch, *Das Genie Alfred Hitchcock,* als das Telefon klingelte. Ein paar Sekunden später rief seine Mutter aus dem Flur: »Neal, es ist für dich.«

Er nahm den Hörer vom Telefon auf dem Beistelltisch neben sich. »Hallo?«

»Hi. Ist da der berühmte Neal Portis, der sich in Filmstudios schleicht und Leute vor verrückten Katzen rettet?«

Neals Herz begann, wie wild zu hämmern. »Ist er ... Bin ich.«

»Hier ist Lynda Connors. Echt ärgerlich, dass dein Vater William heißt. Wenn er Andrew hieße, hätte ich dich schon viel schneller gefunden. Wusstest du, dass es ungefähr 15 Familien mit dem Namen Portis in Los Angeles gibt, die noch nie was von dir gehört haben?«

Neal lachte.

»Wie auch immer, ich wollte mich noch mal bei dir bedanken, weil du mich von der Katze befreit hast«, fuhr Lynda fort.

»Wie geht's dir?«

»Ich denke, ich gehe zum Casting für *Die Rückkehr der Mumie,* solange ich optisch noch so perfekt in die Rolle passe.«

»Oh, es tut mir so leid. Ich wünschte, ich wäre schneller gewesen.«

»Du warst toll«, sagte Lynda. »*Mir* tut es leid, dass Hal dich so behandelt hat. Er kann manchmal richtig gemein sein. Aber du kannst morgen wieder ins Studio kommen. Ich habe Hal überredet, mir einen Besucherausweis für dich zu geben.«

»Hey, das ist toll.«

»Ich kann ihn für dich am Haupttor hinterlegen. Oder willst du lieber vorbeikommen und ihn dir abholen?«

»Wo denn?«

»Bei mir zu Hause.«

»Jetzt?«, fragte Neal und konnte gar nicht glauben, was er hörte.

»Falls du nichts Besseres vorhast.«

»Na ja … nein. Gerne.«

Sie gab ihm ihre Adresse durch.

Neal parkte vor Lyndas Haus. Es war kein riesiger Palast, wie er es sich vorgestellt hatte. Es wirkte ziemlich alt und verfügte nur über zwei Stockwerke. Er stellte im selben Moment den Motor ab, als sich die Haustür öffnete.

Lynda kam heraus. Sie trug Jeans und ein weites Sweatshirt und hatte eine Handtasche dabei. Ihr Haar wurde von einer leichten Böe erfasst und flatterte links von ihrem Gesicht auf. Neal sah, dass ihre komplette Wange von einem großen weißen Pflaster bedeckt war.

»Hi«, begrüßte sie ihn und kam auf den Wagen zu. »Ich würde dich ja hereinbitten, aber meine Eltern machen sich gerade für eine Party fertig. Sie rennen wie kopflose Hühner durchs Haus.«

Neal öffnete die Fahrertür und stieg neben Lynda aus. Einen Moment lang sagte keiner der beiden ein Wort.

Dann holte Lynda eine Karte aus ihrer Handtasche. »Das ist der Ausweis«, sagte sie und reichte ihn Neal.

»Danke.«

»Jetzt musst du dich nicht mehr reinschleichen.« Sie lächelte. »Warum hast du das denn überhaupt gemacht?«

»Das ist wie in der Schule«, antwortete er.

»Was?«

»Ich will auch Regisseur werden«, erklärte Neal. »Ich studiere Filmwissenschaften an der USC. Es ist toll, aber es ist nicht so gut, wie einem echten Regisseur in einem echten Studio bei der Arbeit zuzuschauen. Deshalb schleiche ich mich heimlich in verschiedene Studios. Fox, Paramount, MGM, alle. Ich mache das, seit ich 16 bin. Meistens in den Sommerferien.«

Lynda schüttelte den Kopf und grinste. »Und du kommst damit durch?«

»Oh, manchmal schmeißen sie mich schon raus. Aber ich komme immer wieder zurück. Der Trick ist, so auszusehen, als würde man dazugehören.«

»Ich bin auf jeden Fall froh, dass du *heute* da warst«, sagte Lynda.

»Ich auch.«

Im Licht der Straßenlaterne bemerkte Lynda das Pflaster auf seinem Handrücken. »Mit unseren Pflastern könnte man fast meinen, wir gehören zusammen«, scherzte sie.

»Ja, aber du hast dir das Gesicht verletzt. Ich hoffe, es heilt schnell wieder.«

»Der Arzt meinte, es sollten keine Narben zurückbleiben. Aber man wird es wohl noch eine Weile sehen können, denke ich.«

»Und den Film drehen sie trotzdem weiter?«, fragte Neal.

»Natürlich. Eine Verzögerung wäre viel zu teuer. Sie lassen den Angriff der Katze einfach drin, um die Kratzer zu erklären. Hal versucht, für morgen eine ausgestopfte Katze zu organisieren.«

»Sie sollten Duncan ausstopfen.«

Lynda lachte. »Nein, er ist wirklich ein lieber alter Kater.

Zumindest war er das bisher. Ich weiß auch nicht, was in ihn gefahren ist. Er hat schon so viele Filme gedreht.«

»Willst du ins Kino gehen?« Die Frage kam Neal über die Lippen, bevor er überhaupt wusste, dass er sie stellen wollte.

»Du meinst heute Abend?«

»Ja«, antwortete er. Seine Kehle fühlte sich so zugeschnürt an, dass er fast kein Wort herausbrachte.

»Mit dir?«

Jetzt konnte Neal tatsächlich nicht mehr sprechen. Er zwang sich, wenigstens mit dem Kopf zu nicken.

Lynda schaute ihm in die Augen.

Neals Gesicht fühlte sich an, als würde es brennen.

»Gerne!«, sagte sie. »Warte kurz hier. Ich sage Mom und Dad nur schnell Bescheid.« Neal stieß einen tiefen Seufzer aus. Er konnte nicht glauben, dass er gerade wirklich Lynda Connors gefragt hatte, ob sie mit ihm ausgehen wollte.

Und er konnte nicht glauben, dass sie tatsächlich »Gerne!« geantwortet hatte.

Kapitel 3

Im Kino

Auf dem Weg aus dem Haus schnappte sich Lynda eine Zeitung. Sie eilte zum Wagen und stieg ein. »Du suchst aus«, sagte sie und gab Neal die Zeitung.

Er knipste das Licht an und überflog die Seite mit dem Kinoprogramm. »Wie wär's mit *Das Phantom?*«

»Hast du den nicht schon gesehen?«, fragte Lynda.

»Noch nicht oft genug. Die Hauptdarstellerin ist wirklich großartig.«

»Meinst du Leigh Owens?«

»Ich meine Lynda Connors«, erwiderte Neal grinsend.

»Danke. Aber … na ja, wenn du ihn wirklich sehen willst, von mir aus. Aber es ist immer ein komisches Gefühl, mich selbst auf der Leinwand zu sehen.«

»Dann schauen wir uns eben was anderes an.«

»Wie wär's mit einer Komödie? Im Moment hab ich keine allzu große Lust auf einen Gruselfilm.« Sie lehnte sich zu ihm, um das Programm zu studieren. Schließlich fanden sie einen Film, den sie beide noch nicht kannten. Er lief in einem Kino nur ein paar Kilometer entfernt. Neal fuhr los. »Magst du denn keine Horrorfilme?«, fragte er.

»Eigentlich schon. Aber nicht mehr so sehr, seit der Dreh von *Nacht der Hexe* angefangen hat. Das Ganze ist mir einfach zu unheimlich. Der Film basiert auf einer wahren Geschichte, wusstest du das?«

»Nein, das wusste ich nicht.«

»Ja, deshalb ist es ja so schlimm. Eigentlich wollte ich bei dem Film auch gar nicht mitmachen, aber … na ja, mein Dad hat seinen Job bei der Fluggesellschaft verloren. Er ist Pilot und …« Sie schüttelte den Kopf. »Ich dachte einfach, ich sollte die Rolle nicht ablehnen, obwohl ich sie wirklich gehasst habe. Diese Melissa ist so grauenvoll. Am Ende tötet sie ihre Mutter.«

»In echt auch?«, fragte Neal und hielt an einer roten Ampel an.

»In echt auch«, antwortete Lynda. »Eigentlich heißt sie Elizabeth Doyle. Sie haben ihren Namen im Drehbuch in Melissa geändert. Ich schätze, sie hätte sie verklagen können, wenn sie ihren richtigen Namen benutzt hätten. Wie auch immer, sie war 18, als sie ihre Mutter getötet hat. Vielleicht hast du ja davon gehört. Ihr Foto und die ganze Geschichte waren vor ungefähr drei Jahren in allen Zeitungen.«

Neal schüttelte den Kopf und fuhr wieder los.

»Na ja«, fügte Lynda hinzu, »als Elizabeth dann vor Gericht stand, kamen all diese Sachen über sie ans Licht, dass sie über seltsame Kräfte verfügt und so. Es gab Gerüchte, sie habe Leute, die sie nicht mochte, mithilfe ihrer Kräfte getötet oder verletzt. Aber es konnte ihr niemand etwas nachweisen. Sie konnten sie noch nicht mal für den Mord an ihrer Mutter ins Gefängnis stecken. Nicht genügend Beweise.«

»Sie ist davongekommen?«

»Ungestraft.«

»Ich frage mich, ob sie weiß, dass ihr einen Film über sie dreht.«

»O Mann, das hoffe ich nicht«, erwiderte Lynda. »Wie dem auch sei, es macht echt keinen Spaß, jemanden wie sie zu spielen. Ich hasse es wirklich.«

Der Film hatte bereits begonnen, als Neal und Lynda sich Popcorn und zwei Limonaden kauften. Sie betraten den Kinosaal und stellten fest, dass er fast leer war. Lynda war froh darüber.

Sie setzte sich und lächelte bei dem Gedanken, dass ihr heute Abend kein Kopf die Sicht auf die Leinwand versperren würde.

Sie machte es sich auf ihrem Sitz bequem und ließ sich das Popcorn schmecken.

Kurz darauf nahm jedoch eine Frau vor Lynda Platz und versperrte ihr mit ihrer wilden blonden Mähne den Blick auf die Leinwand. Lynda konnte es nicht glauben. Sie schaute Neal an.

Er schüttelte den Kopf, als wollte er sagen: »Was für eine Idiotin.« Dann flüsterte er: »Rutschen wir ein Stück.«

Lynda erhob sich und erspähte im spärlichen Licht, wie plötzlich etwas kleines Dunkles unter einer blonden Haarlocke der Frau hervorkrabbelte. Lynda hielt die Luft an. Sie packte Neals Arm und zog ihn wieder auf den Sitz herunter. Den Mund ganz nah an seinem Ohr flüsterte sie. »Hast du das gesehen? Sie hat eine *Spinne* im Haar.«

Neal warf Lynda einen Blick zu, der zur Hälfte ein Stirnrunzeln, zur Hälfte ein Lächeln war. »Machst du Witze?«, flüsterte er zurück.

Lynda zeigte darauf.

Neal folgte ihrem Finger. Die Spinne war immer noch da. Sie beobachteten, wie sie über das Haar der Frau kroch.

Neal verzog das Gesicht. Dann schaute er Lynda an, schüttelte den Kopf und lehnte sich nach vorne. »Entschuldigung«, sagte er zu der Frau vor ihnen. »Ich glaube, Sie haben eine Spinne im Haar.«

Die Frau drehte sich um.

Neal wich zurück. Lynda ließ ihr Getränk fallen. Ihr wurde mit einem Mal eiskalt, als sie auf das Gesicht der Frau starrte. Es war mit unzähligen Spinnen bedeckt. Sie krabbelten über ihre Lippen, ihre Wangen, ihre Stirn.

»Lynda«, warnte die Frau, »drehe nicht diesen Film über mich.«

Dann flogen die Spinnen plötzlich vom Gesicht der Frau, als hätte sie ein Windstoß erfasst. Lynda hatte gerade noch genügend Zeit, die Augen und den Mund zuzumachen, bevor sie auf sie herabregneten. Sie wollte schreien, wagte es jedoch nicht. Stattdessen sprang sie auf und wischte die grauenvollen Krabbeltiere hastig von ihrem Gesicht und Hals. Als sie die meisten von ihnen los war, machte sie die Augen wieder auf und rannte davon. Neal holte sie vor dem Kino wieder ein. Zitternd bürstete sich Lynda die restlichen Spinnen von ihrem Sweatshirt und aus den Haaren. Neal half ihr dabei. Dann betrachtete er sie von oben bis unten. »Ich glaube, das waren alle«, sagte er.

Lynda versuchte sich zu beruhigen, aber ihre Stimme bebte. »Das war *sie*«, stammelte sie. »Elizabeth Doyle.«

»Komm schon. Ich bringe dich jetzt lieber wieder nach Hause.«

Gemeinsam gingen sie zu Neals Wagen. »Ich kann es einfach nicht glauben«, sagte Lynda. »Wie … wie hat sie uns gefunden?«

»Vielleicht ist sie uns von dir zu Hause gefolgt.«

Hastig blickten sich die beiden um. Es war niemand hinter ihnen.

»Was soll ich denn jetzt machen?«, fragte Lynda. »Das ist so schrecklich.«

»Vielleicht solltest du lieber aus dem Film aussteigen.«

»Das kann ich nicht. Das kann ich einfach nicht.«

»Aber dann versucht sie vielleicht was anderes«, gab Neal zu bedenken.

Als sie am Auto ankamen, warf Neal einen Blick auf den Rücksitz, bevor er Lynda einsteigen ließ. Dann eilte er zur Fahrerseite.

»Neal?«, fragte Lynda, als er den Motor anließ. Sie sank auf dem Sitz nach unten, die Arme um den Körper geschlungen, als wäre ihr kalt. »Glaubst du, Elizabeth hat auch die Katze dazu gebracht, dass sie mich angreift?«

»Ich weiß es nicht.«

»Glaubst du, sie hat wirklich seltsame Kräfte?«

»An so was hab ich eigentlich nie geglaubt«, antwortete er. »Aber nach dem, was sie mit diesen Spinnen gemacht hat …«

»Danke, dass du da warst, Neal«, sagte Lynda. »Wenn du es nicht auch gesehen hättest, würde ich glatt glauben, dass ich den Verstand verliere.«

Kapitel 4

Eine ausgestopfte Katze

Neal legte die Stirn in tiefe Falten, als er Lynda am nächsten Morgen sah. Das Pflaster war von ihrem Gesicht verschwunden. Die Kratzer auf ihrer Wange leuchteten knallrot, so als hätten sie wieder angefangen zu bluten.

»Keine Angst, das ist nur Make-up«, sagte sie und kam zu ihm herüber. »Ich bin froh, dass du da bist.«

»Der Ausweis hat prima funktioniert. Wie fühlst du dich?«

»Ganz gut, denke ich. Nur noch ein bisschen kribbelig wegen gestern Abend.«

»Ich hatte beinahe gehofft, dass du heute nicht hier bist«, gestand Neal.

»Und mit dem Film aufgehört habe? Mom und Dad haben auch versucht, mich dazu zu überreden. Sie haben sich ziemliche Sorgen gemacht, nachdem ich ihnen erzählt hatte, was passiert ist.«

»Okay, Lynda«, rief der Regisseur. »Du bist dran.«

»Gleich, Hal«, rief sie zurück. Dann drehte sie sich wieder zu Neal um. »Wenn diese Szene im Kasten ist, bin ich für heute fertig. Bis später.« Sie lächelte und eilte davon.

Neal ging ein Stück zur Seite, um besser sehen zu können. Der Set, Melissas Schlafzimmer, war derselbe wie am Tag zuvor. Er beobachtete, wie Hal sich mit Lynda unterhielt. Er lächelte: Hal hielt eine ausgestopfte Katze an ihrem Bein in der Hand. Die Katze hing steif an seiner Seite herunter. Sie war definitiv ausgestopft. Heute würde nichts Unerwartetes passieren. Zumindest hoffte Neal das.

Er blickte sich um. Mehrere Frauen standen an der Seite des Sets. Er wünschte sich, er hätte Elizabeths Gesicht gestern Abend besser erkennen können. Leider hatte er es höchstens eine Sekunde lang in der Dunkelheit gesehen, nachdem die Spinnen verschwunden waren. Er wusste nur mit Sicherheit, dass Elizabeth groß und dünn war, genau wie Lynda, und etwa 21 Jahre alt. Keine der Frauen hier sah aus wie sie. So weit, so gut.

Neal richtete den Blick wieder auf den Set. Hal legte das Maul der ausgestopften Katze an seine Schulter und warf sich gegen die Schlafzimmerwand zurück. Er schrie vor Angst und tat, als würde er versuchen, die Katze abzuwehren. Dann schleuderte er sie auf den Boden. »Und das ist alles«, erklärte er Lynda.

Sie nickte.

Hal kehrte zu seinem Stuhl zurück.

»Ruhe am Set.«

Ein junger Mann trat mit einer Klappe vor die Kamera. Darauf stand: NACHT DER HEXE, SZENE 13 TAKE 2. Der Mann las den Text vor, dann rief Hal: »Action!«

Der Mann schlug die Klappe zu.

Lynda hielt die ausgestopfte Katze genau so, wie Hal es ihr gezeigt hatte, schrie auf und warf sich gegen die Wand. Sie stieß einen grauenvollen Schrei aus und schleuderte die Katze von sich. Sie landete auf dem Boden.

Lynda fiel auf die Knie. Ihr Gesicht war vor Angst verzerrt und sie starrte voller Entsetzen auf die Katze.

»Schnitt!«, rief Hal und sprang auf. »Wundervoll, wundervoll. Fantastisch!«

Aber Lynda blieb auf den Knien. Sie schnappte keuchend nach Luft und schüttelte wie wild mit dem Kopf.

»Du kannst aufhören, Lynda«, sagte Hal. »Wir haben, was wir brauchen. Die Szene ist im Kasten.«

Plötzlich spürte Neal, wie sich ihm der Magen zusammenkrampfte.

Er rannte zu Lynda und half ihr auf die Beine. Sie packte seinen Arm und sah ihn mit weiten, angsterfüllten Augen an.

»Was ist denn passiert?«, fragte er. »Geht's dir gut?«

»Sie hat sich bewegt!«, kreischte Lynda. *»Sie hat sich bewegt! Sie hat versucht, mich zu beißen!«*

Kapitel 5

Was die Zukunft bringt

»Alle halten mich für verrückt«, sagte Lynda.

»Ich nicht«, versicherte Neal.

Seufzend kurbelte sie das Fenster in Neals Auto herunter. Die warme Ozeanluft blies ihr ins Gesicht und wehte durch ihr Haar. »Vielleicht *bin* ich ja verrückt«, sagte sie. »Vielleicht habe ich mir ja nur eingebildet, dass die Katze ... Ich weiß es einfach nicht.«

»Ich weiß es auch nicht«, erwiderte Neal. »Aber wenn Elizabeth Spinnen dazu bringen kann, von ihrem Gesicht auf dich zu springen, dann kann sie wohl auch eine ausgestopfte Katze dazu bringen, dich zu beißen, schätze ich.«

Er lenkte den Wagen auf den Parkplatz in Venice Beach. Er stellte den Motor ab und holte einen großen Strohkorb hervor.

»Das ist nicht dein Ernst«, sagte Lynda.

»Wir machen ein Picknick!«

»Woher wusstest du, dass ich am Verhungern bin?«, fragte Lynda und warf einen Blick in den Korb.

»Man braucht keine Superkräfte, um das zu bemerken«, antwortete Neal und brachte sie damit zum Lachen.

Gemeinsam trugen sie den Picknickkorb durch den heißen Sand zum Strand. Ein gutes Stück entfernt von den Massen fanden sie ein ruhiges Plätzchen und ließen sich nieder. Das Rauschen der Wellen und die frische Luft halfen Lynda dabei, Elizabeth, die Spinnen und die Katzen zu vergessen. Mit einem Mal schienen all die seltsamen Dinge, die geschehen waren, ganz weit entfernt und unwirklich.

Während sie aßen, erzählte Neal ihr von sich und seiner Familie. Lynda lachte über seine Witze und war zum ersten Mal seit Tagen beinahe glücklich.

Als sie fertig gegessen hatten, machten sie einen langen Spaziergang am Strand und schlenderten dann über den Ocean Front Walk.

Sie betrachteten das bunte Angebot der Stände am Straßenrand. Die Händler verkauften Kleidung, Ringe, Gemälde, Spielzeug, Radios – praktisch alles. Nach einer Weile erreichten sie den Stand eines Mannes, der Rollschuhe verlieh.

»Willst du's mal versuchen?«, fragte Neal.

Sie liehen sich jeder ein Paar Rollschuhe aus und zogen sie an. Lynda trat auf die Straße und Neal folgte ihr auf wackligen Beinen. »Fall nicht hin!«, rief sie über ihre Schulter hinweg. Sie rollte langsam los und passte auf, um nicht mit Fußgängern oder anderen Rollschuhfahrern zusammenzustoßen, die an ihr vorbeisausten. Einige von ihnen tanzten und vollführten gewagte Sprünge. Lynda fand eine freie Stelle und drehte sich im Kreis. Sie hielt sich gekonnt auf den Beinen und sah, wie Neal lachend auf Hände und Knie fiel.

Dann entdeckte sie die Wahrsagerin.

Die alte Frau saß hinter einem abgenutzten Kartentisch. Mit dem roten Tuch auf dem Kopf, den großen Ohrringen und dem langen Kleid wirkte sie wie aus dem Bilderbuch. Sie starrte in ihre Kristallkugel. Neben der Kugel lag ein Stapel Tarotkarten. Vorne am Tisch hing ein Schild mit der Aufschrift:

WAHRSAGUNGEN
ERFAHRE, WAS DIE ZUKUNFT BRINGT!
LIEBE? HEIRAT? ERFOLG?
Madame Agatha sagt es dir!
10.00 $

Neal klopfte sich den Staub ab und rollte langsam zu Lynda hinüber. »Warum probierst du's nicht mal aus?«, schlug sie vor.

»Was soll ich ausprobieren?«

»Lass dir von Madame Agatha die Zukunft vorhersagen.«

Neal warf einen flüchtigen Blick auf die alte Frau. »Danke. Aber nein danke.«

»Hast du Angst?«, neckte Lynda ihn lächelnd.

»Klar. Nicht dass ich an diesen Unsinn glaube, doch was immer sie auch zu sagen hat: Ich will es nicht hören. Aber lass *du* dich von mir nicht aufhalten.«

»Angsthase.«

»Tja, du hast mich entlarvt.«

Lynda lachte, hatte jedoch ein leicht mulmiges Gefühl,

als sie zu dem Tisch skatete. »Ich glaube, ich möchte gern, dass Sie meine Zukunft lesen«, sagte sie zu der alten Frau.

»Setz dich«, forderte Madame Agatha sie auf.

Lynda setzte sich auf einen Stuhl und blickte in die klaren blauen Augen der Wahrsagerin.

Die alte Frau streckte eine Hand aus. »Nur Barzahlung«, sagte sie.

Lynda legte zwei Fünf-Dollar-Scheine in ihre offene Hand. Sie blickte sich um und sah, dass Neal hinter ihr stand.

»Tarotkarten, Kristallkugel oder Handlesen?«, fragte die alte Frau mit leiser Stimme.

»Die Kristallkugel bitte.«

Madame Agatha lehnte sich näher zu ihr und blickte in das klare Glas. Nach kurzem Schweigen sagte sie: »Ich sehe dunkle Zeiten für dich. In der Vergangenheit und in der Zukunft. Ich sehe, wie dich Tiere angreifen.«

Lyndas Herz raste. »Ja. Das ist ... äh, schon passiert.«

»Du bist Schauspielerin. Ja. Und du drehst gerade einen Film.«

»Das stimmt«, flüsterte Lynda. Sie befeuchtete ihre trockenen Lippen.

»Du musst aufhören, diesen Film zu drehen. Wenn du nicht aufhörst, wirst du sterben.«

Lynda wandte den Blick von der Kristallkugel ab. Sie zwang sich, die alte Frau auf der anderen Seite des Tisches anzuschauen.

»Du wirst sterben!«, wiederholte Madame Agatha. Dann zog sie sich blitzschnell das Tuch vom Kopf, riss ihre grauen Haare gleich mit herunter und enthüllte ihr echtes *blondes* Haar. Dann begann sie, die alte, verrunzelte Haut von ihrem Gesicht abzuziehen.

Lynda konnte sich vor Entsetzen nicht mehr bewegen. *Es ist keine Haut,* dachte sie, *es ist Make-up.* Sie starrte das hübsche junge Gesicht, das ihr nun gegenübersaß, erschrocken an.

»Dreh nicht diesen Film über mich, Lynda!« Die Frau erhob sich und warf den Kartentisch auf Lynda.

Lynda sprang von ihrem Stuhl auf und vergaß völlig, dass sie Rollschuhe trug. Ihre Füße flogen unter ihrem Körper in die Luft, aber Neal stand hinter ihr und fing sie auf.

Sie stürzten gemeinsam zu Boden.

Als Lynda aufblickte, war Madame Agatha – Elizabeth – verschwunden.

Kapitel 6

In der Falle

»Ich kann mich heute Abend nicht mit dir treffen«, sagte Lynda.

Ihre Worte lösten ein Gefühl der Leere in Neal aus. »Was ist denn los?«, fragte er in den Telefonhörer.

»Es ist wegen meiner Eltern. Sie haben Angst, dass noch mehr verrückte Sachen passieren, wenn ich ausgehe.«

»Im Pizza Palace sind wir ganz bestimmt sicher«, erwiderte er.

»Das sehen sie anders. Es tut mir leid, Neal. Ehrlich. Ich habe ja versucht, sie zu überzeugen, aber …«

»Na ja …«

»Ich habe sie gefragt, ob es in Ordnung ist, wenn du stattdessen zu mir kommst, aber darauf wollten sie sich auch nicht einlassen. Sie werden nicht zu Hause sein, deshalb …«

»Willst du damit sagen, dass sie dich *allein* lassen?«

»Einer von Dads Freunden gibt eine Dinnerparty.«

»Aber sie können dich nicht allein lassen!«

»Sie denken, dass ich in Sicherheit bin, solange ich das Haus nicht verlasse. Es tut mir leid, Neal. Aber wir sehen uns ja dann morgen im Studio, okay?«

Sie legten auf und Neal nahm sein Buch zur Hand, *Das Genie Alfred Hitchcock*. Er versuchte zu lesen, konnte sich aber nicht konzentrieren. Er musste die ganze Zeit an Lynda denken, allein in ihrem Haus.

Lynda saß im Wohnzimmer und starrte auf den Fernseher. Sie vermisste Neal. Sie hatte sich wirklich darauf gefreut, heute Abend mit ihm auszugehen.

Wie kamen ihre Eltern nur auf die Idee, sie sei hier ganz allein sicherer als im vollen Pizza Palace mit Neal? Glaubten sie wirklich, Elizabeth hätte nicht längst herausgefunden, wo sie wohnte?

Der Gedanke jagte ihr Angst ein.

Sie beschloss, Neal noch einmal anzurufen. Auch wenn er nicht zu ihr kommen konnte, würde sie sich besser fühlen, wenn sie einfach nur mit ihm redete.

Sie wählte seine Nummer.

»Hallo?«, meldete sich sein Vater.

»Hi. Hier ist Lynda. Kann ich bitte mit Neal sprechen?«

Neals Vater schwieg einen Moment lang. Dann antwortete er: »Willst du damit sagen, dass er nicht bei dir ist? Er ist vor einer Stunde hier losgefahren. Er meinte, dass er zu dir wollte.«

Lynda schloss die Augen. »Er ist nicht hier«, erwiderte sie.

»Das ist ja eigenartig.« Mr. Portis klang beunruhigt.

»Ja, ist es. Na ja … wenn er noch auftaucht, sage ich ihm, dass er Sie anrufen soll.«

»Ja, bitte.«

Lynda legte auf. Einen Moment lang blickte sie stirnrunzelnd auf den Fernseher. Dann durchquerte sie das Wohnzimmer und schaute aus dem Fenster. Sie starrte in die Dunkelheit vor dem Haus hinaus und atmete erleichtert auf.

Neals Auto parkte auf der anderen Straßenseite. Sie konnte seine dunklen Umrisse hinter dem Steuer erkennen.

Er macht sich Sorgen um mich, dachte sie. *Er macht sich solche Sorgen, dass er hergekommen ist, um sich zu vergewissern, dass alles in Ordnung ist.*

Lächelnd eilte sie zur Haustür. Sie drehte am Schloss. Es rührte sich nicht. Sie zog an der Türklinke. Versuchte es noch einmal am Schloss. Die Tür ließ sich nicht öffnen.

Elizabeth?

Der Gedanke machte ihr Gänsehaut.

Sie wirbelte herum und rannte in die Küche. Sie griff nach der Türklinke der Hintertür, hatte sie jedoch plötzlich in der Hand. Dann gingen die Lichter aus.

Vom Wagen aus sah Neal, wie es im Haus dunkel wurde. Erst vor ein paar Minuten hatte die Stimme im Radio die Zeit angesagt: 21 Uhr.

Es schien noch zu früh für Lynda, um ins Bett zu gehen.

Und warum sollte sie das Licht auf der Veranda ausschalten? Schließlich waren ihre Eltern immer noch aus.

Das Ganze kam ihm ziemlich suspekt vor.

Neal wartete darauf, dass in einem der oberen Fenster das Licht anging.

Sie blieben alle dunkel.

Hier stimmt irgendwas nicht, dachte er. Krank vor Sorge stieß er die Fahrertür auf und eilte über die Straße.

Lynda rannte durch das dunkle Haus. Wenn sie doch nur die Haustür öffnen und Neal zu Hilfe rufen könnte!

Aber wie sollte er hereinkommen? Die Türen waren für ihn ebenso verschlossen wie für sie, und auch sämtliche Fenster im Erdgeschoss waren zu.

Ich sitze in der Falle, dachte Lynda, *und Neal kann mir nicht helfen. Diesmal nicht.*

Aber wenn sie ihm etwas zurufen könnte ...

Lynda war bereits halb durchs Wohnzimmer und rauschte an den dunklen Umrissen eines niedrigen Beistelltischs vorbei, als sie etwas an den Haaren packte. Sie stieß einen Schrei aus. Ihr Kopf wurde nach hinten gerissen. Sie stürzte und knallte auf den Boden.

Ein Gesicht schob sich ganz nah an ihres.

»Du hast nicht auf mich gehört, Lynda. Deshalb wirst du jetzt sterben.«

Lynda versuchte den Kopf zu heben, aber ihr Haar klemmte irgendwo fest – wahrscheinlich unter Elizabeths Knie.

»Bitte«, keuchte Lynda. »Nicht. Sie werden den Film trotzdem drehen. Sie finden einfach ... jemanden anderen, der die Rolle spielt.«

»Dieser Film wird niemals gedreht werden.«

Lynda konnte aus dem Augenwinkel sehen, wie die Frau langsam die Hand hob. Sie hielt ein großes Messer.

»Nein!«, schrie Lynda. Sie schlug Elizabeth, so fest sie konnte, in die Seite. Elizabeth kippte um und Lynda rollte unter ihr hervor. Sie rappelte sich auf, rannte zur Treppe und hastete immer drei Stufen auf einmal nehmend hinauf.

»Du kannst mir nicht entkommen!«, brüllte Elizabeth. Dem Klang ihrer Stimme nach zu urteilen war sie nicht weit hinter ihr.

Lynda erreichte das Ende der Treppe, rannte zu ihrem Zimmer und drehte sich in der Tür um.

Elizabeth stürmte auf sie zu. Lynda schlüpfte blitzschnell ins Zimmer und schloss die Tür ab. Dann wirbelte sie herum und griff nach ihrem Schreibtischstuhl. Sie rannte zum Fenster und warf den Stuhl dagegen. Das Glas splitterte und der Stuhl stürzte hinaus in die Nacht.

In der darauf folgenden Stille hörte sie, wie sich das Schloss mit einem Klicken öffnete. Lynda blickte sich um. Die Zimmertür schwang auf und Elizabeth stand vor ihr, das Messer noch immer in der Hand.

Lynda kletterte aufs Fensterbrett und starrte auf den dunklen Rasen darunter. Er wirkte furchtbar weit entfernt.

Aber es war immer noch besser, zu springen und ein gebrochenes Bein – oder noch Schlimmeres – zu riskieren, als sich Elizabeth auszuliefern.

Dann hörte sie plötzlich eilende Schritte hinter sich in der Tiefe.

Sie sprang.

Eine Hand packte ihren rechten Knöchel und beendete jäh ihren Sturz. Sie schwang nach unten und knallte gegen die Außenwand des Hauses.

»Du kannst mir nicht entkommen!«, schrie Elizabeth.

Lynda hing kreischend kopfüber unter dem Fenster. Sie versuchte, sich an der Wand festzuhalten, während Elizabeth begann, sie hochzuziehen. »Nein!«, brüllte sie. Dann versetzte sie der Hand, die sie gepackt hielt, mit ihrem freien Fuß einen Tritt.

Elizabeth schrie auf und ließ sie los.

Lynda stürzte mit dem Kopf voraus zu Boden. Im Fallen sah sie, wie jemand über das Gras auf sie zurannte.

Neal knallte gegen ihre Schulter. Der Aufprall warf sie zur Seite und Neal landete auf dem Boden.

Er schnappte keuchend nach Luft. Lynda war auf ihn gefallen und hatte ihm die Luft aus der Lunge gepresst. Sie rollte sich hastig von ihm herunter.

»Ist alles okay?«, fragte sie.

»Ich … glaube, schon.« Das Gras war nass. Er kam mühevoll auf alle viere. »Und bei dir?«

»Nichts gebrochen, glaube ich.«

Sie half ihm aufzustehen. Ganz in der Nähe tanzte das Mondlicht auf den Glasscherben und Trümmern des zerbrochenen Stuhls.

»Hast du dich geschnitten?«, fragte Neal.

»Ich glaube, nicht.«

»Ich auch nicht. Wir hatten Glück.«

»Allerdings. Elizabeth … sie …«

Lynda und Neal schauten zu dem hohen Fenster hinauf. Es war niemand zu sehen.

»Komm, lass uns von hier verschwinden«, sagte Neal. »Wir fahren zu mir nach Hause und rufen die Polizei.«

Sie rannten zu seinem Wagen. Kurz bevor sie ihn erreichten, blickte Lynda über ihre Schulter zum Haus zurück. Sie erschrak.

Neal drehte sich um. Im Haus war das Licht wieder an. Die Haustür stand offen.

Dann sahen sie, wie langsam eine schwarze Katze herausschlich. Sie blieb auf der Veranda stehen und rieb ihren Kopf am Geländer. Schließlich setzte sie sich und rollte ihren langen Schwanz hinter sich ein.

»Lass uns gehen«, flüsterte Neal.

Sie stiegen ins Auto. Die Katze fletschte die Zähne und fauchte Neal und Lynda an, als sie davonrauschten.

Kapitel 7

Das Beerdigungsinstitut

Am nächsten Morgen klopfte Neal an Lyndas Garderobentür. »Ich bin's«, rief er.

»Komm rein.«

Er betrat den kleinen Raum. Lynda trug eine abgeschnittene Jeans und ein orangefarbenes T-Shirt. Sie lächelte ihn im Spiegel an. Ihre Pflaster waren verschwunden und sie legte gerade Make-up auf. »Wie geht's dir?«, fragte er.

»Ich hab das Gefühl, mich hat ein Auto überrollt.«

»Ich fühle mich auch ein bisschen durch die Mangel gedreht.«

Sie lachte, aber in ihren Augen lag ein sorgenvoller Ausdruck.

»Ich wünschte, du *würdest* kündigen«, sagte Neal.

»Wenn ich das tue, holen sie sich nur jemand anderen. Und dann würde Elizabeth *sie* verfolgen. Und außerdem bin ich jetzt richtig wütend auf sie. Wenn sie glaubt, sie könnte mir Angst einjagen, damit ich diesen Film nicht drehe, dann hat sie sich geschnitten.«

»Aber …«, begann Neal.

Lynda beendete die Diskussion, indem sie Neal den Rücken zukehrte. Sie ging durchs Zimmer und nahm ein schwarzes Kleid von einem Bügel an der Wand. »Wie gefällt dir das?«, fragte sie fröhlich.

»Ich stehe nicht so auf Schwarz«, antwortete Neal.

»Ich auch nicht.« Sie drapierte einen schwarzen Schleier über ihr Gesicht. »Hübsch, oder?«

»Sehr hübsch.«

Lynda stieß ein langes Seufzen aus. »Okay, du gehst jetzt besser wieder. Ich muss mich umziehen.«

Neal nickte. »Wir sehen uns am Set«, erwiderte er und verließ die Garderobe.

Als er am Set eintraf, wurden dort gerade die letzten Requisiten aufgestellt und Kameras und Scheinwerfer positioniert. Er sah zu den Frauen hinüber, die dafür sorgten, dass alles an seinem Platz war. Es waren dieselben Frauen, die er am Tag zuvor gesehen hatte. Er entdeckte keine Fremden. Niemanden, der Elizabeth hätte sein können.

Trotzdem machte er sich Sorgen.

Dann bemerkte er einen Holzsarg, der in der Mitte der Kulisse auf einem Tisch stand. Dahinter hingen rote Vorhänge. Neal starrte auf den Sarg. Er stellte sich vor, dass sich Elizabeth darin versteckte – und nur darauf wartete, herauszuspringen.

Vorsichtig stieg er über die Kabel und betrat den Set. Neben dem Sarg blieb er stehen. Er blickte sich um und vergewisserte sich, dass ihn niemand beobachtete. Dann hob er schnell den Deckel an.

Elizabeth lag nicht darin.

Aber ein Messer – das in einem Foto von Lynda steckte.

Neal spürte, wie ihm ein eiskalter Schauer über die Haut kroch.

Sie ist hier, dachte er. *Elizabeth ist hier – irgendwo.*

Er zog das Messer heraus. Dann nahm er das Foto an sich und steckte es in seine Hosentasche. Er klappte den Sargdeckel wieder zu, ging vom Set und ließ den Blick über sämtliche Gesichter schweifen, die er sah.

Er konnte Elizabeth nirgendwo entdecken.

Leise ließ er das Messer in einen nahen Mülleimer fallen.

»Perfekt«, sagte Hal. »Du sieht hervorragend aus, Lynda.«

Neal drehte sich gerade noch rechtzeitig um, um zu sehen, wie Lynda an der Kamera vorbeiging. Sie nickte Hal zu und drehte sich dann zu Neal um. Durch den Schleier vor ihrem Gesicht konnte er nicht erkennen, ob sie nervös aussah oder lächelte. Er beobachtete, wie sie das lange schwarze Kleid über ihre Knöchel hob und den Set betrat.

Von seinem Stuhl aus sagte Hal: »Das sollte ein Kinderspiel werden, Lynda. Heute sind keine Katzen am Set.« Er lachte und fügte dann hinzu: »Nachdem du den Sarg geöffnet hast, will ich, dass du eine Weile hineinschaust, so als wärst du furchtbar traurig.«

Neal verdrehte die Augen. Er war wirklich froh, dass er das Messer und das Bild aus dem Sarg entfernt hatte.

»Und dann wendest du dich langsam der Kamera zu«, fuhr Hal fort. »Du ziehst dir den Schleier vom Gesicht und fängst an zu lachen. Zuerst nur ganz leise, aber dann steigerst du dich immer mehr und lachst am Ende, als wärst du verrückt. Du *bist* verrückt. Ein echter Fall für die Klapsmühle. Also lach auch so, verstanden?«

Das verschleierte Gesicht nickte.

»Okay«, rief Hal. »Ruhe am Set!«

Sie stand mit dem Rücken zur Kamera. Neal hielt den Blick auf sie gerichtet, nicht auf den Mann mit der Klappe.

»Action!«, rief Hal.

Langsam ging sie auf den Sarg zu. Öffnete den Deckel. Und wirbelte dann urplötzlich herum.

»Nein, nein, nein!«, schrie Hal. »Schnitt! Das war ganz falsch. Du solltest doch ...«

Sie riss sich den Schleier vom Gesicht.

Neals Beine wurden ganz weich.

Die Frau im schwarzen Kleid war nicht Lynda. Es war Elizabeth.

»Ihr werdet diesen Film nicht drehen!«, kreischte sie.

Lynda machte die Augen auf. Sie lag mit dem Gesicht nach unten auf dem Boden. Keinen Meter neben ihr befand sich eine zusammengerollte Klapperschlange.

Lynda erstarrte. Sie wagte nicht zu atmen.

Die Klapperschlange wirkte riesig. Ihr Anblick – die Art, wie sie sie anstarrte – verursachte ihr Gänsehaut.

Elizabeth, dachte sie. *Elizabeth hat das getan.*

Dann hoffte sie: *Wenn ich mich nicht bewege, greift sie mich vielleicht nicht an.*

Aber sie konnte schließlich nicht ewig so liegen bleiben. Sie wandte den Blick ab und suchte verzweifelt nach einer möglichen Waffe. Der Drahtbügel, auf dem ihr Kleid gehangen hatte, lag in Reichweite auf dem Boden.

Ich frage mich, wo das Kleid ist, dachte Lynda. Dann wusste sie es. Elizabeth musste es genommen haben. Sie musste es angezogen haben und dann zum Set gegangen sein. Aber was hatte sie dort vor?

Sie musste die anderen warnen.

Neal!

Sie blickte erneut zu dem Kleiderbügel. Keine besonders effektive Waffe. Dafür stand der Stuhl ihres Schminktischs nicht allzu weit entfernt. Wenn sie ihn erreichen konnte, könnte sie ihn benutzen, um …

Langsam kam Lynda auf alle viere. Sie wandte die Augen dabei keine Sekunde von der riesigen Schlange ab. Das Klappern der Schwanzrassel dröhnte immer lauter in ihren Ohren.

Sie stürzte sich auf den Stuhl.

Die Schlange schoss auf sie zu. Lynda riss die Arme hoch und tat ihr Bestes, um sie abzuwehren.

Neal starrte auf die Frau in Schwarz. Was hatte sie Lynda angetan?

Er rannte zu ihrer Garderobe, aber im selben Moment sprang Hal von seinem Stuhl auf. »Wer *sind* Sie?«, brüllte er die Frau an. »Verschwinden Sie von …«

Doch bevor Hal den Satz zu Ende bringen konnte, schoss eine mächtige Kamera auf ihren Rollen über den Boden. Hal rettete sich mit einem Sprung zur Seite und fiel über seinen Stuhl. Die riesige Kamera krachte gegen einen Scheinwerfer. Die Lampe stürzte herab und explodierte auf dem Boden.

Dann begannen die Vorhänge hinter dem Sarg, in die Luft zu flattern. Sie wallten hoch über dem Set auf, lösten sich von den Stangen und wirbelten über die Anwesenden.

Alle begannen zu kreischen und zu schreien. Einige rannten davon, andere starrten nur auf die Vorhänge, die um einen großen Scheinwerfer herumwirbelten. Einer von ihnen riss ihn schließlich zu Boden.

Der andere Vorhang fiel auf einen Kulissenhelfer, der es gewagt hatte, auf Elizabeth zuzustürmen. Er hüllte ihn völlig ein und warf auch ihn zu Boden.

»Feuer!«, schrie jemand.

Neal sah, wie sich der in Flammen stehende Vorhang von dem Scheinwerfer löste, den er zerschmettert hatte. Er flatterte vom Boden auf und die Menschen rundum stürmten davon.

Nur Neal rannte auf den brennenden Vorhang zu. Er trat auf eine Ecke des Saumes und hielt ihn fest. Mit dem anderen Fuß versuchte er, die Flammen auszutreten, doch dann schlang sich der Vorhang plötzlich um ihn. Er umhüllte ihn ganz fest und ließ nur seine Beine frei. Mit letzter Kraft rannte Neal auf Elizabeth zu.

Der wilde, erregte Ausdruck auf ihrem Gesicht verwandelte sich in Furcht, als Neal sich auf sie stürzte. Er warf sie nach hinten und sie knallte mit dem Kopf gegen den Sarg. Neal fiel auf sie und spürte, wie sich der Vorhang endlich von ihm löste. Er krabbelte von Elizabeth herunter, rollte sich zur Seite und versuchte, seine brennende Kleidung zu löschen.

Dann hörte er ein lautes Krachen und spürte eine kalte Wucht im Rücken.

Hal stand mit dem schäumenden Feuerlöscher über ihm. Er hörte auch nicht auf zu sprühen, als die Flammen bereits erloschen waren.

Dann eilte Hal zu Elizabeth und richtete den Feuerlöscher auf ihren brennenden Körper.

Nichts passierte.

Hal drehte sich wieder zu Neal um. »Er ist leer«, sagte er.

Kapitel 8

Nacht der Hexe

»Als wir das letzte Mal in diesem Kino waren ...«, begann Neal, aber Lynda verzog nur das Gesicht. Sie stellten sich in der Schlange an.

»Ich will gar nicht an das letzte Mal denken«, erwiderte sie. »*Igitt.*«

»Es kommt einem gar nicht so lange vor, stimmt's?«, fragte er. »Aber es ist schon fast ein Jahr her.«

»Es kommt mir eher vor wie letzte Nacht.«

Ein junges Mädchen, das vor ihnen wartete, starrte Lynda mit weit aufgerissenen Augen an. Dann wandte es sich ab und flüsterte seiner Freundin etwas zu. Kurz darauf drehten sich die beiden wieder zu ihnen um und tuschelten erneut.

Lynda lächelte die Mädchen an. Sie kamen zu ihr.

»Hey«, sagte das Mädchen, das Lynda zuerst entdeckt hatte. »Bist *du* das?«

»Ja, bin ich.«

»Lynda Connors?«

Sie nickte.

»Wow! Ich hab *Die Macht der Hexe* schon dreimal gesehen. Nach heute Abend sogar viermal. Der ist so unheimlich!«

»Ist das denn alles wirklich wahr?«, fragte das andere Mädchen. »Dass die echte Melissa versucht hat, dich zu töten und so?«

Lynda nickte erneut.

»Wurdest du echt von einer Klapperschlange gebissen?«, fragte die Erste.

»Sie wäre beinahe gestorben«, antwortete Neal.

Lynda drückte seine Hand. »Das ist mein Freund, Neal.«

»Bist du der Typ, der diese Verrückte umgebracht hat?«

»Na ja, ich habe Elizabeth umgeworfen«, antwortete er. »Sie wurde von dem Feuer getötet, das sie selbst entfacht hat.«

»Wow! *Darüber* sollten sie einen Film drehen! Wäre das nicht cool? Ihr zwei könntet darin euch selbst spielen!«

Lynda schüttelte den Kopf. »Lieber nicht«, erwiderte sie.

»Würde es euch was ausmachen, wenn ich ein Foto von euch mache?«, fragte das erste Mädchen.

»Überhaupt nicht«, antwortete Lynda.

Das Mädchen holte eine kleine Kamera aus seiner großen Handtasche, machte ein paar Schritte zurück und schaute hindurch. »Okay, das wird echt toll! Sagt ›*cheese*‹! Nein … wartet noch kurz. Da bewegt sich irgendwas durchs Bild. Hey, das ist eine schwarze Katze. Verschwinde von hier. Husch!«

Lynda sah Neal an. Gemeinsam drehten sie sich um. Eine große schwarze Katze saß hinter ihnen auf einem Fensterbrett. Sie fuhr sich mit einer Pfote über den Kopf. Dann schaute sie die beiden mit leuchtend grünen Augen an.

»O nein!«, erschrak Lynda. »Das kann nicht sein …«

»Nein, das *kann* nicht sein«, beruhigte Neal sie, aber seine Hand schloss sich ein wenig fester um ihre. Sie schauten beide zu, wie die Katze vom Fensterbrett sprang und über die Straße davonhuschte.

»Okay, ich bin so weit«, rief ihnen das Mädchen mit der Kamera zu. »Sagt ›*cheese!*‹, ja?«

»Sie hat recht«, sagte Lynda zu Neal. »Zeit für ein paar fröhliche Bilder.«

Sie legte einen Arm um Neal und sie wandten sich beide der Kamera zu.

»*Cheese!*«, riefen sie gemeinsam und lächelten strahlend.

Die Annonce

Es handelte sich um einen klaren Fall von »wohlbedachte Pläne von Vergewaltigungen führen allzu oft zu nichts …«.

Stan ging sofort ans Telefon, als es klingelte. »Wide World Travel, Mr. Dallas am Apparat.«

»Hallo. Hier ist Cindy Hart. Ich rufe wegen Ihrer Annonce in der *Times* an. Wegen der freien Stelle als Sekretärin.« Die Stimme der jungen Frau klang ruhig und feminin, ohne den geringsten Anflug der Kälte, die er so oft bei Frauen hörte, die sich auf seine Annoncen meldeten. Cindy Hart klang wie eine warme, offene Person. Wie eine Gewinnerin im Leben.

»Passt es Ihnen gleich heute Morgen für ein Bewerbungsgespräch?«, fragte Stan.

»Ja, das wäre in Ordnung, Mr. Dallas.«

»Sehr gut. Wir sind in der 110 Western Avenue, Suite 1408. Das ist im 14. Stock. Wäre es Ihnen um elf Uhr recht?«

»Ja, gerne. 110 Western, Suite 1408, um elf. Richtig?«

»Richtig. Ich freue mich darauf, Sie kennenzulernen, Miss Hart.« Stan legte auf, wischte sich den Schweiß von den Händen und trat aus der Telefonzelle.

Sein Auto parkte am Straßenrand. Er stieg ein und holte tief und zitternd Luft. Dann warf er einen Blick auf die Uhr. 10:10 Uhr. Noch 50 Minuten totzuschlagen. Nein, nicht totzuschlagen – zu genießen. Mit zitternden Händen zündete er sich eine Zigarette an.

Das Telefon klingelte. Er atmete tief ein und fragte sich, ob er den Anruf entgegennehmen sollte. Warum nicht? Vielleicht konnte er ein Treffen um 14 Uhr in dem Bürogebäude in der Central vereinbaren. Samstags war es abgeschlossen, aber das würde ihm keine Schwierigkeiten bereiten. Er stieg aus dem Wagen und trat erneut in die Telefonzelle.

»Wide World Travel, Mr. Dallas am Apparat.«

»Ich rufe wegen des Jobs an. Sind Sie der Boss? Ich möchte direkt mit dem Boss sprechen.«

»Tut mir leid, aber die Stelle ist bereits besetzt.«

»Sicher, sicher. Sparen Sie sich das, Mister. Holen Sie mir Ihren Boss ans …«

»Verpiss dich«, unterbrach Stan sie und legte auf.

Als das Telefon erneut klingelte, blieb er im Wagen sitzen, die Augen geschlossen, und dachte an die weiche, warme Stimme von Cindy Hart.

Um 10:40 Uhr fuhr er los.

Acht Minuten später parkte er in einer Nebenstraße der Western Avenue, nahm seine Aktentasche vom Rücksitz und ging um die Ecke zum Eingang des Gebäudes. Quer über die Fenster der Lobby hing ein Transparent mit der Aufschrift: BÜRORÄUME ZU VERMIETEN. Er stieß die Tür auf und trat in die menschenleere Lobby. Der feuchte Geruch von frischem Zement lag in der Luft.

Der Gebäudeplan hing an einer Wand neben dem Fahrstuhl und hatte sich seit gestern nicht verändert. Im 14. Stock war nach wie vor nichts verzeichnet.

Um 10:50 Uhr trat er in den Fahrstuhl. Sein Timing passte perfekt. Er hatte noch genügend Zeit, die richtige

Etage zu erreichen und sich zu vergewissern, dass sie tatsächlich verlassen war. Er würde bereit sein, wenn Cindy Hart eintraf – und das vermutlich sogar fünf Minuten zu früh. Fünf Minuten, in denen er nur warten und sich vorstellen konnte, wie es sein würde.

Und er wusste genau, wie es sein würde. Fantastisch. Das war es fast immer.

Der Fahrstuhl blieb im 14. Stock stehen und die Tür öffnete sich.

»Mr. Dallas?«

Sein Herz machte einen Satz. Zuerst vor Schreck. Dann vor Freude. Er konnte sein Glück kaum fassen.

Die Frau im Flur lächelte ihn an – ein süßes, fragendes Lächeln. Sie war blond, nicht älter als 20, mit leicht vom Wind verwehtem, sonnigem Äußeren, so als wäre sie gerade am Strand entlangspaziert. Ihr gelbes Strickkleid schmiegte sich an ihre Kurven. Als Gürtel diente eine schmale goldene Kette.

»Miss Hart?« Die Fahrstuhltür schloss sich bereits wieder. Er streckte einen Arm aus, blockierte sie und sprang in den Flur. »Sie sind zu früh.«

»Ich hasse es, zu spät zu kommen.«

»Gut. Sehr gut.« Er holte tief Luft, um sich zu beruhigen. »Das ist wirklich eine sehr gute Eigenschaft, Miss Hart.«

»Mrs. Ich bin Mrs. Hart.«

»Schön. Kein Problem. Als Arbeitgeber sind wir sehr für Gleichberechtigung.« Er lachte nervös. »Wenn Sie mir bitte folgen wollen?« Er ging den Flur hinunter, vorbei an mehreren geschlossenen Bürotüren und einem Trinkbrunnen, während er den Duft ihres Parfüms tief einatmete. Ihr Kleid bedeckte kaum ihre Oberschenkel. Die reifen Knospen ihrer Nippel drückten sich gegen den weichen Stoff.

»Gleich hier«, sagte er. Er führte sie um die Ecke, vorbei an der Herrentoilette und einem weiteren Büro, bis sie Zimmer 1408 erreichten. »Also, wo hab ich denn nur wieder die Schlüssel versteckt?« Er öffnete die Schnalle seiner Brieftasche. »Ah, hier sind sie ja.«

Er fasste in die Tasche und holte einen .357 Magnum Colt Python heraus.

Cindy machte den Mund auf, doch es kamen keine Worte heraus.

»Tu einfach, was ich sage, sonst ...« Grinsend presste Stan die Mündung zwischen ihre Augen. »Du weißt schon.«

»Nicht«, wimmerte sie. »Bitte, nicht. Was immer Sie wollen. Ich werde Ihnen keine Schwierigkeiten machen, versprochen. Ich habe nicht viel Geld, aber ...«

Er stieß sie gegen die Wand, zielte mit der Pistole auf ihr linkes Auge und sagte: »Ich will dein Geld nicht. Zieh dich einfach aus.«

»Mich ausziehen?«

»Das hab ich doch gerade gesagt.« Stan spannte die Pistole.

Cindys Gürtel klimperte leise und fiel auf den Teppichboden des Flurs. Mit einer einzigen fließenden Bewegung schlüpfte sie aus ihrem Kleid und ließ es ebenfalls fallen. Ihre nackten Brüste wackelten ganz leicht, als sie sich nach unten beugte, um aus ihrem Höschen zu steigen.

»Wunderschön. Das machst du sehr gut. Und jetzt stell dich aufrecht hin, damit ich dich richtig ansehen kann. Ja. Ja, genau. Sehr schön.«

Sie stand vor der Wand, die Augen weit aufgerissen, mit offenem Mund und laut atmend. »Braves Mädchen. Wenn du so weitermachst, ist alles gut.« Stan beugte sich nach unten und legte die Pistole neben der Aktentasche auf den Teppich. »So habe ich sie immer griffbereit, falls ich sie brauche. Aber wenn du schön brav bist, brauche ich sie gar nicht.«

»Es gab nie einen Job, oder?«, fragte sie.

»Das ist richtig. Keinen Job, kein Wide World Travel, keinen Mr. Dallas.« Stan ging einen Schritt auf sie zu. »Nur mich.«

Cindy schloss die Augen und erschauderte, als er eine Hand zwischen ihre Beine schob. Er packte eine ihrer Brüste und sie stöhnte auf. Dann gab sie ein leises Wimmern von sich, als er ihren Nippel zwickte. »Werden Sie mich ... vergewaltigen?«

»Das war der eigentliche ...« Er blickte erstaunt auf Cindys Hand hinunter, die sich in seinen Schritt presste. »Was zur ...?« Ihre Hand zerrte an seinem Gürtel. Mit ihren kleinen Fingern öffnete sie den Knopf seiner Hose und öffnete den Reißverschluss. »Heilige Scheiße!«, sagte er, als Cindy ihm die Unterhose auszog.

»Wundervoll«, sagte sie. »Wundervoll, wundervoll. Das sollte genügen.« Sie ließ sich rückwärts auf den Teppich sinken und zog Stan zu sich herunter. »Ja, genau da. So wundervoll. Wundervoll.«

Sie wurde richtig wild unter ihm, spreizte seine Lippen mit leidenschaftlichen Küssen, krallte sich in ihn, stöhnte und erwiderte jeden seiner Stöße mit derselben kreisenden Aufwärtsbewegung. Sie kratzte ihm mit den Fingernägeln den Hintern auf, bis sein schmerzender, praller Schwanz explodierte.

Entleert und glücklich entspannte er sich auf ihr.

»Wie war's für dich?«, fragte sie mit einem eigenartigen Lächeln.

»Fantastisch«, murmelte er. »Einfach fantastisch.«

»Gut, weil es wahrscheinlich dein letztes Mal war.«

Er spürte einen Knoten im Magen.

»Als ich dich angerufen hab, hat Brodo auf dem anderen Apparat mitgehört. Brodo ist mein Mann. Seinetwegen habe ich schon mehrere Jobs verloren. Ich weiß auch nicht, warum, aber er ist immer so eifersüchtig und unvernünftig. Er will mich einfach nirgends alleine hingehen lassen. Nirgends.«

»Er ...?« Stans Stimme erstarb.

»Tja, aber du kannst mir nicht die Schuld dafür geben. Ich habe dich noch mal angerufen, da ich wusste, dass er bei uns sein würde. Gefahr erkannt, Gefahr gebannt, wie man so schön sagt. Aber es ist niemand ans Telefon gegangen. Es tut mir leid, aber er wird dich einfach in Stücke reißen, Schätzchen.«

Stan versuchte vergeblich, sich aus der Falle ihres Körpers zu befreien. Zwei Türen entfernt hörte er das gedämpfte Geräusch einer Toilettenspülung.

Cindys Beine schlangen sich eng um Stans Hüften und sie drückte ihn fest mit den Armen an sich. Dann dröhnten Schritte im Flur und Cindy rief mit schriller, panischer Stimme: »Brodo! Brodo! Hilfe! Hilfe! Hilfe!« Die Schritte beschleunigten sich zu einem schnellen Donnern.

Die Anhalterin

»Bist du eine gute Fahrerin?«, fragte Malcolm.

Das Mädchen auf dem Beifahrersitz nickte energisch. »Die Beste«, antwortete sie.

»Die Beste zu sein, ist gar nicht nötig«, erwiderte er. »Ausreichend genügt völlig. Alles, was ich will, ist, dass du weiter auf diesem Highway nach Norden fährst und in unserer Spur bleibst. Wie du vielleicht schon bemerkt hast, ist links von uns ein ziemlich steiler Abgrund.«

»Schöne Aussicht«, fand sie und lächelte. Ihr strahlendes Lächeln enthüllte zwei Reihen glänzend weißer Zähne. Malcolm war Kieferorthopäde und bewunderte, wie gerade ihre Zähne waren. Den Rest von ihr bewunderte er genauso sehr. Abgesehen von ihren Zähnen fand er mindestens noch ein Dutzend guter Gründe, sie mitzunehmen.

Er fuhr weiter, bis sie eine breite Ausweichbucht erreichten, und lenkte seinen alten MG hinein. »Du gehst außenrum«, sagte er. »Ich klettere rüber.«

Sie blickte ihn mit großen, fragenden Augen an. »Du fährst doch nicht einfach weg und lässt mich hier stehen, oder?«

»Natürlich nicht, Sally. Warum sollte ich denn so was tun?«

»Weil du mich satthast.«

»Das ist doch lächerlich.«

»Ich bin schon öfter rausgeworfen worden, weißt du? Das war gar nicht schön. Überhaupt nicht. Erst letzte Woche, mitten in der Wüste. Mitten im Nirgendwo! Ich hätte sterben können, ehrlich.«

»Warum hat man dich denn rausgeworfen?«, wollte Malcolm wissen.

»Wegen einer anderen Tramperin, darum. Er hatte einen Sportwagen, genau so ein Auto wie du. Er meinte nur: ›Mach's gut, Sally. Ich hab nur Platz für einen Mitfahrer, und das bist *nicht* du.‹«

»Er hätte dich behalten und die andere stehen lassen müssen. Das hätte die Ehre verlangt.«

»Ehre? Was wusste der schon von Ehre? Er hat nur gedacht, dass er mit dem anderen Mädel mehr Spaß hat. Das war alles, was ihn interessiert hat. Deshalb: Nein danke, Malcolm, aber ich bleibe lieber, wo ich bin.«

»Aber du hast gesagt, dass du ein Stück fährst. Das war Teil unserer Abmachung. Ich bin müde und möchte, dass du dein Versprechen hältst. Das ist nur fair.«

»Ich fahr gerne ein Stück. Aber du steigst aus und gehst außenrum, nicht ich. Ich klettere rüber.«

»Und was hält dich davon ab, meinen Wagen zu klauen?«, fragte Malcolm.

»Für einen reichen Typen bist du nicht besonders schlau, was? Wie wär's, wenn du die Schlüssel mitnimmst?«

»Ah.« Malcolm sah darin kein Problem. Er zog den Schlüssel aus dem Zündschloss und ging hinten um das Auto herum. Als er die Beifahrertür erreichte, saß Sally bereits hinter dem Lenkrad. Er stieg ein und gab ihr den Schlüsselbund.

Der Wagen sprang dröhnend an. Sally machte einen Schulterblick und schoss dann auf die Straße.

Er legte den Sicherheitsgurt an. »Wir haben es nicht eilig«, sagte er.

»So 'ne Schönheit hab ich vorher noch nie gefahren.«

»Trotzdem, ein bisschen langsamer bitte.«

»Geht klar.«

Sie wurde langsamer, aber Malcolm fühlte sich immer noch nicht richtig wohl. Er krallte sich nervös am Türgriff fest, während das Auto um mehrere Kurven rauschte und über durchgezogene Linien fuhr.

»Wenn du langsamer fährst«, sagte er, »fällt es dir auch leichter, auf unserer Seite der Straße zu bleiben.«

»Es ist alles okay«, versicherte sie ihm.

»Nein, ist es nicht. Wenn uns in einer dieser Kurven ein anderes Auto entgegenkommt und ...«

Es war kein Auto, sondern ein Wohnmobil von der Größe eines Busses. Am Steuer saß ein älterer Mitbürger mit Baseballmütze und Zigarette. Als er Sally auf sich zukommen sah, klappte ihm die Kinnlade herunter und die Zigarette fiel ihm aus dem Mund.

Keinen Moment zu früh riss Sally den MG wieder in die richtige Spur. Malcolm blickte über seine Schulter. Das Wohnmobil war – Gott sei Dank – immer noch auf der Straße.

»Jetzt *musst* du aber vorsichtiger fahren!«

»Sei nicht sauer auf mich.«

»Tut mir leid. Aber ich meine es ernst.«

»Ich werde vorsichtiger sein, ehrlich«, versicherte sie ihm, lächelte ihn an und zeigte ihm ihre perfekt aufgereihten Zähne. »Du schmeißt mich doch nicht raus, oder?«

»Nicht wenn du besser fährst.«

»Was, wenn wir an einer anderen Tramperin vorbeikommen? Ich war schon oft auf dem Coast Highway unterwegs und da tummeln sich mehr Anhalter, als man zählen kann. Was, wenn …?«

»Du warst zuerst hier«, unterbrach Malcolm sie.

»Heißt das, dass ich bleiben darf?«

»Natürlich.«

»Was, wenn sie hübscher ist als ich?«

»Ich käme nicht mal auf den Gedanken.«

»Das glaube ich, wenn es so weit ist.«

»Du wirst schon sehen«, sagte Malcolm. »Und jetzt würde ich gerne ein bisschen schlafen bitte.«

»Willst du, dass ich aufhöre zu quasseln?«

»Wenn du so nett wärst?«

»Klar.«

Als Malcolm sich sicher war, dass Sally wirklich langsamer fuhr, erlaubte er es sich, die Augen zu schließen. Er döste sofort ein.

Schrecklicher Lärm riss ihn aus dem Schlaf.

Das Autoradio.

»Sally!«

Sie wirkte überrascht, ihn wach zu sehen. »Oh. Zu laut?«

»Viel zu laut.«

»Tut mir leid.« Mit einem entschuldigenden Lächeln drehte sie die Lautstärke herunter. Malcolm lehnte sich wieder zurück. Bevor ihm die Augen ganz zufielen, sah er eine junge Frau vor sich, die rückwärts am Straßenrand entlangging, den Daumen ausgestreckt. Er spielte mit dem Gedanken, eine Bemerkung darüber zu machen, wie hübsch sie war, oder laut über ihre Fahrkünste nachzudenken. Aber er war zu sehr Gentleman, um sich so über Sallys Ängste lustig zu machen. Trotzdem konnte er bei der Vorstellung ein Lächeln nicht unterdrücken.

Sally bemerkte das Lächeln. »O nein, das wirst du nicht!«, fauchte sie und machte plötzlich einen Schlenker nach rechts.

Die Anhalterin hatte noch jede Menge Zeit, sie mit offenem Mund anzustarren, aber nicht mehr genügend Zeit, auf die Seite zu springen.

Malcolm schloss die Augen.

Das Auto ruckelte bei dem Aufprall so gewaltig, dass sein Sicherheitsgurt auslöste und ihn auffing. Als er die Augen wieder aufmachte, war die Windschutzscheibe von Rissen durchzogen und mit Blut bespritzt. Er blickte aus der Heckscheibe. Die Frau, nicht weit hinter dem rasenden Auto, taumelte hin und her.

»Mein Gott!«, schrie Malcolm. »Mein Gott, du hast sie überfahren!«

»Klar.«

»Stopp! Halt den Wagen an!«

»Wozu denn?« Sally wirkte unheimlich ruhig, sogar fröhlich.

»Wir können nicht einfach so abhauen. Das ist Fahrerflucht! Das ist eine Straftat! Wir müssen wieder zurück! Vielleicht können wir ihr irgendwie helfen. Halt den Wagen an!«

»Kann ich nicht.« Sie lächelte ihn an. »Sonst schmeißt du mich todsicher raus.«

»Ich verspreche, dass ich das nicht tun werde.«

»Ich glaube dir nicht.«

Malcolm griff nach dem Zündschlüssel, aber Sally riss das Lenkrad herum. Der Wagen schwenkte nach links – auf den Abgrund und den Ozean in der Tiefe zu. »Nein!«, kreischte Malcolm und war sich sicher, dass sie in der nächsten Sekunde abheben würden.

»Dann behalt deine Hände bei dir«, warnte Sally. Sie lenkte den Wagen wieder auf die richtige Spur. »Und mach das nicht noch mal.«

»Das werde ich nicht!«, keuchte Malcolm.

Er schenkte den beiden Anhaltern, die vor der nächsten Kurve standen, kaum Aufmerksamkeit – bis Sally bemerkte: »Was für ein süßes Ding« und direkt auf die Frau zuhielt.

»Mein Gott!«, schrie Malcolm, als die Frau plötzlich gegen das Auto knallte.

Beim Blick durch die Heckscheibe sah er, dass der junge Mann nun allein dastand, vollkommen perplex.

»Sally, du musst damit aufhören!«

»Erst wenn ich da angekommen bin, wo ich hinwill.«

»Und wo ist das?«

»San Francisco.«

»Das sind über 300 Kilometer!«

»Mehr nicht?« Sie lächelte erfreut.

Zehn Kilometer später stand eine dralle Brünette in abgeschnittener Jeans und schulterfreiem Top am Straßenrand. Sie hielt ein Schild mit der Aufschrift SAN JOSE ODER NICHTS in der Hand. Malcolm legte die Hand auf die Augen, als es passierte.

»Das ist unbestreitbar …« Da sich die Windschutzscheibe inzwischen verabschiedet hatte, strömte die Luft mit 100 Stundenkilometern in seinen Mund, wodurch ihm das Sprechen ziemlich schwerfiel. »Unbestreitbar Mord!«, brachte er den Satz zu Ende.

»Das sagst *du!*«, schrie Sally.

»Das würde *jeder* sagen!«

Sie schüttelte den Kopf. »Ich nicht. Ich sage, es ist … Selbstverteidigung.«

»Um Himmels willen!«, brüllte Malcolm und rang nach Luft. »Ich werde dich nicht rausschmeißen.« Und das war, wie ihm im selben Moment bewusst wurde, die reine Wahrheit. Er konnte sie nicht einfach gehen lassen, nicht nach alledem. Wer würde ihm seine Geschichte glauben, ohne Sally? Welcher Polizist? Welche Geschworenen?

Aber, dachte er, *vielleicht finden wir ja Zeugen, die gesehen haben, dass sie gefahren ist. Zum Beispiel den jungen Mann von eben.*

Aber es ist mein Wagen. Und ich habe ihr die Erlaubnis gegeben, ihn zu fahren.

Oh, dachte er, *das ist übel. Das ist richtig übel.*

»Hör einfach auf, Leute zu überfahren!«, brüllte Malcolm Sally an. »Bitte!«

»Wir werden sehen«, erwiderte sie.

Kurz darauf sahen sie eine mollige Frau in Latzhose ein Stück entfernt am Straßenrand stehen. Sie hielt den Daumen raus.

»Nicht!«, schrie Malcolm.

Er duckte sich. Die dicke Frau tauchte durch die offene Windschutzscheibe, als wollte sie jemanden umarmen. Glücklicherweise flog sie direkt auf Sally zu.

Malcolm griff nach dem Zündschlüssel und bekam ihn zu fassen.

Er zog ihn heraus und der Wagen geriet ins Schlingern und schrammte am Rand des Abgrunds entlang. Mit einem schnellen Ruck am Lenkrad brachte er ihn zurück auf die Straße.

Da er sich aufs Lenken konzentrieren musste, nahm er nur vage wahr, wie Sallys Kampf mit der schwergewichtigen Tramperin ein Ende fand. »War kurz mal ganz schön voll hier drin«, scherzte sie. »Wieso werden wir denn langsamer?«

Malcolm ließ die klimpernden Schlüssel vor ihrer Nase baumeln.

Sie schnappte danach, war jedoch nicht schnell genug. Sie blickte Malcolm mit weiten, flehenden Augen an. »Jetzt wirst du mich doch rausschmeißen! Ich wusste, dass du das schon die ganze Zeit tun wolltest! Ich wusste, dass ich dir nicht vertrauen kann!«

Er lenkte das langsamer werdende Auto auf den Schotter des Seitenstreifens.

»Würde es dir was ausmachen, auf die Bremse zu treten?«, fragte er.

»Ja, es würde mir was ausmachen!«

Mit einer verzerrten Körperdrehung gelang es Malcolm, das Bremspedal mit dem Fuß zu erwischen. Er hielt den Wagen an.

»Herzlichen Dank auch«, grummelte Sally und stieß die Tür auf. »Was für ein Arschloch! Vielen Dank für nichts, Arschloch!« Sie knallte die Tür zu und marschierte los.

»Warte!«, rief Malcolm. »Wo willst du denn hin?«

»Ich verschwinde«, rief sie über ihre Schulter zurück. »Das wolltest du doch, oder?«

»Du kannst nicht gehen.«

»Kann ich wohl.« Sie entfernte sich mit schnellen Schritten und hielt sich dabei am Straßenrand.

»Komm wieder zurück!«

»Ich bin mir sicher, dass mich früher oder später jemand mitnehmen wird. Vielleicht ja sogar ein *echter* Gentleman.«

Vielleicht auch ein Polizist, dachte Malcolm.

»Vielleicht weiß er die Gesellschaft eines netten Mädchens ja zu schätzen und versucht nicht, sie bei der erstbesten Gelegenheit aus dem Auto zu werfen. Im Gegensatz zu anderen Leuten.«

»Komm wieder zurück!«, verlangte Malcolm und kletterte hinters Lenkrad.

Sally ging weiter.

»Komm wieder her!« Malcolm ließ den Wagen an. »Du kannst nicht einfach abhauen!« Er fuhr neben ihr her. »Du hast all diese Leute umgebracht. Steig ein. Was glaubst du wohl, wem sie die Schuld dafür geben werden, wenn du dich aus dem Staub machst?«

»Nicht mir«, antwortete sie. Sie machte blitzschnell auf dem Absatz kehrt und überquerte den Highway.

»Verdammt!«

Lächelnd hob Sally den Daumen.

»Das kannst du nicht machen!« Malcolm setzte zu einem U-Turn an.

»Lass das lieber«, warnte Sally ihn, als er mit quietschenden Reifen über die durchgezogene Linie rauschte.

Der Lincoln Continental, der um die Kurve raste, knallte mit vollem Tempo in seinen kleinen Wagen und schleuderte ihn Pirouetten drehend über die Klippe.

»Er wollte mich überfahren!«, kreischte Sally.

»Sah mir auch so aus. Ich schätze, wir sollten schnell der Polizei Bescheid geben.«

»Wozu die Mühe?«, fragte Sally und stieg in den Wagen. »Er ist doch längst Geschichte.« Sie lachte. »Wo fährst du hin?«

»Los Angeles«, antwortete der Mann.

»Da will ich auch hin. Hey, du wirst mich doch nicht irgendwann rausschmeißen, oder? Ich bin schon mal rausgeschmissen worden, weißt du? Das hat mir gar nicht gefallen. Kein bisschen.«

Am Set von Vampire Night

Phobien und andere Hindernisse

Als man mich bat, zusammen mit dem Künstler GAK für das Magazin *The Midnight Hour* über die Dreharbeiten eines Independent-Films zu berichten, hatte ich gemischte Gefühle. Es gab gute Gründe, es nicht zu tun. Erstens fahre ich am Wochenende generell nicht gerne weg. In der Sicherheit meiner eigenen vier Wände produziere ich samstags und sonntags für gewöhnlich Seiten am Fließband. Zweitens bin ich Romanautor, kein Journalist. Ich weiß nicht, wie man über reale Geschichten schreibt. Außerdem macht es mich nervös, fremde Menschen zu treffen. Und als wäre das alles nicht schon schlimm genug, musste ich für dieses kleine Abenteuer zwei Stunden über die Freeways Südkaliforniens fahren, die ich wenn möglich lieber meide. Südkaliforniens Freeways sind im besten Fall nervenaufreibend, im schlimmsten Fall tödlich. Und zu guter Letzt musste ich für den Auftrag auch noch in eine unbekannte Gegend von Oxnard fahren und würde mich mit an Sicherheit grenzender Wahrscheinlichkeit verirren. Ich bin schließlich Schriftsteller, kein Navigator.

Andererseits hatte mich Matt Johnson persönlich gebeten, über den Dreh zu berichten. Es ist schwer, Matt etwas abzuschlagen. Er ist nicht nur ein echt cooler Typ, er ist auch Verleger. Als Schriftsteller kann es nie schaden, einem Verleger einen Gefallen zu tun.

Außerdem war ich noch nie bei Dreharbeiten am Set gewesen. Es war definitiv eine großartige Gelegenheit. Einen Tag lang nicht schreiben zu können war ein geringer Preis für all das neue Material, das ich dadurch vielleicht sammelte. Und … wer weiß? Als Schriftsteller kann es auch nie schaden, Filmemacher kennenzulernen. Normalerweise nützt es zwar nichts, aber es schadet auch nicht.

Davon abgesehen freute ich mich darauf, Zeit mit GAK zu verbringen. Ich hatte unsere gelegentlichen Begegnungen bei Horror-Treffen stets genossen und fand, dass dies eine tolle Möglichkeit war, ihn besser kennenzulernen.

Trotzdem zögerte ich, die lange Fahrt auf mich zu nehmen, bis meine 19-jährige Tochter Kelly anbot, mich zu begleiten und mir beim Navigieren zu helfen.

Nach langem Hin und Her und der Verdrängung diverser Zweifel beschloss ich schließlich, zuzusagen.

Und ich machte auch keinen Rückzieher, obwohl ich von der Angst verfolgt wurde, wir könnten auf dem Weg von oder zu den Dreharbeiten verunglücken oder sogar getötet werden. Ich meine, bei über zwei Stunden auf diversen Freeways konnte schließlich alles passieren. Ich beruhigte mich jedoch selbst und sagte mir, dass diese Ängste ganz normal waren und es sich dabei nicht um böse Vorahnungen handelte … auch wenn sie sich wie böse Vorahnungen *anfühlten*.

Um halb zehn am Samstagmorgen stiegen wir also in Kellys Auto, bewaffnet mit einer Wegbeschreibung, einem Notizblock, einem Kugelschreiber, zwei Kameras mit Ersatzfilmen, einem Mikrokassettenrekorder und zwei Flaschen Wasser, um Dehydrierung zu vermeiden, falls wir liegen bleiben, einen Unfall überleben oder sonst irgendwie mitten in der Einöde des südkalifornischen Freeway-Netzes stranden sollten. Dann fuhren wir los.

Seltsamerweise verlief die Fahrt von unserer Wohnung im Westen von Los Angeles zu GAKs Haus in Northridge ohne Probleme. Es herrschte nicht viel Verkehr und wir begegneten auch keinem der üblichen Irren, die sonst so unterwegs waren. Vielleicht lagen sie alle noch im Bett und schliefen nach einer durchfeierten Nacht ihren Rausch aus. Wir verirrten uns auch nicht, dank GAKs guter Wegbeschreibung und Kellys Fähigkeit, diese zu lesen – auch wenn sie mich immer wieder an den Unterschied zwischen rechts und links erinnern musste: »Nein, Dad, fahr *da* lang.«

Wir waren extra früh von zu Hause losgefahren, um pünktlich zur verabredeten Zeit um zehn Uhr bei GAK anzukommen. Tatsächlich trafen wir bereits um halb zehn ein. Das passierte mir andauernd. Bei dem Versuch, »pünktlich« anzukommen – selbst wenn ich mich unterwegs verfahre oder im Verkehr stecken bleibe –, komme ich oft eine halbe Stunde zu früh an meinem Ziel an.

Als wir vor GAKs Haus vorfuhren, konnten wir ihn nirgends entdecken. Natürlich nicht. Er wohnte schließlich dort. Warum sollte *er* schon eine halbe Stunde zu früh draußen in der Sonne warten?

In der Annahme, dass wir noch eine Weile auf ihn würden warten müssen, parkte ich am Straßenrand vor GAKs Apartmentkomplex, stellte den Motor ab und schaltete das Radio ein.

Im Laufe meiner Karriere war bei diversen Treffen mit Agenten, Verlegern und anderen Schriftstellern fast jedes Mal irgendetwas schiefgegangen. In mehreren Fällen warteten meine Verabredung und ich beispielsweise gleichzeitig am richtigen Ort, aber an verschiedenen Stellen. Ich werde dann nervös und frage mich, wo der oder die andere ist, während sie sich zehn Meter entfernt fragen, wo *ich* bleibe.

Da ich jedoch aus diesen jahrzehntelangen Fehlern gelernt hatte, blieb ich etwa zehn Minuten im Auto sitzen, bevor ich zu Kelly sagte: »Hey, willst du kurz aussteigen und nachschauen, ob GAK nicht doch hier irgendwo wartet?« Ganz die folgsame und dank ihres Alters noch spritzige Tochter, sprang sie aus dem Wagen und blickte sich um, bevor sie berichtete: »Ich weiß zwar nicht genau, wie GAK aussieht, aber da drüben steht irgendein Typ.«

Der Typ war tatsächlich GAK. Er war schon knapp eine halbe Stunde zu früh herausgekommen, um nach uns Ausschau zu halten! Er hatte dort also doch schon eine ganze Weile gewartet, glücklicherweise aber noch nicht allzu lange.

Der Tag schien sich zu einem Glückstag zu entwickeln!

Verfahren!

Mit GAK auf dem Beifahrersitz und Kelly auf der Rückbank brachen wir zum Drehort in Oxnard auf. Die Fahrt auf dem Freeway, wegen der ich so nervös gewesen war, ging ohne die geringste Störung vonstatten. Tatsächlich machte sie sogar richtig Spaß. Ich genoss die Unterhaltung mit GAK so sehr, dass ich den Verkehr kaum bemerkte …

Und trotzdem bauten wir keinen Unfall.

Zufällig führte uns die Wegbeschreibung an einer Filiale der Buchladenkette Barnes & Noble vorbei. Die Dreharbeiten würden den ganzen Tag dauern, deshalb waren wir nicht sonderlich in Eile.

»Macht es dir was aus, wenn wir kurz bei Barnes & Noble reinschauen?«, fragte ich. »Das ist ein Buchladen.«

GAK gehört zu den Künstlern, die gerne lesen.

Wir machten also einen Abstecher in den Laden. Ich wollte sehen, ob mein Roman *Biss*, der von Leisure Books verlegt wurde, im Regal stand. Bislang hatte ich ihn noch in keinem Buchladen gesehen, außer in Dark Delicacies und Borderlands, wo ich jeweils zu einer Autogrammstunde eingeladen gewesen war. In der Horrorabteilung entdeckte ich *Biss* tatsächlich. Mit dem Cover nach vorne. Acht Exemplare. Mir wurde ganz warm ums Herz.

Als Nächstes hielten wir bei McDonald's. GAK und ich hatten im Gegensatz zu Kelly bereits gefrühstückt. Sie bestellte sich McNuggets und eine Cola. Dann fuhren wir zum Filmset weiter.

Den wir jedoch nicht finden konnten.

Ich hatte die Wegbeschreibung per E-Mail erhalten. Eine ausführliche Beschreibung, mit Straßennamen und allem Drum und Dran. Wir folgten ihr exakt. Das einzige Problem war nur, dass die eigentliche Adresse – die Martin Street – nicht dort war, wo sie hätte sein sollen … oder sonst irgendwo in der Nachbarschaft.

Wir verbrachten eine halbe Stunde damit, danach zu suchen, und fuhren in den leeren Straßen eines

Industriegebiets auf und ab, das am Wochenende vollkommen verlassen war. Es schien der perfekte Ort zu sein, um einen Gruselfilm zu drehen. Und der ideale Tag. Während es im Valley noch heiß und sonnig gewesen war, war Oxnard angenehm kühl und von Nebel durchzogen.

Vielleicht hatte der Nebel die Martin Street ja verschlungen.

Ich hatte von Anfang an geahnt, dass bei unserem kleinen Abenteuer irgendetwas schiefgehen würde. Aber dass wir die ganze Strecke bis nach Oxnard fahren und den Drehort dann nicht finden würden …

Die E-Mail enthielt auch die Handynummer des Regisseurs, auch wenn Handys meiner Erfahrung nach nur selten funktionierten. Es war jedoch unsere letzte Chance, unser Ziel noch zu erreichen. Wir fuhren also wieder zurück zu dem Einkaufszentrum mit dem Barnes & Noble, in dem wir einen Zwischenstopp eingelegt hatten. Ich suchte eine Telefonzelle, warf ein paar Münzen in den Apparat und wählte die Nummer des Regisseurs.

Es nahm tatsächlich jemand ab!

»Hallo«, meldete ich mich. »Ist dort Jason Stephens?«

»Am Apparat.«

»Hier ist Richard Laymon. Wir sollten für *The Midnight Hour* über Ihren Film berichten und Sie heute am Set besuchen, aber wir können die Martin Street einfach nicht finden.«

»Oh«, erwiderte er. »Wir sind in der Walter Street. Nicht Martin, Walter.«

»Oh«, sagte ich. »Okay. Das erklärt natürlich einiges. Wir sind in fünf Minuten da.«

Wir waren bereits mehrfach durch diese Gegend gefahren, deshalb fiel es uns nicht schwer, die Walter Street und die richtige Einfahrt zu finden. Wir parkten auf der Straße, stiegen aus und gingen zu Fuß zum Haus. Der Himmel war grau und düster. Rundum befanden sich nur Parkplätze und Laderampen. Praktisch kein Lebenszeichen weit und breit.

Wäre ich Horrorschriftsteller gewesen, hätte ich wahrscheinlich vermutet, dass die Menschheit durch irgendeine Katastrophe ausgelöscht worden war und … oh, Moment mal …

Schließlich entdeckten wir doch ein paar Leute. Sie tummelten sich rund um einen Lieferwagen und mehrere Autos, die vor einem nahen Lagerhaus parkten. Lebendig. Wir gingen auf sie zu.

»Wird hier der Film gedreht?«, fragte ich.

Wir waren richtig. Einer der Männer stellte sich als Jason Stephens vor. Er war jung, aber kein Kind mehr. Freundlich und energiegeladen, aber nicht überdreht. Durchtrainiert und ordentlich. Kein Pferdeschwanz. Er trug ein T-Shirt und eine blaue Jeans. Kein Schwarz. Kein Leder. Keine gepiercte Augenbraue oder Lippe. Nicht das, was ich erwartet hatte.

Jason Stephens. Blond, 1,85 Meter, 85 Kilo. Drehbuchautor, Regisseur und Produzent des Films *Decay* und des neuen Streifens, über den wir berichten sollten: *Vampire Night*. Co-Produzent und Regisseur von *Merchants of Death*. Beleuchter bei *Things 2*, Grip und Kameraassistent bei *Haunted*, Dolly Grip bei *Cyber Wars* usw. usf.

Und das alles in seiner Freizeit.

Eigentlich arbeitete er als Hilfssheriff für das Ventura County Sheriff's Department.

Jason Stephens, Independent-Filmemacher und Polizist.

Filmemacher mit Polizeimarke

Ich war fasziniert von Jasons »richtigem« Job.

Hier war ein Mann, der Horrorfilme drehte und sich gleichzeitig tagein, tagaus mit den Schrecken des wahren Lebens befasste. *Welche Auswirkungen hat sein Beruf auf seine Filme?*, fragte ich mich.

»In meinem Beruf begegne ich vielen seltsamen Leuten«, erklärte mir Jason. »Und ich finde mich oft in verstörenden Situationen wieder. Manchmal schreibe ich schon über Charaktere, die vage auf jemandem basieren, mit dem ich es irgendwann mal zu tun hatte, aber im Allgemeinen eher nicht. Als Polizist sammelt man viel Lebenserfahrung. Ich schätze, auf unterbewusster Ebene übt das durchaus Einfluss auf meine Arbeit als Filmemacher aus. Normalerweise schreibt man schließlich über das, was man kennt oder selbst erfahren hat.«

Seine Arbeit als Gesetzeshüter hilft Jason bei verschiedenen Aspekten einer Filmproduktion. »Die Leute vertrauen mir, wenn ich auf ihrem Grundstück drehe. Ich komme auch leichter an Sachspenden. Die Polizei kommt für gewöhnlich auch nicht bei meinen Drehs vorbei und sagt mir, dass ich meine Sachen packen soll, weil die Polizei ja schon hier ist. Meistens sind auch ein paar Kollegen mit am Set. Außerdem glaube ich, dass es einen besseren Regisseur aus mir macht. Als Polizist muss ich Leuten oft sagen, was sie tun sollen, auch wenn es dabei meist um Dinge geht, die sie nicht tun *wollen*. Bei der Regie eines Films ist das anders. Ich sage Schauspielern, die ihre Rolle schließlich gut spielen wollen und gut dabei aussehen wollen, was ich von ihnen brauche, damit sie ihr Ziel erreichen – das zufällig auch mein Ziel ist. Das ist viel einfacher – jedenfalls meistens!«

Aber was ist mit der *Gewalt in Filmen?* Wann immer in diesem Land ein Gewaltverbrechen geschieht, geben die Medien und Politiker schnell verschiedenen Formen der sogenannten »gewalttätigen« Unterhaltung die Schuld – von Computerspielen über Musikvideos bis hin zu Fernsehserien und Filmen. Horrorfilmen wird oft unterstellt, sie seien der Hauptauslöser für jugendliche Gewalttaten. Als Gesetzeshüter sollte Jasons Ansicht zu diesem Thema besonderes Gewicht haben. Deshalb habe ich ihn danach gefragt.

»Ich kenne einige Jugendliche, wirklich gute Jungs, die große Horrorfilmfans sind – und sehe gleichzeitig eine Menge Jugendliche mit Problemen, auf die das nicht zutrifft. Ich glaube wirklich, dass das Problem in der Familie liegt. Wenn ein Kind zu sehr von Gewalt in Filmen oder im Fernsehen beeinflusst wird, müssen die Eltern etwas unternehmen. Ich bin mir sicher, dass die allgegenwärtige Gewalt heutzutage Kinder in gewisser Weise desensibilisiert, aber es ist die Aufgabe ihrer Eltern und Lehrer, ihnen menschliches Leiden und den tragischen Verlust von Menschenleben richtig zu erklären. Die Nachrichten zeigen nicht immer, welch massiven Einfluss der Verlust eines Menschenlebens auf eine Familie hat. Die Weihnachtsfeste oder Geburtstage ohne diesen geliebten Menschen, nicht mehr gemeinsam aufzuwachen oder frühstücken zu können. In den Nachrichten heißt es nur:

›Offensichtlich zwei Teenager durch Schüsse aus fahrendem Auto getötet … mehr um 23 Uhr.‹ Wenn ich mir diese Nachrichtensendung mit meinem Kind anschauen würde, würde ich verdammt noch mal sicherstellen, dass es die Auswirkung dieses Ereignisses begreift. Es gibt eine Menge Dinge, die wir dringend anders machen müssen.«

Was seine eigenen Filme angeht, fügte er hinzu: »Ich verherrliche Gewalt nicht. Ich würde niemals einen Film darüber drehen, wie großartig es ist, in ein Restaurant zu spazieren und ein paar unschuldige Gäste zu erschießen. Wer diese Art von Filmen macht, ist krank. Man könnte den gleichen Film auch mit einem Helden drehen, der versucht, die Gäste zu retten. Das ist der Unterschied.«

Der Horror, der Horror

Aber warum dreht Jason Stephens fast ausschließlich Horrorfilme?

Nicht weil sie der letzte Schrei sind. Er ist nicht auf den *Scream*-Zug aufgesprungen. Nein, er war schon als kleines Kind ein großer Horrorfan.

Er selbst sagt: »Ich erinnere mich noch gut daran, wie ich zusammen mit meinem Dad Horrorfilme gesehen habe, als ich erst sechs oder sieben Jahre alt war. Ich schätze, sie hatten durchaus eine Wirkung auf mich – die miesesten genauso wie die besten: *Angriff der Killertomaten* oder *Der Exorzist*. Ich fand es immer toll, wenn mir ein Film Angst gemacht hat. Das passiert heute nicht mehr wirklich, deshalb suche ich heute eher nach Spannung, die meine Emotionen beeinflusst. Heute schaue ich mir Horrorfilme an, die tatsächlich so passieren könnten. Die machen mir Angst ... Wenn ich die finanziellen Mittel hätte, einen ›großen‹ Film zu drehen, würde ich sicher keinen überzogenen Horrorstreifen drehen. Ich würde gerne einen Film wie *Der weiße Hai* oder *Todesstille* oder einen ähnlichen Horrorthriller drehen ... etwas, das den Leuten im Gedächtnis bleibt und sie wirklich zum Nachdenken anregt.«

Jason dreht seine eigenen Filme, seit er 13 ist. Alles begann mit »kleinen Sketchvideos im Stil von *Saturday Night Live* ... Als ich dann älter war und anfing zu arbeiten, konnte ich mir eine bessere Ausrüstung leisten und meine Videos sahen dadurch auch immer besser aus. Außerdem habe ich Kurse in meinem örtlichen Junior College und verschiedene Videokurse in L. A. belegt. Mit 21 habe ich dann Dennis Devine getroffen, der einen Beleuchtungskurs gab. Ich habe ihm ein paar meiner Videos gezeigt ... einige davon waren aus der Horrorecke. Dennis fand sie ziemlich gut und fragte mich, ob ich bei einem Low-Budget-Horrorfilm mitmachen wollte, den er gerade drehte. Das war *Haunted.* Leider hat es mit der Veröffentlichung ewig gedauert. Ich habe bei dem Film als Grip und Kameraassistent gearbeitet. Wenn wir eine Szene füllen mussten, habe ich auch eine kleinere Rolle übernommen. Danach habe ich noch bei ein paar anderen Filmen mit Dennis zusammengearbeitet. Er hatte inzwischen auch seine Verleihfirma gegründet, Cinematrix Releasing«.

1996 drehte Jason einen Teil der Trilogie *Merchants of Death.* Der Film ist »ein echt krasser Horrorstreifen, der mit RICHTIG kleinem Budget gedreht wurde. Ich habe in meinem Teil der Trilogie die Hauptrolle übernommen und einen Priester gespielt, der durch all die Sünden in der Welt verrückt wird und beginnt, sexuell Abartigen die Absolution zu erteilen, indem er sie im Namen Gottes tötet. Der Film hat wirklich Spaß gemacht, auch wenn es nicht einfach war, die Hauptrolle zu spielen und gleichzeitig Regie zu führen«.

Ende 1997 begann Jason mit der Arbeit an seinem ersten Spielfilm, *Decay,* »einem Krimi-Thriller mit Horrorkniff«. Er schrieb das Drehbuch, produzierte den Film und führte Regie. Es war sein bis dato größtes Projekt, mit 22 Schauspielern, rund 40 Komparsen und neun verschiedenen Drehorten. Zum Ensemble gehörte auch Robert Z'Dar aus *Maniac Cop* und *Tango und Cash.* Jason verbürgt sich dafür, dass *Decay* einen dichten Plot mit jeder Menge unerwarteter Wendungen bietet.

Praktisch jeder, den ich am Set von *Vampire Night* traf, war auch an *Decay* in der einen oder anderen Form beteiligt. Sie alle sprachen voller Begeisterung von dem Film und hatten dabei ein strahlendes Lächeln im Gesicht. Offensichtlich hatte ihnen die Arbeit großen Spaß gemacht. Mehrere von ihnen rieten mir mit großem Nachdruck: »*Decay* musst du einfach sehen.«

John und Les

Einer von ihnen, der fröhliche, freundliche John Phillip Sousa jr. – der Cousin seines Großvaters war der legendäre Komponist und Kapellmeister –, spielte in *Decay* einen Mafioso und übernimmt in *Vampire Night* die Rolle eines obdachlosen Alkoholikers.

Ein weiterer obdachloser Alkoholiker wird in *Vampire Night* von Les Sekely gespielt. Im Gegensatz zu John sollte Les am Tag unseres Besuchs für mehrere Szenen vor der

Kamera stehen. Er tauchte in voller Montur am Set auf, schmutzverschmiert und mit dreckigem Trenchcoat. Anscheinend hatte er den gewünschten Effekt erzielt, indem er sich irgendwo in der Nähe im Matsch wälzte.

Les ist, wie so viele, die wir an diesem Tag kennenlernten, ein Mann mit vielen Talenten. Wenn er nicht gerade Filme dreht, arbeitet er als Vertretungslehrer. Außerdem betreibt er eine Fahrschule – für Führerscheininhaber, die diverse Verstöße gegen die Straßenverkehrsordnung von ihrem Punktekonto streichen lassen wollen. Fahrschulen in Kalifornien widmen sich oft einem bestimmten »Thema«. Les unterhält außerdem eine sehr beliebte Comedy-Fahrschule, in der er Stand-up-Nummern zum Besten gibt. Er ist *wirklich* lustig. Einmal fragte er, wo Vampire eigentlich »diese alten Klamotten kaufen. Und wo kriegen sie bitte immer diese *Fackeln* her?«. Die, die man scheinbar stets in ihren Höhlen findet. Seine Antwort: Sie kaufen bei Vampires R Us ein.

Nachdem ich Les eine Weile zugehört hatte, war ich ernsthaft versucht, absichtlich über eine rote Ampel zu fahren.

Solch drastische Maßnahmen sind jedoch gar nicht nötig, schließlich ist Les als Obdachloser in *Vampire Night* zu sehen. Außerdem schrieb er das Drehbuch für einen Film namens *Vampire Time Travelers,* bei dem er auch Regie führte, und spielte in *Der Mann, der nie zurückruft* mit. Darüber hinaus co-produzierte er *Amazon Warrior,* in dem er die Rolle des Blinden übernahm.

Es mag jetzt vielleicht klingen, als ginge es in *Vampire Night* hauptsächlich um Obdachlose, aber das ist nicht der Fall. Ich wollte nur ein wenig über John Phillip Sousa jr. und Les Sekely erzählen, weil sie sich die Zeit genommen haben, mit mir zu sprechen.

Tatsächlich geht es in *Vampire Night* um eine junge Frau namens Peggy, die, wie Jason es formuliert, »nach Hollywood abhaut, um gegen den Wunsch ihres Bruders Carl Schauspielerin zu werden. Ein nichtsnutziger Agent, Johnny Hollywood, hat einen Pakt mit einem Vampirkult geschlossen und muss die Fledermaustypen mit Ausreißerinnen versorgen – und mit ihrem Blut. Johnny lotst Peggy in die Arme des Kults, der sie gefangen hält und langsam aussaugt. Der Vampirkult verdient seinen Lebensunterhalt mit einem kleinen Theater. In dem einzigen dort aufgeführten Stück töten die Vampire ihre Opfer vor den Augen der ahnungslosen Zuschauer tatsächlich.

Als Carl nichts mehr von Peggy hört«, führt Jason weiter aus, »macht er sich Sorgen und kommt nach L. A., um seine Schwester zu suchen. Carl durchschaut Johnny Hollywoods Lügen und findet schließlich das Theater. In dem Versuch, seine Schwester zu befreien, greift er die Vampire an und macht beim Kampf gegen diese Gegner der etwas anderen Art von seinen Fähigkeiten als ehemaliger Navy Seal Gebrauch«.

Carl ist wirklich fantastisch. *Vampire Night* lohnt sich allein deshalb, weil man ihn in Aktion bewundern kann. Er wird von dem Schauspieler/Stuntman/Barkeeper Jimmy Jerman gespielt. Man stelle sich Jean-Claude Van Damme vor, allerdings als Amerikaner, füge noch einige Muskeln und Grips hinzu – und schon hat man Jimmy Jerman.

Als wir kurz nach unserer Ankunft in dem Lagerhaus-Set standen, hörte ich zufällig, wie dieses Muskelpaket sagte: »Nicht dass ich ein Problem damit hätte, auf dem Zementboden zu landen – aber dann muss alles beim ersten Take sitzen.«

Später meinte er: »Ich bin so was wie die männliche Version von Buffy.«

Als ehemaliger Navy SEAL sah er jedenfalls sehr überzeugend aus. Ganz in Schwarz gekleidet, mit halbautomatischer Glock und Holzpflock in den Holstern an seinem Waffengürtel. Von der Packung Pfefferminzbonbons ganz zu schweigen.

Das Handwerkszeug der Filmemacher

Die Glock war nicht schwer zu beschaffen, schließlich war der Drehbuchautor/Regisseur/Produzent im Hauptberuf Hilfssheriff.

Die Holzpflöcke waren da schon etwas problematischer. Offenbar wurden alle Pflöcke in *Vampire Night* aus den Beinen eines kleinen Tischs gefertigt. Ich weiß das, weil während unseres Besuchs ein neuer Pflock benötigt wurde. Der Requisiteur hatte seine liebe Mühe, mit einer Zange einen Nagel aus dem dicken Ende des bereits angespitzten Beins und zukünftigen Pflocks zu ziehen.

Der Pflock sollte mit der Spitze voraus aus der Brust eines weiblichen Vampirs herausragen. Die Dame lag auf dem Betonboden. Sie trug eine recht knappe Lederweste, die vorne mit Spitze besetzt war. Während sie sich auf dem Boden wand, hockte sich die Maskenbildnerin über sie und versuchte den Pflock aufzurichten, indem sie das dicke Ende in den Saum der Weste steckte. Unglücklicherweise kippte er jedoch immer wieder um. Die Vampirin beschwerte sich bereits über den kalten Boden. Schließlich fixierten sie den Pflock mit irgendetwas Klebrigem auf ihrer Brust und hatten die Szene kurz darauf im Kasten.

Nach der arbeitsaufwendigen Episode mit dem Pflock kam ich zu dem Schluss, dass ein gut ausgestatteter Werkzeugkasten bei einem Filmdreh fast so unerlässlich ist wie eine Kamera.

Bei der Kamera, die bei *Vampire Night* zum Einsatz kam, handelte es sich übrigens um ein hochmodernes digitales Modell von Panasonic, wie es auch bei *Krieg der Sterne: Episode 1: Die dunkle Bedrohung* verwendet wurde. Dahinter saß Dennis Devine, der bei diesem Film als Kameramann fungierte. Dennis – der uns zu den Dreharbeiten eingeladen hatte – ist Drehbuchautor, Kameramann und Regisseur des Cinematrix-Films *Vampires of Sorority Row.* Zusammen mit Steve Jarvis schrieb er außerdem das Drehbuch und führte Regie bei *Bloodstream,* der nach *Vampire Night* entstand.

Ein weiterer wichtiger Teil der Ausrüstung während der Dreharbeiten war die Nebelmaschine. In fast jeder Szene wurde wirbelnder Nebel benötigt, deshalb hantierte ständig jemand mit der Maschine herum. Während sie zischte und keuchte, wedelten die Crewmitglieder den Dampf in sämtliche Richtungen. Dennis fing erst an, eine Szene zu drehen, wenn der Nebel hundertprozentig stimmte. Es schien ein ziemlich lästiges Übel zu sein. Aber wie sagt man so schön: Es gibt immer einen Silberstreif am Horizont. Nun, für Nebel gilt dies offensichtlich auch. Hin und wieder nutzte die Crew ihn, um kleinere Probleme zu verbergen: »Kein Ding, das verstecken wir mit dem Nebel.«

Ein weniger dramatischer, aber nicht minder faszinierender Teil der Ausrüstung war die kugelsichere Weste. Vermutlich trug Jason sie bei der Arbeit, am Set von *Vampire*

Night hatte sie jedoch ein Stuntman – Jasons Bruder – während der Kampfszenen an. Höchstwahrscheinlich als Schutz auf dem Betonboden. Wenn er gegen den Anführer der Vampire kämpfte, der von Robert Ryan gespielt wird – aber nicht von dem verstorbenen Robert Ryan –, wurde er ständig über den Boden geschleudert, bei einem Take nach dem anderen. »Wir brauchen einen härteren Aufprall«, hieß es einmal. Ein Glück, dass er die betonsichere Weste trug.

Während der Stuntman über den Boden geschleudert wurde, musste der Vampir sich hoch in die Luft erheben. Er wurde bei seinen Sprüngen von einer Konstruktion unterstützt, die ihn regelrecht in die Luft schoss. Sie musste vor jedem Take »geladen« werden. Wenn der Nebel dann richtig waberte, rannte Robert eine Rampe hinauf, die von einem Crewmitglied ausgelöst wurde und ihn nach oben katapultierte, mit ausgestreckten Armen, gefletschten Reißzähnen und flatterndem Umhang. In echter Vampir-Manier.

Aufstrebende Filmemacher aufgepasst!

Vieles am Set faszinierte und amüsierte mich und ich war sehr beeindruckt. Hier war diese kleine Filmcrew, die eine hochmoderne Ausrüstung nutzte ... und gleichzeitig mit Genialität und Panzertape improvisierte. Fast alle verdienen ihren Lebensunterhalt eigentlich außerhalb der Filmbranche, drehen jedoch gemeinsam regelmäßig und häufig Filme. Sie wechseln sich ab, wenn es darum geht, wessen Projekt als Nächstes umgesetzt wird. Alle steuern etwas bei und übernehmen bei unterschiedlichen Filmen unterschiedliche Aufgaben. So konnten sie bereits erfolgreich zahlreiche Low-Budget-Filme produzieren.

Filme, die ihren Machern einen Gewinn bescherten.

Meiner Ansicht nach kann dieses Team kleinen, unabhängigen Filmproduktionen als Vorbild dienen.

Ich fragte Jason, welchen Rat er aufstrebenden Filmemachern geben würde. Er antwortete: »Es ist hart, aber lasst euch nicht entmutigen. Arbeitet möglichst viel bei anderen Projekten mit und knüpft Kontakte, die euch später helfen können. Und plant, plant, plant. Am Ende läuft garantiert trotzdem nicht alles nach Plan, aber wenigstens seid ihr vorbereitet. Engagiert nicht nur Familie und Freunde für eure Drehs. Geht in örtliche Schauspielschulen und veranstaltet Castings für verschiedene Rollen. Euer Film wird mit einer großen Vielfalt an Darstellern nur umso besser aussehen. Teilt allen vorher mit, dass es sich um eine Low-Budget-Produktion handelt, und erklärt ihnen, was ihr zu erreichen versucht. Viele werden euch gerne helfen, vor und hinter der Kamera.«

Natürlich ist die Schlacht mit der Produktion des Films erst halb ausgefochten. Der andere Teil ist der Vertrieb.

»Die meisten unserer Filme produzieren wir für unter 20.000«, erklärt Jason. »Eigenvertrieb ist keine leichte Aufgabe. Aber Dennis und Steve Jarvis, die Gründer von Cinematrix Releasing, hatten es satt, von Low-Budget-Vertriebsfirmen über den Tisch gezogen zu werden. Wenn eine von denen mit im Boot war, haben wir am Ende gar nichts gesehen! Selbst wenn wir einen Film ins Ausland verkaufen konnten, überstiegen unsere ›Ausgaben‹ für die Promotion des Films unseren Gewinn.

Jetzt verkaufe ich meine Filme über Cinematrix und finde tatsächlich regelmäßig einen Scheck in der Post. Cinematrix vermarktet Filme über verschiedene Internetseiten und Videotheken und unterhält Kontakte zu Kabelsendern. Darüber hinaus bauen sie ihren Kundenstamm im Ausland aus, aber das ist ein langwieriger Prozess. Außerdem verkaufen wir unsere Filme auch direkt über die Cinematrix-Website, unter http://unknownproductions.com.«

Jason fügt hinzu: »Für interessierte Filmemacher: Wir können eure Filme für euch vertreiben. Wir geben keine unrealistischen Garantien und verlangen auch kein Vermögen von euch. Ihr wisst immer genau, wie hoch eure Versandkosten sind, wie viel eure Kopien kosten und wie viele Filmrollen verkauft wurden – und ihr bekommt IMMER euren Gewinn aus diesen Verkäufen.«

Wer Interesse hat und den Vertriebsservice von Cinematrix in Anspruch nehmen möchte, erfährt auf der Website Näheres oder wendet sich für zusätzliche Informationen oder einen Katalog an Cinematrix Releasing, 22647 Ventura Boulevard, PMB #352, Woodland Hills, CA 91364.

Wieder zu Hause

Auch die Rückfahrt nach dem Besuch der Dreharbeiten ging ohne Kratzer, Unfall oder Verstümmelung vonstatten.

Wieder zu Hause, schrieb ich diesen Artikel für *The Midnight Hour* … einen Artikel, der hoffentlich Fotos enthalten wird, die GAK und Kelly bei den Dreharbeiten gemacht hatten.

Die Erfahrungen, die ich bei diesem Trip gesammelt habe, werden im Laufe der Zeit gewiss ihren Weg in meine Geschichten finden.

GAK wird die Illustrationen zu einigen meiner zukünftigen Sonderausgaben beisteuern.

Ich werde der Cinematrix-Website auch in Zukunft regelmäßig einen Besuch abstatten und Filme bestellen – allen voran *Vampire Night,* sobald er erhältlich ist.

Vielleicht schaut ihn sich der eine oder andere von euch ja auch mal an. Und *Decay.* Und *Vampires of Sorority Row* … der klingt besonders scharf.

Der Junge, der Twilight Zone liebte

Anhand des dumpfen Klangs der Schritte wusste Chuck, ohne hinzuschauen, dass sein Vater gerade die Treppe herunter in den Partykeller gekommen war und nun in der Tür stand.

Chuck saß auf dem Sofa. Er drehte sich nicht um. Obwohl er die Augen weiter auf den Fernseher richtete, konnte er dem Geschehen nicht mehr richtig folgen. Nicht wenn sein Vater hinter ihm stand.

»Ich hoffe, du hast nicht vor, den ganzen Abend vor der Flimmerkiste zu sitzen und dir diesen Schwachsinn anzuschauen«, sagte sein Vater schließlich.

»Das ist kein Schwachsinn, Dad. Das ist ein *Twilight Zone*-Marathon.«

»Ein Haufen Wiederholungen«, erwiderte sein Vater.

»Das sind Klassiker.«

»Es sind Wiederholungen. Das ist die Folge mit der Alten, die angeblich Marsmenschen auf dem Dachboden hat, die sich am Ende allerdings als amerikanische Astronauten herausstellen, richtig?«

»Ja. Das ist eine der ganz großen …«

»Du hast sie schon mal gesehen, Chuck. *Ich* habe sie gesehen. *Alle* haben sie gesehen. Du bist 15 Jahre alt, hockst am Halloweenabend allein hier im Partykeller und schaust dir eine gottverdammte Wiederholung in der Flimmerkiste an. Deine Mutter und ich wollen, dass du endlich aus diesem Sessel aufstehst und was unternimmst.«

Chuck schnürte es die Kehle zu. Tränen traten ihm in die Augen. Agnes Moorehead verschwamm nach und nach auf dem Bildschirm. »Okay«, murmelte er.

»Schalt das Ding aus, komm nach oben und misch dich unter andere Mitglieder der menschlichen Gattung.«

»Okay.«

Er drückte auf die Fernbedienung und der Bildschirm wurde schwarz.

»Schon besser. Und jetzt komm mit rauf.«

Chuck lauschte den Schritten seines Vaters, als er den Partykeller verließ und die Treppe wieder hinaufstieg. Er saß da, schniefte und wischte sich die Augen trocken. Er wollte ganz sicher nicht, dass irgendjemand wusste, dass er geheult hatte, weil er eine Fernsehserie verpasste.

Nicht nur irgendeine Fernsehserie, dachte er. *Twilight Zone*. Den Marathon. *Twilight Zone* – von der Abend- bis zur Morgendämmerung. Und jetzt verpasse ich alles.

Sie kapieren es nicht. Sie kapieren es einfach nicht.

Von oben drang das Läuten der Türklingel zu ihm, gefolgt von Schritten. Dann ein Chor aus Kinderstimmen, der »Süßes oder Saures!« grölte.

Er hörte seine Mutter sagen: »Und wen haben wir hier? Einen Dracula und ein Gespenst und …«

Chuck stand auf und ging ins Badezimmer. Er betrachtete sein Spiegelbild. Seine Augen wirkten zwar immer noch ein wenig glänzend und rosa, aber es war nicht offensichtlich, dass er geheult hatte.

Er schaltete das Licht aus und ging nach oben.

Seine Mutter stellte die Halloween-Süßigkeiten in einer

Schüssel wieder auf den kleinen Tisch neben der Haustür. Sein Vater las in der hinteren Ecke des Wohnzimmers eine Ausgabe der *Sports Illustrated.*

»Und, was soll ich jetzt machen?«, fragte Chuck.

Sein Vater blickte von der Zeitschrift auf.

»Wie wär's, wenn du mir hilfst, die Süßigkeiten zu verteilen?«, schlug seine Mutter vor.

»Oh, was für ein Spaß.«

Aus der Zimmerecke seines Vaters hörte er: »Den Ton kannst du dir sparen, junger Mann.«

»Es ist Halloween, Charles. Du solltest dich amüsieren.«

»Ich hab mich ja amüsiert.«

»Mit Wiederholungen in der Glotze«, brummte sein Vater.

»Es war *Twilight Zone.*«

Mit leicht traurigem Blick fügte seine Mutter hinzu: »Würdest du nicht lieber irgendetwas … Richtiges machen?«

»Es *ist* was Richtiges. Es anzuschauen *ist* richtig für mich. Weil ich Schriftsteller werden will.«

»Das wissen wir, Schatz.«

Ihr wisst es vielleicht, dachte Chuck, aber ihr kapiert es nicht.

»Ich muss mir solche Sachen anschauen«, fügte er hinzu. »Und all diese Bücher lesen, die ihr so seltsam findet und … und überhaupt. Ich muss einfach! Aber jedes Mal wenn ich mich hinsetze, um es zu tun, versuchen du und Dad, mich davon abzuhalten. Ich soll dauernd den Rasen mähen oder mein Zimmer aufräumen oder … oder an einen Haufen Kinder in beschissenen Kostümen Süßigkeiten verteilen.«

»Pass auf deine Wortwahl auf, junger Mann«, ermahnte ihn sein Vater.

»Wir finden einfach, dass du mehr Zeit damit verbringen solltest, etwas zu unternehmen, Schatz.«

Chuck seufzte und erwiderte dann: »Ja, okay. Ich weiß. Ich soll ausgehen und mich wie ein normales Kind in meinem Alter aufführen. Ich hab's kapiert. Ist es dann okay, wenn ich wie ein normales Kind in meinem Alter auf Süßes-oder-Saures-Tour gehe?«

Seine Eltern starrten ihn nur an.

Nach einer Weile antwortete seine Mutter: »Ich finde, das ist eine tolle Idee. An was für ein Kostüm …?«

»Ich hab's schon an«, unterbrach er sie.

Er trug ein dickes Karohemd, eine blaue Jeans und Reeboks.

Sein Vater runzelte die Stirn. »Und was soll das für ein Kostüm sein?«

»Ich gehe als ich selbst.«

»Brillant.«

»Warum stellst du dir nicht ein richtiges Kostüm zusammen?«, fragte seine Mutter. »Du sagst, du willst Schriftsteller werden. Warum lässt du dir dann nicht was Fantasievolleres einfallen?«

»Es ist fantasievoll«, sagte sein Vater. »Es ist ein Fantasie-Kostüm – es existiert nur in seiner Fantasie. Aber wenn ihm das nicht zu peinlich ist … Verdammt, dann lass ihn doch so gehen.«

»Danke«, murmelte Chuck.

»Süßes oder Saures, am Arsch«, grummelte Chuck vor sich hin und schlenderte den Gehweg entlang. Seine Mutter hatte ihm eine braune Papiertüte für die gesammelten Süßigkeiten gegeben, aber er hatte nicht die Absicht, sie zu benutzen.

Ich spaziere einfach durch die Nachbarschaft und beobachte alles, dachte er. Genau das tun Schriftsteller schließlich – sie beobachten.

Er folgte Bürgersteigen, überquerte mehrere Straßen und sah zu, wie die welken braunen Blätter durch die Luft tanzten. Er hörte, wie sie unter seinen Schuhen knisterten, wenn er darauf trat. Er roch den scharfen, süßlichen Geruch der Kaminschornsteine. Er sah die Kürbislaternen auf den Veranden der Häuser, an denen er vorbeizog, ihre lächelnden Gesichter von orangenem Kerzenschein erleuchtet.

Und er sah Kinder. Überall Kinder – paarweise oder in kleinen und größeren Gruppen –, die aufgeregt von Haus zu Haus wuselten. Er hörte sie lachen und rufen, hörte Türklingeln läuten und wie die Kinder »Süßes oder Saures!« riefen.

Und jede Menge Spaß hatten.

Ihm hatte es auch immer großen Spaß gemacht, sich an Halloween zu verkleiden und mit seinem älteren Bruder und ihren Freunden von Haus zu Haus zu ziehen. »Süßes oder Saures!« zu rufen. Nie zu wissen, wer die Tür öffnen würde. Nie zu wissen, was er bekommen würde, aber stets ein aufgeregtes Herzklopfen zu verspüren, wenn es mit einem leisen, dumpfen Schlag auf dem Boden der Tüte landete.

Aber aus irgendeinem Grund war die Aufregung mit jedem Jahr weiter abgeklungen. Sich für Halloween zu verkleiden war zur langweiligen Routine geworden, von Haus zu Haus zu ziehen eine lästige Pflicht.

Vor ein paar Jahren hatte dann irgendein arroganter alter Penner an einem der Häuser zu Chucks Bruder gesagt: »Bist du dafür nicht schon ein bisschen zu alt?«

»Er hat recht«, hatte Bill hinterher zugegeben. »Ich bin zu alt für diesen Mist.«

»Ich auch«, hatte Chuck erwidert.

Und damit war das Thema beendet.

Und jetzt, dachte er, soll ich ganz allein auf Süßes-oder-Saures-Tour gehen, nur damit es so aussieht, als würde ich etwas unternehmen, anstatt mein Leben vor dem Fernseher zu vergeuden.

Deswegen hatte er bereits die zweite Hälfte von *Invasion von der Wega* versäumt.

»Scheiße«, brummte er.

Er fragte sich, wie lange er wohl noch draußen bleiben musste.

Lange genug, damit es überzeugend wirkte, vermutete er. Mindestens eine Stunde.

Zwei Folgen lang.

Wie kommst du auf die Idee, dass sie dich weiterschauen lassen, wenn du wieder zurückkommst?

Vor allem wenn du ohne Süßigkeiten zu Hause aufkreuzt.

Er konnte das Misstrauen in der Stimme seiner Mutter bereits hören: Was hast du *wirklich* da draußen gemacht?

Ich muss irgendwie an Süßigkeiten kommen.

Einen flüchtigen Moment lang spielte er mit dem Gedanken, in den nächsten Supermarkt zu gehen und sich die Halloween-Süßigkeiten selbst zu kaufen. Er könnte einfach ein paar verschiedene auswählen und sie in die Papiertüte werfen. Hinterlistig, aber es könnte funktionieren.

Wenn er an seine Brieftasche gedacht hätte.

Sehr flüchtig kam ihm der Gedanke, einfach einem oder zwei der Kinder ein paar Süßigkeiten zu klauen. Er hatte schon oft davon gehört, dass größere Kinder den kleineren ihre Beute abnahmen … und er verachtete jeden, der so etwas Mieses tat.

Ich werde wohl oder übel an ein paar Türen klingeln müssen.

15 Jahre alt, ziemlich groß für sein Alter und kein Kostüm … Chuck dachte gar nicht daran, sich einem Haus allein zu nähern. Schon beim bloßen Gedanken daran wurde ihm übel.

Bist du nicht schon ein bisschen zu alt für diesen Unsinn?

Was für ein Kostüm ist *das* denn?

Vielleicht sogar: Was stimmt denn mit dir nicht? Verschwinde! Mach schon, hau ab, bevor ich die Polizei rufe!

Aber wenn ich mit einer Gruppe von Kindern auftauche …

Die folgenden Minuten verbrachte Chuck mit der Suche nach der passenden Truppe. Die ganz kleinen Kinder wurden von ihren Eltern begleitet. Auf die etwas größeren schienen Brüder und Schwestern im Teenageralter aufzupassen – aber nicht auf alle.

Nach einer Weile entdeckte er sieben oder acht Kinder, die gemeinsam unterwegs waren. Ein paar von ihnen schienen zwar schon ein bisschen größer zu sein, aber sie waren alle eindeutig jünger als Chuck. Er bezweifelte, dass einer von ihnen älter als zehn oder elf war.

Mit einer eigenartigen Mischung aus Aufregung und Angst begann er, ihnen zu folgen. Er schloss nur langsam zu ihnen auf und hielt sich zurück, während sie an mehreren Häusern klingelten. Als sie in die Einfahrt eines weiteren Hauses abbogen, beschleunigte er seinen Schritt.

Keins der Kinder schien zu bemerken, dass er sich ihnen näherte.

Er folgte ihnen auf die Veranda.

Die Lampe über der Haustür war aus, aber in einem Fenster in der Nähe leuchtete eine Kürbislaterne. Das Gesicht des Kürbisgeists schien ihm zuzuzwinkern.

Das Kind ganz vorne, ein Landstreicher, drückte auf die Klingel.

Chucks Herz begann, wie wild zu rasen. Sein Magen verkrampfte sich.

Bin ich bescheuert? Ich kann das nicht tun!

Er stellte sich vor, wie er auf dem Absatz kehrtmachte und davonrannte.

Doch bevor er sich bewegen konnte, ging die innere Haustür auf. Eine hübsche junge Frau lächelte sie durch die Fliegengittertür an und sämtliche Kinder auf der Veranda riefen: »Süßes oder Saures!« Musikalische Stimmen, laute Stimmen, schüchterne Stimmen, fröhliche Stimmen. Einige schienen Mädchen zu gehören, andere Jungen. Chuck sagte nichts.

»Selber Süßes oder Saures!«, scherzte die Frau. Sie schob die Fliegengittertür mit der Schulter auf, griff in einen Eimer und begann, kleine Packungen mit M&Ms zu verteilen. »Hier ist eine für dich.« Sie ließ sie in die Tüte des Landstreichers fallen, wo sie mit einem papiernen Rascheln landete.

»Danke«, sagte der Landstreicher. Ein Mädchen, der Stimme nach zu urteilen.

»Und eine für dich.«

»Danke.«

»Oh, was für hübsche Prinzessinnen.«

»Danke.«

»Und eine für dich.«

Nach jeder gelandeten Süßigkeit und jedem »Danke« bewegte sich das entsprechende Kind von der Tür weg und Chuck kam ihr ein Stückchen näher. Sein Herz pochte immer lauter. Dann stand er der Frau plötzlich gegenüber. Lächelnd und mit wild hämmerndem Herzen sagte er: »Süßes oder Saures.«

»Gleichfalls«, erwiderte sie. Sie erwiderte sein Lächeln und ließ zwei Packungen M&Ms in seine Tüte fallen. »Du bekommst noch was Süßes extra, weil du so ein netter Kerl bist.«

Er musste sie völlig verwirrt anstarren.

»Weil du diese Kinder begleitest«, erklärte sie. »Es ist so wichtig, dass sie einen älteren Bruder oder jemand anders dabeihaben, der auf sie aufpasst.«

»Okay. Danke.«

»Es ist so gefährlich heutzutage. Vor allem für kleine Kinder.«

»Ja, ist es. Danke.«

»Ich hoffe, du hast ein schönes Halloween.«

Immer noch verblüfft, erwiderte er: »Sie auch.«

Die Frau ließ die Fliegengittertür vorsichtig wieder zufallen und Chuck drehte sich um und eilte den Kindern hinterher.

Sie warteten auf dem Bürgersteig auf ihn.

Die Landstreicherin machte einen Schritt auf ihn zu und versperrte ihm den Weg. Ihre schwarze Melone reichte Chuck ungefähr bis zum Kinn. Ihr Gesicht war rußverschmiert, wahrscheinlich von einem verkohlten Korken. Sie hatte sich ein rotes Tuch um den Hals geknotet und trug ein schäbiges altes Sakko, darunter ein viel zu großes weißes Hemd und eine weite Hose. Auf ihrer rechten Schulter lag ein Spazierstock, an dessen Ende ein zusammengeschnürtes Taschentuchbündel baumelte. In der linken Hand hielt sie ihre Tüte mit den Halloween-Süßigkeiten.

»Hi«, sagte Chuck.

»Wir kennen dich nicht«, sagte die Landstreicherin.

Ein paar der anderen Kinder nickten und grummelten zustimmend.

»Ich weiß. Ich bin …«

»Du bist uns gefolgt.«

»Ja«, warf ein kleiner Pirat ein. Im Gegensatz zu der Landstreicherin schien er richtig sauer zu sein. »Wie kommt's, dass du …«

»Lass es gut sein, Ray«, unterbrach ihn die Landstreicherin. Sie blickte zu Chuck hinauf und fragte: »Bist du 'n Perverser oder so?« Sie klang nicht wütend, nur neugierig. Im Schein der Straßenlaterne glaubte Chuck, den Anflug eines Lächelns auf ihren Lippen erkennen zu können.

»Ich bin nur … ihr wisst schon … auf Süßes-oder-Saures-Tour.«

»Ganz allein?«

Ein Kloß bildete sich in seiner Kehle. Er nickte. »Ja. Ich weiß, dass ich schon zu alt dafür bin, aber …«

»Wie alt bist du denn?«

»15.«

»Das ist ziemlich alt«, bestätigte sie.

»Und ich hab auch nicht wirklich ein Kostüm an.«

»Das ist mir gar nicht aufgefallen.«

Ein paar der anderen Kinder lachten.

»Und, wie heißt du?«, wollte die Landstreicherin wissen.

»Chuck.«

»Hi, Chuck. Ich bin Wendy. Drei von diesen Hosenmätzen sind meine jüngeren Geschwister. Der Rest sind Freunde von ihnen. Also, wie sieht's aus – willst du mit uns kommen?«

Ein paar der Kinder gaben protestierende Laute von sich, aber keins von ihnen sagte etwas.

»Wenn's euch nichts ausmacht«, antwortete Chuck.

»Wir würden uns freuen. Stimmt's, Leute?« In ihrer Stimme schwang ein leicht bedrohlicher Unterton mit.

Die Kinder nickten grummelnd.

Ein paar von ihnen murmelten »Sicher« und »Okay« oder »Hi«.

»Willkommen an Bord«, freute sich Wendy.

»Danke. Das ist wirklich nett von euch.«

Ein Lächeln breitete sich auf dem Gesicht der Landstreicherin aus. »Wir können einen großen Kerl wie dich gebrauchen. Du kannst uns vor Strolchen und Perversen und den üblichen Halloween-Geistern beschützen.«

»Großartig. Danke.«

»Übrigens«, fügte sie hinzu, »bin ich auch 15.«

Er starrte sie mit offenem Mund an.

»Ich weiß, ich bin ein bisschen klein für mein Alter. Ein Dreikäsehoch. Aber ich bin genauso alt wie du. Ich schätze, wir kennen uns noch nicht – ich gehe auf die Saint Mary's. Die Gemeindeschule.«

»Ah.«

Und so zog Chuck mit Wendy und ihrer Truppe in jener Halloweennacht von Haus zu Haus. Er rief zusammen mit den anderen »Süßes oder Saures!« und die Leute in den Häusern warfen Süßigkeiten in seine Tüte. Niemand beschwerte sich über sein Alter. Niemand machte Sprüche über sein fehlendes Kostüm. Offenbar glaubten sie alle, genau wie die erste Frau, er sei der Aufpasser dieser Bande niedlicher Kinder.

Nach einer Weile kannte er die Namen sämtlicher Jungen und Mädchen.

Er unterhielt sich mit ein paar von ihnen, aber meistens mit Wendy. Und er hörte ihr zu.

Sie las gerne. Besonders mochte sie gruselige Geschichten und Bücher. Ihre Lieblingsfernsehsendung war *Twilight Zone*.

»Wusstest du, dass heute ein *Twilight Zone*-Marathon läuft?«, fragte Chuck.

»Bis vor ungefähr einer Stunde hab ich ihn mir angeschaut.« Sie zuckte mit den Schultern. »Na ja, nächstes Jahr läuft er ja wieder. Mom und Dad sind heute Abend auf irgendeiner Party eingeladen und wollten nicht, dass die Kleinen allein auf Süßes-oder-Saures-Tour gehen, also …« Sie zuckte wieder mit den Schultern. »Hier bin ich.« Sie lächelte Chuck an. »Und ich bin wirklich froh, dass ich mit ihnen gegangen bin.« Während sie das sagte, lehnte sie sich ein Stück zur Seite und schubste Chuck sanft an.

»Ich auch«, erwiderte er.

Einige Minuten später rief sie: »Ray, komm mal her.« Der Pirat eilte zu ihr. »Willst du das für mich tragen?« Sie hielt ihm ihre Süßigkeitentüte hin.

»Trag deine Tüte selber«, lehnte er ab.

»Ich kann sie tragen«, bot Chuck ihr an.

»Das würde den Zweck verfehlen.« Und an Ray gewandt, fügte sie hinzu: »Wenn du sie trägst, darfst du dir ein paar von meinen Süßigkeiten rausnehmen.«

»Ja? Okay.« Er nahm ihr die Tüte ab und rannte davon.

Wendy legte ihre nun freie Hand in Chucks. Sie lächelte zu ihm hinauf und drückte sie ganz sanft.

Er drückte zurück. Sein Herz raste.

Ich muss träumen, dachte er. Oder ich bin in der *Twilight Zone*.

Der Mann, der die Tür öffnete, war schlank und gut aussehend und ungefähr 25 bis 30 Jahre alt. Er hatte kurzes dunkles Haar und einen perfekt gepflegten Schnurrbart. Er trug einen schwarzen Rollkragenpullover und eine schwarze Hose.

»Süßes oder Saures!«, kreischten die Kinder.

»Na, na, na«, sagte er. »Wen haben wir denn da?« Er stand mit kerzengeradem Rücken im Türrahmen, lächelte und klatschte langsam in die Hände, während er die Bande betrachtete. »Wundervolle Kostüme«, lobte er. »Wundervoll. Wartet hier, ich will mal sehen, was ich für euch finde.«

Er wirbelte herum und huschte davon.

Wendy lächelte Chuck an und drückte sanft seine Hand.

»Wann musst du wieder zu Hause sein?«, flüsterte sie.

Er zuckte mit den Schultern.

»Vielleicht können wir …«

Von irgendwo tief aus dem Inneren des Hauses drang eine vertraute Stimme zu ihnen. *»Es gibt eine fünfte Dimension jenseits der menschlichen Erfahrung …«*

»O mein Gott«, murmelte Chuck.

Der Mann tauchte wieder im Türrahmen auf. Nun hielt er ein silbernes Tablett in der Hand, auf dem sich ein Berg mit kleinen »Milky Way«-Riegeln auftürmte. »Hier ist eins für dich«, sagte er und ließ es in Rays Tüte fallen.

»Danke.«

»Und eins für deine andere Tüte.«

Wendy drückte Chucks Hand erneut.

»Sie schauen sich den *Twilight Zone*-Marathon an«, sagte Chuck zu dem Mann.

»In der Tat. Den versäume ich nie.«

»Ich wünschte, ich würde ihn auch nicht versäumen.«

»Du darfst gern reinkommen und ihn dir mit mir anschauen. Ihr dürft alle gern reinkommen und …«

»Wir dürfen nicht einfach so zu Fremden ins Haus gehen«, unterbrach Wendy ihn.

Chuck schaute ihr in die Augen. »Vielleicht könnten wir uns ja nur *eine* Folge anschauen …«

»›Der Mann mit den tausend Gesichtern‹«, sagte der Fremde. »Sie hat eben erst angefangen.«

»Die ist wirklich gut«, erwiderte Chuck. »Vielleicht …«

Wendy schüttelte den Kopf. »Auf keinen Fall.«

»*Du* kannst sie dir ja mit mir anschauen«, schlug der Mann vor und lächelte Chuck an. »Die anderen können ja auch ohne dich weiterziehen.«

»Ich weiß nicht«, erwiderte Chuck mit heftig hämmerndem Herzen.

»Die Folge ist ein echter Klassiker«, fügte der Mann hinzu.

Wendy drückte Chucks Hand noch fester. »Ich finde nicht, dass du das tun solltest, Chuck. *Wirklich*. Ich meine, nichts gegen Sie, Mister, aber wir kennen Sie ja gar nicht.«

Er lächelte. »Ich bin ziemlich harmlos.«

»Komm einfach mit uns, Chuck, okay?«

»Anschließend läuft ›Kinderspiele‹«, verkündete der Fremde.

Chuck sah Wendy mit unentschlossener Miene an. »Ich weiß nicht.«

»Und danach ›Der Mann in der Zelle‹.«

Chuck zog langsam seine Hand aus Wendys.

Sie versuchte, sie festzuhalten. »Chuck, nicht. *Bitte.*«

Charles Freeman, ein Junge an der schwierigen und oft Furcht einflößenden Schwelle zur Männlichkeit, wird in der Halloweennacht gegen seinen Willen auf die Straße getrieben und muss erkennen, dass das Leben jenseits der eigenen sicheren vier Wände noch überraschender, noch lohnenswerter und, ja, noch gefährlicher sein kann als ein nächtlicher *Twilight Zone*-Marathon.

Der Job

»O Mann«, sagte Mark.

»Was?«

»Schau dir das an. Da drüben. Der Schwarze.«

Stacy, der hinter dem Steuer saß, blickte nach rechts. Er entdeckte den Mann etwa einen halben Block entfernt – wahrscheinlich über zwei Meter groß und 130 Kilo schwer. Er bewegte sich mit steifen, langsamen Schritten. Sein muskelbepackter Körper glänzte unter den Straßenlaternen, als hätte er sich mit Öl eingerieben. Er trug eine knappe weiße Unterhose, sonst nichts.

In seinen Armen lag jemand in einem dünnen weißen Nachthemd.

»Was hat er denn da?«, fragte Mark. »Eine Frau?«

Stacy konnte nicht viel von dem schlaffen Körper erkennen, nur die Beine, die an der Seite des Mannes herunterbaumelten. Sie waren nackt, schlank und weiß. »Ja, ich glaube, das ist eine Frau.«

»O Mann«, stieß Mark aus. Es klang beinahe wie ein Stöhnen.

Schweigend beobachteten sie die Szene. Stacy nahm den Fuß vom Gaspedal und das Auto wurde langsamer. Als sie an den beiden vorbeirollten, hielt Stacy den Blick auf die Straße gerichtet, während Mark den Kopf drehte und sie weiter beobachtete.

»Was meinst du?«, fragte Stacy.

»Definitiv eine weiße Frau. Und es sieht nicht so aus, als wäre sie bei Bewusstsein.«

»Irgendwelche Anzeichen für eine Verletzung?«

»Nicht soweit ich sehen kann. Aber Mr. Universum sieht ziemlich zugedröhnt aus.«

»Ich fahr rechts ran.«

»Ja, okay.« Mark klang darüber nicht sehr glücklich. Er blickte über seine Schulter zurück, drehte sich dann wieder zu Stacy um und sagte: »Denkst du, wir sollten da wirklich eingreifen?«

»Verdammt. Große Lust hab ich nicht, das kannst du mir glauben.«

Sie hatten einen langen Arbeitstag hinter sich, dessen Krönung zwei Spiele nacheinander im Dodger Stadium gewesen waren. Während der Spiele hatten sie jeweils einige Hotdogs, mehrere Packungen Erdnüsse und ein paar große kühle Biere vernichtet. Genügend Bier, um – wie Mark es ausgedrückt hatte – »ein Kanu schwimmen zu lassen«. Stacy wollte nur noch nach Hause und in sein Bett.

Wir hätten einfach auf dem Freeway bleiben sollen, dachte er. Sicher, dort würden wir jetzt im Verkehr feststecken, aber wenigstens wären wir nicht in irgendwelche verfluchten *Situationen* geraten.

»Ich meine«, sagte Mark, »es ist ja nicht so, als wären wir noch im Dienst.«

Mit einem Blick in den Rückspiegel beobachtete Stacy, wie sich der Mann ihnen näherte. Mark folgte ihm im Seitenspiegel.

»Na ja«, erwiderte Stacy, »ich schätze, es kann nicht schaden, mal kurz mit dem Typen zu reden. Vielleicht ist ja auch alles in Ordnung.«

Mark stieß ein Schnauben aus. »Klar, vielleicht ist es nur seine Tochter.«

»Wenn er eine weiße Frau hat …«

»Hey, vielleicht ist *sie* seine Frau«, gluckste Mark.

»Durchaus möglich«, fand Stacy.

Wer immer sie auch ist, dachte Stacy, sie schläft entweder oder ist total weggetreten. Oder tot.

Er sah, wie ihr Kopf auf und ab wippte und ihr blondes Haar hin und her schwang. Auch ihre Beine baumelten im Einklang mit den steifen, abgehackten Schritten des Mannes.

Seine Sicht war durch den Spiegel und die Heckscheibe des Wagens ein wenig verzerrt und im blassen Schein der Straßenlaternen konnte er ihr Gesicht nicht gut genug erkennen, um ihr Alter zu schätzen. Er konnte noch nicht einmal sagen, ob sie hübsch war. Aber sie hatte eine gute Figur. Das dünne, enge Nachthemd ließ daran keine Zweifel. Sie war kein Kind mehr. Entweder ein Teenager oder eine erwachsene Frau.

»Sie hat nicht besonders viel an«, bemerkte er.

»Vielleicht hat er sie aus ihrem Bett entführt«, vermutete Mark. »Aber warum hat *er* nur eine Unterhose an?«

»Vielleicht kommt er gerade vom Wiegen nach Hause.«

Mark lachte. »Ja, das muss es sein.« Er versuchte, wie Brando zu klingen, als er hinzufügte: »Vielleicht ist der Typ 'n klasse Boxer.«

»Könnte sein.«

Sie schwiegen wieder, drehten die Köpfe und beobachteten, wie der Mann an ihnen vorbeiging. Er blickte starr geradeaus und seine Augen traten so weit aus den Höhlen hervor, dass es aussah, als würden sie jeden Moment herausspringen.

»Hast du seine Augen gesehen?«

»Abartig.«

»Der ist definitiv zugedröhnt.«

»Würde ich auch sagen.«

»Oder hypnotisiert.«

»Er sieht aus wie 'n verdammter Zombie, Mann. Wie ein Zombie mit irren Augen.«

»Was immer er auch ist«, sagte Stacy, »wir können ihn nicht einfach mit der Kleinen *abziehen* lassen.«

»Mann, ich *hoffe,* sie ist seine Tochter. Wenn wir ihn aufhalten müssen …«

»Kinderspiel«, versicherte Stacy.

»Ja. Klar. Aber dann sind wir dran.«

Stacy überprüfte mit einem Blick über die Schulter den Verkehr. Es war kein Auto in unmittelbarer Nähe, deshalb lenkte er den Wagen wieder auf die Straße und trat aufs Gas. Einen halben Block vor dem Mann und der Frau fuhr er rechts ran, hielt den Wagen an, schaltete den Motor aus und zog den Schlüssel aus dem Zündschloss.

»Bereit?«, fragte er.

»Bringen wir's hinter uns.«

Sie stießen beide ihre Türen auf und stiegen aus dem Wagen. Stacy schob seine Tür vorsichtig wieder zu und blickte sich um. Es herrschte nicht viel Verkehr. Soweit er es erkennen konnte, hatte in der gesamten Straße nichts geöffnet.

Sämtliche Geschäfte in der Gegend waren geschlossen und größtenteils mit Stahlgittern vor den Fenstern und Türen gesichert. Bei einigen brannte über Nacht eine spärliche Innenbeleuchtung. Andere schienen endgültig dichtgemacht zu haben und lagen in völliger Dunkelheit. Viele ihrer Fenster waren mit Brettern vernagelt.

Der Eingang jedes einzelnen Ladens war mit Müll übersät.

In einigen von ihnen lungerten dunkle Gestalten.

Eine wirklich traumhafte Nachbarschaft, dachte Stacy.

Aber wenigstens waren nicht viele Leute unterwegs.

Abgesehen von den Obdachlosen, die in den finsteren Hauseingängen kauerten, sah er nur ein paar vereinzelte Gestalten in der Ferne. Wahrscheinlich hauptsächlich Säufer und Junkies, vermutete er.

Nicht genug, um einen Mob zu bilden, falls die Sache aus dem Ruder lief.

Stacy ging vorne um den Wagen herum, holte seine Polizeimarke heraus und klappte das Lederetui auf. Er hielt es hoch und trat zu Mark auf den Bürgersteig.

Der sich nähernde Mann reagierte nicht. Er blickte einfach starr geradeaus, als hätte er sie gar nicht bemerkt, und ging unbeirrt weiter.

»Polizei«, rief Stacy. »Wir würden Ihnen gern ein paar Fragen stellen.«

Er ging weiter.

»Ma'am?«, rief Mark. »Geht es Ihnen gut?«

Sie lag schlaff an die muskulöse Brust des Mannes gelehnt. Ihre Augen waren geschlossen. Ihr Gesicht wirkte friedlich und freundlich.

Stacy schätzte ihr Alter auf 19 oder 20. Er sah weder Blut noch irgendwelche Anzeichen für eine Verletzung. Obwohl er keine Atembewegungen erkennen konnte, schien sie noch am Leben zu sein.

Sie schlief oder war ohnmächtig. Vielleicht stand sie auch unter Drogen.

Ihr Nachthemd war sehr dünn. Stacy sah, dass sie nichts darunter trug.

Der Mann blieb noch immer nicht stehen.

Seine hervortretenden Augen schienen mit leerem Blick erstarrt.

Mark sah nervös zu Stacy hinüber.

»Vielleicht ist er blind«, flüsterte Stacy.

»Und taub?«

Sie wandten sich beide dem Mann zu. Er ging weiter.

»Bleiben Sie bitte genau da stehen, Sir«, befahl Stacy mit etwas strengerer Stimme. »Wir sind von der Polizei. Wir möchten mit Ihnen und der Frau sprechen.«

Er ging weiter.

»Sir! Bleiben Sie stehen!«

Er hatte sie nun fast erreicht. Seite an Seite begannen die beiden, vor ihm zurückzuweichen.

»Kommen Sie schon, Mister«, versuchte es Mark. Seine Stimme klang ruhig, so als wollte er versuchen, einen sturen, betrunkenen Kumpel zur Vernunft zu bringen. »Bleiben Sie einfach stehen, okay? Sie wollen sich doch keinen Ärger einhandeln. Wir sind von der Polizei. Wir sind nicht hier, um Ihnen Schwierigkeiten zu machen. Wir wollen nur mit Ihnen reden.«

Er stapfte weiter auf die beiden zu. Sie wichen weiter zurück.

»Wer ist die Frau?«, wollte Stacy wissen.

Nichts.

»Was ist mit ihr los, Mister?«, fragte Mark. »Haben Sie ihr etwas angetan?«

»Wir gehen nicht weg«, warnte Stacy den Mann. »Glauben Sie nicht, dass wir einfach wieder verschwinden und Sie mit ihr abziehen lassen. Auf keinen Fall. Das war's für Sie. Bleiben Sie stehen. Reden Sie mit uns!«

Er blieb nicht stehen. Er redete nicht.

»Und was *machen* wir jetzt, Stace? Er bleibt nicht stehen.«

»Ich weiß, ich weiß.«

»Wir werden schon mit ihm fertig, keine Sorge.«

»Er ist ziemlich groß.«

»Ich weiß. Ist mir auch schon aufgefallen.«

»Der ist gebaut wie Schwarzenegger, verdammt noch mal.«

Schulter an Schulter stiegen sie am Ende des Blocks von der Bordsteinkante. Sie schauten nach links und rechts, um den Verkehr zu überprüfen. Das nächste Auto war zwei Blocks entfernt.

Der Mann trat ebenfalls auf die Straße.

»Wir sind total geliefert, Mann. Ich fass es nicht«, jammerte Mark.

»Es ist alles in Ordnung. Beruhig dich wieder.«

»Wir können noch nicht mal auf das Arschloch *schießen.*«

»Ich weiß, ich weiß.«

»Ich meine, er hat nur eine beschissene *Unterhose* an. Wir wären im Arsch!«

Weiße Polizisten waren in dieser Stadt schon für weniger gekreuzigt worden, als einen unbewaffneten schwarzen Mann zu erschießen, das wusste Stacy. Und dieser Typ könnte nicht *offensichtlicher* unbewaffnet sein, schließlich marschierte er praktisch nackt durch die Gegend.

Falls sie ihre Waffen benutzten, würden sie von einem Tsunami der öffentlichen Wut überschwemmt werden. Der Staatsanwalt würde sich dem Druck beugen und sie wegen Mordes anklagen. Von Anfang an, noch vor Beginn des Prozesses, würde man sie als kriminelle Polizisten, Rassisten und Mörder abstempeln. Sie würden ihren Job verlieren. Ihr Einkommen.

Falls die Geschworenen sie am Ende als »nicht schuldig« befinden sollten, würde die Stadt in Flammen aufgehen, wie nach dem Rodney-King-Urteil. Und da keiner der Geschworenen sein Gewissen damit würde belasten wollen, *musste* das Urteil »schuldig« lauten. Und das würde jahrelange Gefängnisstrafen für Stacy und Mark bedeuten.

»Wir sind so gut wie erledigt«, stöhnte Mark.

»Wir können ihn aber nicht einfach gehen lassen«, erwiderte Stacy.

Auf der anderen Straßenseite stiegen sie rückwärts wieder auf den Bürgersteig.

Mark warf Stacy einen Blick zu und verzog das Gesicht. »Wo sind die verdammten Bullen, wenn man sie braucht, hm?«

»Der Typ fängt langsam an, mich zu nerven.«

»Hey, hör mal«, schlug Mark vor. »Wie wär's, wenn du bei ihm bleibst und ich inzwischen Verstärkung rufe?«

»Nein. Nicht.«

»Ich muss nur ein funktionierendes Telefon finden. Es wird nicht lange …«

»Das ist eine Lose-lose-Situation, Partner. Die Verstärkung würde nur mit uns untergehen. Wir regeln das alleine, solange es irgendwie geht.«

»Dann sollten wir es lieber schnell regeln, verdammt.«

»Okay«, erwiderte Stacy.

Obwohl die Sommernacht mild genug für kurzärmelige Hemden war, trugen sie beide leichte Jacken, um ihre Waffen zu verbergen. Stacy streckte dem Verdächtigen weiter seine Polizeimarke entgegen und holte mit der anderen Hand seine 9-Millimeter-Halbautomatik aus dem Holster. Mark zog seinen 38er Revolver. Sie blieben stehen, wappneten sich und zielten.

»Bleiben Sie stehen! Sofort!«, brüllte Stacy.

»Bleiben Sie stehen und legen Sie die Frau ab«, schrie Mark.

Der Mann beachtete sie gar nicht.

»Stehen bleiben!«

»Sie sind verhaftet! Legen Sie die Frau auf den Boden!«

»Legen Sie die Frau auf den Boden!«

»Lassen Sie sie los!«

»Stopp!«

»Leg sie ab, Kumpel. Leg sie ab!«

»Wir lassen dich nicht einfach so abziehen.«

»Das war's!«

»Leg sie ab, Arschloch!«

»Jetzt sofort! Leg sie auf den Boden!«

Irgendwo in der Nähe quietschten die Bremsen eines Autos.

Stacy riss den Kopf in die Richtung des Lärms.

Auf der anderen Straßenseite flog die Tür eines Wagens auf und eine Frau sprang heraus – eine attraktive junge Frau mit wallendem blonden Haar. Sie trug ein weißes T-Shirt, Jeans und Turnschuhe und hielt einen Camcorder in der Hand.

»O Scheiße«, murmelte Stacy.

Auch Mark blickte zu ihr hinüber. *»Scheiße!«*

Sie rannte auf sie zu und hob die Kamera.

Der Verdächtige hatte sie beinahe erreicht.

Stacy schlug Mark mit seiner Polizeimarke auf den Arm. »Zurück! Zurück! Wir müssen zurück!«

Sie wichen zurück und senkten ihre Waffen.

»Lassen wir ihn vorbei?«, fragte Mark.

»Ja, ja, ja.«

Sie sprangen zur Seite, Stacy Richtung Bordsteinkante,

Mark auf das verriegelte Schaufenster eines Pfandhauses zu. Der mächtige Kerl schien die beiden Polizisten – und alles andere um sich herum – überhaupt nicht wahrzunehmen, marschierte zwischen ihnen hindurch und ging unbeirrt weiter.

Stapfte mit dem Mädchen auf dem Arm einfach weiter.

Stacy steckte seine Pistole wieder ins Holster und drehte sich zur Kamera um. »Wir haben hier eine gefährliche Situation, Ma'am. Warum steigen Sie nicht wieder in Ihr Auto und fahren nach Hause?«

Die Frau hielt sich den Camcorder weiter vors Gesicht, hob eine Hand und drückte auf einen Knopf. Ein Licht ging an und blendete Stacy. Er kniff die Augen zusammen und wandte den Kopf ab.

»Hey, Lady!«, blaffte er sie an.

»Sie stören die Polizei bei ihrer Arbeit«, schrie Mark sie an. »Nehmen Sie die Kamera aus meinem Gesicht!«

»Oh, beachten Sie mich gar nicht«, sagte sie und klang dabei ruhig und amüsiert. »Bitte, erledigen Sie einfach Ihren Job. Tun Sie, als wäre ich gar nicht da. Ich glaube, Sie wollten gerade diesen Mann erschießen. Lassen Sie sich von mir nicht aufhalten.«

Stacy funkelte sie an.

»Er entkommt«, zischte Mark.

»Jaja.« Stacy drehte den Kopf und sah, wie sich der riesige Typ mit langsamen, steifen Schritten immer weiter entfernte. »Scheiße!«

»Zeit für ein Pow-Wow, Stace.« Mark packte ihn am Arm und zog ihn zum Schaufenster des Ladens. »Und Sie halten sich von uns fern, Lady!«

Sie schlüpften in den überdachten Eingang, der glücklicherweise nicht von einem Obdachlosen als Schlafzimmer benutzt wurde. Trotzdem stolperte Stacy über ein altes Telefonbuch und fiel beinahe hin. Mark fing ihn auf. »Danke, Kumpel.«

Sie steckten die Köpfe zusammen. Die Frau hielt sich zurück, richtete jedoch weiter die Kamera auf sie.

»Was machen wir jetzt?«, fragte Mark.

Stacy kehrte der Frau den Rücken zu. »Halt deine Hand vor den Mund«, flüsterte er. »Es sei denn, du willst, dass dir die ganze Welt von den Lippen abliest.«

»Scheiße. O Scheiße, Mann. Das Ganze ist eine einzige Katastrophe. Wir hätten gar nicht anhalten sollen. Wir sind tot. Was sollen wir denn jetzt machen?«

»Wir sind im Arsch, so oder so.«

»Willst du, dass ich der Schlampe eine verpasse?«, fragte Mark.

»Halt die Klappe.«

»Schon klar, Mann, schon klar. Aber was machen wir dann?«

»Ich weiß, was ich *nicht* machen werde. Ich werde nicht zulassen, dass dieser Mistkerl mit der Kleinen abhaut.«

»Und wie willst du ihn aufhalten?«

»Mit allen Mitteln.«

»Scheiße, Mann.«

»Hör mal. Es hat keinen Sinn, dass sie uns deswegen *beide* fertigmachen. Du bleibst hier oder gehst zurück zum Wagen. Was auch immer. Nein, warte! Hier ist der Plan: Ich kümmere mich um Goliath und du suchst ein Telefon und rufst Verstärkung.«

»Aber du hast doch gesagt …«

»Es wird sowieso alles vorbei sein, bevor sie hier sind. Dafür werde ich schon sorgen. Aber auf die Art kriegen sie außer mir niemanden dran.«

»Scheiße, Stace.«

»Hey, es musste irgendwann so kommen. So ist nun mal der Job.«

»Ich kann dich doch hier nicht allein …«

»Du behältst schön deine weiße Weste, klar? Halt dich zurück, gib ihnen keinen Vorwand. Und erzähl dieser Tussi hier nichts. Ich kenne ihren Typ. Wenn du sie nur schief anschaust, reicht sie schon eine Beschwerde ein. Also *ignorier* sie einfach und such ein Telefon. Verstanden?«

»Ja, aber …«

»Geh!« Er klopfte Mark auf die Schulter, wandte sich ab und rannte den Gehweg hinunter. Der Typ hatte inzwischen einen ordentlichen Vorsprung. Stacy legte an Tempo zu. »Polizei!«, rief er. »Bleiben Sie stehen und legen Sie die Frau auf den Boden. Bleiben Sie stehen und legen Sie sie hin!«

Der Mann ging weiter.

Stacy holte schnell auf.

»Sie sind verhaftet! Bleiben Sie stehen und legen Sie die Frau ab!«

Er tat es nicht.

Stacy zog seine Pistole.

In der Ferne schrie eine Frau hinter ihm »Nicht! Lassen Sie los! Aufhören!«.

Er blickte zurück und sah, wie Mark der Frau den Camcorder aus der Hand riss.

Nein!

Aber es war zu spät.

Verdammt, Mark! Verdammt!

Warum musstest du das tun?

Plötzlich traten ihm Tränen in die Augen und Stacy rannte die letzten paar Schritte noch schneller. Er knallte dem Mann mit aller Kraft, die er aufbringen konnte, den Lauf seiner Pistole auf den kahlen, glänzenden Hinterkopf.

Es klang, als würde er versuchen, mit einem Hammer eine Kokosnuss zu zertrümmern.

Die Pistole prallte ab.

Der Kopf des Mannes wackelte ein wenig unter der Wucht des Schlags, aber er zuckte noch nicht einmal zusammen. Er stieß keinen Schmerzensschrei aus, geriet nicht ins Wanken, fiel nicht auf die Knie oder kippte bewusstlos vornüber.

Und er blutete auch nicht.

Er ging einfach weiter.

Stacy stürzte sich auf ihn und schlug ihm den Pistolenlauf mit solcher Wucht seitlich an den Schädel, dass ihm zwei Zentimeter über dem Ohr die Kopfhaut aufplatzte.

Die aufgerissene Haut leuchtete rot im Licht der Straßenlaternen.

Aber er blutete nicht.

Stacy hörte Schreie hinter sich.

»Du Mistkerl! Du Mistkerl! Gib sie mir wieder! Das ist Privateigentum. Dazu hast du kein Recht!«

Stacy ließ von dem Verdächtigen ab, überholte ihn und wirbelte zu ihm herum. Der Kerl trottete mit seinen Glupschaugen einfach weiter, einen gelassenen Ausdruck im Gesicht, so als wäre er in einen Tagtraum versunken.

Hinter ihm rannte Mark mit dem Camcorder in der Hand den Gehweg hinunter, die Besitzerin der Kamera dicht auf den Fersen. »Dazu hast du kein Recht!«, brüllte ihm seine Verfolgerin hinterher. »Sie gehört mir! Bleib stehen, du Mistkerl!«

Stacy steckte die Pistole zurück ins Holster, warf sich auf den Typen und versuchte, die Frau aus seinem Griff zu befreien. Aber der Riese drückte sie nur umso fester an sich. Die strammen Muskeln seiner heißen, rutschigen Arme spannten sich mächtig an.

Stacy konnte nichts gegen ihn ausrichten.

Ebenso wenig, wie er den Mann aufhalten konnte, der einfach weitermarschierte und Stacy mit seinem massigen Körper rückwärtsschob.

Stacy ließ seine Arme los und sprang aus dem Weg.

Mark, der von hinten auf ihn zustürmte, hob den Camcorder mit beiden Händen hoch über den Kopf und ließ ihn auf den Schädel des Verdächtigen herabsausen.

»Nein!«, kreischte die Frau. »Du verfluchtes Dreckschwein!«

Der Camcorder prallte von der glänzenden dunklen Kopfhaut des Kolosses ab, kullerte zur Seite und fiel zu Boden. Unterwegs knallte er noch gegen die Schulter des Riesen und landete schließlich auf dem Bürgersteig. Der Typ schien es gar nicht zu bemerken.

Mark sprang auf seinen Rücken und nahm ihn in den Schwitzkasten.

Drückte auf seine Halsschlagader.

Tödliche Gewaltanwendung.

In den Augen der Öffentlichkeit gleichbedeutend mit dem Einsatz einer Schusswaffe.

Mark zappelte mit den Füßen in der Luft und klammerte sich an seinen Rücken.

Die wutentbrannte Besitzerin des Camcorders rauschte an Mark und dem Riesen vorbei und stürmte auf Stacy zu. »Haben Sie gesehen, was er getan hat? Haben Sie das gesehen? Er hat meine Kamera geklaut. Er hat sie *zerstört.* Ich will, dass Sie ihn verhaften.«

»Verschwinden Sie, Lady.«

»Ich *verlange,* dass Sie ihn verhaften.«

»Bitte, gehen Sie mir aus dem Weg.«

Sie mussten beide rückwärtsgehen, um immer einen Schritt vor dem Riesen zu bleiben, der mit dem Mädchen im Arm und Mark auf dem Rücken unbeirrt weitermarschierte.

Der Schwitzkasten hätte ihn längst ausschalten müssen, weil er ihm schon nach wenigen Sekunden die Blutzufuhr zum Gehirn abschnitt. Der Kerl hätte schon längst bewusstlos zusammenklappen müssen.

Aber nichts schien auch nur die geringste Wirkung auf ihn zu haben.

»Runter von ihm!«, rief Stacy.

Mark hielt sich oben.

»Es funktioniert nicht. Lass los, Mark!«

Mark ließ los und fiel vom Rücken des Mannes. Er taumelte ein paar Schritte hin und her, schaffte es jedoch, sich auf den Beinen zu halten.

»Geh und hol ihre Kamera!«, rief Stacy.

Ohne Fragen zu stellen, drehte Mark sich um und rannte los, um den Camcorder einzusammeln.

»Und was soll das bringen?«, jammerte die Frau. »Sie ist *kaputt!* Er hat sie *zerstört!* Ich *will* sie nicht wieder zurück.«

»Wir kaufen Ihnen eine neue, Lady.«

Sie gingen weiter rückwärts, um einen Sicherheitsabstand zwischen sich und dem glupschäugigen, massigen Verdächtigen zu halten.

»Ich will, dass Sie Ihren Kollegen verhaften«, sagte die Frau.

»Sind Sie *blind,* Lady? Haben Sie die Situation hier überhaupt erfasst? Dieses Arschloch *entführt* gerade diese Frau!«

»Das geht mich nichts an.«

»Aber anscheinend ging es Sie sehr wohl etwas an, uns dabei zu filmen, wie wir versuchen, ihn aufzuhalten, Sie wertloses …«

»Na los, dann halten Sie ihn doch auf. *Jetzt* filme ich Sie ja nicht mehr, richtig?«

Mark kam auf sie zugerannt, die zerbrochene Kamera in der Hand.

»Ist das Band noch drin?«, fragte Stacy.

»Ja«, keuchte Mark und lief an dem schwarzen Koloss vorbei.

»Hol es raus.«

Mark ging neben Stacy her und betrachtete die Kamera.

»Pass auf!«

Er blickte über seine Schulter, schnappte erschrocken nach Luft und beschleunigte seinen Schritt wieder.

»Sie kriegen *mächtige* Schwierigkeiten, alle beide! Wenn Sie mir dieses Band nicht geben …!«

»Das ist Beweismaterial«, erklärte Stacy ihr. »Es beweist, dass *Sie* die Justiz behindern.«

»Schwachsinn!«

Mark holte die Kassette heraus. »Ich hab's!« Er warf den Camcorder weg, der krachend auf dem Gehweg landete.

»Sie verdammtes, mieses Nazi-Schwein!«, brüllte die Frau.

»Ganz ruhig, Lady«, sagte Stacy. »Warum verschwinden Sie nicht einfach und …«

»Geben Sie mir das Band!«, schrie sie.

»Das ist Polizei…«

Dann stürmte sie plötzlich auf Mark los.

Mit einem Ausdruck der Überraschung im Gesicht hob er die Kassette blitzschnell über seinen Kopf.

Die Frau stürzte sich auf ihn und streckte die Hand aus, aber er konnte ihr ausweichen.

Sie kreischte und knallte gegen das Mädchen auf dem Arm des Riesen. Stacy sah, wie der schlaffe Körper bei dem Aufprall einen Satz machte. Auf den Mann hatte der Zusammenstoß jedoch nicht die geringste Auswirkung. Er stapfte einfach weiter und trug seine Gefangene mit sich.

Die Frau prallte von den beiden ab, als hätte sie sich gegen eine Granitwand geworfen.

Sie landete unsanft auf dem Bürgersteig.

Die Kleine im Arm des Riesen drehte den Kopf und starrte Stacy blinzelnd an.

Es geht ihr gut!

Doch dann breitete sich ein erschrockener, angsterfüllter Ausdruck auf ihrem Gesicht aus, als der Hüne über die auf dem Boden liegende Kamerabesitzerin stolperte und nach vorne kippte. Er torkelte unkontrolliert hin und her, mit einem vernebelten, leeren Ausdruck in den Augen. Er wirkte, als kümmerte ihn all das nicht im Geringsten, weil er sich der ganzen Situation überhaupt nicht bewusst war.

Er wird sie zerquetschen!

Stacy stürzte sich auf ihn und versuchte, die junge Frau zu retten. Während er die Arme unter ihren Rücken und ihre Beine schob, wurde er vom Gewicht des Riesen rückwärtsgetrieben wie ein Kind, das von der wilden Brandung eines Flusses fortgerissen wurde.

Plötzlich knallte ein Schuss durch die Nacht.

Der mächtige, glänzende Kopf über Stacy wurde durch den Treffer in der linken Schläfe nach rechts geschleudert. Praktisch im selben Moment schien die rechte Seite des Kopfes zu explodieren. Die austretende Kugel schoss durch das Schaufenster eines Ladens. Rote Gischt spritzte auf die zerschmetterte Glasscheibe und vermischte sich mit Hirnmasse und Schädelklumpen.

Selbst im Rückwärtsfallen hielt Stacy das Mädchen noch fest.

Wenigstens kann ich ihren Aufprall dämpfen.

Und der Mistkerl ist tot.

Stacy hielt den Kopf oben, als er auf dem Bürgersteig aufschlug, und schon im nächsten Augenblick zerquetschte der gigantische Riese das Mädchen auf seiner Brust.

Das entsetzliche Gewicht drückte sich jedoch nur ein paar Sekunden auf ihn.

Zuerst dachte er, Mark hätte die Leiche von ihm gezerrt.

Aber dann wurde ihm bewusst, dass der Mann sich aus eigener Kraft aufrappelte.

Das kann nicht sein. Er hat ihm das Gehirn weggeblasen.

Einen Moment später kniete der Kerl über Stacy.

Aber Stacy hielt das Mädchen immer noch fest.

Mit demselben leeren Ausdruck auf dem Gesicht steckte der Koloss seinen Zeigefinger in die Eintrittswunde in seiner linken Schläfe, als wäre er neugierig, wie tief sie war.

»Stacyyyyy!«

Marks Stimme klang schrill und beinahe wahnsinnig.

Stacy drehte den Kopf und sah seinen Kollegen rückwärts über die Straße torkeln. Der Revolver baumelte an seiner Seite.

»Stacyyyy! Was TUT er denn da?«

Der Zeigefinger des Mannes steckte inzwischen bis zum Knöchel in seinem Schädel.

»Was macht er da mit seinem Finger, Stacyyyyy?«

Stacy hörte Reifen quietschen, gefolgt vom tiefen *BUM-BUM-BUM* des dröhnenden Basses eines Radios. Scheinwerfer huschten über Mark hinweg, aber er schien es gar nicht zu bemerken. Er starrte einfach nur auf den sich erhebenden schwarzen Koloss.

»MARK! Pass auf!«

Das heranrasende Auto rauschte direkt in ihn hinein und fuhr dann dröhnend davon. Die Musik donnerte wie eine wilde Trommel.

Mark flog einen schlaffen Salto schlagend durch die Luft. Er sah aus wie ein Trampolinspringer, den man mitten im Sprung angeschossen hatte.

Er landete hart auf der Straße.

»NEIN!«, schrie Stacy.

Der tote Mann stand inzwischen wieder aufrecht und drehte sich langsam zur Straße um, als würde er sich tatsächlich für Marks Schicksal interessieren.

Es war unmöglich.

Stacy wusste, dass dieser Typ auf keinen Fall mehr am Leben sein konnte – nicht nachdem er sich eine Kugel Kaliber 38 in den Kopf eingefangen hatte. Aber er war trotzdem wieder auf den Beinen.

Dann blickte der Koloss in die andere Richtung.

So schnell er konnte, rollte sich Stacy herum und ließ das Mädchen los. Auf dem Rücken liegend blinzelte sie durch Tränen zu ihm herauf. Sie schluchzte heftig.

»Es wird alles gut«, flüsterte er. »Wir schaffen das. Sind Sie verletzt?«

Er warf einen Blick über die Schulter und sah, wie sich der tote Mann wieder ihm zuwandte.

Die Zeit ist um!

Stacy hob das Mädchen hoch und rannte los. Sie hüpfte in seinen Armen auf und ab und ihr Kopf wackelte wie wild hin und her. Sie war größer, als sie auf den Armen des Riesen ausgesehen hatte – und schwerer, als er erwartet hatte. Aber Stacy war kräftig und trug sie mit schnellen Schritten davon.

Nach ein paar Sekunden fiel ihm auf, dass sie nicht verfolgt wurden.

Er blickte über seine Schulter zurück, wurde langsamer, blieb schließlich stehen und drehte sich um.

Der tote Mann jagte ihnen tatsächlich nicht nach. Er stand mitten auf dem Bürgersteig, etwa einen Block entfernt.

Mit dem Gesicht zu Stacy.

Genau wie Stacy hielt er eine blonde Frau auf dem Arm.

Seine Frau schien jedoch nicht bei Bewusstsein zu sein. Statt eines weißen Nachthemds trug sie ein weißes T-Shirt, eine blaue Jeans und Turnschuhe.

Er starrte Stacy und seine ehemalige Gefangene aus der Ferne an.

Dann wandte er sich langsam ab.

Und ging mit steifen Schritten davon.

Stacy blickte zu Mark hinüber, der als Häuflein auf dem Asphalt lag.

Er hob den Blick gerade noch rechtzeitig, um zu sehen, wie der Riese mit seiner Trophäe in einer Gasse verschwand.

Als sie außer Sichtweite waren, schaute er sich um und entdeckte eine Telefonzelle auf der anderen Straßenseite. Für Mark kam vermutlich jede Hilfe zu spät – höchstwahrscheinlich sogar –, aber man konnte schließlich nie wissen.

Stacy rannte zum Telefon und trug das Mädchen auf den Armen, das er und Mark gerettet hatten vor diesem …

Gott weiß was.

Stacy wollte es auch gar nicht wissen.

Aber eine gewisse junge Dame würde es vermutlich bald herausfinden.

»Zu dumm, dass sie es nicht filmen kann«, murmelte Stacy.

»Hä?«, fragte das Mädchen.

»Ach, nichts«, antwortete er.

Zehn Mücken, dass du's nicht machst

»Zehn Mücken, dass du's nicht machst«, forderte Ron ihn heraus.

»Lass erst mal sehen.«

Ron lehnte sich zur Autotür, drehte sich ein wenig, setzte sich dann wieder hinter dem Steuer auf und senkte den Kopf.

Auf dem Rücksitz hörte Jeremy ein leises papiernes Rascheln.

»Ich hab's.« Ron hob ein Bündel Geldscheine hoch, schaute nach hinten und wedelte damit herum.

In der Dunkelheit des Wagens konnte Jeremy die Zahlen nicht erkennen. »Was hast du?«, fragte er.

»Einen Fünfer und fünf Dollarscheine. Also, was sagst du?«

»Bist du sicher, dass du das verlieren willst?«

»Ich werde nicht verlieren. Lass erst mal *deine* zehn sehen.«

Jeremy lehnte sich zur Seite und zog seine Brieftasche aus der Jeans. Er hielt sie ins Mondlicht und fand einen Zehn-Dollar-Schein. Er zeigte ihn Ron. »Hier sind meine.«

»Moment, Moment, Moment«, ging Karen auf dem Beifahrersitz dazwischen. »Ich steige mit ein. Ich setze auch zehn Mücken, dass du's nicht machst.«

Tess, die neben Jeremy auf dem Rücksitz saß, sagte: »Ich auch.«

»*Et toi?*«, fragte Jeremy sie. »*Gegen* mich?«

»Ich bin doch nicht *gegen* dich«, erwiderte Tess. »Ich weiß nur rein zufällig, dass du's nicht tun wirst. Du *glaubst* offensichtlich, dass du es machst, aber das wirst du nicht.«

»O ihr Kleingläubigen«, rief Jeremy dramatisch aus. Aber auch wenn er versuchte, darüber zu scherzen, war er doch ein wenig verletzt.

»Wofür hältst du mich denn? Für ein Weichei oder so?«

»Das hab ich doch gar nicht gesagt«, entgegnete Tess.

»Ich schon«, sagte Ron und lachte.

»Ich sage nur, dass du es nicht tun wirst«, fügte Tess hinzu.

»Ich tue es aber. Und ich freue mich schon darauf, euer ganzes Geld einzusacken.«

»Kannst du die Wetten denn alle halten?«, fragte Ron.

Jeremy fand einen 20-Dollar-Schein in seiner Brieftasche, zog ihn heraus und steckte ihn zu dem Zehner. »Kümmerst du dich um die Einsätze, Tess?«

»Okay.«

Ron und Karen steckten jeder eine Hand durch die Lücke zwischen den Vordersitzen und reichten Tess ihr Geld. Auch Jeremy gab ihr seine Scheine. Tess holte ihren eigenen Einsatz aus dem Geldbeutel, faltete alle Scheine zusammen, schob eine Hand in den Ausschnitt ihrer weißen Bluse und verstaute das Geld im Körbchen ihres BHs.

Ron stieß einen Pfiff aus. Karen schlug ihm auf die Schulter.

»Au!«

»Und was ist mit dir, Ron?«, fragte Tess grinsend.

»Was soll mit mir sein?«

»Willst du es denn nicht machen?«

»Ich? Machst du Witze? Das ist Jeremys Ding, nicht meins.«

»Ich sehe keinen Grund, warum wir die Wette nur auf Jeremy beschränken sollten«, fand sie. »Er wird es sowieso nicht tun.«

»Hey!«

»*Wirst* du nicht.«

»Werde ich doch.«

Sie zuckte mit den Schultern und fügte hinzu: »Ich finde, es sollte jedem offenstehen. Der Erste, der es macht, bekommt die 60 Mäuse.« Sie wandte sich Ron auf dem Fahrersitz zu und ergänzte: »Und er darf sich das Preisgeld persönlich bei mir abholen.«

»Hey, hey, hey!«, grölte Ron.

Karen boxte ihn auf den Arm.

»Au! Hör auf damit!«

»Hör du auf, dich wie ein Arschloch aufzuführen.« Und an Tess gewandt, fügte sie hinzu: »Und du kannst aufhören, ihn zu necken, klar? Er gehört zu mir.«

»Ja, sicher. Das weiß ich.«

»Wenn er gewinnt, *gibst* du ihm das Geld.«

»Ich weiß trotzdem, wo es war«, scherzte Ron.

»Du …!« Karen verpasste ihm den nächsten Schlag.

»Au!«

Jeremy lachte.

Mit einem leisen Stöhnen rieb sich Ron den Arm.

»Weißt du«, sagte Karen, »du bist nicht der einzige Kerl in der Stadt. Wenn du nicht zu schätzen weißt, was du hast, finde ich sicher jemanden, der es tut, darauf kannst du wetten.«

»Ich weiß es ja zu schätzen. Ich weiß zu schätzen, dass ich die beiden habe.«

Jeremy und Tess lachten.

»Ich meine«, fuhr Karen fort, »sämtliche Typen in der Schule wollen mich.«

»Und die meisten Mädchen«, warf Tess ein.

»Du würdest gar nicht glauben, wie viele Angebote ich schon ausgeschlagen habe. Und warum? Weil ich *dein* Mädchen bin, Ron. Ich bin dein Mädchen, hab ich recht?«

»Ja! Natürlich!«

»Gut. Und deshalb fasst mich auch niemand an, außer dir. Und niemand fasst dich an, außer mir. Und ich bin die Einzige, die *du* anfasst.«

»Absolut!«, versicherte Ron hastig.

»Sieht nicht so aus, als würde sich irgendjemand kopfüber aus dem Wagen stürzen, um die Kohle zu gewinnen und mich zu begrapschen«, seufzte Tess.

»Dich begrapscht keiner«, sagte Karen. »Außer vielleicht Jeremy.«

Jeremy ging heute zum dritten Mal mit Tess aus. Bislang waren das höchste der Gefühle Händchenhalten und ein Gutenachtkuss gewesen. Er war kurz davor gewesen, all seinen Mut zusammenzunehmen und auf Tuchfühlung zu gehen, hatte jedoch Angst gehabt, Tess damit zu beleidigen.

Heute Abend lässt sie mich ran, dachte er.

Aber nur, wenn ich die Wette gewinne.

»Ich mache es«, beharrte er.

»O natürlich«, sagte Tess.

»Tue ich.«

»Und warum sitzt du dann noch hier?«

»Was ist mit euch?«

»Ohne mich, Kumpel«, sagte Ron.

»Und mich«, stimmte Karen ihm zu. »Nicht für Geld und gute Worte. Näher als bis hierhin will ich auf keinen Fall an diese gruselige alte Hexe ran.«

»Ich denk noch drüber nach«, sagte Tess. Sie tätschelte ihre Brust. »Ist 'ne Menge Geld. Vielleicht will ich es ja für mich behalten.«

»Wollen wir es zusammen machen?«, schlug Jeremy vor.

»Das wär nicht fair!«, platzte Ron heraus. »Ich hab kein Problem damit, dass es jeder versuchen darf. Aber keine Zusammenarbeit. Der Erste, der es macht, hat gewonnen. Sonst ist die Wette vom Tisch.«

»Jeremy behauptet schon die ganze Zeit, dass er es macht«, warf Karen ein. »Ich denke, es wäre nur fair, wenn wir es ihn zuerst versuchen lassen. Allein. Falls er einen Rückzieher macht, kommt er eben zurück zum Auto und Tess kann es probieren. Sind damit alle einverstanden?«

»Sicher«, sagte Tess. »Ich hab kein Problem damit, als Zweite dran zu sein … weil ich *weiß*, dass Jeremy es nicht macht.«

»Das glaubst *du*«, verteidigte er sich.

»Das *weiß* ich.«

»Ach ja?«

Ohne noch länger zu zögern, stieß Jeremy die Autotür auf. Er stieg aus dem Wagen, schloss die Tür leise wieder und blieb neben dem Auto stehen. Er atmete tief ein. Die Luft roch herrlich frisch und trug einen süßen, blumigen Duft zu ihm.

Mit wackligen Beinen ging er zur Vorderseite des Wagens. Er versuchte, kein Geräusch zu machen, doch jenseits des Asphalts knirschte der Schotter unter seinen Schuhen. Nachdem er den Schotterstreifen hinter sich gelassen hatte, war das Gras wieder beinahe lautlos.

Ich muss den Verstand verloren haben, dachte er. Warum hab ich nur gesagt, dass ich das mache? Was zur Hölle hab ich mir nur dabei gedacht?

Ich hätte jedenfalls nie gedacht, dass sie mich beim Wort nehmen.

Aber das haben sie, Kumpel.

Es ist keine große Sache, beruhigte er sich selbst. In ein paar Minuten ist alles vorbei. Dann kann ich wieder ins Auto steigen und mir die 60 Dollar aus Tess' BH angeln. Wahrscheinlich muss ich sie erst ein bisschen abtasten, bevor ich die Kohle finde …

Dann sehen sie auch endlich, dass ich kein Weichei bin.

Sie glauben wirklich, dass ich es nicht mache. Mann, die werden sich noch wundern.

Er wünschte sich jedoch, er hätte eine Taschenlampe dabei. Es lagen einfach zu viele Schatten zwischen all den Bäumen, Büschen, Grabsteinen und Mausoleen – und zu viele Ecken völliger Finsternis, in denen jemand lauern und ihn beobachten konnte.

Vielleicht gar kein Mensch. Vielleicht ein Friedhofshund.

Oder ein Ghoul?

Sicher.

Wie wär's mit ein paar dieser Freaks aus Die Nacht der lebenden Toten*?*

Hör auf damit.

Ein so heruntergekommener Friedhof wie dieser hier würde ihnen sicher gefallen.

Lass es gut sein!

Plötzlich sah er sein Ziel vor sich.

Das Grab der alten Flint. Es war leicht zu erkennen: Die Abschlussklasse hatte ein besonderes Denkmal als Grabstein für sie gespendet.

Da ist es!

Jeremy stellte sich vor das Denkmal: ein Messingapfel von der Größe eines riesigen Kürbisses auf einer etwa 1,50 Meter hohen Marmorsäule.

Bei der Enthüllungszeremonie vor ein paar Wochen hatten sich alle über den Apfel lustig gemacht. Er sollte offensichtlich Flints Engagement als Lehrerin symbolisieren, erinnerte jedoch alle Kinder an den Apfel aus Schneewittchen – was die alte Flint zur bösen Hexe machte. Ron hatte gescherzt: »Vergiss den Apfel, sie hätten lieber Messingeier nehmen sollen.« Und Jeremy selbst hatte vorgeschlagen: »Oder einen Messinghintern.«

Tess hatte seine Bemerkung gehört, herzhaft gelacht und angefangen, sich mit ihm zu unterhalten.

Es war das erste Mal gewesen, dass sie überhaupt Notiz von ihm genommen hatte. Nach etwa fünf Minuten hatte sie deutlich gemacht, dass sie nichts dagegen hätte, mit ihm auszugehen.

So kam es zu ihrem ersten Date.

Und nun, bei ihrer dritten Verabredung, waren sie wieder hier; dort, wo alles angefangen hatte.

Jeremy warf einen Blick über die Schulter und sah Rons Wagen hinter sich. Er stand ein gutes Stück näher, als er vermutet hatte.

Sie hocken alle da drin und schauen mir zu.

Na ja, dachte er, das wusste ich ja schon, als ich gesagt habe, dass ich es mache.

Ich bin hier auch ziemlich auf dem Präsentierteller.

Obwohl der halbe Friedhof in schwarze Schatten gehüllt war, fiel keiner von ihnen auf das Grab der alten Flint.

Es lag in helles Mondlicht getaucht vor ihm.

Na schön, sie sollen mich ja auch sehen können.

Er lächelte, winkte ihnen zu und drehte den Kopf dann wieder nach vorne. Er streckte eine Hand aus und tätschelte den Apfel. Seine Messingoberfläche fühlte sich kühl und glatt an.

Jeremy lehnte sich ein wenig näher heran und konnte die Inschrift der Plakette im Mondlicht lesen:

AGNES EILEEN FLINT
1941–2001
LEHRERIN AUS LEIDENSCHAFT
VON ALLEN GELIEBT

Der ist echt gut, dachte Jeremy. Von allen geliebt. Von allen geliebt, die nicht zu ihren Opfern gehörten, vielleicht.

Sein Gesicht brannte richtig, als er sich an das letzte Halbjahr erinnerte. Einmal hatte er im Unterricht die Hand gehoben und sie gebeten, auf die Toilette gehen zu dürfen. Sie hatte ihn nur höhnisch angegrinst und geantwortet: »Oh, ganz sicher nicht, Mr. Harris.«

»Aber ich muss wirklich. Bitte.«

»Ich fürchte, Sie müssen warten, bis es klingelt, Mr. Harris.«

»Bitte. Ich … ich kann nicht so lange warten.«

»Vielleicht hätten Sie dann lieber mit Windel zum Unterricht kommen sollen, Mr. Harris.«

Die anderen Schüler im Biologiekurs waren in schallendes Gelächter ausgebrochen. Genau wie die alte Flint.

»Sollen wir vielleicht alle zusammenlegen und Mr. Harris eine Packung Pampers kaufen, was meinen Sie?«

Jeremy biss die Zähne so fest zusammen, dass ihm die Kiefermuskeln wehtaten, drehte sich zum Wagen um und löste seine Gürtelschnalle. Er machte den Knopf seiner

Jeans auf, öffnete den Reißverschluss, ging in die Hocke und streifte die Jeans und die Unterhose über den Hintern.

Mit den Ellenbogen auf den Oberschenkeln faltete er die Hände zwischen den Knien.

Er senkte den Kopf.

Sah seine Hände und das durchhängende Hemd. Keine Anzeichen seines Penis oder seiner Hoden. Allerdings befanden sich seine Jeans und die Unterhose an seinen Knöcheln eindeutig in der Gefahrenzone.

Ich werde wie ein Riesenarschloch dastehen, wenn ich mir selbst auf die Hose scheiße.

Und was ist mit Klopapier?

Vielleicht ist das doch keine so tolle Idee, dachte er.

Aber ich muss es durchziehen, sonst behaupten sie wieder, ich wäre ein Weichei ... Und dann kann ich auch nicht in Tess' BH rumfummeln.

Er machte ein paar watschelnde Schritte vorwärts und ließ sich dann aufs Gras sinken. Es fühlte sich trocken an und kitzelte an seinen Pobacken und Hoden. Er beugte sich nach vorne und zog die Schuhe aus.

Ich hab keine Hose an und sie schauen mir alle zu.

Tess schaut mir zu und versucht bestimmt, möglichst viel zu sehen. Und Karen auch.

Während er sich abmühte, die Jeans und die Unterhose über seine Füße abzustreifen, wuchs seine Erektion langsam weiter und drückte gegen seinen Bauch.

Oh, oh.

Schließlich war er die Hose los, lehnte sich noch ein Stück nach vorn und zog auch seine Socken aus.

Alle schauen mir zu.

Er schien immer steifer zu werden.

Was soll ich denn jetzt machen?

Ist schon okay, beruhigte er sich. Mein Hemd hängt weit genug runter …

Er behielt das Hemd im Auge, während er wieder auf die Füße kam. Er wollte sich gerade aufrichten, doch dann wurde ihm bewusst, wie enthüllend dies gewesen wäre, und er blieb vornübergebeugt stehen.

Er ging ein paar Schritte rückwärts, bis sein nackter Hintern den kühlen Marmor berührte.

Die Säule.

Moment, Moment, Moment, dachte er. Ich will das nicht auf ihrem *Denkmal* machen, ich will das auf *ihr* machen. Auf dem Gesicht der alten Flint.

Er trippelte wieder ein paar Schritte vorwärts und ging in die Hocke.

Zwischen seinen weit auseinanderstehenden Füßen befand sich nichts als Gras.

Wie die meisten anderen Schüler war auch Jeremy bei ihrer Beerdigung gewesen. Er hatte zugesehen, wie der Sarg in der Erde versenkt wurde.

Genau hier.

Hier muss ihr Gesicht sein … Ground Zero.

Zu blöd, dass zwei Meter Erde dazwischen sind. Und ein Sargdeckel.

Am schönsten wäre es, dachte er, wenn ich es – *plopp!* – direkt auf ihr nacktes Gesicht machen könnte – und wenn sie noch am Leben wäre, damit sie es so richtig genießen kann.

Aber er wusste selbst, dass er in Wirklichkeit niemals den Nerv gehabt hätte, so etwas zu tun.

Ich muss ja schon verrückt sein, dass ich das hier versuche.

Während mir alle zuschauen.

Verdammt, sie hassen sie genauso sehr wie ich. Sie würden es selbst tun, wenn sie den Mumm dazu hätten.

Tess macht es vielleicht, erinnerte er sich.

Nicht wenn ich es tue.

Während er zu drücken begann, stellte er sich vor, wie Tess auf dem Grab in die Hocke ging, von der Taille abwärts nackt. Bei dem Gedanken daran wurde er noch steifer.

Hör auf, an Tess zu denken!

Warum?

Du musst dich auf das Wesentliche konzentrieren.

WARUM?

Tess ist als Nächste dran!

Sonst werden sie sagen, dass ich ein Weichei bin, und dann verliere ich meine 30 Mücken *und* ihre. Insgesamt 60 Steine. Und ich kann mich von der Idee verabschieden, das Geld aus Tess' BH zu holen.

Vielleicht zieht sie sich ja auch komplett nackt aus, bevor sie sich auf die alte Flint hockt.

Oh, sicher ... von wegen.

Die Autohupe ertönte.

Jeremy zuckte vor Schreck zusammen.

Zwei weitere Hupsignale dröhnten durch die Nacht.

In der folgenden Stille hörte er Ron im Auto lachen.

»Sehr lustig!«, schrie Jeremy.

»Ich versuche nur zu helfen«, rief Ron zurück. »Hast du dir vor Angst in die Hose gemacht?«

»Nein! Und mach das nicht noch mal. Mein Gott! Vielleicht hat das jemand gehört.«

»Du machst dir zu viele Sorgen.«

»Ich bin schließlich derjenige, der hier draußen ...«

»Ohne Hose dahockt!«, brüllte Ron amüsiert.

»Halt die Klappe!«

Im Auto sagte Karen: »Hör auf damit, Ron, okay? Jeremy hat recht. Wir sollten gar nicht hier sein – vom Hupen ganz zu schweigen. Jemand könnte die Polizei rufen.«

»Niemand wird die Polizei rufen.«

»Woher willst du das wissen?«

»Tote rufen nicht die Polizei.«

Mit ruhigem, vernünftigem Tonfall sagte Tess: »Wir sollten wahrscheinlich trotzdem leise sein. Wir sind möglicherweise nicht die Einzigen hier. Ihr wisst schon.«

Ron schwieg für einen Moment und erwiderte dann: »Ja, na ja. Ich schätze, ich kann das Hupen sein lassen.« Er drehte sich zum offenen Fenster um und rief: »Wie lange wird das denn noch dauern, Mimi?«

»Woher soll ich das wissen? Und nenn mich nicht Mimi.«

»Ich meine, ist denn schon was unterwegs?«

»Halt die Klappe!«

Ron kicherte.

Tess lehnte sich aus dem Rückfenster und rief: »Können wir dir irgendwie helfen?«

»Ich brauche nur noch ein bisschen mehr Zeit, das ist alles. Rom wurde schließlich auch nicht an einem Tag erbaut.«

Jeremy hörte Gelächter aus dem Auto.

Nachdem sie sich wieder beruhigt hatten, sagte er: »Ich mach, so schnell ich kann, aber es wäre hilfreich, wenn ich dabei meine Ruhe hätte.«

»Willst du was zu lesen?«, rief Ron.

»Dafür ist es ein bisschen zu dunkel.« Aber dann fiel ihm wieder ein, dass Papier durchaus nützlich wäre. »Was hast du denn?«, fragte er.

Er wartete. Seine Beine taten langsam weh. Aber wenigstens hatte sich seine Erektion wieder gelegt.

»Ich hab hier ein paar Landkarten«, antwortete Ron nach einer Weile.

»Zum Auseinanderfalten?«

»Igitt, widerlich«, stieß Karen aus.

»Das ist doch nicht widerlich«, hörte er Tess sagen. »Er will nur sehen, wo es landet.«

Sie lachten alle, sogar Jeremy. »Der war gut!«, rief er.

»Danke.«

»Also«, fragte Ron, »willst du rüberkommen und dir 'ne Karte holen?«

»Ich hab keine Hose an.«

»Genierst du dich, oder was?«

»Kannst du mir nicht 'ne Karte bringen?«

»Auf keinen Fall, Kumpel. Ohne mich. Du hast keine Hose an.«

»Ha-ha-ha.«

»Okay«, sagte Tess. »Gib her.« Lauter fügte sie hinzu: »Ich bringe sie dir.«

Jeremy hörte Papier rascheln. Dann schwang eine Autotür auf und Tess stieg aus dem Wagen. Sie machte die Tür wieder zu und kam mit einem dunklen Rechteck in der Hand auf ihn zu.

Ihre weiße Bluse und der Rock leuchteten hell im Mondlicht. Sie hatte keine Schuhe an. Ihre braun gebrannte Haut war so dunkel, dass ihre Kleider ohne sie durch die Nacht zu schweben schienen.

Sie machte einen Schritt über Jeremys Unterhose und stand vor ihm. Er richtete sich auf. Mit einer Hand zog er sich den Saum seines Hemds über den Schritt, während er die andere nach der Landkarte ausstreckte.

Tess lächelte ihn mit strahlend weißen Zähnen an. Sie hielt ihm die Karte hin. »Bitte schön.«

Er nahm sie ihr ab. »Danke.«

Aber Tess machte keinerlei Anstalten, wieder zu gehen. »Ich muss schon sagen, ich hätte nicht gedacht, dass du es machst.«

»Noch hab ich's ja auch nicht gemacht.«

»Ich hätte auch nicht gedacht, dass du überhaupt so weit kommst«, gestand sie. »Ich meine, bis aufs große Finale hast du's durchgezogen.«

Er errötete. »Soll das heißen, dass ich die Wette gewonnen habe?«

»Ha! Nein! Die Wette steht noch. Aber egal ob du gewinnst oder verlierst … ich bin stolz auf dich.«

»Na ja … danke.«

Sie machte einen Schritt auf ihn zu. Er ließ sein Hemd los und schlang beide Arme um sie. Er küsste sie und drückte sie an sich, spürte ihre Lippen und ihren Busen. Ihr flacher Bauch presste sich gegen seinen. Der Stoff ihres Rocks fühlte sich weich auf seinen Oberschenkeln und seinem Penis an.

Er versuchte zurückzuweichen, aber sie hielt ihn fest.

»Schon okay«, flüsterte sie.

Seine Erektion wuchs wieder und hob den Rock zwischen ihren Schenkeln an.

»Ich sag dir was«, hauchte sie, »ich erhöhe den Einsatz.«

»Hä?«

»Ich werfe noch einen kleinen Bonus für dich in den Jackpot.«

»Ehrlich? Was denn?«

Sie antwortete ihm, indem sie sich sanft vor und zurück bewegte und sich an ihm rieb.

»Mmm.«

»Gib ihr 'nen schönen fetten Gruß von mir.«

»Ich versuch's.«

»Die Schlampe hat nur das Allerbeste verdient.«

»›Lehrerin aus Leidenschaft‹«, zitierte Jeremy. »›Von allen geliebt‹.«

»Ich weiß gar nicht, wie oft ich davon geträumt habe, sie umzubringen.«

»Ehrlich?«

Tess nickte.

»Echt geträumt oder in deiner Fantasie?«

»In meiner Fantasie.«

»Ich auch«, gestand Jeremy. »Ich hab viel darüber nachgedacht, *wie* ich sie gerne umbringen würde. Aber nicht nur wegen dem, was sie mir angetan hat. Es gab ... eine Menge gute Gründe. Vor allem, wie sie dich behandelt hat.«

»Ehrlich?«

Er nickte. »Besonders als sie dich gezwickt hat. Vor der ganzen Klasse. Ich hätte sie am liebsten in der Luft zerrissen.«

»Das ist so süß«, sagte Tess leise.

»Keine Ahnung, warum man sie nie gefeuert hat«, murmelte er. »So was dürfen Lehrer doch eigentlich gar nicht.«

»Lehrer dürfen auch keine Schüler in der Abstellkammer belästigen.«

Jeremy hatte das Gefühl, jemand würde ihn in den Magen boxen. »Das hat die Flint getan?«

»Ja.«

»Mit wem?«

»Mit mir.«

»Mein Gott«, stammelte er. »Hast du es gemeldet?«

Tess senkte den Blick und schüttelte den Kopf. »Nein. Ich hab es niemandem erzählt. Und du darfst das auch nicht.«

»Das werde ich nicht.«

»Es weiß sonst niemand.«

»Nicht mal Ron und Karen?«

Sie schüttelte erneut den Kopf. »Du darfst es ihnen nicht sagen. Oder irgendjemandem sonst. Versprich es mir.«

»Was hat sie dir denn angetan?«

»Versprichst du mir, dass du es niemandem weitererzählst?«

»Ich verspreche es.«

Tess blickte über ihre Schulter.

Jeremy tat dasselbe. Das Mondlicht fiel auf die Windschutzscheibe des Wagens, deshalb konnte er nicht ins Innere sehen. Er nahm jedoch an, dass Ron und Karen höchstwahrscheinlich noch auf den Vordersitzen saßen, sie beobachteten und darauf warteten, dass endlich etwas passierte.

Aber vielleicht vergnügen sie sich ja auch anderweitig, dachte er dann.

Mit leiser Stimme fuhr Tess fort: »Die Flint hat mich eines Tages nach dem Unterricht zu sich ans Pult gerufen. Sie meinte, ich solle nach der sechsten Stunde zu ihr kommen, damit wir uns über meine Noten unterhalten können. Sie war in der Abstellkammer, als ich ins Klassenzimmer kam. Du weißt schon, sie hat die Messbecher weggeräumt und so was. Und im nächsten Moment hat sie sich auf mich gestürzt und mich geküsst und …« Tess verstummte. Ein paar Sekunden lang konnte Jeremy nur ihre schnelle Atmung hören. Als sie weitersprach, glich ihre Stimme einem gehetzten, zitternden Flüstern. »Sie hat unter meine Klamotten gefasst und mich gezwickt und gekniffen. Sie hat mir so wehgetan, dass ich angefangen habe zu weinen. Dann hat sie ihre Finger in mich reingesteckt und mit dem Mund weitergemacht. Mit ihrer Zunge und den Zähnen. Sie hat mich gebissen. Da unten. Überall. Und sie hat mich gezwungen, Sachen mit ihr zu machen.«

Jeremy starrte Tess schockiert an.

»Sie hat mich im Schrank festgehalten … über eine Stunde lang. Und dann … dann, als ich dachte, sie sei fertig … Du musst mir schwören, dass du das niemals jemandem erzählst, Jer.«

»Das werde ich nicht. Ich erzähle es niemandem. Ich schwöre es.«

»Hand aufs Herz?«

»Hand aufs Herz.« Er legte hastig die Hand aufs Herz.

»Sie hat ein leeres Reagenzglas genommen … eins von den großen … und es mir reingesteckt.«

»Was?«

»Sie hat es ganz tief in mich reingeschoben. Du weißt schon. Und dann hat sie gesagt, wenn ich jemals jemandem davon erzähle, tut sie es noch mal und zerbricht es in mir. Und vielleicht füllt sie es vorher noch mit Maden oder Säure oder so.«

Jeremy stöhnte.

»Du hast gefragt.«

»Diese … diese *Schlampe.*«

»Ja.«

Mit leiser Stimme fügte er hinzu: »Aber du hättest es jemandem erzählen müssen. Die Polizei …«

»Damit sie mir genau das antut? Nein danke. Außerdem … hätte sie sowieso alles abgestritten. Und ich hätte nur Schwierigkeiten gekriegt. Du weißt doch, wie so was läuft. Sie hätten mich als schlechten Menschen dargestellt und behauptet, dass ich nur den guten Ruf der alten Flint zerstören will. Selbst wenn sie ihre Drohung nicht wahr gemacht hätte, wäre ich trotzdem im Arsch gewesen. Und dann ist *das* passiert.« Sie nickte in Richtung des Denkmals.

»Wie meinst du das?«

»Du weißt schon. Sie wurde getötet. Noch dazu in ihrer Vorratskammer. Gott sei Dank hab ich keinem erzählt, was sie mir angetan hat. Die Polizei hätte doch sofort angenommen, dass ich sie umgebracht habe. Wer könnte wohl ein besseres Motiv haben?«

Jeremy wurde mit einem mal ganz kalt.

»Ich weiß nicht«, murmelte er. »Wahrscheinlich eine ganze Menge Leute. Sie war einfach nur grauenvoll. Und vielleicht warst du ja nicht die Einzige, die sie ...« Er suchte nach den richtigen Worten.

»Vergewaltigt hat?«

»Ja.«

»Gott, nein. Ich glaube, sie war auf viele ihrer Schüler scharf. Wahrscheinlich hat sie es nicht riskiert, sich tatsächlich an allen zu vergehen, aber ...« Tess schüttelte den Kopf. »Ich weiß, dass sie es bei Karen versucht hat.«

»Gott.«

»Sie hat Karen nach dem Unterricht zu sich bestellt. Das war, nachdem sie das mit mir gemacht hatte, deshalb bin ich mit ihr gegangen. Weil wir zu zweit waren, hat sie es nicht gewagt, irgendwas zu versuchen.«

»Dann *muss* es noch andere gegeben haben.«

»Höchstwahrscheinlich.«

»Vielleicht hat sie einer von ihnen umgebracht.«

»Könnte sein«, erwiderte Tess. »Wie dem auch sei, ich komm damit klar, solange niemand davon erfährt, was sie mit mir gemacht hat.«

»Aber …«

»Was?«

»Warum hast du es dann mir erzählt?«

Tess zuckte mit den Schultern. »Ich schätze, weil … Ich glaube, du hasst sie fast genauso sehr wie ich. Ich meine, es war schließlich deine Idee, hierherzukommen. ›Lasst uns zum Friedhof fahren und auf das Grab der alten Flint scheißen.‹ Und du hast es wirklich so gemeint.«

»Ich schätze, schon.«

»Und du willst es wirklich machen.«

»Ich schätze, schon.«

»Mein Held«, sagte sie mit einem Lächeln.

Jeremy lachte leise.

»Du hast sie doch nicht umgebracht, oder?«, fragte sie.

»Nein«, antwortete er. »Du?«

»Nein. Aber ich bin froh, dass es jemand getan hat.«

»Ich auch.«

»Würde es dir was ausmachen, wenn ich mich zu dir setze?«

»Du willst dich zu mir setzen?«

»Dann können wir's Seite an Seite machen.«

Er dachte darüber nach und sagte dann: »Ich weiß nicht recht.«

»Was gibt's da nicht zu wissen?«

»Meinst du …?«

»Ja.«

»Gott.«

»Ich will es. Du nicht?«

Das wäre total bizarr, dachte er. Und peinlich.

Und ekelhaft. Und aufregend?

»Aber was ist mit der Wette?«, fragte er. »Ich sollte es doch alleine machen.«

Tess nahm seine Hand und führte sie in den offenen Ausschnitt ihrer Bluse. »Nimm das Geld«, sagte sie.

Er schob seine Hand in das Körbchen ihres BHs, spürte die starr zusammengefalteten Scheine und die warme, pralle Weichheit ihrer Brust.

Er zog das Geld heraus, ließ es fallen und schob die Hand dann wieder in den BH.

Der enge Stoff des Körbchens dehnte sich straff über seinem Handrücken.

»Was zur Hölle machen die zwei denn da?«, murmelte Karen.

»Wonach sieht's denn aus?«, fragte Ron.

Er schaltete die Scheinwerfer ein. Die blassen Strahlen erstreckten sich über den Friedhof und erleuchteten Jeremy und Tess, die gerade ihre letzten Kleidungsstücke ablegten.

»Das reicht jetzt«, sagte Karen.

»Okay«, brummte Ron.

»Mach das Licht aus.«

»Schon gut.« Aber er tat es nicht.

»Ron.«

»Nur eine Sekunde.«

Nun vollkommen nackt, umarmten und küssten sich Jeremy und Tess.

»Wenn du jemanden anschauen willst, schau mich an.«

Er sah Karen an. Sie begann, ihre Bluse aufzuknöpfen.

»Okay!«

Sie knöpfte die Bluse immer weiter auf. Ron erhaschte

einen Blick auf ihren weißen BH und wandte sich wieder dem Friedhof zu.

Jeremy und Tess lösten sich voneinander und winkten in Richtung Auto.

»Augen zu mir«, sagte Karen.

Er sah zu, wie Karen eine Hand auf den Rücken führte und den Verschluss ihres BHs öffnete.

»Licht aus«, wiederholte sie.

»Okay, okay.«

Er schaute wieder zur Windschutzscheibe hinaus.

Jeremy und Tess standen Seite an Seite vor dem Apfel-Denkmal der alten Flint. Sie hielten sich an den Händen und gingen in die Hocke.

»Es geht los«, sagte Ron.

»Mach die Scheinwerfer aus, verdammt!«

»Okay!«

Er streckte die Hand nach dem Schalter aus und bemerkte im selben Augenblick etwas direkt hinter der Stelle, an der seine beiden Freunde hockten, nur ein wenig höher.

Eine dürre, nackte Frau mit totenblasser Haut und herabhängenden Brüsten schien auf dem Messingapfel zu sitzen, die Hände auf den gespreizten Knien. Sie lehnte sich nach vorne und blickte auf die beiden hinunter.

»Scheiße!«, stieß er erschrocken aus und schaltete die Scheinwerfer aus. »Hast du das gesehen?«

»Mehr als mir lieb ist.«

»Ich meine *sie*. Die alte Flint.«

»Hör schon auf.«

Sie schien wieder verschwunden zu sein. Jeremys und Tess' Umrisse waren jedoch noch immer gut zu erkennen – zwei blasse Gestalten, die vor dem Denkmal hockten.

Ron streckte die Hand wieder nach dem Lichtschalter aus.

»Wage es ja nicht«, warnte Karen ihn.

Dann saß die bleiche Hexe plötzlich in der Dunkelheit auf dem Apfel. Im nächsten Moment sprang sie mit ausgebreiteten Armen ab und ihr weißes Haar flatterte hinter ihr.

»Passt auf!«, brüllte Ron.

Jeremy zuckte zusammen, sprang auf und nahm kaum wahr, dass Tess noch immer seine Hand hielt.

»Was ist denn?«, brüllte er zurück.

Die Fahrertür flog auf. Ron sprang heraus, kehrte dem Friedhof den Rücken zu und rannte davon.

»Was ist denn los?«, schrie Jeremy.

Tess zerrte an seiner Hand. »Komm schon!«

Sie ließen ihre Klamotten auf dem Boden liegen und rannten Ron hinterher. Als sie das Auto beinahe erreicht hatten, rief Karen: »Er ist auf einmal komplett durchgedreht!«

»Wir holen ihn zurück«, versicherte Jeremy.

»Ich komme auch gleich, sagte Karen. »Nur eine Sekunde. Wartet nicht auf mich.«

Jeremy rannte an der offenen Autotür vorbei und warf einen Blick in den Wagen. Karen versuchte hektisch, ihre Bluse zuzuknöpfen.

»Ich bin gleich bei euch«, rief sie.

Jeremy rannte weiter. Tess hatte ihn inzwischen überholt. Er beobachtete, wie sie im Mondlicht davonsprintete, und dachte, wie wunderschön sie aussah. Wenn das hier doch nur ohne dieses Gefühl der Angst passieren könnte, wünschte er sich.

Und Ron verpasste das alles. Er war ihnen weit voraus, hatte die Straße zum Friedhof bereits erreicht und schaute sich kein einziges Mal um.

»Ron!«, schrie Tess. »Bleib stehen! Was ist denn mit dir los?«

»*Flint!*«, kreischte er mit hoher, schriller Stimme.

»Was?«, rief Tess.

»*Sie ist hinter mir her!*«

»Bleib stehen!«

»*Nein!*«

»Warum ist sie denn hinter dir her?«

»Woher zum Teufel soll ich das wissen?«

»Hast du sie umgebracht?«, schrie Tess.

»Nein!«

»Bist du sicher?«

»Ich hab niemanden umgebracht! Ich hab sie nicht angerührt! Vielleicht ist sie deshalb sauer auf mich!«

»Vergiss es«, rief Tess ihm zu. »Du bist nicht ihr Typ.«

»Außerdem ist sie tot!«, schrie Jeremy.

»*Ihr Geist, Kumpel! Ihr GEIST!*«

»Wo?«, rief Tess.

Ron blickte über seine Schulter.

Ob es daran lag, dass er Flints Geist nirgends entdecken konnte, oder daran, dass er erkannte, dass ihn eine splitterfasernackte Tess verfolgte – jedenfalls hörte er endlich auf zu rennen.

Auch Tess blieb stehen. Ebenso wie Jeremy. Sie standen Seite an Seite und schnappten keuchend nach Luft, während Ron langsam zu ihnen kam. Schweiß rann über Jeremys Körper. Die sanfte nächtliche Brise fühlte sich herrlich an.

»Alles okay?«, erkundigte sich Tess bei Ron.

»Schätze, schon. Außer ... dass ich meine Hose besser ausziehen sollte.«

»Hey«, sagte Jeremy.

»Freu dich nicht zu früh. Mir ist nur ein kleines Missgeschick passiert.«

Jeremy kicherte.

»Ja, wirklich komisch.« Ron öffnete seine Gürtelschnalle. »Versuch du doch mal, vor einem durchgeknallten Geist zu fliehen. Mal sehen, wie *dir* das gefällt.«

Stirnrunzelnd schüttelte Tess den Kopf. »Warum zur Hölle sollte sie dich jagen? Ich verstehe das nicht. Wenn du sie nicht umgebracht hast ...«

»Ich hab doch gesagt: Sie will meinen Körper.« Er zog seine Hose aus. »Den wollen alle.«

»Nicht Flint. Sie steht nur auf ...« Ein Schrei unterbrach Tess.

Im nächsten Moment rannte sie wieder davon, schneller als Jeremy sie jemals hatte rennen sehen. Er sprintete ihr hinterher, war aber nicht annähernd schnell genug. Auch Ron konnte nicht mit ihr mithalten. Im Mondlicht erkannte Jeremy das Auto – nur Karen konnte er nirgendwo entdecken.

Aber er konnte sie hören.

Er hörte ihre Schreie. Hörte, wie sie kreischte: *»Nein! Au! Nicht! Bitte! Nein! Tun Sie das nicht! Nein! Ahhh!«*

WAS PASSIERT MIT IHR?

Jeremy versuchte, an Tempo zuzulegen, aber Tess war schneller.

»Mach langsamer!«, brüllte er. »Warte auf mich!«

Aber sie hörte nicht auf ihn.

Karen schrie und flehte, während Tess dem Wagen immer näher kam.

Sie wird ihn zuerst erreichen, dachte Jeremy.
O lieber Gott! Lass sie nicht vor mir dort sein …!
Ich muss sie aufhalten!
Ich muss!
Zehn Mücken, dass du's nicht schaffst.

Choppie

Sie saßen dicht am Lagerfeuer, so als hofften sie, die Flammen könnten sie vor Unheil beschützen.

Die kleine Blonde, Kristi, war wirklich süß. Ihr strohblondes Haar war so kurz geschnitten wie bei einem Jungen. Sie trug ein kariertes Flanellhemd, eine weite alte Jeans und Turnschuhe. Um den Hals hatte sie ein rotes Tuch geschlungen. Obwohl die Nacht recht kühl war, musste ihr so dicht am Feuer ziemlich heiß sein. Sie hatte ein paar der oberen Knöpfe ihres Hemdes geöffnet. Die Wölbungen ihrer Brüste waren in dem weiten Ausschnitt zu erkennen und flackerten golden im Feuerschein.

Sie hob die Arme, legte den Kopf in den Nacken und spritzte einen Weinstrahl aus einem ledernen Trinkbeutel in ihren Mund.

»Zielst du *jemals* daneben?«, fragte Lynn, die fast jedes Mal danebenzielte. Lynn trug eine blaue Jeansjacke über einem weißen T-Shirt. Die Jacke war offen und ihr T-Shirt war vorne ganz nass. Es war von den roten Flecken des verschütteten Weins übersät und klebte an ihrem Busen. Sie war die Ungeschicktere, aber auch die Hübschere der beiden. Sie war eine echte Schönheit und nicht nur süß wie Kristi. Sie war schlank, aber kurvig, und hatte langes rotbraunes Haar, das im Feuerlicht schimmerte. Sie trug dunkle Cord-Shorts, die ihre Beine von den Oberschenkeln bis hinunter zu den weißen Socken um ihre Knöchel perfekt zur Geltung brachten.

»Man braucht eben Übung«, erwiderte Kristi. »Eine Menge Übung. Am Anfang hab ich mich mit dem Wein genauso dämlich angestellt wie du.«

»Ich? Dämlich? Leck mich.«

Lachend reichte Kristi Lynn den Trinkbeutel. »Versuch's noch mal«, sagte sie.

Lynn hob ihn sich vors Gesicht, drückte ihn seitlich zusammen und spritzte einen langen Bogen Wein in ihren Mund.

»Hallo, die Damen.«

Die beiden erschraken. Lynn schnappte vor Schreck nach Luft und schoss sich Wein in Nase und Augen.

Der Fremde lachte. »Tut mir leid«, entschuldigte er sich. »Ich wollte euch keine Angst einjagen. Ich hab euer Feuer gesehen und dachte, ich komm mal rüber und sag Hallo.« Er kam ein paar Schritte näher: ein kräftiger junger Mann mit zerzaustem Haar und rotem Vollbart. »Ich heiße Jim«, stellte er sich vor. Die beiden starrten ihn an, als könnten sie es nicht fassen, dass tatsächlich ein Fremder vor ihnen stand.

Nach ein paar Sekunden erwiderte Kristi: »Hi. Ich bin Kristi. Und das ist Lynn.«

»Schön, euch kennenzulernen. Darf ich mich zu euch setzen?«

Kristi und Lynn tauschten einen Blick.

Lynn wischte sich den Rest des Weins ab und verzog ein wenig das Gesicht, was Jim jedoch nicht sehen konnte. Er war zu sehr damit beschäftigt, Kristi zu beobachten … und verstohlene Blicke in ihren Ausschnitt zu werfen.

Kristi zuckte mit den Schultern und antwortete: »Ich denke, du darfst dich setzen.«

»Danke.« Er ging noch näher auf die Mädchen zu, die nebeneinander auf einem alten, toten Baumstamm saßen, der ungefähr so lang war wie eine Parkbank.

»Du kannst unseren Tisch benutzen«, bot Kristi ihm an und zeigte mit ausladender Geste auf einen abgeflachten Baumstumpf neben dem Lagerfeuer.

»Vielen Dank.« Jim ließ sich darauf nieder.

Er trug eine enge, ausgebleichte blaue Jeans und eine Jeansjacke – oder das, was davon noch übrig war. Die Ärmel waren an den Schultern abgeschnitten. Seine dicken, braun gebrannten Arme sahen ziemlich kräftig aus. »Habt ihr was dagegen, wenn ich auch mal davon koste?«, fragte er und nickte Richtung Trinkbeutel.

Erneut tauschten Kristi und Lynn einen Blick.

Keins der Mädchen sah besonders glücklich mit der Situation aus. Nicht nur war plötzlich ein völlig Fremder aus dem Nichts aufgetaucht und hatte sich zu ihnen ans Lagerfeuer gesetzt, jetzt wollte er auch noch ihren Wein trinken.

Lynn versuchte zu lächeln und reichte Kristi den Trinkbeutel. Sie lehnte sich nach vorne und gab ihn an Jim weiter.

Er spritzte sich einen langen Strahl Wein in den Mund und schluckte ihn hinunter, ohne einen einzigen Tropfen zu verschütten. Als er fertig war, gab er Kristi den Beutel wieder zurück. »Vielen Dank«, sagte er. »Und wo kommt ihr Mädels her, wenn man fragen darf?«

»Milwaukee«, antwortete Kristi.

»Ganz schön weit weg von zu Hause.«

»Bist du aus der Gegend hier?«, fragte sie.

»Scottsdale.«

»Arizona?«

»Nein. Scottsdale, Wisconsin. Ein kleines Nest, gleich hinter dem Sunny Lake. Wisst ihr, wo das ist?«

Die beiden schüttelten den Kopf.

»Gleich hinter dem Loon Lake«, erklärte Jim.

Kristi strahlte. »Ah! Loon Lake! Und der ist gleich hinter *diesem* See hier, was?« Sie nickte Richtung Ufer, das sich hangabwärts von ihrem Zelt befand, in der Dunkelheit aber nicht zu erkennen war.

»Ich war mit dem Kanu unterwegs«, fuhr Jim fort, »und hab euer Feuer gesehen.«

»Wahrscheinlich kann alle Welt unser Feuer sehen«, vermutete Kristi und lachte ein wenig nervös.

»Wahrscheinlich«, erwiderte Jim. »Krieg ich noch 'nen Schluck von eurem Wein? Das ist ein kalifornischer Cabernet, stimmt's?«

Kristi lachte. »Fantastisch! Ein Weinkenner! Wer hätte das gedacht? Und noch dazu mitten im tiefsten Wald!«

»Ich bin gar kein so großer Kenner«, erwiderte Jim. »Eher ein Trinker.«

Er blickte in ihren halb geöffneten Ausschnitt, als sie sich mit dem Trinkbeutel zu ihm beugte.

»Danke«, sagte er, legte den Kopf in den Nacken und spritzte sich Wein in den Mund. Als er fertig war, gab er Kristi den Lederbeutel wieder zurück – und blickte dabei erneut in ihren Ausschnitt.

»Ich bin rübergekommen«, begann er, »weil ich dachte, dass ich mit euch über euer Feuer sprechen sollte.«

»Wir haben eine Genehmigung«, versicherte Lynn und klang ein wenig defensiv.

»Oh, eure Genehmigung interessiert mich nicht.«

»Und was stimmt dann nicht mit unserem Feuer?«

»Ihr solltet es ausmachen.«

»Aber es gefällt uns«, sagte Lynn.

»Sicher, das verstehe ich. Ihr seid zwei Stadtmädchen auf einem Campingausflug, deshalb braucht ihr auch ein Lagerfeuer. Das gehört dazu. Außerdem ist es hell und gemütlich und hält die Dunkelheit auf Abstand. Es gibt euch ein gutes Gefühl.«

»Und es hält uns warm«, fügte Lynn hinzu.

Jim tat, als hätte er sie gar nicht gehört, und fuhr fort: »Es hilft euch dabei, zu vergessen, dass ihr ganz allein im Wald seid, wo Gott weiß wer oder was durch die Gegend streift und euch möglicherweise beobachtet.«

Kristi kicherte. »Oh, jetzt fühle ich mich schon viel besser.«

Mit einem Stirnrunzeln fügte Lynn hinzu: »Jim ist nicht hier, um uns aufzuheitern, oder, Jim?«

»Nein. Das hast du richtig erkannt. Ich bin hier, um euch möglicherweise das Leben zu retten. Ihr müsst dieses Feuer ausmachen. Das ist wie ein Neonschild, das aller Welt verkündet, dass ihr hier seid. Ich konnte euch beide vom anderen Seeufer aus sehen, und jeder andere könnte das auch. Wenn euch der falsche Typ hier entdeckt, kann niemand mit Sicherheit sagen, was mit euch passiert.«

»Wir können selbst auf uns aufpassen«, versicherte Lynn ihm.

Kristi schien sich da nicht so sicher zu sein und kaute nervös auf ihrer Unterlippe herum.

»Verlasst euch nicht drauf«, warnte Jim. »Hat eine von euch 'ne Knarre griffbereit?«

»Das geht dich nichts an«, zischte Lynn.

»Das heißt dann wohl ›nein‹.« Noch während das letzte Wort seine Lippen verließ, zog Jim ein Messer aus der Scheide an seinem Gürtel. Die doppelschneidige Klinge war mindestens 20 Zentimeter lang und glänzte im

Feuerschein. »So, jetzt hocke ich hier mit einem Messer und ihr sitzt ohne Knarre da. Was wollt ihr jetzt tun?«

Kristi sah mit einem Mal aus, als würde sie gleich anfangen zu heulen – oder zu schreien.

Jim hob seine buschigen roten Augenbrauen. »Angst?«, fragte er.

»Steck das wieder weg, Mann«, sagte Lynn mit fester Stimme.

»Ihr solltet eine *Scheiß*angst haben. Ihr seid total verwundbar, verdammt – alle beide –, und ihr wisst es noch nicht mal. Ihr glaubt, ihr könnt selbst auf euch aufpassen, aber das könnt ihr nicht. Genau *so* werden junge Mädchen getötet.«

»Versuch's doch«, forderte Lynn ihn heraus.

Jim lachte. »Wer bist du, Jackie Chan in Frauenkleidern?«

Sie starrte ihn nur an.

Noch immer lachend steckte Jim das Messer wieder in die Scheide. »Stadtmädchen«, seufzte er. »Sie fahren raus in die Wälder und können ihr eigenes Arschloch nicht von einem Erdloch unterscheiden. Gib mir den Wein.«

Er blickte unverhohlen in ihren Ausschnitt, als Kristi sich nach vorne beugte und ihm den Beutel reichte.

Er spritzte sich erneut Wein in den Mund und wischte sich anschließend die Lippen mit dem Handrücken trocken. »Ihr habt keine Ahnung von unseren Morden, oder?«

»Morde?«, fragte Kristi.

»Ja, verdammt noch mal, Morde. Und ihr habt keinen Schimmer davon, sonst wärt ihr nicht hier draußen im Wald, schon gar nicht mit einem riesigen Feuer und ohne Knarren. Es sei denn, ihr wärt *totale* Volltrottel.«

»Hey, Kristi, wir sind Volltrottel.«

Kristi ignorierte die Bemerkung und fragte: »Hier in der Gegend hat es Morde gegeben?«

»Fünf bisher«, antwortete Jim. »Soweit wir wissen. Und sie sind alle in den vergangenen zwei Monaten passiert, keiner mehr als acht Kilometer von hier entfernt.« Er spritzte sich noch mehr Wein in den Mund. »Das erste Opfer war ein 14-jähriges Mädchen namens Katie Larkins, Joes und Carols Tochter. Sie ist zum Nachtfischen allein zum Sunny Lake rausgefahren und nie wieder zurückgekehrt. Den Großteil ihrer Leiche haben sie eine Woche später in einem alten Bootshaus gefunden. Sie wurde in sämtlichen Löchern vergewaltigt – sogar in den Augenhöhlen. Könnt ihr euch das vorstellen?«

»Lieber nicht«, erwiderte Lynn mit einem Stirnrunzeln in Jims Richtung.

»Muss ziemlich eng gewesen sein, es sei denn ...«

»Hör auf damit!«, unterbrach Lynn ihn.

Kristi sah immer noch ganz krank aus.

»Aber das war noch nicht alles«, fuhr Jim fort. »Nachdem er die arme Kleine vergewaltigt hatte – oder vielleicht auch schon davor –, hat er sie mit der Axt bearbeitet. Er hat ihr den Kopf abgehackt, die Arme und die Beine, ihre Brüste abgeschnitten ...« Er seufzte und schoss sich noch mehr Wein in den Mund. »Ich dachte einfach, ihr solltet das wissen. Nicht dass ihr nicht auf euch allein aufpassen könntet, aber ...« Er lachte spöttisch.

»Vielleicht solltest du jetzt lieber gehen«, sagte Lynn.

»Wollt ihr denn nichts über die anderen hören?«, fragte Jim.

»Nicht wirklich.«

»Vielleicht sollte er es uns doch besser erzählen«, fand Kristi. »Wir sollten *wissen,* was hier vor sich geht.«

»Vorsicht ist besser als Nachsicht«, bestätigte Jim mit einem Lächeln.

»Okay. Erzähl uns den Rest.«

»Na ja, die nächsten beiden Opfer nach Katie Larkins waren Dave Wilson und seine Frau, Rhonda. Dave gehörte der Eisenwarenladen drüben in Scottsdale. Sie waren etwa zwei Kilometer von hier entfernt campen, in der Nacht, als Choppie sie erwischt hat.«

»Choppie?«

»So nennen sie ihn.«

»Entzückend«, murmelte Lynn.

»Benutzt er bei *allen* eine Axt?«, wollte Kristi wissen.

»Bis jetzt schon. Er vergewaltigt sie und hackt sie dann in Stücke. Oder umgekehrt.« Jim lachte wieder.

»Die Typen auch?«, fragte Kristi.

»O sicher. Kerle haben schließlich dieselben Löcher wie Mädels, mehr oder weniger. Abgesehen von einem, ihr wisst schon. Na ja, für Dave hat Choppie deshalb so eins *gemacht*. Mit seiner Axt. Wenn ihr wisst, was ich meine. Er hat einen schönen großen Keil in Daves Schritt gehauen und ihn dann benutzt, als wäre Dave ein Mädchen.«

Selbst Lynn sah angewidert aus, als sie das hörte.

»Zeit, dass du verschwindest«, sagte sie.

»Ich hab euch aber noch nichts von den Lehrerinnen erzählt.« Jim schraubte den Deckel des Trinkbeutels ab, hob ihn an und schluckte den Rest des Weins hinunter, als würde er aus einer Flasche trinken. Dann seufzte er und wischte sich über den Mund. »Zwei Lehrerinnen.« Er reichte Kristi den leeren Beutel. »Ungefähr in eurem Alter. Nicht so hübsch wie ihr, aber trotzdem zwei echt heiße Feger. Sie waren drüben am Lake Loon zelten. Ein paar Kinder haben dort letzte Woche nach Würmern gesucht und sind über die Leichen gestolpert.« Jim gluckste. »Ich schätze, die Jungs haben mehr Würmer gefunden, als ihnen lieb war. Jedenfalls waren beide Mädels vergewaltigt und zerstückelt worden. Und ihrem Aussehen nach zu urteilen ist Choppie jetzt auch unter die Kannibalen gegangen.«

Lynn rümpfte die Nase.

»Er hat sie *gegessen?*«, fragte Kristi.

»Teile von ihnen«, antwortete Jim.

»Und welche?«

»Das ist doch egal«, ging Lynn dazwischen. »Jim versucht nur, uns Angst einzujagen. Woher wissen wir denn, dass das alles wirklich passiert ist?«

»Oh, es *ist* wirklich passiert«, versicherte Jim. »Und es könnte euch beiden genauso gut passieren, wenn ihr nicht aufpasst.«

»Und was sollen wir tun?«, fragte Kristi ihn. »Einfach zusammenpacken und wieder nach Hause fahren?«

»Wäre keine schlechte Idee.«

»Unser Auto steht zwölf Kilometer von hier entfernt«, sagte Lynn. »Wir wandern sicher nicht im Dunkeln zurück.«

»Ich kann euch in meinem Kanu mitnehmen«, bot Jim ihnen an.

»Unser Auto steht nicht am See.«

»Ich meine auch nicht zu eurem Wagen. Ich nehme euch mit nach Scottsdale. Dort seid ihr in Sicherheit. Wir können euch in einem Motel unterbringen … oder ihr könnt bei mir übernachten.«

»Großartig«, murmelte Lynn.

Jim ignorierte ihre Bemerkung und fügte hinzu: »Morgen früh können wir dann wieder herfahren und euren Wagen abholen. Wie klingt das?«

»Mal sehen«, sagte Lynn und erhob sich. Sie winkte Kristi zu, die ebenfalls aufstand. »Gib uns ein paar Minuten, um die Sache zu besprechen.«

Jim nickte. »Lasst euch so viel Zeit, wie ihr wollt.«

Lynn entfernte sich vom Feuer. Zweige und Tannenzapfen knackten unter ihren weißen Turnschuhen. Kristi folgte ihr. Sie blieben in der Dunkelheit direkt außerhalb des Feuerscheins stehen.

»Sollen wir mit ihm gehen?«, fragte Kristi mit gedämpfter Stimme, nicht viel lauter als ein Flüstern.

Lynn strich sich eine weiche, glänzende Haarsträhne aus den Augen. »Diese Geschichte von den Morden ...«, erwiderte sie. »Hast du irgendwas davon gehört, dass all diese Leute umgebracht wurden?«

»Kein Wort«, antwortete Kristi.

»Ich auch nicht. Fünf Morde. Man sollte doch meinen, dass sie davon in den Nachrichten berichtet hätten.«

»*So* weit sind wir hier schließlich auch wieder nicht von Milwaukee entfernt.«

»Wir hätten auf jeden Fall davon hören müssen«, fand Lynn.

Kristi machte einen Schritt auf sie zu. »Ich glaube, vielleicht ...«

»Igitt!«, japste Lynn. »Hast du dein Deo vergessen?«

Kristi senkte den Kopf, drehte ihn zur Seite, schnupperte an ihrer rechten Achselhöhle und stieß ein Stöhnen aus. »O mein Gott, das hättest du mir *sagen* müssen!«

»Ich hab auch eben erst bemerkt, dass du so stinkst.«

»Nicht *das,* du blöde Kuh! Mein Hemd ist sperrangelweit offen!«

»Na ja, nicht *sperrangel*weit. Wie auch immer, du hast es schließlich selbst aufgeknöpft.«

»Mir war heiß. Und es war sonst niemand da.« Sie begann, die Knöpfe wieder zuzumachen. »Gott, warum hast du mir denn nichts *gesagt?*«

Lynn zuckte mit den Schultern. »Ich dachte, es gefällt dir so.«

»Ich hatte keine Ahnung. Ich hab's schlicht und einfach vergessen.« Nachdem sie das Hemd bis zum Hals zugeknöpft hatte, fragte sie: »Denkst du, er hat meinen Busen gesehen?«

»Mit Sicherheit sogar. *Ich* hab ihn gesehen. Er muss jedes Mal eine *grandiose* Aussicht gehabt haben, wenn du ihm den Wein rübergereicht hast.«

»O Gott. Lass mich sterben.«

Mit einem leisen Lachen legte Lynn eine Hand auf Kristis Schulter. »Mach dir deswegen keinen Kopf. Wir haben ganz andere Sorgen.«

»Du hast leicht reden. *Deine* Titten hat er ja nicht gesehen.«

»Das Problem ist, dass wir nur Jims Wort haben, dass diese Morde wirklich passiert sind. Wer sagt uns denn, dass er sich das nicht alles nur ausgedacht hat?«

»Wozu?«, wollte Kristi wissen.

»Damit wir in sein Kanu steigen. Damit er uns woandershin bringen kann. Vielleicht hat er hier irgendwo eine Hütte und will uns *gefangen* halten. Du weißt schon, als Sexsklavinnen oder so.«

»Das ist ziemlich weit hergeholt, findest du nicht?«

»Ich weiß es nicht«, sagte Lynn. »Du hättest mal sehen sollen, wie er deine Titten angeglotzt hat.«

»Sehr lustig. Bohr ruhig noch in offenen Wunden, ja?«

»Wie auch immer, wir haben keine Ahnung, was er möglicherweise vorhat. Trotzdem, wir müssen eine

Entscheidung treffen. Sollen wir mit ihm gehen oder nicht?«

»Ich weiß es nicht«, antwortete Kristi. »Mir ist das alles noch so peinlich, dass ich gar nicht klar denken kann. Entscheide du.«

»Wälz das ja nicht alles auf mich ab. Gib mir ein Ja oder ein Nein. Komm schon, Kristi.«

»Ein Ja oder ein Nein?«

»Genau.«

Kristi schüttelte den Kopf und fuhr sich mit einer Hand durch ihr kurzes bleiches Haar. Sie drehte sich um und schaute Jim einen Moment durchdringend an. Er saß reglos da und starrte ins Feuer. »Okay«, sagte sie schließlich. »Ich gebe dir ein Nein. Ich finde nicht, dass wir mit ihm gehen sollten.«

»Bist du sicher?«

»Ich bin sicher«, bekräftigte sie.

»Es ist nicht nur, weil er deine Titten begutachtet hat?«

»*Begutachtet?* Gott!«

Lächelnd fügte Lynn hinzu: »Das könnte vielleicht eine winzige Untertreibung gewesen sein.«

»Wie dem auch sei, das ist nicht der Grund. Erstens wissen wir nicht das Geringste über ihn. Jedenfalls nicht wirklich. Außer dass er ein Lustmolch ist.«

»Wenn du dein Hemd offen lässt, kannst du dem guten Mann nicht vorwerfen, dass er einen Blick riskiert.«

»Kann ich wohl. Wie auch immer, das ist nicht der Punkt. Vielleicht sagt er die Wahrheit, vielleicht aber auch nicht. Das spielt keine Rolle. Ich will nicht mit ihm gehen. Nicht in einem Kanu. Ich kann ja noch nicht mal schwimmen.«

»In Ordnung. Dann ist das entschieden.« Lynn drückte Kristis Schulter und wandte sich ab.

»Warte«, sagte Kristi.

»Was denn?«

»Was, wenn er nicht verschwindet?«

Lynn drehte sich wieder zu ihr um und runzelte die Stirn. »Wir …«

»Denn das wird er nicht, das weißt du. Nicht wenn er's auf uns *abgesehen* hat.«

»Darum kümmern wir uns, wenn es wirklich so weit kommt. Wir kämpfen bis in den Tod.«

»Sehr lustig«, erwiderte Kristi.

Sie kehrten gemeinsam zum Feuer zurück.

»Wir haben beschlossen hierzubleiben«, teilte Lynn ihm mit.

»Das hatte ich befürchtet.«

»Danke für das Angebot und die Warnung, aber …« Sie zuckte mit den Schultern.

»Ihr wollt euer Glück lieber hier versuchen, als mit einem Fremden mitzugehen«, beendete er den Satz für sie.

»So ungefähr, ja.«

»Na dann … danke für den Wein.« Er erhob sich. »Ich verschwinde. Ich hab am Südufer noch ein Feuer gesehen. Ich sage *ihnen* auch Bescheid, was hier los war. Das ist schließlich alles, was ich tun *kann* – die Leute zu warnen. Ich kann schließlich nicht bestimmen, wie sie ihr Leben führen.« Mit einem Nicken fügte er hinzu: »Viel Glück, die Damen.«

Dann wandte er sich ab und verschwand in der Dunkelheit.

Kristi und Lynn blickten ihm noch ein paar Sekunden lang nach.

Dann folgten sie ihm leise aus dem Feuerschein, standen dicht beisammen und beobachteten, wie er den Hang zum See hinunterging.

Sie sahen ihm lange Zeit nach.

Dann kehrten sie wieder zum Feuer zurück.

»Er ist weg«, sagte Kristi und klang ein wenig überrascht.

»Sieht ganz so aus. Es sei denn, er will nur, dass wir das *denken.*«

»Glaubst du, er hat uns die Wahrheit erzählt? Über Choppie?«

Lynn zuckte mit den Schultern. »Möglich ist es, schätze ich.«

»Vielleicht sollten wir wirklich von hier verschwinden.«

»Und wie? Zwölf Kilometer bis zum Auto wandern?«

»Und wenn wir wenigstens das Feuer löschen?«

»Wozu die Mühe?«, fragte Lynn. »Wenn Choppie hier ist, hat er uns bestimmt sowieso längst gesehen ... und weiß genau, wo er uns findet.«

»Haha«, sagte Kristi. »Sehr lustig.«

Dann fügte Lynn mit beinahe unheimlicher Stimme spöttisch hinzu: »Vielleicht beobachtet er uns ja sogar, genau in diesem Moment.«

Und das tat ich wirklich.

Ich beobachtete und belauschte sie von meinem Versteck im Gebüsch aus, gleich außerhalb des Feuerscheins.

Oh, sie waren wirklich zwei süße Dinger.

Bevor ich meine Axt erhob, schnupperte ich an meinen Achselhöhlen. Sie rochen tatsächlich ziemlich streng. Lynn hatte wirklich eine gute Nase.

Vielleicht würde ich sie als Souvenir behalten.

Hammerhead

Ein Vorteil des Hammers … er ist leise.

Aber er ist nicht *lautlos*. Gott, nein.

Ehrlich gesagt mag ich die Geräusche, die er macht. Jeder Schlag ist anders – wie Schneeflocken. Vom weichen *plopp!,* wenn der Hammerkopf auf eine Brust oder eine schwabbelige Pobacke trifft, bis hin zum *krack!* eines Schädels, zwischen denen eine schier endlose Palette an Lauten liegt.

Einer so köstlich wie der andere. Alle relativ leise. Ganz anders als der scharfe Knall einer Schusswaffe.

Natürlich kann ich auch mit meinem Hammer *sehr* laute Geräusche erzeugen.

Aber das tue ich nur, wenn es absolut nötig ist. Etwa wenn ich ein Fenster oder eine Tür einschlagen muss. Normalerweise bevorzuge ich die leiseren Töne, wenn mein Hammer auf Fleisch und Knochen trifft.

Offen gesagt kann ich beim besten Willen nicht begreifen, warum *irgendjemand* eine Schusswaffe benutzen sollte. Sie sind so unglaublich laut! Sie verkünden aller Welt die eigene Anwesenheit, wecken Menschen auf und geben ihnen die Chance zu entkommen.

Und nicht nur das, eine Pistole ist auch so … distanziert. Die Kugel lässt einen vollkommen allein zurück, wenn sie auf ihrer forschen Bahn Richtung Ziel reist und mit voller

Wucht ganz selbstständig in die jeweilige Person eindringt. Man *selbst* spürt den Einschlag gar nicht. Man *spürt* nicht, wie die Haut aufplatzt, wie das Gewebe darunter explodiert und die Knochen brechen. Das Blut ergießt sich nicht über die eigenen Hände – es sei denn, man feuert aus *allernächster* Nähe. Und durch das Dröhnen des Schusses in den eigenen Ohren kann man den Einschlag der Kugel womöglich noch nicht einmal *hören.*

Wenn man hingegen einen Hammer schwingt, ist man mitten im Geschehen und wird von wundervollen Gefühlen überflutet, die einem verwehrt bleiben, wenn man eine Schusswaffe benutzt.

Sie fragen sich jetzt vielleicht, wie ich selbst die herrlichen Vorzüge eines Hammerangriffs entdeckt habe.

Ich erzähle es Ihnen.

Hören Sie gut zu. Im Alter von sieben Jahren beschäftigte ich mich eines schönen Sommermorgens in unserem Garten hinter dem Haus damit, mehrere Bretter aneinanderzunageln, als ich plötzlich von einem Eindringling gestört wurde: meiner drei Jahre alten Schwester, Angela. Sie hat nach dem Hammer gegrapscht und gebettelt: »Gib her, gib her! Ich will! Ich will!« Sie bekam den Hammer – mit voller Wucht auf ihren kleinen Blondschopf. Der Hammerkopf drückte eine Delle in ihre Schädeldecke und Blut schoss wie bei einem hübschen roten Springbrunnen in die Luft. Die kleine Angela kippte vornüber, wahrscheinlich bereits tot, bevor sie auf dem Rasen aufschlug.

Jetzt sind Sie schockiert, nicht wahr?

Aber möglicherweise auch nicht.

Ich möchte Ihnen noch ein kleines Geheimnis zuflüstern: Der Eindringling an jenem Morgen war nicht meine kleine Schwester Angela. Es war ihr Kätzchen, Tabby.

Ha!

Gott, Sie hätten es sehen müssen!

Jetzt sind Sie wahrscheinlich schockiert.

Wie kann er es wagen, ein süßes kleines Kätzchen mit dem Hammer totzuschlagen?

Schlimmer als meiner Schwester eins mit dem Stahlkopf überzuziehen, richtig?

Ich weiß, es ist furchtbar.

Tabby *war* die Erste, die bei mir unter den Hammer kam. Ihr winziger Kopf zerschellte förmlich durch den Schlag. Als ich das Krachen hörte und spürte, wie mein Hammer einsank, stieß die Katze nur noch ein schnelles *MIAU!* aus und war sofort tot.

Danach habe ich meinen blutigen Hammer sauber geleckt.

Von jenem Moment an war ich süchtig. Ich habe einen Großteil meiner Kindheit damit verbracht, durch Parks und Wälder und die dunklen Gassen in der Nähe unseres Hauses zu streifen und heimlich diese oder jene Kreatur zu zermalmen: Spinnen, Ameisen, Raupen, Marienkäfer, Schmetterlinge … Oft kostete ich anschließend das breiige Ergebnis meiner Gewalttaten, doch meist enttäuschte mich dessen Geschmack.

Wann immer sich die Gelegenheit bot, jagte ich auch Katzen und Hunde. Ein Schlag, mitten auf den Schädel, und sie waren erledigt.

Ich genoss jedoch nicht nur die tödlichen Hiebe, sondern auch die anschließende Reinigung, wenn ich den kalten Stahlkopf meines Hammers ableckte und daran saugte. Auch Fell und Knochenstücke fanden dabei jedes

Mal den Weg in meinen Mund, aber diesen geringen Preis zahlte ich gern für das Vergnügen meines blutroten Imbisses – sie waren auch nichts anderes als die Gräten einer Forelle.

Dann, eines Sommermorgens, als ich zehn Jahre alt war, entdeckte mich meine sechsjährige Schwester Angela im Wald, kurz nachdem ich ein Rotkehlchen auf der Erde gefunden hatte. Es hatte sich den Flügel gebrochen und konnte nicht mehr fliegen, deshalb fing ich es ein und trug es zu einem nahen Felsen hinüber. Ich legte das Rotkehlchen auf den Stein und hob meinen Hammer – und Angela schrie: »Simon! Wag es ja nicht!«

Ich wagte es.

Sie kreischte laut, als das Köpflein des Rotkehlchens unter dem Hammer explodierte.

»Oh, hör schon auf«, blaffte ich sie an. »Das war doch nur ein blöder Vogel.«

Tränen strömten über Angelas Wangen und sie jammerte: *»Das sag ich Daddy!«* Dann wirbelte sie herum, rannte durch den Wald davon und drohte mir: *»Dafür kriegst du Riiiiesenärger!«*

»Wenn du *mich* verpetzt«, rief ich ihr nach, »verpetze ich dich auch.«

Angela blieb stehen.

Sie drehte sich um und funkelte mich an.

Ich ging auf sie zu, die linke Hand auf dem Rücken.

»Ich hab doch gar nichts gemacht«, protestierte sie, klang jedoch alles andere als sicher.

»Hast du wohl«, erwiderte ich.

»Und *was* hab ich gemacht?«

»Ich erzähle Mom und Dad, dass *du* den Vogel umgebracht hast.«

»Das wäre eine Lüge.«

»Aber du bist total verschmiert!« Und damit riss ich die linke Hand hinter dem Rücken hervor und verteilte die blutigen Überreste des Rotkehlchens auf ihrem Gesicht.

Angela kreischte vor Ekel und Entsetzen und versuchte, meine Hand wegzuschlagen. Aber ich war größer und stärker. Ich schob ihr den Vogel in den Mund. Würgend entkam sie mir und rannte wieder los.

Ich jagte ihr hinterher. Ihr goldener Pferdeschwanz schaukelte und hüpfte. Ich spielte mit dem Gedanken, ihm einen Schlag zu versetzen, damit er aufhörte. Doch als ich meinen Hammer schwang, traf er sie stattdessen am Ohr.

Sie stürzte zu Boden.

Noch immer sehr lebendig, presste sie eine Hand auf ihr blutendes Ohr und wälzte sich auf der Erde hin und her. Sie hatte sich den Vogel inzwischen aus dem Mund gerissen oder ihn einfach ausgespuckt und heulte: »Lass mich in Ruhe!« und »Nicht!« und ähnliches Gejammer.

Ich sollte vielleicht erklären, dass mir Angela – obwohl sie zuckersüß war – schon seit Jahren ein Dorn im Auge war.

Und nun war sie meiner Gnade ausgeliefert.

Ich hatte keine.

Stattdessen hatte ich Spaß. Ich fand den Vogel wieder – der inzwischen etwas lädiert aussah –, stopfte ihn ihr als eine Art provisorischen Knebel erneut in den Mund und machte mich mit dem Hammer an ihr zu schaffen. Zwar sanfter als üblich, aber so sanft nun auch wieder nicht.

Ich möchte Sie hier nicht mit den Einzelheiten langweilen oder anwidern, aber lassen Sie mich nur so viel sagen: Ich begann damit, sie regelrecht mit blauen Flecken zu überziehen. Anschließend zertrümmerte ich ihre Knochen – die kleineren zuerst. Zehen und Finger, dann die Kniescheiben. Ihren Kopf sparte ich mir bis zum Schluss auf.

Ich weiß. Ich bin schrecklich. Verklagen Sie mich.

Obwohl ich schon oft das Blut und die Hirnmasse von Katzen, Hunden und anderen Lebewesen gekostet hatte, waren sie mit Angelas süßem, würzigem Geschmack nicht zu vergleichen. Lange Zeit lag ich auf dem Waldboden neben meiner geliebten Schwester, tauchte den Hammerkopf in die offene Schale ihres Schädels und schleckte und saugte ihn sauber. Wie ein Angela-Fondue.

Es war mit Abstand der beste Tag meines noch jungen Lebens.

Unglücklicherweise folgten auf ihn einige recht unangenehme Jahre.

Obwohl sie mich von Hämmern und allen anderen Werkzeugen fernhielten, die sich als Knüppel verwenden ließen, konnten sie meine Gedanken nicht von jenem Tag im Wald mit Angela fernhalten. In meiner Fantasie durchlebte ich ihn unzählige Male aufs Neue, kostete und schmückte ihn sogar aus … während ich eine weiße Weste behielt, wenn man so will. Bis endlich der Tag kam, an dem sie es mir gestatteten, die Anstalt zu verlassen.

Zum Zeitpunkt meiner Entlassung war ich 18 Jahre alt und von meinen diversen psychischen Abartigkeiten vollständig geheilt.

Ohne jeden Zweifel.

Zwei Wochen später betrat ich einen Eisenwarenladen, stellte mich vor ein Werkzeugregal und blickte voller Ehrfurcht auf die verschiedenen Hämmer.

Klauenhämmer. Schlosserhämmer. Vorschlaghämmer. Alle verschieden groß und schwer.

Spitzhacken. Beile. Äxte.

O wow.

Doch ein simpler Klauenhammer, wie ich ihn als Kind benutzt hatte, war meine Waffe der Wahl. Ich suchte mir einen von ihnen aus. Nahm ihn vom Regal. Spürte sein Gewicht. Bewunderte den glänzenden Stahl, die hellblaue Farbe der Klauen, die Maserung des Holzstiels.

Es fiel mir schwer, meine Freude zu verbergen, als ich ihn zur Kasse trug und bar bezahlte: 14,95 Dollar plus Mehrwertsteuer.

Viel günstiger als eine Handfeuerwaffe.

Und viel, viel süßer.

Und ganz ohne Eignungstest. Ohne Formulare auszufüllen. Ohne polizeiliches Führungszeugnis. Ohne Wartezeit.

Ich verließ den Eisenwarenladen, der Hammer schwer ganz zuunterst in meiner Tasche. Beim Gehen sorgte ich dafür, dass die Tasche hin und her schwang und sanft gegen mein Bein prallte, damit ich ihn spürte.

In jener Nacht testete ich meinen Neuerwerb zwischen den Regalen im zweiten Stock der örtlichen Bibliothek, wo ich zufällig ein Mädchen antraf. Ich schlich mich von hinten an die Kleine heran und schlug ihr so hart auf den Schädel, dass sie nach vorne fiel und beinahe mehrere Regale umgeworfen hätte. Nachdem ich sie auf den Boden gelegt hatte, setzte ich mich auf ihren Rücken und schob mir den Hammerkopf in den Mund.

Köstlich.

Der Geschmack erfüllte mich mit Erinnerungen an Angela.

Selbstverständlich entkam ich unentdeckt aus der Bibliothek. Wäre ich bereits in dieser frühen Phase meiner

Karriere erwischt worden, hätten sich die Amokläufe, für die ich heute so berühmt bin, vielleicht niemals ereignet.

Aber sie haben sich ereignet, wie jeder weiß.

Jahrelang reiste ich durchs Land, besuchte kleine Städte und Metropolen, durchstreifte Wälder und Gebirge, machte Abstecher zu unseren großen Universitäten und Einkaufszentren, tummelte mich in Gemischtwarenläden und auf Parkplätzen.

Und in Wohngebieten.

Oh, ich war in unzähligen Ein- und Mehrfamilienhäusern, Wohnungen, Apartments und Villen.

Ich könnte Hunderte Seiten damit füllen, Sie mit den glorreichen Einzelheiten meiner verheerenden Taten zu belästigen und anzuekeln.

Aber ich will gleich zu meiner Begegnung mit Trisha Cooper springen.

Damals kannte ich ihren Namen natürlich noch nicht.

Ich wusste nur, dass sie köstlich war, unwiderstehlich.

Zu meiner Verteidigung muss ich erwähnen, dass ich an jenem Morgen nicht in bester Verfassung war. Sonst wäre alles ganz anders verlaufen.

Ich war in der Nacht zuvor auf Beutezug gewesen, wenn Sie wissen, was ich meine. Angezogen von der Schönheit einer jungen Frau, die an einer Ampel neben meinem Auto anhielt. Ich folgte ihr durch die Straßen von Tucson in ein Wohngebiet, wo sie in die Einfahrt eines bescheidenen gipsverputzten Hauses abbog.

Ich parkte meinen Wagen ein paar Blocks entfernt. Dann, den Aktenkoffer in der Hand, ging ich auf ihr Haus zu. Unterwegs hielt ich stets die Augen offen.

Im Vorgarten eines Hauses auf der anderen Straßenseite stand ein ZU VERKAUFEN-Schild.

Schließlich erreichte ich das Haus der Frau und klingelte. Sie öffnete mir die Tür. Das tun sie fast immer.

Frauen finden mich ausgesprochen reizend.

Ich bin nicht nur schlank und umwerfend gut aussehend, ich habe auch sanfte, hoffnungsvolle Augen und ein jungenhaftes Lächeln. Mein Haar ist kurz und stets ordentlich geschnitten. Ich habe weder einen Schnurrbart noch einen Vollbart, Piercings oder Tattoos. Ich kleide mich, als könnte ich gerade auf dem Weg zu einer geschäftlichen Besprechung sein.

Kurz und gut: Ich bin adrett, attraktiv und unwiderstehlich.

Als die junge Frau die Tür öffnete, schien sie zwar nicht unerfreut zu sein, mich zu sehen, aber sie wirkte auch vorsichtig. »Oh, hallo«, begrüßte sie mich. »Kann ich Ihnen helfen?«

Ihre Fliegengittertür war geschlossen, aber nicht verriegelt.

»Hi«, grüßte ich zurück. »Tut mir leid, dass ich Sie störe.«

»Schon in Ordnung.« Sie klang ein wenig misstrauisch – wahrscheinlich vermutete sie, dass ich ihr etwas verkaufen wollte.

»Ich denke darüber nach, hier in die Nachbarschaft zu ziehen«, erklärte ich ihr und nickte über meine Schulter in Richtung des Hauses mit dem ZU VERKAUFEN-Schild. »Ich dachte, ich höre mich mal ein bisschen um. Sie wissen schon, um herauszufinden, ob es eine nette Nachbarschaft ist … oder ob es etwas gibt, das ich *wissen* sollte, bevor ich mein Angebot abgebe.«

»Oh«, erwiderte die Frau, »wir sind hier sehr glücklich.« Sie öffnete die Fliegengittertür. Sie lächelte gut nachbarschaftlich und streckte mir ihre Hand hin. »Ich bin Peggy Wright.«

»Wilbur Curtis«, stellte ich mich vor. Ich stellte den Aktenkoffer ab und schüttelte ihr die Hand. »Freut mich sehr, Sie kennenzulernen, Peggy.«

Sie schien Ende 20 oder Anfang 30 zu sein. Fließendes dunkelbraunes Haar. Ein wahrlich entzückendes kleines Gesicht mit ungewöhnlich großen Lippen. Sie war schlank, aber nicht dürr, mit prallem Busen und einer Bluse, die es mir erlaubte, ihr Dekolleté zu bewundern.

Bevor sie ihre Hand wieder zurückziehen konnte, riss ich sie zu mir. Sie schnappte vor Schreck nach Luft und stolperte über die Türschwelle. Ich machte einen Schritt auf sie zu, schwang den linken Arm nach oben und hämmerte ihr mit solcher Wucht auf die Wange, dass sich ihr Kopf zur Seite drehte. Ihre Haare flogen in die Luft. Ihre Lippen zitterten. Ihre Spucke spritzte. Dann ging sie rückwärts in der Diele zu Boden.

Ich schnappte mir meinen Aktenkoffer und gesellte mich zu ihr ins Haus.

Zu diesem Zeitpunkt war es knapp vier Uhr nachmittags, am Tag vor meiner Begegnung mit Trisha Cooper.

Während Peggy Wright ausgeknockt auf dem Fußboden ihrer Diele lag, holte ich die Seile aus dem Aktenkoffer und fesselte sie. Ich knebelte sie mit einem breiten Streifen Klebeband. Dann ließ ich sie auf dem Boden liegen, schnappte mir meinen Hammer und erkundete das Haus.

Abgesehen von uns beiden war es leer.

Eine Erleichterung, aber auch eine Enttäuschung. Ich hatte im Stillen gehofft, Kinder anzutreffen, vielleicht in der Obhut einer Nanny oder eines Babysitters. In ihrem

Alter hätte sie schon mindestens ein oder zwei Kinder haben müssen. Aber diesmal hatte ich kein Glück.

Ich kehrte wieder zu Peggy zurück, löste die Fesseln von ihren Füßen und zwang sie, mir ins Schlafzimmer vorauszugehen. Dort legte ich sie auf das Doppelbett. Sie sah zu Tode erschrocken aus. Ihre wunderschönen Augen traten hervor und sie rang verzweifelt nach Atem. Luft zischte durch ihre Nasenlöcher, ihr Brustkorb hob und senkte sich rasant und strapazierte die Knöpfe ihrer Bluse.

Ich blieb im Zimmer und beobachtete sie. Nach einer Weile knöpfte ich ihre Bluse auf und benutzte eine praktische Schere, um ihren BH zu entfernen. Ich nahm an, dass ihr das Atmen ohne diese Einschränkungen leichter fiel. Aber selbst wenn nicht, verbesserte sich dadurch meine Aussicht.

Schließlich hörte ich ein Auto in die Einfahrt abbiegen. Eine Autotür knallte zu.

»Sieht aus, als wäre deine bessere Hälfte wieder zu Hause«, sagte ich.

Peggy schüttelte den Kopf und flehte mich mit den Augen an.

»Ich sage ihm, dass du gerade unpässlich bist«, beruhigte ich sie und verließ das Schlafzimmer. Ich schloss die Tür hinter mir und eilte durchs Haus.

Als sich die Haustür öffnete, versteckte ich mich hastig dahinter.

»Hey-ho!«, rief die bessere Hälfte – fast wie einer der sieben Zwerge. Nur dass die Zwerge keine Frauen waren – die bessere Hälfte aber schon.

Sie stieß die Tür zu und ich erwiderte: »Selber hey-ho!«

Ich hatte beabsichtigt, dem Ehemann mit einem einzigen Hieb den Schädel einzuschlagen – ich mag vielleicht meine Fehler haben, aber ich bin keine Schwuchtel. Beim Klang der Stimme von Peggys Mitbewohnerin änderte ich jedoch meine Meinung.

Als mir die Tür die Sicht nicht mehr versperrte, sah ich, dass sie eine schlanke, elegante Blondine mit wunderschönem Gesicht war.

Ich versetzte ihr einen Hammerschlag auf die Schulter und sie ging unter Schmerzen in die Knie.

Ihr Name war Ella, wie ich später herausfand.

Und einmal mehr erreichen wir eine Stelle in meiner Erzählung, an der eine detaillierte Beschreibung meines Verhaltens Sie, liebe Leser, unnötig abschrecken und abstoßen würde.

Aber ich möchte Sie wirklich nur ungern vergraulen, so kurz vor dem Ende.

Erlauben Sie mir daher, die »blutigen Details« zu beschönigen. Nur so viel: Ella, Peggy und Simon verbrachten einen sehr erfüllenden Nachmittag und eine sehr erquickliche Nacht miteinander. Dank des besonnenen Einsatzes meines Hammers blieben meine Lieblinge fast bis zum Ende bei Bewusstsein, das etwa gegen sieben Uhr am nächsten Morgen kam.

Zu diesem Zeitpunkt war das Schlafzimmer ziemlich hinüber – und ich war es auch.

In einem bodenlangen Spiegel sah ich meinen nackten Körper so mit Blut, Gewebeklümpchen, Sperma und anderen Flüssigkeiten beschmutzt, dass ich kaum noch einem menschlichen Wesen glich.

Ich duschte lange und heiß.

Dann packte ich die Seile und den Hammer sowie die Zangen, Löffel und anderen Werkzeuge meiner Belustigung – ich hatte mein Repertoire seit meinen jungen

Jahren etwas erweitert – zusammen mit meiner Kamera wieder ein und stellte den Timer der Brandbombe auf zehn Uhr. Ich platzierte die Bombe auf dem Bett zwischen den beiden Leichen. Sie würde den Tatort völlig zerstören.

Schließlich verließ ich – adrett gekleidet und wie aus dem Ei gepellt, aber mit müden Knochen – das Haus und kehrte zu meinem Wagen zurück. Auf dem Fahrersitz hatte ich kaum noch die Kraft, den Schlüssel ins Zündschloss zu stecken.

Nur mit Mühe hielt ich den Kopf oben, lenkte das Auto von der Bordsteinkante und ließ das Wohngebiet hinter mir. Meine Augenlider fühlten sich wie Sandsäcke an. Ich kurbelte das Fenster herunter und atmete die frische Morgenluft ganz tief ein.

Halt durch, Simon, redete ich mir selbst gut zu.

Auch wenn ich nicht ganz genau wusste, wo ich mich befand, war ich mir sicher, dass ich den Weg zurück zum Motel schnell finden würde. Wahrscheinlich war ich keine zehn Minuten entfernt. Sicher konnte ich noch so lange wach bleiben.

Ich schaltete das Radio ein, drückte wie wild auf den Knöpfen herum und versuchte, einen Sender zu finden, der etwas anderes spielte als mexikanische Musik.

Irgendwann fand ich Howard Stern, hörte ihm aber nur ein paar Sekunden lang zu, bevor mich seine obszöne Ausdrucksweise anekelte. Zu erschöpft, um weiter nach einem zufriedenstellenden Sender zu suchen, drehte ich das Radio leise.

Irgendetwas stimmte nicht. Ich hatte es irgendwie geschafft, Tucson mehr oder weniger hinter mir zu lassen. Ich schien mich irgendwo am Stadtrand zu befinden. Es standen zwar einige Häuser um mich herum, aber nicht mehr besonders viele. Abseits der Straße erstreckte sich hauptsächlich Wüste, und die Wüste schien von verängstigten grünen Männchen übersät zu sein, die erschrocken die Arme in die Luft rissen.

Das sind nur Riesenkakteen, beruhigte ich mich selbst. Nichts, worüber du dir Sorgen machen müsstest.

Aber ich sollte besser umkehren.

Es waren keine anderen Fahrzeuge in Sicht, also machte ich einen U-Turn und fuhr in die Richtung zurück, aus der ich gekommen war.

Schon bald würde ich wieder in der Stadt und auf bestem Weg zu meinem Motel sein.

Nur noch ein paar Minuten, sagte ich mir selbst.

Mir fielen immer wieder die Augen zu.

Mit größter Mühe öffnete ich sie wieder …

Und sah eine fantastische Vision.

War ich eingeschlafen? Träumte ich? Nein, ich war wach und die Vision war real: Ein zauberhaftes Mädchen überquerte vor mir die Straße. Sein goldener Pferdeschwanz schaukelte hin und her. Die Kleine trug ein weißes T-Shirt, eine ausgebleichte kurze Jeanslatzhose, saubere weiße Socken und dreckige weiße Turnschuhe. Auf dem Rücken hatte sie eine Schultasche.

Sie war vielleicht sieben oder acht Jahre alt.

Sie hätte gut und gerne der eineiige Zwilling meiner geliebten Schwester Angela sein können.

Und sie war alleine, wunderbar alleine.

Was für eine Mutter würde ein so liebes kleines Ding alleine zur Schule gehen lassen?, wunderte ich mich. Oder zur Haltestelle des Schulbusses, was mir wahrscheinlicher erschien.

Ha! Eine Mutter nach MEINEM Geschmack!

Ich hielt den Wagen an und beobachtete, wie das Mädchen fröhlich vor mir vorbeihüpfte.

Es war kein anderes Auto in Sicht.

»Entschuldige, junges Fräulein?«, rief ich.

Sie blieb stehen und drehte den Kopf zu mir um. Ihr süßes kleines Gesicht sah mich stirnrunzelnd an. »Was?«, fragte sie.

»Ich weiß, dass du bestimmt nicht mit Fremden reden sollst, aber ich wollte dich fragen, ob du mein kleines Mädchen vielleicht irgendwo gesehen hast? Sie ist etwa in deinem Alter. Ihr Name ist Angela.« Es war der erste Name, der mir in den Sinn kam, aus offensichtlichen Gründen.

Die Kleine – ihr Name war Trisha Cooper, wie ich später erfuhr – zuckte mit ihren süßen kleinen Schultern.

Ich stellte mir ihre linke Schulter nackt vor, wie sie hüpfen würde, wenn ich mit meinem Hammer draufschlug. Und wie die Kleine schreien würde.

»Wenn du sie siehst«, rief ich, »sagst du ihr dann bitte, dass ihr Daddy sie ...«

Das Mädchen wirbelte herum und rannte davon.

»Nein, warte!«

Über ihre Schulter schrie sie mir zu: *»Das sag ich Daddy!«*

Ich eilte ihr nach.

Wäre ich von meiner leidenschaftlichen Nacht mit Peggy und Ella nicht so ausgelaugt gewesen, hätte ich mich sicher eines Besseren besonnen und wäre davongefahren.

Aber ich war nicht ganz bei Verstand und Trisha war Angela wirklich wie aus dem Gesicht geschnitten.

Also rauschte ich auf die andere Straßenseite, stieg auf die Bremse, zog den Zündschlüssel ab, sprang aus dem Auto und nahm die Verfolgung auf.

Ich bin ein schneller Läufer. Schon nach wenigen Sekunden hatte ich die Kleine beinahe eingeholt.

»Lassen Sie mich in Ruhe!«, kreischte sie.

Da ich meinen Hammer im Wagen gelassen hatte, packte ich sie am Pferdeschwanz, riss sie herum und schleuderte sie über den Asphalt. Ich rannte zu ihr hinüber und hockte mich neben sie. Die Riesenkakteen jenseits der Straße schienen mich zu beobachten, ihre grünen Arme vor Schreck erhoben.

Ich hob Trisha hoch, warf sie mir mitsamt der Schultasche auf dem Rücken über die Schulter und rannte zurück zum Auto. Sie fühlte sich überhaupt nicht schwer an.

Obwohl sie wie wild zappelte, hielt ich sie sicher fest, indem ich ihre Schenkel unter meinen Arm klemmte.

Sie trat mit den Füßen und kreischte: »Lass mich runter. Das sag ich Daddy!«

»Du gehörst mir, Schätzchen.«

Mit meiner freien rechten Hand angelte ich die Schlüssel aus meiner Hosentasche.

»Bitte! Lass mich los! Bitte!«

»Oh, aber wir werden so viel Spaß miteinander haben. Oder wenigstens *ich*.«

Als ich mich dem Wagen näherte, wurde ich langsamer. Ich ging vor dem Kofferraum in die Hocke und schloss ihn auf. Während ich zusah, wie sich die Klappe öffnete, fragte ich mich, ob ich wohl zu Peggys und Ellas Haus zurückfinden würde. Schließlich wohnte dort niemand mehr. Meine Brandbombe konnte ich mit Leichtigkeit deaktivieren. Dann wären Trisha und ich in dem Haus glücklich bis an unser Lebensende ... oder zumindest für ein paar Tage.

»Was tun Sie denn da, Mister?«, fragte jemand.

O nein.

Ich lehnte mich nach vorne, lud Trisha im Kofferraum ab und knallte den Deckel zu. Dann drehte ich mich um.

Sie war eine Schönheit. 19 oder 20 vielleicht. Ihr Haar hatte die Farbe von Sonnenlicht, ihre Haut den Ton von trockenem Sand. Sie trug eine Jeans und eines dieser blauen Chambray-Arbeitshemden. Das Hemd war hochgezogen, unter der Brust zusammengeknotet und enthüllte ihren Bauch. Sie hatte einen Cowboyhut aus Stroh auf dem Kopf und Schlangenlederstiefel an den Füßen.

Ein echtes Arizona-Girl – inklusive Westernrevolver in der Hand.

Sie verzog das Gesicht, zeigte mir ihre geraden, strahlend weißen Zähne und fügte hinzu: »Machen Sie mal schön den Kofferraum wieder auf.«

»Schon okay«, erwiderte ich. »Sie ist 'ne Ausreißerin. Ich bin Privatdetektiv. Ihre Eltern haben mich engagiert, damit ich sie wieder nach Hause bringe.«

»Mir ist scheißegal, ob Sie der verdammte Sam Spade höchstpersönlich sind, Kumpel. Machen Sie den Kofferraum auf.«

»Sind Sie Polizistin?«

»Nur ein Mädchen, das 'nen Spaziergang macht. Und wie's aussieht, hab ich einen Perversen auf frischer Tat ertappt.«

»Wenn Sie keine Polizistin sind«, erwiderte ich, »dann geht Sie das hier auch nichts an.«

»Ich und Sam Colt hier sind da anderer Meinung.«

Ich musste eine Entscheidung treffen.

Arizona oder nicht, dachte ich, sie war nur ein Mädchen. Und höchstwahrscheinlich keine besonders gute Schützin.

Dies war der nächste entscheidende Moment, in dem mein erschöpfter Verstand versagte. Er versäumte es, mich darauf hinzuweisen, dass einige der besten Schützen der Welt Frauen waren. Und er versäumte es, Annie Oakley zu erwähnen.

Ich stürzte Richtung Fahrertür.

Irgendetwas traf meinen Rücken. Es fühlte sich an wie ein Hammerschlag. Einen Sekundenbruchteil später folgte ein ohrenbetäubender Knall.

Schusswaffen! So unglaublich laut!

O Mist.

Laut den Ärzten werde ich nie wieder gehen können. Die Schlampe – ihr Name war Staci Hickok, ausgerechnet; weder verwandt noch verschwägert – hatte mich mit einem Hohlspitzgeschoss, Kaliber 45, in der Brustwirbelsäule erwischt. Sie sagen, ich werde den Rest meines Lebens im Rollstuhl verbringen, in einer Einrichtung für geisteskranke Kriminelle.

Ein Opfer von Waffengewalt.

Sie halten mich von Hämmern fern.

Aber sie können meine Gedanken nicht von Angela fernhalten. Und von all den anderen. So vielen anderen.

Natürlich bereue ich oft, dass ich Trisha verloren habe. Ich habe das Gefühl, sie wurde mir als *Meisterstück* meiner Karriere geschickt. Und dennoch konnte ich sie nicht vollenden …

Ich sitze gerne in meinem Rollstuhl und stelle mir vor, was ich mit Trisha getan hätte, wenn diese Schlampe Staci Hickok nicht zufällig aufgetaucht wäre.

Staci und ihre Pistole.

Ihr verfluchter Colt.

Arizona ist, wie mir zu spät bewusst wurde, ein grauenvoller, primitiver Ort, der es Zivilisten erlaubt, wie Gangster bewaffnet herumzulaufen.

Ich würde Staci *liebend* gerne mit meinem Hammer bearbeiten. Ihr den Finger am Abzug zertrümmern. Ihr diese riesigen weißen Zähne einschlagen. Ihre Augäpfel zerquetschen. Den Hammer umdrehen und ihr die Brüste mit den Klauen herausreißen …

Vielleicht eines Tages.

Sie feiern schließlich immer wieder neue Durchbrüche auf dem Gebiet der Wirbelsäulenverletzungen. Vielleicht bin ich schneller wieder auf den Beinen, als ich gucken kann. Und dann komme ich vielleicht auch schon bald hier raus.

Ich *war* nicht bei Verstand, als ich diese Menschen mit dem Hammer erschlagen habe.

Das hat das Gericht befunden.

Momentan bin ich jedenfalls auf dem besten Weg, meine geistige Gesundheit wieder zurückzuerlangen. Und ich zeige große Reue. Da können Sie jeden fragen.

Der Henker

Nachdem er sein Pferd versorgt hatte, kam der Fremde zu uns ans Lagerfeuer. Er setzte sich auf einen Baumstumpf und legte das Winchester-Gewehr quer auf seinem Schoß ab. Mein Junge, Jimmy, schenkte ihm Kaffee ein.

»Vielen Dank«, sagte der Fremde.

»Keine Ursache«, erwiderte Jimmy.

»Einen guten Jungen haben Sie da«, wandte sich der Mann an mich.

»Ja, er ist nicht schlecht geraten«, stimmte ich ihm zu.

Jimmy lächelte mich an, kam zu mir und setzte sich neben mich ans Feuer.

Nachdem er von seinem Kaffee getrunken hatte, sagte der Fremde: »Ist ein gutes Gefühl, ein paar freundliche Gesichter zu sehen … oder überhaupt ein paar Gesichter … außer *seinem*. Ich bin keiner Menschenseele mehr begegnet, seit … Es muss mindestens eine Woche her sein.«

»Die Gegend hier ist ziemlich dünn besiedelt«, erwiderte ich.

»Das können Sie laut sagen, Sir.«

»Ich bin Dade«, stellte ich mich vor. »Und das ist Jimmy.«

»Freut mich, Sie kennenzulernen. Ich bin Sam Cross.«

Jimmy riss die Augen auf. »*Marshall* Sam Cross?«

Die Augen des Mannes glänzten im Licht des Feuers. Einer seiner Mundwinkel bog sich nach oben und zog eine Seite seines dicken grauen Schnurrbarts mit. »Schon mal von mir gehört, ja?«

»Na ja, ich vermute, die ganze Welt hat schon von Ihnen gehört, Marshall Cross.«

Ich nickte zustimmend und fügte hinzu: »Es ist eine Ehre, Sie in unserem bescheidenen Lager willkommen zu heißen.«

Ich fühlte mich durch die Anwesenheit des berühmten Gesetzeshüters nicht nur geehrt, sondern auch sehr erleichtert. Wenn nachts ein Fremder in dein Lager reitet, bedeutet das oft Schwierigkeiten. Diesen Reiter hatte ich aus purer Höflichkeit, aber nicht ohne Nervosität eingeladen, sich eine Pause zu gönnen.

Ein Blick auf Sam Cross genügte jedoch und man wusste sofort, dass er ein harter Kerl war. Man sah es an der Art, wie er seinen Hut trug, wie er ging und wie er einen ansah.

Und wem das immer noch nicht reichte: Er schien darüber hinaus auch für einen Ein-Mann-Krieg bewaffnet zu sein. Neben seinem Winchester hatte er nicht weniger als drei Sechs-Schuss-Revolver an seinem Gürtel sowie ein Bowiemesser im Schaft seines rechten Stiefels.

Jetzt, wo ich wusste, dass der Mann Sam Cross war und kein Desperado, senkte ich meinen Colt .44-40, den ich unter meiner Jacke auf ihn richtete. »Ich stecke mein Schießeisen wieder weg, Marshall«, sagte ich.

Er nickte und beobachtete mich dabei genau.

»Vielen Dank«, sagte er erneut und trank noch einen Schluck Kaffee.

»Sind Sie hinter jemandem her?«, wollte Jimmy wissen.

»Ich fürchte, es ist genau andersrum, mein Junge. Jemand ist hinter mir her.«

»Sieht aus, als sollte er besser aufpassen, dass er Sie nicht *einholt*«, bemerkte ich.

Jimmy nickte grinsend.

Sam Cross nickte ebenfalls und blickte mich mit zusammengekniffenen Augen an. »Ich schätze, da haben Sie wohl recht, Dade, abgesehen von einer Sache. Der Kerl, der hinter mir her ist … nun ja, er ist nicht direkt ein Mensch.«

»Und was ist er dann?«, fragte Jimmy beinahe flüsternd.

Cross schaute von Jimmy zu mir und erwiderte dann: »Hat einer von euch beiden schon mal vom Henker gehört?«

Jimmy klappte die Kinnlade herunter. Ich hatte noch nie von jemandem gehört, den sie den Henker nannten. Ich glaube, wir schüttelten beide gleichzeitig den Kopf.

»Meinen Sie einen dieser durchs Land reisenden Henker?«, wollte ich wissen.

»Nein. Er ist nur ein Kerl, der mal aufgeknüpft wurde. Er stammte aus Anadarko in Texas und hieß Wesley Crawford. Nach allem, was ich gehört habe, wurde er schon böse geboren. Böse wie der Teufel. Man erzählt sich, dass er schon als Säugling seiner Mutter den Nippel von der Titte gebissen und stattdessen ihr Blut getrunken hat.«

»Ich bin mir nicht sicher, ob Jimmy so etwas hören sollte«, unterbrach ich den Marshall.

Jimmy errötete im Feuerschein und senkte den Kopf.

»Oh, ich wollte Ihnen nicht zu nahe treten. Tut mir leid, Dade. Ich hätte es besser wissen müssen, als vor dem Jungen ein so sensibles Thema anzuschneiden.«

Ich nickte.

»Soll ich fortfahren?«

Jimmy hob den Kopf und blickte mich erwartungsvoll an.

»Sicher«, antwortete ich. »Erzählen Sie weiter.«

Der Marshall stellte seine leere Kaffeetasse ab. »Ich verzichte auf die weitere Erwähnung der weiblichen Körperteile der Mutter.«

»Danke«, sagte ich.

»Ich kann jedoch nicht unerwähnt lassen, dass das Kind sie so brutal biss und so grob an ihr saugte, dass die gute Frau das Gefühl hatte, es würde ihr das komplette Blut aus dem Körper saugen. Sie schrie wie ein Komantsche und schleuderte den Jungen quer durch die Hütte. Sie hätte ihn beinahe umgebracht. Er landete im Kamin. Ich hatte vergessen zu erwähnen, dass sich all dies an einem kalten Wintertag ereignete. In der Hütte loderte ein Feuer, um sie zu heizen.«

»Sie hat ihn ins Feuer geworfen?«, fragte Jimmy.

»Nun, ich nehme an, dass sie ihn einfach in blinder Wut von sich schleuderte und nicht speziell auf die Feuerstelle zielte. Aber dort *ist* er gelandet, und seine Mutter machte auch keinerlei Anstalten, ihn wieder herauszuholen. Stattdessen blieb sie in ihrem Schaukelstuhl sitzen, brüllte wie am Spieß und drückte die Hand auf ihre … Wunde. Wesleys Vater befand sich zu diesem Zeitpunkt draußen und hackte Holz. Er hörte die Schreie und eilte ins Haus. Als Allererstes zog er Wesley aus dem Feuer. Dann stürzte er sich auf seine Frau und zerstückelte sie mit der Axt. Er zerhackte sie vor den Augen des Jungen, der aufmerksam zuschaute. Wie man sich erzählt, wurde der kleine Wesley übel verbrannt. Sein linkes Bein, das komplett im Feuer lag, war vollkommen verkohlt … Trotzdem soll er beim

Anblick des qualvollen Endes seiner Mutter vor Freude gelächelt haben.«

Der Marshall stopfte seine Tabakspfeife und zündete sie mit einem Zweig aus dem Feuer an. Der Rauch schwebte in unsere Richtung. Sein beißender Geruch vermischte sich mit dem süßen Holzrauch des Lagerfeuers.

»Tja«, fuhr er fort, »das Bein des Kleinen verfaulte immer mehr und musste schließlich amputiert werden. Er ist als Einbeiniger aufgewachsen und war von oben bis unten von Narben überzogen – kein schöner Anblick. Auf seinem Kopf wuchs nie ein einziges Haar, und Augenbrauen hatte er auch keine.«

Jimmy starrte Marshall Cross über das Feuer hinweg an. Er sah aus, als wäre ihm übel.

Ich begann, daran zu zweifeln, dass es gut für den Jungen war, auch den Rest der Geschichte zu hören. Er würde sie gewiss nie wieder loswerden. Wahrscheinlich würde er auch so schon für lange Zeit von den grauenvollen Bildern verfolgt werden. Genau wie ich selbst.

Jimmy blickte den Marshall stirnrunzelnd an und sagte: »Ich wette, die anderen Kinder haben ihn übel beschimpft, als er in die Schule kam.« Jimmy wusste, was es bedeutete, gehänselt zu werden. Er hatte Probleme mit den Augen und trug seit einigen Jahren eine Brille.

»Oh, er ist nie zur Schule gegangen«, erwiderte Marshall Cross. »Er war die meiste Zeit allein, nach allem, was ich gehört habe. Als er noch sehr jung war, hat er die Hütte kaum verlassen. Später ist er dann durch die Wälder gestreift.«

»Aber ihm fehlte ein Bein«, warf Jimmy ein.

»Ja, das ist richtig. Danke, dass du mich daran erinnerst.«

Ich begann mich zu fragen, ob sich Marshall Cross

diese Geschichte nicht nur ausdachte. Aber falls ja, was bezweckte er dann damit? Wollte er uns mit dieser verstörenden Erzählung *unterhalten?*

Vielleicht hat er ja selbst eine gemeine Ader, dachte ich.

»Der Junge bastelte sich eine Krücke«, erklärte der Marshall. »Damit kam er gut zurecht, obwohl ihm das linke Bein fehlte. Wie man hört, hüpfte er damit so schnell wie ein Hund umher. Eine Menge Leute hatten zum einen oder anderen Zeitpunkt Gelegenheit, ihn dabei zu beobachten. Meist waren sie auf der Durchreise durch Wesleys Teil der Wälder. Für gewöhnlich zog er splitternackt durch die Gegend und band sich nur einen alten Lumpen um seinen Beinstummel. Wie man sich erzählt, sprang er gerne vor den Leuten aus seinem Versteck, begann zu schreien und mit einem Stock herumzufuchteln und schüttete sich dann vor Lachen aus, wenn sie vor Schreck davonrannten. Diesen Unfug hat er mehrere Jahre lang betrieben.«

»Hat denn nie jemand versucht, ihn aufzuhalten?«, fragte ich.

»Na ja, er hat nie jemandem Schaden zugefügt. Er hat den Leuten nur einen Riesenschrecken eingejagt. Ich schätze allerdings, ein paar von ihnen mussten nach der Begegnung mit ihm ihre Unterbuchse wechseln.«

Ich runzelte die Stirn, aber der Marshall schien es nicht zu bemerken. Er lachte und zog ein paarmal an seiner Pfeife.

»Hin und wieder sind ein paar der älteren Jungs in den Wald gezogen und wollten Wesley die Flausen austreiben. Meistens konnten sie ihn jedoch nicht finden. Manchmal sind sie aber auch in einen Hinterhalt geraten und blutüberströmt und stinksauer in die Stadt zurückgekehrt, weil sie sich von einem Einbeinigen hatten verprügeln lassen, obwohl sie zu dritt oder zu viert unterwegs waren.

Wie dem auch sei, das Ganze ging jahrelang so weiter. Wer ein bisschen gesunden Menschenverstand hatte, hielt sich von Wesleys Wäldern fern. Aber hin und wieder hatte er seinen Spaß mit jemandem. Als er ungefähr in deinem Alter war, James, veränderte sich jedoch die Art und Weise seiner ›Späße‹.

Er begann, den Mädchen nachzusteigen. Die meisten von ihnen waren natürlich nicht töricht genug, allein in den Wald zu gehen. Aber Wesley ließ sich auch nicht davon aufhalten, dass ein Mädchen in Begleitung unterwegs war. Wenn es sich bei der Begleitung um ein anderes Mädchen handelte, schnappte sich Wesley eben beide. War es ein Kerl, schlug er ihn mit einem Knüppel oder einem Stein k. o. und fesselte ihn an einen Baum. Das Mädchen tauchte dann nackt und blutüberströmt wieder auf und erzählte, sie sei …« Der Marshall sah mich an und beendete den Satz dann: »Von einem Einbeinigen im Wald missbraucht worden.«

Jimmy sah aus, als wollte er genauere Einzelheiten über die Art dieses Missbrauchs erfahren. Er wusste jedoch, dass er lieber nicht danach fragen sollte.

»Den Leuten in der Gegend gefiel es natürlich ganz und gar nicht, dass ihre Frauen so zugerichtet wurden. Sie unternahmen alle möglichen Anstrengungen, um Wesley endlich zu erwischen. Es gelang ihnen jedoch nie und die Suchtrupps kehrten nicht selten in schlimmerer Verfassung als bei ihrem Aufbruch wieder zurück. Aber irgendwann war das Maß voll.

Vor gut einem Jahr machte eine Gruppe junger Leute ein Picknick am Ufer des Blackstone Pond, der in sicherer

Entfernung zu Wesleys Reich in den Wäldern lag. Sie waren zu sechst. Drei junge Damen und ihre Verehrer. Nun, es war ein sehr heißer Tag und der Teich sah wirklich einladend aus. Nach und nach zogen die Jungen und Mädchen ihre Kleidung aus und sprangen hinein. Alle, bis auf eine: ein Mädchen namens Lucy Douglas. Sie war eine Woche zuvor ganz allein in dem Teich schwimmen gewesen und hatte gespürt, wie jemand unter Wasser an ihr *geleckt* hatte.«

»War es Wesley?«, fragte Jimmy. »Hat *er* an ihr geleckt?«

»Tja, ich denke, das kann niemand mit Sicherheit sagen. Vielleicht wurde sie auch nur von einem Fisch oder ein wenig Seegras gestreift. Sie bestand jedoch darauf, dass es ein *Mensch* gewesen war.«

»Musste er denn nicht auftauchen, um Luft zu holen?«, fragte Jimmy.

Der Marshall schüttelte den Kopf.

»Halt dich mit deinen Fragen zurück«, ermahnte ich meinen Jungen.

»Oh.« Er errötete erneut, nickte und sagte zu Marshall Cross: »Tut mir leid, Sir.«

»Schon in Ordnung, James. Ich weiß einen wissbegierigen Geist zu schätzen. Nun, Lucy Douglas wollte auf keinen Fall noch einmal in diesen Teich steigen, nachdem bei ihrem letzten Badeausflug jemand an ihr *geleckt* hatte. Sie warnte auch ihre Freunde davor, in dem Teich zu baden. Doch die machten sich deswegen nur über sie lustig, bezeichneten sie als Angsthasen und sprangen trotzdem ins Wasser. Selbst ihr Begleiter folgte den anderen und ließ Lucy ganz allein am Ufer zurück.«

»Und was ist mit ihnen passiert?«, fragte Jimmy. Offensichtlich konnte er einfach nicht anders. Er blickte mich an und murmelte: »Entschuldigung.«

»Nun, die fünf im Teich badeten und planschten und hatten ihren Spaß. Als sie schließlich genug hatten und wieder aus dem Wasser wateten, konnten sie Lucy nirgendwo entdecken. Sie nahmen daher an, dass sie bereits zurück nach Hause gegangen war. Aber das war sie nicht. Lucy Douglas ist nie wieder nach Hause zurückgekehrt.«

Jimmy blieb der Mund mehrere Sekunden lang offen stehen. Er starrte den Marshall an und sagte dann: »Ich wette, Wesley hat sie sich geschnappt.«

»Zu diesem Schluss kamen auch die Leute in der Stadt. Sie haben den ganzen Wald abgesucht, konnten jedoch keinen der beiden finden. Alles, was sie fanden, war eine blutüberströmte Lichtung, etwa einen Kilometer vom Teich entfernt.«

»Wesley hat sie *umgebracht?*«, stieß Jimmy aus.

»Es ließ sich unmöglich mit Sicherheit sagen, ob es tatsächlich *Lucys* Blut war. Es hätte auch von einem anderen Menschen oder von einem Tier stammen können. Allerdings haben es alle für Lucys Blut *gehalten*. Sie nahmen an, dass sie von Wesley Crawford verschleppt und ermordet worden war.

Ich wurde persönlich dorthin geschickt, um mich um die Sache zu kümmern. Nach und nach bekam ich jedoch Zweifel daran, dass Wesley der wahre Übeltäter war. Es schien mir für einen Einbeinigen einfach zu schwer zu bewerkstelligen, ein gesundes junges Mädchen wie Lucy zu entführen. Selbst nachdem ich gehört hatte, wie stark und geschickt der Kerl angeblich war und dass die meisten jungen Kerle der Gegend irgendwann einmal ordentlich von ihm verdroschen worden waren, konnte ich mir einfach nicht vorstellen, dass er sich Lucy schnappen und mit ihr davonrennen konnte. Wie hätte er das denn zustande bringen sollen? Hätte er seine Krücke benutzt, hätte er nur einen Arm frei gehabt, um sie festzuhalten. Hätte er die Krücke hingegen *nicht* benutzt, hätte er es ohnehin nicht bewerkstelligen können. Hätte er sie sich über die Schulter werfen und mit ihr davonhüpfen sollen, als wäre sie ein Sack Mehl?«

»Gab es denn keine Spuren, die einen Hinweis gegeben hätten?«, fragte ich.

Jimmy warf mir einen Blick zu, als wollte er fragen: Und wer unterbricht *jetzt* die Geschichte des Marshalls?

Sam Cross schüttelte den Kopf. »Keine, die brauchbar gewesen wären. Als ich dort auftauchte, hatten die verschiedenen Suchtrupps längst alles niedergetrampelt. Ich habe vor allem nach Löchern im Boden gesucht, die von Wesleys Krücke hineingebohrt worden sein konnten. Ich ging davon aus, dass zumindest diese Löcher noch zu sehen sein müssten, trotz der vielen Fußspuren, die alle restlichen Hinweise vernichtet hatten. Allerdings konnte ich nichts dergleichen finden.

Kurzum: So gut wie alle waren sich sicher, dass Wesley der Täter war, aber wir hatten nicht einen einzigen Beweis gegen ihn oder irgendjemanden sonst. Mitten in der Nacht schlich ich mich dann noch einmal zurück in den Wald. Ich streifte umher, lautlos wie ein Indianer. Ich suchte die ganze Nacht. Gegen Sonnenaufgang, als es im Wald wieder heller wurde, kletterte ich auf einen Baum. Ich versteckte mich für den Rest des Tages in seinen Ästen, leise und wachsam. Als die Nacht hereinbrach, kletterte ich wieder hinunter und setzte meine Suche fort. Ich suchte überall, im ganzen Wald, Nacht um Nacht.« Er nickte Jimmy mit ernster Miene zu. »Wenn du nicht aufgibst, junger Mann, wird sich deine Hartnäckigkeit früher oder später mit hoher Wahrscheinlichkeit auszahlen.«

»Das sagt mein Pa auch immer«, bestätigte Jimmy.

»Allerdings kann ich in diesem Fall nicht behaupten, dass ich Wesley nur dank meiner Hartnäckigkeit fand. Es war eher ein seltsamer, glücklicher Zufall. Folgendes ist passiert: Eines Morgens, in aller Frühe und kurz nachdem ich wieder auf einen Baum geklettert war, hörte ich in der Ferne eine Mundharmonika. Irgendjemand war dort draußen, tief in Wesleys Wäldern, und spielte ›Dixie‹. Die Musik kam immer näher. Nach einer Weile tauchte plötzlich das hübscheste blonde Mädchen auf dem Waldweg auf, das die Welt je gesehen hatte. Die Kleine war vielleicht 15 oder 16 Jahre alt. Sie war barfuß und trug ein dünnes weißes Nachthemd, so als wäre sie mitten in der Nacht zu Hause losgegangen, ohne sich etwas anzuziehen. Sie hatte offensichtlich ihre Kleidung vergessen, aber nicht ihre Mundharmonika. Ihr hättet sie sehen sollen. Ihr hättet hören sollen, wie sie ›Dixie‹ spielte.«

»Ich wünschte, das hätte ich«, murmelte Jimmy.

»Ehrlich gesagt«, fuhr Cross fort, »hielt ich sie für ziemlich schwachköpfig. Andererseits hoffte ich jedoch, dass sie Wesley aus seinem Versteck locken könnte. Ein Typ mit einer Vorliebe für hübsche Mädchen, nun … Er würde sie sich sicher nicht einfach so durch die Lappen gehen lassen. Ich wartete, bis sie vorbeigegangen war, kletterte dann von meinem Baum herunter und schlich ihr nach. Ich hielt mich ein gutes Stück hinter ihr und folgte ausschließlich dem Klang ihrer Musik. Sie spielte *Old Folks at Home* und *Camptown Races* und ein paar weitere, ziemlich mitreißende Lieder. Und dann verstummte die Musik plötzlich. Von einem Moment auf den anderen.«

Jimmy klappte erneut die Kinnlade herunter.

»Ich wusste, dass Wesley sie hatte«, erzählte Cross weiter. »Ich wusste es tief in meinem Herzen und ich wünschte mir nichts mehr, als sie vor ihm zu retten. Andererseits würde er vermutlich blitzschnell verschwinden, sobald er mich kommen hörte. Wie ein Komantsche schlich ich auf leisen Sohlen, so schnell ich konnte, weiter, bis ich den Rand einer Lichtung zwischen den Bäumen erreichte. Und da waren sie.

Das Mädchen stand wie angewurzelt da und starrte Wesley in die Augen. Sie hatte die Mundharmonika auf den Boden fallen lassen und die Arme hingen schlaff an ihren Seiten herunter. Wesley befand sich etwa drei Meter von ihr entfernt, nackt wie am Tag seiner Geburt, sein Stummel in schimmernde grüne Seide gewickelt, die er vermutlich irgendwann aus dem Kleid eines anderen Mädchens herausgerissen hatte.

Obwohl die Krücke unter seinem Arm klemmte, stützte er sich nicht darauf. Sein eines Bein trug sein ganzes Gewicht. Er stand einfach nur da, grinste und sabberte beinahe.

Er hatte am ganzen Körper nicht ein einziges winziges Haar. Ich habe in meinem Leben schon viele Glatzköpfe gesehen, und die meisten von ihnen sehen ganz natürlich aus. Ich kann euch jedoch versichern: Ein Mann ohne Augenbrauen ist ein wirklich bizarrer Anblick. Wesley hatte nicht einmal untenherum Haare. Was er hingegen *hatte,* war vermutlich der mächtigste …« Der Marshall warf Jimmy einen Blick zu. »Nun, ich will es mal so ausdrücken: Man konnte deutlich sehen, dass er äußerst begeistert war, sich in Gesellschaft eines so zauberhaften Mädchens zu befinden.«

»Warum ist sie denn nicht weggelaufen?«, wollte Jimmy wissen.

»Nun, das habe ich mich auch gefragt. Ich nahm an, dass sie vermutlich einfach zu viel Angst hatte, um zu fliehen. Vielleicht hatte sie aber auch von Wesleys Schnelligkeit gehört und wusste, dass sie keine Chance hatte, ihm zu entkommen. Wie dem auch sei, dort stand sie. Dort standen sie *beide* und starrten einander einfach nur an. Dann hob Wesley die Krücke hoch, als wollte er ihr damit das Hirn einschlagen, und begann, auf sie zuzuhoppeln.«

»Haben Sie ihn erschossen?«

»Na ja, Junge, wenn ich ihn erschossen hätte, hätte er mir dann noch sagen können, was er mit Lucy Douglas angestellt hat? Natürlich nahm ich an, dass sie aller Wahrscheinlichkeit nach tot war. Aber selbst wenn dem so war, hoffte ich, ihren Eltern wenigstens ihre Leiche zurückbringen zu können.«

Jimmy nickte.

»Ich hielt mich weiter in meinem Versteck und beobachtete die Szene aufmerksam, allzeit bereit einzuschreiten. Ich schaute zu, wie Wesley mit hoch erhobener Krücke auf die Kleine zuhüpfte und … direkt vor ihrer Nase stehen blieb. Dann sagte er: ›Du bist 'n süßes Ding. Das süßeste, das ich je hatte.‹ Sie stand einfach da, keuchte vor Angst und starrte in seine wahnsinnigen Augen. Dann warf er plötzlich die Krücke weg, packte das Mädchen mit beiden Händen an den Schultern und riss das Nachthemd mittendurch, das um die Füße der Kleinen auf die Erde fiel.

Da stand sie nun, splitterfasernackt – jedenfalls so gut wie. Um die Hüften trug sie einen Ledergürtel. Und an diesem Ledergürtel befand sich eine große lederne Scheide.

Und in dieser Scheide steckte das größte Bowiemesser, das ich je in meinem Leben gesehen hatte.

Bevor Wesley eine Chance hatte, auch nur einen Muskel anzuspannen, zog sie mit einer Hand das Messer heraus, packte seinen Ihr-wisst-schon-was mit der anderen und sagte: ›Mein Name ist Ruth Douglas. Ich bin Lucys große Schwester.‹ Das war alles. Sie stellte ihm keine Fragen, sprach nur diese beiden Sätze, ließ das Bowiemesser heruntersausen und schnitt ihm sein Ding ab.«

»Marshall«, ermahnte ich ihn.

»Ich schwöre, in dem Augenblick hätte mich sogar ein Spatzenfurz umgeworfen – ein hübsches junges Ding wie sie! Wie dem auch sei, ich kam zu dem Schluss, dass ich bereits zu lange gewartet hatte. Ich eilte auf die Lichtung, als es Wesley gelang, sich aus Ruths Griff zu befreien. Er hüpfte Blut spritzend und wimmernd rückwärts von ihr weg.

Sie stürzte ihm nach, sein Ding in der einen Hand, während sie mit der anderen das Messer erhob, als hätte sie vor, ihm auch den Kopf abzuhacken.

›Miss Douglas!‹, rief ich. Sie wirbelte herum. Sie war hochrot im Gesicht, schnappte nach Luft und hatte einen wilden Ausdruck in den Augen. ›Überlassen Sie das den Gesetzeshütern!‹, warnte ich sie.

Sie betrachtete mich abschätzend von oben bis unten, als hielte sie nicht viel von Gesetzeshütern. Dann erwiderte sie: ›Das können Sie vergessen!‹ und warf Wesleys Schwanz nach mir. Er klatschte mir direkt aufs Auge, aber es tat nicht besonders weh.«

»Marshall!«, wiederholte ich. »Bitte.«

»Entschuldigen Sie, Dade. Die Pferde sind mit mir durchgegangen. Tut mir leid, James.«

Jimmy zuckte nur mit den Schultern, als wäre ihm die Geschichte nicht im Geringsten unangenehm. Er schien ganz erpicht darauf zu sein, auch den Rest zu hören.

»Wie dem auch sei«, fuhr Cross fort, »einen Moment lang war ich halb blind. So als hätte man mir einen Daumen ins Auge gebohrt, nur sanfter. Ich rieb mir das Auge und brüllte Ruth an, dass sie stehen bleiben sollte. Sie stürmte jedoch weiter unbeirrt auf Wesley zu, der ungeschickt rückwärtshüpfte, wimmerte und Blut in alle Richtungen spritzte. Als sie ihm nahe genug war, das Messer auf seinen Hals herabsausen zu lassen, schrie ich: ›Halt!‹

Dann zog ich meine Waffe und feuerte, hauptsächlich um Ruths Aufmerksamkeit zu erregen. Andererseits wollte ich auch kein Blei verschwenden, also versenkte ich die Kugel in Wesleys unversehrtem Bein. Sie zerfetzte ihm die Kniescheibe. Er ging genau in dem Moment zu Boden, als Ruth das Messer schwang. Glücklicherweise traf sie ihn nicht am Hals, erwischte aber immerhin seinen Mund: zur einen Wange rein und zur anderen wieder heraus. Sie hob ihm praktisch den Kiefer aus den Angeln, aber immerhin lebte er.

Ich nahm Ruth das Messer ab und flickte Wesley, so gut ich konnte, zusammen, damit er nicht verblutete. Dann zwangen wir ihn, uns zu der Stelle zu führen, an der er Lucy zurückgelassen hatte. Wir mussten ihn zu zweit dorthin schleppen, da er nicht mehr richtig gehen konnte. Es war kein leichtes Unterfangen, das kann ich euch verraten. Aber wenigstens hatten wir es nicht weit. Er hatte Lucy in einem Gebüsch versteckt. Ich erspare euch die grauenvollen Einzelheiten … Ich will schließlich nicht, dass der Junge Albträume bekommt.«

Meiner Meinung nach kam der Marshall mit seiner Rücksicht ein wenig zu spät.

»Sagen wir einfach, wir schafften es nicht rechtzeitig und konnten sie nicht mehr retten, was mich jedoch wenig überraschte. Meine Absicht war es gewesen, Wesley zu verhaften und Lucys Leiche zu finden, und dank der Hilfe ihrer Schwester war mir beides gelungen. Ruth ist eine erstaunliche junge Frau. Alles andere als schwachköpfig. Sie ist blitzgescheit und ... ich bin in all meinen Jahren noch keinem Mädchen mit mehr Mumm in den Knochen begegnet. Noch dazu ist sie das schönste Wesen, das meine Augen je erblickt haben. Ich kann euch sagen ...« Er schüttelte den Kopf und fügte hinzu: »Mmmm.«

Für eine Weile schien er in den Erinnerungen an das Mädchen zu schwelgen.

Dann fiel ihm seine Pfeife wieder ein, die schon seit Längerem erloschen war. Er zog einen brennenden Zweig aus dem Feuer und zündete sie mit tiefen Zügen wieder an. Nachdem er ein paarmal gepafft hatte, begann er von Neuem: »Tja, wir sind mit Wesley und Lucy Douglas' sterblichen Überresten in die Stadt zurückgekehrt. Die Bewohner waren sehr erleichtert, dass wir ihn gefangen hatten. Aber sein Anblick schockierte sie natürlich. Als sie jedoch sahen, was er Lucy angetan hatte ... Er hatte ihr die Nippel von beiden Titten abgebissen und ...«

»Wirklich, Mr. Cross«, unterbrach ich ihn. »Bitte. Um Himmels willen. Der Junge.«

»Ah. Der Junge. Entschuldige.« Er schüttelte den Kopf, zog ein paarmal an seiner Pfeife und fuhr dann fort: »Nun, eine Menge Leute sahen, wie Wesley die Lucy zugerichtet hatte. Außerdem sprach sich das Ganze wie ein Lauffeuer herum. Wir waren kaum in der Stadt eingetroffen, da hatte sich bereits ein Lynchmob versammelt, der mir Wesley förmlich aus den Händen riss.

Es war ein grauenvoller Anblick. Wesley konnte natürlich nicht gehen, da ich ihm das Knie seines gesunden Beins zerschossen hatte. Halb trugen, halb schleppten sie ihn mit sich. Ich hatte ihn in eine Decke eingewickelt, aber sie rutschte von seinem Körper. Darunter war er splitternackt, zappelte wie ein Wahnsinniger hin und her und stieß entsetzliche Laute aus, die mit seinem herabhängenden Kiefer eigentlich gar nicht hätten möglich sein sollen. Ich folgte dem Schauspiel und spielte mit dem Gedanken, dem Spektakel ein Ende zu bereiten, kam jedoch zu dem Schluss, dass er nur bekam, was er verdiente.

Am J & L Corral warfen sie ihr Seil schließlich über den Ast einer alten Schwarzpappel und setzten Wesley auf Jack Douglas' Hengst. Jack legte Wesley die Schlinge selbst um den Hals. Dann fragte er: ›Noch irgendwelche letzten Worte?‹ Und wisst ihr, was Wesley geantwortet hat?«

»Was?«, rief Jimmy aus.

»›*Gar-a-goggawah*‹«, antwortete der Marshall lachend.

Ich fand es nicht besonders komisch.

»Dann rief Douglas: ›Möge der Teufel deiner Seele gnädig sein, denn du bist zu schäbig für den Herrn.‹ Dann feuerte er mit seiner Pistole in die Luft und das Pferd rannte los. Wesley schrie, baumelte im nächsten Moment in der Luft und der Strick ließ ihn verstummen. Er brach ihm das Genick. Ich hörte es knacken wie einen trockenen Zweig. Dort hing er also, mausetot, schaukelte hin und her und pisste aus seinem Schwanzstummel auf jeden, der ihm zu nahe kam.«

»Marshall!«, rief ich erbost.

»Na ja …«

»Das genügt jetzt! Ich muss an meinen Jungen denken. Ich habe Sie mehrfach gewarnt, aber Sie wollen einfach nicht aufhören, jedes noch so ordinäre Detail dieser grauenvollen …«

»Ich wollte Ihnen nur erzählen, wie es war, Dade.«

»Wir haben genug gehört. Ich wäre Ihnen sehr dankbar, wenn Sie unser Lager nun freundlicherweise wieder verlassen und weiterziehen würden.«

»Aber ich bin mit meiner Geschichte noch nicht fertig«, protestierte er.

»Wir haben kein Interesse daran, den Rest zu hören.«

»Tja, es ist Ihr Lager.« Marshall Cross lehnte sich zum Feuer und hielt seine Pfeife kopfüber hinein. Mit der anderen Hand holt er ein kleines Messer hervor. Er steckte die Klinge in den Pfeifenkopf und begann, die Asche herauszuschaben. »Lassen Sie mich nur noch eines hinzufügen: Dies war nicht das Ende von Wesley Crawford. Sie haben ihm den Hals lang gezogen und ihn dann abgeschnitten, und anschließend schleppte Douglas Wesleys Leiche hinter seinem Pferd aus der Stadt. Aber das war nicht sein Ende. Nein, Sir.«

Marshall Cross erhob sich und klopfte sich den Hintern ab. »Bei Vollmond reitet Wesley durch die Gegend. Er galoppiert durch die Nacht, auf einem Hengst, so schwarz wie der Tod. Er ist nackt, wie an dem Tag, an dem er starb. Er hat weder Haare noch Augenbrauen. Er hat nur sein eines Bein und keinen Pimmel mehr, und sein Mund ist durch Ruths Douglas' Hieb mit dem Messer noch immer komplett aufgeschlitzt. Sein Kinn hängt bis zu seiner Kehle herunter und hüpft beim Reiten auf und ab. Sein Hals ist vom Lynchen unnatürlich lang gezogen, fast 30 Zentimeter lang, deshalb kann er seinen Kopf nicht richtig gerade halten. Er hüpft und schaukelt ständig hin und her, während Wesley durch die Nacht galoppiert.«

»Ist es sein Geist?«, fragte Jimmy.

»Ich schätze, schon.«

»Haben Sie ihn gesehen?«

»Ich wünschte bei Gott, ich könnte diese Frage mit Nein beantworten. Die Sache ist die, mein Junge: Man sieht ihn nur, wenn er hinter einem her ist ... wenn man auserwählt wurde. Dann kann man nur noch hoffen und beten – und so schnell wie möglich davonreiten. Bisher hatte ich Glück. Ich habe ein gutes, schnelles Pferd. Aber ich fürchte, dass er mich früher oder später erwischen wird. Er hat sich schon viele andere vor mir geholt. Jack Douglas und ein halbes Dutzend Männer aus der Stadt, die dabei waren, als er gehängt wurde. Aber auch viele andere. Hin und wieder schnappt er sich auch jemanden, der gar nichts damit zu tun hatte. Unschuldige Leute wie dich und deinen Pa, die ihm nur zufällig im Weg sind, wenn er mit seinem Seil vorbeireitet.«

»Mit seinem Seil?«, fragte Jimmy.

»Das Seil, mit dem sie ihn erhängt haben. Er schwingt es wie ein Lasso über seinem Kopf und ist damit sehr zielsicher. Wenn du ihn nahe genug herankommen lässt, wirft er dir die Schlinge direkt um den Hals und zieht daran – und das war's mit dir. Darum nennen sie ihn auch den Henker.« Marshall Cross steckte sein Messer und die Pfeife ein und tippte sich an die Hutkrempe. »Gut, ich mache mich dann mal wieder auf den Weg.« Er sah mir in die Augen. »Tut mir leid, wenn ich Ihnen zu nahe getreten bin.«

»Alles Gute«, wünschte ich ihm.

Er nickte und wandte sich ab.

»Marshall?«, rief Jimmy.

Er drehte sich noch einmal um.

»Der Henker ...? Hat er Ruth Douglas erwischt?«

»Soweit ich weiß, ist sie noch am Leben und erfreut sich bester Gesundheit.«

»Danke, Sir.«

»Adiós«, verabschiedete er sich. Dann trat er aus dem Feuerschein. Wir konnten noch hören, wie er in der Dunkelheit aufsattelte. Kurz darauf sahen wir, wie seine dunkle Gestalt in den Wald davonritt. Auch nachdem er verschwunden war, hörten wir noch lange das Donnern der Hufe. Nach und nach wurden sie immer leiser und lösten sich schließlich in den anderen Geräuschen der Nacht auf.

Ich schaute Jimmy an und sagte: »Es tut mir leid, dass du diese grauenvolle Geschichte hören musstest, Junge.«

Er zuckte mit den Schultern und schien es selbst nicht im Geringsten zu bedauern. »Schon in Ordnung«, erwiderte er.

»Lass dir von diesem Unsinn keine Angst einjagen. Ich bezweifle, dass darin auch nur ein einziges Körnchen Wahrheit steckt.«

»Warum sagst du das?«

Ich lächelte. »Na ja, wenn mir ein schrecklicher, mordlustiger Geist auf den Fersen wäre, würde ich sicher keine geschlagene Stunde damit verbringen, an einem Lagerfeuer zu sitzen und darüber zu *quatschen*. Ich würde so schnell davonreiten, wie ich kann, damit er mich nicht *erwischt*. Du nicht auch?«

»Na ja, ich schätze, schon. Abgesehen von einer Sache.«

»Und die wäre?«

»Du und ich, wir sind nicht Marshall Sam Cross. Man sagt, dass er gar nicht weiß, was Angst bedeutet.«

»Ich wette, dass er sich die ganze Geschichte nur ausgedacht hat«, erwiderte ich. »Wahrscheinlich gab es nie einen Wesley Crawford. Und ich weiß mit Sicherheit, dass hier auch kein Henker durch die Nacht reitet, schon gar nicht auf einem Hengst, ›so schwarz wie der Tod‹.« Ich lachte. »Der Gute wollte uns mit seiner Geschichte nur Angst einjagen.«

»Dann glaubst du wohl auch nicht, dass es Ruth Douglas wirklich gibt, oder? Denn die würde ich wirklich gerne mal kennenlernen. Vielleicht könnten wir runter nach Anadarko reiten ...«

»Wie gesagt: Ich glaube nicht, dass in der Geschichte des Marshalls auch nur ein Funken Wahrheit steckt«, wiederholte ich mich.

Jimmy blickte mich zweifelnd an.

Zugegebenermaßen hatte ich selbst meine Zweifel.

Weit nach Mitternacht wurden wir beide in der Dunkelheit von den klappernden Hufen eines Pferdes in vollem Galopp geweckt. Wir setzten uns auf, blickten in Richtung des Getrappels und sahen, dass etwas zwischen den Bäumen auf uns zustürmte. Es sah aus wie ein Reiter auf seinem Pferd. Das Pferd schien schwarz zu sein. Der Reiter selbst war leichenblass und schien keine Kleider am Leib zu tragen. Es war zu finster und es standen zu viele Bäume und Sträucher im Weg, deshalb konnten wir sonst nicht viel erkennen.

Ich hatte allerdings ein wirklich schreckliches Gefühl. Mir war durch und durch eiskalt und mir standen die Nackenhaare zu Berge.

Nachdem der Reiter verschwunden war – in dieselbe Richtung, in die auch der Marshall davongeritten war –, stieß Jimmy ein leises Winseln aus, das wie von einem Hundewelpen klang.

Ich legte ihm eine Hand auf die Schulter. »Hab keine Angst, mein Sohn. Ich bin mir sicher, das war nur Marshall Cross, der sich einen gemeinen Scherz mit uns erlaubt hat.«

»Denkst du wirklich?«

»Ganz bestimmt.«

»Die Sache ist nur«, erwiderte Jimmy, »dass dieses Pferd ziemlich schwarz aussah – und der Marshall hatte einen Palomino.«

Am folgenden Tag, weit nach Mittag, fanden wir Marshall Sam Cross unter einer Schwarzpappel auf dem Boden liegen. Er hatte einen grauen Streifen um den Hals, dort, wo sich die Schlinge befunden haben musste. Außerdem war sein Hals ein gutes Stück länger, als er hätte sein sollen.

Ich werde nicht näher darauf eingehen, was sonst noch nicht mit ihm stimmte.

Bei seinem Anblick wurde mir richtig übel und ich fürchtete um die geistige Gesundheit meines armen Jimmy, der den Marshall sehr gemocht hatte. Als ich ihm jedoch erklärte, wir würden seine Leiche nach Anadarko transportieren, damit er ein ordentliches Begräbnis bekam, konnte ich Jimmy damit ungemein aufheitern.

Die lebenden Toten

Ryan kannte einen See, tief in den Wäldern und weitab der Straßen. Genau dorthin flohen wir, um nicht bei lebendigem Leib von den Toten gefressen zu werden, von denen es in unserer Stadt nur so wimmelte. Wir versteckten seinen Wagen zwischen den Bäumen und wanderten mit Rucksäcken weiter.

Obwohl wir nirgendwo eine Spur von den lebenden Toten sahen – oder von irgendjemandem sonst –, hatten wir solche Angst, dass wir uns Tag und Nacht versteckt hielten.

Wir lebten in einem Dickicht aus Büschen. In seiner Mitte befand sich ein kleiner lichter Bereich, der gerade groß genug für uns beide war. Auch wenn wir in unserem Versteck nicht aufrecht stehen konnten, hatten wir genügend Platz, um Seite an Seite nebeneinander zu sitzen oder auf unseren Decken zu liegen.

Wir aßen, was wir in unseren Rucksäcken mitgebracht hatten.

Wir machten nie ein Feuer.

Wir unterhielten uns nur flüsternd.

Es schlief immer nur einer von uns, während der andere Wache hielt.

Wenn wir beide wach waren, verbrachten wir die langen Stunden damit, in die Welt hinauszuschauen.

Obwohl wir größere Öffnungen in unserem Unterschlupf mit dichtem Buschwerk verdeckt hatten, konnten wir durch mehrere kleine Lücken zwischen den Blättern hinaussehen.

Für gewöhnlich beobachtete ich den See.

Am Tag unserer Ankunft hatte ich Ryan gefragt: »Wie heißt der See?«

»Keine Ahnung«, flüsterte er. »Ich glaube, er hat gar keinen Namen. Jedenfalls nicht auf den Landkarten.«

»Er sollte aber einen Namen haben«, flüsterte ich zurück.

Er lächelte. »Dann denk dir einen aus.«

»Nein, du«, entgegnete ich. »Es ist dein See.«

»Es ist nicht *mein* See.«

»Du hast uns hierhergebracht. Außer uns ist niemand hier. Du solltest ihm einen Namen geben.«

»Okay.« Er lehnte sich ganz nah zu mir, schaute mir tief in die Augen und flüsterte: »Ich nenne ihn Lake Mary.«

»Schleimer.«

Er lachte leise und ich küsste ihn. Wir küssten uns eine ganze Weile. Dann begann ich, sein Hemd aufzuknöpfen, aber er hielt meine Hände fest und schüttelte den Kopf. »Besser nicht«, flüsterte er. »Sobald wir anfangen rumzumachen, tauchen *sie* auf. Darauf würde ich wetten.«

»Spielverderber.«

»Lieber sicher als tot.«

»Wenn du meinst.«

»Wir müssen auf der Hut sein, bis wir uns absolut sicher sind, dass keiner von ihnen in der Nähe ist.«

»Und wie lange wird das dauern?«

Er zuckte mit den Schultern. »Ein paar Tage? Ich weiß es nicht. Wir werden sehen.«

»Was immer du sagst«, murmelte ich und versuchte, mir meine Enttäuschung nicht anmerken zu lassen.

Und so warteten wir weiter in unserem Versteck.

Wenn ich wach war, verbrachte ich Stunden damit, auf den Lake Mary hinauszuschauen. Obwohl ich eigentlich nach anderen Menschen Ausschau halten sollte – lebenden oder toten –, ertappte ich mich immer wieder dabei, wie mich die Schönheit des Sees in ihren Bann zog.

Jeden Morgen, kurz vor Sonnenaufgang, sah er glatt und grau aus, wie ein Teich aus geschmolzenem Stahl. Von seiner Oberfläche stieg weicher, weißer Nebel auf. Der Kiefernwald, der ihn umgab, wirkte geisterhaft und grau. Sobald sich der Nebel lichtete, nahm der See ein klares, tiefes Himmelsblau an und der Wald erstrahlte in saftigen Grüntönen. Kurz vor Sonnenuntergang leuchtete das Wasser dann golden und feuerrot.

Die Abenddämmerung war meine liebste Zeit des Tages. Nicht nur der See, auch die Luft an sich verfärbte sich tiefblau. Eine ganz besondere Stille breitete sich aus. Vor unserem Dickicht glühten winzige goldene Punkte und verblassten wieder, wenn die Leuchtkäfer vorbeischwebten. Hin und wieder war das entfernte Platschen eines springenden Fischs zu hören. Die Schönheit und die friedliche Ruhe der Dämmerung hatten etwas an sich, das mir richtig wehtat. Ich empfand gleichzeitig Freude und Hoffnung, aber auch überwältigenden Kummer.

Nachts wirkte der See vollkommen schwarz. Das Mondlicht glänzte silbern auf der schimmernden Oberfläche und malte vom anderen Ufer einen Pfad direkt zu uns herüber. Es leuchtete nirgendwo ein Licht, weder in Hütten oder an Bootsanlegern noch auf Booten oder von Lagerfeuern. Es gab nur den Schein des Mondes und der Sterne und die kleinen, vorbeiziehenden Laternen der Leuchtkäfer. Nachts schlich sich Ryan aus unserem Versteck zum Wasser hinunter, um unsere Plastikflaschen wieder aufzufüllen.

Obwohl ich ihn begleiten wollte, flüsterte er jedes Mal: »Das ist zu gefährlich. Du wartest hier. Ich bin gleich wieder da.«

Und dann verschwand er.

Durch mein Guckloch in die Außenwelt beobachtete ich, wie seine dunkle Gestalt zum Wasser hinuntereilte, in die Hocke ging, um die Flaschen zu füllen, und den Hang zu unserem Dickicht dann wieder hinaufrannte.

Jede Nacht brachte er den Ausflug sicher hinter sich. Trotzdem ließ er mich nicht ans Wasser hinunter.

»Es ist zu gefährlich«, sagte er immer.

Aber es passierte nie etwas.

Er kehrte jedes Mal heil zurück und reichte mir eine Wasserflasche. Sie war immer eiskalt und tropfte in meiner Hand.

In unserer ersten Nacht am See goss ich eine kleine Pfütze des Wassers in meine Hand und wusch mir damit das Gesicht.

»Wir sollten lieber kein Wasser verschwenden«, flüsterte Ryan.

Danach trank ich das Wasser nur noch und benutzte es für nichts anderes mehr. Ich stillte nur meinen Durst. Ich wagte es nicht, mich zu waschen, obwohl ich fürchterlich stank. Auch meine Kleider fühlten sich schon ganz starr an und meine Haut juckte am ganzen Körper.

Tag für Tag, Nacht für Nacht starrte ich auf den Lake Mary hinaus. Ich sehnte mich richtig nach ihm und wünschte mir verzweifelt, meine dreckigen Klamotten auszuziehen und durch das kühle Wasser zu gleiten.

Tag für Tag, Nacht für Nacht sahen wir keine Menschenseele, von Zombies ganz zu schweigen.

Dann, eines Morgens, schlief ich etwas länger. Ich hatte eine schlimme Nacht hinter mir, die mit einem Albtraum begonnen hatte, in dem mich ein Zombie durch eine leere Straße verfolgte. Es war ein sehr dünner Zombie, so knochig wie ein Überlebender eines Vernichtungslagers. Er sah kaum kräftig genug aus, um überhaupt zu rennen. Doch so schnell ich auch rannte, er holte immer weiter auf. Und er lachte, während er mich verfolgte. Er trug nichts weiter als eins dieser Plastiklätzchen mit leuchtend rotem Hummer darauf, die man in bestimmten Fischrestaurants immer bekommen hatte. Der Latz flatterte auf seiner Brust, während er mir nachjagte. Unter seinem eingefallenen Bauch schaukelten seine schlaffen Genitalien. In der einen Hand hielt er einen Holzhammer und fuchtelte damit über seinem Kopf herum. Jedes Mal, wenn ich zurückschaute, war er mir wieder ein Stück näher gekommen. Schließlich warf ich einen Blick über meine Schulter und stellte mit Schrecken fest, dass er nur noch einen Schritt von mir entfernt war. Mit schallendem Gelächter ließ er den Hammer auf mein Gesicht herabsausen und ich schreckte aus dem Schlaf hoch.

Die Nacht war dunkel.

Ryan lag neben mir und schlief tief und fest.

Ich setzte mich auf und versuchte, wieder ruhig zu atmen. Nach einer Weile legte ich mich auf meine Decke zurück, schloss die Augen und wartete darauf, dass der Schlaf zurückkehrte – diesmal ohne grauenvollen Albtraum, wie ich hoffte.

Als ich kurz vor dem Einschlafen war, hörte ich ein leises Knirschen. Es klang wie ein Schritt, direkt vor unserem Dickicht.

Ich riss die Augen auf.

Starrte in die mich umgebende Dunkelheit. Rührte mich nicht. Atmete kaum.

Mit rasant hämmerndem Herzen horchte ich nach weiteren heimlichen Schritten.

Horchte und wartete und redete mir selbst gut zu, mir keine Sorgen zu machen. Das Geräusch konnte auch nur ein Kiefernzapfen gewesen sein, der zu Boden fiel. Oder ein Zweig. Vielleicht war das Rascheln auch von einem kleinen vorbeihuschenden Tier verursacht worden.

Doch sosehr ich auch versuchte, mich selbst zu beruhigen, ich konnte den Gedanken nicht abschütteln, dass ich den Schritt eines Zombies gehört hatte, der dem Ding aus meinem Traum möglicherweise gar nicht unähnlich war. Vielleicht stand er genau in diesem Moment reglos vor unserem Versteck, lauschte und wartete auf das winzigste Geräusch von Ryan oder mir.

Eine Stunde lang, vielleicht auch zwei … oder noch länger … blieb ich vollkommen bewegungslos liegen, die Augen weit aufgerissen, die Ohren gespitzt.

Irgendwann musste ich schließlich doch wieder eingeschlafen sein. Als ich erwachte, war mir heiß. Ich war vollkommen verschwitzt und die Sonne schien mir ins Gesicht.

Ich habe die Nacht überlebt.

Doch als ich den Kopf drehte, musste ich feststellen, dass Ryan nicht mehr neben mir lag.

Mein Herz machte vor Angst einen Satz. Ich kam auf die Knie und lugte durch einen Spalt im Gebüsch.

Dort stand Ryan, bis zu den Knien im See und mit dem Rücken zu mir. Er hatte nichts an, hielt jedoch eine Angelrute in den Händen.

Er musste endlich doch zu dem Schluss gekommen sein, dass wir hier sicher genug waren, um uns auch bei Tageslicht aus unserem Versteck zu wagen.

Wurde auch Zeit, dachte ich.

Dann erinnerte ich mich wieder an das leise Geräusch in der Nähe unseres Dickichts, das ich in der Nacht gehört hatte.

Das war nichts, beruhigte ich mich selbst. *Außer uns ist niemand hier.*

Ryan hörte nicht, wie ich aus unserem Unterschlupf krabbelte. Nach einer Weile rief ich ihm zu: »Guten Morgen, Schatz!«

Er drehte sich zu mir um.

Ein Lächeln breitete sich auf seinem Gesicht aus, als er sah, wie ich am Ufer auf ihn zulief, vollkommen nackt. Lachend winkte ich ihm zu. Ich rannte in den See, bis ich knietief im Wasser stand. Meine Füße platschten durch das Wasser und eiskalte Spritzer verteilten sich über meine heiße Haut. Schließlich umschloss das Wasser in einer starken Umarmung meine Schenkel und ich tauchte unter.

Unter der Oberfläche glitt ich durch die Stille. Das Wasser floss über meine Haut, leckte die Hitze ab, linderte den Juckreiz und streichelte herrlich weich über meinen ganzen Körper.

Als ich wieder auftauchte, um Luft zu holen, kam Ryan auf mich zu.

Ich schwamm zu ihm.

Wir trafen uns, umarmten einander, küssten uns und tauchten gemeinsam unter.

Nach einer Weile ließen wir einander wieder los und kraulten zurück an die Oberfläche. Wasser strömte über Ryans von der Sonne erleuchtetes Gesicht, als er nach Luft schnappte.

Als ich fast wieder normal atmen konnte, sagte ich: »Schwimmen wir … lieber ans Ufer … bevor wir uns … noch gegenseitig … ertränken.«

Er nickte.

Seite an Seite schwammen wir zurück. Als wir den Boden unter uns spürten, wateten wir den Rest des Weges aus dem See. Nackt und zitternd kraxelten wir das mit Gras bewachsene Ufer hinauf.

Oben angekommen, blickten wir uns um – nur zur Sicherheit.

Dann wandten wir uns wieder einander zu, kamen einander ganz nahe und umarmten uns. Wir hatten beide eine Gänsehaut und unsere Nippel waren ganz steif. Obwohl sich unsere nasse Haut zunächst eiskalt anfühlte, wurde uns schnell wärmer.

Ryan war steif.

Wir standen da, küssten uns und streichelten einander, während das Wasser an unseren Körpern hinuntertropfte.

Die Sonne brannte heiß auf meinem Kopf und den Schultern. Eine sanfte, milde Brise strich über mich hinweg. Ryans Hände wanderten an meinen Seiten, meinem Rücken und meinem Hintern abwärts, während meine eigenen Fingerspitzen einer ähnlichen Route auf seinem Körper folgten.

Nach einer Weile löste er seinen Mund von meinen Lippen und lehnte sich ganz leicht zurück. Abgesehen von unseren Händen, die noch immer auf dem Rücken des anderen lagen, berührten sich unsere Körper nur an drei Stellen. Er schaute mir in die Augen und sagte: »Endlich.«

»Keinen Moment zu früh«, erwiderte ich mit zitternder Stimme.

»Ich hoffe, wir sind wirklich in Sicherheit.«

»Wenn es sicher genug ist, um zu angeln«, gab ich zurück, »dann ist es auch sicher genug für das hier.«

»Hoffentlich.«

»Gleich hier?«, fragte ich.

»Wenn du willst.«

Ich nickte eifrig. Und ob ich wollte.

Ryans Augen huschten zur Seite. Ich hatte denselben Blick schon tausendmal gesehen.

Ich folgte ihm.

Wir standen nackt da, die Hände auf dem Rücken des anderen. Meine Nippel berührten seine Brust. Seine Erektion bohrte sich in meinen Bauch, während sich unsere Köpfe langsam drehten und wir über den See, das Ufer, die Lichtung und den Wald blickten.

Ich sah einige Schmetterlinge und Vögel, bevor auf dem See etwas Silbernes aufblitzte, als ein Fisch aus dem Wasser sprang – aber ich entdeckte keine Menschenseele.

Dann berührte Ryan meinen Bauch plötzlich nicht mehr.

Keine große Überraschung.

»Vielleicht sollten wir das doch lieber wieder vergessen«, murmelte er.

»Wenn du willst.«

»Es ist nicht so, dass ich es *will*. Aber ich muss nur an diese verdammten Dinger *denken*, und schon …« Er blickte an sich hinunter und schüttelte den Kopf.

»Dann denk eben nicht an sie«, flüsterte ich. Lächelnd schob ich eine Hand zwischen uns. »Denk an das hier.« Während ich ihn mit den Fingern kitzelte und streichelte, schwankte ich leicht hin und her und strich mit meinen Nippeln über seine Brust.

Er wurde wieder steif.

Dann fiel ich auf die Knie und ließ meine Lippen langsam an seinem harten, langen Ständer auf und ab gleiten.

Kurz darauf befand ich mich auf allen vieren über Ryan. Er lag unter mir auf dem Rücken und küsste, leckte und saugte zuerst an meiner einen Brust, dann an der anderen, während er mit einer Hand zärtlich meine Seite streichelte und die andere sanft zwischen meine Beine tauchte. Ich bewegte mich mit ihr und stöhnte wohlig.

Als ich es nicht mehr aushielt, ließ ich mich auf Ryan sinken, als würde ich mich auf einen Stuhl setzen. Einen Stuhl, aus dem ein harter Pfahl emporragte. Während ich mich niederließ, glitt er langsam in mich hinein, erfüllte mich völlig und rammte sich dann immer tiefer.

Ich hielt mich an seinen Schultern fest und blickte in seine wilden Augen. Er liebkoste meine Brüste. Ich schob mich langsam höher, bis seine glitschige Spitze nur noch meine Schamlippen kitzelte, bevor ich mich wieder absenkte.

»O Gott!«, keuchte Ryan und seine zitternden Hände krallten sich noch fester um meine Brüste.

Ich stieß ein Stöhnen aus, warf den Kopf in den Nacken – und sah, dass wir nicht allein waren.

Drei von ihnen taumelten vom Waldrand auf uns zu.

Ryan bäumte sich auf und bohrte sich ganz tief in mich hinein.

Ich drehte den Kopf nach rechts.

Dort war keiner von ihnen.

Ryan stieß erneut zu.

Auch keiner auf der linken Seite.

Die drei, die sich uns von vorne näherten, glotzten uns mit leeren, matten Augen an und torkelten langsam weiter. Ihre schlaffen Gesichter wirkten aschgrau. Ihre Kleider waren schmutzig, zerfetzt oder fehlten völlig.

Ich blickte über meine Schulter und sah, dass niemand hinter uns war.

Keuchend und stöhnend bohrte sich Ryan in mich, bebend, pumpend, spritzend.

Ich riss seine Hände von meiner Brust und rammte mich auf ihn hinunter.

Er schlang die Arme um meinen Hals. »Gott«, stöhnte er. »O wow.«

»Schhhh.«

»O Mann … das war … oh.« Keuchend und mit einem Lächeln auf den Lippen schüttelte er den Kopf. »Fantastisch«, stieß er aus. »So …«

»Sie sind hier«, flüsterte ich. »Sie kommen.«

Er riss die Augen auf. Schrumpfte in mir zusammen.

»Es sind drei«, sagte ich. »Vielleicht auch mehr.«

»O Gott«, flüsterte er mit qualvollem Blick.

»Es tut mir so leid«, erwiderte ich.

»O Gott. Ich dachte wirklich, wir sind hier in Sicherheit.«

»Vielleicht sind wir nirgendwo mehr in Sicherheit.«

»Wie nah sind sie?«

Ich hob den Kopf. Sie waren gut sechs Meter entfernt und humpelten ganz langsam auf uns zu, so als wären sie kein bisschen in Eile und würden sich nicht im Geringsten Sorgen machen, dass wir vor ihnen fliehen könnten.

Sie waren sich sicher, dass sie uns hatten.

Die drei stöhnten. Der fette Glatzkopf in der Mitte leckte sich die Lippen wie ein schlechter Schauspieler, der versuchte, hungrig auszusehen. Der Rechte starrte uns nur an und massierte den Stumpf an seinem rechten Arm. Der Junge auf der linken Seite war im Teenageralter. Er war splitternackt und streckte die Arme nach uns aus. Seine

Erektion zeigte in den Himmel hinauf und hüpfte fröhlich auf und ab, während er auf uns zuwackelte.

»Ich höre sie«, flüsterte Ryan. »O Gott.« Weich und schlaff glitt er aus mir heraus.

»Hauen wir ab«, sagte ich. »Wenn wir es bis zum See schaffen ...«

Ich wollte von Ryan heruntersteigen, aber er packte mich an den Armen.

»Warte«, stieß er aus. »Warte.«

Seine Finger bohrten sich in mich.

»Was?«

Sein Gesicht war aschfahl. Ich hatte noch nie solche Angst in seinen Augen gesehen. »Was, wenn sie auch im See sind?«

»Sind sie nicht.«

»Vielleicht doch.«

»*Wir* waren im See.«

»Aber ...«

»Lass mich los!«

Doch anstatt mich loszulassen, warf er mich zur Seite. Ich knallte hart auf die Erde und er rollte sich auf mich. Dann setzte er sich auf meinen Bauch, hielt mich fest, hob den Blick und sah, dass die drei uns bereits ganz nah waren. Er kreischte laut.

Sein Kopf flog förmlich hin und her, als er sich hektisch umblickte, um sich zu vergewissern, dass nicht noch mehr von ihnen kamen.

Dann blinzelte er zu mir herunter.

»Ryan ...«, sagte ich.

»Du lenkst sie ab«, unterbrach er mich.

Dann ließ er meinen linken Arm los und schlug mir mit der Faust ins Gesicht. Der Schlag drehte meinen Kopf zur

Seite, aber er knockte mich nicht aus. Zu perplex, um mich zu bewegen, sah ich zu, wie Ryan von mir herunterstieg, herumwirbelte und mit einem Satz aus meinem Blickfeld verschwand.

Ich versuchte, mich aufzusetzen, aber mir fehlte die Kraft.

Dann waren sie bei mir.

Ich war zu schwach, um mich zu wehren. Und was hätte das auch für einen Sinn gehabt? Ein Biss, und ich war erledigt. Ich würde mich infizieren und genauso enden wie sie – wenn sie mich nicht komplett verschlangen.

Ihre Münder waren überall: auf meinem Mund, auf meinen Armen, auf meinen Brüsten, auf meinem Bauch. Leckend, saugend, nagend. Ein Mund schob sich sogar zwischen meine Beine und die Zunge stieß sich in mich hinein.

Ich drehte und wand mich auf dem Boden und erstickte beinahe unter ihrem Gewicht. Sie grunzten heftig und sabberten mich voll.

Ich spürte, wie ihre Zähne in mir versanken.

Das war's, dachte ich. Ich bin erledigt.

Seltsamerweise empfand ich jedoch keine Angst. Ich akzeptierte mein Schicksal. Und stellte fest, dass es mich nicht wirklich kümmerte. Irgendwie fand ich es sogar ganz in Ordnung.

Ist doch gar nicht so schlimm, dachte ich.

Und dann wurde mir plötzlich bewusst, dass ich erregt war. Und das, was sie mit mir machten – die Schmerzen ihrer Bisse auf meiner Haut –, steigerte meine Lust nur noch.

Ich bebte und bäumte mich unter ihnen auf.

Ich riss meinen Angreifern die spärlichen Klamotten vom Leib, bis wir alle vier nackt waren. Wir rangen miteinander, glänzend im Mondlicht. Ich leckte Blut und Schweiß von ihren Körpern. Blies dem Einarmigen einen. Fand mich irgendwann zuoberst auf dem Haufen unserer Körper wieder und ließ mich von dem Teenager pfählen. Er keuchte und spritzte ab. Ich saugte am Stumpf des Einarmigen, während der Junge unter mir meine Brüste zerquetschte und mich der Fettsack von hinten nahm.

Wir waren noch immer in Ekstase, als die Schreie ertönten.

Ich warf einen Blick über meine Schulter, aber der Fettsack auf meinem Rücken versperrte mir die Sicht auf den See.

»Nur ihr Freund«, brummte er und stieß erneut zu.

»Der Idiot ist *doch* in den See gegangen«, sagte der Einarmige.

»Den See sollte man meiden«, fügte der Fettsack hinzu.

»Davor wollten wir euch eigentlich warnen«, keuchte der Junge, der unter mir auf dem Rücken lag und meine Brüste streichelte.

»Da sind die Zombies drin«, erklärte der Einarmige.

»Die können ewig unter Wasser bleiben«, ergänzte der Junge. »Die müssen nie Luft holen.«

»Sie kommen nur hoch, um Leute zu zerfleischen«, ergänzte der Fettsack.

Ryan stieß erneut einen Schrei aus.

»Danke für die Warnung«, sagte ich.

»Wir helfen gern«, versicherte der Einarmige.

»Ist uns ein Vergnügen«, sagte der Junge.

»Und mir erst«, erwiderte ich und wir machten weiter.

Doppeldate

1

Chad öffnete seinen Sicherheitsgurt. Er stieß die Tür auf. »Ihr Mädchen wartet hier.«

Sharon sah ihn durch die Dunkelheit missbilligend an, schwieg aber, als er aus dem Wagen stieg.

Eine der hinteren Türen öffnete sich. Boyd sagte: »Wir sind gleich wieder da.«

Sharon blickte ihn über die Schulter hinweg an.

Als er ausstieg, fragte Dee: »Was habt ihr Jungs vor?«

»Wir haben noch etwas zu erledigen«, sagte Boyd. »Dauert nicht lange.«

Chad stand schon auf der Straße, beugte sich ins Auto. »Wartet hier einfach. Wir sind nur ein paar Minuten weg.«

»Aber ...« Bevor Dee noch ein zweites Wort äußern konnte, fielen beide Türen zu.

Sharon drehte sich auf dem Beifahrersitz nach hinten und sah zu, wie ihre Dates zum Heck des Wagens hasteten und den Kofferraum öffneten. Die Kofferraumklappe nahm ihr die Sicht.

Dee auf dem Rücksitz blickte sich ebenfalls nach hinten um. »Was tun die da?«, fragte sie mit leiser Stimme.

»Ich habe keine Ahnung«, erwiderte Sharon.

Als sie den Kofferraum zuknallten, wackelte das ganze Auto. Sharon erhaschte einen kurzen Blick von der Taille aufwärts auf die beiden, als sie davongingen. Es war aber nicht viel zu sehen, denn die Heckscheibe war klein und schmutzig und es gab keine Straßenlaternen in der Nähe.

Als sie aus ihrem Gesichtsfeld verschwanden, drehte sie sich hastig um und linste aus dem Seitenfenster. Alles, was da zu sehen war, war die dichte Hecke, die sich an der Straße entlangzog.

»Hast du gesehen, wo die hin sind?«, fragte sie.

»Ich glaube, in die Büsche.«

»Was verflucht noch mal ist hier los?«

»Vielleicht mussten die mal einen abstellen.« Eigentlich konnte man sich immer darauf verlassen, dass von Dee irgendwelche dummen Sprüche kamen, aber diesmal klang sie ganz ernst. Sogar besorgt. Offenkundig glaubte sie selbst nicht an ihre Piss-Theorie.

»Das kann ich mir nicht vorstellen«, sagte Sharon. »Was die da auch vorhaben, das war schon vorher geplant.«

»Meinst du?«

»Hast du etwa gehört, wie die sich abgesprochen haben?«

»Nein, nicht wirklich.«

»Konntest du sehen, was die da aus dem Kofferraum geholt haben?«

»Nö.« Ein Kopfschütteln.

»Scheiße.«

»Warum sollten die Scheiße im Kofferraum herumfahren?«

»Blöder Witz«, meinte Sharon, aber sie lächelte.

Sie drehte sich nach vorne und schaute durch die Windschutzscheibe. Es waren zwar keine Straßenlaternen zu sehen, aber vermutlich stand da eine direkt hinter der Kurve. In ihrem Lichtkegel, durch den Nebel verwischt, waren die beiden schmalen Asphaltfahrspuren zu sehen, eine bewaldete Anhöhe auf der linken Seite der Straße und die Leitplanke auf der rechten Seite, die verhindern sollte, dass Autos da im Dunkeln in die Tiefe stürzten.

»Ich hatte erwartet, die würden uns hierherbringen, um mit uns rumzumachen«, meinte Dee.

»Dachte ich auch.«

»Ach verdammt. Tun sie ja vielleicht noch, wenn sie zurückkommen.«

»Das sind jetzt aber schon mehr als nur ein paar Minuten.«

»Echt nett von denen, uns hier ganz allein zu lassen«, grummelte Dee. »Auf einer Straße im Dunkeln. Mitten im Nichts.«

»Das ist mir auch aufgefallen.«

»Arschlöcher.«

»Kann man wohl sagen.«

»Die machten einen so netten Eindruck.«

»Es ist doch immer wieder das Gleiche.«

2

Am Samstag zuvor hatten sich Sharon und Dee entschieden, in einem mexikanischen Restaurant zu frühstücken, das nur ein paar Hundert Meter von ihrer Wohnung entfernt lag. Es war ein so schöner frischer Morgen, da hatten sie beschlossen, zu Fuß zu gehen.

Auf halber Strecke kam ihnen vom anderen Ende des Blocks ein junger Mann in Joggingshorts und Reeboks, aber ohne Hemd entgegen, mit einem Welpen unter dem Arm.

Als er näher kam, ertappte sich Sharon dabei, wie sie seinen nackten Oberkörper anstarrte. Er war haarlos, leicht gebräunt und glänzte im Sonnenschein des frühen Morgens. Er hatte deutlich definierte Muskeln und einen flachen, hart aussehenden Bauch.

Sharon hatte vor, ihm zuzunicken, höflich zu lächeln und weiterzugehen.

Sie ging davon aus, dass Dee das ebenfalls tun würde.

Als alleinstehende Frauen in Los Angeles wussten sie, dass man vorsichtig sein musste. Die erste Überlebensregel: Vermeide Kontakt zu Fremden.

Selbst wenn sie umwerfend aussehen. Also lächelte Sharon ihn an, grüßte mit einem höflichen Nicken, dann fiel sie zurück, damit er an Dee vorbeigehen konnte.

»Ach, was für ein niedlicher kleiner Hund«, sagte Dee.

Sie blieben alle stehen.

Der Mann kraulte den pelzigen braunen Kopf des Welpen, nickte und lächelte verhalten. »Er ist wirklich ein kleiner Schatz, nicht wahr?«

»Wie heißt er?«, fragte Dee.

»Ich habe keine Ahnung«, sagte der Mann. »Ich heiße Chad. Ich vermute, das Hündchen hat keinen Namen. Ich habe ihn vor ein paar Minuten einfach so auf der Straße gefunden.«

»Ach!«, meinte Dee. »Du weißt nicht, wo er hingehört?«

»Jetzt schon.« Mit finsterem Blick fügte Chad hinzu: »Wahrscheinlich hat ihn jemand ausgesetzt. Menschen können so … so herzlos sein.« Und zu dem Hündchen gewandt: »Aber jetzt geht es dir gut, nicht wahr, mein Kleiner? Ja, das tut es.«

Obwohl Chad eine Sonnenbrille trug, sah Sharon, dass er auf den Hund konzentriert war. Also musterte sie ihn genauer. Sein sauber geschnittenes Haar glänzte im Sonnenlicht wie Messing. Er hatte ein markantes, erschreckend gut aussehendes Gesicht mit stark ausgeprägten Wangenknochen, einem kräftigen Kiefer – sogar ein Grübchen am Kinn.

»Ist es in Ordnung, wenn ich ihn mal streichle?«, fragte Dee.

»Tu dir keinen Zwang an.« Er zog den Hund unter der Achsel hervor und hielt ihn sich mit beiden Händen vor den Bauch.

Dee streckte die Hand aus und streichelte den Kopf des Hündchens. »Ohh«, flötete sie, »der ist so süß.«

Während Chad zusah, wie Dee den Hund liebkoste, starrte Sharon auf seine gewölbten Brustmuskeln und die hervortretenden braunen Brustwarzen. Dann ließ sie den Blick an seinem Bauch hinuntergleiten, über den Nabel hinab bis unterhalb des Gummizugs seiner Shorts. Die blauen Shorts passten ihm wie angegossen – in Sharons Augen waren sie vielleicht sogar etwas zu eng. Aber sie konnte nicht verhindern, dass sie die Wölbung anstarrte.

»Wenn er dir gefällt, kannst du ihn haben«, sagte Chad.

Sharon zuckte zusammen und hob den Blick ruckartig hoch zu seinem Gesicht, nur um festzustellen, dass Chad immer noch Dee ansah.

»Nein«, sagte Dee. »Ich kann dir doch nicht deinen Hund wegnehmen.« Sie tätschelte dem Welpen noch einmal über den Kopf, dann ließ sie die Hand sinken. »Aber trotzdem danke. Du solltest ihn behalten.«

»Das würde ich ja gerne, aber mein Mitbewohner ist allergisch.«

»Gegen Hunde?«

»Hunde, Katzen, gegen alles.«

»Darf ich?«, fragte Sharon.

»Sicher.«

Sie streckte die Hand aus und streichelte den Welpen, ließ dabei die Hand langsam über das weiche Fell auf seinem Kopf, seinem Nacken und seinem Rücken gleiten. Ihre Fingerspitzen kamen dabei Chads nackter Haut so nahe, dass sie meinte, seine Hitze zu spüren.

Sie zog die Hand zurück. Vielleicht etwas zu schnell.

»Stimmt etwas nicht?«, fragte Chad.

»Hä? Doch.« Sie zwang sich zu einem Lachen und sagte: »Vielleicht solltest du deine Mitbewohnerin loswerden und den Hund behalten.«

»Wer von beiden ist hübscher?«, fragte Dee.

»Der kleine Kerl hier«, sagte Chad und glitt mit der Hand über das Fell, wo Sharons Hand noch Sekunden zuvor gelegen hatte. »Aber Boyd zahlt die Hälfte der Miete.«

Boyd?

Natürlich, dachte Sharon. Typisch L.A., wo Kerle, die so umwerfend aussehen, immer schwul sind.

Die ganze Erregung umsonst.

Zum ersten Mal bemerkte sie, wie süß der Hund wirklich war, mit seinen großen braunen Augen und den Hängeohren und dem wedelnden Schwanz.

Der ist wirklich ein Schatz, dachte sie.

»Ich wünschte ja, wir könnten ihn nehmen, aber bei uns im Haus sind keine Haustiere erlaubt.«

»Schon gut, irgendwie kann ich den schon unterbringen.«

»Das hoffe ich aber auch«, meinte Dee.

»Du bringst ihn aber nicht ins Tierheim, oder?«, fragte Sharon.

Chad verzog leicht das Gesicht. »Das würde ich nur sehr ungern tun. Aber ich kann ihn auch nicht mit zu mir nach Hause nehmen. Ich weiß nicht, was ich tun soll, wenn ich heute Morgen nicht noch jemanden finde.«

»Sie würden ihn einschläfern«, sagte Sharon.

»Wahrscheinlich«, gab Chad zu, »wenn ihn niemand will.«

Sharon streckte die Hand wieder aus und streichelte den Hund erneut. Er schloss langsam die Augen. Seine Zunge glitt hervor, leckte ihm über die Lippen, verschwand und fuhr dann wieder heraus.

»Ich bin sicher, wir finden ein Zuhause für ihn«, sagte sie.

»Ich glaube nicht, dass wir ihn behalten können.« In Dees Stimme schwang die Enttäuschung mit.

»Wahrscheinlich könnten wir das doch, wenn es gar nicht anders geht. Aber ich wette, wir finden jemanden, der ihn nimmt.«

»Das wäre toll«, sagte Chad. »Ihr beiden seid Lebensretter.«

Er hielt ihnen den Welpen entgegen.

Sharon nahm ihm das Hündchen ab und wiegte ihn vor ihrer Brust.

Chad tätschelte den Kopf des Hundes, seine Hand berührte sie fast. Die Nähe wäre vor ein paar Minuten noch erregend gewesen, aber jetzt nicht mehr.

»Könntet ihr mir noch einen Gefallen tun?«, fragte er.

»Sicher«, sagte Dee.

»Was für einen Gefallen?« Sharon wollte erst wissen, worum es ging, bevor sie eine Verpflichtung einging.

»Ich würde euch beide gern irgendwann in den nächsten Tagen zum Essen einladen – irgendwo in einem netten Restaurant. Auf die Art könnte ich mich bedanken.«

»Das ist nicht nötig«, sagte Sharon.

»Aber trotzdem danke«, meinte Dee.

Mit einem verschmitzten Lächeln sagte er. »Keine Angst, ich werde euch nicht anbaggern. So einer bin ich nicht. Im Gegenteil – bringt doch eure Freunde mit. Wir veranstalten eine Party.«

»Wir haben keine Freunde«, erklärte Dee.

»Hä?«

»Was sie damit sagen will«, präzisierte Sharon, »ist, dass wir gerade keine festen Freunde haben.«

»Das heißt, wir sind frisch getrennt«, fügte Dee hinzu.

»Na ja«, sagte Chad. »Freunde sind keine Vorbedingung. Ich bringe Boyd mit, dann sind wir zu viert. Wie wäre es mit nächsten Samstag? Wir holen euch bei euch zu Hause ab. Vielleicht habe ich dann ja noch eine Gelegenheit, den kleinen Racker wiederzusehen, wenn ihr bis dahin noch niemanden gefunden habt, der ihn nehmen will.« Wieder streichelte er über den Kopf des Welpen. Diesmal berührten seine Fingerspitzen sachte Sharons T-Shirt und sie spürte, wie sie an ihrer Brust entlangglitten.

Sie hätte beinahe aufgestöhnt.

Er ist schwul, rief sie sich in Erinnerung.

Und trotzdem …

Die Hand wurde zurückgezogen. »Was haltet ihr davon? Ihr habt mir einen richtig großen Gefallen getan. Und es kommt echt selten vor, dass man zwei so wundervolle, mitfühlende Menschen trifft. Mir liegt wirklich daran, dass Boyd euch kennenlernt. Ich bin sicher, er wird genauso entzückt sein wie ich.«

»Ich weiß nicht«, meinte Sharon.

»Ich kenne ein sehr gutes Restaurant.«

Dee blickte zu Sharon hinüber und zuckte mit den Schultern. »Könnte ganz nett werden.«

Wir kennen ihn doch gar nicht, dachte Sharon. Wir wissen so gut wie nichts über ihn.

»Willst du?«, fragte sie Dee.

»Sicher. Warum nicht?«

Und zu Chad sagte sie: »Wie wäre es, wenn wir uns am Restaurant treffen?«

»Es wäre mir ein Vergnügen, euch abzuholen.«

Sie zuckte mit den Schultern und lächelte. »Treffen wir uns einfach da. Das spart euch den Weg zu uns nach Hause ... und wir haben unser eigenes Auto zur Hand. Ich glaube, das ist für alle das Beste.«

Chad lächelte. »Du bist nicht nur mitfühlend, sondern auch vorsichtig.«

»Na ja, wir haben dich eben erst kennengelernt.«

»Alles easy. Wie sieht es aus mit acht Uhr am nächsten Sonnabend?«

Sharon sah Dee an. Dee nickte.

»Geht in Ordnung«, sagte Sharon.

»Am Royal Oak Steakhouse?«

»An der La Cienega?«

»Genau das meine ich.«

»Klasse«, sagte Dee.

»Wir treffen euch da«, sagte Sharon.

»Ich freue mich darauf.« Er hob die Hand und tätschelte noch einmal den Kopf des Welpen. Sharon hielt den Atem an und sah zu, wie seine Fingerspitzen sich so nah vor ihrer Brust bewegten. »Ciao, Kleiner. Ich lasse dich bei diesen zwei bezaubernden Ladys. Du hast echt Glück.« Er nahm die Hand weg. »Es war schön, euch getroffen zu haben. Wir sehen uns Sonnabend.«

3

Sharon blickte auf die leuchtenden Ziffern der Uhr im Armaturenbrett.

11:40.

»Die sind jetzt schon fast zehn Minuten weg.«

Vom Rücksitz meinte Dee: »Vielleicht ist ihnen etwas zugestoßen.«

»Ich glaube, ist steige mal aus und sehe mich um.«

»Nein, warte. Wahrscheinlich kommen die gleich zurück. Warten wir einfach noch ein bisschen.«

»Vielleicht kann ich herausfinden, wo die hin sind.«

»Tu es nicht, ja? Da draußen könnte jemand sein.«

Sharon gefiel nicht, dass Dee so etwas aussprach, auch wenn sie selbst schon daran gedacht hatte. Immer wieder in den letzten zehn Minuten hatte sie sich überlegt, wer oder was da in der Nähe lauern könnte und sie aus den Büschen oder von dem bewaldeten Abhang her beobachtete – oder ihnen über die Straße immer näher kam.

Genauso oft hatte sie sich ebenfalls gefragt, warum Chad und Boyd sie die ganze Strecke hierhergefahren hatten, nur um sie dann im Auto sitzen zu lassen, während sie selbst sich woandershin verdrückten. Warum sollten sie so etwas tun?

Entweder sind das totale Arschlöcher oder es gibt eine einfache, logische Erklärung für all das.

Sie suchte danach, aber ihr fiel keine sinnvolle Erklärung ein. »Ich will sehen, wo wir hier überhaupt sind«, sagte sie.

Aber als sie die Hand nach dem Türgriff ausstreckte, krallte sich Dee mit ihren Fingern in ihre Schulter. »Tu das nicht. Geben wir ihnen noch fünf Minuten, ja? Mir gefällt das hier nicht.«

»Mir auch nicht.«

»Das ist unheimlich hier.«

»Ja«, meinte Sharon. »Schon ein wenig. Aber wir sind hier in einer ziemlich noblen Gegend. Hier gibt es überall Häuser.«

»Die uns aber nicht viel nützen, weil die überall kilometerlange Auffahrten haben. Wir könnten uns genauso gut mitten im Nichts befinden. An Orten wie dem hier werden Leute *umgebracht.*«

»Uns wird schon nichts passieren.«

»Ich wette, das sagen die alle.«

»Wahrscheinlich.«

»Direkt bevor sie abgemurkst werden.«

»Scheiße!«

»Ich wette, das sagen die auch.«

»Wahrscheinlich.«

»Direkt bevor sie abgemurkst werden.«

Sharon kicherte.

»Das ist nicht lustig«, meinte Dee.

»Nicht wirklich.«

»Miese Arschlöcher.«

»Du sagst es.«

»Wie spät ist es jetzt?«

Sharon blickte auf die leuchtenden Ziffern der Uhr. »11:42 Uhr.«

»Gut. Wir geben ihnen noch bis 11:45 Uhr.«

»Und dann?«

»Wenn sie dann noch nicht zurück sind, steigen wir aus und sehen nach.«

»Und warum sollen wir warten?«

»Weil ich nicht aus dem Auto aussteigen will, und ich will auch nicht, dass du aussteigst. Ich habe nämlich ein echt mieses Gefühl bei dieser Sache.«

»Mir geht es genauso.«

»Wie konnten die einfach abhauen und uns hier zurücklassen?«

»Wie du schon sagtest, das sind miese Arschlöcher. Vermutlich jedenfalls.«

»Hätten wir die doch nie getroffen.«

»Das Essen war aber wirklich spitze«, erinnerte Sharon sie.

»Sicher. Das wird dem Pathologen eine große Hilfe sein. Er kann den wahrscheinlichen Zeitpunkt unseres Todes anhand des Mageninhaltes bestimmen.«

»Reg dich nicht auf!«

»Ein teilverdautes Filet Mignon ...«

4

Als sie früher am Abend beim Royal Oak Steakhouse ankamen, warteten dort bereits Chad und ein anderer Mann auf dem Gehweg vor dem Eingang.

Chad sah umwerfend aus. So ohne Sonnenbrille hob sich das Weiß seiner Augen und seiner Zähne vor dem gebräunten Teint ab. Er trug einen blauen Blazer über einem weißen Polo-Shirt mit offenem Kragen. Seine verblichene Bluejeans saß zwar eng, war aber nicht so aussagekräftig wie die Joggingshorts, die er bei ihrem letzten Treffen getragen hatte. Er trug braune lederne Cowboystiefel mit hohen Absätzen und spitzem Vorderteil.

»Ihr seid auf die Minute pünktlich«, sagte er.

»Fast.« Sharon streckte ihm die Hand entgegen.

Er nahm sie. Während er sie sacht drückte, glitt sein Blick an ihrem Körper hinunter, dann wieder hinauf, verharrte an der Brust, dann sah er sie direkt an. »Du siehst umwerfend aus.«

Sharon errötete und murmelte: »Vielen Dank.«

Sie hatte gezögert, in so einem Kleid bei einem ersten Date aufzulaufen. Dee hatte sie dazu gedrängt, es anzuziehen. »Wenn wir nicht aufpassen, Liebes, dann sehen unsere Dates schärfer aus, als wir das tun. Und das geht doch nicht, oder? Vor allem dann nicht, wenn sie schwul sind.« Kurz darauf, nachdem sie Dees Aufmachung gesehen hatte, hatte Sharon festgestellt, dass im Vergleich dazu ihr eigenes Outfit geradezu sittsam aussah. Also hatte sie es tatsächlich riskiert.

Chad schien es zu gefallen. Sehr sogar.

Der Typ ist nicht schwul, dachte sie.

Es sei denn, der steht nur auf den Stoff oder den Schnitt.

Er ließ ihre Hand los, drehte sich zu Dee um und schüttelte ihr die Hand.

»Du siehst ebenfalls bezaubernd aus.«

»Danke«, sagte Dee. »Du auch.«

Er ließ ihre Hand los und klopfte dem anderen Mann auf die Schulter. »Ladys, das ist Boyd. Boyd, diese beiden umwerfenden Ladys sind Sharon und Dee.«

»Es freut mich, euch beide kennenzulernen.«

»Hallo, Boyd«, sagte Sharon. Als sie seine Hand schüttelte, sah er ihr nur ins Gesicht.

»Boyd.« Dee hielt ihm ihre Hand hin.

Er nahm sie und *inspizierte* sie. »Du siehst entzückend aus.«

»Du ebenfalls.«

Das ist alles vorher abgesprochen, erkannte Sharon. Chad bekommt mich, Boyd bekommt Dee.

Ich habe dabei den besseren Schnitt gemacht.

Nicht dass an Boyd etwas auszusetzen wäre. Er sah unverschämt gut aus, war etwas kleiner als Chad, hatte breitere Schultern und war unverkennbar muskulöser. Während Chad wohl naturblond war, hatte Boyds schulterlanges goldenes Haar dunkle Wurzeln und seine Gesichtsbräune war zu dunkel für jemanden mit blonden Haaren. Er trug ein kreischbuntes Hawaiihemd. Bis zur Hälfte aufgeknöpft, zeigte es Goldkettchen und eine bronzefarbene Brust. Seine Hose und die Freizeitschuhe waren weiß.

Er sah aus wie ein Model für Rasierwasser in einem Modemagazin – oder ein Kellner in einem kalifornischen Fischrestaurant.

»Sollen wir hineingehen?«, schlug Chad vor.

Als sie sich dem Eingang des Restaurants zuwandten, fragte er: »Und, habt ihr jemanden gefunden, der den Hund nimmt?«

»Wir haben beschlossen, ihn zu behalten«, sagte Sharon. »Der Hauswirt hat für uns eine Ausnahme gemacht.«

»Das ist ja toll.«

»Er heißt Dusty. Der Hund, nicht der Hauswirt.«

»Der Hauswirt heißt Rex«, meinte Dee.

Boyd lachte und nahm ihre Hand.

5

»Es ist 11:45 Uhr«, sagte Sharon.

»Sollen wir ihnen nicht noch ein paar Minuten geben?«, fragte Dee.

»Wir warten jetzt schon länger als eine Viertelstunde.« Sie beugte sich vor und schob ihre Handtasche außer Sicht unter den Sitz.

»Was machst du da?«

»Ich verstecke meine Handtasche.«

»Du hast da nicht zufällig deine Pistole drin, oder?«

»Ich fürchte, nein. Die liegt in unserem Wagen.«

»Da nützt sie uns aber nichts.«

»Ich wollte sie nicht mit in das Steakhouse nehmen. Und ich wusste ja nicht, dass wir tatsächlich mit den Jungs wegfahren würden.«

»Vielleicht haben die ja eine.«

»Vielleicht.«

In den letzten Jahren, vor allem seit den Ausschreitungen nach dem Rodney-King-Fall, hatten viele ansonsten sehr gesetzestreue Bürger begonnen, Feuerwaffen in ihren Autos, ihren Taschen oder Handtaschen mit sich zu führen.

Sharon sah im Handschuhfach nach, dann unter dem Armaturenbrett und unter beiden Vordersitzen.

»Keine Pistole«, erklärte sie.

»Chad ist wohl einer dieser unverbesserlichen Optimisten.«

»Oder er hat Angst, dass man ihn erwischt.«

»Wir haben eben einfach kein Glück.«

»Na, jedenfalls Zeit, sich mal umzusehen.« Sharon entriegelte ihre Tür und stieß sie zu den Büschen hin auf.

»Warte auf mich«, rief Dee.

Sharon stieg aus und stand in dem V, das die offene Tür bildete, gefangen, bis Dee ihre Tür geschlossen hatte. »Gehen wir in die Richtung.« Sie deutete auf den hinteren Teil des Wagens.

Sie bewegten sich seitlich voran, Dee vorneweg, mit dem Rücken zum Auto, die Büsche direkt vor ihnen. Sehr nahe vor ihnen. Sharon spürte, wie sich die biegsamen Äste durch das Kleid an ihr rieben. Die Feuchtigkeit durchdrang den dünnen Stoff und war kalt auf der Haut. Kühle, nasse Blätter klatschten ihr gegen Wangen, Hals und die unbedeckte obere Hälfte ihrer Brüste.

Dee, deren Kleid noch weniger Haut bedeckte als Sharons, schien es noch schlechter zu ergehen. Sie keuchte andauernd »Igitt!« und »Eklig!« und »Ärgh!«, während sie sich einen Weg durch den schmalen Spalt bahnte. Als sie schließlich auf freier Strecke hinter dem Auto ankamen, meinte sie: »Das war jetzt aber spaßig!«

»Ja, nicht?«

Dee strich sich mit den gespreizten Fingern beider Hände über den nackten Bauch, als würde sie imaginäre Spinnen wegwischen.

»Das sind nur ein paar Blätter«, sagte Sharon.

»Das behauptest du.«

Sharon zupfte ein angepapptes Blatt von der Oberseite ihrer eigenen linken Brust, dann streifte sie mit beiden Händen die Nässe ab.

»Ich hoffe mal inständig, dass unsere Kleider nicht ruiniert sind«, meinte Dee. »Nicht dass das noch eine Rolle spielen würde. Wahrscheinlich finden die unsere zerrissenen Kleider nicht einmal mehr. Nur noch unsere nackten Leichen, die irgendwo im Straßengraben verrotten …«

»Du wirst jetzt aber ein bisschen morbide, mein Schatz.«

Dee lachte.

Sharon fand eine Lücke in der Hecke – die Lücke, durch die Chad und Boyd offenbar verschwunden waren, nachdem sie den Kofferraum zugeschlagen hatten. »Hier müssen sie durch sein.«

Während Dee weiterhin an der Vorderseite ihres Kleides und ihres Körpers herumrieb, trat Sharon in die Öffnung.

Sie hatte in etwa die Größe einer Türöffnung. Direkt vor ihren Füßen, unbeleuchtet und kaum zu sehen, führten von Büschen und Bäumen umsäumte Steinstufen nach unten und verschwanden in der Dunkelheit.

Dee drängte sich neben sie.

»Da sind die runter?«, flüsterte sie.

»Muss ja wohl.«

»Gute Güte.«

»Ja.«

»Ich sehe nichts, du etwa?«

»Nee. Aber die Stufen müssen ja irgendwo hinführen. Und die Jungs wussten genau, wo sie mit dem Wagen anhalten mussten.«

»Glaubst du, die wohnen da unten?«

»Wenn sie das tun, was tat Chad dann bei uns in der Gegend? Niemand, der hier wohnt, würde eine halbe Stunde mit dem Wagen fahren, um dann in den Straßen von West Los Angeles joggen zu gehen.«

»Das klingt wirklich nicht wahrscheinlich«, gab Dee zu.

»Außerdem, wenn die da unten wohnen, wieso haben sie uns dann im Auto sitzen lassen?«

Dee antwortete eine Weile nicht. Dann schnappte sie nach Luft. »Ich weiß es!« Sie stieß Sharon mit dem Ellenbogen an.

»Ach ja?«

»Wahrscheinlich kennen die jemanden, der da unten wohnt. Vielleicht ist das ein echt guter Freund – oder vielleicht sogar die Eltern von Chad oder Boyd. Ich meine, wenn da unten am Ende der Treppe ein Haus steht, dann ist das bestimmt *ziemlich* nobel. Also vielleicht wollten sie uns dahin abschleppen, aber zuerst sind sie hier runter, weil sie noch um Erlaubnis fragen mussten.«

»Ich halte das nicht für realistisch«, sagte Sharon.

»Für mich klingt das sinnvoll.« Dee klang ganz selbstzufrieden. Und erleichtert.

»Selbst wenn du recht hättest, warum sind die noch nicht wieder zurück?«

»Weil das so weit ist nach da unten?«

»Oder vielleicht ist ihnen auch etwas zugestoßen.«

»Oder so.«

»Was sollen wir jetzt machen?«

Dee zuckte mit den Schultern.

Sie standen schweigend da, Seite an Seite, und starrten die dunklen Stufen hinunter. Sharon bemerkte, dass sie zitterte. Vermutlich hatten auch ihre Nerven etwas damit zu tun. Aber vor allem lag das an ihrer Bekleidung.

Das dünne, elegante Kleid war für temperierte Restaurants geschneidert, für warme Partys oder enge Umarmungen auf einem Sofa in einem schön beheizten Wohnzimmer – es war nicht dazu gemacht, in einer kühlen, feuchten, nebeligen Nacht irgendwo in den Hollywood Hills getragen zu werden. Ihr Rücken war bis zur Taille völlig nackt. Ebenso ihre Schultern, bis auf ein paar winzige Seidenträger. Die Vorderseite war bis zur Hälfte beinahe vollkommen unbedeckt. Und darunter war der dünne Stoff, der an ihren Brüsten klebte, feucht und kalt durch die Berührung mit den Büschen. Genauso wie der Stoff, der an ihrem Bauch und ihren Oberschenkeln klebte. Und darunter kroch die feuchte Nachtluft von unten hoch und strich an ihren nackten Beinen entlang.

Ich hätte wenigstens eine Strumpfhose anziehen sollen, dachte sie.

Aber als sie sich für ein elegantes Essen im Royal Oak angezogen hatte, war ihr nie in den Sinn gekommen, dass sie an einem Ort wie dem hier landen könnte.

Sie presste die Beine zusammen und verschränkte die Arme vor der Brust.

»Ich friere mir den Arsch ab«, sagte Dee.

»Geht mir genauso.«

»Warum gehen wir nicht zurück zum Auto? Wir könnten die Heizung anmachen.«

»Wenn wir keinen Zündschlüssel haben, können wir auch keine Heizung anmachen. Und Chad hat die Schlüssel mitgenommen.«

»Bist du sicher?«

»Ich habe es gesehen.«

»Klasse. Aber trotzdem ist es im Auto wärmer, auch wenn wir die Heizung nicht anmachen können.«

»Ein wenig Bewegung wird uns auch aufwärmen«, sagte Sharon.

»Du hast doch nicht vor, diese Treppe hinunterzusteigen, oder?«

»Doch, das ist in etwa das, was ich vorhabe.«

6

Nach der ersten Runde Cocktails brachte der Kellner frische Getränke und nahm die Essensbestellung auf. Als er gegangen war, sagte Sharon: »Würdet ihr mich einen Augenblick entschuldigen?«

»Mich auch«, sagte Dee. »Wir müssen uns ›die Nasen pudern‹, wie man so schön sagt.« Sie blinzelte. Chad und Boyd lachten.

In sicherer Entfernung von ihrem Tisch sah Sharon Dee missbilligend an. »Die Nase pudern?«

»Ich weiß, das klingt ein bisschen altmodisch, aber …«

»So hippe Typen wie die da, die gehen jetzt wahrscheinlich davon aus, dass wir zur Toilette wollen, um Koks zu schnupfen.«

»Hast du welches?«

»Sehr komisch.«

Am anderen Ende des Restaurants ging Sharon voran durch den Korridor zu der Tür, an der »Ladys« stand. Dee, die ein paar Schritte hinter ihr war, hielt die Tür noch einer Dame auf, die gerade aus dem Waschraum kam.

Sie trafen sich an den Waschbecken.

Niemand sonst schien in der Nähe zu sein, aber Sharon hatte sich nicht die Mühe gemacht, die Toilettenkabinen zu kontrollieren. Für den Fall, dass jemand hereinkommen und mithören könnte, ließ Sharon das Wasser laufen.

»Und, was denkst du?«, fragte sie und betrachtete Dees Spiegelbild vor sich.

»Ich bin mir ziemlich sicher, dass die nicht schwul sind.«

Sharon stieß ein Lachen hervor. »Das ist dir aufgefallen?«

»Aber sie sind schon verdammt attraktiv.«

»Abgesehen davon, was denkst du?«

»Du meinst, es gibt außer dem noch etwas zu bedenken?«

Sharon fauchte sie im Spiegel an.

Dee kicherte. »Was denkst du denn?«

»Toll aussehende, charmante, oberflächliche, egozentrische Angeber, die eine große Show abziehen – zweifellos in der Hoffnung, uns später nach Strich und Faden durchvögeln zu können.«

»Aber magst du sie?«

Sharon lachte. »Sie sind schon toll.«

»Was ist mit dem ›später‹?«

»Was willst du denn tun?«

»Ich weiß nicht.« Dee studierte sich im Spiegel und rückte ihr Kleid zurecht: zwei glänzende Streifen aus grünem Satin, die sich über ihrem Körper kreuzten und dabei die Brüste bedeckten, aber das war auch schon so ziemlich alles. »Die sind ganz nett, auch wenn sie natürlich wirklich nur Angeber sind – und dieses Essen wird sie ein kleines Vermögen kosten. Vielleicht sollten wir nachher wirklich etwas mit ihnen *machen*. Falls sie fragen.«

»Das werden sie bestimmt«, meinte Sharon. »Aber wir haben unser eigenes Auto. Wir müssen mit ihnen nicht irgendwohin.«

»Aber wir können.«

»Wenn wir das wollen.«

»Wollen wir?«

»Ich weiß es nicht.« Sharon lächelte Dee im Spiegel an. »Ein Teil von mir will, der andere nicht.«

»Welche Teile sind das?«

»Mein Kopf sagt Nein. Der ganze Rest ist voll für Ja. Was ist mit dir?«

»Mit mir? Hast du gesehen, wie Boyd mich angesehen hat?«

»Wie hätte ich das übersehen können?«

In Dees Augen glitzerte der Schalk. »Er will mich als Nachspeise … und ich hätte nichts dagegen, ihn gewähren zu lassen.«

»Also, wenn sie uns vorschlagen, nach dem Essen noch irgendwo hinzufahren, sind wir dabei?«

»Man lebt nur einmal. Dann kann man es auch mit einem Mann zwischen den Beinen tun.«

Sharon lachte und schüttelte den Kopf. »Eine wunderbare Philosophie.«

»Das ist es, wenn der Mann ein Gesicht und einen Körper wie Boyd hat. Oder wie Chad. Ich meine, wenn es ums Aussehen geht, hat man mit mir bestimmt keine Niete gezogen, und mit dir auch nicht …«

»Ach danke.«

»Aber diese Kerle sind der Hammer.«

»Das sind sie wirklich.«

»Ich würde sagen, wir lassen uns darauf ein. Vielleicht kriegen wir nie wieder so eine Chance.«

»Von einem Adonis geknallt zu werden?«

Dee grinste. »Exakt.«

»Geile Schlampe.«

»Du hast es kapiert, Baby.«

»Gut. Wir machen also mit bei dem, was sie als Entspannung nach dem Essen vorschlagen?«

»Vielleicht nicht bei allem«, meinte Dee. »Ich bin geil, aber nicht bescheuert. Warten wir ab, was die vorzuschlagen haben.«

»Und dann entscheiden wir uns spontan?«

»Genau.«

7

»Wir haben beide hochhackige Schuhe an«, sagte Dee und starrte skeptisch die schwachen Umrisse der Treppe an. »Wir werden stolpern und uns den Hals brechen.«

»Wir können die Schuhe im Auto lassen.«

»Wie wäre es damit, *uns* im Auto zu lassen?«

»Ich glaube, wir müssen da hinunterklettern.«

»Wir können ja einfach so tun, als hätten wir das getan. Komm schon.« Die Schultern gegen die Kälte hochgezogen, hastete Dee zur anderen Seite des Autos zurück. Sharon folgte ihr zitternd, die Arme immer noch vor der Brust verschränkt.

»Ich will Chad und Boyd finden.«

»Das können wir auch später noch tun, oder? Frierst du etwa nicht?«

»Mir ist etwas kühl.«

»Ich friere mir den Arsch ab.« Dee kletterte auf die Rückbank, ließ die Tür aber offen stehen.

Obwohl Chad den Wagen komplett von der Straße gefahren hatte, bevor er anhielt, ragte die Tür weit auf die rechte Fahrspur hinaus. Ein Auto, das von hinten und mit Tempo um die letzte Kurve geschossen kam, würde sie wahrscheinlich zu spät sehen, um noch ausweichen zu können.

Was für ein Auto?, dachte Sharon.

Sie standen hier jetzt schon seit fast einer halben Stunde und nicht ein einziges Auto war vorbeigekommen.

Aber in dem Moment, wo wir so wie jetzt die Tür offen lassen …

Sie lief los, um sie zu schließen.

»Würdest du bitte einsteigen?«, rief Dee ihr zu.

Sharon kletterte hinein und schlug die Tür hinter sich zu.

»Danke«, sagte Dee.

»Keine Ursache.« Selbst mit ausgeschalteter Heizung fühlte es sich im Auto wärmer an als in der Dunkelheit da draußen. Es war eine Verbesserung, aber auch nicht viel. Sharon zitterte immer noch.

Dee wirkte niedergeschlagen. Sie krümmte sich zusammen, presste die Knie gegen die Rücklehne des Sitzes vor ihr, die Arme um die Brust geschlungen, das Kinn gegen den Hals gepresst.

»Ich bleibe hier jetzt eine oder zwei Minuten«, sagte Sharon, »dann steige ich da die Treppe hinunter.«

»Nicht ohne mich.«

»Ganz ruhig.«

»Du lässt mich nicht hier alleine!«

»Nicht wenn du mitkommen willst.«

»Ich komme mit.«

»Gut.«

Nach ein paar Sekunden setzte Dee an: »Vielleicht ist da ja ein schönes warmes Haus am Fuß der Treppe. Mit einem Kamin.«

»Hoffen wir es mal«, meinte Sharon.

»Gott, ist mir kalt.«

»So kalt ist es auch nicht!«

»Es ist kalt genug.«

»Wir sind in Los Angeles, nicht Anchorage.«

»Ich bin für die Temperaturen nicht angezogen.«

»Ich auch nicht.«

»Ich habe noch weniger an als du.«

»Ich war eben vorausschauend genug, mich dick einzumummeln.«

»Sehr komisch. Wenigstens trägst du Unterwäsche.«

Sharon lachte.

»Das tust du doch, oder?«

»Ich trage immer einen Slip beim ersten Date.«

»Du bist ja so was von tugendhaft!«

»Lass mich raten: Ein eng sitzendes Kleid, und du wolltest vermeiden, dass sich der Slip abzeichnet?«

»Es ist gar nicht so einfach, wenn man mit der Mode gehen will.«

Sie saßen eine Weile schweigend da. Dann setzte Dee an: »Vielleicht haben die eine Decke oder so was im Kofferraum.«

»Könnte sein. Das Blöde ist nur, dass Chad die Schlüssel mitgenommen hat.«

»Wahrscheinlich gibt es hier einen von diesen Knöpfen, mit denen man aus dem Wageninnern den Kofferraum öffnen kann. Erinnerst du dich an Clive?«

»Noch so ein Hauptgewinn.«

»Wenigstens war *er* nicht verheiratet.«

Die Erinnerung an Mark – der ihr in den zwei Monaten, die er im letzten Sommer mit Sharon liiert gewesen war, verheimlich hatte, dass er verheiratet war – versetzte ihr einen heftigen Stich. Sie hatte Mark geliebt. Sie liebte ihn immer noch – und verachtete ihn. »Wir haben echt ein Händchen für Kerle«, murmelte sie.

»Die Sache ist«, meinte Dee, »Clive hatte einen Wagen wie den hier, und der hatte einen Knopf zum Öffnen des Kofferraums im Handschuhfach.«

Sharon war sich sicher, dass Chad nicht auf einen Knopf gedrückt hatte, um den Kofferraum zu öffnen, bevor er mit Boyd verschwunden war, aber das musste ja nicht heißen, dass es so einen Knopf nicht gab. »Soll ich nachsehen?«

»Wenn du so lieb wärst.«

Sharon lachte, dann sah sie aus dem Heckfenster, um sicherzugehen, dass keine Autos kamen. Die Straße hinter ihnen schien dunkel und leer, also öffnete sie die Tür und kletterte hinaus. Die Nachtluft kam ihr jetzt nicht mehr so kalt vor.

Es ist immer noch genauso kalt, dachte sie. Es kommt mir nur wärmer vor. Dee wird immer noch eine Decke haben wollen.

Sharon schloss die Tür, dann öffnete sie die Fahrertür. Als sie hinter das Lenkrad glitt, fiel ihr auf, dass mit der Dunkelheit etwas nicht stimmte. »Hey.«

»Was denn?«

»Das Licht geht gar nicht an, wenn wir die Türen öffnen.« Sharon schloss die Fahrertür und öffnete sie wieder. Im Auto blieb es dunkel. »Siehst du?«

»Ja.«

Sie knallte die Tür wieder zu. Sie bemerkte eine Bewegung hinter sich und sah über die Schulter.

Dee befand sich jetzt in der Mitte der Rückbank, hatte sich aufrecht hingesetzt und griff mit beiden Armen in die Höhe. Sie hantierte an der Abdeckung der Innenbeleuchtung herum. Mit einem Klicken gab das Plastikteil nach. Dee nahm es mit einer Hand herunter. Mit der anderen fingerte sie im Innern des dunklen Kästchens herum. »Kennst du dich mit Elektrik aus?«

»Nicht wirklich.«

»Ich auch nicht. Aber ich schätze mal, dieses Ding funktioniert nicht wirklich gut, wenn da keine Glühbirne drin ist.«

»Da ist keine Birne drin?«

»Offenbar nicht.« Sie nahm den Deckel wieder auf und klemmte ihn fest.

»Die ist nicht durchgebrannt, da ist gar keine?«

»Exakt«, meinte Dee. »Das ist doch das Normalste der Welt. Unsere Jungs haben es eben lieber, wenn das Auto dunkel bleibt, wenn sie nachts die Türen aufmachen. Das machen doch alle: Ted Bundy, Ed Kemper, John Wayne Gacy, der gute alte Henry Lee Lucas …«

»Oder vielleicht ist die Birne tatsächlich durchgebrannt. Ich nehme die alten Birnen auch manchmal mit, wenn ich eine Ersatzbirne kaufen muss.«

»Soll ich dir wirklich deine Illusionen rauben?«, fragte Dee.

»Nicht unbedingt.«

»Also Clives Wagen hatte drei Lampen für die Innenbeleuchtung, die angingen, wenn man eine der Türen öffnete. Glaubst du, dass drei Glühbirnen auf einmal durchbrennen würden?«

»Klingt nicht sehr wahrscheinlich.«

Dee stieß ein Lachen hervor, das nicht sehr belustigt klang. »Kleines, die haben den Wagen so präpariert, dass das Licht nicht angeht.«

»Du musst das jetzt aber nicht so sagen, dass das so bedrohlich klingt.«

»Das *ist* bedrohlich.«

»Vielleicht wollen die nur nicht, dass das Licht angeht, wenn die hier draußen rummachen.«

»Oder wenn sie die Leichen ihrer Opfer entsorgen.«

»Wenn du noch einmal eines von diesen True-Crime-Büchern liest, bringe ich dich um.«

»Bis morgen sind wir sowieso schon tot, also …«

»Würdest du damit aufhören?« Sharon beugte sich zur Seite und öffnete das Handschuhfach. Im Inneren ging ein Licht an. »Diese Birne ist noch da.«

»Gut, dann streich alles, was ich gesagt habe.«

»Ist das hier der Knopf für den Kofferraum?«

»Ja, ist er.«

Sharon drückte mit dem Zeigefinger dagegen. Und hörte nichts.

Dee, die aus dem Heckfenster sah, meinte: »Ich glaube nicht, dass das funktioniert hat.«

»Das wäre eine Erklärung dafür, warum Chad den Knopf nicht benutzt hat. Aber ich werde aussteigen und nachsehen.« Sie schloss das Handschuhfach, stieg aus dem Wagen, knallte die Tür zu und hastete zum Kofferraum.

Der war noch verschlossen.

Als sie Augenblicke später auf die Rückbank rutschte, meinte Dee: »Die haben auch die Automatik für den Kofferraum abgestellt. Das wird immer merkwürdiger.«

»Finden wir heraus, wohin die verschwunden sind. Bist du bereit?«

»Sehe ich so aus, als wäre ich bereit?«

»Komm schon.« Sharon griff nach unten und zog sich die Schuhe aus.

»Wir steigen da die Treppe runter?«

»Das ist der Plan.«

»Wenn's weiter nichts ist.« Dee hob das linke Bein und streifte den Schuh ab, dann tat sie das Gleiche auf der anderen Seite. »Wahrscheinlich legen wir uns trotzdem lang und brechen uns den Arsch«, murmelte sie.

»Kann sein.« Sharon öffnete die Tür.

Der Asphalt war unter ihren nackten Füßen rau und feucht.

Sie wartete neben dem Wagen, während Dee aus dem Auto kletterte und die Tür schloss. Dann gingen sie um das Auto herum zu der Lücke zwischen den Büschen.

Als hätten sie das vorher abgesprochen, blieben sie stehen und starrten die dunklen steinernen Stufen hinunter.

»Scheiße«, maulte Dee.

»Bereit?«, fragte Sharon.

»Nein. Weißt du was? Vielleicht sollten wir einfach stattdessen die Straße langlaufen. Wir müssen doch gar nicht nach diesen Kerlen suchen. Wir können einfach *weggehen.*«

»Und dann? Sollen wir bis nach Hause laufen?«

»Das wäre eine Möglichkeit.«

»So wie wir angezogen sind? Mitten in der Nacht? Was glaubst du? Wie hoch sind unsere Chancen, nicht überfallen zu werden?«

»Minimal bis nicht vorhanden?«

»So würde ich das auch einschätzen.«

»Kannst du es nicht allen bösen Jungs zeigen mit deiner Hick-hack-Kampfkunstsache?«

»Aber immer«, sagte Sharon.

»Na also.«

»Außer das sind zu viele oder sie sind zu gut bewaffnet oder wir werden von ihnen überrascht oder sie sind zu groß. Deswegen ist es ganz praktisch, eine Pistole zu haben.«

»Schon gut, ich weiß. Dann gehen wir also besser nicht zu Fuß nach Hause, was?«

»Ich würde davon abraten.«

»Na ja, angeblich gibt es ja Häuser hier draußen. Vielleicht finden wir eines und können ein Taxi rufen.«

»Mitten in der Nacht bei einem Fremden klingeln? Danke, aber da halte ich mich doch lieber an Chad und Boyd. Wenigstens kennen wir die.«

»Je besser ich die kennenlerne, desto weniger gefällt mir das.«

»Wenn die uns vögeln wollten, warum haben sie es dann nicht versucht?«

»Wer weiß? Vielleicht ist das so ein merkwürdiges Spiel. Vielleicht wollen die sehen, was wir tun ...«

»Komm schon«, sagte Sharon und stieg auf eine tiefer liegende Stufe aus kaltem, nassem Stein. »Mit etwas Glück finden wir sie in ein paar Minuten und können dann endlich weg von hier.«

»Falls sie uns nicht vorher umbringen.«

»Verflucht, Dee, kannst du nicht damit aufhören? Diese ganze Sache ist schon schräg genug, auch ohne deine Serienkiller-Fantasien. Das sind bloß ein paar normale, ganz gewöhnliche Arschlöcher wie etwa die Hälfte aller anderen Kerle auf der Welt.«

»Das hoffst du.«

»Hast du eine Idee, wie viele Leute uns zusammen mit denen heute Abend in dem Restaurant gesehen haben?«

»Uargh!« Dee zuckte zusammen und krallte sich in Sharons Arm.

»Alles in Ordnung?«

»Ich bin auf einen Kiesel oder so etwas getreten.« Sie hielt sich an Sharon fest, um nicht das Gleichgewicht zu verlieren, dann hob sie ihren rechten Knöchel zu ihrem linken Knie und wischte ihre Fußsohle ab. »Jetzt ist es weg.« Sie richtete sich wieder auf, hielt sich aber weiter an Sharon fest. Sie seufzte schwer. »Gott, wie sind wir nur in diese Scheiße hineingeraten?!«

»Keine Ahnung.«

»Schien eigentlich eine ganz gute Idee zu sein.«

»War es aber wohl nicht.«

Mit einem Kopfschütteln maulte Dee: »Und gevögelt worden sind wir auch nicht.«

8

Bei einem Dessert aus gefüllten Schokoladentörtchen und Kaffee machte Chad seinen Vorschlag. »Könnte sich jemand für eine Spritztour begeistern, wenn wir hier fertig sind?«

»Ich.« Boyd hob die Hand wie ein Schuljunge und grinste wie ein Honigkuchenpferd.

»Was ist mit euch Mädels?«, fragte Chad.

Sharon und Dee, die nebeneinander- und den beiden Männern gegenübersaßen, drehten die Köpfe und sahen sich an. Dee hob die Augenbrauen und eine Schulter.

Sharon sah Chad an. »Was hast du denn vor, wo willst du hin?«

»Ach, nichts Bestimmtes. Vielleicht einfach nur ein bisschen in den Hügeln herumkurven ... irgendwo am Mullholland Drive?«

»Eine Besichtigungstour durch die Gegend?«, meinte Dee.

»Genau.«

Boyd lächelte sie an. »Wir können die Hügellandschaft genießen.«

»Und uns besser kennenlernen.« Chad starrte Sharon in die Augen. »Ich weiß ja nicht, wie es dir geht, aber ich hatte heute einen wundervollen Abend. Es wäre ausgesprochen schade, wenn der so schnell zu Ende gehen würde.«

»Es war wirklich schön«, sagte sie.

Und meinte das auch so.

Das Restaurant war gedämpft beleuchtet, ruhig und heimelig. Der Kellner, obwohl bemüht und aufmerksam, klebte nicht an ihnen. Sharons zwei Mai Tai vor dem Essen waren perfekt, ihr Landbrot herb und rustikal, das Filet Mignon scharf und saftig und lecker, die gebackene Kartoffel mit Butter, Sour Cream und Bacon fantastisch und der Cabernet Sauvignon war kühl im Mund, aber warm im Abgang. Und jetzt das Dessert!

Und auch die Gesellschaft war perfekt: ihre beste Freundin Dee und diese beiden unglaublich gut aussehenden Männer. Auch wenn sie spürte, dass das Hohlbirnen waren, die da eine Show abzogen – ihr *gefiel* die Show!

Sie hatte sogar gedacht, und das umso öfter, je weiter das Essen voranschritt, dass sie ihnen vielleicht tatsächlich unrecht tat. Hatten die irgendetwas gesagt oder getan, das ihr Misstrauen rechtfertigen würde?

Eigentlich nicht.

Selbst wenn sie nicht ganz die charmanten, zuvorkommenden, ehrlichen Typen waren, die zu sein sie vorgaben, waren sie wahrscheinlich immer noch ziemlich nette Kerle.

Wahrscheinlich sogar viel netter als einige, die mir da auf Anhieb einfallen, dachte sie und trank einen Schluck Kaffee.

»Was meint ihr?«, fragte Chad. »Sollen wir nach dem Essen noch eine Runde drehen, bevor wir uns Gute Nacht sagen?«

Sharon sah Dee an, die mit einem kurzen Auf und Ab ihrer Augenbrauen antwortete.

»Ich schätze, eine kleine Runde wäre drin«, antwortete Sharon ihm.

»Klasse!«

Dee sah zufrieden aus. »Und wer fährt?«

»Das bin ich«, sagte Chad.

»Es ist sein Auto«, stellte Boyd klar.

»Und wer sitzt vorne bei ihm?«, fragte Dee.

»Ich nicht«, sagte Boyd und lächelte Dee an.

»Ich auch nicht«, sagte Dee. Sie griff über den Tisch hinweg und legte ihre Hand auf Boyds Handgelenk.

Chad sah Sharon an. »Ich schätze, dann musst du das wohl.«

»Klingt gut«, sagte sie.

Dee beugte sich über den Tisch zu Boyd hin und flüsterte: »Wir haben die Rückbank ganz für uns.«

Vor dem Restaurant ignorierte Chad den rot livrierten Parkwächter und ging ihnen voran nach rechts. »Mein Wagen steht einen Block weiter. Ich hoffe, es stört euch nicht, ein paar Meter zu laufen.«

Sharon lachte. »Ich parke auch einen Kilometer weit entfernt, wenn ich dadurch dem Parkdienst entgehe.«

»Das meint die ernst«, kam Dees Stimme von hinten.

»Ich ertrage es einfach nicht, wenn andere Leute mit meinem Auto fahren.«

»Mir geht es genauso«, meinte Chad. Lächelnd nahm er Sharons Hand.

Sie drückte seine Hand. »Vielen Dank für das Essen. Es war wirklich toll.«

»Es war mir ein Vergnügen. Ich hoffe, das war das erste von vielen.«

»Das klingt nicht übel.« Sie war darauf bedacht, sich nicht festzulegen.

Zum einen wollte sie nicht zu begeistert wirken; vielleicht hatte er ja gar nicht die Absicht, sie noch einmal einzuladen.

Zum anderen war sie sich nicht wirklich sicher, ob sie in dem Fall Ja sagen würde.

Das wird die nächste Stunde zeigen, dachte sie.

»Wo ist denn jetzt dein Auto?«, drängelte Dee.

»Wir sind fast da.«

»Wird auch Zeit. Ich friere.«

Sharon sah nach hinten, gerade als Dee zur Seite rückte und ihre Arme um Boyd schlang. Er legte seinen Arm um sie und aus ihrem Gang war ersichtlich, dass sie sich an ihn lehnte. Sie lächelte zu Boyds Gesicht hoch. »Hmmm, du fühlst dich gut und warm an.«

»Du auch«, sagte er.

»Wenn ich gewusst hätte, dass die Nacht so kühl wird, hätte ich mich wärmer angezogen.«

Sharon schüttelte den Kopf.

»Was denn?«, fragte Dee sie.

Sie hat es in einem Satz geschafft, nach einem Kompliment zu fischen, dachte Sharon, während sie gleichzeitig die Aufmerksamkeit auf ihre spärliche Bekleidung, die Kälte und ihre Nippel lenkt – die aussahen, als wollten sie Löcher durch die dünnen Tuchfetzen bohren, die ihre Brust bedeckten.

»Nichts«, sagte sie nur.

Boyd inspizierte die Situation und meinte: »Ich wette, dass dir kalt ist. Aber das Kleid ist umwerfend.«

»Gefällt es dir?«

»Ich liebe es.«

Chad drückte erneut Sharons Hand. »Du musst ebenfalls frieren.«

»So schlimm ist es gar nicht.«

»Sobald wir im Auto sind, drehe ich die Heizung auf.«

»Gute Idee.«

Ein paar Schritte weiter ließ er ihre Hand los. Er griff in eine Tasche seines Blazers und zog seine Autoschlüssel heraus.

Sie spürte ein Ziehen in ihrem Magen, als er mit einem Piepen den Wagen entriegelte.

Noch ist Zeit für einen Rückzieher, dachte sie. Vielleicht *will* ich diesen Kerl ja nicht über mir haben.

Aber ich glaube, doch.

Er öffnete Sharon die vordere Beifahrertür und sie stieg ein.

Als alle im Auto waren, fuhr Chad los. »Ich schlage vor, wir fahren Richtung Laurel Canyon und von da zum

Mullholland Drive hoch. Da können wir uns dann ja entscheiden, wie es weitergeht. Sind alle einverstanden?«

»Klingt gut«, sagte Sharon.

»Toll«, meinte Dee.

»Wir begeben uns auf die Suche nach wunderbaren Aussichten«, schwärmte Boyd.

Wonach die suchen werden, dachte Sharon, ist ein nettes abgeschiedenes Plätzchen, wo wir parken und rummachen können. Wahrscheinlich müssen die auch gar nicht lange suchen. Wahrscheinlich wissen die bereits genau, wo sie uns hinbringen wollen.

Sie hatte ein nervöses Gefühl, als sie sich ausmalte, was passieren würde, sobald sie da waren.

Nichts, von dem ich nicht will, dass es passiert, versicherte sie sich.

Die Frage ist nur, was will ich denn?

Als sie an ein Stoppschild kamen, beugte sich Chad über das Armaturenbrett und drehte die Heizung auf. Warme Luft begann, über Sharon hinwegzustreichen. Er ließ die Hand vom Schalter sinken und legte sie auf Sharons Schenkel. Sie bewegte sich sachte, streichelte sie durch den glatten Stoff ihres Kleides.

»Dir wird ganz schnell wohlig warm werden«, sagte er.

»Ich glaube, du hast recht.«

9

»Kann's losgehen?«, fragte Sharon.

»Muss ja wohl.«

Dee hatte sich immer noch an ihren rechten Arm geklammert, während Sharon eine Stufe tiefer stieg. Dee blieb neben ihr, daher machte Sharon ihr Platz. Obwohl die Treppenstufe breit genug war, dass sie nebeneinanderstehen konnten, streiften nachgiebige, feuchte Äste Sharons linken Arm.

Sie stieg die nächste Stufe hinunter, und die darauffolgende, und weitere Zweige und Blätter glitten über ihren Arm und ihre Seite. Dann streifte etwas wie ein klatschnasser Flügel ihre Stirn. Sie duckte sich weg und stieß dabei mit der Schulter gegen Dee.

»Hey!«

»Entschuldige.« Mit der flachen Hand wischte sie sich die Nässe von der Stirn.

»Was ist passiert?«

»Ich weiß nicht. Ich vermute mal, das war ein großes Blatt. Aber gehen wir besser hintereinander.«

»Willst du umkehren?«

»Nein.«

»Wir werden umgebracht werden, das ist dir doch klar, oder?«

»Wie könnte ich das nicht wissen? Du erinnerst mich ja dauernd daran.« Sie wollte eine Stufe weiter hinuntersteigen, aber Dees Hand zog sie zurück.

»Was denn?«

Flüsternd fragte Dee: »Was, wenn wir in eine Falle laufen?«

»Hä?«

»Vielleicht haben es diese Jungs ja gerade darauf angelegt, dass wir hier runterkommen und nach ihnen suchen … und vielleicht haben sie vor, uns hier zu überfallen oder so was.«

Bei der Idee wurde Sharon flau im Magen. »Das ist lächerlich. Wir hätten ein halbes Dutzend andere Dinge tun können, statt hier die Treppe hinunterzusteigen. Und wie gesagt, eine Menge Zeugen haben uns mit den Typen zusammen gesehen. Sie würden es gar nicht wagen, uns zu überfallen. Außerdem glaubst du doch nicht wirklich, dass die versuchen würden, uns zu *vergewaltigen,* oder?«

»Wer weiß?«

»Soweit die das wissen können, hätten sie uns auch so haben können. Wieso sollten sie uns denn da vergewaltigen wollen?«

»Das ist so eine Machtsache.«

»Ach komm schon. Das Einzige, worüber wir uns wirklich keine Sorgen machen müssen, ist, dass diese Typen vorhaben, uns zu vergewaltigen.«

Dee wollte es aber nicht dabei belassen: »Und worüber müssen wir uns dann Sorgen machen?«

»Über alles andere.«

»Zum Beispiel?«

»Soll ich dir eine Liste machen?«

»Ich meine das ernst. Also los.«

»Na gut.« Sharon war für ein paar Sekunden still und dachte nach. »Direkt nachdem die abgehauen sind, da haben wir doch gedacht, dass die einfach nur ein paar rücksichtslose Arschlöcher sind – weil sie da noch irgendwas erledigen wollten und es ihnen egal war, dass wir warten mussten.«

Dee nickte. »Ja und?«

»Ich glaube, das hat zu lange gedauert. Aus irgendeinem blöden Grund hätten sie ja für zehn oder 15 Minuten verschwinden können, aber nicht so lange. Nicht wenn wir in ihrem Auto warten.«

»Wenn da ein paar heiße Tussis wie wir warten?«

»Genau. Und als die uns da haben sitzen lassen, sind sie das Risiko eingegangen, dass wir danach weg sind. Wir hätten einfach gehen können. Oder jemand hätte uns mitgenommen. Wir hätten ja sogar unsere Handys bei uns haben können.«

»Wenn das doch so wäre!«

»Also, was ich glaube: Die hatten irgendwas wirklich Wichtiges zu erledigen, hatten aber sicher die Absicht, in ein paar Minuten wieder da zu sein, wie sie es gesagt haben. Nur ist da irgendwas schiefgegangen.«

»Oder vielleicht wollen die ja auch nur, dass wir das denken.«

Sharon konnte ein Lachen nicht unterdrücken. »Warum rede ich überhaupt mit dir?«

»Weil ich die beste Freundin bin, die du auf der ganzen weiten Welt hast?«

»O Gott, ich muss wohl mein Leben umkrempeln.«

»Dafür ist es jetzt zu spät«, erklärte Dee. »Nach meiner Einschätzung werden wir den Sonnenaufgang nicht mehr erleben.«

Mit einem entnervten Stöhnen löste Sharon ihren Arm aus Dees Griff, drehte sich um und kletterte eine Stufe tiefer.

»Warte!«, keuchte Dee.

Sharon blieb stehen und sah über die Schulter. »Geh zurück zum Auto, wenn du das willst. Du kannst die Türen von innen verriegeln und auf mich warten. Ich komme zurück, so schnell ich kann.«

»Auf keinen Fall. Ich gehe dahin, wo du hingehst.«

Sharon drehte sich um und sah zu ihr hoch. Dees Gesicht und Arme, Bauch und Beine waren schwache graue Flecken in der Dunkelheit. Ihr Kleid war genauso schwarz wie die Nacht um sie herum. »Du musst nicht mitkommen«, flüsterte Sharon. »Ich komme schon allein klar. Wirklich.«

»Du meinst, ich gehe da jetzt alleine zurück? Hey, lass uns *beide* zurück zum Auto gehen.«

»Ich muss herausfinden, was hier los ist. Vielleicht brauchen Chad und Boyd Hilfe.«

»Ist ja toll.«

»Und wenn nicht die beiden, dann auf jeden Fall wir. Egal worum es da geht, wir sind mitten in der Nacht hier draußen gestrandet und Chads Wagen ist unsere beste Chance, von hier wegzukommen.«

»Jaja, schon gut. Sehen wir zu, dass wir die Typen finden.«

»Ich gehe von hier aus voran«, sagte Sharon. »Du bleibst hinter mir.«

»Einverstanden.«

»Und jetzt wird nicht mehr geredet. Gott allein weiß, in was wir da reinrennen, also können wir wenigstens versuchen, dabei leise zu sein.«

»Yes, Sir.«

Sie nickte, dann wandte sie sich wieder um und stieg weiter die Treppe hinunter. Da sie kaum sehen konnte, wo die jeweiligen Stufen endeten, bewegte sie sich nur sehr vorsichtig und benutzte die nackten Füße, um sich voranzutasten. Die Steinplatten waren mit glitschigen Blättern übersät und immer wieder trat sie auf Dinge, die sie nicht sehen konnte – sie vermutete, dass es sich um Zweige oder Kiesel handelte –, die sich aber in ihre Fußsohlen bohrten und sie vor Schmerzen stöhnen ließen.

Als sie sich von einer Stufe hinunterhangelte, die höher zu sein schien als die meisten, setzte sie den Fuß auf etwas, das platzte, knirschte und glibberig war. Sie spürte harte Stückchen und eine Schicht aus Schleim zwischen ihren nackten Füßen und der Steinstufe.

»Was war das?«, flüsterte Dee.

»Ich glaube, ich bin auf eine Schnecke getreten.«

»Igitt.«

»Pssst.«

Sie blieb darauf stehen und zog den anderen Fuß nach. Als sie den rechten Fuß hob, schienen noch Stücke des Häuschens und Schneckenmasse daran zu kleben.

»Ich will nicht auf deine Schnecke treten!«, flüsterte Dee.

»Das meiste davon hängt immer noch an meinem Fuß.«

»Danke, das ist jetzt so richtig eklig.«

»Willst du um mich herumgehen?«

»Wahrscheinlich sind da noch mehr davon.«

»Wahrscheinlich.« Sie hob den Fuß, schob ihn nach hinten und streifte damit über die Kante der Stufe über ihr.

»Was machst du da?«

»Ich versuche, das Zeug abzukriegen.«

»Schmier mich bloß nicht damit ein.«

Die Kante der Stufe schien zu helfen. Als Sharon den Fuß wieder sinken ließ, fühlte sich die Ferse immer noch etwas schmierig an, aber sie spürte keine harten Stücke mehr. »So ist es besser«, sagte sie.

»Ich hasse das hier wirklich«, meinte Dee.

»Gehen wir weiter.« Sharon tastete sich auf die nächste Stufe hinunter.

Dee stöhnte, folgte ihr aber.

Nachdem sie ein paar weitere Stufen gestiegen waren, flüsterte Sharon: »Ich sehe da unten immer noch nichts.«

»Und wann geben wir auf?«

»Lass uns auf jeden Fall noch ein Stückchen weitergehen.«

»Ich wette, ich weiß, wieso die Jungs zum Kofferraum gegangen sind«, spekulierte Dee. »Um da eine Taschenlampe rauszuholen.«

»Kann sein.«

»Ich wünschte, wir hätten auch eine.«

»Hören wir auf zu reden, ja?«

»Sicher. Pssst!«

Schweigend kletterten sie wieder ein paar Stufen hinunter. Dann flüsterte Dee: »Wenigstens ist mir jetzt nicht mehr kalt.«

Mir auch nicht, wurde Sharon klar. Aber sie sagte nichts. Und sie wünschte, Dee würde ebenfalls den Mund halten. Wenn Dee sich solche Gedanken darüber machte, dass jemand sie überfallen könnte, dann war es nicht wirklich logisch, wenn sie die ganze Zeit herumplapperte.

Vielleicht beruhigt es ihre Nerven.

»Ich schwitze wie ein Schwein. Ich hoffe, das ruiniert nicht mein Kleid.«

»Sollen wir anhalten und uns ausruhen?«

»Gute Idee.«

Sharon blieb stehen. Einen Augenblick später kam Dee die Stufe hinunter und blieb neben ihr stehen. Sie atmete schwer. »Ich wette, wir … wir haben bereits die Kalorien unserer Desserts wieder verbrannt.«

»Wenigstens einen oder zwei Bissen davon«, pflichtete Sharon bei.

»Nicht dass das noch einen Unterschied macht …«

»Sag es nicht!«

»Was?«

»Psst.«

»Schon gut. Aber weißt du was? Wenn wir schon ermordet werden …«

»Hey.«

»Dann müssen wir wenigstens diese Treppe nicht wieder hochkraxeln.«

Sharon lächelte. »So hat alles seine Vor- und Nachteile. Kann es weitergehen?«

»Gib mir noch eine ... iiiiiiiiiiiiiih!«

10

Kreischend wirbelte Dee zu Sharon herum.

»Was ist los?«

»Mach das weg! Das ist ...«

»Was denn? Wo ist was?«

»Meine Schulter!«

Sharon tastete in die Dunkelheit.

»Schnell! Iiiih!«

Eine Hand fand Dees linken Oberarm, die andere die rechte Schulter.

»Mach das weg!«

Auf Dees Schulter fühlte sie nichts als warme, feuchte Haut und den Stoff ihres Kleides. Also strich sie mit der anderen Hand an Dees linkem Arm hoch und über die Rundung der Schulter, wo sie gegen etwas Weiches, Schleimiges stieß. Mit einem Quieken zuckte sie mit dem Arm zurück.

»Das ist immer noch da!«

Mit einem gequälten Stöhnen streckte Sharon wieder den Arm aus, tastete und fand erneut Dees Schulter.

»Nimm das weg! Schnell! Igitt!«

Sharon legte die Finger um das Ding. Es fühlte sich an wie ein dicker, matschiger Wurm – nein, eher wie ein Daumen aus Puddingmasse. Noch bevor ihr das Wort *Nacktschnecke* in den Sinn kam, hatte sie das Viech von Dees Schulter gerissen und es in die Büsche geschleudert.

Ihre Hand war nass und klebrig.

Außer Atem krallte sich Dee an Sharons Arm. »Danke«, keuchte sie. »Das … es war so … urgh … was war das?«

»Weiß ich nicht.«

»Das fühlte sich an wie … wie eine Kackwurst. Aber es bewegte sich!«

»Ich schätze, das war irgendeine Art Schnecke.«

Dee stöhnte inbrünstig auf. Dann zerrte sie an Sharons Arm. »Wir müssen hier weg. Okay? Lass uns zurückgehen zur Straße oder … das ist alles so widerlich! Schnecken, Nacktschnecken … wahrscheinlich sind hier auch überall Spinnen … wir sind in einem beschissenen Dschungel. Und eine von uns wird hier noch die Treppe runterfallen und sich den Schädel einschlagen, wenn wir weitergehen.«

»Na gut.«

»Na gut?«

»Wir können zurückgehen.«

»Das meinst du wirklich so?«

»Ja.«

Dee beugte sich vor und drückte ihr Gesicht gegen Sharons Hals. Ihr Atem war heiß. »Danke, danke, danke, danke!«

Mit der Hand, mit der sie nicht die Schnecke angefasst hatte, streichelte Sharon Dees klammen, nackten Rücken.

Eine lange Zeit hielten sie sich nur gegenseitig fest und rührten sich fast gar nicht. Die Nachtluft fühlte sich allmählich wieder kühl an. Sharon wurde klar, wie feucht ihr Kleid war – vom Tau der Blätter, die sie gestreift hatten, und von ihrem eigenen Schweiß. Der nasse Stoff, der an ihrer Haut klebte, schien die Kälte der Nacht aufzusaugen.

Das wird besser, dachte sie, sobald wir wieder in Bewegung sind.

»Bereit?«, fragte sie.

»Ich schätze, ja.«

Sie machte sich von Dee los. »Bist du sicher, dass du nicht weitergehen willst?«

»Wir hätten den Wagen nie verlassen sollen.«

»Na, es ist ja nichts passiert.«

»Unsere Kleider sind wahrscheinlich hinüber. Nicht dass das noch einen Unterschied machen würde, weil wir ja wahrscheinlich ...«

»Sharon? Dee?«

Geschockt von der schwachen, rufenden Stimme sahen sie sich gegenseitig an.

Sharon hörte ihren eigenen Herzschlag, den Gesang von ein paar Nachtvögeln, leises Tropfen und Rauschen in den Büschen und Bäumen um sie herum, das Dröhnen eines Flugzeugs, vage Verkehrsgeräusche weit unter ihnen.

Nach einer Weile flüsterte Dee: »War das Chad?«

»Ich glaube, schon. Er muss dich schreien gehört haben.«

»Ich habe nicht geschrien.«

»CHAD!«, brüllte Sharon.

Dee zuckte zusammen und griff nach ihrem Arm. »Tu das nicht!«

»Entschuldige.«

»Du jagst mir eine Scheißangst ein.«

Die Stimme von unten drang zu ihnen hoch. »Hier unten!«

»Scheiße«, murmelte Dee.

»Wir sehen uns besser mal an, was da los ist«, sagte Sharon.

»Wir gehen zurück zum Wagen, weißt du noch?«

»Nur ganz kurz. CHAD? Was ist da los?«

Keine Antwort.

»Das gefällt mir ganz und gar nicht«, sagte Dee.

Dann rief Chad wieder. »Wir haben etwas gefunden! Kommt runter zu uns!«

»Gehen wir nach unten«, sagte Sharon.

»Warum hat er nicht sofort geantwortet?«

»Ich weiß nicht …«

»Weil er lügt. Er wusste nicht, was er sagen sollte, also hat er sich etwas ausgedacht.«

»Warum wartest du hier nicht einfach?«, schlug Sharon vor. »Ich laufe da runter und sehe, was los ist …«

»Berühmte letzte Worte.«

»Ich kann auf mich aufpassen.«

»Noch mehr berühmte letzte Worte. Außerdem, vielleicht werde *ich* ja überfallen, sobald du weg bist. Nur zur Erinnerung: Ich habe keinen schwarzen Gürtel in gar nichts.«

Ihre Bemerkung brachte Sharon zum Lachen. »Gut, dann halte dich an mich. Wir gehen jetzt zusammen …«

»Und noch mehr berühmte letzte …«

»Die Treppe *hinunter!*«

»Ist ja gut, gehen wir und bringen es hinter uns.« Dee ließ Sharons Arm los. »Aber tun wir es wenigstens so vorsichtig wie möglich.«

»Ich stimme dir voll und ganz zu«, erklärte Sharon. »Vorsichtig bedeutet leise, oder?«

»Genau.«

»Gut.«

»Damit wir vielleicht noch ein bisschen länger am Leben bleiben.«

»Wahrscheinlich stellt sich heraus, dass das alles vollkommen harmlos ist.«

»Wie zum Beispiel?«

»Ich weiß es nicht – ein dummer Scherz oder so.«

»Davon träumst du doch nur.«

Mit einem Kopfschütteln kletterte Sharon eine Stufe tiefer. Dee hielt sich an ihr fest und zusammen stiegen sie vorsichtig die Treppe hinab. Sie sprachen kein Wort.

Worauf lassen wir uns hier nur ein?, fragte sich Sharon.

Vielleicht hatte Dee ja recht, und die Kerle hatten ihnen da unten eine Falle gestellt.

Nein. Die sind wirklich nur wegen einer Kleinigkeit hierhergekommen. Das sollte nur eine Minute oder vielleicht auch zwei dauern, aber dann war ihnen etwas dazwischengekommen. Und was das auch war, sie hatten hier unten bleiben müssen.

Aber wenigstens einer von ihnen hätte doch zurückkommen und uns Bescheid sagen können.

Offenbar nicht.

Mit gesenktem Kopf, um den tief hängenden Zweigen zu entgehen, kam Sharon zu einem Knick in der Treppe. Unter ihr, nach vielleicht noch 15 oder 20 weiteren Stufen, endete der Tunnel aus Blattwerk in einem milchigen mondbeschienenen Nebel.

»Da wären wir«, flüsterte Dee.

Sie arbeiteten sich weiter durch die Dunkelheit voran, stiegen die letzte Stufe hinunter und standen in dem trüben Licht. Unter ihren Füßen war ein Vorhof aus Pflastersteinen.

Der Vorhof führte direkt zur Veranda eines großen doppelstöckigen Hauses, das fast komplett aus Stein erbaut war. Im Mondlicht wirkten die Steine grau und die Fenster wie mit Silber beschichtet.

11

Dee schlang einen Arm um Sharons Taille, drängte sich an sie und flüsterte ihr ins Ohr: »Nicht rufen, ja?« Ihr Atem kitzelte an Sharons Ohr. »Bitte!«

Sharon nickte.

»Und was machen wir jetzt?«, flüsterte Dee.

»Nachsehen, würde ich sagen.«

Zustimmend gab Dee sie wieder frei.

Sharon schob sich einen Finger ins Ohr, um das Jucken mit dem Fingernagel wegzukratzen. Mit Dee an ihrer Seite schritt sie auf die Veranda zu, stieg lautlos die Stufen hoch und ging über die Holzdielen zur Haustür.

Die Tür sah aus wie schwarz lackiert.

Sie zögerte und überlegte, ob sie klopfen oder die Klingel benutzen sollte.

Weder noch, sagte sie sich. Versuch es mit dem Türknauf.

In der tiefen Dunkelheit war kein Knauf zu sehen. Sie tastete dorthin, wo er sein musste.

Ihre Hand traf auf keinen Widerstand.

Kein Knauf, kein Holz …

Die Tür ist nicht schwarz, sie steht offen.

Sie drehte sich zu Dee um und flüsterte: »Die Tür steht sperrangelweit offen. Die Jungs sind da drin. Sie müssen es sein.«

»Da brennt nirgendwo Licht«, flüsterte Dee.

»Das ist mir aufgefallen. Komm schon.« Sie ließ Dee los. Eine Hand ausgestreckt, um sich den Weg zu ertasten, ging sie über die Schwelle und einen Schritt nach rechts. Sie fuhr mit der Hand an der Wand entlang, bis sie einen Lichtschalter fand, den sie betätigte.

Das Foyer strahlte hell auf.

Dee, plötzlich im Licht, zuckte zusammen und blinzelte. Dann starrte sie entsetzt Sharon an. »Bist du irre?« Sie formte die Worte mit den Lippen, sprach sie aber nicht aus.

Mit leiser Stimme sagte Sharon: »Das ist besser, oder?«

»Nein.« Wieder nur eine Mundbewegung, die aber eindringlich.

Sharon lächelte. Sie trat von der Wand weg. »Ich funktioniere besser, wenn es hell ist.«

Dee zog eine Grimasse und schüttelte den Kopf, aber sie betrat das Haus. »Hey«, flüsterte sie, »hier ist es schön warm.«

»Das ist doch schon mal was.«

»Das ist eine Menge, wenn du dir den Arsch abgefroren hast. Das ist echt eine Wohltat.«

Sharon nickte, sagte aber nichts.

Sie starrte Dee an und konnte kaum glauben, dass der Weg von der Straße hier herunter solche Veränderungen bewirkt hatte: Dee humpelte; ihr grünes Kleid schien nass; ihre Haut war rosig angelaufen und glänzte; sie hatte mehrere rote Kratzer auf Armen, Beinen und Gesicht; ihr feuchtes dunkles Haar war zerwühlt, klebte an der Kopfhaut und war mit einem verdorrten grünen Blatt geschmückt.

»Was?«, fragte Dee. »Stimmt etwas nicht mit mir?«

»Alles in Ordnung.«

Dee senkte den Kopf und sah an sich herunter. »Scheiße. Ich sehe aus wie verbuddelt und wieder ausgegraben. Irgendwie passend.« Sie musterte Sharon kurz. »Du übrigens auch.«

Sharon blickte an sich hinunter und war nicht überrascht. »Na ja, ich bin über den Punkt hinweg, wo ich noch jemanden beeindrucken will.«

»Und wo sind jetzt die Jungs?«, fragte Dee und schaute sich um.

»CHAD? BOYD? WO SEID IHR?«

»Scheiße, brüll doch nicht.«

Sie standen bewegungslos da, starrten sich gegenseitig an, warteten und lauschten.

Es gab keine Antwort.

Aber auch die Antworten, die sie vorher gegeben hatten, waren immer mit Verzögerung gekommen, also warteten sie noch ein wenig länger.

Nichts.

»Vielleicht sind sie gar nicht hier«, sagte Dee und flüsterte wieder. »Die Stimme kam vielleicht von woanders.«

»Kann sein«, gab Sharon zu.

»Vielleicht noch weiter die Treppe hinunter.«

»Vielleicht. Aber ich glaube, die sind hier. Ihre Erledigung sollte nur ein paar Minuten dauern. Die können nur hierhergelaufen sein.«

»Und was machen sie dann jetzt? Verstecken die sich vor uns?«

Sharon zuckte mit den Schultern, dann durchquerte sie das Foyer, ging ins Wohnzimmer und schaltete auf dem Weg dahin alle Lichter an.

»Musst du das tun?«

»Mir ist es lieber so.«

Die gegenüberliegende Wand, vom Boden bis zur Decke eine durchgängige Glasfront, ermöglichte bei Tag wahrscheinlich einen Panoramablick über das Tal, aber außer Dunkelheit war da jetzt nichts zu sehen. Statt des Blickes nach draußen gab das Glas nur ein schummeriges Spiegelbild des Wohnzimmers mit Sharon und Dee darin wieder. Für Sharon sahen sie aus wie zwei derangierte Schönheiten, die gerade von einem sehr ausschweifenden Schulball zurückkehrten.

Dees Spiegelbild schüttelte den Kopf. »Das ist unbefugtes Betreten, das ist dir doch klar?«

Sie traten weg vom Fenster.

Während Sharon durch das Wohnzimmer voranging, meinte Dee: »Wir könnten verhaftet werden. Oder der Besitzer erschießt uns.«

»Die Tür stand weit offen.«

Sie betraten die Küche und Sharon schaltete das Licht ein.

Niemand da.

»Und außerdem – vielleicht gehört das Haus ja Chad. Oder Boyd.«

»Du meinst, die wohnen hier?«

»Möglich ist das, aber ich habe so meine Zweifel.«

Dee ging zur Arbeitsfläche, öffnete ein paar der Schubladen und fand ein großes Ausbeinmesser. Sie drehte sich um, lächelte und fuchtelte damit hin und her.

»Das ist keine gute Idee«, sagte Sharon. »Wie du bereits bemerkt hast, sind wir hier unbefugt eingedrungen. Willst du da wirklich mit einer Waffe ertappt werden? Das wäre eine sichere Methode, entweder festgenommen oder erschossen zu werden.«

Dee zog eine Grimasse, murmelte »Guter Punkt«, dann drehte sie sich um und legte das Messer zurück. Nachdem sie die Schublade wieder geschlossen hatte, sah sie Sharon an. »Also wirst du uns beide beschützen, ja?«

»Ich werde es versuchen. Wenn es so weit kommt.«

»Ich verlasse mich darauf, dass du das tust.«

Sharon lachte leise.

»Das ist nicht witzig«, flüsterte Dee.

Sie verließen die Küche, kamen wieder in das Foyer und blickten die dunkle Treppe hoch.

»Wahrscheinlich sind da oben die Schlafzimmer und so was«, flüsterte Sharon. »Sehen wir uns erst den Rest dieses Stockwerks an.«

»Würdest du nicht lieber einfach wieder gehen?«

»Hast du vergessen, wie kalt es da draußen ist? Und wie wenig du anhast? Und wie warm es hier drin ist?«

»Wärme ist überbewertet.«

»Das klang vorhin noch ganz anders.«

»Ich will hier nur wieder raus.«

»Sobald wir das Haus durchsucht haben.«

»Schon gut, schon gut.«

»Wir können uns ja beeilen«, lenkte Sharon ein.

»Je schneller, desto besser. Und dann schaffen wir unsere Hintern hier raus. Das Haus hier macht mir Angst.«

»Alles macht dir Angst.«

»Nur die Häuser anderer Leute, in denen wir uns gar nicht aufhalten sollten.«

»Und dunkle Straßen und Berghänge und Treppen und ...«

»Ich hab's ja kapiert, es reicht.«

Sie durchsuchten das andere Ende des Hauses und beeilten sich dabei. Sharon schaltete jedes Licht an, an dem sie vorbeikamen. Dee hielt sich immer in ihrer Nähe. Sie fanden einen Hobbyraum, ein paar Abstellkammern, ein WC, ein Büro und ein Gästezimmer, aber weder Chad noch Boyd noch sonst wen.

Obwohl sie sich nicht damit aufhielten, das genauer zu untersuchen, bemerkte Sharon doch einen femininen Einfluss in den Möbeln und Accessoires.

Vielleicht wohnen die Jungs hier ja, dachte sie. Aber wenn sie das tun, dann auch eine Frau.

Vermutlich.

Als sie wieder ins Foyer kamen, flüsterte Dee: »Das geht mir hier alles auf die Nerven. Ich bin ein nervöses Wrack.«

»Nur noch ein paar Minuten, dann sind wir durch.«

»Nur noch ein paar Minuten, dann sind die Bullen vielleicht da. Oder die Besitzer. Und das auch nur, wenn wir Glück haben und nicht vorher von Chad und Boyd abgeschlachtet werden.«

»Du könntest draußen warten, während ich ...«

»Auf keinen Fall. Wo du hingehst, gehe ich auch hin.«

»Ich gehe nach oben.«

»Warum überrascht mich das nicht?«

Sie stiegen Seite an Seite die Treppe hoch und achteten beide auf die im Schatten liegenden Stellen am Ende der Stufen.

Dee stieß Sharon mit dem Ellenbogen an und flüsterte: »Weißt du noch, was in *Psycho* mit Martin Balsam passiert ist?«

»Danke«, murmelte Sharon.

»Immer wieder gern.«

12

Oben angekommen, blieben sie stehen und musterten links und rechts den Korridor. Auf beiden Seiten gab es Türen, die alle verschlossen waren.

Dee starrte auf die Tür direkt vor sich und stöhnte leise. »Wenn die jetzt auffliegt ...«

»Dann trete ich Norman in die Eier«, flüsterte Sharon. Dann nickte sie nach rechts. »Sollen wir da anfangen?«

Ohne eine Antwort abzuwarten, machte sie sich in die Richtung auf.

»Bringen wir es hinter uns«, machte sich Dee Mut.

Hinter sich hörte Sharon das metallene Rasseln eines Türknaufs.

Sie riss den Kopf herum.

Dee stieß die Tür auf, quietschte »Aaaaah!« und stolperte rückwärts.

Auf die Treppe zu.

Sharon wirbelte herum, sprang auf sie zu, ergriff sie am Arm und hielt sie fest. Dees Arm fest im Griff, drehte sie den Kopf und spähte durch die Tür.

Und sah Chad.

Sie hatte das Gefühl, als hätte sie einen Schlag gegen die Brust bekommen.

Sie ließ Dee los, hastete zur Tür und blieb darin stehen.

Chad und Boyd standen mit erhobenen Händen im hinteren Teil des Raumes. Ihre nackten Körper glänzten im Kerzenlicht. Bei beiden Männern schienen die Handgelenke zusammengebunden, wobei ein straff gespanntes Seil von dort zu einem Stahlring führte, der in einiger Entfernung über ihnen in die Wand eingelassen war.

Beide Männer standen barfuß auf einer blauen Plane.

Ihre Münder waren weit geöffnet, es war aber etwas hineingestopft.

Ihre Augen ruhten auf Sharon.

Sie stieß die Tür weiter auf, bis sie ganz nach hinten flog und vom Stopper gebremst wurde. Dann beugte sie sich vor und musterte den Raum.

Überall waren Kerzen und Spiegel – und darin schimmernde Spiegelbilder von sich, Chad, Boyd und sonst niemandem.

Das Zimmer war mit pinkfarbenem Teppichboden ausgelegt, dann waren da noch die blaue Plane unter den Gefangenen und rote, schwere Vorhänge. Es gab kein Bett, keine Kommode, keine Tische oder Stühle.

Verspiegelte Wände, eine verspiegelte Decke. Ungefähr zwei Dutzend Kerzen unterschiedlicher Form und Größe, die im ganzen Raum verteilt waren.

Sharon hörte, wie Dee näher kam, daher erschreckte es sie nicht, als plötzlich eine andere Person neben ihr in den Spiegeln auftauchte.

Dee legte ihre Hand auf Sharons Rücken. Nach kurzem Schweigen flüsterte sie: »Was zum Teufel ist das hier?«

Als wären sie entschlossen, die Frage zu beantworten, begannen Chad und Boyd, in ihre Knebel zu grunzen, die Köpfe zu schütteln und sich hin und her zu werfen. Ihre schweißüberströmten Körper glänzten golden im Kerzenschein.

Sie sehen überwältigend aus, dachte Sharon.

Chad glatt und ebenmäßig. Boyd war auf eine kräftigere Weise attraktiv, sein Körper voller Muskeln.

»Was hältst du davon?«, flüsterte Dee.

»Ich habe keine Ahnung.«

»Glaubst du, das haben die selbst getan?«

Chad und Boyd grunzten und schüttelten energisch die Köpfe.

»Möglich wäre das.«

»Es scheint sonst niemand hier zu sein.«

»Warum sollten sie sich das antun?«, fragte Sharon.

»Vielleicht stehen die auf Bondage oder so was.«

Sie bäumten sich gegen ihre Fesseln auf und grunzten.

»Wenn die sich das selbst angetan hätten«, flüsterte Sharon, »dann hätten die doch wohl Erektionen.«

»Guter Einwand.«

»Auf jeden Fall würden sie nicht so jammervoll aussehen.«

»Diesen Jungs ist entweder kalt oder sie haben eine entsetzliche Angst«, bemerkte Dee.

»Kalt kann ihnen nicht sein«, stellte Sharon fest. »Sehen wir mal nach.«

Als Sharon und Dee den Raum betraten, hörten beide Männer auf, sich zu wehren, und wurden ruhig. Sharon drehte sich einmal um die eigene Achse und beobachtete die Spiegelbilder auf ihrem Weg hin zu Chad. Sie sah zwei nackte Männer mit nach oben gereckten Armen und zwei Frauen in ausgefallenen Kleidern, die sich ihnen näherten. Niemanden sonst.

Ist da noch jemand?, fragte sie sich. Vielleicht haben die sich doch selbst in diese Lage gebracht.

Das ist nicht sehr wahrscheinlich. Sie sind nicht erregt, die haben Angst.

Sie trat auf die Plane. Unter ihren nackten Füßen fühlte die sich rutschig und steif an.

Sie blieb vor Chad stehen, streckte die Hand aus und zog ihm einen Stoffballen aus dem Mund.

Ein schwarzer String-Slip.

Da sein Mund wieder frei war, keuchte er nach Luft.

Sharon warf das feuchte Stück Textil auf den Boden. Zu Dee sagte sie: »Halt uns den Rücken frei. Wer das auch war …«

Ein rollendes Geräusch.

Sharons Kopf fuhr nach rechts. Eine der Spiegelplatten glitt zur Seite.

Dahinter war eine im Dunkeln liegende Öffnung.

Ein dunkler Revolver schob sich heraus, der auf sie gerichtet war. Dahinter folgte ein schlanker nackter Arm.

Nach dem Arm kam der Rest der Frau, die aus dem Wandschrank stieg. Es war eine Blondine mit einem atemberaubenden Gesicht und dem Körper eines Filmstars.

Das ist ein Filmstar, begriff Sharon plötzlich.

Diane Bishop.

Sie war berühmt geworden als gestrandeter Teenager in *Einsame Insel* und hatte seitdem in Blockbuster auf Blockbuster eine weibliche Hauptrolle nach der anderen gespielt. Ihr neuester Film, *Tod dem Recht,* war erst vor wenigen Wochen in allen Kinos angelaufen und hatte miserable Kritiken bekommen, aber die Zuschauer liebten ihn.

Nach fast 20 Jahren auf der Leinwand galt Diane Bishop immer noch als einer der Stars mit dem meisten Sex-Appeal in dem Geschäft.

Und hier stand sie vor ihnen, nackt bis auf einen Ledergürtel um die Taille.

Ein langes Messer hing in einer Scheide an ihrer linken Hüfte. In der linken Hand hielt sie eine rot-weiße Kühlbox, die groß genug war für mehrere Sixpacks Bier. Sie stellte die Kühlbox ab, dann zog sie das Messer.

»Hallo, Ladys.« Ihre leise, samtene Stimme war so vertraut wie die Stimme einer alten Freundin.

»Hallo«, sagte Sharon.

»Hi«, sagte Dee.

»Was geht ab?«, fragte Sharon.

»Ich fürchte, das ist nicht deine Nacht«, sagte Diane. Sie lächelte und legte den Kopf zur Seite. Sharon erinnerte sich, dass sie die gleichen Worte zu James Bond gesagt hatte, in einem Film, den sie sich gerade erst vor ein paar Tagen ausgeliehen hatte. Und da hatte sie auch so gelächelt und den Kopf exakt so zur Seite gelegt.

In dieser Szene hatte sie ein durchsichtiges Negligé getragen.

Nicht nur einen Gürtel.

Und sie hatte zwar ebenfalls eine Pistole in der Hand gehabt, aber kein Messer in der anderen.

»Du weißt, wer ich bin, oder?«

Sharon schüttelte den Kopf.

»Natürlich weißt du das.« Sie wandte sich Dee zu. »Was ist mit dir?«

Obwohl Dee die berühmte Schauspielerin sicherlich erkannt hatte, zuckte sie mit den Schultern und sagte: »Ich schätze mal, Sie wohnen hier?«

»Das stimmt, meine Liebe. Aber du weißt sehr wohl, wer ich bin. Ihr beide wisst das. Jeder weiß das.«

Sie schüttelten die Köpfe.

Diane bellte ein knappes humorloses Lachen heraus. »Lügner.«

»Wer Sie auch sind«, sagte Dee, »wir haben nichts mit dem zu tun, weswegen diese Kerle hier zu Ihnen gekommen sind.«

Diane sah sie starr an.

»Wir hatten eine Verabredung mit ihnen, das ist alles. Wir kennen die kaum. Wir haben Chad letzte Woche kennengelernt und Boyd heute Abend zum ersten Mal gesehen. Sie haben uns zum Essen ausgeführt und wollten danach noch eine Spazierfahrt durch die Hollywood Hills machen. Damit wir uns die Sehenswürdigkeiten ansehen können …« Sie zuckte mit den Schultern. »Wir sind davon ausgegangen, wir würden irgendwo rummachen. Aber plötzlich halten die an und sagen, sie müssten noch etwas erledigen und dass sie in ein paar Minuten zurück sind. Dann sind die ausgestiegen und haben uns mir nichts, dir nichts da zurückgelassen. Die haben uns einfach im Stich gelassen. Also saßen wir da und ...«

Während Dee plapperte und ihre Version der Geschichte erzählte, beäugte Sharon den Revolver. Sie konnte vage die stumpfen Spitzen von Kugeln auf beiden Seiten des Zylinders ausmachen.

Dicke Kracher, 38er oder 357er.

Es ist logisch, dass sie über eine Waffe mit einiger Mannstoppwirkung verfügt, dachte Sharon. Da sie in all diesen Actionfilmen mitgespielt hat, wird sie sich wohl mit Feuerwaffen auskennen.

Auch wenn das nur Spielzeugmodelle mit Platzpatronen waren.

Die hier sah jedoch nicht nach Spielzeug aus.

Vermutlich eine sehr reale kurzläufige Smith & Wesson oder ein Colt. Und das da in der Trommel waren auch keine Platzpatronen.

Sie sahen eher wie Vollmantelgeschosse aus.

Die waren schlimm genug, aber wenigstens waren es keine Hohlmantelgeschosse oder irgendwelche anderen Patronen, die so konstruiert waren, dass sie beim Auftreffen auseinanderplatzten.

»... deswegen haben wir beschlossen, nach ihnen zu suchen.«

Der Hahn war unten. Bei einem Revolver mit Spannabzug, wie es der hier sicherlich war, musste der Hahn nicht gespannt sein. Ein kräftiger Druck auf den Abzug reichte bereits aus.

Aber weil der Hahn nicht gespannt war, musste man ein bisschen mehr Kraft aufwenden – und es würde einen Sekundenbruchteil länger dauern –, als wenn die Waffe bereits vollkommen schussbereit wäre.

»Wir wollten schon wieder umkehren und zum Auto zurücklaufen, aber dann hat einer von den Kerlen unsere Namen gerufen.«

Diane lächelte und nickte. »Ich habe darum gebeten«, erklärte sie.

»Aber wir wären wieder weggegangen.«

Diane sah sie an, als würde sie mit einem Kleinkind reden. »Dann hättet ihr aber gewusst, wo eure Freunde verschwunden sind.«

»Die sind gar nicht unsere Freunde«, protestierte Dee.

Sharon sprang ihr bei. »Wir wissen nicht, warum die hierhergekommen sind, und es interessiert uns auch nicht. Was die auch vorhatten, wir haben damit nichts zu tun. Wir wollen hier einfach nur weg.«

Diane legte den Kopf auf die Seite, lächelte und klimperte mit den Wimpern. »Wir kriegen nicht immer das, was wir wollen, Liebes. Du bist alt genug, um das zu wissen.« Sie deutete mit dem Revolver auf Sharons Gesicht. »Und jetzt stell dich bitte neben deinen Freund.« Dann richtete sie die Mündung auf Dee. »Du auch bitte.«

»Das sind nicht unsere Freunde«, murmelte Dee.

»Ich weiß, ich weiß, ihr kennt sie kaum. Bewegung!«

Sharon trat zwischen die beiden Männer, dann drehte sie sich um und sah die Schauspielerin an. Dee stellte sich auf der anderen Seite neben Boyd.

»Was haben Sie vor?«, fragte Sharon.

»Ist das nicht offensichtlich?«

»Sie wollen uns erschießen?«, platzte es aus Dee heraus.

»Tote Mädchen erzählen keine Geschichten.«

13

»Das können Sie nicht tun«, flennte Dee.

»Sicher kann ich das. Wer möchte die Erste sein?«

»Das ist verrückt!«

Sharon war so verängstigt, dass ihre Eingeweide sich anfühlten wie zitterndes warmes Wasser. »Sie können mit den Kerlen machen, was Sie wollen. Wir werden es niemandem verraten. Es ist uns egal, was Sie mit ihnen machen.«

»Das stimmt!«

»Aber wenn Sie uns erschießen, dann haben wir eine Menge zu erzählen.«

Diane verzog spöttisch den Mund: »Dazu braucht ihr aber einen Wahrsager.«

»Nur einen guten Forensiker, stimmt's, Dee?«

»Stimmt!«

»Erzähl es ihr.«

»Es geht um unser Blut«, sagte Dee.

»Was glaubt ihr, wofür ist die Plane da?«

»Ich sehe keine Plane an der Wand hinter uns«, erklärte Sharon. »Dee ist diejenige, die diese ganzen True-Crime-Bücher liest, aber ich kenne mich ein bisschen mit Pistolen aus. Ihre Munition besteht aus Vollmantelgeschossen. Die Kugeln gehen direkt durch uns hindurch und verteilen unser Blut über die ganze Wand hinter uns. Außerdem haben Sie dann Einschusslöcher in den Wänden.«

»Anders ausgedrückt«, versicherte Dee, »das gibt eine üble Sauerei.«

»Nachdem Sie das Blut beseitigt haben«, fuhr Sharon fort, »können Sie die Schusskanäle zuspachteln und die Wand neu streichen, und trotzdem wird man noch nachweisen können, dass hier ein Verbrechen stattgefunden hat.«

»Ganz abgesehen davon«, fiel Dee wieder ein, »dass da Blut auf dem Teppichboden landen wird, Plane hin oder her. Den müssen Sie also herausreißen und entsorgen.«

»Danke für die Ratschläge, Mädchen. Ich muss es einfach darauf ankommen lassen.«

Als sie den Revolver wieder auf Sharon richtete, kamen plätschernde Geräusche aus Dees Richtung.

Diane schwenkte mit der Pistole zurück. Mit weit aufgerissenen Augen stieß sie hervor: *»Lass das!«*

Sharon sprang.

Diane keuchte: »Uff!« Sie riss den Kopf herum. Der Arm mit der Pistole fuhr zurück auf Sharon zu.

Sharons linke Hand stoppte ihn mit einem harten Handkantenschlag gegen Dianes Handgelenk. Der Revolver flog durch die Luft, sie hechtete in den Clinch mit Diane, benutzte ihre rechte Hand, um das Messer zur Seite zu schlagen, dann winkelte sie den rechten Arm an und rammte ihren Ellenbogen von unten gegen Dianes Kinn. Der Mund der Schauspielerin klappte brutal zu. Ihre Zähne prallten aufeinander. Ihr Kopf flog nach hinten. Das Messer landete dumpf auf dem Teppichboden, sie stolperte hektisch ein paar Schritte zurück, dann fiel sie um. Ihr Kopf knallte auf den Boden. Sie stöhnte und ihre Brüste bebten, dann verdrehten sich die Augen in den Augenhöhlen. Als das Schaukeln ihrer Brüste endete, lag sie nur noch still mit geschlossenen Augen da.

Sharon hörte immer noch das Geplätscher.

Sie drehte sich um und sah Dee neben Boyd stehen. Sie hielt ihr Kleid mit beiden Händen hoch. Nackt unterhalb der Taille, stand sie mit gespreizten Beinen und eingeknickten Knien da und urinierte auf die Plane.

Ein Lächeln spielte um Dees Lippen. »Wenn der Druck zu groß wird, muss man dem einfach nachgeben.«

»Gutes Timing«, meinte Sharon.

»So war es auch geplant.«

Während Sharon das Messer und den Revolver einsammelte, urinierte Dee zu Ende und stieg von der Plane.

Sie beugten sich über die Schauspielerin.

»Wow. Du hast ihr aber echt eine verpasst.«

»Ja. Danke, dass du sie abgelenkt hast.«

»Ich helfe, wo ich nur kann.«

Sharon lachte auf. Obwohl sie sich zittrig und schwach fühlte, war da auch eine gewisse Euphorie. »Ich glaube, das war ein Schock für sie.«

»Ich bin selbst von mir geschockt. Du hast sie doch nicht umgebracht, oder?«

»Ich glaube, nicht.«

Mit einem nackten Fuß stieß Dee gegen Dianes Oberarm. Der Körper wurde leicht hin und her geschüttelt, die Brüste bebten.

»Das Miststück wollte uns umbringen«, stieß sie hervor.

»Es ist alles gut«, beruhigte Sharon.

»Einen Scheiß ist es.«

»Warum behältst du sie nicht im Auge? Ich werde mich mal mit unseren Begleitern unterhalten.«

»Mache ich.«

»Nimm den.« Sharon reichte ihr den Revolver. »Ich traue denen keinen Deut mehr, als ich Diane traue, also nimm dich in Acht, ja?«

»Sicher.«

Sie behielt das Messer für sich und trat an die Plane. Da, wo Dee gestanden hatte, war sie noch nass, aber der größte Teil des Urins war in den Teppichboden gesickert.

Der Teil der Plane vor Chad schien trocken.

Sharon stellte sich vor ihm auf.

Er atmete schwer, war schweißgebadet und blinzelte, als er ihr in die Augen sah. »Das war klasse«, keuchte er. »Unglaublich. Von euch beiden. Ihr seid die Besten.«

»Was ist hier los?«

»Sie ist durchgedreht. Ihr habt sie gesehen. Sie wollte uns alle umbringen.«

»Warum?«

»Woher soll ich das wissen? Sie ist wahnsinnig.«

»Lüg mich nicht an. Ich hasse Lügner.«

»Ich lüge nicht.«

»Fangen wir damit an, was ihr in diesem Haus wolltet.«

»Nichts.«

Sie tippte mit der Spitze der Klinge gegen seine rechte Brustwarze.

»Ihr habt oben an der Straße den Wagen angehalten und seid hier die Treppe zum Haus heruntergestiegen. Weswegen? Was hattet ihr hier zu suchen? Wolltet ihr das Haus ausräumen?«

»Nein!«

»Wieso seid ihr hergekommen?«

»Das war nur eine geschäftliche Angelegenheit.«

»Was für eine Angelegenheit?«

»Das ist vertraulich.«

Sie ritzte ihn mit der Spitze.

»Au!«

Ein Blutstropfen quoll an seinem Nippel hervor und rann Richtung Bauch.

»Deine vertrauliche Angelegenheit hätte fast dazu geführt, dass Dee und ich umgebracht worden wären.«

»Jesus! Du hast mich gestochen!«

»Das war nicht gestochen. Willst du ausprobieren, wie es ist, gestochen zu werden?«

»Nein!«

»Warum seid ihr hergekommen?«

»Sie schuldete uns Geld, verstanden? 5000 Mäuse. Wir wollten die abholen. Aber statt es uns zu geben, bedroht sie uns mit einer Pistole und zwingt uns, nach hier oben zu gehen. Sie befiehlt uns, uns auszuziehen. Und dann zieht sie sich auch aus. Ich meine, du weißt doch, wer das ist?«

Sharon antwortete nicht.

»Das ist Diane Bishop, und die zieht sich vor uns aus und zwingt uns mit vorgehaltener Pistole, vor ihr zu strippen. Ich dachte, sie würde versuchen, ihre Schulden mit ein bisschen Ficki-Ficki abzuarbeiten.«

Irgendwo hinter Sharon murmelte Dee: »Ficki-Ficki?«

»Also, jedenfalls waren wir ganz schnell alle splitterfasernackt. Alle drei. Einschließlich des schärfsten Babes im ganzen Showbusiness. Ich kann dir sagen …«

»Sag mir einfach, was dann passiert ist.«

»Dann sorgt sie dafür, dass Boyd mich hier so fesselt. Und ich lasse das zu, weil ich glaube, das wird irgendwie so eine schräge Sache. Außerdem, wie schon gesagt, sie hatte die Waffe. Und nachdem ich dann gefesselt bin, legt sie die Pistole weg und Boyd lässt sich von ihr fesseln. Ich kann es ihm auch nicht verdenken. Du hättest sehen sollen, wie sie sich an ihn gedrängt, sich an ihm gerieben hat …«

Von Boyd, der immer noch geknebelt war, aber offenkundig auch etwas zu den Erklärungen beitragen wollte, kam ein gedämpftes Grunzen.

»Die Sache ist die: Kaum hängen wir hier so, verschwindet sie da in dem Zimmer nebenan und kommt zurück mit einem Messer am Gürtel und sagt, sie wird uns umbringen.«

»Warum sollte sie das tun wollen?«

»Ich sagte doch schon, die schuldet uns fünf Riesen. Wahrscheinlich hat sie sich überlegt, wenn sie uns tötet, braucht sie nicht mehr zu bezahlen.«

»Für einen Star wie sie sind fünf Riesen doch ein Klacks.«

»Sie ist ziemlich heftig drauf. Das geht ins Geld, capisci?«

»Drogendealer?«, fragte Dee hinter Sharon. »Mann, wir greifen bei Männern auch immer ins Klo.«

»Ich mag keine Drogendealer«, sagte Sharon.

Sie ließ das Messer leicht nach unten sinken, wobei die Spitze eine rote Linie in Chads Brust und Bauch ritzte. Er keuchte nach Luft. Schweiß lief an seiner Haut entlang.

»Es geht nicht um Drogen«, keuchte er.

»Um was dann?« Sharon tippte mit der Klinge gegen seinen zusammengeschrumpften Penis.

»Spielschulden«, stieß er hervor. »Sie ist eine Spielerin. Sie hat das nicht unter Kontrolle.«

»Ihr habt ihr also keine Drogen geliefert?«

»Nein.«

»Da hast du noch mal Glück gehabt.« Sie ließ das Messer sinken.

»Ich glaube, er lügt«, sagte Dee. »Sie haben etwas aus dem Kofferraum des Wagens genommen.«

»Was habt ihr aus eurem Kofferraum geholt?«, fragte Sharon.

»Hä?«

»Bevor ihr gegangen seid, habt ihr den Kofferraum eures Wagens geöffnet und etwas herausgeholt.«

Er schüttelte den Kopf.

»Vielleicht war es das hier«, sagte Dee. »Unser durchgeknallter Filmstar hatte das bei sich in dem Raum nebenan. Muss wohl wichtig sein.«

Sharon blickte über ihre Schulter und sah, wie Dee zu der rot-weißen Kühlbox ging.

»Die gehört uns nicht«, sagte Chad.

Und noch mehr Gegrunze und Gestöhne von Boyd.

»Wir haben nichts aus dem Kofferraum genommen.«

»Wir haben gesehen, wie ihr ihn geöffnet habt.«

»Oh.« Er hielt einen Augenblick inne. »Ach ja. Tatsächlich, das haben wir. Wir haben eine Taschenlampe geholt. Sonst nichts, nur eine Taschenlampe.«

Dee beugte sich währenddessen über die Kühlbox und klappte den Plastikhenkel herunter.

Boyd grunzte noch hektischer.

»Was da auch drin ist«, versicherte Chad, »wir haben nichts damit zu tun.«

Dee öffnete den Deckel. Weißer Nebel waberte aus dem Container. Sie kniff die Augen zusammen, beugte sich vor, kreischte »Urggh!«, ließ den Deckel fallen und wirbelte herum. Der Deckel klappte zu. Dee ging in die Knie und übergab sich.

14

»Die gehören uns nicht«, schwor Chad, als sich Sharon von ihm abwandte.

Sie ging um Dees zusammengekrümmte Gestalt herum. Die Schauspielerin schien immer noch bewusstlos.

Nachdem sie alles herausgewürgt hatte, hockte Dee auf

den Knien da und rang nach Luft. Aber sie sah auf, als Sharon zu der Box ging.

»Nicht«, keuchte sie. »Sieh nicht hinein.«

Sharon beugte sich vor und hob den Plastikdeckel.

Wieder stieg heller, dünner Nebel auf.

Sie sah durchsichtige Plastiktüten, die auf Platten aus Trockeneis lagen.

Bei den Tüten schien es sich um kleine, ungekochte Tiere zu handeln, die in Zellophanbeutel eingeschweißt waren.

Vielleicht Vögel oder Nagetiere, aber die hier hatten Haut, keine Federn oder …

Sie sah ein Gesicht … winzige Hände, die gegen eine dünne Wand aus Zellophan gepresst waren … eine Nabelschnur.

In einem anderen Beutel – ein weiteres Gesicht.

Sharon knallte den Deckel zu und stolperte zurück.

»Ich hab dir doch gesagt, du sollst da nicht reinsehen«, stammelte Dee.

»Mein Gott«, meinte Sharon.

Sie wandte sich den beiden Männern zu. Boyd schnaufte mit weit aufgerissenen Augen »öh öh öh öh« in seinen Knebel, während er langsam den Kopf von einer Seite zur anderen schüttelte.

Chad war rot geworden und bemühte sich verzweifelt um ein Lächeln. »Was da auch drin ist, das gehört ihr. Wir haben nichts damit zu tun.«

Sharon nahm ihn sich vor.

»Dee, halt alle mit dem Revolver in Schach.«

»Ja.«

Sharon stiefelte um Diane herum, trat auf die Plane und blieb direkt vor Chad stehen. Sie starrte ihm in die Augen.

Sein Mund zuckte. »Hey, komm schon.«

Sie starrte ihn weiter an.

»Bitte«, sagte er.

Mit bebender Stimme sagte Sharon: »Du erzählst uns jetzt besser die Wahrheit. Die ganze Wahrheit, jetzt sofort. Und du solltest besser glaubhaft sein, sonst werde ich dir ganz unschöne Dinge antun.«

»Ich weiß nichts von ...«

Sharon zog ihm das Messer über die Brust. Er zuckte zurück und quiekte. Blut lief aus dem langen, waagerechten Schnitt. Er senkte den Kopf und schaute zu, wie der Vorhang aus roter Flüssigkeit an seiner Brust und seinem Bauch herunterlief. Er tränkte seinen Schritt, verklebte das wollige Schamhaar und tropfte von der Spitze seines Penis herunter. Das übrige Blut lief an seinen Beinen entlang.

»Sieh dir an, was du getan hast«, platzte es aus ihm heraus.

»Mein Gott, Sharon.« Dee kam hinter ihr angelaufen. »Was hast du getan?!« Sie klang schockiert.

»Ich will Antworten. Er lügt immer noch.«

»Fragen wir Boyd.«

Sie sahen Boyd an. Mit weit aufgerissenen, entsetzten Augen bewegte er hektisch den Kopf rauf und runter.

Dee war als Erste bei ihm und zog ihm den Knebel aus dem Mund.

Er schnappte nach Luft. Dann keuchte er: »Ich ... ich erzähl euch alles.«

»Halt den Mund«, brüllte Chad.

»Ich ... ich will nur ... hier raus.«

»Erzähl uns die Wahrheit«, kommandierte Dee.

Boyd nickte panisch. »Lasst nicht zu ... sie darf uns nichts tun.«

Sharon senkte das Messer.

»Ich tue dir nichts, wenn du uns die Wahrheit sagst.«

»Nicht du«, keuchte er. »Sie! Bishop. Sie … sie wollte sich uns einverleiben!«

»Was?«

»Sich uns einverleiben.«

»Hä? Meinst du, sie wollte euch vögeln? Was ist daran so schlimm?«

»UNS ESSEN!« Er klackte demonstrierend die Zähne aufeinander.

»Du spinnst«, murmelte Sharon.

»Die ist irre«, sagte er. »Die ist immer mehr abgedreht, aber heute Abend …«

»Halt die Fresse!«, schnauzte Chad.

»Du hältst die Fresse«, befahl Sharon ihm.

Den Kopf zu Chad gewandt, sagte Boyd: »Wir müssen es ihnen erzählen, Mann … Sie können uns hier raushelfen.«

»Noch ein Wort und ich mache dich alle.«

Sharon ging zu Chad hinüber, hob den Tangaslip auf, den sie vorher aus seinem Mund genommen hatte, und knüllte das Kleidungsstück zu einem Ball zusammen. »Mund auf.«

»Fick dich.«

Sie versetzte ihm einen Faustschlag auf den Solarplexus. Sein Körper zuckte. Seine Augen traten aus den Höhlen. Sein Mund klappte auf, als er nach Luft schnappte.

Sharon wischte sich sein Blut von den Knöcheln, dann stopfte sie ihm die Unterhose in den Rachen.

Sie gesellte sich wieder zu Dee und Boyd.

»So, jetzt gibt es keine Unterbrechungen mehr.«

Boyd nickte hektisch. »Gut. Gut. Ja. Also das ist so, Chad und ich, wir haben ihr unser Produkt jeden Samstag gebracht … 1000 Mäuse pro Stück. Sie war unsere beste Kundin …«

»Kundin?«, entfuhr es Dee.

»Lass ihn reden.«

»Wir betreiben ein Geschäft. *Jugend-Boost, Inc.*, so nennen wir das. Wenn du unser Produkt kaufst und es regelmäßig benutzt, dann hält dich das jung. Wenigstens sollte es das. Diane war unsere erste Kundin. Sie ist jetzt seit mehr als vier Jahren im Programm.«

»Und macht was?«, fragte Dee.

»Wow«, meinte Sharon.

Mit gerunzelter Stirn gab Dee zu: »Ich versteh's nicht.«

Sharon war sich nicht sicher, ob sie es verstanden hatte – und hoffte, dass dem nicht so war. »Das da in der Box sind eure Produkte, mit denen ihr die Jugend verlängern wollt?«

Er nickte.

»Wo kommen die her?«

»Ich und Chad, wir arbeiten für mehrere Kliniken für Familienplanung. Wir sind für die Entsorgung zuständig.«

»Verfluchte Scheiße«, entfuhr es Dee.

»Da fallen Massen von diesen Dingern an, also hatte Chad die Idee, man könnte die ja verticken. Er hatte gehört, dass diese reichen Leute – zum Beispiel Filmstars – in die Schweiz oder in andere Länder fahren und sich Sachen aus Schafsföten injizieren lassen. Das hat ihn auf die Idee gebracht. Und es funktioniert.«

»Das hält die Leute jung?«, fragte Dee.

»Verflucht, nein. Ich meine, es *funktioniert*. Wir haben ganz schön abgesahnt. Die Ladung heute?« Er nickte hinüber. »Da sind fünf drin und die sind alle für die Bishop hier. Das sind fünf Riesen für uns. Sie hat mit einem pro Woche angefangen, so wie alle anderen auch, und jetzt ist sie bei fünf. Sie hat es sich in den Kopf gesetzt, dass sie mehr und mehr davon braucht, so als würden die nicht mehr so wirken, wie sie es mal getan haben. Wenn sie jetzt nicht komplett durchgedreht wäre, hätten wir sie sicher noch auf zehn hochgekriegt.« Ihm fiel auf, wie Sharon ihn ansah. »Was denn?«

»Wir sind mit euch Kerlen ausgegangen.«

»Ja?«

»Wir haben uns von euch ein Essen spendieren lassen. Wir haben uns von euch *anfassen* lassen.«

»Ja und?«

»*Und?* Ihr seid Monster! Mein Gott! Du bist ...!« Ihr fehlten die Worte. Sie starrte ihn nur mit offenem Mund an und schüttelte den Kopf.

»Hey, komm schon«, sagte Boyd. »Es ist ja nicht so, als hätten wir diese Dinger getötet. Wenn wir nicht wären, würden die einfach verbrannt. Auf diese Weise dienen sie noch einem guten Zweck.«

»Ich verstehe das immer noch nicht«, meinte Dee. »Diane kauft sie von euch, aber was *macht* sie mit ihnen?«

»Sie isst sie – roh.«

Dee bekam plötzlich keine Luft mehr.

Auch Sharon war plötzlich übel. Aber nach einigen tiefen Atemzügen verschwand der Drang, zu würgen oder sich zu übergeben.

»Aber heute Abend wollte Diane dich und Chad essen?«

»Ja.«

»Warum?«

»Weil mir das Essen der Babys nicht mehr reicht«, erklang die leise, weiche Stimme des Filmstars.

15

Sharon und Dee fuhren herum.

Diane Bishop lag weiterhin auf dem Boden, hatte sich aber auf die Ellenbogen hochgestemmt. Sie blinzelte, als wäre sie noch halb benommen. Ihr Mund stand offen. Sie atmete schwer, ihre Brust hob und senkte sich. Ihr Körper war schweißbedeckt und glänzte im Kerzenlicht.

»War das eine Art kranker Witz?«, fragte Sharon.

Ein Mundwinkel Dianes kräuselte sich aufwärts. »Nicht wirklich.« Sie machte sich daran, sich aufzusetzen.

»Keine Bewegung!«, fauchte Dee und richtete den Revolver auf ihren Kopf.

Diane ließ sich auf die Ellenbogen zurücksinken.

»Was werdet ihr jetzt mit mir tun?«

Sharon und Dee sahen sich an. Dann sprach Sharon: »Ich schätze, wir lassen die Polizei die Sache klären.«

Sie sah sich in dem Raum um und erblickte Kerzen und Spiegel, die Kühlbox, den Flecken Erbrochenes auf dem Teppichboden, die offene Tür ins Nebenzimmer und Spiegelungen von ihnen allen aus den verschiedensten Winkeln. Aber sie sah kein Telefon.

»Wo ist das Telefon?«, fragte sie Diane.

»Ich fürchte, ich besitze keines.«

»Eine Schauspielerin ohne Telefon?«, meinte Dee. »Das gibt es nicht.«

»Sieh nach, ob du eines findest«, sagte Sharon ihr. »Und dann ruf die Polizei.«

»Ich soll ohne dich irgendwohin gehen? Das mache ich nicht.«

»Eine von uns muss hierbleiben. Soll ich nach dem Telefon suchen?«

»Nein. Wenn du gehst, komme ich mit.«

»Wir können nicht beide gehen.«

»Doch, das könnten wir. Wenn wir *sie* fesseln.«

»Es sollte sie trotzdem jemand im Auge behalten. Und die Kerle. Wir sollten die alle nicht unbeaufsichtigt lassen, bis die Polizei hier ist.«

»Ich habe eine ausgezeichnete Idee«, sagte Diane. »Ich mache euch beide reich, ihr ruft *nicht* die Polizei und ihr fahrt nach Hause und tut so, als wärt ihr nie hier gewesen.«

»Das ist doch ein Scherz«, murmelte Dee.

»Ich zahle jeder von euch eine Million Dollar.«

»Vergessen Sie es«, sagte Dee.

»Dann nennt mir einen Preis.«

Sharon und Dee sahen sich an, überlegten und zuckten mit den Schultern.

Dee hob eine Hand, die Finger gespreizt.

»Fünf Millionen?«, fragte Diane.

»*Nein!*«, kreischte Boyd. »Das könnt ihr nicht tun! Sie wird uns umbringen! Sie wird uns auffressen! Das könnt ihr nicht machen!«

Dee bückte sich und hob den Slip auf, den sie ihm aus dem Mund genommen hatte.

»Ihr müsst die Polizei rufen!«, jammerte Boyd. »Soll sich die Polizei um sie kümmern! Bitte! Ihr könnt nicht …«

Während Chad zusah – mit einem Blick in den Augen, der den Wunsch verriet, dass jemand diesen Mann umbringen würde –, stopfte Dee Boyd den Stofffetzen in den Mund.

»Ich danke euch«, sagte Diane vom Boden aus.

Sharon und Dee starrten auf sie hinunter.

»Und wie sieht es mit meinem Vorschlag aus?«

»Ich weiß nicht«, murmelte Sharon.

Diane blinzelte den Schweiß aus ihren Augen. »Sicherlich hättet ihr beide doch Verwendung für fünf Millionen Dollar. Ich weiß, wie ihr tickt. Ihr seid anständige, schwer arbeitende Mädchen, die nicht übermäßig ehrgeizig sind und Jobs haben, auf die sie auch gern verzichten könnten. Was ihr wirklich wollt, ist euch in einen guten Mann verlieben, dann und wann ausgehen, reisen und schließlich in einem schönen Haus sesshaft werden und eine Familie gründen. Und jetzt stellt euch mal vor, ihr hättet *fünf Millionen Dollar*. Ihr müsstet nicht einen Tag mehr arbeiten …«

»Außer vielleicht in der Gefängniswäscherei«, meinte Dee.

»Ich werde es einfach als Honorar für geleistete Dienste oder so etwas deklarieren. Ich habe Anwälte. Wir werden dafür sorgen, dass die Zahlung vollkommen legal ist.«

»Und was müssten *wir* tun?«, fragte Sharon.

»Ich gebe euch Chads Schlüssel.«

»Wo sind die?«

»Da im Nebenraum. Wo unsere Kleidung liegt. Ich suche sie euch heraus oder ihr holt sie euch selbst. Jedenfalls nehmt ihr das Auto und fahrt los, lasst den Wagen irgendwo stehen, wo es euch passt, und vergesst alles, was heute Nacht passiert ist.«

»Was wird aus den Jungs?«, fragte Dee.

»Die bleiben hier.«

Hinter ihnen grunzte und stöhnte Boyd laut in seinen Knebel.

»Sie werden sie töten?«, fragte Sharon.

»Und essen?«, ergänzte Dee.

»Interessiert euch das wirklich?« Diane sah Sharon an. »Du hast sie Monster genannt. Kümmert es dich, was mit Monstern passiert?«

»Ich begreife das nicht«, sagte Dee. »Diese Kerle sind doch Ihre Lieferanten, oder?«

Diane richtete ihren Blick auf Dee. »Ich brauche keine Lieferanten mehr. Ich verzichte auf ihr dummes Jugend-Boosting-Programm. Das funktioniert sowieso nicht. Eine Weile dachte ich, das würde es, aber …« Sie schüttelte den Kopf. »Ich habe mir selbst etwas vorgemacht. Ich habe schon eine Weile vermutet, dass die Behandlung nicht wirkt.«

»Aber Sie haben immer mehr bestellt von diesem … Produkt«, erinnerte sie Sharon.

»Was soll ich dazu sagen?«

»Was *können* Sie dazu sagen?«

Sie lächelte, legte den Kopf zur Seite und hob die Augenbrauen. »Ich bin auf den Geschmack gekommen.«

Dee stöhnte.

»Aber vor ein paar Tagen hatte ich die Gelegenheit, einen Erwachsenen zu probieren, und er war deliziös! Absolut göttlich! Das Bukett war um so vieles ausgeprägter als bei diesen öden kleinen Häppchen, die ich von Chad und Boyd bekomme … und es war so viel mehr, was man genießen kann. Ich bin bekehrt.«

»Kommen wir zurück auf die fünf Millionen«, sagte Sharon.

»Ja«, pflichtete Dee bei.

»Wenn wir jetzt von hier verschwinden, wie sollen wir wissen, dass Sie sich an unseren Deal halten?«

»Wisst ihr, was man mir pro Film bezahlt?«

»So ziemlich«, meinte Sharon.

»Auch nur das geringste Gerücht über meine … kulinarischen Vorlieben … würde mich ruinieren. Außerdem – ich mag euch zwei Mädchen. Mir gefällt euer Schneid. Ich würde nicht wie ihr sein wollen, aber ich mag euch.«

16

Vom Fahrersitz ihres neuen Land Rovers aus lächelte Sharon ihre Verabredung an. »Hat jemand Lust auf eine kleine Ausfahrt?«

»Ich«, sagte Dee auf dem Rücksitz.

»Ich«, sagte Roger, Dees Date.

»Ich bin ganz dafür«, sagte Cliff neben ihr.

»Wohin?«

»Wie wäre es mit einer Tour durch die Hügel?«, schlug Cliff vor.

»Wie wäre es mit dem Meer?«, war Sharons Gegenvorschlag.

»Ja«, sagte Dee. »Vielleicht finden wir einen lauschigen, abgeschiedenen Strand.«

»Klingt gut«, sagte Cliff.

»Finde ich auch«, meinte Roger.

Sharon lenkte den Land Rover aus den engen Reihen und Fahrspuren des Autokinos heraus. »Und, wie fandet ihr jetzt den Film?«

»Gut«, meinte Roger.

»Nicht schlecht«, sagte Cliff. »Die Action war okay, aber die Handlung war ziemlich simpel. Gibson war wie immer klasse, aber die Bishop hat es übertrieben.«

»Wie immer«, sagte Roger vom Rücksitz.

Dee klang amüsiert: »Sagt mir nicht, dass ihr Jungs nicht auf sie steht.«

»Ich sage ja nicht, dass sie nicht toll aussieht«, protestierte Roger.

»Sie ist schon ein Hingucker«, meinte Cliff.

»Schön zu hören, dass ihr das zugebt«, sagte Sharon. »Wir mögen keine Lügner.«

»Sie ist unglaublich sexy«, sagte Roger.

»Übertreiben musst du es aber auch nicht«, bremste Dee ihn.

»Nicht so sexy wie du.«

»Das klingt schon besser.«

Im Rückspiegel sah Sharon, wie sich Dee und Roger einander zuwandten, sich umarmten und küssten.

»Da ist aber noch eine Sache.« Cliff sah Sharon fragend an.

»Ja?«

»Erinnert ihr euch an die große Sex-Szene?«

»Aber sicher.«

»Was war denn da mit euch los?«

»Was meinst du damit?«

»Du und Dee. Das war wie in Stereo. Gerade als sie ihn geküsst hat, habt ihr beide ›igitt!‹ gekreischt, so als wäre das das Widerlichste, was ihr je in eurem Leben gesehen habt. Was hatte *das* zu bedeuten?«

Originaltitel- und Copyrightangaben

Die Seejungfrau. ›The Maiden‹, © 1995 by Richard Laymon

Blarney. ›Blarney‹, © 1981 by Richard Laymon

Dracusons Chauffeurin. ›Dracuson's Driver‹, © 1992 by Richard Laymon

Pannenhelfer. ›Roadside Pickup‹, © 1974 by Richard Laymon

Stickman. ›Stickman‹, © 1993 by Richard Laymon

Der verrückte Stan. ›Madman Stan‹, © 1989 by Richard Laymon

Der Verehrer. ›The Worshipper‹, © 2004 by Richard Laymon

Gutenachtgeschichten. ›Bedtime Stories‹, © 2004 by Richard Laymon

Dinker's Pond. ›Dinker's Pond‹, © 1989 by Richard Laymon

Schlechte Nachrichten. ›Bad News‹, © 1989 by Richard Laymon

Speisesaal. ›Mess Hall‹, © 1989 by Richard Laymon

Schnitt!. ›Cut!‹, © 1985 by Richard Laymon

Die Annonce. ›Immediate Opening‹, © 1976 by Richard Laymon

Die Anhalterin. ›Pick-Up on Highway One‹, © 2001 by Richard Laymon

Am Set von Vampire Night. ›On The Set of Vampire Night‹, © 2001 by Richard Laymon

(Aus dem Amerikanischen von Michael Plogmann)

Richard Laymon wurde am 14. Januar 1947 in Chicago geboren. Seinen Lebensunterhalt verdiente er sich zunächst als Lehrer, Bibliothekar und Gutachter für ein Anwaltsbüro.
Laymon schrieb etwa 50 Romane und sein Ruf als Horror- und Thrillerautor wuchs beständig, bis er am Valentinstag, dem 14. Februar 2001, völlig unerwartet an einem Herzanfall starb.

EDWARD
LEE
DAS
SCHWEIN
FESTA

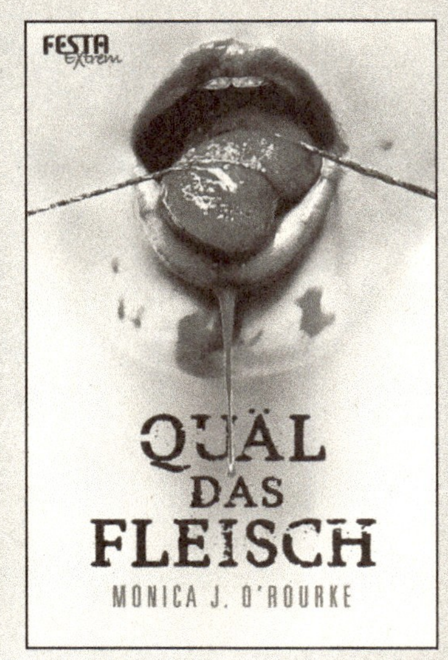
FESTA Extrem
QUÄL
DAS
FLEISCH
MONICA J. O'ROURKE

TIM MILLER
FESTA
Willkommen in
HELL, TEXAS

Jeffrey Thomas
Monica J. O'Rourke
Jack Ketchum
Shane McKenzie
Frank Festa & Edward Lee (Hg.)
EXTREME
DIE ANTHOLOGIE
HORROR
Kristopher Rufty
Graham Masterton
Edward Lee
Lucy Taylor
Tim Miller
Wrath James White
FESTA Extrem

NICHTS FÜR DEN BUCHHANDEL – ABER FÜR FANS.

Der Handel boykottiert gewisse Bücher von uns. Zu hart, zu gewagt, zu brutal oder einfach zu weit weg von der Norm. Doch Literatur braucht künstlerische Freiheit und darf nicht geknebelt werden. Deshalb befreien wir uns auf »extreme« Art:

FESTA EXTREM, das sind Bücher, die die Grenzen des Erträglichen streifen und oft genug auch überschreiten. Echter Underground – Lesegenuss für Kenner und Hardcore-Fans!

Titel dieser Reihe erscheinen ohne ISBN. Sie können also nur direkt beim Verlag bestellt werden. Als Privatdrucke in kleiner Auflage sind wir so bei Programmauswahl und Covergestaltung völlig frei.

Matthew Stokoe: »Ich glaube, dass die Leser das sogenannte ›Extreme‹ in der Literatur mehr begrüßen, als die Hüter des guten Geschmacks es gern hätten.«

Zuletzt erschienen in der Reihe HORROR & THRILLER:

110 Edward Lee: *Gewürm*
111 N. Sansbury Smith: *The Extinction Cycle 2: Mutierte Bestien*
112 Kristopher Rufty: *Ein Hund namens Jagger*
113 N. Sansbury Smith: *The Extinction Cycle 3: Krieg gegen Monster*
114 Tim Curran: *Der Leichenkönig*
115 Wrath James White: *Schänderzorn*
116 Graham Masterton: *Die Schlaflosen*
117 Bryan Smith: *Verrottet*
118 Edward Lee & Elizabeth Steffen: *Dahmer ist nicht tot*
119 Graham Masterton: *Katie Maguire: Bleiche Knochen*
120 Bryan Smith: *Die Freakshow*
121 John Ringo: *Auf den Inseln des Zorns*
122 Jeffrey Thomas: *Dai-oo-ika*
123 F. Paul Wilson: *Panacea*
124 Graham Masterton: *Katie Maguire: Gequälte Engel*
125 A. J. Spedding & G. Brown (Hg.): *The Best of SNAFU*
126 Edward Lee: *Totenlust*
127 N. Sansbury Smith: *The Extinction Cycle 4: Entartung*
128 Brett McBean: *Angst war hier*
129 John Ringo: *An den Ufern der Verzweiflung*
130 Ania Ahlborn: *Bruder*
131 N. Sansbury Smith: *The Extinction Cycle 5: Von der Erde getilgt*
132 Richard Laymon: *Unerbittliche Geschichten*
133 N. Sansbury Smith: *The Extinction Cycle 6: Metamorphose*
134 Brian Keene: *Der Satyr*
135 N. Sansbury Smith: *The Extinction Cycle 7: Am Ende bleibt nur Finsternis*
136 Edward Lorn: *Der Klang brechender Rippen*
137 Kristopher Rufty: *Pillowface*
138 Richard Laymon: *Der verrückte Stan*

Festa: If you don't mind sex and violence and lots of action

Niemand veröffentlicht härtere Thriller als Festa. Werke, die keine Chance haben, in großen Verlagen veröffentlicht zu werden, weil sie zu gewagt sind, zu neuartig, zu extrem.

Statt der üblichen Matt- oder Glanzfolie haben die Bücher von Festa eine raue, lederartige Kaschierung. Sie symbolisiert die Härte und sexuelle Gewagtheit unseres Programms. Diese »Bücher im Ledermantel« sind auch sehr widerstandsfähig – die Bücher wirken nach dem Lesen noch wie neu.

Unsere erfolgreichsten Buchreihen:

HORROR & THRILLER – Moderne Meister des Genres

FESTA ACTION – Blockbuster zum Lesen

DARK ROMANCE – *Erotik Romance*-Bestseller aus den USA

FESTA EXTREM – Wenn Lesen zur Mutprobe wird ...

Wegen der brutalen und pornografischen Inhalte erscheinen die Titel als Privatdrucke ohne ISBN und werden nur ab 18 Jahre verkauft. Sie können nur direkt beim Verlag bestellt werden.

Festa steht beim Thema harte Spannung für viele Jahre bewährte Qualität. Darauf geben wir sogar eine Zufriedenheitsgarantie. Dieser Service ist für einen Buchverlag einzigartig.

Warum tun wir das?

Frank Festa: »Wir wollen, dass die Leser unsere Bücher lieben. Das geht nur mit Qualität. Und als Spezialist für Horror und Thriller aus Amerika können wir in dem Bereich diese Qualität garantieren – so einfach ist das.«